我心中的陌生人

Kafamda Bir Tuhaflık

諾貝爾文學獎得主

奧罕・帕慕克

譯——顏湘如

導讀　一部沒有配角的壯闊之作

文◎安東尼・馬拉（《生命如不朽繁星》作者）

常有人說，作家只要一贏得諾貝爾獎，就得告別多產的寫作生涯。這種說法顯然沒傳到奧罕・帕慕克的耳裡。他於二〇〇六年成為土耳其首位諾貝爾文學獎得主後，陸續寫下許多情節繁複、格局壯闊的作品，不像是已榮獲桂冠的全球文壇巨擘，反倒宛如亟欲證明自己而筆耕不輟的年輕作家。

帕慕克的最新小說《我心中的陌生人》亦不例外。小說以戲劇性的情節開場，活像嗑藥般一再刺激大腦的快樂中樞，讓讀者忍不住想往下一探究竟。少年梅夫魯特住在一九八〇年代的伊斯坦堡，某天回到家鄉出席一場婚禮，卻在會場另一頭，注意到一位有著迷人雙眼的少女。僅僅驚鴻一瞥，竟成一見鍾情。整整三年，他都透過堂兄弟蘇雷曼轉交情書給少女薩蜜荷，滿心期待地等她成年。

可以預期的是，梅夫魯特單憑那次匆匆一見，要接連三年單方面寫信，實在不大容易。「既然梅夫魯特……唯一知悉的特質是她的眼睛，想當然就應該把信的重點放在這上面。」他還找了雖好心卻狀況外的友人幫忙，成天堆砌著一句句煎熬的詞藻，像是「妳的雙眼有如施了魔法的箭，刺穿我的心臟並擄獲了我。」讀來真教人憐憫起這個為愛癡狂的傻子。

最後在蘇雷曼的安排下，梅夫魯特得以與心上人私奔，問題來了：蘇雷曼其實偷偷喜歡著薩蜜荷，因此這些年來，梅夫魯特的情書都轉交給了美貌遠不如薩蜜荷的姊姊萊伊荷。梅夫魯特初見萊伊荷才發現真相。儘管他很怕和她結婚，卻又更怕會得罪人家，只好強加掩飾內心的失望。這般欲望與背叛交織的情節，無疑為後來的發展埋下了不定時炸彈。自此之後，帕慕克穿梭過去與未來，故事橫跨足足五十年，見證劇烈的社會動蕩。梅夫魯特跟隨著父親的腳步，當起賣酸奶和卜茶（土耳其一種傳統發酵飲料）的小販，讓讀者以庶民角度一窺伊斯坦堡所經歷的巨大變化。

小說到了尾聲，年長的梅夫魯特回首過去，想起「自己在這座城市度過了四十年歲月，行經了數以萬計的大門，見識到了別人家的內在，但那卻也只是曇花一現，和他在這裡度過的人生、在這裡製造的回憶一樣。」此時，我們見證了頭巾逐漸式微、高跟鞋流行起來，共產思想已然鬆動，由伊斯蘭教義取而代之。

小說從最初的私奔場面開展，轉變成氣勢磅礴的家族史，頗有十九世紀文學大師的筆觸，而帕慕克慣用的非後現代主義風格。帕慕克詳列了龐雜的家族關係、角色列表，以及大事年表。除非你對於族譜學有專精，否則可能讀不到幾頁就得參考這些資源。小說中那位全知的敘事者，三不五時就被一堆以第一人稱出場的角色給打斷，他們一下添加評論、一下加以澄清。有時候，這手法迫使讀者重新檢視認同的角色；這就像在電影院裡，每個人都拿起手機，把劇情講給另一頭的朋友聽。

帕慕克在他最負盛名的小說《我的名字叫紅》中，也運用了類似的技巧，結果可謂精采絕倫，故事藉由眾多敘事者延展開來，其中包括人物、顏色、動物，就連死神也來插話。不過，該小說中那些吵吵鬧鬧又經常離題的敘事者，之所以不會相互扞格，是靠著神祕的命案、巨大的陰謀和漫天的謊言推動，《我心中的陌生人》並沒有這些元素，因此較不易累積敘事動能。

但讀者要是沒有就此灰心，在讀了數百頁之後，便會發現《我心中的陌生人》一再出現的零散敘事，其實反映了帕慕克溫柔的人性：他似乎打定主意要寫一部沒有配角的小說。當你看到他逐一引領筆下人物上台，好讓每個人都有機會替自己發聲，很難不會感到心悅誠服。

帕慕克作品值得一讀的最大原因，也許正是無論多卑微的市井小民，他都堅持賦予其應有的尊嚴。在他的小說中，張力十足的衝突既是造就歷史的因，也是承擔歷史的果。《我心中的陌生人》這本大部頭，頗有總統自傳或軍事史的氣勢。帕慕克字裡行間傳達出無盡憐憫，讓苦撐家計的一名街頭小販，分量不亞於一國蘇丹，同樣值得我們關注。

This article first appeared in *The San Francisco Chronicle*.

（翻譯：林步昇）

目錄

第四部

第五部

第六部

第七部

穆斯塔法・卡拉塔希兄弟家族

莎菲葉與雅娣葉姊妹）

雅娣葉・卡拉塔希 — 穆斯塔法・卡拉塔希
（1927-1981）

販售卜茶與酸奶。
於1963年與哥哥哈
桑來到伊斯坦堡。

大姊

二姊

梅夫魯特 — 萊伊荷
（1957）（1965-1995）

（1982 年中結婚）

1969年，本書主人翁梅夫魯特・卡拉塔希離鄉來到伊斯坦堡，開始一邊上學一邊沿街叫賣酸奶與卜茶。

法特瑪 — 布罕
（1983）

（2001 年中結婚）

菲琪葉 — 額爾漢
（1984）

（2001 年末結婚）

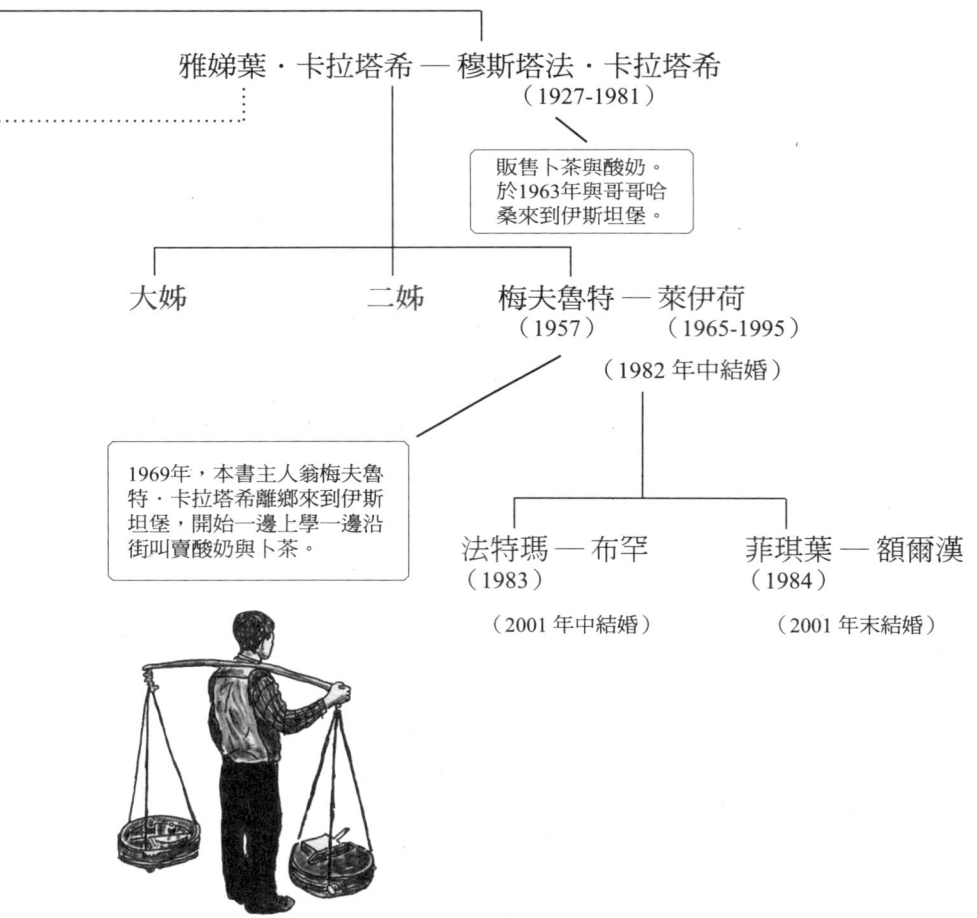

酸奶與卜茶小販哈桑・阿克塔希與

（各自娶了

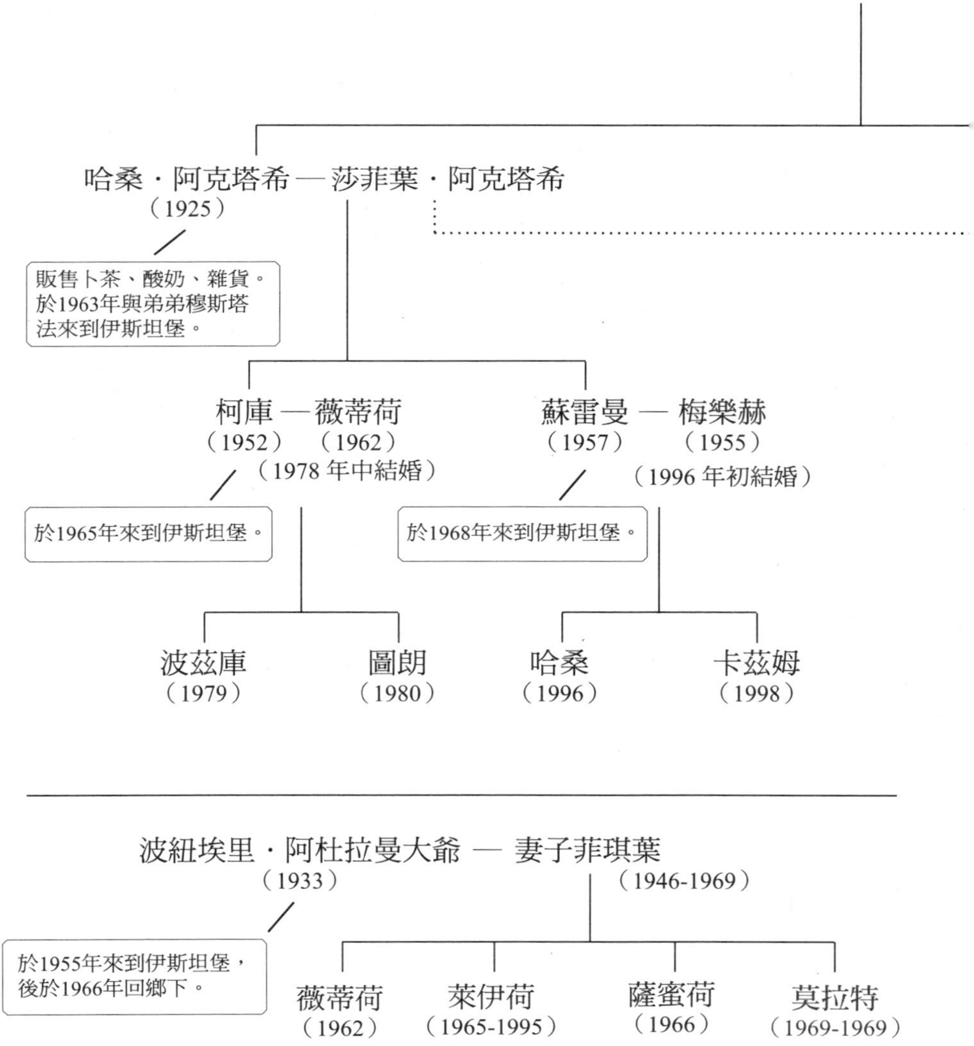

獻給阿斯莉（Aslı）

「我懷抱憂思……
內心有股奇異之感，
彷彿既不屬於那一刻，
也不屬於那一地。」

——渥茲華斯《序曲》

「當有人率先圍起一塊土地後想到要說『這是我的』，並找到願意相信他的單純群眾，他才是公民社會的真正創立者。」

——盧梭《論人類不平等的起源與基礎》

「國人公開與私下觀點之間的鴻溝，恰足以證明政府的力量。」

——耶拉·撒力克《民族日報》

第一部

一九八二年六月十七日星期四

「姊妹仍待字閨中，妹妹卻先出嫁，這有違傳統禮教。」

——易卜拉辛．席那西[1]《詩人的婚禮》

「該說的謊言，總有說出的一天；該灑的血，總有拋灑的一天；被禁閉的女兒，總有逃跑的一天。」

——貝伊謝希爾俗諺（伊姆蘭勒區）

1 譯注：易卜拉辛．席那西（Ibrahim inasi, 1826-1871）：鄂圖曼帝國時期的前衛作家兼記者。

梅夫魯特與萊伊荷

私奔是件棘手的事

這是關於梅夫魯特・卡拉塔希的一生與幻夢的故事。他是個賣卜茶與酸奶的小販，一九五七年出生於亞洲西部邊陲一個貧窮村落，村子就位在中安納托利亞地區一個總是霧濛濛的湖邊上。他十二歲來到伊斯坦堡，然後終其一生都生活在這個世界之都。二十五歲那年，他回到鄉下老家，與一名村女私奔，而這件離奇的事也注定了他後半輩子的生活。他帶她回到伊斯坦堡，結了婚、生了兩個女兒；他得從早到晚不間斷地做好幾份工作，除了上街叫賣酸奶、冰淇淋和米飯，還要去餐館當服務生。不過每天晚上，他都仍然風雨無阻地穿梭在伊斯坦堡的大街小巷，一面賣卜茶，一面編織奇怪的夢想。

故事的主人翁梅夫魯特個頭高大，體格結實但纖瘦，長相俊秀。他有張稚氣的臉、淺褐色的頭髮和機靈聰慧的眼神，這樣的組合讓不少女子心生愛慕。梅夫魯特有兩大特質，一是他直到四十好幾都還保持這份稚氣，二是這份稚氣對女性頗具吸引力，因此，為了有助於說明故事中的某些情況，將來有必要時時提醒讀者記得這一點。至於梅夫魯特性格中的樂觀與善良（有些人稱之為天真），倒也就無須提醒了，因為一目了然。如果讀者和我一樣親眼見過梅夫魯特，都會認同一般女性的看法，認為他俊秀中帶著稚氣，也會知道我並非譁眾取寵。其實，我應該藉此機會聲明：本書完全根據真人真事所寫，絕無任何誇大之處。我會敘述一些已經發生過的奇異事件，只是將順序稍加調整，以便讓讀者更輕易了解。

因此我要從中間說起，也就是一九八二年六月，梅夫魯特和銀溪村一個女孩私奔那天（銀溪村隸屬於科尼亞省貝伊謝希爾地區，與他自己的村莊相鄰）。一九七八年，梅夫魯特伯父的大兒子柯庫在伊斯坦堡西司里區的梅吉迪耶克伊鄰區結婚，而他就是在婚禮上第一次見到那個後來答應和他私奔的女孩。他簡直不敢相信當時才十三歲的女孩，即便仍只是個孩子，竟能對他的感情產生共鳴。她是他堂兄柯庫的小姨子，在那天之前，她從未到過伊斯坦堡。那天過後，梅夫魯特給她寫了三年情書，女孩從未回信，但柯庫的弟弟蘇雷曼不但替梅夫魯特送信，還給他希望，鼓勵他堅持下去。

如今蘇雷曼又再一次幫堂兄弟梅夫魯特的忙，這回是幫著他帶女孩離家出走。蘇雷曼開著他的福特廂型車，和梅夫魯特一起回到兒時的村莊。這對堂兄弟想了一個計畫，能夠神不知鬼不覺地帶這個女孩私奔。計畫是這樣的：蘇雷曼先把廂型車開到一個距離銀溪村大約一小時車程的地方，人在車上等著。村裡的人會以為這對情侶進貝伊謝希爾城裡去了，殊不知是蘇雷曼開車越過北邊山頭，將他們載到阿卻昔火車站。

這計畫梅夫魯特在腦子裡演練多遍，還兩度前往重要地點實地勘察，例如冷泉、小溪、林木蓊鬱的山裡，還有女孩家的後院。在約定時間的半小時前，他順道經過村裡的墓園，便轉身面向著墓碑，暗自祈禱事情能順利。雖然很不願意承認，但他對蘇雷曼其實不太有信心。萬一這位堂兄弟沒有把車開到泉水附近的指定地點呢？梅夫魯特盡量不去多想，反正現在擔這個心也沒用。

他身上穿的西裝褲和藍色襯衫，是初中時期與父親一起賣酸奶時在貝佑律區一家商店買的。鞋子是國有的蘇美爾銀行工廠製做，他當兵前買的。

天一黑，梅夫魯特就來到一道傾頹的圍牆邊，牆內那棟白屋的主人正是女孩的父親「歪脖子」阿杜拉曼。後窗還暗著，梅夫魯特早到了十分鐘，心裡急著想趕緊走。他想到昔日一些企圖私奔的男女搞到兩家反目成仇，最後還被射殺，也有人三更半夜逃跑，卻因為迷路，最後被抓了回來。他還想到有些女孩臨時改變心意不走了，讓男孩簡直無地自容，因此不禁有些驚慌失措地站起身來。他告訴自己，神會保佑他的。

有幾條狗吠叫起來。窗口的燈亮了一下，隨即熄滅。梅夫魯特的心開始砰砰跳。他往屋子走去，聽到樹木間一陣窸窸窣窣，接著有個女孩輕輕喊他的名字：

「梅夫―魯特！」

那是個充滿愛意的聲音，聲音主人讀過他入伍期間寫的情書，聲音中帶著信任。這時候，梅夫魯特想起了那些信，有數百封之多，每一封都是以真心的愛與期盼寫出來的。他還記得自己為了贏得那個美麗女孩的青睞，是多麼地全力以赴，也記得自己在心裡勾勒的幸福畫面。如今，終於贏得女孩的芳心了。在那個神奇的夜晚，雖然看不清楚，他卻彷彿夢遊一般朝她的聲音走去。

他們在黑暗中找到彼此，想也沒想就牽起手開始跑。不料跑不到十步，狗又吠了起來，梅夫魯特心一慌，竟迷失了方向。夜色中，樹木有如一堵堵忽隱忽現的水泥牆，他們左閃右躲，彷彿身在夢境。

來到小徑盡頭後，梅夫魯特按原訂計畫往前面的山裡走。有一度，在岩石間往上蜿蜒的山路又陡又險，幾乎就像一路攀上烏雲密布的漆黑天空。他們手牽著手走了將近半小時，整路未停，一直爬到山頂。從那裡可以看到銀溪村和更遠處天泉村的燈火，天泉村是梅夫魯特出生成長的地方。梅夫魯特離開銀溪村後故意繞路，一半是為了避免將追兵引回自己的村子，一半則是出於直覺，以防蘇雷曼心懷不軌出賣他。

狗還繼續吠叫，像著魔似的。梅夫魯特這才驚覺自己如今已是家鄉的陌生人，再也沒有一隻狗記得他。不久，銀溪村方向傳來一記槍聲。他們驀地停下腳步，隨後才又繼續以同樣的速度往前走，但是當安靜了片刻的狗群再次吠叫，他們立刻拔腿奔下山去。樹木枝葉畫傷他們的臉，蕁麻黏在衣服上。黑暗中什麼也看不見，梅夫魯特擔心他們隨時會被石頭絆倒，所幸這種情形並未發生。他害怕狗，但他知道神會眷顧他和萊伊荷，他們會在伊斯坦堡過著非常幸福的生活。

他們上氣不接下氣地來到通往阿卻昔的道路，梅夫魯特很確定他們沒有遲到，現在只等蘇雷曼開車現身，那麼就再也沒有人能把萊伊荷從他身邊搶走。當初梅夫魯特每次開始寫信前，腦海中浮現的都是這個女孩的美麗臉龐與那令人難忘的雙眼，然後小心翼翼、心無旁鶩地刻寫出她美麗的名字「萊伊荷」。此刻，想到那些情感，他滿心歡喜，忍不住加快了腳步。

一片漆黑中，他幾乎看不清一起私奔的女孩的臉。他心想那至少可以抱她親她，可是萊伊荷卻用隨身帶著的包袱溫和地拒絕他。梅夫魯特喜歡她這樣。他決定了，結婚之前還是先別碰將來要共度一生的這個人。

他們手牽著手經過沙普河上的小橋，萊伊荷的手在他手裡輕盈纖細得像隻小鳥。一陣涼風將百里香與月桂葉的香氣吹送過潺潺流水。

夜空亮起紫色光暈，接著雷聲響動。梅夫魯特擔心在搭上長途火車前會被雨淋溼，卻也沒有加緊步伐。十分鐘後，他們看見蘇雷曼廂型車的尾燈，就在汩汩流動的泉水邊。梅夫魯特覺得自己就快被幸福淹沒了，對於剛才對蘇雷曼起了疑心也很過意不去。這時已經下起雨來，他們開始歡欣地往前跑，然而兩人都已疲憊萬分，誰也沒料到車燈比目測的距離還要遠。等他們到達停車處，全身都已溼透。

萊伊荷拿著包袱坐上後座，隱沒在黑暗中。這是梅夫魯特和蘇雷曼事先計畫好的，以防萊伊荷逃家的消息走漏，警察開始盤察路上車輛。同時也是為了不讓萊伊荷認出蘇雷曼。

他倆一坐上前座，梅夫魯特便轉頭對同謀說：「蘇雷曼，只要我活著一天，都會感激你的友情和忠誠！」他情不自禁使勁地抱住堂兄弟。

不料蘇雷曼並未報以同樣的熱情，梅夫魯特不由得自責：他的懷疑想必傷透了蘇雷曼的心。

「你得發誓絕不會告訴任何人說我幫了你。」蘇雷曼說。

梅夫魯特發了誓。

「她後門沒關好。」蘇雷曼說。梅夫魯特便下車，在黑暗中走向車後。他將女孩這側的車門關上時，剛好劈出一記閃電，一時間，天空、山巒、岩石、樹木……他周遭的一切，都彷彿一個遙遠的記憶瞬間亮起。這是梅夫魯特第一次清楚瞧見將與他共度一生的女子的臉。

他一輩子都忘不了當時那種無以復加的奇異感覺。

車子啟動後，蘇雷曼從手套箱拿出一條毛巾遞給梅夫魯特說：「把身子擦乾。」梅夫魯特嗅了嗅毛巾，確定是乾淨的，才拿給後座的女孩。

過了一會，蘇雷曼對他說：「你還是很溼，已經沒有毛巾了。」

雨水劈哩啪啦打在車頂上，雨刷不斷發出尖嚎，但梅夫魯特知道他們正要進入一個無窮無盡的寂靜之地。森林裡漆黑一片，只有廂型車微弱的橘色頭燈隱隱照亮。梅夫魯特曾聽說午夜過後，狼、胡狼和熊會被地府的幽靈附身；夜裡在伊斯坦堡街頭，他也曾多次撞見神祕怪物和魔鬼的影子。在這樣的黑暗中，總會有角尾怪、大腳巨人和頭上長角的獨眼巨人出外遊盪，尋找那些無藥可救的罪人和迷路之人，然後抓回地府去。

「你變啞巴啦？」蘇雷曼開玩笑地說。

梅夫魯特意識到，此時進入的這片怪異寂靜，未來幾年都會在他身邊盤桓不去。

他一面試著理出自己怎會掉入這個人生陷阱，一面暗想：都是因為那些狗叫個不停，我又在黑暗中迷路的關係，明知這番理論說不通，他還是緊咬不放，至少能聊以自慰。

「怎麼了嗎？」蘇雷曼問道。

「沒事。」

車子放慢速度在狹窄泥濘的道路上拐來拐去，車燈照亮了岩石、鬼魅般的樹木、模糊不明的黑影，以及周遭所有的神祕事物，梅夫魯特將這些奇景看在眼裡，眼神顯示出在他有生之年，絕對不會忘記這番景象。他們沿著窄小的路走，有時蛇行上坡，然後又下坡，再悄悄穿過一座黑漆漆、滿地泥巴的村子。每次經過一個村莊，總會迎來狗吠聲，但隨即便又陷入萬籟俱寂之中，梅夫魯特已經弄不清有奇異感的是他的心還是這個世界。黑暗中，他看見神祕鳥類的影子，看見他看不懂的文字寫出的訊息，以及數百年前穿越這片窮鄉僻壤的魔鬼軍團留下的遺跡。他還看見因為罪孽深重而化為石頭的人的幻影。

「沒後悔吧？」蘇雷曼說：「沒什麼可怕的。我還不相信有人會追來呢。他們一定全都知道這個女孩要跑了，大概只有她那個歪脖子老爸被蒙在鼓裡，不過他很好搞定。你等著瞧吧，過個一、兩個月，他們就都會想通了，夏天還沒過完，你倆就能回來接受所有人的祝福。只是別告訴別人我幫過你。」

後來在一道陡坡上急轉彎時，車子後輪陷在泥巴裡出不來。有那麼一刻，梅夫魯特心想一切就到此為止了，萊伊荷回村裡去，他也回伊斯坦堡的家，再不會有麻煩。

但很快地車子又繼續前行。

一小時後，車頭燈照見阿卻昔鎮上一、兩棟孤立的建築與狹小巷道。火車站位在外圍，在鎮的另一邊。

「不管發生什麼事，你們都別分開。」蘇雷曼讓他們在阿卻昔車站下車時說道。他回頭瞄了一眼抱著包袱站在暗處的女孩。「我還是別下車，我不想讓她認出我。現在我也攪進來了。梅夫魯特，你一定要讓萊伊荷幸福，聽到了嗎？她現在是你老婆了，這事沒得反悔。到了伊斯坦堡，這陣子最好低調一點。」

梅夫魯特和萊伊荷目送蘇雷曼開車離去，直到再也看不見紅色車尾燈。他們一塊走進老舊車站，沒有牽手。

進到被日光燈照得亮晃晃的車站內，梅夫魯特再次看了與他私奔的女孩的臉，這回看得更仔細，足以證明他關車門時短暫瞥見卻不太相信的事實。他別過頭去。

這不是他在堂兄柯庫於伊斯坦堡舉行的婚禮上看見的女孩，而是她的姊妹。他們讓他在婚禮上看見漂亮的妹妹，然後卻給了他醜姊妹。梅夫魯特醒悟到自己上當了，羞愧得連看著那女孩的勇氣都沒有，而她說不定根本也不叫萊伊荷。

是誰在惡整他？又是怎麼做的？走向售票口時，他聽見自己的腳步聲在遠處回響，好像是別人的一樣。終其一生，梅夫魯特一見到老舊火車站就會想起這些時刻。

恍惚中，他買了兩張往伊斯坦堡的車票。

售票員說：「馬上就到了。」但完全沒有列車進站的跡象。小小的候車室裡擠滿了籃子、包裹、行李箱與疲憊的旅客，他們挑了一張長椅的角落坐下，彼此未發一語。

梅夫魯特想起來了，萊伊荷的確有個姊妹——或者應該說是他以為名叫萊伊荷的漂亮女孩，因為真正的萊伊荷一定是眼前這個女孩。剛才蘇雷曼是這麼喊她的。梅夫魯特寫情書給萊伊荷，心裡想的卻是另一個人、另一張臉。他甚至不知道自己一直以來腦子裡想的那個漂亮妹妹叫什麼名字。他弄不清楚自己是怎麼被騙，也不記得自己是怎麼走到這一步，因此心中的奇異感覺也成了他落入的陷阱的一部分。

並肩坐在長椅上時，他只看著萊伊荷的手。這隻手，就在剛才，他還充滿愛意地握著；這隻手，當初寫情書時他是多麼渴望能將它握在手裡，這隻穠纖合度又美麗的手。此時它靜靜地貼在她腿上，偶爾小心地撫平裙子與包裹衣物的布包上的皺褶。

梅夫魯特起身走向車站咖啡館。他買了兩個不太新鮮的小餐包，走回萊伊荷身邊時，又再一次從遠處觀察她包著頭巾的頭和臉。她絕對不是他在柯庫婚禮上看到的美麗女孩——當時他不顧父親反對，還是去參加了婚禮。梅夫魯特也再一次肯定，以前從未見過這個女孩，這個正牌的萊伊荷。他們是怎麼來到這一刻的？萊伊荷知不知道那些情書其實是寫給她妹妹的？

「妳要不要吃個小餐包？」

萊伊荷伸出纖細的手取過小餐包。從她臉上，梅夫魯特看見了感激——不是私奔戀人的興奮。坐在梅夫魯特身旁的萊伊荷，像做壞事一樣，偷偷摸摸地吃著小餐包。他也吃著另一個發餿的小餐包，談不上有什麼食慾，只是因為不知道還能做什麼。

他們默默坐著。梅夫魯特覺得自己像個等著放學的小男生，怎麼等都等不到。他的心思不由自主地運轉著，就是想找出到底錯在哪裡，才讓事情演變至此。

他一再回想起那場婚禮，就是他第一次見到那個漂亮妹妹的婚禮，後來還寫了一堆情書給她；想起他父親穆斯塔法（如今已過世）叫他別去參加婚禮，而他又是怎麼一意孤行，偷溜出村去了伊斯坦堡。真的就是那麼一個舉動導致這一切嗎？他的思緒猶如載他們前來的廂型車的頭燈，遊盪在一片半明半暗的景致中——也就是他這二十五年的黯淡記憶與幻影——希望多少能釐清目前的情況。

火車沒來。梅夫魯特又起身去咖啡館，可是店打烊了。有兩輛馬車正等著載客進城。其中一個車伕在無邊無際的靜默中抽著香菸。梅夫魯特朝車站旁邊的一棵老懸鈴木走去。藉著車站發出的微光，隱約可以看到樹下一塊牌子上的字。

國父凱末爾
於一九二二年來到阿卻昔
曾在這棵老懸鈴木樹下
喝過咖啡

梅夫魯特記得歷史課教過阿卻昔，他讀過這座村莊在土耳其歷史上扮演的重要角色，但這個時候卻一點也不記得了。他十分自責，怪自己上學時不夠努力去達到師長的期望，也許這正是他最大的缺點。不過，他又略帶樂觀地想，他才二十五歲，還有很多時間可以自我精進。

回他們坐的長椅途中，他又端詳了萊伊荷一次。不，還是想不起來四年前的婚禮上曾見過她。

鏽跡斑斑的伊斯坦堡列車遲到了四小時，才大聲呻吟著進站來，他們好不容易找到一個空車廂。車廂內只有他倆，不過梅夫魯特還是坐在萊伊荷旁邊，而不是對面。每當變換車道或駛過磨損軌道時，列車都會晃動，梅夫魯特的上臂便會擦碰到萊伊荷的手臂。就連這點都讓梅夫魯特覺得怪異。

他上洗手間時，側耳傾聽從地板孔洞傳來的空隆空隆聲，就像小時候那樣。回到座位發現女孩睡著了。逃家的晚上，她怎能睡得如此安穩？「萊伊荷，萊伊荷！」他在她耳邊輕喚。女孩很自然地醒過來，那神情只有真的名叫萊伊荷的人才會有，她對他甜甜一笑。梅夫魯特一言不發，在她身旁坐下。

他們沒有說話，只是靜靜看著窗外，好像一對結婚多年，已無話可說的夫妻。偶爾會看見一個小村落的路燈，或是一輛行駛在偏僻道路上的汽車尾燈，又或是鐵路的紅綠燈號，可是外面的世界多半是一片黑漆漆，除了窗玻璃上自己的倒影之外，什麼也看不見。

兩小時後，天快亮了，梅夫魯特看見萊伊荷眼中噙著淚。車廂依然是空的，火車正嘈雜駛過一處帶著紫色調的景致，沿途盡是懸崖峭壁。

「妳想回家嗎？」梅夫魯特問她：「妳改變心意了嗎？」

她哭得更凶了。梅夫魯特彆扭地摟住她的肩膀，但因為姿勢太不舒服，他又把手縮回去。萊伊荷哭了許久，梅夫魯特感到愧疚懊惱。

「你不愛我。」她終於開口說道。

「妳怎麼會這麼說？」

「你信裡寫那麼多甜言蜜語，結果都是騙我的。那些信真的是你寫的嗎？」

「都是我親手寫的。」梅夫魯特說。

萊伊荷又繼續哭。

過了一小時，火車停靠阿菲永卡拉希薩站，梅夫魯特跳下車去買一些麵包、兩塊三角形的奶油乳酪和一包餅乾。有個男孩端著托盤在賣茶，他們也買了點茶當早餐飲料。吃早餐時，火車正沿著阿克蘇河行駛。萊伊荷望著窗外經過的城鎮、白楊樹、牽引機、馬拉的貨車、玩足球的小孩，和鐵橋下流過的河水，梅夫魯特見她看得專注也覺得開心。對她而言，一切都很有趣，整個世界都是嶄新的。

在阿來育和烏魯克伊兩站之間，萊伊荷頭靠在梅夫魯特肩上睡著了。梅夫魯特不能否認這讓他覺得快樂，也讓他產生一種責任感。這時兩名警察和一個老先生來坐在他們的車廂。梅夫魯特看見許多高壓電塔、行駛在柏油路上的卡車和新建的水泥橋，並將這些解讀為鄉村進步發展的象徵。他並不喜歡那些塗寫在工廠牆上和貧窮地區附近的政治標語。

梅夫魯特睡著了，他很驚訝自己竟然會睡著。

當列車停靠埃斯基謝希爾，他們一齊醒來，看見警察心裡一陣驚慌，以為被逮到了，但隨即鬆了口氣相視一笑。

萊伊荷的笑容非常真誠，很難相信她會有所隱藏，也很難懷疑她有任何圖謀。她有一張坦率、端莊的面容，充滿陽光。梅夫魯特內心深知她必定是串通了那些騙他的人，可是一看到她的臉，又不禁覺得她完全是無辜的。

當列車逐漸接近伊斯坦堡，他們聊起沿路上經過的巨大工廠，以及伊茲密特煉油廠的高大煙囪冒出的火焰。他們也看到許多大貨輪，心想不知道這些船要開往世界哪個角落。萊伊荷和其他姊妹一樣上過小學，輕易便能說出海外遙遠國家的名稱。梅夫魯特頗以她為傲。

萊伊荷來過伊斯坦堡一次，參加她姊妹的婚禮。但她仍謙虛地問：「這裡是伊斯坦堡了嗎？」

「卡塔勒應該算是伊斯坦堡了。」梅夫魯特帶著一種熟門熟路的自信說：「不過還有一大段路呢。」他指出前方便是王子群島，並承諾有一天會帶她去。

在萊伊荷短暫的人生當中，他們一次都沒去過。

第二部

一九九四年三月三十日星期三

「且舉切爾克斯人為例吧……一旦讓他們在婚禮或葬禮上盡情地喝卜茶，隨後就會拔刀相向。」

——萊蒙托夫[2]《當代英雄》

2 譯注：萊蒙托夫（Mikhail Lermontov, 1814-1841）：俄國作家、詩人。

梅夫魯特，過去二十五年的每個冬夜

別找賣卜茶的麻煩

一九九四年，也就是梅夫魯特與萊伊荷私奔到伊斯坦堡十二年後，三月裡的某個漆黑夜晚，梅夫魯特正在賣卜茶，忽然有只籃子迅速而安靜地從上方落下。

「賣卜茶的，賣卜茶的，請給我兩份卜茶！」一個童稚的聲音喊道。

夜色中，籃子朝著梅夫魯特降落，宛如天使。他見了十分驚訝，因為在伊斯坦堡，從樓上窗戶將籃子綁在繩子末端放下來，向街頭小販買東西的習俗，幾乎已經消失不見。這讓他回想起二十五年前的中學時代，當時他經常幫忙父親賣酸奶和卜茶。這籃子裡放了一只搪瓷罐，梅夫魯特往裡頭倒卜茶時，倒得比樓上孩子要求的更多——不只是兩杯，幾乎是一公斤的分量。他覺得很舒坦，好像被天使碰觸到了。過去這幾年，他的念頭與幻想往往會轉變成與神靈相關的問題。

接著往下說之前，為了確保所有人都能確切地了解這個故事，或許應該先稍作解釋，以免有外國讀者從來沒聽說過，而未來幾代的土耳其讀者恐怕也會在二、三十年內忘個精光。卜茶是一種傳統亞洲飲料，由發酵的小麥製成，口感濃郁、氣味芳香、顏色略微暗黃、酒精含量低。這個故事已是怪事連連，我不想讓人覺得它根本就是奇談。

卜茶在高溫下容易腐敗變酸，因此昔日鄂圖曼人統治時，多半都是冬季期間在店鋪裡販售。一九二三年建立土耳其共和國時，伊斯坦堡的卜茶店早已關門大吉，被德國啤酒廠取代了。但是在街頭兜售這種傳統飲料的小販始終健在。一九五〇年代以後，賣卜茶的生意成了梅夫魯特這類人的專利，冬夜裡他們走在貧窮荒僻的鵝卵石街道上，高喊著「卜茶——」，讓人想起過往數百年，那些已經遠逝的美好歲月。

梅夫魯特感覺到六樓的孩子們已有些不耐，連忙將他們放在籃子裡的鈔票收進口袋，找的零錢放到罐子旁邊，然後輕輕拉一下籃子，就像他小時候和父親在街上叫賣時一樣，籃子立刻動起來。

那個柳條籃迅速上升，一面在冷風中左搖右晃，不斷碰撞到下方樓層的窗台和排水管。孩子們費了點力氣，不過當籃子終於到達六樓，又盤旋了片刻，有如一隻快樂的海鳥乘著完美的氣流滑翔，然後彷彿一樣神祕禁忌的東西消失在黑夜裡，而梅夫魯特也繼續上路。

「卜——茶——」他對著昏暗的街道大聲喊著：「好——喝的卜——茶——」

用籃子向街頭小販買東西是舊日習俗，當時伊斯坦堡的建築物沒有電梯和電鈴，也很少超過五、六樓高。早在一九六九年，梅夫魯特剛開始跟著父親幹活的時候，只想待在屋裡的家庭主婦就會用籃子買東西，除了卜茶，她們也買日常食用的酸奶，甚至會向賣雜貨的小弟買各式用品。因為家裡沒有電話，她們便在籃子底部繫上小鈴鐺，讓雜貨商或是路過的小販知道她們缺東西。同樣地，小販將酸奶或卜茶放進籃子安置妥當後，也會搖動鈴鐺與籃子通知買家。梅夫魯特一直都很喜歡看著這些籃子往上爬升，有些會隨風搖擺，碰撞到窗戶、樹枝、電線與電話線，以及橫拉在建築之間的晾衣繩，鈴鐺也會隨著每次撞擊發出清脆悅耳的鈴聲。熟客會把記帳本一併放在籃子裡，讓梅夫魯特在送回籃子前，把當天買酸奶的消費記入本子。梅夫魯特的父親不識字，兒子從鄉下進城之前，他總是用畫線的方式記帳（一條線代表一公斤，半條線代表半公斤，依此類推）。看到兒子不僅為顧客登記數字還寫了較詳細的註記，諸如「酸奶加奶油；週一至週五」，他心裡滿是驕傲。

然而這二十五年來，伊斯坦堡變化太大了，如今這些回憶對梅夫魯特而言就像童話一樣。他剛來的時候，大多數街道都鋪設鵝卵石，但現在都成了柏油路。本來市區裡多半都是庭院環繞的三層樓建築，如今卻已夷為平地，取而代之的是更高的公寓大廈，住在高樓層的人根本不可能聽見底下街道的叫賣聲。現在收音機也被整晚開著的電視機取代，更是淹沒了卜茶小販的聲音。從前街上的人都穿得一身灰撲撲，顯得安靜畏縮，如今則變得吵鬧、有活力且過度自信。梅夫魯特是一天天經歷這些改變，而不是一夕驟變，因此他不像某些人會為這樣的轉變哀嘆。相反地，他試著跟上這些重大轉變的步伐，叫賣時總會選擇他確信能得到友善對待的鄰區。

比方說，像貝佑律這樣的地方！這是人口最多的一區，離他家也最近。十五年前，一九七〇年代末，這一帶那些門面破爛的歌舞酒吧、夜總會，和半隱密的妓院還在營業時，梅夫魯特總能在後街僻巷裡做生意一直做到大半夜。在生火爐取暖的地下室夜總會唱歌兼當服務生的女人；她們的忠實歌迷；留著濃密的八字鬍、從安納托利亞鄉下到伊斯坦堡添購物品，經過漫長的一天之後還喜歡請女侍喝一杯的中年男子；景況淒慘的伊斯坦堡最新移民，以及阿拉伯與巴基斯坦遊客——在夜總會裡和幾名女子同桌共飲就能讓他們興奮不已；服務生、保鑣、守門人……即使到了午夜時分，這些人還是都會向梅夫魯特買卜茶。但約莫在過去十年間，這一區也和整個城市一樣受到改變之魔的詛咒，那段過往的結構全被拆解得七零八落，導致常客就此離去，演奏鄂圖曼音樂、歐風土耳其音樂與歐陸音樂的夜總會也紛紛倒閉，換成一批嘈雜的新店家，賣的是用開放式烤架烹調的阿達納烤肉和旋轉烤肉，搭配茴香酒。喜歡上那兒跳舞的年輕人對卜茶沒興趣，因此梅夫魯特便再也不上獨立路那一帶去了。

二十五年來，每天晚上八點半左右，當晚間新聞接近尾聲，梅夫魯特就會準備出門，離開他在塔拉巴什鄰區租來的房子。他穿著妻子手織的褐色毛衣，戴上毛線帽，圍起那條特別能吸引顧客的藍色圍裙，拿起裝了由妻女加糖和特殊香料調製而成的卜茶罐子，根據經驗掂掂重量（有時候遇上寒涼夜晚，他會說準備得不夠多），然後套上深色大衣，與家人道別。女兒還小的時候，他總會叫她們別等他，但最近他只說：「我很快就回來。」而她們的眼睛卻仍緊盯著電視不放。

一跨進外頭的寒夜，他做的第一件事就是挑起已經用了二十五年的橡木扁擔，兩頭各綁一個裝滿卜茶的塑膠罐，然後像個即將上戰場的士兵，最後再檢查一次彈藥，也就是他的腰包和外套內袋，裡面全是一小袋一小袋的烤鷹嘴豆和肉桂粉（可能是他妻子，可能是他那對愈來愈暴躁不耐的女兒，也可能是梅夫魯特自己事先在家準備好的），最後才出發展開他無止境的夜行。

「好——喝的卜——茶——……」

他會很快來到北邊幾個鄰區，然後一到塔克辛，就立刻前往事先選定當天要去的地點，認真地叫賣做生意，中間只休息半小時抽菸。

那天晚上，籃子宛如天使般朝著梅夫魯特降臨的時間是九點半，他人在潘加提。到了十點半，他已經來到居密瑟約的僻靜街道，沿著暗巷往上走向小清真寺時，忽然看到幾星期前第一次留意到的一群流浪犬。流浪犬從不攪擾街頭小販，所以之前梅夫魯特並不害怕這些狗。但此刻他感覺到心跳莫名加快，也因此擔心起來。他知道流浪犬嗅到懼怕的氣息就會攻擊。於是他努力地改想其他事情。

他試著去想女兒看電視大笑的模樣，想墓園裡的柏樹，想自己很快就會回到家和妻子聊天，想他教團的聖導師說過一個人應該保持心靈純淨，想他前幾天夜裡夢見的天使。但這些仍不足以驅散他對那群狗的畏懼。

「汪！汪！」其中一隻上前吠叫。

後面又跟了一隻。牠們都是泥褐色，在黑暗中很難看清。梅夫魯特看見遠處還有一隻黑狗。

這三隻外加他看不見的第四隻，全部同時叫起來。梅夫魯特忽然感到一陣恐懼，他當街頭小販以來，只體會過一、兩次這樣的恐懼，而且是在小時候。他怎麼也想不起任何可以把狗趕跑的經文或祈禱詞。他全身肌肉緊繃不動，可是狗還是繼續狂吠。

梅夫魯特四下張望，想找一扇開著的門逃進去，或是一道門階暫時躲避。該不該拿下背上的扁擔當武器呢？

這時有人打開一扇窗，高喊道：「噓！別找賣卜茶的麻煩！噓！噓！」

那群狗嚇得噤了聲，然後便走開了。

梅夫魯特對四樓窗口出現的這個人滿懷感激。

「賣卜茶的，不能讓牠們看出你害怕。」那個男人說：「這些狗惡劣得很，你要是害怕，牠們會知道的，懂嗎？」

「謝謝。」梅夫魯特說著便要繼續上路。

「喂，你乾脆上來，我們順便買點卜茶好了。」這男人頤指氣使的態度讓梅夫魯特不太高興，不過他還是往門口走去。

門「嗶吱」一聲開了。建築物內有丁烷瓦斯、炸油和油漆混合的氣味。梅夫魯特慢條斯理地爬樓梯上四樓。到了那間公寓後，主人十分親切地請他進去，就跟早年一樣，而不是讓他在門外等候。

「快進來吧，賣卜茶的，你一定很冷吧。」

有幾雙鞋子整齊排列在門外。當他彎腰解鞋帶時，想起了老友費哈以前常說：「伊斯坦堡的建築有三種類型。」一、裡面住的都是信仰虔誠的家庭，居民會每天禱告，還會把鞋子脫在門外；二、富有的西化家庭，可以穿鞋子進屋；三、前兩類混居的新式大樓。

這棟建築位在富裕的一區，這裡的人進屋前不會把鞋子脫在門外，但不知為何，梅夫魯特覺得自己好像進了一棟混合傳統宗教家庭與西化家庭的新式公寓大樓。無論如何，現在只要難得受主人邀請進客廳或廚房，不管這是尋常人家或是富有人家的公寓，他總會恭敬地在門口脫鞋。「別管鞋子了，賣卜茶的！」主人偶爾會從屋裡這麼喊他，他卻不予理會。

這間公寓瀰漫著強烈的茴香酒味。他可以聽見裡面的人嘰嘰喳喳地愉快交談著，晚餐還沒吃完就已經喝醉。只見一群男女約六、七人，坐在一張幾乎占滿整個客廳空間的餐桌旁，一邊看電視一邊喝酒說笑，電視聲音開得太響了些，一如所有住家。

眾人發現梅夫魯特進到廚房時，一度安靜下來。

廚房裡有個喝得醉醺醺的男人說：「來，給我們一點卜茶吧，賣卜茶的。」他不是剛才出現在窗口那個人。「你有沒有帶烤鷹嘴豆和肉桂粉？」

「有！」

梅夫魯特知道，就算問這群人要買幾公斤也是白問。

「你們有幾個人？」

「你們有幾個人？」醉漢用揶揄的口吻衝著客廳喊。這一問引起一陣哄笑和辯論，桌旁的人還花了點時間數人頭。

「賣卜茶的，要是酸的我可不喝。」梅夫魯特聽見餐桌那邊有個女人這麼說。

「我的卜茶是甜的。」梅夫魯特回答。

「那我不要。」一個男人的聲音說道：「酸的卜茶才是好卜茶。」

他們開始爭辯起來。

「賣卜茶的，你過來。」另一個喝醉的聲音喊道。

梅夫魯特從廚房走到客廳，自覺可憐兮兮又格格不入。有那麼一刻，四下安靜無聲，桌旁每個人都面帶微笑，用好奇的眼光看他。可能是因為看見早已過時遠去的年代留下的活古董，覺得新鮮吧。過去這幾年，梅夫魯特已經習慣這種眼光。

「賣卜茶的，正統卜茶應該是甜的還是酸的？」一個留小鬍子的男人問道。

在場的三名女子都染了金髮。梅夫魯特發現剛才開窗救他脫離狗群的男人，就坐在餐桌另一頭，兩個女人對面。「卜茶可以又甜又酸。」梅夫魯特說。這個答案他已經默記了二十五年。

「賣卜茶的，光賣這個生活過得去嗎？」

「還可以，感謝神。」

「這麼說，做這個很好賺囉？你做多久了？」

「二十五年了。以前我白天還會賣酸奶。」

「如果你都做了二十五年，又很好賺，你現在一定很有錢吧？」

「我不敢這麼說。」梅夫魯特說。

「為什麼？」

「所有和我一起從鄉下來的親戚現在都賺大錢了，但我猜我就是沒這個命吧。」

「為什麼？」

「因為我是老實人，」梅夫魯特說：「我沒辦法撒謊、賣不新鮮的東西，或是騙人，就只為了要買房子或是給女兒辦個體面的婚禮……」

「你很虔誠嗎？」

梅夫魯特現在知道了，這個問題在較富裕的家庭裡帶有政治意涵。三天前，以窮人為主要支持者的伊斯蘭政黨在市政選舉中獲勝。梅夫魯特也投給該黨參選人，他之所以意外當選伊斯坦堡市長是因為他很虔誠，而且念的是卡辛帕莎鄰區的皮亞勒帕夏小學，也正是梅夫魯特的女兒現在就讀的學校。

「我是生意人。」梅夫魯特精明地回答：「生意人怎麼可能是虔誠信徒？」
「為什麼不可能？」
「我一天到晚都要工作。如果老是在街頭，就不可能一天禱告五次……」
「你白天都做什麼？」
「什麼樣的活都做過……我賣過鷹嘴豆飯，當過餐廳服務生，賣過冰淇淋，還當過經理……我什麼都會。」
「什麼經理？」
「賓邦咖啡館。在貝佑律區，不過已經關門了。你們聽過嗎？」
「那你現在白天在做什麼？」窗口那個男的問道。
「最近沒事做。」
「你有老婆，有家庭嗎？」一個長相甜美的金髮女子問道。
「有，我們還有兩個漂亮的女兒。她們就像天使一樣，感謝神。」
「你會送她們去上學吧？等她們長大，你會讓她們包頭巾嗎？」
「你太太有沒有包頭巾？」
「我們只是鄉下來的窮人，」梅夫魯特說：「我們很重視傳統。」
「所以你才賣卜茶？」
「我們家人來到伊斯坦堡大多都是賣酸奶和卜茶，但在我們村子裡其實沒聽過這種東西。」
「這麼說你是來到城裡才發現卜茶的？」
「是。」

「你是從哪學的叫賣聲，還挺像回事的。」

「你的聲音很好聽，很像喚拜人。」

「小販的聲音要有感情，卜茶才能賣得好。」梅夫魯特說。

「不過賣卜茶的，你晚上走在街頭不會害怕或是無聊嗎？」

「全能的神一定會守護可憐的卜茶小販。我在外面都會想一些好的事情。」

「就算走在漆黑空盪的路上，就算經過墓園和遊盪的狗群，就算看見魔鬼和精靈，也是一樣嗎？」

梅夫魯特沒有應聲。

「你叫什麼名字？」

「梅夫魯特．卡拉塔希。」

「來吧，梅夫魯特先生，讓我們聽聽你怎麼喊『卜茶——』。」

梅夫魯特不是第一次碰上整桌喝醉酒的人。最初一開始在街頭叫賣，就有很多喝醉的人問他說他的村子有沒有電（他剛來伊斯坦堡那時候還沒有，但現在是一九九四年，已經有了）、他有沒有上過學，接著還問一些諸如「你第一次搭電梯是什麼感覺？」之類的問題。早些年，梅夫魯特會想出有趣的回答，來討那些請他進客廳的顧客歡心，即使讓自己顯得天真無知或不知民間疾苦，也不會感到彆扭不安，而那些友善的熟客也無須再三要求，就能聽到他當場表演「卜茶——」的吆喝聲——這通常只在街上才能聽見。

但那已是過去的事。如今，梅夫魯特感到一種說不上來的憤恨。要不是感激那個男人救他脫困，他會當下結束對話，把卜茶給他們，然後走人。

「你們有多少人想喝卜茶？」他問道。

「啊，你不是在廚房就給他們了嗎？我們還以為你已經都弄好了呢！」

「你這卜茶是哪來的？」

「我自己做的。」

「不會吧？我還以為所有卜茶販子都是買現成的。」

「現在在埃斯基謝希爾有一間工廠，已經開五年了。」梅夫魯特說：「不過我都是跟最老牌、最頂尖的維法卜茶店買沒有加工的卜茶，然後加入我自己的調味原料，變成可以喝的飲料。」

「所以說你是在家裡加糖進去的？」

「卜茶本來就是又甜又酸。」

「拜託！卜茶應該是酸的。是發酵過程讓它變酸的，是酒精的緣故，就跟葡萄酒一樣。」

「卜茶有酒精成分？」一名女子眉毛揚得高高地問道。

「親愛的，妳還真是什麼都不懂，是吧？」其中一個男的說：「卜茶是鄂圖曼人統治時的首選飲料，因為酒類都被禁了。穆拉特四世在晚上微服出巡以後，不但把酒館、咖啡館都給關了，連卜茶店也沒能倖免。」

「他為什麼要禁咖啡館？」

此話一出立刻引發一番醉言醉語的議論，梅夫魯特在酒吧裡和在滿桌老酒鬼的場合目睹過許多次。有一度，大夥都忘了他的存在。

「賣卜茶的，你說說看，卜茶裡面有沒有酒精？」

「卜茶裡面沒有酒精。」梅夫魯特這麼回答，卻心知肚明這不是事實。以前他父親也常常撒這個謊。

「少來了，賣卜茶的……卜茶裡面有酒精，只不過可能不多。我猜就是因為這樣，鄂圖曼時期的信徒才能喝醉卻不受罰：『卜茶裡面當然沒有酒精了』，他們會這麼說，然後開開心心喝個十杯，喝到爛醉。可是共和國成立以後，國父讓茴香酒和葡萄酒合法，卜茶就再也沒用了。它就是在那個時候，在七十年前消失的。」

「如果重新恢復某些宗教禁令，說不定卜茶又能東山再起……」一個鼻子細長的醉酒男子說道，同時用挑釁的眼神瞄了梅夫魯特一眼。「對於選舉結果你怎麼看？」

「沒有，」梅夫魯特眼睛眨也不眨地說：「卜茶裡面沒有酒精，要不然我就不會賣了。」

「看吧，這個人可不像你，他是在乎他的信仰的。」其中一個男人對另一人說。

「你說的是你自己吧。我是虔誠教徒，只是我也愛我的茴香酒。」鼻子細長的那人說。「賣卜茶的，你的意思是說卜茶裡面沒有酒精，因為你會害怕？」

「我誰也不怕，我只怕神。」梅夫魯特說。

「哇，這就是你的答案，是嗎？」

「不過你難道不擔心晚上有流浪狗和搶匪？」

「沒有人會傷害可憐的卜茶小販。」梅夫魯特微笑著說。這也是他演練過的回答。「強盜匪徒不會找賣卜茶的麻煩。我做這行已經二十五年，從來沒被搶過。每個人都很尊重卜茶小販。」

「為什麼？」

「因為卜茶已經流傳很久，是祖先傳下來給我們的。今天晚上在伊斯坦堡街頭賣卜茶的人，不可能超過四十個。很少有人會像你們這樣真的來買卜茶，大部分都只是喜歡聽賣卜茶的吆喝聲，懷想過去。這種感情讓賣卜茶的人很開心，也是讓我們繼續幹活的動力。」

「你信神嗎？」

「信，我是個敬畏神的人。」梅夫魯特知道這種話會讓他們略感害怕，便故意這麼說。

「那你也愛國父嗎？」

「元帥大人穆斯塔法．凱末爾帕夏曾經在一九二三年路經阿卻昔，就在我家鄉附近。」梅夫魯特告訴他們。「後來他在安卡拉建立共和國，然後又到伊斯坦堡，住在塔克辛的公園飯店……有一天他站在房間的窗口前面，發現城裡好像少了平時歡樂忙碌的氣氛，就問了副官，副官跟他說：大人，我們下令禁止街頭小販進城，因為在歐洲沒有這些，我們以為你看了會生氣。可是這才真的讓國父生氣，他說：街頭小販是在街上唱歌的小鳥，是伊斯坦堡的生命和靈魂，無論什麼情況下都不能禁。從那天起，街頭小販就能自由地在伊斯坦堡街頭四處走動了。」

「國父萬歲！」一名女子說。

其他幾名用餐者跟著歡呼回應。梅夫魯特也加入其中。

「好呀，不過要是伊斯蘭政黨得勢，國父會怎樣？政教分離主義又會怎樣？土耳其會不會變成跟伊朗一樣？」

「那你就放心吧，軍方不會任由他們這麼做。他們會發動政變，解散這個黨，把所有人都關起來。對不對，賣卜茶的？」

「我只是個賣卜茶的，」梅夫魯特說：「不管那些複雜的政治。那種事還是留給比我在行的人吧。」

雖然大夥都醉了，卻也聽得出梅夫魯特話中帶刺。

「我也跟你一樣啊，賣卜茶的。這世上我只怕神和我丈母娘。」

「賣卜茶的，你有沒有丈母娘？」

「可惜我一直沒機會見到她。」梅夫魯特說。

「你是怎麼結婚的？」

「我們墜入愛河後就私奔了。可不是每個人都能說這種話。」

「你們是怎麼認識的？」

「我們在一個親戚的婚禮上看見對方，一見鍾情。我給她寫了三年的情書。」

「哎呀呀，賣卜茶的，真是人不可貌相啊！」

「那你太太現在在做什麼？」

「她在家裡做一些針線活。這也不是每個人都能做的。」

「賣卜茶的，要是喝了你的卜茶，我們會不會更醉啊？」

「喝我的卜茶不會醉。」梅夫魯特說：「你們總共有八個人，我給你們兩公斤。」

他又回到廚房，花了一會功夫才配好卜茶、烤鷹嘴豆和肉桂粉，並收了錢。他很快地穿上鞋子，動作之敏捷就像從前隨時得應付排隊等候的客人，不能拖拖拉拉。

「賣卜茶的，外面又溼又泥濘，小心點。」他們從客廳喊著說：「別讓人給搶了，別讓狗給咬得稀巴爛！」

「賣卜茶的，要再回來喔！」其中一個女的說。

梅夫魯特清楚得很，他們不是真的想再喝卜茶，剛才叫他進來只是因為聽到他的叫賣聲，想在酒醉之餘來點消遣。外頭的冷風感覺真好。

「卜──茶──」

二十五年來，他見過太多像這樣的住家，見過太多民眾與家庭，這種問題也聽過不下數千次。一九七〇年代末期，在貝佑律和多拉德勒鄰區的偏僻巷弄，穿梭在夜總會歌舞演員、賭客、混混、皮條客和妓女之間，他就碰見過許許多多像今晚這樣的醉客。經驗一多，自然懂得不要和醉酒的人有太多互動，面對他們時「絕對不能四目相交」（以前軍中有些狡猾的人經常這麼說），而且要盡快回到大街上。

二十五年前，幾乎每個人都會請他進屋、進廚房，然後問他冷不冷？白天有沒有上學？要不要喝杯茶？有些人會請他進客廳，甚至請他一塊坐在餐桌旁。那是美好的往日，當時他太忙著送貨，沒法好好待下來享受主人的熱忱款待。梅夫魯特知道自己當天晚上特別敏感，因為已經許久沒有人對他如此感興趣。而那群人也很奇怪；以前很少在一個有廚房等等設備的正式家庭住宅裡，看到男女一起喝茴香酒、說醉話。朋友費哈老是半開玩笑地揶揄他說：「現在都可以全家一起喝國產的四十五度泰克爾牌茴香酒喝到醉了，誰還會要你這三度的卜茶？做這個沒前途，梅夫魯特，拜託你就改行吧！這個國家的人已經不需要靠你的卜茶買醉了。」

他挑了一條巷道走到芬德克里鄰區，送半公斤卜茶去給一個熟客，從客人家出來的時候，看見門口有兩個可疑身影。對這些「可疑人物」要是想太多，他們會知道他的心思（像在夢裡一樣），然後就會企圖傷害他。可是他實在忍不住，那兩個黑影已經引起他注意。

他本能地轉頭去看有沒有狗跟在後面，剎那間，幾乎可以確定那黑影尾隨著他。但又不太相信。他加倍用力，也加倍漫不經心地搖著鈴，只是搖得急促。「卜——茶——」他高喊道。他決定避開塔克辛抄近路回家，先沿階梯走下兩座小山間的凹地，再往上回到奇哈吉。

他正要走下階梯時，其中一個黑影高喊出聲：「喂，賣卜茶的，等一下。」

梅夫魯特假裝沒聽見。他讓背上的扁擔保持平衡，小心翼翼地往下跑了幾階，可是一到街燈照不到的地方，也只得放慢腳步。

「喂，賣卜茶的，我叫你等一下！我們又不會咬人，只是想買點卜茶。」

梅夫魯特停下後，想到自己怕成這樣有點慚愧。階梯底端有一棵無花果樹遮蔽了街燈，格外陰暗。他和萊伊荷私奔那年夏天，晚上總會推著三輪推車到這裡來賣冰淇淋。

「你的卜茶怎麼賣？」那兩人步下階梯，其中一個長得像流氓的人問道。

這時候，他們三人都站在無花果樹下的陰暗處。想喝杯卜茶的人的確都會先問價錢，不過態度通常很溫和，甚至膽怯，他們會禮貌地問，口氣不會這麼衝。現在的情況有點不對勁。梅夫魯特便說出平常售價的一半。

「那有點貴。」身材比較壯的那人說：「算了，給我們來兩杯吧。你一定賺翻了。」

梅夫魯特放下卜茶罐，從圍裙口袋拿出一只大塑膠杯，往裡頭倒滿卜茶，然後遞給較年輕、矮小的那人。

「給你。」

「謝謝。」

他在倒第二杯時，氣氛忽然變得沉默尷尬，讓他幾乎感到內疚。較高大的那位察覺到了。

「賣卜茶的，你在趕時間嗎？那麼忙啊？」

「沒有，沒有。」梅夫魯特說：「生意不太好。卜茶已經過時了，現在不像以前那麼好做，已經沒有人買了。今天本來是不想出來的，可是家裡有人病了，需要多賺點錢好煮點熱湯。」

「你一天賺多少？」

「你也知道俗話說女人的年齡不能問，男人的薪水也不能問。」梅夫魯特說：「不過既然你都問起了，我就告訴你吧。」他邊說邊將第二杯卜茶遞給身影較高大的那人。「生意旺的時候，可以賺到一天的生活費。但要是像今天這麼清淡，就得餓著肚子回家。」

「你看起來不像餓著肚子。你是哪裡人？」

「貝伊謝希爾。」

「那是什麼鬼地方？」

梅夫魯特沒有答腔。

「你來伊斯坦堡多久了？」

「到今年應該有二十五年了。」

「你已經來二十五年，卻還說自己是貝伊謝希爾的人？」

「不是……只是你問了嘛。」

「這麼長時間，你肯定賺了不少錢。」

「哪有什麼錢？你看看我，半夜都還在工作呢。你們是哪裡人？」

他二人沒有回答，梅夫魯特害怕起來，便問道：「你們要不要在卜茶上面灑點肉桂粉？」

「灑吧。肉桂粉要多少錢？」

梅夫魯特從圍裙拿出裝肉桂粉的黃銅罐。「鷹嘴豆和肉桂粉都是附送的。」他說著往兩個杯子上灑了點肉桂粉，接著從口袋掏出兩包烤鷹嘴豆。平常他都是直接拿給顧客，現在卻幫忙撕開包裝袋，在陰暗夜色中把豆子灑入杯中，像個熱心的侍者。

「卜茶配烤鷹嘴豆最對味了。」他說。

那兩人對望一眼，然後一飲而盡。

「這樣吧，今天過得不太順，你就幫我們一個忙。」其中年紀比較大也比較粗壯的那人，喝完飲料後這麼說。

梅夫魯特知道接下來會發生什麼事，便試圖先發制人。

「你要是沒帶錢，就下次再給吧，朋友。在這座大城市，我們窮人要是不在必要的時候互相幫忙，還有誰會幫我們？只要你高興，這兩杯就算我請客吧。」他彎身挑起扁擔，眼看就要繼續上路。

「先別急著走，賣卜茶的。」身材壯碩那人說：「剛才不是說要你幫我們一個忙嗎？把錢拿出來。」

「可是我身上沒錢。」梅夫魯特說：「只有剛才賣了一、兩杯拿到的零錢而已。這錢得拿去替家裡生病的人買藥，我不……」

說時遲那時快，較矮小那人已經從口袋掏出一把彈簧刀。他按下按鈕，刀刃靜靜地彈出，他用刀尖抵住梅夫魯特的肚子。在此同時，較高大那人已經繞到梅夫魯特背後，壓制他兩條手臂。梅夫魯特立刻噤聲。

較矮小那人一手拿刀抵著梅夫魯特的肚子，另一手快速卻徹底地搜索梅夫魯特的圍裙口袋和他外套的每個夾層。他很快地將所有能找到的東西，包括鈔票和零錢，收進口袋。梅夫魯特發現此人非常年輕而醜陋。

「把頭轉過去，賣卜茶的。」較高大強壯那人發現梅夫魯特盯著那孩子的臉，便對他說：「你身上的錢還真不少哦？難怪你想逃跑。」

「現在夠了吧。」梅夫魯特擺動身子想要掙脫。

「夠了？」他身後那人說：「我可不這麼想。還不夠。你二十五年前來到這裡，在城裡到處搜刮，現在好不容易輪到我們，怎麼？你決定收手啦？我們來得晚，結果變成我們的錯啦？」

「不是，不是。不是任何人的錯。」梅夫魯特說。

「你在伊斯坦堡買了什麼？房子、公寓，還是什麼？」

「我名下什麼也沒有。」梅夫魯特撒謊道：「完全沒財產。」

「為什麼？是你太笨還是怎樣？」

「我只是沒這個命。」

「喂，二十五年前來到伊斯坦堡的人，現在每個都在某個貧民區買房子了。他們土地上的建築物也是一棟接著一棟地蓋。」

梅夫魯特氣憤地扭動，卻只是讓刀子稍微更用力刺進肚子（「天哪！」梅夫魯特喊了一聲。），也讓對方頭從到腳再搜一遍他的身。

「你老實說，你是真的笨或只是裝笨？」

梅夫魯特沒有回答。身後那人熟練地將梅夫魯特的左臂一扭，順勢將他的手往背後拉。「這是什麼！原來你不喜歡把錢花在買房子或土地，你比較喜歡手表，是不是，貝伊謝希爾的朋友？現在我明白了。」

梅夫魯特手腕上的瑞士表立刻被扒了下來，那是他十二年前收到的結婚禮物。

「什麼樣的人會搶劫賣卜茶的小販啊？」梅夫魯特問。

「凡事都有第一次。」把他雙臂押在背後的那個人說：「你現在別再出聲，也別回頭看。」

梅夫魯特默默地看著那一老一少走開來，那一刻才頓時醒悟到他們一定是父子。梅夫魯特與父親從來沒像他二人這樣聯手幹過壞事，父親時不時都在責備他。梅夫魯特安靜地步下階梯，來到一條通往卡贊契崗的巷道。四下靜悄悄，不見一個人影。回家以後，萊伊荷會怎麼說？他能安心地隱瞞這件事，不告訴任何人嗎？有一瞬間他暗自想像這起搶案是個夢，一切其實依舊如常。他不會告訴萊伊荷自己被搶，因為他並沒有被搶。在這個幻想中沉溺幾秒鐘之後，他覺得舒服了些，便又搖起鈴來。

「卜——茶——」他習慣性地開口吆喝，卻驀然驚覺喉嚨發不出聲音。

在從前的美好歲月裡，每當街頭發生不痛快的事，每當他覺得受辱、傷心，總是指望著回到家有萊伊荷替他打氣。

今晚雖然還有一些卜茶沒賣完，梅夫魯特卻匆匆趕回家，沒有再喊一聲「卜——茶——」，這是他當街頭小販二十五年來頭一遭。

當他走進那只有一個房間的家，發覺屋裡沒有聲響，便推斷兩個女兒都上床睡了。

萊伊荷坐在床邊做針線活，面前的電視開著，聲音轉小了，一如每個等待梅夫魯特回來的夜晚。

「我以後不賣卜茶了。」他說。

「你這是怎麼了？」萊伊荷說：「你不能不賣卜茶啊。不過你說得對，你得換個工作。光靠我做刺繡是不夠的。」

「我告訴你，我受夠卜茶了。」

「聽說費哈在電力局賺了很多錢，」萊伊荷說：「你給他打個電話，他會替你安排工作的。」

「我死都不找費哈。」梅夫魯特說。

第三部

一九六八年九月至一九八二年六月

「我從襁褓時期就受父親憎恨。」

——斯湯達爾[3]《紅與黑》

3 譯注：斯湯達爾（Stendhal, 1783-1842）：法國作家。

一、梅夫魯特在村裡

如果這個世界能說話，它會說什麼？

若想理解梅夫魯特的決定、他對萊伊荷的專情與他對狗的懼怕，就得從他的童年說起。一九五七年，他出生在科尼亞省貝伊謝希爾地區的天泉村，十二歲之前從未踏出過村子一步。一九六八年秋天小學畢業後，他本以為能像其他處境相同的小孩一樣，到伊斯坦堡幫父親做事，一面繼續學業，沒想到父親不讓他去，他只好繼續待在村裡，當了一陣子牧童。梅夫魯特一輩子都想不通，為什麼當年父親堅持要他留在村裡？對此他怎麼也想不出個令人滿意的解釋。他的朋友、他伯父的兒子柯庫和蘇雷曼，都已經離家去了伊斯坦堡，因此那年冬天對梅夫魯特來說十分孤單淒涼。他只有十來隻羊作伴，在河邊趕來趕去。他成天盯著遠方淺淺淡淡的湖水，盯著駛過的巴士和卡車，盯著鳥兒和白楊樹。

有時候，他發現白楊樹上的葉子在微風中抖動，便覺得是樹木在向他傳遞訊息。有些葉子顯露出較暗的一面，有些則顯露出已乾枯、顏色較淺的一面，然後驀地一陣風悠悠吹來，翻出暗色葉子發黃的底面，也掀開枯黃葉子較暗的一面。

梅夫魯特最喜歡的消遣就是撿拾細枝，曬乾後搭營火。火一升起，他養的狗喀米就會繞著火堆蹦跳兩、三次，接著看見主人坐下來伸出手烤火，便也在旁邊坐下，動也不動地瞪著火看，就跟梅夫魯特一樣。

村子裡所有的狗都認得梅夫魯特，就算他在烏漆抹黑、靜悄悄的深夜溜出來，從來也不會有狗對著他吠，這讓他對這個村子有一種真正的歸屬感。村裡的狗只會對外地人，對任何可能造成威脅或陌生的人吠叫。但有時候狗也會衝著村裡人吠，譬如梅夫魯特的堂兄弟，也是他最好的朋友蘇雷曼。「蘇雷曼，你一定是有什麼壞心眼！」其他人會如此嘲弄他。

蘇雷曼。其實，村裡的狗從來沒吠過我。我們現在搬到伊斯坦堡了，梅夫魯特還留在村子裡，我很難過也很想他……不過村裡的狗對我就跟對梅夫魯特一樣。我只是覺得應該把這點說清楚。

偶爾，梅夫魯特會帶著他的狗喀米去爬山，把羊群留在山下吃草。從高處俯瞰下方綿延的原野，梅夫魯特會渴望能好好地活，能快快樂樂，能在這世上有所作為。有時候他會幻想著父親搭巴士來帶他上伊斯坦堡。底下牲畜吃草的那片平原，伸展到溪流一個轉彎處，被一片陡峭的岩石面截斷了。有時可以看見另一頭的平原邊上冒起煙來，梅夫魯特知道那一定是隔壁銀溪村的牧童生的火，他們也跟他一樣，沒法去伊斯坦堡繼續升學。從梅夫魯特和喀米所在的山頭，要是在萬里無雲、有風的日子，尤其是早上，可以看得見銀溪村的小房舍，以及村裡那棟可愛的白色小寺院和它的修長尖塔。

阿杜拉曼大爺。說到這裡，請恕我很快地打斷一下，因為我正是住在前面提到的銀溪村。一九五〇年代，住在天泉村、銀溪村和鄰近三個村落的人，大多都很窮。冬天裡，我們都得跟雜貨店老闆賒帳，勉勉強強捱到春天。春天一來，有些男人會上伊斯坦堡的工地做工，有些人卻是連去伊斯坦堡的巴士車錢都付不起，所以雜貨店老闆「瞎子」會替這些人買車票，再記到帳本最上頭。早在一九五四年，我們銀溪村有一個身材特別高大、肩背寬闊、名叫尤蘇夫的人，到伊斯坦堡去當建築工人，後來——完全是瞎貓抓到死耗子——開始沿街叫賣起酸奶，賺了不少錢。起先，他把兄弟和表親帶到伊斯坦堡幫忙，一夥人都住小套房。在那之前，銀溪村的人對酸奶還一無所知。可是沒多久，大多數人都想去伊斯坦堡賣酸奶試試運氣。我第一次去的時候是二十二歲，剛服完兵役。（由於多次犯紀律，我在軍中前後待了四年；我每次逃跑都被抓回去，遭痛打不說，還被關了很長時間，不過你們要知道，誰也不會比我更喜歡我們的軍隊和我們可敬的軍官！）當時，我們的軍人還沒有決定吊死總理阿德南．曼德列斯；他仍然開著他的凱迪拉克在伊斯坦堡跑來跑去，一看到遺留下來的歷史古屋和大宅，就下令拆除，挪出空間來開大路。街頭小販勤奮一點，在瓦礫堆間多跑跑，生意倒是很不錯，只可惜賣酸奶這檔事，我就是應付不來。到這裡來的老鄉多半都是又悍又壯，骨架粗大、肩膀寬闊。而我呢，我算是比較瘦弱型，要是哪天有機會碰面，你親眼瞧瞧就知道。我整天挑著那根木頭扁擔，兩邊還各綁了一盤三十公斤的酸奶，人都快被壓扁了。不但如此，我也和大部分的酸奶販子一樣，晚上還會出門賣卜茶，想多賺點錢。你大可以想各種辦法減輕扁擔的重量，不過凡是賣酸奶的新手，脖子和肩膀上都免不了長出硬繭。一開始我還很高興自己沒長繭，皮膚仍然光滑得像絲絨，但後來才發覺那根該死的扁擔把我禍害得更慘。它弄傷了我的脊椎，我只好上醫院去。我在醫院排隊看病大概排了一個月，醫生才叫我從那一刻起再也不能挑重物。可是我當然要賺錢維生，所以我丟棄的不是扁擔，而是醫生的話。我的脖子就是這樣變歪的，後來朋友們也不再喊我「小姑娘阿杜」，而改叫「歪脖子阿杜曼拉」，讓人挺傷心的。在伊斯坦堡，我都盡量避開同鄉，但卻老會碰見梅夫魯特那個脾氣暴躁的老爸穆斯塔法和他伯父哈桑在街上賣酸奶。我也是在這個時候喝茴香酒喝上癮，它能讓我暫時忘記自己的脖子。過了一陣子，我也就不再夢想要買房子，要在哪個貧民區裡買一小塊地、一點不動產。我不再努力存錢，倒是只顧著找樂子。我用我在伊斯坦堡賺的錢，在銀溪村買了些土地，然後娶了鎮上一個孤苦伶仃的孤女。我在城裡學到一個教訓：要想在那裡混出名堂來，至少得有三個兒子可以帶過去使喚。我心想我要生三個健壯如牛的兒子以後再回伊斯坦堡，這次只要一發現有山坡空地，就能在上頭蓋自己的家，然後從那裡再去征服市區。可是回到村裡，我卻只生了三個女兒，沒有兒子。所以兩年前，我就回到村子定居不走了，而且我非常愛我的女兒。我現在就來介紹一下：

薇蒂荷。我本來希望第一個健壯的兒子能吃苦耐勞，所以決定給他取名叫威弟。可惜生了個女兒，乾脆叫她薇蒂荷——女生版的威弟。

萊伊荷。她最喜歡坐在爸爸腿上，身上還有種香甜的味道，就跟她那代表香氣的名字一樣。

薩蜜荷。她是個聰明的小東西，老是哭哭鬧鬧，雖然還不滿三歲，已經搞得家裡到處乒乓響。

在天泉村的晚上，梅夫魯特會和母親雅娣葉，還有兩個都很寵他的姊妹坐在一起，給伊斯坦堡的父親穆斯塔法寫信，索討鞋子、電池、塑膠掛衣鉤和肥皂等等物品。父親不識字，所以鮮少回信，對於他們的需求或說是索求，也多半置之不理。「那些東西跟村裡雜貨店老闆瞎子買還比較便宜。」有時候他們會聽到母親回嘴抱怨說：「穆斯塔法，我們叫你帶這些東西回來不是因為瞎子的店裡沒賣，是因為家裡沒有了！」梅夫魯特給父親寫信，寫到後來對於寫信討東西一事有了獨特見解。當你寫信向遠方的人索取東西，有三項元素要納入考量。

1. 你究竟想要什麼。只是你從來不會真的知道。
2. 你打算坦率地說些什麼。這通常能讓你稍微更清楚知道自己究竟想要什麼。
3. 信的本身，雖然內容充斥著前兩項的精華，其實卻是被施了魔法的文書，意義更重大得多。

穆斯塔法大爺。五月底從伊斯坦堡回來的時候，我給女兒帶了紫色和綠色的布料；給他們的母親帶了一雙包腳拖鞋，和梅夫魯特信裡寫的 Pe-Re-Ja 牌古龍水；也給梅夫魯特帶了他討的玩具。看他收到禮物後心不在焉地道謝，我心裡有點受傷。「他想要一把和村長兒子一樣的水槍……」他媽媽替他解釋，兩個姊妹則露出嘲弄的笑臉。第二天，我帶著梅夫魯特上瞎子的店，一樣一樣地對帳。偶爾我會發起脾氣，大聲咆哮：「這恰姆利佳口香糖是什麼鬼玩意？」梅夫魯特卻把眼睛垂得低低的，因為買的人就是他。「你別再給他什麼口香糖了！」我跟瞎子老闆說。而那個自以為無所不知的瞎子說：「反正明年冬天，梅夫魯特應該就要去伊斯坦堡上學了！他對數字很有概念，說不定以後我們村子終於能出個大學生了。」

去年冬天，梅夫魯特的父親與哈桑伯父在伊斯坦堡失和的消息，很快便傳回村子裡來了……哈桑伯父和兩個兒子柯庫及蘇雷曼原本和梅夫魯特的父親同住在灰山，去年十二月最冷的那幾天，他們三人丟下了梅夫魯特的父親，搬進他們一起在灰山對面的桑山上蓋的新屋。哈桑伯父的妻子莎菲葉（她既是梅夫魯特的姨媽也是他的伯母），也很快便從村裡來到伊斯坦堡的新家照顧丈夫和兒子。這番情勢發展意味著梅夫魯特終於能在今年秋天到父親那裡去，以免穆斯塔法一個人在伊斯坦堡孤孤單單。

蘇雷曼。我爸爸和穆斯塔法叔父是親兄弟，但是不同姓。當國父凱末爾頒布法令，規定每個人都要有姓氏，貝伊謝希爾的戶政官員就騎著驢子來到我們村裡，還搬來一大堆卷宗，要記錄每個人自己選定的姓氏。一直到整個作業的最後一天，才終於輪到我們的祖父。他是個非常虔誠的信徒，這輩子最遠只到過貝伊謝希爾。他花了很多時間思考，最後選了「阿克塔希」。結果他兩個兒子照常又當著他的面爭吵起來。「我要姓卡拉塔希。」穆斯塔法叔父很堅持地說，只是他當時還小，祖父和戶政官員都沒把他當回事。不過穆斯塔法叔父非常冥頑不靈，很多年後，就在梅夫魯特要註冊上初中前，他上法院請求法官讓他改姓，從那時起他們的姓就變成「卡拉塔希」（「黑色石頭」），而我們則保留原來的「阿克塔希」（「白色石頭」）。我那個堂兄弟梅夫魯特．卡拉塔希真的很期盼今年秋天能到伊斯坦堡上學。但是我們村子一帶，被大人以這個藉口送到伊斯坦堡來的小孩，還沒有一個念完高中的。我們家鄉四周圍差不多有上百個村鎮，到目前為止，只有一個男生上了大學。那個膽小如鼠的四眼田雞最後去了美國，後來再也沒有人和他聯絡過。很多年後，有人在報紙上看到他的照片，但因為他改了名字，誰也不敢確定報上的人就是我們村裡那個四眼田雞。要我說的話，那個王八蛋肯定早就改信基督教了。

那年夏末的某天晚上，梅夫魯特的父親拿出一把生鏽的鋸子，梅夫魯特記得小時候看過。父親帶著他來到老橡樹下，兩人慢慢地、慎重地鋸下一截約莫胳臂一樣粗的樹枝。樹枝很長，並略微彎曲。接著父親先用麵包刀再用小折刀將細枝一一削除。

父親說：「等你上街叫賣的時候，就用這根當扁擔！」他從廚房拿了幾根火柴，叫梅夫魯特生火。然後把樹枝放在火上慢慢轉動烘烤，直到枝幹都乾了，上頭的樹瘤也燒焦變黑。「光做一次還不夠。整個夏天都要把它放到太陽底下曬，再用火烤乾一次。最後它會變得像石頭一樣硬，像絲一樣光滑。來，試一下，看挑起來合不合肩。」

梅夫魯特把擔挑放到肩上，被那堅硬與溫熱感嚇得打了個哆嗦。

夏天結束後，他們出發前往伊斯坦堡，隨行帶著一小包自製湯粉、一些乾辣椒、幾袋布格麥和麵餅，和幾籃胡桃。布格麥和胡桃，爸爸打算拿去送給幾棟高級大廈的門房，那麼他們就會善待他，讓他搭電梯。另外他們還帶了一把壞掉的手電筒，要拿到伊斯坦堡修理；一只爸爸格外喜愛的茶壺，回村時都會隨身帶著；幾張草蓆，可以鋪在家裡的泥土地板上；還有其他拉拉雜雜的用品。他們把那些快被擠爆的塑膠袋和籃子硬塞到車上幾個角落，但在一天半的火車行程當中，不時就會有個袋子或籃子迸出來。雖然想到母親和姊妹已經開始覺得思念，偶爾也要起身去追幾顆不斷從袋子掉出來、滾到車廂中央去的水煮蛋，但大多時候梅夫魯特都沉浸在他透過車窗看到的世界。

車窗外世界裡的人、麥田、白楊樹、牛、橋、驢子、房屋、清真寺、牽引機、招牌、字母、星星和高壓電塔，比梅夫魯特過去十二年來看見的都還要多。那些電塔好像直接就要撞上來似的，看得他頭暈，最後頭靠在爸爸肩上睡著了。醒來以後發現黃澄澄的田與金黃飽滿的麥穗，被四周環繞的紫色岩石所取代，於是後來在夢裡，他又看見一座以這些紫色岩石建成的伊斯坦堡。

隨後映入眼簾的是一條綠色河水與翠綠樹木，他感覺到連自己的靈魂都變了色。如果這個世界能說話，它會說什麼？有時候，梅夫魯特覺得好像不是火車在動，而是宇宙萬物從窗外列隊而過。每經過一個車站，他就會興奮地向父親喊出站名。「哈滿……伊薩尼……鐸爾……」當包廂裡香菸的藍色濃煙薰得他兩眼淚汪汪，他就出去上廁所，一路像個醉漢跌跌撞撞走去，費力地頂開門，然後看著鐵軌與碎石地從馬桶洞口底下閃過。回座位前，梅夫魯特先走到火車最尾端，往各個包廂裡觀看形形色色的旅客，有女人在睡覺、有小孩在哭鬧、有人在打牌、有人在吃香腸（弄得整個包廂裡都是蒜頭味），也有人在做每天的例行禱告。

「你在搞什麼，怎麼老是跑廁所？」爸爸問他：「尿太多了嗎？」

「沒有。」

在某幾站，有賣點心的小孩上車來，在火車停靠下一站之前，梅夫魯特會一邊吃著母親盡責地替他包好的捲餅，一邊檢視這些小孩賣的葡萄乾、烤鷹嘴豆、餅乾、麵包、乾酪、杏仁和口香糖。有些牧童遠遠地看見火車，立刻帶狗追來，等火車飛馳而過，就高喊著要「報紙——」，想拿來捲走私來的菸草。梅夫魯特聽到這些叫喊聲，竟有一種奇怪的優越感。當伊斯坦堡列車暫停在一大片草地中央，梅夫魯特想起了這世界其實是何等安靜的地方。在那段寧靜的時間裡，在那些彷彿永無止境的等待中，望向窗外的梅夫魯特看見有幾個女人在一間村舍的小菜園裡摘番茄，有幾隻母雞走在鐵軌旁，有兩隻驢子在一個電動水幫浦旁邊互相撓癢，還有再過去一點，有個留著大鬍子的男人在石南地上打盹。

「什麼時候才要開車？」有一次又是這麼沒完沒了地等候時，他問道。

「耐心點，兒子，伊斯坦堡又不會跑掉。」

「哇，你看，火車又動了！」

「不是我們的車，是隔壁的車。」父親笑著說。

梅夫魯特在村裡上了五年小學，通常老師站立處的正後方，都會掛一張印有國旗的土耳其地圖與一幅國父肖像。這一路上，梅夫魯特都試著想找出現在可能到了地圖上什麼地方。火車還沒到伊茲密特，他就睡著了，一直睡到抵達伊斯坦堡的海達爾帕夏站才醒過來。

他們帶的那許多布包、袋子和籃子實在太重，整整花了一小時才走下海達爾帕夏車站的階梯，趕搭上前往卡拉廓伊的渡輪。那是梅夫魯特第一次看見海，在昏黃暮色中。大海深沉陰暗得宛如睡夢，涼風中有股海草的香甜味。歐洲區那邊燈火輝煌。讓梅夫魯特終生難忘的不是他第一眼見到的海景，而是這些燈火。到了對岸，市公車司機不讓他們帶那麼多行李上車，他們只好一路走回位於金吉爾利庫尤區邊上的家，整整走了四個鐘頭。

二、家

市區盡頭的山

這個家是間「乞丐屋」。梅夫魯特的父親每回為了屋裡的簡陋貧乏而發火時，都會這麼喊這個地方，但也有難得幾次不生氣的時候會稱之為「家」，而且口氣之溫柔，就和梅夫魯特對這屋子的感覺十分類似。這股溫柔醞釀出一種幻想，彷彿這世上遲早會有個永遠屬於他們的家，而這個地方便有那麼一點蛛絲馬跡，只是很難讓人真的相信。這間「乞丐屋」是個單間屋，空間相當地大。旁邊還有一間廁所，其實就是地上挖了個洞。夜裡，透過廁所那扇沒有玻璃的小窗，可以聽見遠處社區群狗鬥架、嚎叫的聲音。

第一天晚上到家時，已經有一男一女在屋裡，梅夫魯特一時以為是他們走錯門。後來才弄清楚，他們是父親在夏天期間分租的房客。父親開始與他們起爭執，但後來屈服了，自己在房間另一個陰暗角落鋪了張床，父子倆並排著睡。

第二天，梅夫魯特睡到快中午才醒來，家裡一個人也沒有。他想到父親、伯父，甚至於兩個堂兄弟，前不久都還一起住在這裡。梅夫魯特一面回想夏天裡柯庫和蘇雷曼跟他說的事，一面想像他們在這屋裡的情景，只是這裡感覺荒涼而詭異。屋裡有一張舊桌、四張椅子、兩張床（一張有彈簧，一張沒有）、兩個櫥櫃、兩扇窗和一個火爐。父親在這座城市工作了六個冬天，所有的財產就是這些。去年，梅夫魯特的伯父和他父親鬧翻之後，就帶著兒子搬到另一棟房子，也帶走了他們的床、家具與其他物品。梅夫魯特找不到一樣屬於他們的東西。他往一個櫥櫃裡看，欣然發現爸爸從村裡帶來的幾樣東西、母親替他織的毛襪、他的衛生褲和一把（已經生鏽的）剪刀——梅夫魯特在家時看姊妹們用過一次。

屋裡還是泥土地板。梅夫魯特發現爸爸出門前，已經在地上鋪了一塊他們從村裡帶來的草蓆。伯父和兩個堂兄弟去年離開時，肯定把舊蓆子帶走了。

當天早上父親在桌上留了一條新鮮麵包。那張粗糙老舊的桌子混合了硬木和三夾板，後來梅夫魯特在一隻較短的桌腳底下墊了空火柴盒與木片以保持平衡，但偶爾桌子還是忽然搖晃起來，把湯和茶水灑在他們身上，惹父親發火。很多事情都會惹他發火。自從一九六九年他們一起住在這間屋子之後，父親曾多次發誓要「修理桌子」，但從來沒付諸行動。

儘管晚上總是匆匆忙忙坐下來和父親一起用餐，梅夫魯特還是覺得很開心，尤其是剛到伊斯坦堡那幾年。但是因為馬上就得出門賣卜茶——不管是父親獨自一人或是帶著他一起——晚餐一點也不像在村裡的時候，跟姊妹、母親坐在地上一塊用餐那麼愉快熱鬧。從父親的肢體動作，梅夫魯特總能感覺到一種想盡快出門工作的急切。每次穆斯塔法一嚥下最後一口食物，就會點起菸，然後菸都還沒抽完，他就會說：「我們走吧。」

每天放學後、出門賣卜茶前，梅夫魯特很喜歡煮點湯，有時在火爐上煮，要是沒生火，就用他們的小瓦斯爐。他會往一鍋煮沸的水裡，丟進一湯匙人造奶油和冰箱裡剩下的紅蘿蔔、芹菜或馬鈴薯等等，再放一把辣椒和他們從村裡帶來的布格麥，接著往後一站，耳朵聽著鍋子嗶嗶剝剝的沸騰聲，眼睛看著鍋內如地獄般的動亂景象。小塊的馬鈴薯和紅蘿蔔瘋狂地繞來轉去，猶如在烈火地獄裡受苦的生靈，幾乎可以聽到它們在鍋子裡發出痛苦哀嚎。然後湯汁會忽然趁人不備，像火山一樣爆發，把紅蘿蔔和芹菜噴到梅夫魯特鼻子前面。他很喜歡看著馬鈴薯在烹煮過程中轉黃，紅蘿蔔把湯汁染紅，也喜歡聽著湯汁沸騰時不斷變換的聲音。他把鍋裡持續不斷的動靜比喻成行星的運行，這是他在新學校（凱末爾男子中學）的地理課上學到的，而這也讓他覺得自己就和湯裡這些小塊蔬菜一樣，在這個宇宙裡旋轉著。從鍋子冒出的熱氣味道很香，用來取暖很舒服。

「湯很好喝，兒子！」父親每次都這麼說：「是不是應該讓你去學做菜啊？」晚上梅夫魯特要是沒和父親出去賣卜茶，而是留在家裡做作業，等父親一走，他就會拿出地理課本，開始默記所有的城市與國家名稱，一面看著艾菲爾鐵塔與中國佛寺的圖片，一面神遊在昏昏沉沉的幻夢中。若是上午去上學，下午幫父親挑著沉重的酸奶托盤四處叫賣，那麼一吃完晚飯，他會馬上倒頭就睡。父親再次出門前會叫醒他。

「兒子，睡覺的時候記得穿上睡衣、蓋上毯子，要不然等爐火熄了，你會凍死。」

「等等我，爸，我也要去。」梅夫魯特嘴裡這麼說，卻沒有真正清醒，像在說夢話。

每當梅夫魯特獨自留在家裡，認真做著地理作業的夜晚，不管他怎麼努力，都無法徹底忽視從窗子呼嘯而入的風聲、到處奔竄不歇的老鼠和小鬼、外頭的腳步聲和淒厲的狗叫聲。這些城裡的狗比村裡的狗更急躁、更絕望。這裡經常停電，梅夫魯特連作業都沒法做，在黑暗中，火爐的火焰與劈啪聲似乎更烈、更響，讓他更堅信房間某個陰暗角落裡有雙眼睛正緊緊盯著他。只要他的視線一離開地理課本，那雙眼睛的主人就會察覺梅夫魯特看見它了，到時肯定會撲上來，所以有時候梅夫魯特根本不敢起身上床，而是把頭枕在書上就睡了。

「兒子，你怎麼不把爐子的火熄了，上床去睡？」半夜回到家，感到疲憊又暴躁的父親會這麼說。

街頭冷冽，因此父親並不介意屋裡暖和，但是看到爐子裡燒了那麼多木頭又不高興。由於他自己也不願承認這點，頂多只會說：「要睡覺就把火爐熄了。」

他們用的柴火要不是去哈桑伯父的小店買，就是父親向鄰居借斧頭，自己去砍。冬天來臨前，父親教了梅夫魯特如何用乾枝和報紙碎片生爐火，以及如何在附近的山上找到這些細枝和破報紙。

剛到伊斯坦堡那幾個月，賣完酸奶回來，父親會帶梅夫魯特爬上灰山（就是他們住的那座山）更高處。他們的屋子位在城邊上一座小山近山腳處，那座山已漸光禿而泥濘，四下散布著桑樹，偶爾會出現一棵無花果樹。山腳下以一條小溪的遺跡為界，溪水曾一度蜿蜒繞行或穿越其他小山，從奧塔克伊流到博斯普魯斯海峽。一九五〇年代中，有許多家庭從北方、東北方的澳度、居米什哈內、卡斯塔莫努與艾津姜一帶的貧窮村落移居至此，這些家庭的婦女常常在溪邊種玉米、洗衣服，如同在家鄉一樣，到了夏天，她們的孩子也會在淺水處戲水。那個時期，這條溪仍沿用鄂圖曼時期的名稱「冰溪」，但十五年間，鄰近山區的安納托利亞移民已超過八萬人，再加上無數大大小小的工廠，垃圾量大增，不久這條溪流便改稱「糞溪」。然而梅夫魯特來到伊斯坦堡時，兩個名稱都已不復存在，因為城市腹地不斷擴展，從源頭到出海口的河道大多都已埋在層層疊疊的混凝土底下，這條溪流早已被人遺忘。

在灰山頂上，父親帶梅夫魯特去看一座舊垃圾焚化廠的遺址，這座山會叫灰山就是因為焚化廠裡的灰燼。從這裡可以看見正迅速占領鄰近山頭（桑山、鳥山、風吹山、玫瑰山、豐收山、塞蘭山、箭山等等）的大片貧民區、伊斯坦堡的最大墓園（金吉爾利庫尤）、各種形式與規模的工廠、修車廠、工作坊、倉庫、藥廠與燈泡工廠，還有遠處高樓與尖塔林立的市區如幽靈般的剪影。城市本身與其中的街區鄰里——梅夫魯特與父親早上賣酸奶、晚上賣卜茶，以及梅夫魯特上學的地方——都只是天邊一團謎樣的模糊暗影。

再往更遠方望去，可以看見亞洲區那一側的藍色山丘，而博斯普魯斯海峽就坐落在這群山當中。雖然從灰山上看不見，但是剛來的那幾個月，每當梅夫魯特爬上山頂，總覺得能隱約瞥見海峽在群山間的蔚藍水面。每一座往海平面緩降的小山頂上都有一座巨大的高壓電塔，各自以一條主要電力線路與市區連通。風吹過這些龐然鋼鐵結構時會發出奇怪噪音，遇上潮溼的日子，電纜線的嗡鳴聲總是讓梅夫魯特和朋友們心驚膽顫。環繞電塔的鐵絲網上有一張畫著骷髏頭的危險警告標示，告示牌上布滿了彈孔。

起初經常上山來撿樹枝和報紙的梅夫魯特，眺望山下景象時，總覺得危險的不是電流，而是城市本身。聽說太靠近電塔不但是違法也不吉利，可是這一帶住戶的用電，多半都是取巧違法偷接電線而取得。

穆斯塔法大爺。為了讓兒子明白我們吃過什麼樣的苦，我告訴他這四周的山區，除了我們這裡和桑山以外，都還沒有電。我跟他說六年前我和他伯父剛來的時候，到處都沒電，也沒有水或是下水道。我還讓他看了其他山上的一些地方，像是以前鄂圖曼蘇丹的獵場和士兵們練習射箭的場地、阿爾巴尼亞人種草莓和花的暖房、住在凱伊塔內的人經營的酪農場，還有那片白色墓地，一九一二年巴爾幹戰爭中死於流行性斑疹傷寒的士兵的屍體，就是覆蓋石灰後掩埋在這裡。我告訴他這些，以免他被伊斯坦堡的燦爛燈火給騙了，以為生活挺輕鬆的。不過我也不想讓他受太大打擊而信心全失，所以也讓他看了很快就會讓他註冊就讀的凱末爾男子中學、為桑山足球隊規畫的泥地球場、放映機光線微弱的海洋戲院（今年夏天才在桑樹林間開幕），以及桑山清真寺的建地，這間清真寺已經蓋了四年，贊助人是一個麵包師傅兼承包商哈密・烏拉爾「哈吉」[4]和他一群同鄉，從他們那彼此神似的超大下巴就看得出他們都是里澤人。清真寺右邊的山坡上，我又指給他看了他伯父哈桑去年蓋好的房子，而那塊地是我們四年前一起用一道白粉石牆畫定出來的。「六年前，我和你大伯來的時候，這些山上全都是空地！」我說完又解釋了一番：對那些大老遠來到這裡的可憐人來說，第一要務就是找到工作，在城裡安頓下來，為了早上能趕在所有人之前進城，大夥都盡量把家蓋在山腳下，離馬路愈近愈好，所以幾乎可以看到住宅區是從每座山腳往山上開發。

4 譯注：對於曾經完整完成麥加朝聖之禮的穆斯林的尊稱。

三、積極大膽在空地上蓋房子的人

孩子啊，伊斯坦堡有點可怕，對吧？

初到伊斯坦堡的前幾個月，梅夫魯特夜裡躺在床上都會豎耳傾聽從遠處飄來的市聲。有時在寧靜的夜裡，他會被遙遠而微弱的狗叫聲驚醒，一旦發覺父親還沒回來，他便將頭埋到毯子底下，試著再次入睡。梅夫魯特在入夜後對狗的恐懼感似乎愈來愈嚴重，父親便帶他去卡辛帕莎的一間木屋找一位聖者，他先禱告幾句，然後輕輕對著梅夫魯特說了一句祝禱詞。多年後，梅夫魯特仍記得清清楚楚。

有一天晚上在夢裡，他發現學校副校長（外號「骷髏」）跟高壓電塔那張警示牌上的骷髏頭長得一模一樣。（他和父親為了註冊入學，到學校去遞交村裡的小學畢業證書時見過「骷髏」。）梅夫魯特深信窗外的黑暗中一直有個惡魔正注視著自己，因此不敢從數學作業簿抬起頭來，以免和惡魔四眼對個正著。也正因為這樣，有時候即使很睏，也鼓不起勇氣起身上床。

蘇雷曼在這裡已經待了一年，對整個地區都很熟悉，梅夫魯特透過他逐漸認識了灰山、桑山與四周山上的住宅區。他看見許多「乞丐屋」，有些才剛剛打好地基，有些牆壁只砌一半，還有些只等著最後收工。大多數屋裡都只住著男人。過去這五年內，從科尼亞、卡斯塔莫努和居米什哈內來到灰山和桑山的人，多半要不是像梅夫魯特的父親一樣將妻兒留在家鄉，就是在家鄉沒有結婚對象、沒有高收入的工作，也沒有任何家產的單身漢。他們偶爾會把門開著，梅夫魯特最多還曾經看過六、七個大男人擠在一個房間，全部直條條地像木頭一樣睡著，這種時候他總能真真切切地感受到四周有許多狗陰沉地潛伏著。狗想必能嗅到空氣中瀰漫著濃濃的口臭、汗味與熟睡身軀發出的體味。沒結婚的男人都很粗暴、不友善，老是大吼大叫，梅夫魯特很怕他們。

下方桑山的中心有一條大路，公車路線遲早有一天會通到這裡來。那條路上有一間雜貨店，梅夫魯特的父親老說老闆是個騙子；有一間賣包裝水泥、舊車門、舊磁磚、火爐煙囪、錫片和防水塑膠布的商店；有一間無業遊民成天逗留的咖啡館。哈桑伯父還在上山的中央路段上，開了一間小店。空閒時，梅夫魯特常到店裡去，與堂兄弟柯庫及蘇雷曼用舊報紙摺紙袋。

蘇雷曼。都怪穆斯塔法叔叔的脾氣，害梅夫魯特在村裡浪費了一年，所以他在凱末爾中學比我低一個年級。我這個堂兄弟剛到伊斯坦堡的時候，就像魚離開了水，每次下課看到他一個人站在操場角落，我一定會去陪他。我們都很喜歡梅夫魯特，不會讓他爸爸的行為影響到我們對待他的態度。開學前有一天晚上，他們來到我們在桑山的家。梅夫魯特一看見我母親就馬上擁抱她，可見他有多想念自己的母親和姊妹。

「孩子啊，伊斯坦堡有點可怕，對吧？」我媽媽也擁抱著他說：「別害怕，我們都會幫你的，懂嗎？」她親親他的頭髮，他自己的母親也常這麼做。「來，告訴我，在伊斯坦堡，我是要當你的莎菲葉伯母，還是莎菲葉姨媽？」

我媽媽既是梅夫魯特的伯母也是他母親的姊妹。夏天裡，我們的父親經常爭吵不休，梅夫魯特很容易受影響，就會喊我媽媽「伯母」，可是到了冬天，穆斯塔法叔叔人在伊斯坦堡，梅夫魯特又會改口喊她「姨媽」，嘴甜得惹人疼，就跟對他自己的母親和姊妹一樣。

「妳從來都是我的姨媽。」梅夫魯特充滿感情地說。

「你爸爸會不高興！」我媽媽說。

「莎菲葉，拜託妳盡量多照顧他。」穆斯塔法叔叔說：「他在這裡就像個孤兒，每天晚上都哭。」

梅夫魯特很尷尬。

「我打算送他去上學，」穆斯塔法叔叔又接著說：「可是要買那麼多課本、作業簿什麼的，實在有點貴。而且他也需要一件制服外套。」

「你學號幾號？」我哥哥柯庫問道。

「一〇一九。」

哥哥走到隔壁房間去翻皮箱，然後拿了一件我們以前都穿過的舊制服外套回來。他拍掉灰塵，撫順皺褶，又像個裁縫師招呼客人似地幫梅夫魯特穿上。

「很適合你呢，一〇一九。」柯庫說。

「可不是！我想根本就不必買新的外套了。」穆斯塔法叔叔說。

「雖然有點大，可是這樣比較好。」柯庫說：「要是外套穿得太緊，打架的時候會有麻煩。」

「梅夫魯特去上學不是去打架的。」穆斯塔法叔叔說。

「他最好能忍得住。」柯庫說：「有時候就會有一些長了張驢臉的怪物老師一天到晚找你碴，實在很難控制得住。」

柯庫。我不喜歡穆斯塔法叔叔說「梅夫魯特不會跟人打架」的口氣，聽得出來他是把我當笨蛋。三年前，父親和穆斯塔法叔叔還住在他們一起在灰山上蓋的房子，當時我就休學了。為了斷了自己回學校的念頭，最後上學的某一天，我讓那個長了一張驢子臉又愛現的化學老師得到他應有的教訓，當著全班的面打他兩巴掌、揍他三拳。這是他自找的，自從前一年他問我$Pb_2(SO_4)$是什麼，我回答「石頭」以後，他就開始嘲笑我，好像他可以當著所有人的面扳倒我似的，而且還無緣無故讓我留級一年。雖然校名裡有國父的名字，可是一個可以讓人隨便進教室去痛打老師的學校，我實在瞧不起。

蘇雷曼。「外套左邊口袋的內裡破了個洞，可是你別把它縫起來。」我跟滿臉迷惑的梅夫魯特說：「你可以把作弊的小抄藏在裡面，不過其實在學校的用處不大，真正好用是晚上出去賣卜茶的時候。晚上穿著制服待在寒冷街頭的小男孩，誰都抗拒不了。他們會說：『孩子，別告訴我你還在上學啊。』然後就開始往你的口袋裡塞巧克力、毛襪和錢。等你回到家，只要把口袋翻出來，裡面的東西就都是你的了。不管怎麼樣，絕對不能說你休學了，要跟他們說你想當醫生。」

「梅夫魯特本來就不會休學！」他父親說：「他就是想當醫生，對不對？」

梅夫魯特發覺他們的親切中略帶有同情，因此無法全心全意享受這份親切帶來的收穫。桑山這棟房子是父親幫忙蓋的，伯父全家在去年搬進來，比起梅夫魯特和父親在灰山住的那間「乞丐屋」要乾淨明亮許多。伯父伯母還在村裡的時候，都坐在地上吃飯，現在卻有一張鋪著花卉圖案塑膠桌布的餐桌。地板也不是泥土地，而是水泥地。屋裡有古龍水的香味，還有燙得平整的乾淨窗簾，梅夫魯特真希望這是自己的家。他們已經有三個房間，梅夫魯特看得出來，把村裡所有家產（包括牛隻、房子和菜園）都賣掉的阿克塔希一家，將會在這裡過著幸福的生活，梅夫魯特不得不羞愧而氣憤地承認，這樣的結果，他父親不僅還無法辦到，甚至似乎也不打算努力一試。

穆斯塔法大爺。我會跟梅夫魯特說，我知道你偷偷去找你大伯家的人，你會去哈桑伯父的店裡摺報紙，你會坐在他們的餐桌旁吃東西，你會和蘇雷曼一起玩，可是別忘了他們騙過我們，我會這麼警告他。當一個男人知道自己兒子寧可和一群騙子，而且還是企圖訛詐他父親、搶走本該屬於他的東西的騙子為伍，感覺實在糟透了！也別因為那件外套興奮過頭。那本來就該是你的！你千萬不能忘記，這些人是多麼不要臉地奪走你爸爸幫他們爭取來的土地，你要是和他們走得太近，他們會打從心底瞧不起你，懂不懂，梅夫魯特？

六年前，也就是一九六〇年五月二十七日軍事政變的三年後，梅夫魯特還在村子裡學習讀書寫字的時候，他父親和伯父就到伊斯坦堡來找工作賺錢，並搬進桑山一間租來的房子。梅夫魯特的父親與伯父在那裡同住了兩年，後來因為房東漲房租，便轉而來到灰山（當時才剛開始漸漸有人居住），兩人費力搬來空心磚、水泥和廢金屬片，蓋起了梅夫魯特和父親現在住的房子。初到伊斯坦堡那段日子，他父親與哈桑伯父相處極為融洽。這兩個高頭大馬的男人一起學會了買賣酸奶的訣竅，一開始還會一同出門叫賣——後來他們總會笑著回憶那段往事。過了好一陣子，他們才學會要分開來，才能跑更多地方，但為了避免某個人看對方的收入眼紅，他們總是把每天的收入合起來均分。而且他們留在家鄉的妻子又是姊妹，使得他們更是親上加親。梅夫魯特回想起以前母親和姨媽到村裡郵局領匯票時的快樂模樣，不免會心一笑。那些年，梅夫魯特的父親和哈桑伯父每到星期天，都在公園、茶館或伊斯坦堡的海灘上閒混；他們每星期刮兩次鬍子，還共用一把剃刀；夏初回村子來的時候，也會給妻兒帶同樣的禮物。

一九六五年，也就是兩兄弟搬進他們在灰山搭建但沒有登記的房子那年，哈桑伯父的長子柯庫也剛從鄉下來加入他們，在柯庫的協助下，他們認領了兩塊空地，一塊就在灰山，另一塊則在桑山。一九六五年的選舉就快到了，到處瀰漫著一種寬厚的氣氛，有傳聞說選舉過後，正義黨會對過去未登記的地產發布特赦令，他們就抱著這個想法，開始在桑山的土地上蓋新屋。

那個時期，不管在桑山或灰山，都沒有人正式擁有土地權。積極大膽在空地上蓋房子的人，會先種幾棵白楊和柳樹，堆幾塊牆磚，劃定自己的土地，然後再去賄賂一下鄰區議員，請他擬一份文件證明該人士親自蓋了那棟房子、種了那些樹。這些文件就跟國家地政機關發放的真實土地所有權狀一樣，其中包括有房子的設計草圖，是議員自己用鉛筆和尺畫的。他還會在那幼稚的塗鴉中隨手寫下一些註記，諸如鄰接的土地屬於某某人、附近有某個噴泉、牆所在的位置（其實很可能只是隨地放的一、兩塊石頭）、白楊樹等等，如果再多給他一點錢，他會加上幾個字，將土地的假想邊界放大，最後才在最底下蓋章。

事實上，這些土地所屬單位若非國庫署就是林務局，因此議員提供的文件完全無法擔保所有權，蓋在未登記土地上的房子隨時可能被權責機關夷平。第一次睡在自己親手打造的家裡那些人，往往會作噩夢，夢見這類可能發生的災難。不過，政府大約每十年，也就是到了選舉年，就會決定為這些一夕建成的住家發放所有權狀，這時候議員的文件也就顯出價值來了，因為發放的權狀會與地方議員所擬的文件內容一致。而且，只要能從議員手中取得土地所有權證明文件，就能再將土地轉賣他人。失業遊民移入伊斯坦堡的人數遽增期間，這類文件的價格也跟著水漲船高，愈來愈寶貴的土地迅速分割賣出，而議員的影響力隨著移民潮的湧入逐漸攀升，自然更不在話下。

儘管這一切活動進行得如火如荼，但只要相關單位一時興起或是為了政治上的考量，還是隨時可能派警察去拆除這種倉卒搭蓋的房子，關鍵就在於要盡快蓋好住進去。如果房子已經住了人，必須要有執行狀才能拆除，而申請令狀可就曠日廢時了。凡是在山上認領了土地的人，只要稍具判斷力，一逮到機會就會召集親朋好友來幫忙，連夜搭起四堵牆，然後馬上搬進去，那麼隔天拆除大隊就動不了他們了。梅夫魯特很喜歡聽這類故事，聽那些母親與小孩來到伊斯坦堡，是如何以星辰為被毯、以天為蓋，在尚未有真正的屋頂，甚至連牆壁和窗戶都還沒蓋好的家裡度過第一夜。據說「乞丐屋」一詞（gecekondu，原意為「一夕完成」）是一個來自艾津姜的泥瓦匠發明的，他在一夜之間蓋了十來間可以馬上住人的房子；在他高齡辭世後，有數千人前往桑山墓園到他的墳前致哀。

梅夫魯特的父親與伯父也是感受到選前的政策鬆綁氛圍，才有了建屋計畫，但也正因為這樣的氛圍導致建材與廢鐵價格飆漲，計畫只得作罷。未登記的地產即將獲得特赦的傳言，引發了民眾在國有土地與林地上蓋屋的狂熱。就連從未興起過搭建非法住宅念頭的人，也會跑到市區邊緣的某座山上，經當地議員協助，向掌控該地區的某個組織（其實就是幫派，有些會拿棍棒，有些攜帶手槍，還有些有政治人脈）購買土地，在極其偏僻、鳥不生蛋的地方蓋房子。至於市區裡的建築，多半也會在這段期間未經申請加蓋樓層。伊斯坦堡所遍及的廣大空地，轉眼變成了一個大工地。有房子的中產階級的報紙紛紛譴責這種毫無規劃的濫建現象，其他市民則沉浸在建屋的喜悅中。那些製造不合標準、專用來蓋「乞丐屋」的空心磚的小工廠，以及販售其他建材的商店，全都超時工作。此外，無論任何時刻，都能看到馬拉的貨車、小貨車和迷你巴士載運著磚塊、水泥、砂石、木材、金屬和玻璃，駛過鄰區裡塵土瀰漫的道路，爬上山丘小徑，一面興高采烈地搖著鈴、按著喇叭。每到宗教節日，梅夫魯特父子一塊上桑山拜訪親戚時，父親總會對他說：「我拚死拚活，替你哈桑伯父蓋了好幾天房子。我只是希望你記得，倒不是要你對伯父和堂兄弟起反感。」

蘇雷曼。這不是事實；梅夫魯特很清楚，灰山上的房子之所以蓋到一半蓋不下去，真正的原因是穆斯塔法叔叔老是把他在伊斯坦堡賺的錢全寄回村裡去了。至於去年發生的事，我和哥哥是真的很想和穆斯塔法叔叔一起蓋房子，可是叔叔情緒起伏很大，不時找碴挑釁，對自己的姪子又那麼壞，一段時間以後，我父親當然也就受夠了。

每回聽到父親說堂兄弟柯庫與蘇雷曼「遲早有一天會在背後捅你一刀」，梅夫魯特就覺得沮喪。連節日與其他特殊日子，譬如桑山足球隊首次出戰或是烏拉爾家邀請所有人去慶祝清真寺開工動土，他都無法開開心心去見阿克塔希一家人。以前他總是很喜歡上他們家，因為知道莎菲葉姨媽會請他吃甜點，知道他能見到蘇雷曼，也能和柯庫見上一面，當然還能享受他們家乾淨整潔的舒適感。然而，他同樣也很害怕父親與哈桑伯父之間的針鋒相對，總讓他深深感覺到一種風雨欲來的不祥之兆。

前幾次上阿克塔希家時，梅夫魯特的父親細細檢視了這棟三房住宅的窗戶，還說「這裡應該漆成綠色才對，那邊的牆壁需要重新粉刷」，以便提醒梅夫魯特別忘了他們遭受的不公待遇，也讓屋裡每個人都知道穆斯塔法大爺和他兒子梅夫魯特對這棟房子有什麼樣的權利。

稍後，梅夫魯特會無意中聽到父親對哈桑伯父說：「你一有錢，就全丟進一些有的沒的爛池塘！」哈桑伯父則回答：「什麼爛池塘，像這個嗎？已經有人出原價一倍半的價格，但我不賣。」這些爭執通常不會不了了之，只會逐漸加劇。梅夫魯特甚至還沒來得及吃飯後的燉水果和橘子，父親便從餐桌起身，拉起他的手說：「來，兒子，我們走了！」一走進外頭的漆黑夜色中，他會再加上一句：「我不是說了嗎？根本就不應該來。沒錯，以後再也不來了。」

從哈桑伯父位在桑山的家走回他們灰山的家途中，梅夫魯特會看見遠處閃爍不定的燈火、如絲絨般的夜與伊斯坦堡的霓虹燈。有時候，當父親的大手拉著他的小手走著的時候，繁星滿布的深藍色夜空裡，會有那麼一顆星吸引住梅夫魯特的目光，即使父親還在不斷嘟嘟噥噥、喃喃自語，梅夫魯特仍逕自想像他們正朝那顆星走去。有時候，根本看不見市區，但四周山上數以萬計的小住家發出的淺淡橘光，卻讓如今已熟悉的景象更加燦爛輝煌。還有時候，附近山頭的燈光會消失在薄霧裡，而在那漸漸變濃的霧中，梅夫魯特會聽見狗群的吠叫聲。

四、梅夫魯特當起街頭小販

你沒有資格一副高高在上的模樣

有天早上梅夫魯特醒來時，父親對他說：「兒子，我要刮鬍子，祝賀你第一天上工。你要學的第一件事就是：賣酸奶，尤其是賣卜茶的人，必須看起來乾乾淨淨。有些客人會注意你的手和指甲，有些會注意你的鞋子、褲子和上衣。如果要進屋，記得要馬上脫鞋，而且襪子絕對不能有破洞，腳不能有臭味。不過你是個好孩子，心腸很好，身上聞起來也總是清香乾淨，對吧？」

梅夫魯特笨手笨腳地學著爸爸的樣子，不久便學會怎麼把放酸奶的托盤放到扁擔兩頭保持平衡，怎麼把層板一一滑入托盤之間分隔開來，又怎麼在疊起的托盤最上面蓋上木蓋。

一開始酸奶似乎不是很重，因為父親替他擔了一部分，可是當他們沿著連接灰山和市區的泥土路走，梅夫魯特才體會到酸奶小販基本上就是挑夫。他們要在這條滿是卡車、馬拉的貨車和巴士來來往往、塵土瀰漫的路上走半個小時，到了柏油路後，他會專心一致地看著廣告看板、雜貨店公告的報紙頭條新聞，以及張貼在電線桿上割包皮與補習班的廣告傳單。再往市區裡走，會看見尚未燒毀的老舊木造宅子、鄂圖曼時期的軍營、格紋車身處處凹痕的共乘計程車，也會看見響著悅耳喇叭聲的迷你廂型車駛過後塵土飛揚、成列的士兵踏步經過、孩童在卵石路上踢足球、母親推著嬰兒車、商店櫥窗擺滿五顏六色的鞋子和靴子，還有警察一面氣沖沖地吹口哨，一面戴著太大的白手套在指揮交通。

有些車，譬如一九五六年的道奇，車頭燈圓滾滾又巨大，好像眼睛瞪得斗大的老先生；一九五七年的普利茅斯，水箱護罩則像一個上嘴唇很厚的男人留了一道八字鬍；還有些車（例如一九六一年的歐寶Rekord）很像正在破口大罵的悍婦忽然變成石頭，所以能看見嘴裡無數的小牙齒。梅夫魯特把車頭長長的卡車聯想成大狼狗，把行駛時氣喘吁吁的Skoda公共汽車聯想成爬行的熊。

有些巨幅廣告看板甚至占滿一棟六、七樓高的建築物側牆，上面淨是一些美女在使用Tamek番茄醬或麗仕香皂，那些女人和歐洲電影裡或梅夫魯特課本上的女人一樣，沒有包頭巾，她們就那麼微笑俯視著他，直到父親從廣場右轉進一條陰暗巷道，開始吆喝道：「賣酸奶——」在狹窄街道上，梅夫魯特覺得每個人都在看他們。父親會再喊一聲，一路搖著鈴，腳步始終沒有放慢（雖然他從不回頭看兒子，梅夫魯特卻能從父親的堅定表情看出他其實是顧慮著他的），不久某處高樓上便會打開一扇窗，可能是一個男人或包頭巾的中年婦人會喊道：「這邊，賣酸奶的，上樓來吧。」父子倆便進入大樓爬上樓梯，經過陣陣廚房油煙後來到買主家門前。

梅夫魯特上街叫賣後，見多了形形色色的廚房生活，也漸漸習慣了。他遇見過無數家庭主婦、中年婦人、小孩、小老太太、老爺爺、退休的人、管家、被領養的和無父無母的：

「歡迎，穆斯塔法大爺，我這邊要半公斤，謝謝。」「啊，穆斯塔法大爺！好想念你啊！你整個夏天都待在鄉下幹嘛？」「賣酸奶的，你的酸奶最好是沒臭酸。好啦，放一點在這裡。你的秤沒動過手腳吧？」「這個漂亮的小男孩是誰啊？穆斯塔法大爺，你兒子嗎？願神保祐他！」「天哪，賣酸奶的，一定是他們搞錯了把你叫上來，我們已經在店裡買了酸奶，冰箱裡還有一大碗呢。」「沒人在家，請你記個帳，下次再付你錢。」「穆斯塔法大爺，不要加奶油，孩子不喜歡。」「穆斯塔法，等我最小的女兒長大以後，是不是就把她嫁給你這個兒子呀？」「怎麼這麼慢啊，賣酸奶的？就兩層樓，你也要爬一整天。」「賣酸奶的，你要用碗裝，還是我給你這個盤子？」「前幾天沒這麼貴喔，賣酸奶的……」「大樓主委說街頭小販不能搭電梯，聽到了嗎，賣酸奶的？」「你的酸奶是哪來的？」「穆斯塔法大爺，你出去的時候記得拉上大門，我們的門房跑了。」「穆斯塔法大爺，你不能把這孩子當挑夫，拉著他在街上到處跑，你要送他去上學，好嗎？要不然我再也不買你的酸奶了。」「賣酸奶的，麻煩你每兩天送半公斤來。讓這孩子上樓就好。」「別害怕，孩子，這狗不會咬人。牠只是想嗅一嗅，瞧，他喜歡你呢。」「坐吧，穆斯塔法，老婆孩子都出去了，沒人在家，還有一點番茄醬拌飯，要不要我熱給你吃？」「賣酸奶的，我們開著收音機，幾乎聽不到你的聲音，下次經過的時候喊大聲一點好嗎？」「這雙鞋子我兒子不能穿了，你試一試，孩子。」「穆斯塔法大爺，別讓這孩子像孤兒一樣，把他媽媽從鄉下接來照顧你們倆吧。」

穆斯塔法大爺。「願神保佑妳，太太。」我離開時會這麼說，同時把腰彎得低低的。「願神保佑妳碰觸的一切，姊妹。」我會這麼說，好讓梅夫魯特知道要想在這個叢林裡活下來，就得作某些妥協，也讓他明白要想有錢，就得有屈服的心理準備。我還會畢恭畢敬地說：「謝謝你，先生，這整個冬天梅夫魯特都會戴上這雙手套。願神保佑你。來，兒子，親一下這位先生的手……」可是梅夫魯特不肯親，他只是呆呆瞪著前方。一回到街上我就跟他說：「兒子，你聽著，你不能驕傲，你不能瞧不起一碗湯或一雙襪子。這是我們提供服務得到的回報，我們把全世界最好吃的酸奶送到他們家門口，他們就回送我們一點東西，就這麼簡單。」過了一個月，這次他可能因為有個好心女士想送他一頂毛線帽又開始賭氣，後來害怕我的反應，才假裝要去親她的手，結果到頭來還是做不到。我就跟他說：「你給我聽好了，你沒有資格一副高高在上的模樣。我叫你親客人的手，你就得親客人的手。這次這個可不是隨便的老顧客，她是個很親切的老太太。不是每個人都能像她那麼好。這城裡就有些人渣會賒帳買酸奶，然後沒說一聲也沒付錢，就搬了家，不見人影。如果有個好人想向你表達善意，你卻表現得那麼傲慢，你永遠都不會有錢。你應該看看你大伯是怎麼巴結哈密·烏拉爾哈吉。別看到有錢人就覺得自己丟臉。我們和他們的差別就只在於他們比我們先來到伊斯坦堡賺錢而已。」

週間每天早上八點五分到下午一點，梅夫魯特都在凱末爾中學。最後一堂課下課鈴聲響後，他會跑著去找父親一塊叫賣酸奶，這時校門外擠滿了街頭小販，還有一批男學生因為在校內有事情擺不平，現在正脫掉外套準備用拳頭解決。但是梅夫魯特會到費丹餐廳與父親會合，把裝滿書和筆記的書包寄放在那裡之後，兩人便並肩出發去賣酸奶直到黃昏。

父親每星期會固定送兩、三次貨到費丹來，另外也有其他類似的地方散布在城裡各處。有些店家老是想砍價，偶爾他會和老闆大吵起來，最後乾脆放棄某一家改選另一家。送貨到這些地方不但費力，利潤也不高，但他父親就是無法完全放手，因為還得仰賴他們的廚房、他們的大型冰箱和他們的陽台或後院，來存放他的酸奶和卜茶。這些都是不賣酒的餐廳，專做當地一些商店主人的生意，賣的是私房菜、旋轉烤肉和燉水果，無論是老闆或服務領班都跟梅夫魯特的父親交情不錯。有時候店家會叫他們父子去坐在後問的桌子，請他們吃點肉配蔬菜濃湯，或是鷹嘴豆飯、一點麵包、少許酸奶，同時坐下來和他們閒聊。這些對話總能讓梅夫魯特聽得入迷，聊的可能是一個賣彩券和萬寶路菸的男人，可能是一個對貝佑律發生的事無所不知的退休警員。隔壁照相館的學徒或許也會到桌邊加入談話，他們會談論攀升的物價、運動賭博、警察如何對付在黑市賣菸和外國酒的人、安卡拉最近的政治陰謀，以及伊斯坦堡市警在街頭進行的巡查。傾聽這些留著大八字鬍的老菸槍講故事，梅夫魯特覺得好像進入了這座城市的祕密世界。他聽到在塔拉巴什較偏僻的邊緣地帶有一個木匠聚居的社區，現在慢慢有一支來自阿勒的庫德人前去定居；他聽到政府想掃除占據了塔克辛廣場的書攤，因為書商和左翼組織有關聯；他聽到在下城街頭掌控非法停車交易的幫派和在塔拉巴什活動的黑海沿岸移民幫派，為了爭地盤大打出手，棍棒和鐵鍊全都出籠。

每當碰上街頭鬥毆、車禍、扒手行竊和性騷擾事件，總有民眾大聲叫喊、出言恐嚇、互相叫罵還亮出刀子，這時候梅夫魯特的父親都會盡快離開現場。

穆斯塔法大爺。要小心，不然會被傳去當證人，我這麼告訴梅夫魯特。你一旦被登記在冊，就完蛋了。更糟的是，如果你把地址給他們，就會收到法院傳票。要是你沒出現，警察就會來敲你的門。他們不會光是問你為什麼沒出庭，還會問你做什麼工作、繳多少稅、戶籍在哪裡、賺多少錢、是左派還是右派。

有時候梅夫魯特並不明白：剛才明明還使盡渾身氣力吆喝著「賣酸奶」的父親，為何突然轉進僻巷，久久沉默不語；為何有客人站在窗口叫著「賣酸奶的，賣酸奶的，喂，我在叫你哪」，他卻假裝沒聽見；為何他那麼熱情地與埃祖倫一家人寒暄擁抱，背地裡卻又罵他們王八蛋；又或者他為何賣兩公斤酸奶給某個顧客，卻只拿平常的半價。還有些時候儘管還有很多客人要找，還有很多人家等著他們經過，父親卻會走進第一家經過的咖啡館，把扁擔和寶貴的酸奶放在店外，一屁股坐到椅子上，面前擺著一杯茶，就這樣文風不動地呆坐。對於這點，梅夫魯特就是不明白。

穆斯塔法大爺。酸奶販子整天都要走路。不管是市公車或民營巴士，都不會讓挑著酸奶盤的乘客上車，而酸奶販子也搭不起計程車，所以你每天要挑著三十，也可能是四十公斤的東西，走上三十公里。我們的工作大多很繁重。

每星期有兩、三天，梅夫魯特的父親會從桑山走到艾米諾努，一趟要花兩個小時。會有一輛卡車從色雷斯地區一家酪農場，載運酸奶到艾米諾努的西凱吉火車站附近一處空地。卡車卸貨、等著取貨的酸奶小販與餐廳經理互相推擠、在一桶桶橄欖和起司之間（梅夫魯特愛極這個地方的味道）結清帳款並將空鋁盤歸還倉庫——一切都在倉卒間完成，就如同卡拉達橋上循環不息的騷動，有渡船與火車的尖銳鳴笛，還有巴士噗噗作響。當這個有組織的混亂場面展開來，父親就會叫梅夫魯特記錄交易。這工作實在太簡單，梅夫魯特不得不懷疑文盲父親帶他同來，純粹只是為了領他入行，讓大夥認識他。

備好貨以後，父親眉頭皺也不皺一下就扛起將近六十公斤的酸奶，連續走上四十分鐘，汗流浹背地走過大半個貝佑律區，才在一家餐廳卸下一部分貨，剩下的再送到潘加提的另一家餐廳，然後又回到西凱吉去取第二次貨，這回可能是送到前面兩家餐廳其中一家，也可能送到第三家。他把這些地方當成基地，從這裡將酸奶「分發」到他已瞭若指掌的各鄰區、各街道與住家。十月初，氣溫一下降，穆斯塔法大爺就會開始賣卜茶，每星期重複兩次同樣的步驟。他會在維法卜茶店買未加工的卜茶，把罐子綁在扁擔上，挑到一家和他關係不錯的餐廳卸貨，之後再帶回家加糖與香料，準備每天晚上七點開始上街叫賣。有時候為了節省時間，梅夫魯特和父親就直接在這些餐廳的廚房或後院，為卜茶原料添加糖與香料。父親總能清清楚楚記得哪些地方留了空的、半空的和滿的酸奶盤與卜茶罐，也總是知道走哪條路線能在最短的距離內做最多生意，這讓梅夫魯特嘆為觀止。

穆斯塔法和許多客戶都能親密地彼此直呼名字，他記得他們吃酸奶的喜好（加不加奶油）和對卜茶的喜好（較酸或較淡）。有一天碰上下雨，他們跑進路上一家老舊的茶館躲雨，梅夫魯特沒想到父親竟然認識店老闆父子。還有好幾次也是這樣，譬如有一天他們正各懷心事走在街上，遇見一個駕著馬拉貨車的舊貨商，父親與他竟像久別重逢的老友一樣擁抱；另一次父親則是和一位當地巡警狀似熟稔親熱，事後卻又說他是「爛人一個」。想想他們見過的街道、建築與公寓——那麼多大門、門鈴、庭院柵門、樓梯和電梯——父親怎麼可能記得住所有事物的運作方式、該如何開或關、要按哪個電鈴、哪扇柵門是上了栓的？穆斯塔法大爺總會傳授兒子一些訣竅：「這裡是猶太墓園，腳步要放輕一點。」「有個銀溪村來的人在這間銀行當工友，他是好人，就記住這點。」「別從這裡過去，盡量往上走到不再有金屬護欄的地方，那裡的交通比較不危險，也不用等那麼久！」

當他們在公寓大樓裡，摸索著爬上陰暗、溼冷的樓梯間，父親會說：「我讓你看一樣東西。啊，在那裡！來，把它打開。」半昏暗中，梅夫魯特在某間公寓門邊找到一個小置物箱，並小心翼翼地打開，彷彿揭開阿拉丁神燈的蓋子。在陰暗的箱內有一只碗，還有一張從學校作業簿撕下的紙。「上面寫什麼，念出來！」於是梅夫魯特就像對待一張藏寶圖似的，仔細慎重地將紙條拿到樓梯間的微弱燈光下，小聲念道：「半公斤，加奶油。」

看到兒子把他當成有智慧、會說這城市特有語言的人，看到這孩子迫不及待也想知道這城市的祕密，就足以讓梅夫魯特的父親走起路來腳步輕快中帶著驕傲。「你很快就會全部學會了……你會在別人不注意的時候把一切都看在眼裡，你會把一切都聽在耳裡，但又假裝沒聽見……你會每天走十小時的路，但又覺得自己好像根本沒走路。你累不累，兒子？要不要坐下來休息一下？」

「好啊，坐一下吧。」

早在兩個月前，天氣還不夠冷，他們就已經開始在入夜後賣卜茶，梅夫魯特也開始覺得負擔過重。上午去上學，下午陪著爸爸在四小時內走十五公里賣酸奶之後，他都是一回到家倒頭就睡。有時候到簡餐廳和茶館歇腳休息時，他會想趴在桌上小睡片刻，但父親會叫醒他，因為這種事情應該只在二十四小時營業、骯髒老舊的茶館才看得到，因此餐廳經理看了可能會不高興。

父親晚上出門賣卜茶前，也會叫醒梅夫魯特。（「爸，明天要考歷史，我要念書。」梅夫魯特可能會這麼說。）有一、兩次因為早上起不來，梅夫魯特便告訴父親：「今天不用上學。」父親想到兩人又能一起出去賣酸奶，多賺點錢，也覺得高興。有些晚上，父親不忍喚醒他，便自行挑起卜茶出門，關門時還不忘輕手輕腳。稍後，當梅夫魯特醒來發現只剩自己在家，便又會聽到熟悉而奇怪的聲響從外面傳來，也會覺得愧疚，不只因為心裡害怕，也因為想念父親的陪伴與父親牽著他的手的感覺。這麼多思緒壓在心頭，他根本沒法念書，結果只是更加自責。

五、凱末爾男子中學

好的教育能打破貧富之間的藩籬

從桑山與後面幾座小山通往伊斯坦堡的道路盡頭，有一片低矮平地，桑山凱末爾男子中學便坐落於此，由於學校方位特殊，在自家院子晾衣服的母親、用擀麵棍在擀餅皮的老太太，還有在糞溪沿岸地區與乞丐屋密布的鄰近山上，那些坐在茶館裡玩拉密牌和撲克牌的失業男子，全都能看見學校的橘色校舍、國父凱末爾的半身像，也能看見（穿著長褲、長袖襯衫與膠底鞋的）學生在大操場上做著怎麼也做不完的體操，遠遠看去好像許許多多彩色斑點，另外還有宗教兼體育老師「瞎子」凱林在一旁監督。每四十五分鐘，就有數以百計的學生湧進操場，人潮是被遠方山頭聽不見的鈴聲釋放出來的，接著又會有一個無聲信號讓他們同樣快速地消失。不過每週一早上，初高中部全體一千兩百名學生，會集合在國父肖像四周合唱國歌，那歌聲強而有力地迴盪在群山間，附近數千戶人家都能聽見。

唱國歌（「獨立進行曲」）之前，校長法哲先生會先致詞。他會爬到校門口階梯頂端，發表一段關於國父、愛國情操、國家民族與昔日令人難忘的軍事勝利的演說，並鼓勵學生以國父為楷模——關於軍事勝利，他尤其偏愛血腥征服的戰事，例如摩哈赤戰役。學生群中，一些年紀較大、較叛逆的人會喊出嘲諷的評論，起初梅夫魯特要很努力才能聽懂，也有其他頑劣者若非提出奇怪的質問就是直接砲轟，打斷演說，因此副校長「骷髏」會像個警察一樣，站在法哲先生旁邊密切監視。正因這番嚴格監督，使得梅夫魯特一直到一年半後，也就是十四歲、開始質疑學校規約的時候，才終於認識那些回回都有異議的人，他們就算被一大群人包圍，也會肆無忌憚地放屁，可是無論信仰虔誠的右派學生或信奉民族主義的左派學生（右派學生必定信仰虔誠，左派學生也必定信奉民族主義）都同樣崇拜他們。

校長表示，一千兩百名學生無法整齊合唱國歌，就代表學校與國家的前景堪憂。看到大家各唱各的，甚至有若干「無可救藥的墮落分子」連唱都懶得唱，簡直把法哲校長逼瘋了。有時候，操場這邊的學生已經唱完，另一邊甚至還唱不到一半，於是渴望所有人「像拳頭緊握的手指」一般合作無間的校長，就讓全校一千兩百名學生一再反複地唱國歌，無論晴雨，總之要唱到好，偏偏有幾個冥頑不靈的男生非要搗蛋不可，就故意唱錯拍子，引發陣陣笑聲，也挑起了強忍寒冷的愛國學生與冷嘲熱諷的失敗主義者之間的戰火。

梅夫魯特會保持距離觀戰，一面聽著同學們傲慢無禮的玩笑而發笑，一面又咬著圓鼓鼓的臉頰內側，以免被骷髏給盯上。但這時候，畫著星星與弦月的國旗會緩緩上升，當梅夫魯特真情流露地唱著國歌，眼中也隨之泛起內疚的淚水。終其一生，只要看見土耳其國旗升起，哪怕是電影畫面，就足以讓他淚眼迷濛。

梅夫魯特也很想如校長所要求，「除了國家，什麼都不想，就和國父一樣」。但要做到這點，就得完成三年初中、三年高中的學業。無論是梅夫魯特的家族或是他們整個村莊，都沒有人完成過這項壯舉，因此打從一開始上學，這個想法便深植於梅夫魯特心中，形成一種與國旗、國家、國父相同的神祕輪廓——想像起來很美，卻難以企及。來自新窮人社區的學生多半都要當父親的幫手，或是上街叫賣，或是與當地店家合作，也可能正排隊等著拜麵包師傅、修車工、焊接工為師——一直以來都知道自己年紀再大一點就要休學。

法哲校長最注重的是維持紀律，也就是必須保持兩個陣營間的和諧與秩序：一邊是出身體面家庭的孩子，上課時總是坐在前排，另一邊則是為數眾多較貧窮的孩子。在這個議題上，他發展出自己獨特的想法，並在每週一升旗典禮時與眾人分享，他把它濃縮成一句口號：「好的教育能打破貧富之間的藩籬！」梅夫魯特不太確定法哲校長想告訴貧窮學生的是：「如果努力用功完成學業，你也會富有。」還是：「如果努力用功完成學業，就沒有人會注意到你有多貧窮。」

為了讓全國各地人民看到凱末爾男子中學的能耐，校長希望學校代表隊能在伊斯坦堡廣播電台舉辦的中學機智問答競賽中有傑出表現。於是他挑選了來自較上層社區的中產階級學生（懶惰和憤憤不平的學生都叫他們書呆子）組隊，還親自花了不少時間督促他們背下歷代鄂圖曼蘇丹的出生與死亡日期。升旗典禮時，校長當著全校學生的面，嚴厲批判那些休學去當修車工與焊接工學徒的人，斥責他們軟弱無用，背棄了啟蒙運動與科學革命的目標。他也責罵那些和梅夫魯特一樣，上午上學、下午賣酸奶的人；他還試圖將那些急著賺錢而忽視學業的人導回正途，而大聲疾呼：「未來要拯救土耳其的不是賣飯的流動攤販、沿街叫賣的小販和旋轉烤肉小販，而是科學。」愛因斯坦也是窮苦出身，甚至還有一次物理不及格，但他從未想過放棄學業去掙錢——這不只是為他自己也是為國家著想。

骷髏。事實上，我們桑山凱末爾男子中學最初設立的目的，是為了服務梅吉迪耶克伊本區與四周山上的住戶，以確保那些住在現代化歐風合作住宅的公務員、律師與醫師的兒女，能獲得適切的國家教育。只可惜，過去這十年來，原本空曠的山上如雨後春筍般冒出許多非法的新社區，這所美麗的學校也被大批安納托利亞的孩子給擠爆，幾乎無法正常運作。儘管許多學生翹課上街叫賣，或是找到工作休了學，更有不少人因為偷竊、鬥毆或威脅師長被退學，教室依然間間爆滿。很遺憾必須這麼說，在原本為三十個學生設計的現代化教室裡，可能有多達五十五名學生在上課，預計給兩個學生用的課桌可能擠了三個人，而下課時間，學生們無論是奔跑、走路或玩耍，都一定會像碰碰車一樣撞來撞去。每當鈴響或有人打架或是任何緊急狀況，都會引起驚慌奔竄，然後就會有學生被擠傷，身體較弱的還會昏倒，我們也只能把他們帶到教職員辦公室，試著用古龍水讓他們甦醒過來。在如此擁擠不堪的環境下，讓學生死背當然比凡事一一解釋來得有效率。強記學習法不只能強化學生的記憶，還能教他們敬重長輩。這也是教育部的教科書背後的理論。土耳其有五個地區。牛有四個胃。鄂圖曼帝國開始衰落有五個原因。

六、七年級時，有一年半的時間，梅夫魯特經常煩惱上課要坐在哪裡。為了解決這個問題，他內心的混亂糾結不輸給古代那些煩惱著該如何過道德生活的哲學家。開始上學還不到一個月，梅夫魯特便已經知道：若想成為校長經常掛在嘴邊那種「能讓國父引以為傲的科學家」，他就得和來自好家庭、好社區的學生為伍，他們的筆記本、領帶和作業總是整整齊齊、井然有序。全校有三分之二的學生和梅夫魯特一樣，住在貧窮社區，他還沒見過有哪個成績出色的。他曾有一、兩次在校園裡碰上其他班級很認真的學生，因為他們也曾經聽人說過這樣的話：「這孩子真聰明，應該送他去上學。」但在這所擁擠到有如世界末日即將降臨的學校，他始終沒機會和這些失落又孤單，而且和機智問答校隊一樣，被其他學生謔稱為書呆子的人說上話。這其中有一部分是因為這群書呆子本身對梅夫魯特心懷疑慮，因為他也出身貧窮社區。他理所當然地懷疑他們美好的世界觀有致命的缺陷，在他內心深處，覺得這些自以為只要把六年級地理課本內容牢記在心，遲早有一天便能致富的「聰明」學生，其實都是傻瓜，他一點也不想像他們那樣。

當梅夫魯特終於能和一些較富有、上課總是坐在前排，作業也會按時做完的學生交上朋友並坐到他們旁邊，心裡算是舒暢了些。為了能把座位往前挪，梅夫魯特必須時時刻刻與老師保持眼神交流，當他們故意沒把一句話說完——理由是可以讓學生藉由思考句子的後半段學到一點東西——梅夫魯特會盡量搶先把句子說完。當老師提問，即使不知道答案，梅夫魯特也總會舉手，態度樂觀得就像知道答案一樣。

不過這群住在較高級社區的體面公寓大樓、梅夫魯特拚命想融入的學生，也可能舉止怪異，隨時傷你的心。初中一年級時，梅夫魯特便爭取到了特權，得以坐在最前排的「新郎」旁邊。不料有一天，他們來到外面積雪的操場，當時有一大群學生在那裡玩足球（將舊報紙揉皺再用繩子綁成的，學校裡禁止玩正式的足球）、東奔西跑、大聲喊叫、打鬧、在土裡推來擠去、賭博（用可收集的足球貼紙、小鉛筆或截成三段的香菸當賭注），「新郎」差點被他們踩傷。他一時氣不過，轉身對梅夫魯特說：「這間學校已經被鄉巴佬接收了！我爸要讓我轉學。」

新郎。開學第一個月，大家就給我取了這個外號，因為我很注重領帶和外套，有時候早上來上學前，我還會噴一點爸爸的鬍後水（他是個婦科醫生）。在充滿土味、口臭和臭味的教室裡，鬍後水的氣味就像一股清新空氣，要是哪天沒噴，同學就會問我：「喂，新郎，今天不結婚啊？」其實我並不像某些人想的那麼好欺負。有一次有個愛作怪的人想捉弄我，故意把臉湊向我的脖子，假裝要聞我的鬍後水香味，簡直當我是同性戀還是什麼的，我就賞他一記上鉤拳把他揍飛出去，後來所有後排的惡霸都要敬我三分。我讀這所學校只有一個原因，就是我爸爸付不起私校學費。

有一天上生物課，我正在和梅夫魯特討論這類事情，「波霸」美拉荷老師說：「一〇一九，梅夫魯特．卡拉塔希，你太愛說話了，到後面去！」

「我們沒有說話，老師！」我反駁道——不是因為我像梅夫魯特所想的那麼英勇，而是因為我知道自己很安全，美拉荷不敢把我這種來自好家庭的學生趕到後排去坐。

梅夫魯特倒是不怎麼擔心。他以前也被叫到後面去過，但因為他規規矩矩、長相純真無邪，而且經常迅速舉手，最後總能再悄悄回到前面。老師們為了設法降低吵鬧噪音，偶爾會讓所有人都換換位子。這個時候，長相討喜的梅夫魯特會帶著強烈的熱忱與敬意直視老師雙眼，最後終究會被移到前排座位——直到某個晦氣鬼又把他趕回去為止。

還有一次，大胸脯的生物老師美拉荷又要把梅夫魯特趕到後排去，勇敢的新郎也再度試圖向老師抗議。「拜託，老師，妳幹嘛不讓他坐前面，他那麼愛上妳的課。」

「你沒看他高得像棵樹嗎？」美拉荷無情地回答：「就因為他，後面的人都看不到黑板了。」

梅夫魯特的確比班上大多數同學年長，因為父親無謂地把他留在村裡一整年。被迫回到後排座位總是讓人羞愧得無地自容，不久他也開始想像自己的身材與最近才有的手淫習慣之間，必然有某種神祕關聯。後排同學都會鼓掌歡迎梅夫魯特回到他們的行列，同時歡呼：「梅夫魯特回家了！」

坐在後面的學生都是常犯規的、懶惰的、愚笨的、天生注定沒前途的、大塊頭又愛霸凌人的、年紀較大的，和遲早都會被踢出學校的。很多被趕到後面的人，最後都是找到工作休了學，但也有人在那裡一年一年地長年紀，因為找工作毫無結果。有些人一開始就主動坐到後面，因為一開始就知道自己有愧、太笨、年紀太大，或是太高大會擋住後面的人。但也有些人（包括梅夫魯特）不願接受後排座位為自己的醜陋命運，直到一次次徒勞無功、傷透了心，才領悟到令人痛苦的事實，就像有些窮人直到人生終點才覺悟到自己永遠不會有錢。大多數老師，例如歷史老師拉美西斯（他的確長得很像木乃伊），都有過親身體驗，知道不用白費力氣教導後面的學生。但也有其他老師，例如年輕膽怯的英語老師奈姿莉（坐在前排凝視她的雙眼是一種無上的幸福，梅夫魯特慢慢地在不知不覺中墜入了情網），太害怕與後排學生為敵或是與任何一個學生起爭執，幾乎不敢朝那個方向瞥上一眼。

沒有一個老師會故意去挑戰後排學生，甚至連偶爾能讓全體一千兩百名學生害怕順服的校長也不例外，因為這樣的張力可能升高演變成全面反目，不只是後排而是全班學生一起對抗老師。有一種情形格外敏感，很容易激怒每個人，那就是當老師嘲笑來自貧窮社區的學生，嘲笑他們的口音、他們的外表、他們的無知，和每天在他們臉上像鮮紅繡球花一樣盛開的青春痘。有些學生老是開玩笑開個不停，他們說的故事也比老師講的任何話都有趣得多，老師便會拿尺狠狠地打人，希望藉此羞辱之舉壓制他們，讓他們安靜。有一段時間，年輕的化學老師「愛現的」費奇上課時，只要一轉身在黑板上寫氧化鉛之類的化學式，就會有人用空心原子筆管向他投射米粒子彈，只怪他千不該萬不該為了威嚇一個來自東部的學生（當時沒有人管他們叫庫德人），便嘲弄他的口音與穿著。

後排的壞學生老是打斷老師講課，可能純粹只是覺得某個老師太軟弱，想享受霸凌他的樂趣，也可能只是為了打斷而打斷：

「老師，我們不想再聽你嘮嘮叨叨了，好無聊耶！你能不能跟我們說說你去歐洲旅行的事？」

「老師，你真的自己一個人一路搭火車到西班牙嗎？」

就像夏天看露天電影時，有人會從頭聊到尾，後排學生也會隨時針對上課情況七嘴八舌地發表評論；他們會自顧自地說笑話與八卦，並對自己的機智得意得放聲大笑，使得問問題的老師和前排想要回答的學生往往聽不到對方的聲音。每回被驅趕到後面，梅夫魯特幾乎都跟不上進度。但可以肯定的，他認為最大的幸福就是既能聽到後面學生的笑話，又能聽到奈姿莉老師講課。

六、中學與政治

明天不用上學

穆斯塔法大爺。第二年秋天，梅夫魯特已經念七年級，卻還是不好意思在街上大聲喊「賣酸奶！」不過現在至少習慣了用扁擔挑酸奶盤和卜茶罐。下午，我會叫他自己把空盤從——比方說，貝佑律小巷弄裡的某家餐廳挑到西凱吉的倉庫，再把新鮮的酸奶挑回貝佑律，或者是從維法把一罐未加工的卜茶送去放在拉辛的店裡（那裡充滿嗆鼻的油炸味與洋蔥味），然後再回灰山。我晚上回家時，要是他剛好還醒著，一個人坐在那裡做功課，我會說：「神明有眼，再這樣下去，我們村裡可真要出教授了！」要是他溫習得很認真，就會說：「爸，你坐下來一會兒好嗎？」然後兩眼往天花板上一轉，就開始背誦起他默記的東西。有時候卡住念不下去，他的眼睛會轉下來看著我的臉，我就說：「兒子，你從這裡找不到答案的，我一個大字也看不懂。」上了初中二年級，他還沒厭倦上學，也還沒厭倦當街頭小販。有時候到了晚上他會說：「我跟你出去賣卜茶，明天不用上學！」我也不反對。有些時候他則會跟我說：「我有功課要做，放學以後會直接回家。」

梅夫魯特與凱末爾男子中學的大多數學生一樣，將自己放學後的生活保密到家，就連其他同樣上街頭叫賣的學生也不知道他放學後在做什麼。有時候他會在街上看到另一個同學陪著爸爸賣酸奶，但總是視而不見，第二天上課碰了面，也會裝作若無其事。然而，梅夫魯特會密切留意這個學生在學校的表現，看看能否看出他是街頭叫賣的小販，而且他也好奇這個學生長大以後會如何，生活會變成什麼樣。有一個來自赫尤克的學生是拉著馬貨車在街上打轉，他和父親一面牽著韁繩拉馬前進，一面收集舊報紙、空瓶罐和破銅爛鐵。梅夫魯特第一次注意到他是年關將近時，在塔拉巴什與他巧遇。後來，他發現這個本來上課都帶著一臉作夢神情望向窗外的男孩，七年級讀了四個月後便消失不見，再也沒回學校，但卻一次也沒有人提起過他或他的缺席。當時，梅夫魯特也明白自己很快就會忘卻這個男孩的存在，就如同他忘卻了其他所有找到工作或當了學徒而休學的朋友。

年輕的英語老師奈姿莉皮膚白皙，有一雙綠色的大眼睛，還有一條綠葉印花的圍裙。梅夫魯特明白她是另一個世界的人，就為了能更親近她，他想當上班長。班長可以利用腳踢、搧耳光與口頭威脅來壓制那些不肯聽課、老師本身又不敢拿戒尺懲罰的壞學生。這主要是對奈姿莉這樣的老師有幫助，否則他們面對教室裡的喧鬧失序，完全束手無策。後排有不少人一逮到機會就會主動跳出來為女老師服務，他們會巡查其他排座位，尋找不聽話的調皮學生，隨時準備在他們脖子上賞一記巴掌或是扭他們耳朵。為了確保奈姿莉老師注意到自己的殷勤行為，這些志願者在修理任何一個搗蛋的學生之前，都會大喊一聲「喂！注意聽課啦！」或是「對老師尊重一點！」梅夫魯特若是感覺到奈姿莉老師很感激這番協助，儘管她鮮少看向後排，他還是會妒火中燒。只要有那麼一天，她選了他當班長，梅夫魯特不會採取暴力方式來讓作亂的學生安靜，因為他來自窮人社區，所以那些一無是處的懶惰蟲和專找麻煩的搗蛋鬼都會聽他的。只可惜，課外的政治局勢發展導致梅夫魯特始終未能實現他的政治夢想。

一九七一年三月，發生了軍事政變，長期執政的迪米瑞總理因擔心自己的性命安危而下台。革命團體動手搶劫銀行，綁架外國外交人員勒索贖金；政府一再宣布戒嚴，實施宵禁；憲兵到處搜索民宅。城裡每道牆面都貼著通緝犯的照片，書販子不許再上街頭擺攤。這一切對街頭小販而言都是壞消息。梅夫魯特的父親不斷咒罵那些「造成這種無政府狀態的人」。但即使在數千人被關押刑求之後，街頭小販與所有進行黑市交易的人仍未回歸正常生活。

軍方粉刷了伊斯坦堡所有的鋪設道路、一切看似骯髒或不整潔的東西（幾乎全城都符合這條件）、高大懸鈴木的樹幹與鄂圖曼時期的牆壁，把整個地方變成一座軍營。共乘計程車再也不能隨意停車讓乘客上下車，街頭小販也不得進入大廣場、林蔭道、那些有真正會噴水的水池的美麗公園，以及渡輪與火車。警察以知名幫派分子為目標，帶著記者前去掃蕩他們半祕密的賭場與妓院，斷絕他們從歐洲走私進來的菸酒買賣。

政變過後，骷髏解除了所有左派教師的行政職責，因此奈姿莉老師完全沒機會選梅夫魯特當班長。有時候她甚至根本沒來上課，聽說她丈夫遭到警方通緝。收音機與電視上關於秩序、紀律與整潔的宣導，影響了每個人。學校將牆壁、廁所隔間與校園各個角落都重新刷了油漆，蓋去原本塗寫在上面的政治標語、猥褻字句以及各式各樣關於老師們的下流塗鴉（包括一幅描繪骷髏和波霸美拉荷性交的諷刺漫畫）。那些起身對抗老師的激進分子，那些一再呼喊政治口號、煽動情緒，讓每堂課都陷入意識形態宣導的人，最後都被制伏了。現在為了確保每個人在升旗典禮時都能齊聲合唱國歌，校長和骷髏在國父肖像兩側各放置了一具在清真寺尖塔上找來的喇叭，但卻只是為這個音盲合唱團增添一種新的金屬音色。況且，喇叭的聲音實在太響，許多本來確實想認真唱國歌的學生乾脆就不唱了。向來喜愛宣揚血腥軍事勝利的歷史老師拉美西斯，現在更變本加厲，還教導學生說土耳其國旗的顏色象徵著血的顏色，而土耳其人民的血非同一般。

莫希妮。我本名叫阿里．亞尼茲。印度總理「班智達」尼赫魯在一九五〇年送了一頭大象給土耳其的兒童，「莫希妮」便是那頭象的美麗名字。在伊斯坦堡的高中要得到「莫希妮」的外號，光是外表舉止像大象還不夠（也就是又大又胖、看起來比實際年齡更老、走起路來拖拖拉拉搖搖晃晃，像我這樣），還得要又窮又敏感。先知易卜拉欣也說過，大象是非常敏感的動物。在我們學校，一九七一年軍事政變所帶來最可怕的政治效應就是在轟轟烈烈對抗過骷髏與其他老師之後，所有學生全都被迫剪去長髮。這場災難讓許多人都哭了，不只有父親當醫生、公務員的那些搖滾與流行樂迷，就連來自貧窮社區卻有一頭秀髮的學生也一樣。長久以來在週一升旗典禮上，校長和骷髏就一直威脅著要採取某種行動，說男生像女人一樣留長髮，就只為了模仿一些頹廢的歐洲流行歌星，太不像話。但卻直到政變後軍人進入學校，這些暴君才得償所願。聽說當天搭吉普車來的那名軍中上尉，是為了協調如何救濟土耳其東部地震災民的工作，沒想到投機的骷髏竟趁機把桑山最好的理髮師也叫來了。很遺憾，我一看到軍人也慌了，便任由他們剪去頭髮。事後我看起來更醜，也更恨自己屈服於威權，隨便一句話就乖乖坐上理髮椅。

骷髏感受到了梅夫魯特想當班長的野心，於是便在政變後，吩咐這名模範生在長休息時間協助莫希妮。梅夫魯特很開心，因為這樣就有機會在上課時間走在空盪盪的走廊上，引人注目。每天在十一點十分的長休息之前，他和莫希妮會一同離開教室，走過陰暗潮溼的走廊與樓梯來到地下室。接著莫希妮的第一站是到煤炭地窖旁的高中部廁所（梅夫魯特作夢也沒想要跟著去），那是一個骯髒汙穢、臭氣沖天的糞坑，上頭還懸浮著香菸的濃密藍煙。莫希妮會去向高年級學生討菸屁股，要是幸運討到一截，就當下抽起來，讓梅夫魯特在門外耐心等待。「這就是我的鎮靜劑。」莫希妮會露出一副深諳世故的表情說。然後他們會到廚房去排隊領一只大罐子，雖然罐身幾乎和莫希妮一樣大，他還是一路背上樓，最後再輕輕放到教室的火爐上。

這只醜不拉嘰的大罐子裡面裝著味道不好聞的滾燙牛奶，是在樓下臭烘烘的廚房裡，用聯合國兒童基金會免費發放給開發中國家各學校的奶粉沖煮的。莫希妮像個盡責的家庭主婦，專心做著自己的工作，將牛奶倒入學生從自家帶來、大小不一的塑膠杯，而休息時間執勤的老師會拿出一個藍色盒子，裡頭裝著基金會的另一項施捨：可怕的魚油膠囊。他謹慎地將膠囊一一發給學生，彷彿發的是珍貴寶石，隨後便在座位間巡視，以確保學生將兩樣帶著惡臭的慈善物品都吞下肚去。大多數學生會把膠囊從窗口丟向校園裡堆積垃圾的角落（那裡也是指定的賭博地點），不然就是直接放到地上踩爛，純粹只為了讓教室裡臭不可聞。也有人把膠囊裝進空心筆管，往黑板上射。一波接著一波的魚油轟炸，讓桑山凱末爾男子中學的黑板留下一層油滑光澤與令訪客作嘔的臭味。當樓上九C班的某顆魚油彈射中教室裡的國父肖像，骷髏立刻大驚小怪地請市警局與教育局派人前來調查，不過寬厚隨和的教育局長這些年來看得多了，他向執行戒嚴法的警察解釋絕無任何人有意侮辱國父或哪位政府要人，巧妙地化解了緊張局勢。當年，任何將奶粉與魚油儀式政治化的企圖都不會成功，但多年後卻有許多關於此話題的記述與回憶錄，無論伊斯蘭主義分子、民族主義者或左派人士，都一致宣稱政府受到壓力而與西方強權同謀，讓他們整個童年都被強迫餵食那些惡臭有毒的小藥丸。

上文學課時，梅夫魯特最喜歡讀貝雅特利[5]描述鄂圖曼侵略者如何歡天喜地、手握長劍前去征服巴爾幹諸國的詩句。老師要是沒來，他們就利用上課時間唱歌，這時候連後排最頑劣的學生也會暫時裝出天使般的純真無邪。梅夫魯特望著窗外的雨（心裡會閃過父親正在外面賣酸奶的念頭），覺得好像可以在舒適的教室裡永遠這麼唱下去，雖然遠離母親和姊妹，城市生活的優點仍大大勝過鄉下生活。

軍事政變那幾個星期，施行戒嚴、宵禁與住家搜索，導致數千人被捕，但到最後仍一如往常，規定放鬆了，街頭小販也再次覺得可以安心出外工作，於是賣烤鷹嘴豆、芝麻貝果、糖花膏甜點和棉花糖的小販，又重新出現在凱末爾中學大門旁邊，並各自回到原來擺攤的位子。某個炎熱春日，梅夫魯特看見一個與自己年齡相仿的男孩，加入了違反叫賣禁令的行列，一向嚴守規矩的他剎那間也不禁興起羨慕之情。那個男孩看起來很面熟，手上抱了一個寫著「奇思美」的紙盒，盒子裡可以看到一個大大的塑膠足球，還有其他一些看起來相當有趣的玩具獎品：迷你塑膠士兵、口香糖、梳子、可收集的足球貼紙、手鏡和彈珠。

「你不知道學校禁止我們向街頭小販買東西嗎？」他盡可能擺出嚴厲表情說道：「你在賣什麼？」

「神比較愛某些人，那些人最後都變得有錢。祂比較不愛某些人，這些人就一直很窮。你用針刮開這其中一個彩色圈圈，底下就是你的禮物和運氣。」

「這是你自己做的嗎？」梅夫魯特問道：「你這些獎品從哪來的？」

「這是整套一起買來的，連獎品在內，三十二里拉。這上面有一百個洞，所以只要讓客人刮一次收六十分錢，統統刮完就能賺六十里拉。週末在公園的生意很好做。要不要馬上試試手氣？看你以後是會變得有錢？還是變成人人都瞧不起的窮光蛋？來吧，刮一個看看……我不收你錢。」

「我不會是窮人，你看著吧。」

男孩以誇張的動作拿出一根針，梅夫魯特毫不猶豫便接了過來。紙盒上還有很多洞沒刮開。他小心地挑選一個刮了起來。

「運氣不好！是空的。」男孩說。

「給我看。」梅夫魯特發火說。在他刮開的彩色鋁箔紙下面，什麼也看不到——沒有隻字片語也沒有禮物。「那現在呢？」

「如果裡面沒東西，我們就送你這個。」男孩說著遞給梅夫魯特一塊和火柴盒同樣大小的巧克力夾心酥。「你也許是運氣不好，不過你也知道俗話說：賭場得意，情場失意。關鍵是輸的時候要再贏回來，懂嗎？」

「懂了。」梅夫魯特說：「你叫什麼名字，學號幾號？」

「三七五，費哈·易馬茲。你會去跟骷髏檢舉我嗎？」

梅夫魯特擺擺手像是說「當然不會」，費哈自己也做了一個「當然不會」的表情，兩人當下就知道他們將

5　譯注：貝雅特利（Yahya Kemal Beyatli, 1884-1958）：土耳其詩人作家。

會成為最好的朋友。

費哈讓梅夫魯特最印象深刻的第一件事就是他們雖然同年，費哈卻已經熟知街頭的語言、人情世故、市區所有商店的位置與每個人的祕密。費哈說協助學校運作的家長會裡面全是騙子，說歷史老師拉美西斯是個笨蛋，還說其他老師大多都是爛人，心裡只想著怎麼好好地一天捱過一天，到了月底才有薪水拿。

某個冷颼颼的日子，骷髏帶領著他從學校工友與清潔工、沖煮奶粉的廚工，以及煤炭地窖的守衛當中，精心挑選出來的小隊人馬，對學校牆外擺攤的小販展開攻擊。雙方開打後，梅夫魯特和同學們就站在牆腳下觀戰。大家都挺商販，但力量卻在政府與學校那一邊。有個賣烤鷹嘴豆和葵花子的小販和看管煤炭地窖的阿布杜瓦哈互毆，骷髏威脅說要找警察和軍隊指揮部的人來。這一整幕象徵了政府與校方對待街頭小販的一般態度，深深烙印在梅夫魯特腦海中。

奈姿莉老師離職的消息大大打擊了梅夫魯特，當他領悟到自己花了多少時間想她，不禁感到空虛失落。他翹了三天課，後來向學校解釋說是因為父親生了重病。他愈來愈喜歡費哈開的玩笑、他的機智與他的樂觀。他們一起翹課，到貝敘塔希街頭和馬茨卡公園兜售「奇思美」。費哈教他許多關於「意向」與「奇思美」（宿命）的玩笑和小知識，後來凡是對他頗有好感的酸奶與卜茶客人，他都會向他們轉述這些深刻見解：「你如果不把內心的意向弄清楚，就絕對不會在這裡找到你的奇思美。」

費哈還有一個了不起的成就，那就是和幾個住在歐洲的少女通信。這些女孩是真有其人，費哈口袋裡甚至有她們的照片可以證明。他是在《民族日報》發行的青少年雜誌《嗨》（「新郎」常常會帶到班上來）裡面的「為年輕人尋找筆友」專欄，取得她們的地址。《嗨》據稱是土耳其第一本青年雜誌，裡面只公布歐洲女孩的地址——從來沒有土耳其女孩，否則可能會惹怒保守的家庭。費哈請人幫他寫信，卻從不透露此人的身分，他也從未告訴女筆友自己是街頭小販。梅夫魯特一直很好奇他會在信中跟歐洲女孩說什麼，卻始終猜不出來。

班上同學仔仔細細地研究費哈從歐洲女孩那兒收到的照片，要不是一見鍾情，就是想試圖證明那些女孩不是真的，還有幾個嫉妒心特別重的，在上面亂塗亂畫把照片給毀了。

有一天，梅夫魯特在學校圖書館讀了一本雜誌，對他後來成為街頭小販有深遠的影響。在凱末爾男子中學，只要老師沒去上課，學生就得乖乖靜坐在圖書館內。每當沒有老師監管的學生被帶到圖書館，管理員艾瑟就會讓他們看舊雜誌，這些都是住在附近高級區的退休醫師和律師捐贈的。

梅夫魯特最後一次上圖書館時，艾瑟又照例發下已有二、三十年歷史、褪了色的過期雜誌，諸如《偉大的凱末爾》、《考古與藝術》、《心靈與物質》、《美麗的土耳其》、《醫學世界》、《知識寶庫》等等。在確認過每兩個學生都有一本雜誌可以合看之後，她便開始發表她那關於閱讀的簡短而著名的演說，梅夫魯特全神貫注地聽著。

「看書的時候絕對不能說話。」這是她演說中很出名的開場白兼反覆句，也一再被拿來當笑柄。「你們必須默念在心裡，不能出聲，要不然一整頁的內容，什麼也學不到。一頁看完以後，不要馬上翻頁，要先確認另一個同學也看完了。等確定了以後就可以翻頁，可是不能舔溼指尖或把紙弄皺，不要在頁面上寫字，不要亂塗亂畫，不要在圖片上畫八字鬍、眼鏡或大鬍子。看雜誌不能光看圖片，也要讀內容，而且要先讀內容再看圖片。雜誌看完以後安靜地舉手，我會過去給你們一本新的。其實你們也沒時間把整本雜誌看完。」圖書管理員艾瑟安靜了片刻，環顧梅夫魯特班上每個人，看看自己的話有沒有造成任何影響，然後就像一個鄂圖曼將軍號令迫不及待的部下展開攻掠一樣，她說出了那句不朽的結語：

「現在可以開始看了。」

學生們好奇地翻閱著發黃老舊的書頁，發出竊竊私語和紙頁窸窸窣窣的聲音。梅夫魯特和莫希妮同一組，拿到的是一九五二年六月號（才二十年前而已）的《心靈與物質》，這是土耳其最早發行的靈學雜誌。他們輕輕地翻頁，沒有先舔溼手指，不久便看到那張狗的圖片。

那篇的章名叫「狗能感應人心嗎？」梅夫魯特第一次讀完文章後，其實大多似懂非懂，但說也奇怪，心跳卻開始加速。他問莫希妮，能不能讓他再讀一遍以後再翻頁。多年後，梅夫魯特對這篇文章記憶最深刻的，並非其中探討的想法或概念，而是他閱讀時的感受。讀文章時，他感受到了宇宙萬物之間的連結，同時也發覺自己從來不知道夜裡有那麼多流浪狗在墓園和空地裡盯著他看。照片上的狗並不是雜誌裡經常看到那種可以抱在腿上玩弄、外型可愛的歐洲小型犬，而是伊斯坦堡街頭會看到的泥褐色野狗，或許也因為如此，這篇文章才會留下如此深刻的印象。

六月第一個星期，拿到學期末成績單時，梅夫魯特發現自己的英語不及格，得要補考。

「別告訴你爸，不然他會殺了你。」費哈說。

梅夫魯特同意他的說法，但也知道爸爸一定會要求親眼看到他的初中畢業證書。聽說現在在伊斯坦堡另一所學校教書的奈姿莉老師，有可能回來當補考的監考老師。那年夏天，梅夫魯特在村子裡猛讀英語，免得初中畢不了業。天泉村小學沒有英土字典，村裡也沒有人能幫他。到了七月，他找到一個老師開始上課，這個老師的父親之前移民到德國去，前不久才帶著一輛福特Taunus和一台電視機回到銀溪村。梅夫魯特來回各得走上三個小時，到了那裡就坐在樹下練習一個小時英語，教他的那個男孩在德國念中學，無論講土耳其語或英語都帶著德國腔。

阿杜拉曼大爺。關於我們親愛又幸運的梅夫魯特的故事說到這裡（就是他跟著那個到德國工作的人的兒子學英語），又把他帶回到我們卑微的銀溪村，所以請容我很快地講述一下我們其他人最近遭逢的厄運。當一九六八年，我有幸與你初次相遇時，根本不知道自己何等幸運，能擁有這三個美麗的女兒和她們那個有如沉默天使般的母親！三女兒薩蜜荷出生後，我又再一次挑戰命運。我就是甩不掉生兒子的念頭，所以我們忍不住又試著懷上第四個孩子。其實我有個兒子，他一生下來，我就替他取名叫莫拉特。沒想到他才出世一小時就蒙神寵召，他母親也是，渾身是血地走了，也就是說才一眨眼，我千盼萬盼的兒子莫拉特還有我的妻子都一起被帶走，到天堂去和天使們一塊生活，留下我一個鰥夫照顧三個孤女。起初我的三個女兒會爬上已經斷氣的母親床上，挨在我身邊，吸著鼻子聞著她最後的氣味，哭上一整夜。打從她們還在襁褓中，我就把她們寵得像中國皇帝的女兒，還會從貝伊謝希爾和伊斯坦堡給她們買洋裝。有些小氣鬼老說我喝酒浪費錢，我想跟他們說的是，一個沿街叫賣酸奶賣到脖子都歪了的男人，將來只能指望他這三個美麗的女兒，她們每一個都比世上任何寶物還要珍貴。現在我的三個小天使都大了，可以讓她們自己說說，會比我說得更好。老大薇蒂荷十歲，而老么薩蜜荷六歲。

薇蒂荷。上課的時候，老師為什麼最常看我？我想去伊斯坦堡看海和船，可是為什麼就是說不出口？為什麼老是要我收拾餐桌、鋪床、替爸爸煮飯？為什麼看到妹妹在說話，笑得嘰嘰咯咯，我都很生氣？

萊伊荷。我出生到現在都沒看過海。雲看起來很像一些東西。我想長大到跟媽媽一樣，愈快結婚愈好。我不喜歡洋薑。有時候我會想：死去的弟弟莫拉特和媽媽都在看護著我們。我會哭到睡著。為什麼每個人都叫我「聰明的女孩」？那兩個男生在懸鈴木樹下看書的時候，我和薩蜜荷會遠遠地看著他們。

薩蜜荷。松樹下有兩個男的。我牽著萊伊荷的手，怎麼樣都不放開。然後我們就回家了。

八月底，梅夫魯特和父親提早回伊斯坦堡，以便趕上梅夫魯特的補考。到了夏末，灰山的屋子有潮潮的土味，就跟三年前梅夫魯特第一次走進屋裡聞到的氣味一樣。

三天後，他就在凱末爾男子中學最大的教室裡考試，卻不見奈姿莉老師的蹤影。梅夫魯特心碎了。但他還是盡可能好好地答題。兩個星期後，高中開學了，他到辦公室找骷髏。

「表現得很好啊，一〇一九，這是你初中的畢業證書！」

這一整天，梅夫魯特一再地從書包裡拿出證書來看，當天晚上就拿給父親。

「現在你可以當個警察或警衛了。」爸爸說。

終其一生，梅夫魯特都會懷念這幾年。在中學裡，他學到了身為土耳其人是世界上最棒的事情，還有城市生活比鄉村生活要好得多。他們會全班一起合唱，儘管老是打架、威脅恐嚇，但就算是最壞的惡霸和最會惹事生非的人，一唱起歌來，臉上也洋溢著喜悅純真。梅夫魯特一回想起來總會面露微笑。

七、艾里亞札戲院

生死交關

一九七二年十一月的某個週日上午，梅夫魯特與父親在計畫該星期的酸奶分銷路線時，突然發現他們再也不能一起賣酸奶了。酸奶公司的規模擴大了，開始直接派卡車將貨品送到塔克辛與西司里的商店與小販手上。如今要想當個好的酸奶販子，訣竅不再是將六十公斤左右的商品從艾米諾努扛到貝佑律和西司里，而是要在卡車卸貨的地方囤積貨品，然後盡快在附近的街道與住家銷售出去。梅夫魯特與父親發現若是兩人分別走不同路線，收入會比較多。每兩個禮拜，他們倆也會有一人帶卜茶回家加糖調味，但現在卜茶也一樣，他們會分別挑到不同鄰區去賣。

這種新的買賣方式讓梅夫魯特內心充滿自由的感覺，但結果證明這只是轉眼即逝的錯覺。和餐廳老闆、愈來愈挑剔的家庭主婦、門房，還有他寄放酸奶盤與卜茶罐的地方的人打交道，所要耗費的時間與精力出乎他預料，經常讓他不得不翹課。

以前他還緊跟在父親身邊記帳、秤重的時候，有個客戶叫塔希爾（朋友都喊他塔希爾叔叔），是托魯鎮的人。如今獨自作買賣的梅夫魯特，會暗自享受與塔希爾叔叔為一公斤的單價討價還價的挑戰樂趣，他覺得這比上化學課時呆呆瞪著黑板重要得多。有兩個來自伊姆蘭勒村、強壯又能幹的年輕人，外號叫混凝土兄弟，他們開始獨攬了貝佑律和塔克辛一帶的簡餐館和咖啡館的生意。為了留住費里克伊與赫比葉兩區，他從爸爸手裡接收的長期顧客，梅夫魯特降低價錢並交了新朋友。有一個來自艾津姜的男孩和梅夫魯特是同校同學，也住在桑山，最近剛去一家烤肉丸餐廳工作，餐廳對酸奶飲料「愛蘭」的需求量極大；同時費哈也認識餐廳隔壁那家便利商店的老闆，他們是阿列維教派的庫德人，來自（卡赫拉曼）馬拉什。這一切都讓梅夫魯特開始感覺到自己彷彿是在這座城市土生土長。

在學校裡，他已經進入到抽菸學生最愛的地下室廁所，也開始帶巴夫拉香菸去博取那些常客的認同。他們知道他自己賺錢，又剛剛開始抽菸，便預期他隨時會準備一包菸供他們敲詐。如今上了高中的梅夫魯特，發覺自己初中時太高估這群吹牛大王了，他們除了上學什麼也不必做，放學後不必工作，整天瞎扯淡，卻還是每年被當。事實上，街頭的世界比校內的世界更大、更真實多了。

他在街頭工作賺的錢，還是全部進了父親的口袋，至少理論上是如此。其實他還是花了一點買香菸、看電影、玩運動賭博、買彩券。他並不會因為這些開銷內心不安而想隱瞞爸爸，不過艾里亞札戲院還是讓他有些愧疚。

艾里亞札戲院位在卡拉達薩雷和突奈爾地鐵線之間的一條小巷內，那棟建築是一九〇九年為一支亞美尼亞劇團建造的（以前稱為「奧德翁」），當時阿布杜哈密二世已遭廢黜，到處一片自由的氛圍。共和國成立後，那裡變成頗受希臘族群與伊斯坦堡中上階級喜愛的戲院（「堂皇戲院」）。再後來改名為艾里亞札，而過去這兩年，那裡也和貝佑律所有戲院一樣，都在播放成人電影。黑暗的戲院裡有一種混合著人類氣息與桉樹油的奇怪氣味，梅夫魯特會挑選靠邊的座位，遠離那些住在較低層社區的失業者、孤獨老人和可憐兮兮的獨行客，然後甚至像要躲開自己似地蜷縮在位子上，試著去了解電影的情節——其實那也沒什麼重要。

在土耳其電影中穿插色情片段，會讓住在這一區、略有名氣的影星感到尷尬，因此艾里亞札戲院從不播放早期那些有男演員（有些甚至非常有名）在片中穿著內褲的土耳其黃色電影。這裡放映的多半是進口影片。梅夫魯特很不喜歡義大利片中，以土耳其語配音的淫蕩女主角表現出一副純真愚蠢到極點的模樣。德國片裡的主角總會在梅夫魯特殷殷期盼的「性愛畫面」中開玩笑，好像性愛是可以輕率看待的事，讓他覺得很不舒服。法國片中讓他驚訝或甚至憤怒的是，女人幾乎不用找任何藉口就能和人上床。這些女人，還有那些試圖引誘她們的男人的台詞，都是由同一批土耳其配音員配的音，有時候梅夫魯特會覺得好像同一部片子一看再看。觀眾想看的畫面從來不會一開始就播放，因此十五歲的梅夫魯特便已知悉：性是一種讓人不斷等待的奇蹟。

站在外面大廳抽菸或是閒晃的觀眾會在性愛畫面開始前匆匆入內。快到關鍵畫面時，戲院帶位員會通知這些迫不及待的窺淫群眾：「要開始囉！」梅夫魯特實在不敢相信他們竟都顯得那麼自在。他一拿到票，就會低著頭穿過觀眾群，兩眼死盯著鞋子（「鞋帶是不是鬆了？」），絕不抬頭。

當色情畫面開始，整個戲院立刻安靜下來。梅夫魯特會感覺到心跳砰然，頭微微暈眩，頻頻冒汗，只得很努力地克制自己。那些「猥褻」畫面其實是從其他影片剪下來，隨意穿插入這些片子當中，所以梅夫魯特知道那一刻所目睹的驚人畫面，與他先前一直努力想了解的劇情毫無關聯。但他心裡還是會把性愛畫面與影片其他部分聯想在一起，倘若有一剎那，他真的相信了那些舉止淫蕩、讓他看得目瞪口呆的女人，就是片中其他部分待在屋裡或辦公室裡的女人，似乎更令人亢奮，而當前面褲襠鼓脹起來，他又會更感到羞恥地往前彎身。高中時期獨自上艾里亞札戲院看電影那段時間，他從未像其他某些觀眾，將手放進口袋裡自慰。聽說有一些上了年紀的同性戀到這種地方來只有一個目的，就是等某人解開褲襠，配合著影片打手槍的當下，突然撲上去抓他的私處。梅夫魯特自己就曾經被這些變態搭訕過——「喂，小夥子，你幾歲啊？」「你還是個孩子吧？」——但他裝聾作啞，假裝聽不見。在艾里亞札戲院，只要花一張票價就能待上一整天，一再反覆地看同樣的兩部片，所以有時候梅夫魯特會捨不得離開。

費哈。春天裡，遊樂園和花園咖啡開始營業，博斯普魯斯海峽上的茶館、兒童樂園、橋和道路也開始人潮洶湧的時候，梅夫魯特開始會在週末和我一起去賣「奇思美」。我們真的拚了一、兩年，賺到不少錢。我們會一起爬上馬哈穆德帕夏街去買套組，回程下山的路上，就開始向那些和爸媽出來逛街的小孩兜售。接著我們繼續往艾米諾努廣場的香料市集走，等過了橋來到卡拉廓伊，會驚喜地發現有大半彩色圈圈都被那些想試手氣的人刮開了。

進到茶館裡，不等客人起身離座，梅夫魯特遠遠地就能看出有誰會買，然後一個個不分老少地趨上前去，每次都帶著同樣能博得好感的樂觀態度，還會推出令人驚訝的新話術。他會對某個呆頭呆腦、連自己襪子什麼顏色都不知道的小孩說：「你知道為什麼你應該試試手氣嗎？因為你的襪子和我們的獎品梳子一樣顏色。」碰上戴著眼鏡、機靈聰明，對這個遊戲有點認識卻遲疑不前的男孩，他又會指著盒子說：「你看，費哈那個盒子的二十七號圈圈下面寫著『鏡子』，而我這裡的二十七號圈圈還沒被刮開呢。」春天的某些日子裡，碼頭上、渡輪上和公園裡生意旺得不得了，盒子很快就沒得刮，我們也就回灰山去了。一九七三年博斯普魯斯橋開通，在它還沒有因為一連串自殺意外而禁止行人通行之前，我們也去過，光是三個陽光普照的下午就賺了很多錢，可是後來「禁止小販進入」，我們就不能再回去了。「這不是無害的遊戲，這是賭博！」留著鬍子的老男人把我們趕出清真寺庭院時會這麼說。本來很歡迎我們去看色情電影的戲院，現在也跟我們說：「你們年紀太小不能來這裡。」我們還多次被趕出酒吧和夜總會，原因還是那句老話「禁止小販進入」。

六月第一週拿到成績單時，梅夫魯特得知自己根本升不上高二。黃色的成績單裡有一欄是「評語」，上面有一句手寫的註記：「他這一年直接當了。」梅夫魯特把這個句子讀了十遍。他翹太多課、太多試沒考，甚至忘了去遊說那些應該會同情他是個可憐的酸奶小販而讓他及格的老師。因為有三科不及格，暑假也不用浪費時間讀書了。費哈沒有一科不及格，梅夫魯特知道後很失望，但因為暑假在伊斯坦堡有很多計畫，他倒也沒有太沮喪。

「你也開始抽菸了，對不對？」那天晚上父親得知以後說道。

「沒有，爸爸，我沒抽菸。」梅夫魯特回答，口袋裡卻放了一包巴夫拉菸。

「你不但抽菸抽得凶，整天像個好色的士兵一樣打手槍，現在竟然還會跟爸爸撒謊了。」

「我沒撒謊。」

「該死的傢伙。」父親賞了他一耳光，然後砰一聲便甩門出去。梅夫魯特跟著撲倒在床上。

他好久都下不了床，但也沒哭。真正刺痛他的不是因為留級或被父親打耳光……真正令梅夫魯特傷透心的是父親竟然隨口就說出他的大祕密，說出他手淫的習慣，還指責他說謊。沒想到竟有人知道他在做什麼。他傷心之餘爆發出一股怒火，當下便拿定主意那年夏天不回村裡去。要過什麼樣的人生，他自己會決定。總有一天，他會幹出一番大事來。

七月初父親準備回村時，梅夫魯特再一次解釋說他不想失去潘加提和費里克伊的固定客戶。他還是會把賺來的錢交出去，但情況變了。以前穆斯塔法常說要存錢在村裡蓋房子，而梅夫魯特在交錢時也會向父親詳述當天那些錢是在哪裡賺的。如今他不再多此一舉，他只是每隔幾天給父親一點錢，像繳稅似的。父親也不再提起回村裡蓋房子的事。梅夫魯特明白父親已經無奈地接受了事實：兒子再也不會回到村裡，而會像柯庫和蘇雷曼一樣，下半輩子都待在伊斯坦堡。每當覺得孤伶伶無所依靠，梅夫魯總會惱恨父親怎麼就沒辦法在城裡賺大錢，又或是他怎麼就不能別再想著有一天要回村子去。不知道父親能不能感受到他這種心情。

一九七三年夏天，梅夫魯特過得格外快活。他和費哈從下午到晚上在城裡街上賣「奇思美」，賺了不少。他拿出一部分收入跟赫比葉一個珠寶商（是費哈認識的人）買面額二十馬克的德國紙鈔，藏在床尾的床墊下。

梅夫魯特就這樣開始瞞著父親藏私房錢。上午時間，他多半留在灰山，因為家裡只剩他一人，便很少出門，經常在家手淫，但也經常發誓這是最後一次。在家裡手淫讓他感到內疚，只是這股內疚從未像多年後那樣變成自覺不當的痛苦，因為眼下他既沒有女朋友也沒有老婆可以發生關係。誰也不能責怪一個十六歲的高中生沒有情人。再說，就算馬上讓他娶老婆，梅夫魯特也不太知道該和女孩做什麼。

蘇雷曼。七月初某個炎熱的一天，我想順路去找梅夫魯特。敲了幾下門，卻沒人來開門。才早上十點，他不可能出門賣酸奶吧？我繞到屋後，拍打窗戶，又撿了塊石頭輕敲玻璃。他們家外面的院子乾巴巴，髒亂不堪，房子也破破爛爛。

我又跑回前面的時候門開了。「怎麼回事？你去哪了？」

「我睡著了！」梅夫魯特說。可是他看起來累得要命，好像根本沒睡覺。

我一度以為他屋裡有人，忽然有種奇怪的嫉妒感。我踏入那間又小又擠、充滿汗臭味的房間，還是同樣一張桌子、同樣一張床、同樣那兩件破爛家具……

「梅夫魯特，爸爸叫我們到他店裡去，有工作要做。他說帶梅夫魯特一起來。」

「什麼工作？」

「肯定是我們做得來的事。走吧。」

但梅夫魯特沒有動。可能是被學校當得太徹底，讓他變得比較孤僻。我見他不打算跟來，也急躁起來，便說：「你別再老是打手槍打個不停了，要不然眼睛會瞎掉，還會失去記憶，你知不知道？」

他轉身就往屋裡走，砰地關上門，接著有好一陣子他都沒來桑山找我們。最後因為母親堅持，我只好親自去接他。那些經常坐在桑山凱末爾男子中學後面的壞蛋，總喜歡取笑年紀較輕的孩子：「好大的眼袋啊，手還會發抖，你們看看，連青春痘都一個一個冒出來了。昨天是不是又整晚打手槍啊？你這個小變態？」他們會這麼說，順便再拍一、兩下手。哈密・烏拉爾哈吉為工人和手下提供食宿，就住在我們附近那間專給單身漢住的「乞丐屋」，我知道那些人當中有幾個太沉迷於打手槍，結果把工作都搞丟了；他們完全失去體力，最後被送回家鄉。我很好奇梅夫魯特知不知道、明不明白，這是生死交關的事情。他的朋友費哈難道沒有告訴他，就連阿列維派信徒也禁止打手槍嗎？遜尼派的馬利基分支是在任何情況下都不允許。像我們遜尼派的哈納菲分支，至少在某些情況下是可以的，但那只是為了避免犯更大的罪，譬如通姦。伊斯蘭教的基礎是寬容與邏輯，不是處罰。要是快餓死了，甚至可以吃豬肉。我們不贊同純粹為了享樂而自慰，但我知道梅夫魯特聽了只會說：「有哪條道路不涉及享樂嗎？蘇雷曼？」然後直接重回他的罪惡之路。像梅夫魯特這麼快就走上歪路的人，在伊斯坦堡還有成功的一日嗎？

八、桑山清真寺的高度

那裡真有住人？

梅夫魯特覺得和費哈上街去賣「奇思美」很輕鬆自在，待在阿克塔希家和蘇雷曼說話從來沒這種感覺。和費哈在一起，想到什麼就能說什麼，費哈也會用同樣有趣機智的話回答，然後兩人一同哈哈大笑。夏天晚上落單時若感到害怕，他的確會上阿克塔希家去，可是不管他說什麼，蘇雷曼和柯庫都會嗤之以鼻並攻擊他，所以他總是盡量少開口。「你們這兩個壞傢伙，別再煩我的梅夫魯特寶貝了，就放過他吧。」莎菲葉姨媽會這麼說。梅夫魯特從不容許自己忘記一點：要想在城裡存活下去，一定要和哈桑伯父還有蘇雷曼、柯庫好好相處。在伊斯坦堡待了四年後，現在他的夢想是自己做生意，不用再倚靠任何人，無論是不是親戚。這個夢想他要和費哈一起實現。有一天他們正數著當天的收入，費哈說道：「要不是你，我絕不會想到大老遠跑這兒來。」他們從西凱吉搭火車（一面做買賣一面躲避查票），來到韋利芬迪賽馬場，現場的賭客人山人海，只花兩個小時就刮光了他們的彩色圈圈。他們也因此靈機一動，想到可以在足球季一開始，球團籌辦的開幕儀式期間到球場去，還有各個夏季運動錦標賽，也可以在每場籃球比賽時，到體育暨展覽中心去擺攤。每當因為想出新主意賺了錢，他們就會立刻將念頭轉向將來有一天要合作創業的生意上。他們最大的夢想是在貝佑律開餐廳，或至少開間咖啡館。每次梅夫魯特一想出新的賺錢計畫，費哈就會說：「你還真有資本家的直覺！」梅夫魯特會感到自豪，儘管他知道這不是讚美的話。

一九七三年夏天，桑山開了第二家夏季電影院，影片投映在一棟老舊的兩層樓「乞丐屋」側面外牆上。梅夫魯特偶爾會帶著他的「奇思美」盒去，碰巧遇見蘇雷曼或柯庫，便一起想方設法不付錢溜進去。可是海洋戲院剛開張時，梅夫魯特卻是經常去，甚至還會買票。他會一面看著大螢幕上的蒂爾坎・秀拉伊，一面大賺其財，但這個地方很快便讓他失去興趣。這一帶的人全都認識他，對他那番關於宿命與運氣的說詞，無法裝出驚嘆不已的樣子。

十一月，鋪設機織地毯的桑山清真寺一對外開放，鄰近地區的老人家總愛指責梅夫魯特在鼓勵賭博，他只好帶著盒子上其他地方去。桑山這些敬畏神的長者與退休人士捨棄了原來充當祈禱室的房間，改而選擇這間新清真寺，每天到此聚集五次。到了週五，這裡還會為一群虔誠、狂熱、可以無愧迎接審判日的信徒舉行聚禮。

清真寺的正式啟用典禮直到一九七四年宰牲節當天早上才舉行。前一天晚上已經沐浴過、取出乾淨衣服，並將白色校服燙得筆挺的梅夫魯特，早早便和父親同時起床。預定時間前半個小時，清真寺與外面高聳的拱廊便已爆滿，有成千上萬的人從鄰近山區蜂擁而至。梅夫魯特父子幾乎擠不過去，但穆斯塔法下定決心要坐在前排的位子見證這歷史的一刻。兩人推推搡搡，一面說道：「兄弟，借過一下，我們要傳個信。」這才好不容易擠到前頭。

穆斯塔法大爺。我們在前面做禮拜，建造清真寺的哈密・烏拉爾哈吉就坐在我們前面兩排。看這個人和他從家鄉帶來的那群嘍囉的樣子，就好像這一區全是他們家的，不過那天早上我感謝神，還暗暗祈求「願真主保佑你」。無論是人們發出的呢喃，或是充滿喜悅的低語聲，這一切馬上就讓我振奮起來。我們一同祈禱，分享彼此的熱忱，這支安靜但誠摯的信徒大軍穿破黑暗來到這裡，我感受到他們的存在，這種感覺簡直就像讀了幾星期可蘭經一樣舒暢。「真主至—大。」我滿懷虔敬地說，接著以不同音調再說一遍「真—主至大」。伊瑪目的講道十分感人。「敬愛的主，求祢佑護這個國家、這群信眾，以及所有不分日夜、無論晴雨都在勤奮工作的人。」他說：「敬愛的主，有許多人從我們心愛的安納托利亞的遙遠村落來到這裡，當起街頭小販賺取生計，求主照看他們。」還說：「幫助他們成功，原諒他們的罪。」布道師又接著說，我眼裡也開始湧出淚水。「敬愛的主，請賜給我們的政府威權、賜給我們的軍隊力量、賜給我們的警察耐心……」我跟著其他所有人說了聲「阿們！」講道完畢，所有會眾互相祝福佳節快樂的時候，我在奉獻箱裡投了十里拉。我抓著梅夫魯特的胳臂，拉他過去親哈密・烏拉爾哈吉的手。他大伯哈桑還有蘇雷曼和柯庫，都已經在排隊。梅夫魯特先和堂兄弟打招呼，然後才向伯父問好，哈桑給了他五十里拉。有好多哈密・烏拉爾哈吉手下的人在附近晃來晃去，等著要見他的人也很多，等了半個小時才輪到我們。莎菲葉・英格留在桑山家裡，忙著為我們準備餡餅點心，結果讓她等了好一會。這頓節日午餐聚會還算和樂，但我還是忍不住說了（雖然只說一次）：「這棟房子不只我有份，梅夫魯特也有份。」哈桑假裝沒聽到。當時孩子們已經吃完，跑到院子去了，他們以為自己的爸爸和伯（叔）父照例又要為家產的事爭吵不休，沒想到我們至少安然度過那個節日，並未起口角。

哈密・烏拉爾哈吉。蓋了清真寺，到頭來是皆大歡喜。在那神聖的一天，桑山和灰山上所有窮苦、迷失的人全都列隊要來親我的手（要是也能見到阿列維派信徒就好了），我給他們每個人都發了一張嶄新的一百里拉鈔票，那是為了宰牲節特地去銀行領出來的錢。我熱淚盈眶，感謝萬能真主賜給我這樣的一天。一九三〇年代我父親還在世的時候，經常騎著驢遊走在里澤市附近的山上，一村過一村地兜售他從城裡買來的各式雜貨。我正要接手他的生意那一會，正好爆發第二次世界大戰，我也被徵召入伍。我們被派到達達尼爾海峽，雖然從未參戰，卻在海峽和各個前哨基地守了四年。當時部隊的軍需官是薩姆松人，他對我說：「哈密，你這麼聰明，再讓你回鄉下村落太浪費人才了。到伊斯坦堡來吧，我替你找工作。」願他安息。多虧有他，戰後我才能在費里克伊的一家雜貨店當學徒，那個時候現在這種學徒制還不存在，送貨到府的服務也是聞所未聞。我的差事就是到麵包店買一籃麵包，放在驢背上四處兜售，一段時間過後我發現這工作我可以自己來，就在卡辛帕莎的皮亞勒帕夏小學旁邊開了一家雜貨店，後來又去買幾塊空地，轉賣賺了點錢，然後在凱伊塔內開一家小麵包店。當年城裡不愁人工短缺，只是大多數都沒啥經驗，那些上了年紀的鄉下人還真沒一個能信得過的。

於是我開始從我們村裡帶人過來，最早就先從自家親戚找起。當時桑山上有幾間小棚屋，我就把那些年輕人安置在那裡（他們全都很規矩，對人也很恭敬），不久我們又接收了更多空地，生意蒸蒸日上，感謝神保佑。可是這一大群單身漢，該怎麼讓他們記得每天祈禱謝神，以便保持心靈平靜認真工作呢？第一次到麥加朝聖時，我向真主和先知聖人祈禱，一邊絞盡腦汁尋找解決之道。我想，不如就由我來起頭吧。於是，我開始從麵包店和建築工事的獲利中，另外攢一些錢來買鋼鐵和水泥。我們去找市長討幾塊地，去找有錢的鄰居募款。有些人很慷慨，願神保佑他們的靈魂，但也有人說：什麼，在桑山？那裡真有住人？所以我暗下決心要在桑山頂上蓋一間清真寺，而且要蓋得很高很高，不管是從尼尚塔希的市長官邸還是塔克辛的任何一棟公寓大樓都能看得見，讓大家親眼瞧瞧桑山、灰山、玫瑰山、豐收山上確實住了很多人。

地基打好並加以掩蓋以後，每週五聚禮時我都會站在門口收集捐款。窮人會說：讓有錢的人出錢！有錢人則會說：水泥是他從自己的店買的。雙方都一毛不拔，我只好全部自掏腰包。只要我們哪處工地上有兩、三個工人閒著無事，或是有一些剩餘的鋼筋，我就全送到清真寺來。有些人幸災樂禍地說：「哈密哈吉，你蓋的圓頂太大，野心太大了。木梁架好以後，神會讓整個屋頂砸在你頭上，到時候你就知道自己太驕傲了。」然而，木梁架好的時候我就站在圓頂正下方，屋頂沒有塌下來。我感謝神。我爬到圓頂上面去，忍不住哭了。我覺得頭發暈，就好像一隻螞蟻爬到一顆大足球頂端，起初從圓頂頂端只能看見一個圓圈環繞著你，但接著就會發現你腳下踩著整個宇宙。在那上面，當你看不見圓頂的盡頭，死亡和宇宙的界線模糊不清，會讓人感到害怕。然而還是有一些異議分子會跑到市區去，再回來跟我說：「看不到你的圓頂，在哪裡啊？」於是我傾盡全力建造尖塔。三年過去了，他們說：「你以為你是蘇丹嗎？竟然建造兩座尖塔？還各有三個陽台？」每次我和工頭一起爬上狹窄樓梯時，都會一次比一次爬得更高一些，到了最高處我就會頭暈目眩，眼前一黑，昏厥過去。他們對我說：「桑山頂多就是個村落，有誰聽說過村落裡的清真寺會有兩座尖塔，每座還各有三個陽台？」

我就說，假如桑山是個村落，那麼就讓哈密．烏拉爾哈吉的桑山清真寺成為全土耳其最了不起的村落清真寺。他們聽了也不知道該說什麼。之後又過了一年，如今他們全都來敲我的門、上我家作客、對我說這座清真寺蓋得有多美，同時一面拉票：「桑山不是鄉下村莊，桑山是伊斯坦堡的一部分，你們已經升級成為自治區了，所以最好能把票投給我們。」他們這麼說：「哈密哈吉，叫你的人投我們一票吧。」沒錯，他們的確是我的人，但也因為如此，他們永遠不會信任你們，他們只會投給我叫他們投的人……

九、奈麗曼

城市之所以為城市

一九七四年三月某天傍晚，梅夫魯特把賣酸奶的裝備藏到一個朋友家樓梯底下的儲藏櫃裡，正要從潘加提走到西司里的路上，就在希太戲院外看見一個有點眼熟的迷人女子，他沒多想就開始尾隨著她。梅夫魯特知道有些人（譬如他的同學還有桑山上與他同年的男孩）跟蹤女生跟上了癮，但他從來沒把這些跟蹤的故事當回事，要不是因為內容粗俗，他不認同，就是因為可能性實在太低（「那個女的一直回頭看，好像很希望我跟蹤她」）。然而，當天他尾隨那名女子時，的確十分仔細地留意了自己的感覺。他覺得很享受，也擔心自己還會再做同樣的事。

女子走進奧斯曼貝僻靜巷弄間的一棟公寓大廈。梅夫魯特記得他曾經送酸奶到這棟大樓，也許正因為如此才覺得她面熟，但並沒有固定的熟客住在這裡。他沒有費神去找出女子住在哪一樓或哪間公寓，可是只要一有機會，就會特意經過第一次見到她的地方。有一天中午左右，他再次遠遠地看見她，由於肩上擔子很輕，便這麼挑著扁擔一路尾隨她直到埃瑪達，見她走進英國航空公司的辦公室。

那是女子上班的地方。梅夫魯特決定叫她奈麗曼。奈麗曼是一部電視電影中的角色，個性勇敢正直，為了捍衛自己的榮譽與貞節而奉獻一生。

奈麗曼顯然不是英國人。她的工作是在土耳其為英航拓展客源。有時候可以在一樓看見她坐在桌前，賣票給直接上門來的客人。梅夫魯特很喜歡她認真工作的模樣。不過有幾天她又完全不見蹤影。要是沒能在辦公室看見她，梅夫魯特會覺得傷心，而且也不想等她。有時候他覺得自己和奈麗曼之間有一種特別的罪過、一個共同的祕密。而他已經發現到，他的罪惡感似乎只會讓自己更加受她吸引。

奈麗曼相當高大，即使只是遠方人群中一個模糊小點，梅夫魯特也能認出她的栗色頭髮。奈麗曼走起路來並不特別快，但步伐堅定、充滿活力，有如高中女生。梅夫魯特猜想她八成大他十歲。即便走在奈麗曼身後，梅夫魯特仍能猜出她的心思。她現在要右轉了，他會暗自忖度，而奈麗曼果然右轉進一條巷道，回到她位在奧斯曼貝的家。知道她的住處、她的工作地點，知道她在街角商店買了個打火機（可見她會抽菸），知道她不是每天穿那雙黑鞋，知道她每次經過王牌戲院都會放慢腳步瀏覽電影海報和劇照，知道諸如此類的事讓梅夫魯特內心有一種充滿力量的奇異感覺。

與她邂逅的三個月後，梅夫魯特開始期盼奈麗曼會發現自己在跟蹤她，而且知道她許多事情。在那三個月當中，梅夫魯特只在街上尾隨了奈麗曼七次，次數雖然不多，但奈麗曼知道了肯定會不高興，甚至可能覺得他變態。梅夫魯特可以接受並承認這樣的反應不可謂不當。倘若村裡有人像他跟蹤奈麗曼一樣跟蹤他姊妹，他也會想痛打那個混蛋一頓。

可是伊斯坦堡不是鄉下村莊。在城裡，你以為正在跟蹤某個陌生女子的傢伙，說不定就和梅夫魯特一樣，腦子裡轉著重要的念頭，注定有一天會飛黃騰達。在城裡，置身於人群中的你也可能孤單，事實上城市之所以為城市，正是因為你能將內心的奇異感覺隱藏在它的芸芸眾生之中。

當奈麗曼行走在人潮中，梅夫魯特偶爾會放慢速度拉開兩人的距離，原因有二：

1.能從人群間一個栗色小點認出奈麗曼，而且不管離得多遠，總能準確預測她的行動，這讓梅夫魯特覺得他們在心靈上有一種非常特別的親密感。

2.出現在他和奈麗曼之間所有的建築物、商店、櫥窗、人、廣告和電影海報，彷彿成了他們共同生活的一部分。就好像他們之間距離的腳步數愈多，共同的回憶也愈多。

他會在腦海中想像她在街上受到騷擾，或是掉落手帕，又或是扒手企圖掠走她的深藍色皮包，他便立刻衝到現場拯救她，或者至少將她掉落的手帕還給她。所有旁觀者都會稱讚他是位見義勇為的青年，而奈麗曼感謝他之餘，也會察覺他對她有好感。

有一次，有個在街頭兜售美國菸的年輕人（這些人多半都是從南部的阿達納來的）為了引起奈麗曼注意，做得有點過火。她轉頭說了句話。（梅夫魯特猜想可能是「別再煩我了！」）但那個厚臉皮的年輕人卻不肯罷休。梅夫魯特急忙趕上前去。這時奈麗曼忽然轉身，給了年輕人一點錢，然後很快抓起一包紅色萬寶路放進口袋。

梅夫魯特心想，自己從年輕人身邊走過時可以說句「下次注意一點」之類的話，裝出一副奈麗曼保鑣的模樣。不過對這些老粗不必那麼費力。何況他也不太想見到奈麗曼在街上買非法香菸。

暑假一開始，好不容易結束高一學年的梅夫魯特在跟蹤奈麗曼時目睹了一件事，讓他心情沉重了幾個月。當時有兩個男人站在奧斯曼貝的人行道上大聲喊她，她還是繼續往前走，假裝沒聽見，他們便隨後追去。梅夫魯特就快趕上他們的時候，突然間……奈麗曼轉過身來看著那兩人，露出相識的笑容，並熱烈地和他們聊了起來，手舞足蹈，高興得彷彿久別重逢的朋友。那兩個男人與奈麗曼分手後，說說笑笑地從梅夫魯特身旁走過，他試圖偷聽他們的對話，卻沒聽到他們說任何關於奈麗曼的壞話。他只聽到類似「第二階段比較難」的話，但也不確定自己有沒有聽錯，甚至不確定他們是否正談論著奈麗曼。這兩人是誰？與他們擦身而過時，他有股衝動想告訴他們：「先生，我比你們更了解那位小姐。」

有時候他會因為太久沒見面而生奈麗曼的氣，甚至開始在街頭的女性當中尋找另一個奈麗曼。當他沒挑扁擔到外頭走動，偶爾會在各個不同地點發現一些可能的適當人選，便一路尾隨她們回家。有一回他在奧瑪開儼站跳上公車，一路坐到金角灣另一邊的拉梨利。他喜歡讓這些新女子帶他到其他鄰區去，觀察她們的生活、作作關於她們的白日夢，讓他樂在其中，但卻似乎始終沒能對任何人產生愛慕之情。他的幻想和他從同學以及那些到處跟蹤女人的沒用傢伙口中聽到的敘述，並無太大不同。梅夫魯特從來沒有想著奈麗曼打過一次手槍。他對她的愛戀與尊重都建立在一種純潔的感情上。

那一年他很少去上學。通常，除非個性彆扭到想與學生為敵，否則老師也不願讓學生在同一學年被當兩次，免得因此被退學。基於對這項原則的信任，梅夫魯特會想辦法讓老師點名時跳過他的名字，要不然就是完全對學校置之不理。他安然度過這個學年，決定暑假要和費哈一起去賣奇思美。父親一回村，梅夫魯特更加逍遙快活，因為不但屋子專屬於他一人，還和費哈賺了好多錢。

有一天早上蘇雷曼來敲門，這次梅夫魯特馬上就應門了。「要打仗了，」這位堂兄弟說：「我們要去征服塞浦路斯。」梅夫魯特跟著他回到桑山的伯父家。所有人都聳著肩圍在電視前看軍隊行進，每次電視上出現坦克或飛機，柯庫就會插嘴說那是哪一型，譬如C-160或M47。接著電視上不斷重複播放埃傑維特總理的同一張照片，說著「為了我們民族、為了所有塞浦路斯人、為了全人類，願神保佑這番努力」。以前柯庫都罵埃傑維特是共產黨，但如今一切都得到了原諒。每當塞浦路斯總統馬卡里奧斯或某個希臘將領出現在螢幕上，他們就會大聲咒罵，怒氣消了以後又吃吃笑起來。他們走到桑山巴士站，走進各家咖啡館，放眼所見盡是開心興奮的民眾，在看著同樣的戰鬥機、坦克、國旗、國父凱末爾與軍中將領的畫面。電視上的定時公告不斷催促所有逃避義務兵役的人立刻前往兵役處報到，柯庫每次都一定會說：「反正我本來就要去了。」

全國一如既往，本就實施了戒嚴，但如今伊斯坦堡還多了熄燈的新規定。哈桑伯父擔心被巡邏隊發現沒熄燈而遭罰款，梅夫魯特和蘇雷曼便幫忙將他店裡的燈光弄暗。他們拿來一些便宜的深藍色厚紙，剪成約莫一杯水的大小，再小心地塞到裸燈泡上面，像一頂頂小帽子。從外面看不看得到？窗簾拉上；希臘飛機也許看不到，可是巡邏隊會看到，他們暗自竊笑道。那天晚上，梅夫魯特自覺有如歷史書中所描述，那些出身中亞、道地的土耳其人。

但是一回到灰山，他的心情就變了。希臘比土耳其小得多，他們絕對不會來攻打我們，就算真的來了，也不會轟炸灰山——當他開始思考自己在宇宙間的地位，不禁如此推斷。他家裡一盞燈也沒點。就和最初搬到伊斯坦堡時一樣，他看不見住在其他山頭的民眾，卻能感覺到他們存在於那片黑暗中。五年前還是半空的這些山上，如今都蓋滿了房子，即使更遠處的空曠山頭，也能看見初現蹤跡的高壓電塔與清真寺尖塔。那些地方和整個伊斯坦堡現在都是漆黑一片，梅夫魯特可以看到夏空中的星星。他在泥土地上平躺下來，盯著星星看了好一會，一面想著奈麗曼。她也和他一樣，熄了家中的燈火嗎？梅夫魯特覺得雙腳會再度帶他回到奈麗曼出沒的街道，而且比以前都更為急迫。

十、在清真寺張貼共產黨海報的後果

願神救贖土耳其人

梅夫魯特看得出來桑山與灰山之間的緊張情勢日益升高，也注意到若干爭執演變成不共戴天的血仇，但他怎麼也想不到兩座山頭之間會爆發類似電影場面般的激戰。畢竟乍看之下，這兩座山並無區別，實在想不出有什麼理由會導致如此根深柢固的敵意與流血衝突：

*兩座山上最早的「乞丐屋」都是在五〇年代中期，以空心磚、泥土和錫片搭建成的。住戶也都是從安納托利亞貧窮村落來的移民。

*兩座山上都有半數男性居民穿著相同的藍色條紋睡衣睡覺（差別只在於條紋粗細不一），另一半則不穿睡衣，而是穿襯衫加毛衣背心，或是穿套頭毛衣，底下則依季節不同，再多加一件無袖或長袖的舊汗衫。

*兩座山上都有百分之九十七的婦女出門上街會包頭巾，就和她們的母親一樣。她們全都在鄉下出生長大，如今到了城裡，卻發現這裡的「街道」完全是另一回事，因此即使是夏天，她們出門還是會穿上褪色的深藍色或褐色寬鬆罩袍。

*兩座山上的人大多沒有把自己的房子當成永久的家，而是當成在賺大錢衣錦還鄉之前，可以讓疲憊的腦袋休息的避風港，又或是當成有機會搬進城裡公寓之前的暫時居所。

＊桑山與灰山的居民都會定期夢見相同人物，一致性高得驚人：

男孩：小學女老師

女孩：國父凱末爾

男人：聖先知穆罕默德

女人：高大、不知名的西方電影明星

男性長者：喝牛奶的天使

女性長者：帶來好消息的年輕郵差

＊事後，他們會自我陶醉地認為被交付了某項重要訊息，把自己當成不同凡響的人，可是又幾乎不曾向任何人透露夢的內容。

＊桑山與灰山都是在一九六六年開始有電，一九七〇年開始有自來水，一九七三年開始有柏油路，時間相隔不到幾天，所以兩地的人都沒有理由埋怨政府厚此薄彼。

＊一九七〇年代中，桑山與灰山上每兩戶人家就有一戶有台畫面顆粒粗大的黑白電視（家裡的父子檔得不時調整自製天線以改善畫面），每當播放重要節目，諸如足球賽、歐洲歌唱大賽、土耳其電影等等，沒有電視的人就會上鄰居家去，而兩座山上的婦女都要為聚集在自家看電視的人奉茶。

＊兩座山上的人都去哈密．烏拉爾哈吉的麵包店買麵包。

＊兩座山上的人最常吃的五種食物，依序都是：①斤兩不足的麵包、②番茄（夏秋兩季）、③馬鈴薯、④洋蔥與⑤橘子。

但有人辯稱這些資料跟哈密哈吉店裡斤兩不足的麵包一樣不可靠，因為一個社會的未來不是由社會成員的共通特點來決定，而是完全取決於他們的差異。過去二十年間，桑山與灰山之間出現了一些基本差異：

＊如今桑山頂上矗立著哈密．烏拉爾哈吉的清真寺。炎炎夏日裡，日光從優美的高窗灑入，清真寺內一片涼爽舒適；你會感謝神創造了這樣一個地方，並極盡全力將叛逆的念頭化為服從。至於灰山頂山，依舊還是那座巨大、生鏽的高壓電塔，也依舊掛著梅夫魯特剛到伊斯坦堡時看見的那塊骷髏頭警示牌。

＊齋戒月期間，桑山與灰山上有百分之九十九的居民理論上會禁食。但是在灰山，真正身體力行的人還不到七成，因為灰山住了很高比例的阿列維（阿拉維）派教徒，都是一九六〇年代從賓格爾、德新、西瓦斯和艾津姜一帶來的。灰山的阿列維教徒不會使用桑山的清真寺。

＊灰山的庫德人比桑山多得多，但就連庫德人本身都不喜歡別人隨便議論這個字眼，因此目前他們的存在完全只限於私下知悉，蟄伏於眾人內心角落，猶如某種只能在家裡說的祕密語言。

＊桑山的祖國咖啡屋裡一張較隱密的桌子，被一群信奉民族主義的年輕人所占據，這群「理想主義者」根據土耳其一則古老神話，自稱為「灰狼」。他們的理想就是解放中亞（撒馬爾罕、塔什干、布哈拉、新疆）的土耳其人，脫離俄國與中國的共產政權。為此他們準備不惜一切代價，甚至於殺人。

＊灰山的家鄉咖啡屋裡一張較隱密的桌子，被一群自稱信奉左派社會主義的年輕人所占據。他們的願景是創造一個以俄國或中國為典範的自由社會。

通過補考而勉強讀完高二的梅夫魯特，後來乾脆就不去上課了，甚至連考試也不去考。父親發現了這個情形，梅夫魯特便也懶得再以隔天要考試為由假裝要念書。

有天晚上，他想抽菸，一時心血來潮就出門去費哈家。有個年輕人和費哈站在他家後院，把一樣東西倒進桶子裡攪拌。「這是燒鹼，」費哈解釋道：「要是加進麵粉，就會變成黏膠。我們要張貼一些海報。你要是想，就一起來。」他接著轉向那個年輕人。「阿力，這是梅夫魯特。梅夫魯特是個好人，跟我們是同一路的。」

梅夫魯特和高大的阿力握手，阿力請他抽菸，是一根巴夫拉。梅夫魯特決定加入他們。他心裡暗想，他投入這項危險任務是因為他的的確確是個勇敢的年輕人。

他們慢慢地穿梭在巷道間，以夜色作掩護。費哈一發現適當地點就會停下來，放下桶子，然後用刷子把具腐蝕性的黏稠液體均勻地塗在選定的平面或牆上。他刷膠水時，阿力會攤開一張原本夾在腋下的海報，迅速而熟練地貼到溼溼的平面上。而當阿力用手抹過海報讓它固定之後，費哈會拿出另一把刷子很快地再將整張海報刷一次，並特別加強角落部分。

梅夫魯特負責把風。因為差點被一家人撞個正著，害他們緊張得連大氣也不敢喘一口。那一家子剛從鄰居家看完電視要回家，兒子說：「我還不想睡覺！」逗得父母哈哈大笑。

這份貼海報的差事和晚上出門賣東西沒太大不同。首先要像巫師一樣在家裡調和某些粉和液體，然後走入黑暗中。但是當街頭小販，你得大聲吆喝或搖鈴讓人聽見，張貼海報卻得盡量如黑夜本身一般悄然無聲。

他們刻意繞路避開咖啡屋、購物街和山下哈密哈吉的麵包店。一到桑山，費哈便壓低聲音，像在說悄悄話，梅夫魯特覺得自己好像即將潛入敵人地盤的游擊隊員。這回換費哈把風，梅夫魯特提著桶子在牆上刷膠水。突然間下起雨來了，街道上漸漸不見人跡，梅夫魯特嗅到一股詭異的死亡氣息。

遠處槍聲從鄰近的群山間一路回響而來。他們停在原地，互相交換眼神。那是當天晚上梅夫魯特第一次認認真真，細看海報上寫的東西：殺死胡塞因・亞坎的凶手將會受制裁。底下用鐵鎚與鐮刀的標誌和紅色旗子，畫出類似裝飾的邊線。梅夫魯特不確定這個胡塞因・亞坎是誰，但肯定和費哈、阿力一樣，是阿列維（阿拉維）派信徒，而且他也知道阿列維派信徒寧可被稱為左派人士，想到自己不是他們其中一員，不禁湧現一股愧疚夾雜著優越的感覺。

隨著雨愈下愈大，街上更加冷清，狗也不再吠叫。他們躲在一棟建築的屋簷下，費哈小聲地解釋道：兩星期前，胡塞因．亞坎從咖啡屋回家的路上，被桑山的灰狼射殺身亡。接著他們來到他伯父哈桑住的街道。自從來到伊斯坦堡，他已經去過那棟房子不下數百次，在那裡和蘇雷曼、柯庫、莎菲葉姨媽度過無數快樂時光；如今透過一個憤憤不平、張貼海報的左派鬥士雙眼看去，他明白父親的意思了。伯父和堂兄弟，阿克塔希這一家人，明明和梅夫魯特的父親一起蓋了這棟房子，卻想也不想就橫搶了過去。

四下無人。梅夫魯特便在屋後最顯眼的地方塗上厚厚一層膠水，阿里隨即貼上兩張海報。院子裡的狗嗅出梅夫魯特的氣味，因此只是搖搖尾巴。他們在房子後面與側面牆上都貼了海報。

「可以了，會被他們看見的。」費哈喃喃地說。他被梅夫魯特的怒火嚇著了。從禁令中解放的刺激感讓梅夫魯特亢奮莫名。燒鹼灼燙著他的指尖與手背，雨水淋溼他的身體，但他全然無所謂。他們一路走到山頂上，並在沿路所有空曠的街上都貼了海報。

哈密．烏拉爾哈吉清真寺面向廣場的牆上，原本寫著大大的「禁止招貼」四個字，但已經被遮蓋住了，不但有肥皂與洗衣粉的廣告，有一些極端民族主義團體與灰狼所張貼、寫著「願神救贖土耳其人」的海報，還有可蘭經讀經班的告示等等。梅夫魯特喜孜孜地將這些紙張全塗上膠水，不久整面牆便一律換上他們自己的海報。附近一個人也沒有，因此他們連清真寺院牆內側都貼了。

他們聽到一個聲響。其實只是門被風一吹砰地關上，但一開始他們誤以為是槍聲，拔腿就跑。梅夫魯特可以感覺到桶子裡的液體潑在身上，卻仍不顧一切地跑。他們離開了桑山，但想到剛才嚇成那樣覺得好丟臉，便繼續在其他山上工作，直到把海報都貼完。那一夜結束時，他們的手都被燒鹼燙傷，有些地方甚至還流血。

蘇雷曼。我哥哥常說：膽敢在清真寺張貼共產黨海報的阿列維信徒，肯定是活得不耐煩了。阿列維信徒是一群沒有惡意、安靜、勤奮的人，可是灰山上有一些無賴靠著共產黨撐腰，企圖在我們之間挑撥離間。這些馬克思─列寧主義者第一個盯上的，就是烏拉爾家從家鄉里澤附近的村莊帶來的那些單身漢，設法以共產黨和工會的名義吸收他們。里澤那些單身漢來到伊斯坦堡，顯然不是為了這種無聊理由，而是為了謀生，他們可不想最後落入西伯利亞或滿州地區的哪個勞改營。他們都是明智的人，沒有接受這些不信神的阿列維共產黨的誘惑拉攏。另一方面，烏拉爾家還向警察舉報阿列維共產黨，所以才有一大堆便衣警察和政府探員跑到我們這一帶的咖啡館來，整天抽菸（所有公務員都是這樣，他們抽的牌子是葉尼哈曼）、看電視。當然了，這一切都起因於桑山一塊舊地皮，多年前那些信奉異端的阿列維庫德人就說那塊地是他們的，後來被烏拉爾家奪走，開始蓋房子。桑山那塊舊地，還有灰山上現在蓋滿房子的地，整片都是他們的，他們這麼說！是這樣嗎？朋友，如果你沒有權狀，就是鄰區議員說了算。再附帶一句，議員（里澤人）是站在我們這邊的。總而言之，如果你們真的認為自己有理，應該是問心無愧，如果你們問心無愧，就不會趁著半夜在我們街上偷偷摸摸，還在清真寺牆上貼共產黨傳單，宣傳無神論，對吧？

柯庫。十二年前我從鄉下到這裡來找父親的時候，桑山還有大半空地，其他山頭甚至更空。最後從這些土地得利的，並不是像我們這種上無片瓦遮身、在伊斯坦堡也沒有其他地方可稱為家的人，反倒是有正當職業、住在城裡的人。每天都有新的工廠和工作坊冒出來，像是大馬路上那家製藥廠還有那家燈泡工廠，這些全都需要閒置的空地，來為廠內的廉價勞工蓋宿舍，所以但凡有人出面拿走一點公家空地，誰都不會有異議。這裡有土地任人取用的消息很快便傳開了，市中心不少精明的公職人員、老師，甚至於店老闆，都跑來這些山頭搶地，心想總有一天能從中賺取利潤。但要是沒有權狀證明土地是你的，你要怎麼取得所有權呢？最保險的方法就是在上面蓋一間房子，最好是趁相關單位不注意的時候，然後連夜搬進去，但要是沒能做到這一點，那麼至少得準備拿起槍守護自己的土地。或者也可以給自己的地找個武裝警衛。這麼一來，你也得把警衛當朋友對待，和他分享餐點、陪伴他，他才會用心看護你的土地，接著當政府開始發放權狀，其他人也才無法利用你雇用的人，告訴政府說「這塊地其實是我的，我有證人可以證明」。來自里澤、受人敬重的哈密．烏拉爾哈吉，的確很有一套。他把年輕人從家鄉帶來，不但在自己的工地和麵包店替他們安排工作、填飽他們的肚子（不過嚴格說起來，我想他們是自己烤麵包吃），還像布署軍隊一樣讓他們看管他的工地和土地。不過組織軍隊需要的可不只是一群來自鄉下的里澤人。為了讓這群來自村莊的朋友確實掌握訣竅，我們讓他們免費加入俱樂部，免費到阿泰里空手道與跆拳道學校上課，讓他們明白身為土耳其人的意義，知道中亞（土耳其各族群發源的搖籃）在哪裡、李小龍是誰、藍帶的意涵。我們會挑選適當的、純潔的家庭電影，在我們位於梅吉迪耶克伊的俱樂部舉辦具有教育性的放映會，一切都只為了不讓這群天天在麵包店和工地拚命工作的小夥子，落入貝佑律夜總會那些妓女還有親莫斯科的左派組織魔掌。有些小夥子真的很相信我們的主張，每當看到地圖上顯示中亞地區還有無數土耳其其人等著被解放，總會熱淚盈眶，我也一定會為我們俱樂部吸收這些一流人才。在我們的努力下，梅吉迪耶克伊的灰狼的政治影響力與民兵組織日益壯大，自然而然擴及其他山頭。等共產黨察覺自己在我們山上已經失勢，也來不及了。第一個留意到的就是那個鬼鬼祟祟、梅夫魯特老愛一起鬼混的費哈的父親。那個財迷心竅的貪心鬼一分鐘也沒浪費，馬上就來這裡蓋房子，全家從卡拉廓伊搬過來，以便能占到好一點的地。接下來他開始把他的阿列維—庫德族同胞，從他們位於賓格爾附近的家鄉帶過來，讓他們幫忙看守他在灰山上接收的其他土地。這個被殺的胡塞因．亞坎也是他們同村的人，但我不知道是誰殺了他。這些專門製造麻煩的共產黨，每次一有人死去，全部的朋友就會在葬禮上示威遊行，高喊政治口號、張貼海報，等葬禮結束後，他們總喜歡砸砸玻璃大鬧一場。（他們暗地裡都很愛參加像樣的葬禮，因為能讓他們盡情享受破壞的衝動。）可是一旦領悟到接下來可能會輪到自己，他們便會恢復理智，若不是安安靜靜地開溜，就是徹底放棄共產主義。這就是自由散播理念的做法。

費哈。為了我們的目標犧牲性命的胡塞因是個很好的人。是我爸爸從村裡帶他過來，讓他住進我們在灰山蓋的一間房子。我敢說，那天晚上一定是烏拉爾手下某個暴徒朝他後頸開的槍。更糟的是警察調查結束後，竟怪罪我們。我有個感覺，灰狼有烏拉爾家族撐腰，很快就會來攻擊灰山，設法一次了結我們。可是我不能告訴梅夫魯特（他和烏拉爾陣營的關係緊密，有可能會傳話過去），甚至不能跟我們的人提起。阿列維派的年輕人中有一半親莫斯科，另一半信奉毛澤東主義，本來就經常因為彼此的分歧打鬥不休，實在沒有必要去警告他們隨時有失去灰山的危險。悲慘的是我理當相信奮鬥會有結果，但我卻不太相信。我想要放手一搏，很快建立起自己的事業，我也真的很想上大學。但就像大部分的阿列維教徒，我也是世俗主義的左派分子，也痛恨灰狼和被派出來殺我們的鎮壓部隊。雖然知道我們永遠贏不了，我還是會去參加葬禮，會跟其他所有人一起高舉拳頭喊口號。這其中的危險，爸爸都看在眼裡，有時候他會說：「我們是不是應該賣了房子，搬離灰山？」但他就是辦不到，因為當初把每個人帶到這裡來的就是他。

柯庫。光從屋外貼的海報數量就看得出來，幹這件事的不只是一個政治組織，還肯定是私下認識我們的人。兩天後穆斯塔法叔叔到家裡來，提到梅夫魯特一天到晚不在家，尤其是晚上，而且幾乎不去上學了，我開始大感懷疑。穆斯塔法叔叔刺探了一下，看蘇雷曼會不會洩漏口風，說出他和梅夫魯特一起闖了什麼禍。但我清楚得很，根本是那個王八蛋費哈帶壞了梅夫魯特。我叫蘇雷曼騙梅夫魯特兩天後過來吃烤雞。

莎菲葉姨媽。我那兩個兒子都很想和梅夫魯特友好相處，特別是蘇雷曼，但就是忍不住會惹惱他。梅夫魯特的父親沒能攢夠錢整修村裡的房子，也沒錢改善灰山上那間個單間屋。有時候我覺得應該到灰山去待上一天，讓他們這些年住的那間豬窩沾上一絲女人的氣息，但又怕自己根本受不了。因為他父親堅持把其他家人留在村裡，梅夫魯特自從小學畢業來到伊斯坦堡，就一直過著像孤兒的生活。起初他們剛搬來的時候，他一想媽媽就會來找我。我會抱他坐在我腿上、撫摸他的頭髮、親吻他的臉頰，稱讚他好聰明。柯庫和蘇雷曼會吃醋，但我不在意。現在的他臉上依然帶有那股純真，我也還是有股衝動想讓他再坐到我腿上、抱抱他，看得出來他仍然有這個需要，只不過他現在長得好高了，臉上滿是青春痘，而且也會躲著柯庫和蘇雷曼。我已經不再問他學校的事——光是看他一眼就能明白他腦袋瓜裡有多混亂。那天晚上他一來，我就把他拉進廚房，趁柯庫和蘇雷曼看見之前親親他的臉頰。我跟他說：「你長得好高啊，不過，要抬頭挺胸，別因為長得高就難為情。」他回答道：「不是那樣，姨媽，我是被挑酸奶的扁擔壓得駝背了，不過我很快就不賣了。」……晚餐時看他狼吞虎嚥吃著雞肉，我心都碎了。柯庫談到共產黨會用甜言蜜語拉攏一些好心又單純的人，梅夫魯特卻沒吭聲。

「你們兩個壞傢伙，別再嚇那個沒媽的可憐孩子了。」我在廚房裡對柯庫和蘇雷曼說。

「媽，妳別管，我們有我們的理由。」柯庫說。

「胡說，你們就是喜歡奚落他……有誰會懷疑我親愛的梅夫魯特？我敢肯定他跟這些壞人一點瓜葛都沒有。」

「今天晚上梅夫魯特要和我們出去在牆上寫字，證明他和毛派分子不是一夥的。」柯庫回到餐桌時說道：「對不對，梅夫魯特？」

這次還是三個人，也還是有一個人提著一只大水桶，只不過膠水換成黑漆。每當找到適當地點，柯庫就會拿起刷子在牆上寫字。梅夫魯特負責幫忙提漆桶，心裡一面猜測柯庫要寫什麼。「願神救贖土耳其人」是他的最愛，也是他已經知道的一句口號。城裡到處都看得到。他喜歡這句話，因為看起來像是無害的懇求，也讓他想起歷史課上過的內容：偌大的土耳其家族成員遍及全世界，而他是其中一分子。然而其他有些口號則相當惡劣。當柯庫寫出「桑山是共產黨的葬身之處」，梅夫魯特感覺到他在影涉費哈和他的朋友，不禁暗暗希望這些情緒頂多只是做做樣子。

蘇雷曼把風時隨口說的一句話（「我哥哥有噴子」），提醒了梅夫魯特他們帶著槍的事實。如果牆面夠大，柯庫有時會在「共產黨」前面加上「不信神的」幾個字。通常他不會預先想好需要寫多少個字和字母，因此寫到後來有些字母會變得小而扭曲，到頭來這竟成了最令梅夫魯特困擾的事。（如果賣器皿或麵包的小販推車上，商品清單寫得歪七扭八，擠成一團，梅夫魯特就能看出這個人沒前途。）最後梅夫魯特實在按捺不住，便指正柯庫說他那個「C」寫得太大。「不然你來寫！」柯庫說著把刷子塞給他。深夜時分，梅夫魯特不斷寫著「願神救贖土耳其人！」——一蓋過割包皮的廣告傳單、寫著「請勿亂丟垃圾」的牆面，還有他四天前才張貼的毛派海報。

他們走在黑暗中，穿過密密匝匝的「乞丐屋」、圍牆、院子、商店和多疑的狗群。梅夫魯特可以感覺到四周夜色之深沉，這幾個字猶如明燈，猶如在無止境的黑夜中加上的鮮明標記，改變了鄰近社區的外觀。當天晚上，他發現桑山和灰山上有許多事情是以前跟著費哈和蘇雷曼在夜裡四處遊蕩時沒有注意到的：這附近噴泉的每吋表面都被政治口號與海報所覆蓋；在咖啡屋外抽菸晃蕩的人其實都是武裝的守衛；入夜後，所有人（無論是家庭成員或路人）都紛紛逃離街道，躲進自己的私密世界；在這樣一個純潔永恆、宛如古老童話故事的夜裡，當土耳其人的感覺比當窮人好太多了。

十一、桑山與灰山間的戰爭

我們沒有支持哪一邊

四月底某天晚上，有人從一輛行進中的計程車內開槍掃射，射中了在灰山入口處那家「家鄉」咖啡屋打牌和看電視的人。五百公尺外，山的另一邊，梅夫魯特和父親正在家裡喝扁豆湯，而且是處於一種（對他們來說）不尋常的和氣氛圍中。他們互看一眼，等候著機關槍聲平息。見梅夫魯特靠窗邊太近，父親大吼道：「回這裡來！」不久，又再次聽見機關槍喀嗒喀嗒的聲音，這回離得比較遠，於是他們又開始喝起湯來。

「看到了吧？」父親用意味深長的口氣說，好像他一直以來說的話得到了證實。

攻擊的目標鎖定兩家咖啡館，都是左派分子和阿列維信徒常去的。灰山有兩人中槍身亡，箭山上也死了一人，將近二十人受傷。第二天，自稱武裝先鋒的馬克思團體以及阿列維派受害者的親戚群起抗議。梅夫魯特陪同費哈夾在人群中，遊行經過整個社區，偶爾高喊一聲口號，但沒有走在最前面。他的拳頭握得不像其他人那麼有力，知道的詞句也太少，無法跟上他們的吶喊，但他的確是夠憤怒……附近沒有便衣警察，也沒有哈密·烏拉爾哈吉手下的人。因此才短短兩天，灰山與桑山的所有街道、牆面，全都寫滿了馬克思主義與毛澤東主義的標語。在抗議的激昂情緒中，城裡又印出新海報，反抗運動人士也想出了新口號。

到了第三天，要為受害者舉行葬禮時，一大群留著大八字鬍的警察搭著藍色巴士車隊抵達，手裡揮舞著黑色棍棒。攝影記者人數也愈來愈多，卻被吵著也要拍照的孩子粗魯地拉扯。當送葬隊伍到達桑山，憤怒的年輕人脫離了隊伍，不出所料地開始示威遊行。

這次梅夫魯特沒有加入他們。他哈桑伯父的家門面對著清真寺庭院，他可以看見伯父、柯庫、蘇雷曼和烏拉爾的幾個手下一邊抽菸，一邊從窗口看著底下的人群。梅夫魯特並沒有因為他們在場而驚恐，也不擔心他們會懲罰或躲避他。但不管怎麼說，明知他們在看著，還要握起拳頭呼喊口號，他就是覺得彆扭。政治走到極端總有點虛偽的成分。

當清真寺外的警察試圖阻止送葬群眾前進，立刻爆發混戰。群眾當中有幾個年輕人開始丟石塊，有一塊砸破了展示灰狼海報的櫥窗。這家店隔壁的法蒂赫房地產仲介公司（哈密哈吉的家族開的）和一些小承包商的辦公室，很快也跟著遭殃。控制桑山的灰狼成員喜歡到這些地方來看電視、抽菸消磨時間，裡面除了辦公桌、電視和打字機外，並無太多貴重物品。可是經過這番攻擊後，灰狼對抗馬克思主義分子，或是右派理想主義者對抗左派物質主義者，又或是科尼亞對抗賓格爾的戰爭，隨即引起整個社區居民的強烈關注。

初期這些激烈的暴力鬥毆持續了三天以上，梅夫魯特與其他好奇民眾只是遠遠地旁觀。他看見頭戴安全帽的男人手持棍棒攻擊群眾，像新軍一樣口中高喊「阿拉！阿拉！」他躲在一個隱蔽處，看著坦克似的武裝車輛對示威者噴水柱。儘管紛擾不斷，他還是照常進城去給費里克伊和西司里的忠實顧客送酸奶，晚上也照常出門賣卜茶。這幾天警察在桑山與灰山之間拉起封鎖線，有一天晚上他故意不向警察出示學生證，看他的樣子就像個窮苦的街頭小販，警察也沒多問就讓他過去了。

他帶著滿腔怒火與團結意識回到學校。只不過才三天，學校裡已經充滿濃濃的政治氣氛。左派學生會舉手，無禮地打斷老師上課，逕自發表政治演說。梅夫魯特很享受這種自由的感覺，但本身卻悶不吭聲。

骷髏事先告知過老師，只要有學生以誹謗資本主義與美國帝國主義的言論，打斷關於鄂圖曼征戰歷史與國父施行改革的課程（「昨天我們有一位同志遭到射殺。」他們會從這句開始），要立刻制止並記下學號，但老師多半都不想惹麻煩，因此配合度不高。就連鬥志最高昂的生物老師「波霸」美拉荷，碰到有學生打斷講課，譴責「制度性的剝削」，還指控她教導蚪蚪的知識是企圖粉飾階級鬥爭，她也都盡量遷就。美拉荷曾經解釋過自己的生活也很辛苦，說她已經工作三十二年，真的只是想撐到退休，這番話感動了梅夫魯特，讓他暗自希望這些煽動者別再找她麻煩。班上坐在後排，年紀較大且較高大的學生將這次政治危機解釋成欺凌弱小的契機；那些自以為無所不知的人、家境較富裕的學生，還有坐在前排、愛拍老師馬屁的書呆子，全都被霸凌得服服貼貼；信奉民族主義的右派學生變得安靜，有些乾脆就不來學校了。每當從學生住的社區傳出又發生小衝突、警察突襲和施虐等風聲，那些好鬥分子就會跑到凱末爾男子中學的走廊，在每一層樓大步來去，一面高喊口號（「打倒法西斯主義」、「土耳其要獨立」、「解放教育」），並從班長手上搶過點名單，用香菸點火燒了。然後要不是在桑山和灰山加入鬥毆，就是去看電影（只要有足夠的錢或是認識某個售票員可以放他們進去）。

這種自由叛逆的氛圍只持續一星期。兩個月前，沒人緣的物理老師菲米曾經模仿一個來自迪亞巴克爾的學生的鄉下口音羞辱他，其他同學（包括梅夫魯特在內）在一旁看得痛苦又憤怒。如今學生衝進教室要求他正式道歉，還有人像大學生一樣宣布罷課，骷髏和校長只好報警。穿藍色制服的警察和新來的祕密探員守住兩處入口，開始檢查學生證，他們在大學校園也是這麼做。通常地震或大火過後總有一種世界末日後的氣氛，現在就是那種感覺，梅夫魯特不能否認自己還頗樂在其中。他會參與教室集會，但只要緊張情勢升高到打架場面，他就會站到旁邊等候紛爭結束，倘若學生再度宣布罷課，他就乾脆不去學校，而去賣他的酸奶。

警察進駐學校一星期後，有個和阿克塔希家住同一條街的高三學生擋住梅夫魯特的去路，轉告他說當天晚上柯庫要見他。梅夫魯特在漆黑的深夜裡，通過層層關卡來到伯父家，一路上被警察還有各個右翼、左翼團體派到街上監視的人搜了幾次身，還得出示學生證。到達目的地後，他看見一個新的「臥底」學生在餐桌前吃著豆泥——兩個月前梅夫魯特就在同一張桌前吃烤雞。他名叫塔勒克。梅夫魯特很快就察覺莎菲葉姨媽不喜歡此人，但柯庫信任他也十分敬重他。柯庫叫梅夫魯特離費哈「和其他所有共產黨」遠一點。俄國人一如既往在覬覦溫水港，為了削弱土耳其的力量，使其建立帝國的夢想受挫，他們鼓動我們貧窮的庫德與阿列維同胞來對抗我們，企圖製造遜尼派與阿列維派、土耳其人與庫德人、富人與窮人之間的對立。因此將來自賓格爾與通傑利的庫德人與阿列維信徒逐出灰山和其他所有山頭，是非常關鍵的策略。

「替我向穆斯塔法叔叔問好。」柯庫的神態儼然國父凱末爾在發動最後一次圍攻前，詳細研究著軍事地圖。「禮拜四千萬記得要待在家裡。小麥可能會連著糠皮一起燒掉。」蘇雷曼注意到梅夫魯特面露困惑，便修正一下哥哥的話：「就是會有攻擊行動。」大概是因為凡事都能預先知情，他始終顯得很得意。

那天晚上，梅夫魯特被槍聲吵得幾乎無法入睡。

第二天，他發現話已經傳開了，全校（包括初中部學生和莫希妮）都知道星期四會有可怕的事情發生。灰山以及住了許多阿列維信徒的其他山上的咖啡館，那天晚上再度遭到攻擊，又死了兩個人。大多數咖啡館和商店都把百葉窗拉得低低的，有些索性歇業一天。梅夫魯特聽到風聲說那天夜裡，阿列維信徒住家的門上會被打個十字的記號，為星期四的突襲作準備。他想遠離這一切，就待在戲院裡，一個人平平靜靜地打手槍，但他也想在場目睹一切。

星期三的送葬隊伍，帶頭的是不停呼喊口號的左派組織與攻擊烏拉爾麵包店的群眾。由於警察沒有插手，來自里澤的麵包店員工只能盡可能用柴薪和長柄木鏟自衛，但最後還是從後門落荒而逃，留下許多美味的新鮮麵包。傍晚時分，梅夫魯特聽說清真寺成了阿列維信徒的攻擊目標，灰狼在梅吉迪耶克伊的辦公室被丟炸彈，而且清真寺裡一直有人在喝酒，但他覺得這些事情太難以置信。

「今天晚上我們進城去賣卜茶。」他父親說：「反正不會有人找可憐的卜茶小販父子麻煩。我們沒有支持哪一邊。」他們挑起扁擔和陶罐出了門，但是包圍整個社區的警察不讓任何人通行。梅夫魯特看見遠處閃著藍光，還有救護車和消防車，他不由得心跳加快。他因為成為注目焦點而陶醉，不只是他，社區裡所有人都覺得神氣。五年前，這整個社區差點全部崩塌，卻仍沒有警察或消防隊員出現，記者就更不用說了。回到家後，他們父子倆目不轉睛盯著黑白電視，可是當然沒用，新聞根本沒有報導。（他們好不容易存錢買來的）電視上播的是一個座談節目，在討論伊斯坦堡遭攻陷的歷史。父親又照常抱怨起這群「無政府主義者」興風作浪，「害可憐的街頭小販生計沒著落」，咒罵很平均地分配給了左右兩派。

午夜時，他們被街上的奔跑聲、尖叫聲、喊口號聲吵醒，卻不知道是哪邊的人。父親檢查了門栓，又把梅夫魯特晚上寫作業用的矮腳桌搬來擋住門板。他們看見灰山另一邊火焰衝天，火光射在低低的烏雲層，天空閃著一種奇怪的亮光；當火焰隨風顫晃，反射回到街上的火光也跟著搖擺不定，彷彿全世界都和這些黑影一起抖動著。他們聽見槍聲。梅夫魯特又發現第二團火。「別站得離窗口那麼近。」父親說。

「爸，聽說他們會在需要襲擊的住家外面做記號，我們要不要檢查一下？」

「為什麼？我們又不是阿列維信徒！」

「他們說不定會搞錯。」梅夫魯特說道，心想自己或許應該小心一點，不該跟著費哈和其他左派分子在社區裡拋頭露面。不過他沒讓父親知道他的憂慮。

等街上平靜了些，吶喊聲消停之後，他們便開門查看。沒有記號。梅夫魯特想順便去看看牆壁，以防萬一。「進屋裡來！」父親大喊。梅夫魯特與父親共度多年的白色破屋，此時看起來有如夜裡一隻橘色的鬼。他父子二人將門緊閉，但還是一直到黎明時分槍聲停歇後才睡著。

柯庫。老實說，我也不相信阿列維信徒在清真寺裡放了炸彈，只是謊言散布得很快。不過包容、安靜又虔誠的桑山民眾「親眼」看見共產黨的傳單出現在清真寺牆上，甚至出現在最遠的社區，他們的憤怒是一股不容忽視的力量。你不能從市中心的卡拉廓伊，或甚至從伊斯坦堡以外的地區，從西瓦斯或賓格爾，一來到這裡就想從實際住在桑山的人手中搶走這片土地！昨晚我們看清了真正擁有這些房子的人是誰，實際住在裡頭的人是誰。當一個年輕的民族主義者信仰受到侮辱，很難阻止得了他。許多住家都毀了。

費哈。警察毫無動作，就算有也只是加入襲擊行列。一群一群用圍巾蒙住臉的人開始闖入住家、破壞屋內物品、掠奪阿列維信徒的商店。有三間房子、四家店鋪，和一家雜貨店（從德新來的一家人開的）全部燒得精光。當我們的人開始從屋頂射擊，他們才撤退。但我們認為，日出以後他們還會再來。

「走吧，我們進城去。」到了早上，梅夫魯特的父親這麼說。

「我要留在家裡。」梅夫魯特回答。

「可是兒子啊，這些人永遠打不停的，他們永遠不會厭倦這樣互相砍殺，政治只是藉口而已……我們就賣自己的酸奶和卜茶吧。拜託你別捲進去，離那些阿列維信徒、那些左派分子、那些庫德人，還有那個費哈遠一點。他們忙著把他們連根拔除，可別把我們也一起踢出去了。」

梅夫魯特向他保證絕不會踏出家門一步。他說他會坐在屋裡看家，但父親一出門，他發現自己在家根本待不住。他在口袋裡裝滿南瓜子，隨手抓起一把小餐刀，便匆匆趕往較高處的社區，宛如一個好奇小孩趕著去看電影。

街上到處都是人，他看見男人手持棍棒，也看見從雜貨店抱著新鮮麵包，邊嚼口香糖邊走回家的女孩，還看見在院子裡搓洗衣服的婦女，好像什麼事也沒有。那些來自科尼亞、吉雷松和托卡特的畏神子民並不支持阿列維信徒，但也不想和他們交戰。

「先生，別走到那邊去。」一個小男孩對心不在焉的梅夫魯特說。

「子彈有可能從桑山直接射到這裡來。」小男孩的朋友說。

梅夫魯特判斷出子彈可能打中的地方，然後彷彿試圖躲避看不見的雨水一般，一步就跨越到對街去。兩個孩子緊跟在他身後，卻也大聲嘲笑他。

「你們怎麼沒去上學？」梅夫魯特問道。

「學校關了！」他們興高采烈地大喊。

他看見一棟燒毀的屋子門口，有個女人一面哭一面搬出一只編織籃和一個溼床墊，那床墊就跟梅夫魯特和父親在家用的那個一樣。梅夫魯特正要爬上一座陡坡，卻被兩個年輕人擋下，其中一個高高瘦瘦，另一個胖得多。但因為有個旁觀者證明梅夫魯特是灰山的人，他們也就放行了。

灰山面向桑山的高處山坡已經變成一個軍事前哨。水泥板、鋼鐵門，以及裝滿泥土、石塊、磚瓦與空心磚的馬口鐵罐，被用來打造嵌有槍眼的防禦工事，有時候直接就和一般住家相連，然後再從屋子另一邊岔出來。灰山最老舊的房屋牆壁不能防彈，但梅夫魯特還是看過有人從這些建築朝另一座山射擊。

子彈很貴，因此民眾開槍的機率不高，往往會有很長一段時間安靜無聲，梅夫魯特和其他許多人都是趁這些非正式的停火期間在山上四下走動。將近中午時，他在山頂附近發現費哈站在一棟新的混凝土建築的屋頂，旁邊就是送電進入市區的高壓電塔。

「警察馬上就來了。」費哈說：「我們一點勝算也沒有。那些法西斯分子和警察的武器比較多，人也比較多。而且媒體站在他們那邊。」

這是費哈私下的想法。當著其他所有人的面，他會說：「我們絕對不會讓這些王八蛋進來！」還會表現出一副隨時準備開槍的模樣，儘管他並沒有槍。

「明天報紙上不會說灰山上的阿列維信徒慘遭大屠殺，」費哈說：「他們會寫說政治暴動被鎮壓下來，說共產黨為了洩恨引火自焚。」

「如果不會有好結果，那我們幹嘛還要作戰？」梅夫魯特說。

「難道我們應該直接舉雙手投降？」

梅夫魯特感到困惑。他看到了灰山以及桑山山坡上滿滿都是房屋、街道與圍牆，來到伊斯坦堡這八年間，也看到許多搖搖欲墜的房子往上加蓋，最初以泥土搭建的一些住家被夷為平地，以空心磚或甚至混凝土重建，許多房屋與商店外牆都上了油漆，院子裡花木扶疏，樹木變得高大，兩座山的山坡上貼滿香菸、可口可樂和肥皂的廣告，有些廣告到了晚上甚至還會打燈。

「左派和右派應該各派出領導人到烏拉爾麵包店附近的廣場上打一架，光明正大地一分高下，打贏的那一方就是戰爭的勝利者。」梅夫魯特純粹半開玩笑地說。

出現在兩座山上的防禦工事很像中世紀的要塞堡壘，每一側還有戰士站崗，那感覺讓人聯想到古老的童話故事。

「梅夫魯特，要是真打起來你會支持哪一邊？」

「我會支持社會主義者。」梅夫魯特說：「我反對資本主義。」

「可是我們以後不是打算開店嗎？我們自己也會變成資本主義者。」費哈微微一笑說道。

「我喜歡共產黨關心窮人的方式，」梅夫魯特說：「只是，他們為什麼不相信神呢？」

從早上十點就開始在灰山和桑山上空盤旋的黃色直升機回來之後，兩山之間相對面上的雙方人馬都安靜下來，守在兩山頂上的每個人，都能清晰看到直升機駕駛艙內士兵頭上戴的耳機。看見官方出動直升機，不只是費哈和梅夫魯特，兩座山上的每個人內心都充滿驕傲。灰山上插滿了畫有鐵槌與鐮刀的紅黃色旗幟，建築物之間懸掛著布條，還有成群年輕人用圍巾遮住口鼻，對著空中飛旋的直升機高喊口號。

雙方交火持續了一整天，但少有人受傷，也無人死亡。就在日落前，警方透過擴音器用機器人似的聲音宣布兩座山上都要實施宵禁，還要搜索灰山居民的住家有無武器。有若干武裝的堅定分子繼續留守防禦工事，準備對抗警方，但梅夫魯特和費哈沒有武器，便都回家去了。

父親出去賣了一天酸奶，回家路上完全沒遇上麻煩，這讓梅夫魯特十分詫異。他們父子倆坐到餐桌前，邊喝扁豆湯邊聊天。

深夜時分，灰山停電了，武裝車輛駛入黑暗的住宅區時射出強光，活像一隻隻笨拙卻邪惡的螃蟹。警察走在這些車輛後面，有如古代跟隨在戰車後面的新軍。他們手持槍枝與棍棒，衝上山坡，分路進入各社區。一度響起激烈的槍聲，接著便陷入緊張的靜默中。梅夫魯特望向窗外的漆黑夜色，看見蒙面的線民正帶領士兵前往有必要突襲的住家。

到了早上，他們的門鈴響了，兩名士兵要來搜索武器。梅夫魯特的父親解釋說，這裡只住了個酸奶販子，和政治毫無關聯，然後恭敬地鞠躬請他們進屋坐下，並奉上茶水。兩個士兵都長著酒糟鼻，但彼此並無親戚關係，一個來自開塞利，另一個來自托卡特。他們坐了約莫半個小時，談論著他們目睹的悲慘事件、旁觀者可能在騷動中無端受牽連的危險，以及開塞利足球隊這一季晉級的可能性。穆斯塔法大爺問他們還有多久能退伍？長官對他們好不好？會不會無緣無故打人？

他們喝茶的同時，灰山上所有的武器、左派著作、海報與旗幟，全都被沒收了。絕大多數當地的大學生和憤怒的示威群眾遭到羈押，他們多半已經幾天幾夜沒睡，成群被趕上巴士以後，先來一頓毒打，接著再比較按部就班地施以酷刑：諸如棍刑、電擊等等。等到傷口痊癒後，他們會被剃光頭，站在武器、海報和書本旁邊供報社記者拍照。他們的審判過程長達數年，有些人會被檢察官求處死刑，有些則被求處無期徒刑。這些抗議人士當中，有人在牢裡待十年，有人只待五年，還有一、兩個越獄逃跑，其他人則都無罪釋放。有些人捲入獄中暴動、參加絕食抗議，最後不是眼瞎了就是半身不遂。

凱末爾男子中學本來就停課，重新開課的日期卻又往後延，因為國際勞工節那天在塔克辛廣場死了三十五名左派示威人士，加上伊斯坦堡到處發生政治謀殺事件，導致政治局勢緊張。梅夫魯特愈來愈無心上課。他在貼滿政治標語的街頭賣酸奶直到傍晚入夜，晚上再把大部分收入交給父親。學校重新開課後，他實在很不想回去，不再只是因為他在班上年紀最大，也因為現在所有後排學生中，再也沒有人年紀比他大了。

一九七七年六月收到成績單，梅夫魯特得知自己高中沒能畢業。那年夏天，他在不確定與孤單恐懼中度過。費哈一家人和其他一些阿列維信徒都要離開灰山了。早在前一年冬天，這一切政治動亂尚未開始時，費哈和梅夫魯特曾計畫在七月自己做（街頭小販的）生意。但現在費哈忙著搬家與阿列維親戚們的事情，已不再那麼躍躍欲試。七月中，梅夫魯特回到村裡，很多時間都跟母親在一起，卻把她「讓你娶老婆」的話當馬耳東風。他還沒服兵役，也沒錢，要是結婚就得回村裡來。

那年暑假結束，新學期即將開學前，他順路去了一趟學校。那是一個炎熱的九月上午，但老舊校舍一如往常的陰涼。他告訴骷髏說他想延後一年註冊。

骷髏後來還頗尊重這個已經認識八年的學生。「你何必這樣？只要咬緊牙根再撐一年，就不必再到學校來了。」他的語氣親切得出奇。「我們大家都會幫你，你是這裡年紀最大的學生……」

「明年我要去補習，準備考大學。」梅夫魯特說：「這一年我得工作存補習費，明年再把高中念完。」這番說詞的所有細節都是他搭火車回伊斯坦堡的路上想出來的。「應該可以。」

「應該可以，可是到時候你就二十二歲了。」骷髏又是那副冷酷官僚模樣。「這所學校有史以來還沒出過二十二歲才畢業的學生。」但他看出梅夫魯特臉上的無奈。「好吧，那就祝你好運了……我會把你的註冊時間延後一年，不過你得先去市衛生局申請一份文件。」

梅夫魯特問都沒問需要什麼文件。從踏出校門的那一刻，他的心就告訴他這將是他最後一次進學校。在此同時，他的理智也警告他，如果聞到照舊從廚房飄上來的聯合國兒童基金會送的牛奶氣味，聞到已經棄置不用的煤炭地窖氣味和地下室廁所的味道，不要太傷感——想當初念初中時，他連看都不敢看那間廁所一眼，後來上了高中，卻會和其他男生到那裡去抽討來的香菸。他步下階梯，沒有再回頭看一眼教職員辦公室和圖書館的大門。最近每次到學校來，他總會暗想：我幹嘛還要浪費時間來學校？反正永遠也畢不了業！此時當他最後一次經過國父雕像，他卻對自己說：我要是真的有心，還是能畢業的。

他沒有告訴父親他不去上學了，甚至連自己也不願面對事實。由於沒去衛生局申請必要文件，以維持自己可能真的還會回學校去的假象，他內心對這整件事的真實想法，也慢慢順應了較為官方的說詞，有時甚至真的相信自己是在存錢準備明年去補習。

還有些時候，給數量逐漸縮減的固定客戶送完酸奶後，他會把扁擔、秤和托盤寄放在熟人處，跑到市區街頭隨意溜達。

市區裡最讓他喜愛的就是無論往哪看，似乎都有各種神奇美好的事物在同時發生，而這些多半都發生在西司里、赫比葉、塔克辛和貝佑律一帶。他會在早上沒買票跳上巴士，在沒被抓到之前盡可能深入這些鄰區，然後因為少了肩上的擔子，便能自由走入平時挑著酸奶不能進入的街道，享受著迷失在市聲喧囂中的樂趣，順便逛街看櫥窗。他喜歡看櫥窗展示的模特兒：穿長裙的婦女和穿著套裝的快樂孩童，而且經過襪店，總會仔細觀賞少了上半身的模特兒的雙腿。他可能會沉浸在自己內心當下的幻想，跟著對街某個淺褐色頭髮的女生走上十分鐘，直到忽然心血來潮，一看到餐廳馬上轉進去，說要找他腦子裡第一個迸出的高中同學：「他在嗎？」有時候甚至還來不及開口，餐廳的人就會粗魯地以一句「我們不缺洗碗工！」打發他。回到街上後，他會一度想起奈麗曼，但很快便又跟隨自己的想像，朝反方向走向突奈爾那一帶的後街僻巷，又或者他會上「夢」戲院去，徘徊在狹小的大廳看電影海報與劇照，直到確認在門口查票的是不是費哈那個遠親。只有當他的心遠離自己身處的世界，飄進另一個世界的幻想中，人生所能提供的所有幸福與美好才會浮現。每當他走進戲院作著白日夢，內疚感總會油然而生，讓他心靈某個角落隱隱作痛。他會怪自己浪費時間、漏看字幕、只注意影片中的美女或是在劇情發展上無關緊要的奇怪細節。只要在戲院裡勃起（有時其來有自，有時則是無緣無故），他就會縮在位子上想辦法解套：只要晚上比父親早兩個小時回家，時間就很充裕，不必擔心被抓包。

偶爾他選擇不去戲院，而是到塔拉巴什，莫希妮當學徒的那家理髮店，或是順道去一家阿列維信徒和左翼司機經常光顧的咖啡館，找他透過費哈認識、在那裡當收納的男孩聊天，或是一面看人玩拉密牌一面注意電視上的動靜。他知道這只是在殺時間，遊手好閒，而且都已經退學了，反正也走不上正途，只不過真相太令人痛苦，他寧可以其他想法自我安慰：他會和費哈合夥做生意，他們會是街頭小販，但和其他小販都不一樣（他想像他們把酸奶盤放在輪車上，另外繫上一個鈴鐺，車一動便叮噹作響），或者他們也可以在他剛剛經過的空店面，開一間小菸草店，也許甚至可以頂下那間勉強支撐的男用襯衫店或乾洗店，改開超商……總有一天他會賺大錢，讓每個人目瞪口呆。

儘管如此，他自己也看得出來，挨家挨戶賣酸奶的生計愈來愈難維持，家家戶戶也愈來愈習慣將雜貨店賣的玻璃瓶裝酸奶，直接端上餐桌。

「梅夫魯特，孩子啊，你要知道我們之所以繼續買農場酸奶，就是為了不時可以看看你。」一位和藹的老太太說。再也沒有人問他什麼時候高中畢業了。

穆斯塔法大爺。如果就到一九六〇年代出來的玻璃罐為止，我們應該還是有辦法應付。最早那些罐子又厚又重，看起來像陶罐，押金很高，如果裂了或是缺了一角，店家會拒絕回收空罐退押金。家庭主婦都會好好利用這些空罐：當貓碗、菸灰缸、裝用過的烹飪油、當臉盆、肥皂碟。利用這些罐子做各種廚房和家事用途以後，民眾可能會突然想到應該把罐子還給店家，拿回押金，於是任何一個住家的臨時儲物罐或黏糊糊的狗碗，都會送到凱伊塔內的某間工作坊，用水管很快沖洗一下，然後端上另一個伊斯坦堡家庭亮麗的餐桌，店家還會吹噓說這是最乾淨、最健康的新式酸奶罐。有時候，顧客不會像平常一樣拿乾淨的盤子讓我秤酸奶，而是拿這種空罐，我看了總是忍不住會說個一、兩句。「太太，我跟妳說這些話全是為了妳好，妳一定要相信我。」我會這麼開頭。「妳要知道，查帕那裡的醫院都用這些罐子裝尿，黑貝里島上的結核病療養院還拿它們來當痰盂……」

最後他們就會重新拿一個外型類似，但比較輕、比較便宜的玻璃罐出來。這種罐子不能拿回店裡退押金，店家說只要沖洗一下，就可以拿來當大玻璃杯，甚至很適合送給家庭主婦當禮物。成本當然都加在酸奶價格裡面了。不過，多虧了我結實的肩膀和風味獨特的錫利夫里酸奶，生意還能勉強做得下去，直到後來大型乳酪公司設計出一種新潮標籤貼在玻璃罐，上面印了一頭牛，還用大大的字拼出他們的品牌名，更在電視上打廣告。接下來，公司派出福特迷你廂型車——每輛車身都有同一隻牛的圖案——前往狹窄彎曲的街道給雜貨店送貨，我們的生計也就這麼毀了。謝天謝地，我們還可以晚上出去賣卜茶度日。要是梅夫魯特別再這樣到處晃蕩，開始認真一點工作，把賺來的錢全部交給爸爸，那冬天就能買點東西寄回鄉下了。

十二、怎麼讓村裡的女孩出嫁

我不是賣女兒

柯庫。去年的戰爭和無數起火災過後六個月，這一帶的阿列維信徒大都離開了，有些人搬到其他較遠的山上，像是箭山，也有人去住在市區外圍的加齊區。我祝福他們所有人。但願他們到了新地方別又開始找警察和憲兵的麻煩。如果你行駛在一條符合現代國際規格的六線道高速公路上，以八十公里的時速奔向你那間沒登記、像雞籠一樣的家，你大可以高喊「革命是唯一的解決之道！」但那只是自欺欺人。

那一大群左派分子走了以後，議員發放的權狀立刻一夕漲價。武裝的幫派分子和意圖謀取不當利益者都跳出來，爭相占領新土地。當老哈密．烏拉爾說：我們給清真寺買新地毯吧。有人一毛不拔，有人在他背後說他應該替他們付錢，因為他把賓格爾和埃拉澤的阿列維信徒趕走，搶了他們的土地……而就是這些人根據新的開發計畫，很快地搶光了土地和所有權狀。哈密先生也在灰山投入一些新建案。他在豐收山開了一間新的麵包工廠，而且不惜工本，為他從村裡帶來的單身漢蓋了一棟有電視的宿舍、一間祈禱室和一所空手道學校。我當兵回來以後，開始在這棟宿舍的工地當助理，並負責管理工地的補給倉庫。每星期六，哈密哈吉會和所有這些未婚、愛國的年輕人，在宿舍餐廳一起進餐，喝「愛蘭」、吃肉、米飯和沙拉。在這裡我想謝謝他這麼慷慨地幫我娶到老婆。

阿杜拉曼大爺。我的大女兒薇蒂荷已經十六歲，我費盡心思想幫她找個適當的婆家。通常這種事最好是女人在一起洗衣服、上澡堂、去市場或是互相串門子的時候私下談定，可是我這幾個女兒沒媽，姑姨什麼的也就不必提了，所以一切全得靠鄙人我張羅。別人發現我為了這個原因專程搭巴士到伊斯坦堡，就說我想給我美麗可愛的薇蒂荷找個有錢丈夫，還說我會拿走她的全部聘金去買茴香酒。他們之所以會嫉妒我這麼一個有殘疾的人，還在背後說我壞話，原因很簡單：我雖然脖子歪了，卻還是個樂天的人，有這幾個女兒讓我很滿足，生活過得很充實，也偶爾能享受喝一杯的樂趣。說我以前常常喝醉、打老婆，或是說我去伊斯坦堡只是想忘記自己的歪脖子，到貝佑律去花大錢玩女孩，這些根本是嫉妒心作祟的謊話。到了伊斯坦堡，我順便去了幾家咖啡館，酸奶販子通常會一大早聚在這裡，我見到幾個還在工作的老朋友，他們仍然是早上賣酸奶、晚上賣卜茶。你總不能一開口就說：「我在替女兒找丈夫！」你得先閒聊幾句，其餘的就看交情，如果最後晚上去了酒吧，酒一瓶接著一瓶喝，不知不覺中大家也就全說開了。在這些談話中，我可能會在酒醉後吹噓我的寶貝女兒薇蒂荷，順便把一張我們在「水晶」照相館拍的照片拿出來，讓大夥輪流瞧瞧。

哈桑伯父。我口袋裡放了那個銀溪村女孩的照片，不時會拿出來看看。長得很美。有一天，我在廚房拿給莎菲葉看，問道：「你覺得怎麼樣，莎菲葉？和柯庫相配嗎？她是我們歪脖子阿杜拉曼的女兒。阿杜拉曼上伊斯坦堡，還專程到我店裡來。我們聊了一下。他以前是個勤奮的人，只可惜身子不夠結實，被那根扁擔壓垮了，只好回鄉下去。他顯然是沒錢了。不過這位阿杜拉曼大爺可是隻狡猾的老狐狸。」

莎菲葉姨媽。我的小柯庫又要忙建築的事，忙那棟宿舍、那輛車，因為他當司機，還要忙他的空手道，都快累垮了，我們很想給他娶個媳婦，可是他太挑剔（願神保佑他），也太驕傲。我要是跟他說：你已經二十六歲了，我去鄉下給你找個女孩吧，他會說：不用，我要自己在城裡找。我要是說：好吧，你自己找，在伊斯坦堡到處看看有沒有你想娶的女孩，他又會說他想娶個單純溫順的女孩，在城裡根本找不到這種人。所以我把歪脖子阿杜拉曼那個漂亮女兒的照片，隨便塞在收音機旁邊。我心愛的柯庫回到家總是累得什麼也不想做，只會看電視、聽收音機轉播賽馬。

柯庫。沒有人知道我在賭馬，連母親都不知道。我賭馬不是為了錢，只是為了消遣。四年前的某天晚上，我們加蓋了一個房間。我時常獨自坐在那個房間聽收音機裡的賽馬實況轉播。這次當我眼睛盯著天花板，好像有一道光射在收音機上，我感覺到擺在那裡那張照片裡的女孩正在看著我，而她看我的神情將會成為我後半輩子的慰藉。我滿心歡喜。

「媽，收音機旁邊那張照片上的女孩是誰？」我經過母親身旁時問道。她說：「她是家鄉的人，銀溪村的人！她就像個天使對吧？要不要我替你們安排相親？」我回說：「我不要鄉下女孩，尤其是到處送照片的這種。」媽媽說：「不是那樣的，我聽說她那個歪脖子父親誰也不讓看她的照片，聽說他很保護女兒，讓求親的人都吃了閉門羹。是你爸爸一直逼著他要照片，因為他知道這個害羞的女孩應該是個大美人。」

我相信這是謊話。也許你很確定這是謊話，現在正在笑我這麼輕易就上當。不過我要告訴你一件事：對凡事都嘲笑的人絕不可能真正墜入情網，也不可能真正相信神，因為他們太驕傲了。但正如同相信神，墜入情網的感覺是那麼神聖，讓你心中再也容不下其他熱情。

她名叫薇蒂荷。一星期後我告訴母親：「我實在忘不了這個女孩，我要回村裡偷偷觀察她，找她父親談談。」

阿杜拉曼大爺。這個求親的人性子可急了。他請我上酒吧。薇蒂荷是我的女兒、我的寶貝、我的花束，這些人永遠不會了解，他們在伊斯坦堡搜刮到一點錢，就不可一世起來了。一個會劈手刀的暴發戶因為巴結從里澤來的哈密哈吉，賺了點小錢、開一輛福特，就以為能得到我女兒了？我說過好幾次了，**我不是賣女兒**。隔壁桌的客人聽我這麼說都皺起眉頭，但馬上又露出微笑，好像我在說笑似的。

薇蒂荷。我十六歲，已經不再是小孩，而且我（跟所有人一樣）知道爸爸想把我嫁出去，只是假裝毫不知情。有時候我會幻想有個壞人在跟蹤我……三年前我從銀溪小學畢業，如果當時去了伊斯坦堡，現在也中學畢業了，只可惜我們村裡沒有初中，所以沒有一個女孩有那麼高的學歷。

薩蜜荷。我十二歲，正在念小學最後一年。有時候姊妹薇蒂荷會來接我放學。有一天在回家路上，開始有個男人跟在我們後面。我們靜靜地走著，我也跟姊妹一樣，沒有回頭去看。我們沒有直接回家，而是往雜貨店走，但沒有進去。我們沿著暗暗的街道走，經過沒有窗戶的房子，從輕輕晃動的懸鈴木底下走過，穿過我們家後面的社區，回到家已經很晚。可是那個人一直跟著我們。姊妹臉上一點笑容也沒有。「他是個笨蛋！」我踏進家門時，氣呼呼地說：「所有男生都是笨蛋。」

萊伊荷。我十三歲，去年小學畢業。有很多人在追求薇蒂荷，最近這個聽說是從伊斯坦堡來的。大家都這麼說，但其實他是天泉村一個酸奶販子的兒子。薇蒂荷很想去伊斯坦堡，但我不希望她喜歡這個男人，要不然她就會結婚離開家。薇蒂荷一結婚，再來就輪到我了。我還有三年的時間，可是等我到了她的年紀，追我的人不會像追她的那麼多——就算有，那又怎樣？我一個也不希罕。大家老是說：「妳好聰明啊，萊伊荷。」我和歪脖子的爸爸望著窗外，可以看見薇蒂荷和薩蜜荷正從學校回家來。

柯庫。看到心愛的女孩陪妹妹從學校回家，我愛慕的目光就是無法從她身上移開。這是我第一眼見到她，但比起光看到照片，此時我內心的愛意更深得多了。她直挺的背、纖細的手臂，全都那麼完美無瑕，感謝主。若是娶不到她，我知道自己會很不快樂。因此想到那個狡猾的歪脖子會趁機大敲一筆，愈想心情愈浮躁，到後來甚至後悔愛上這女孩。

阿杜拉曼大爺。因為拗不過那個求親者，我們又約在貝伊謝希爾見面。我心想，要是你真那麼愛她，那錢應該不是問題。我心愛的薇蒂荷，我所有女兒的未來和命運，都掌握在我手上，所以就連去餐廳時我都小心提防著，甚至連第一杯酒都還沒喝，我就又說一遍：「真的很抱歉，年輕人，我非常了解你，但是**我美麗的女兒絕對不出賣**。」

柯庫。第一杯酒都還沒喝完，那個頑固的阿杜拉曼大爺就已經列出一大串條件。就算有父親和蘇雷曼幫忙，就算我們通力合作、去貸款、賣掉桑山的房子和我們在灰山上圍的地，我也付不起。

蘇雷曼。哥哥回到伊斯坦堡後，認定只有求助於哈密哈吉才有可能解決他的愛情煩惱，於是我們決定在他第一次參觀宿舍時，舉辦一場空手道表演賽。鬍子刮得乾乾淨淨的工人穿上潔白無瑕的訓練制服，打了幾場精采賽事。吃晚餐時，哈密先生讓我們各坐在他的左右兩邊。這位令人尊敬的紳士曾經去過麥加兩次——可說是雙倍哈吉！——他擁有大量的土地和財產，有很多手下供他差遣，我們的清真寺也是他蓋的，所以每次看著他的白鬍子，我總覺得能坐在他身邊真是幸運。他對待我們有如親生兒子。他問起了父親。（「哈桑怎麼沒來？」他記得爸爸的名字。）他詢問我們家的屋況，詢問我們最近蓋的房間以及利用房間本身外部樓梯加蓋的半層樓的情況，他甚至問到父親和穆斯塔法叔叔一起申請，並且到鄰區議員那兒去註冊的那塊地在哪裡。他無所不知：他知道所有土地的位置，知道誰的地在誰的旁邊或對面，知道哪些房子蓋完了、哪些蓋到一半就停工；當共有土地發生糾紛，他會知道過去一年這塊土地上蓋了哪些建物和商舖，一磚一瓦都瞭若指掌；無論哪座山，他都清楚知道最後有電和自來水的是哪條街；他還知道外環道的路線。

哈密·烏拉爾哈吉。「小夥子，聽說你害了相思病，痛苦得不得了，是真的嗎？」我問道，他難為情地看向別處。讓他尷尬的不是因為愛得無法自拔，而是因為朋友們發現他失戀又沒辦法自己解決。我轉向他身材肥胖的弟弟說：「一切順利的話，讓你哥哥傷心的事總會有解。不過他犯了一個錯誤，你可不能重蹈覆轍。告訴我，你叫什麼名字？好的，蘇雷曼，孩子啊，如果你要像你哥哥這麼愛一個女孩……一定要等到結婚以後才開始愛她。要是等不及，那麼也許可以等到訂婚以後，或是等到有了某種非正式的約定……至少要等到聘金決定以後。但要是在這之前就愛上對方，像你哥哥那樣，還跟女方的父親坐下來談錢，那些精明、狡詐的父親就會獅子大開口。在我們國家，愛分為兩種，第一種是愛上自己完全不了解的人。事實上，夫妻結婚前要是彼此了解，哪怕只是一丁點，多半永遠不會愛上對方。所以我們的聖先知穆罕默德才會認為，男女結婚前最好不要有任何接觸。還有一種是兩人結婚後才相愛，然後共度一生，而這種情況只有和不認識的人結婚才可能發生。」

蘇雷曼。我說：「先生，我絕對不可能愛上一個我不認識的女孩。」哈密哈吉笑容滿面地說：「你說的是認識還是不認識？暫且不提認不認識，最美的愛就是你對一個從未謀面的人所感受到的愛。你要知道，盲人最能體會墜入情網的感覺了。」哈密先生笑了起來。然後他的手下也都笑了，不過他們並沒有完全聽懂。離開以前，我和哥哥滿懷敬意地親吻哈密哈吉的幸運之手。等到和哥哥獨處時，他狠狠捏我的肩膀說：「我們就等著瞧，看看你會在這城裡找到什麼樣的老婆。」

十三、梅夫魯特的小鬍子

未登記土地的所有人

一直到很久以後，一九七八年五月，梅夫魯特才從姊妹寫來伊斯坦堡給父親的信中，獲知柯庫即將迎娶鄰村銀溪村的一個女孩。他姊妹給父親寫信已經寫了將近十五年，有時候會定期寫，有時候看心情。梅夫魯特為父親讀信的語氣，也和讀報紙一樣專注、認真。得知柯庫回村是為了銀溪村一個女孩之後，他們父子倆都生出一股莫名的嫉妒，而且怒火中燒。為什麼柯庫竟隻字未提？過了兩天，他們上阿克塔希家了解全盤細節後，梅夫魯特忽然想到倘若他也有個像哈密・烏拉爾哈吉這麼強有力的靠山兼保護者，在伊斯坦堡的生活就輕鬆多了。

穆斯塔法大爺。我們上阿克塔希家，得知了柯庫在哈密・烏拉爾哈吉的資助下即將成親的消息。兩個禮拜後，我到哥哥哈桑的店裡無事閒聊天，他忽然板起臉來說事情已經定案：新的外環道會通過灰山，因此地籍測量員不會再到山的那邊去（就算去了，也只會保留那些土地供道路使用，不管拿用多少錢賄賂都沒用），也就是說誰也無法將那附近的土地正式登記在自己名下，而政府徵收土地去建六線道公路也不會付一毛錢的補償金。

「我發現我們在灰山的土地將會一文不值，」他說：「所以就把它賣給哈密・烏拉爾哈吉，他正在收購山那邊的所有土地。他很慷慨，願神保佑他，他付了我一大筆錢！」

「什麼！你是說你問都沒問，就把我的地賣了？」

「那不是你的地，穆斯塔法，那是我們的地。是我去認領，而你幫了我一把。議員是照規矩辦事，他給我們的那張紙上有日期、簽名，底下寫了我們倆的名字，他對每個人都是這麼做的。他把文件給了我，你好像也不介意。不過再過一年，那張紙就會變成廢紙。就別再想蓋房子了，不會有人在那邊山上動土的，因為大家都知道蓋了也只會被拆。你想必也注意到了，最近連一面牆都沒豎起過。」

「你賣了多少錢？」

他正說著：「好了，你可不可以冷靜一點，別再用那種口氣跟你哥哥說話……」剛好有個女人走進店裡買米。當他忙著用塑膠杓將米從米袋舀進紙袋，我氣憤地衝出店去。真想把他給殺了！在這世上除了那間破屋和那半塊地，我什麼都沒有啊！我沒有告訴任何人，包括梅夫魯特在內。第二天，我又回店裡去。哈桑正在用舊報紙摺紙袋。「你賣了多少錢？」他還是沒說。我晚上開始失眠。一個星期後，趁店裡沒客人，他忽然說出那塊地賣了多少錢。什麼？他說我可以拿一半，這是當然，只是數目實在少得可憐，我只能說：**我不接受那個金額**。「其實，我現在也沒錢了。」大哥說：「我們不是在給柯庫準備婚禮嗎？」「你說什麼？你是說你用我的地賣來的錢給你兒子辦婚禮？」他說：「我跟你說過，可憐的柯庫完全被迷住了！你別這麼生氣，馬上就要輪到梅夫魯特了，歪脖子那個女兒有兩個妹妹，就讓梅夫魯特娶其中一個吧。那個可憐的孩子要怎麼辦哪？」我說：「梅夫魯特的事不用你操心，他會先念完高中，然後去服兵役。反正要是有合適的女孩，你也會留給你們家蘇雷曼。」

梅夫魯特從蘇雷曼口中聽說了，父親和伯父十三年前在灰山上認領的那塊未登記的土地賣掉了。據蘇雷曼說，反正也沒有所謂「未登記土地的所有人」。沒有人在那裡蓋房子，甚至連一棵樹都沒種，而且也不可能拿著多年前從鄰區議員那兒拿到的一張紙，去阻止政府開發六線道公路。兩星期後父親提起這件事，梅夫魯特假裝第一次聽說。他明白父親的憤怒，對於阿克塔希家問都沒問就賣掉他們共有的財產，也感到憤憤不平。當他想到除此之外，他們在伊斯坦堡的發展也比他們父子倆成功得多，便感到更加氣憤，彷彿個人受到不公平對待。但他也知道不能和伯父他們斷絕關係，倘若沒有他們，他在這城裡就成了孤伶伶一人了。

「你現在給我聽清楚，你要是沒經過我允許就自己上你大伯家去，你要是再跟柯庫和蘇雷曼碰面，我死都不會答應。」他父親說：「明白嗎？」

「明白，」梅夫魯特說：「我發誓我不會。」

然而這個誓言將使他無法接近姨媽的廚房，無法和蘇雷曼一起消磨時間，他幾乎話一出口就後悔了。何況費哈也不在，去年他高中畢業後就和家人離開了灰山。因此父親回村後，六月裡有一部分時間梅夫魯特便獨自帶著他的「奇思美」盒子，在咖啡館和兒童遊戲場四處兜轉。但一天賺的錢只比他的花費多一點點，而且他發現現在賺的錢還不到以前和費哈一起賺的四分之一。

一九七八年七月初，梅夫魯特搭上巴士回村子去。一開始，和母親、姊妹以及父親團聚還挺好玩的，但是見全村都忙著準備柯庫的婚禮，梅夫魯特覺得有些心慌。他帶著老狗也是他的老友喀米在山裡漫步，他記起了被太陽曬得乾枯的草味，記起了櫟子與蜿蜒在岩石間的冰涼溪水的氣息，但就是甩不掉「錯過了在伊斯坦堡發生的一切與致富的機會」那種感覺。

有一天下午，他從院子角落的懸鈴木樹下挖出以前埋藏的兩張鈔票，告訴母親說他要回伊斯坦堡。「你爸爸會不高興！」她這麼說，但他不聽。「有很多工作要做！」他回答道。當天他設法避開父親，搭迷你巴士前往貝伊謝希爾。進到鎮上，他趁著等巴士的空檔，到艾斯瑞福盧清真寺對面的廉價簡餐館吃茄子鑲肉。夜裡，當巴士穩穩地駛向伊斯坦堡，他感覺到他的人生與未來如今已完全掌握在自己手中，他已經是獨立自主的成年人了，想到開展在前方的無限可能性，不由得興奮悸動。

回到伊斯坦堡後，他發覺離開這一個月已經流失幾個顧客。以前從來沒這樣過。當然，有些人家總會拉上窗簾，不讓外人窺見屋內，但也有人會到其他地方避暑。（有些酸奶販子會跟著顧客，大老遠跑到他們位於王子群島、埃蘭克伊和蘇瓦第耶的避暑別墅去。）不管怎麼說，夏天的生意從來沒這麼慘澹過，因為咖啡館會買酸奶去做「愛蘭」。可是一九七八那年夏天，梅夫魯特認清了一個事實：上街頭賣酸奶已是式微的技能。很明顯地，酸奶販子的人數正快速減少，無論是父親那一輩認真勤奮、穿著圍裙的人，還是梅夫魯特這一輩力爭上游、隨時都在尋找其他出路的年輕人。

酸奶販子的生計日益艱辛，讓他父親變成一個充滿憤怒與敵意的人，但梅夫魯特並未受到相同影響。即便是最低潮、最孤單的日子，他也從未失去讓顧客感到無比愉悅的笑容。住在貼有「禁止小販進入」告示的新公寓大廈裡的阿姨和門房的老婆，還有那些常常以告知「街頭小販不許進電梯」為樂的嘮叨老太婆，總會不厭其煩地向梅夫魯特說明如何開電梯門、要按哪些按鈕。也有許多女傭和門房的女兒從廚房、樓梯間和公寓門內，欣賞他稚氣俊秀的容貌，可是他甚至不知道該怎麼主動去和她們攀談。為了掩飾這種連自己也不願承認的無知，他漸漸深信這樣才是「尊重」的做法。他在電影裡看過與自己年紀相仿的男生和女孩說起話來毫無阻礙，應該會希望自己多像他們一點。但事實上，他不太喜歡外國片，因為從來都不太分得清誰是好人、誰是壞人。只不過每回自慰時，他幻想的對象多半還是電影和土耳其雜誌中的外國女人。早晨醒來他喜歡躺在床上，讓太陽暖暖地照在半裸的身上，不動情慾地沉浸在這些幻想中。

他喜歡一個人在家。這意味著他能自己做主，哪怕只是到父親回來之前。他試著把那張搖搖晃晃的矮腳桌搬開，站到椅子上，把垂落下來的窗簾重新掛上掛桿，並將不用的刀具與鍋碗瓢盆收進櫃子。比起父親在的時候，他更常打掃，然而還是甩不掉「這個單間屋比平時更小、更破」的想法。享受著自己的孤獨與成熟氣味之際，他也感覺到陷入一股衝動，而每每將父親拖進悶悶不樂的孤單情緒中的正是這股衝動，同樣的這種感覺攪得他血液沸騰。他今年二十一歲。

他會順道去光顧灰山和桑山的咖啡屋。他喜歡和同社區的熟面孔以及那些到處閒晃看電視的年輕人鬼混，因此到臨時工早上聚集的地點去了幾次。每天早上八點，他們會聚在梅吉迪耶克伊入口的空地，提供勞力服務。這些人多半都是沒有特殊技能的工人，從鄉下一到城裡就立刻被安排到某處工作，後來因為雇主想節省保險費用就被炒魷魚了。現在他們住在鄰近山上的親戚家，平日只要能找到什麼工作就做什麼。羞愧地過著失業生活的年輕人、不管什麼工作都做不久的愚蠢莽夫，早上全都會到這裡來，邊抽菸邊等候城裡各地的工頭開著廂型車前來。在咖啡屋裡消磨時間的年輕人當中，有幾個偶爾會到市區最外圍去打零工，還會吹噓自己賺了多少錢，但這點錢梅夫魯特只要半天就能賺到。

有一天工作結束後，他感覺格外孤單氣餒，便將托盤、扁擔和其他所有用具放在一家餐廳，然後去找費哈。梅夫魯特擠上一輛如沙丁魚罐般、汗臭味沖天的紅色公車，花了兩個小時才抵達郊區的加齊奧斯曼帕莎。他出於好奇，看了看便利商店拿來當櫥窗展示的冰箱裡有些什麼，結果發現大型酸奶公司也攻占了這些社區。在巷道內一家雜貨店裡，他看到冰箱裡有擺在托盤上秤斤賣的酸奶。

他搭上迷你巴士，來到城外的加齊區時，天都快黑了。他走到那一區另一頭的清真寺，整條路都是近乎垂直的陡坡。後山樹林本該是伊斯坦堡外圍一道未遭破壞的翠綠界線，但林地似乎被城裡的最新移民一點一點蠶食掉了，全然不受那許多鐵絲圍籬的阻撓。社區裡到處可見革命標語、鐵鎚與鐮刀標誌與紅星印記，整個地方在梅夫魯特看來，比灰山和桑山還要窮得多。他恍恍惚惚地在街上遊盪（但內心深處總隱約感到驚怕），進進出出幾間生意最好的咖啡屋，希望能看見某個被迫離開灰山的阿列維信徒的熟悉面孔。他到處詢問費哈的下落，卻一無所獲，也沒見到任何熟人。入夜後的加齊區街道連一盞路燈照明都沒有，他覺得比安納托利亞任何一座偏僻鄉鎮都還要荒涼。

他回家後手淫了一整夜。他先做了一次，等到射精後整個人放鬆下來，隨即感到愧疚，便發誓：絕不再做。過了一段時間，他開始擔心自己會犯下破誓的罪過。後來他覺得還是很快再做一遍，把它發洩出來比較保險。於是兩個小時後，他終究又再一次手淫。

有時候心思會飛到他很希望它別去的地方。他會質疑神的存在，會想到他所知道最猥褻的字眼，有時候則會想像一場爆炸，就像電影裡的場景，把整個世界炸得粉碎。想到這些可怕念頭的真的是他嗎？

自從不再去上學以後，他每星期只刮一次鬍子。他可以感覺到內心的黑暗面在尋找藉口展現出來，然後便整整兩個禮拜沒刮鬍子。有些忠實顧客重視整潔就跟重視酸奶上面那層奶油一樣，因此當那滿臉鬍碴嚇到這些顧客，他決定重新來過。他的屋裡不再像以前那麼暗（他也不記得為什麼以前會那樣），但他還是和父親一樣，拿著刮鬍鏡到外面去。等鬍子一刮掉，他終於接受了他已經隱隱留意到一段時間的事實。他抹去臉上與脖子的泡沫，終於正視鏡中的自己：沒錯，他現在有小鬍子了。

梅夫魯特不太喜歡自己留了小鬍子的模樣，總覺得不「好看」。以前人見人誇那個娃娃臉的可愛男孩不見了，取而代之的是和其他數百萬男人沒兩樣的容貌，他每天到街上都能看見。覺得他好迷人的無數顧客、還會問他有沒有上學的老太太，以及包著頭巾、對他露出愛慕眼神的女傭，她們現在還會喜歡他嗎？他的小鬍子長得和其他每個人都一樣，儘管他根本沒去碰它。想到自己再也不是以前姨媽抱著坐在腿上的那個人，真叫人心碎。他領悟到這是一個開端，以後再也無法回頭，但與此同時，這個新的自我也讓他覺得更有力量。

每回手淫時，他總會禁止自己去想一個藏在內心深處的念頭，只可惜現在再也藏不住：他已經二十一歲，卻從未和女人上過床。包著頭巾、舉止端莊的美麗女孩，也就是他想娶的那種女孩，絕不會在婚前和他上床，而他也絕不想娶一個願意在婚前與他發生性關係的女子為妻。

其實他的當務之急不是結婚，而是找到一種可以讓他抱著親吻的女人，一個可以和他發生關係的女人。在他心裡，這些事和結婚並不相干，但他發現自己要想有性接觸，除了結婚別無他法。他可以試著和某個對他有點興趣的女孩開始交往（他們可以去公園、去看電影，或是上哪喝點無酒精飲料），讓她相信他打算娶她（這恐怕是比較難的部分），然後跟她上床。但這種事只有自私的畜生做得出來，梅夫魯特做不到，更別提那個哭哭啼啼的女孩的兄長或父親可能會開槍斃了他。在這裡只有不戴頭巾的女孩才會瞞著家人隨便和男生上床，但梅夫魯特知道在城裡出生長大的女孩，絕對不會對他感興趣（不管他留了小鬍子有多瀟灑）。最後的辦法就是上卡拉廓伊的妓院，那種地方梅夫魯特從沒去過。

夏季將近尾聲的某一天，梅夫魯特無意中從哈桑伯父店門前走過，當天晚上他聽到有人敲門，開門看見蘇雷曼站在門外，心裡著實高興。他熱情地擁抱堂兄弟，並注意到蘇雷曼也留了一撮小鬍子。

蘇雷曼。梅夫魯特喊我兄弟，還給我一個大大的擁抱，讓我忍不住淚水盈眶。我們笑著說竟然都不知道對方留了小鬍子。

「你留那種鬍子好像左派分子！」我說。

「什麼？」

「少來了，你明知道我在說什麼，左派分子才會把鬍子尖端剪成這種三角形。你學費哈的嗎？」

「我才沒學誰。我只是隨自己高興亂剪，沒有特別想要什麼型式……總之，這就表示你把鬍子剪得跟灰狼一樣囉。」

我們取下架上的鏡子，仔細端詳彼此的鬍子。

「梅夫魯特，你別去參加村裡舉行的婚禮。」我說：「不過兩個禮拜後，柯庫會在梅吉迪耶克伊的莎伊卡婚禮堂辦喜宴，你來參加這個。穆斯塔法叔叔脾氣很強，想把這個家搞得四分五裂，但你不必像他那樣。看看庫德人和阿列維信徒總是那麼互相照應，他們很團結，還會互相幫忙蓋房子，從沒停過。要是有人在哪裡找到工作，第一件事就是把所有還留在鄉下的族人接過來。」

「不過，我們剩下的人不也是這樣才來到這裡的嗎？」梅夫魯特說：「你們家的人賺到錢了，可是我和爸爸不管怎麼努力，好像都還是存不了錢，去享受伊斯坦堡所能提供的任何機會。現在連地都沒了。」

「梅夫魯特，我們沒有忘記那塊地也有你們一份。哈密・烏拉爾哈吉是個正直、慷慨的人，要不然我哥哥柯庫永遠也籌不到錢結婚。歪脖子阿杜拉曼大爺還有兩個漂亮的女兒，我們就來替你想辦法娶到年紀比較大的那個，聽說她美若天仙。不然還有誰會幫你找老婆、照顧你、保護你？孤單一人在這個大城市生活，誰受得了？」

「我會自己找到結婚對象，不需要誰幫忙。」梅夫魯特固執地說。

十四、梅夫魯特墜入愛河

這種偶遇只可能是天注定

八月底，梅夫魯特去參加了柯庫與薇蒂荷的婚禮，就連他也不太清楚自己為何改變心意。婚禮當天上午，他穿上事先向裁縫師買來的西裝，由於裁縫師與父親相識，算他便宜些。他還打了領帶，就是父親每逢宗教節日或是去政府機關都會打的那條褪色藍領帶。另外他又用自己的私房錢，向西司里的一個珠寶商換了二十元德國馬克。

莎伊卡婚禮堂位在桑山往梅吉迪耶克伊的坡路上，市府單位和工會團體經常在此舉行割禮，或者工頭和工人也會在這裡辦婚禮，通常都是由雇主資助。以前夏天裡一起當街頭小販的時候，梅夫魯特和費哈曾經趁宴會快結束時偷溜進去過兩、三次，討點檸檬汁和餅乾。不過儘管經過次數頻繁，梅夫魯特對這個地方並未留下深刻印象。他步下樓梯進入大廳時，裡面擠滿了人，小小管弦樂隊的樂聲震天響，地下室裡又悶又熱，一度讓他覺得呼吸困難。

蘇雷曼。看到梅夫魯特來了，我、哥哥和其他所有人都高興得不得了。穿著灰乳白色西裝搭配紫色襯衫、英挺帥氣的哥哥，對梅夫魯特體貼入微，先把他介紹給所有人認識，再帶他到我們這桌來，這裡坐的全是年輕小夥子。「別被他這張娃娃臉騙了，」哥哥說：「他可是我們家族裡最狠的角色。」

「親愛的梅夫魯特，既然你都留了小鬍子，光喝檸檬汁可不行。」我說著指給他看桌子底下的伏特加酒瓶，並替他斟滿一杯。「你有沒有喝過道地的俄國共產黨伏特加？」梅夫魯特說：「我連土耳其伏特加都沒喝過。這玩意要是比茴香酒烈，我馬上就會醉了。」「不會的，它只會讓你放鬆，說不定還能讓你鼓起勇氣到處找找有沒有能讓你看上眼的人。」「我找了啊！」梅夫魯特說。其實他沒有。他舌頭一沾到伏特加加檸檬汁，馬上像被燙到一樣縮了一下，但馬上又恢復鎮定。「蘇雷曼，我想在柯庫身上別一張二十馬克的鈔票，但不知道夠不夠？」「你上哪弄到這些馬克？要是被警察逮到，會把你抓去坐牢的。」我只是嚇嚇他。「可是每個人都這麼做啊。如果把錢存成土耳其里拉，就是傻瓜，現在通貨膨脹這麼厲害，一天下來就只剩一半的價值了。」他這麼說。我轉向同桌其他人說道：「這個梅夫魯特可能一副天真的模樣，但我從來沒見過比他更狡猾、更吝嗇的街頭小販了。像你這樣的守財奴要在新郎身上別二十馬克……算很多了……不過別再做這個酸奶生意了，梅夫魯特。我們的爸爸以前也是賣酸奶，但我們現在都有不同職業了。」「我打算以後要自己做生意，你就不用操心了。到時候你們全都會懊惱自己怎麼就沒想到這主意。」「好啊，那就跟我們說說你要做什麼。」「梅夫魯特，你應該來跟我合夥！」拳擊手喜達耶說道（這是他的外號，因為他鼻子很像拳擊手，也因為他一得知遲早會被踢出校門，就一拳把愛現的費奇打倒在地，和我哥哥一樣）。喜達耶接著說：「我不像這群人開了雜貨店或烤肉店，但我有一間實際的店面，賣的是建材。」我說：「那根本不是你的店，是你姊夫的。就那點能耐誰做不到？」「喂，女生往這邊看了。」「哪裡？」「新娘那桌的女生。」我說道：「欸，眼睛別瞪那麼大。現在那些女生都是我的家人。」拳擊手喜達耶雙眼還是盯著看，說道：「我們不是啊，反正那些女孩也太年輕了。我們又不是戀童癖。」「小心點，各位，哈密哈吉來了。」「那又怎樣？」「要站起來唱國歌嗎？」「伏特加藏起來，也別想混著檸檬汁喝，什麼把戲都逃不過他的法眼。他最痛恨這種事，以後會讓我們付出代價的。」

梅夫魯特正看著遠處與新娘同桌的那些女孩時，哈密・烏拉爾哈吉帶著他的人來了。他一走進來，每個人都轉頭去看，他也立刻被一群想親吻他手的人包圍住。

梅夫魯特也希望自己滿二十五歲時，可以娶到像薇蒂荷這麼美的女孩。但只有賺很多錢，並得到像哈密哈吉這樣的人保護，才有此可能。他明白要讓這個夢成真就得先去服兵役，要非常努力工作，還要放棄酸奶去找個穩定工作或開一間店。

到最後，在酒精、不斷升高的噪音與廳內愈來愈熱鬧的氣氛壯膽之下，他開始正眼盯著新娘那一桌看。他也感覺到神與他同在，感覺到他可能要走運了。

許多年後，梅夫魯特依然還能重溫那些時刻——他周遭的對話，他所看到坐滿美女那一桌的情景（偶爾會被起身站立的人遮住視線）——宛如一幕幕電影情節。只不過這齣電影裡的對白與影像不總是十分清晰：

「你也知道，她們沒那麼年輕。」同桌有個聲音說：「她們全都到了該結婚的年紀了。」

「戴藍色頭巾那個也是？」蘇雷曼說：「各位，拜託你們別那麼明目張膽盯著她們看。這些女孩有一半還要回鄉下去，另一半會待在城裡。」「連她們住在哪都不知道……」「有些住在玫瑰山，有些住在烏山。」「你一定要帶我們去……」「你想寫信給哪個？」「一個都不想。她們坐得太遠，根本分不清楚。」有個心直口快的年輕人這麼回答，梅夫魯特不認識他。「正因為她們離得那麼遠，才更應該寫信給她們。」

「我們薇蒂荷身分證上的年紀是十六歲，但其實她是十七歲。」蘇雷曼說：「她的兩個妹妹則是十五歲和十六歲。歪脖子阿杜拉曼大爺去報戶口報得晚，就是為了讓她們在家裡待久一點，多陪陪爸爸。」

「最年輕那個叫什麼名字？」

「沒錯，她是最漂亮的。」

「她姊妹沒什麼特色。」

「她們一個叫薩蜜荷，一個叫萊伊荷。」蘇雷曼說。

梅夫魯特發覺自己心跳加快，不禁詫異得紅了臉。

「另外三個女孩也是她們同村的……」「包藍色頭巾那個真的很不錯……」「這些女孩沒有一個小於十四歲。」「她們都還是孩子，」拳擊手說：「我要是她們的爸爸，現在還不會讓她們戴頭巾。」

「在我們村裡，只要一念完小學就要戴頭巾。」梅夫魯特難掩興奮地說。

「最小那個今年小學畢業了。」

「是哪一個？戴白色頭巾那個嗎？」梅夫魯特問道。

「比較漂亮、比較年輕的那個。」

「我死都不會娶鄉下女孩。」拳擊手喜達耶說。

「但城市女孩死都不會嫁給你。」

「為什麼？」喜達耶有些動怒地說：「城市女孩你又認識幾個？」

「那可多——了。」

「到你們店裡買東西的客人不算是你認識的女孩，這你知道吧？」

梅夫魯特吃了幾塊甜餅，又喝了一杯伏特加加檸檬汁，那味道很像樟腦丸。到了給新郎新娘送上禮物珠寶的時候，他終於可以仔細看看柯庫那美若天仙的妻子薇蒂荷．英格。她妹妹萊伊荷坐在女生那桌，看起來也一樣美麗。當他注視著那熱鬧的一桌、注視著萊伊荷，突然發覺有一股欲望在心裡騷動，強烈得有如求生意志，同時卻也又羞又怕，擔心最後會一敗塗地。

梅夫魯特用蘇雷曼給他的安全別針，將那張二十馬克的鈔票別到柯庫的翻領上，卻鼓不起勇氣抬頭看他小姨子的美麗臉龐，他為自己的羞怯感到尷尬不已。

回桌途中，他突如其來地繞了路，走向與其他銀溪村民同坐的阿杜拉曼大爺，向他道喜。這時候離女孩桌很近，但他沒有往那邊看。阿杜拉曼大爺穿了一件正式的白襯衫，高領遮住了他的歪脖子，套在外面的上衣頗有品味。此時的他看到年輕的街頭販子和酸奶販子被自家女兒迷得神魂顛倒、舉止滑稽怪異，早已習以為常。他像蘇丹一樣，朝梅夫魯特伸出手，梅夫魯特也欣然親吻他的手。他的美麗女兒是否一直留意著他們的互動呢？

有那麼一剎那，梅夫魯特分了心，瞄了女孩桌一眼。他的心開始狂跳，他很害怕，也很快樂，但同時也略感失望。那桌現在有一、兩張空椅。其實，梅夫魯特從原來的位子，始終無法看清任何一個女孩。因此當他往回走時，兩眼直盯著她們那桌，想弄清楚到底是誰離席了，就在這時候……

他們差點撞個正著。她是所有女孩當中最美的一個，肯定也是年紀最輕的一個，她帶有一種稚氣。他們對望片刻。她有張誠實坦率的臉，和一雙小女孩的烏黑眼睛。她走開後去了父親那一桌。

儘管心裡亂糟糟，梅夫魯特仍看得出命運之神（奇思美）的手在操弄著。這種偶遇只可能是天注定。他無法定下心來好好思考，目光老往歪脖子父親那桌飄去，希望能再瞥見她一眼，可惜人太多，他也已經走得太遠。雖然看不見她的臉，但每次她一移動、每次她的藍色頭巾一在遠處飄動，他就能在靈魂裡感覺到她的存在。如今他唯一想做的就是告訴每個人關於那個女孩、關於他們神奇的相遇、關於她烏黑眼眸凝視著他的那一刻。

喜宴開始慢慢散場的某一刻，蘇雷曼提到了「阿杜拉曼大爺和他女兒薩蜜荷、萊伊荷還會在我們家住一個禮拜，之後才回村」。

接下來幾天，梅夫魯特不停想起那個有著一雙烏黑眼睛和稚氣臉龐的女孩，還有蘇雷曼說的話。他為什麼要對梅夫魯特說這個？如果梅夫魯特重拾舊習，無預警地去敲阿克塔希家的門，會怎麼樣呢？他還能再見到那女孩嗎？她是否也注意到梅夫魯特了？他肯定得找個藉口再上他家，否則蘇雷曼會察覺他是去看她的，說不定會故意把她藏起來，甚至說不定會嘲笑他，或是以她還小為理由阻止這一切。假如梅夫魯特向蘇雷曼坦承自己的迷戀，蘇雷曼很可能會說他也愛上她了，而且是他先愛上她的，而不讓梅夫魯特接近她。一整個禮拜下來，梅夫魯特只是賣酸奶，不管怎麼想破腦袋，也找不到合理的藉口上阿克塔希家。

遷徙的鸛鳥飛回歐洲途中又回到伊斯坦堡來時，八月已經結束，九月也已過了兩個禮拜，梅夫魯特沒回學校，也沒有拿藏在床墊底下的德國馬克去換錢，並如一年前所說去報名補習班。他甚至沒有去市衛生局拿去年骷髏叫他去拿的文件，以便延後註冊時間。這一切都意味著，早在兩年前便已因為各種務實理由結束的學業，再也無法繼續，就連當作夢想都不可能。兵役處的憲兵應該很快就會到他的村子去。

梅夫魯特認為父親應該不會為了讓兒子晚點當兵，而對他們撒謊。他反而很可能會說「就讓他去當兵吧，回來就可以結婚了！」當然了，他父親根本沒錢替兒子娶媳婦。可是梅夫魯特想娶他找到的這個女孩，而且愈快愈好。他錯了，他太懦弱了，當初實在應該想出一個藉口，上阿克塔希家去看看薇蒂荷那兩個名字裡都有個「荷」字的妹妹。在懊悔不已的那段時間，他會拿一些無懈可擊的理由自我安慰：就算過去看到萊伊荷，她也可能對他毫無興趣，徒讓他心碎且空手而歸。然而當他挑著酸奶扁擔走在街上，即便只是想到萊伊荷，便足以減輕肩上的負擔。

蘇雷曼。三個月前，哥哥在哈密・烏拉爾哈吉的建材公司幫我找到一份工作，現在換我開著公司的福特廂型車到處跑。前幾天，早上十點左右，我到梅吉迪耶克伊一個馬拉蒂亞人開的雜貨店買了包香菸（我不會在自家的店買菸，因為爸爸反對我抽菸），正要開車離開時，瞧瞧是誰在敲我右手邊窗戶。梅夫魯特耶！他背上挑著扁擔，要進城去賣酸奶，可憐的傢伙。「上車吧！」我說。他把扁擔和托盤放到後座，很快跳上車來。我給他一根菸，用車上的點菸器點著。梅夫魯特從沒看過我開車，他簡直不敢相信自己的眼睛。我們現在正以時速六十公里快速前進——看得出來時速表也讓他驚嘆——走的也正是他平常挑著三十公斤酸奶、以每小時四公里的速度行走的那條坑坑洞洞的街道。我們天南地北地閒聊，但他似乎有些心不在焉，最後他問起阿杜拉曼大爺和他的女兒。

「他們回村裡去了。」我說。

「薇蒂荷那兩個妹妹叫什麼名字？」

「問這個幹嘛？」

「沒幹嘛……」

「別生氣，梅夫魯特，薇蒂荷現在是我嫂嫂，而那兩個女孩就是我哥哥的小姨子……她們現在也算是家裡的一分子……」

「難道我不是家裡的一分子？」

「你當然是……所以你得一五一十地告訴我。」

「我會的……不過你要發誓不告訴任何人。」

「我對天發誓，我以國家和國旗的名義發誓，會替你保守祕密。」

「我愛上萊伊荷了。」梅夫魯特說：「就是眼睛烏黑、年紀最小的那個，她是萊伊荷沒錯吧？我要去她爸爸那桌的時候碰上她了，你有沒有看到？我們差點撞在一起。我離她很近，剛好跟她對上眼。起先我以為我會忘記，但我忘不了。」

「忘不了什麼？」

「她的眼睛……她看我的眼神……你有沒有看到我們在婚禮上是怎麼相遇的？」

「有啊。」

「你覺得那只是巧合嗎？」

「聽起來你是迷上萊伊荷了，兄弟。我得假裝完全不知情。」

「不過她很漂亮對吧？如果要寫信給她，你能替我送信嗎？」

「可是他們已經不在桑山了。我跟你說過，他們回村裡去了……」看梅夫魯特一臉傷心，我又說道：「我會盡量幫你。可是萬一被逮到呢？」他用苦苦哀求的眼神看著我，把我的心融化了。我說：「那好吧，看看我們能怎麼做。」

到了赫比葉，他高高興興地拿了扁擔和托盤跳下車。相信我，想到我們家族裡還有人不得不在街上叫賣酸奶，我心都碎了。

十五、梅夫魯特離家

如果明天在街上見到她，你認得出來嗎？

穆斯塔法大爺。當我聽說梅夫魯特參加了柯庫在伊斯坦堡辦的婚宴，簡直不敢相信。我的親生兒子竟然對自家人做出這種事！現在我正在往伊斯坦堡的路上，每當巴士顛晃一下，我的頭就撞到冷冷的車窗，心裡不斷地想：當初要是沒去那個城市就好了！要是根本沒離開村子出外闖蕩就好了！

一九七八年十月初，就在天氣轉冷、卜茶季剛開始的某天晚上，梅夫魯特走進家門發現爸爸坐在黑暗中。其他人家的燈大多都亮了，所以他沒想到屋裡有人。明顯看出屋內有人後，一開始他以為自己是擔心遭小偷，但急促的心跳隨即提醒了他，其實他是害怕父親知道他去參加婚禮。這消息不可能不會傳到穆斯塔法大爺耳裡，因為去參加婚禮的每個人——或者應該說是全村的人——多少都有親戚關係。梅夫魯特很清楚這一點，而他明知父親遲早會發現卻還是去參加婚禮，這恐怕是讓他父親更生氣的原因。

他們父子倆已經兩個月沒見面。自從九年前梅夫魯特初到伊斯坦堡至今，他們倆還沒分離過這麼久。但儘管父親老是陰晴不定，兩人的小爭執不斷（也或許正因為如此），梅夫魯特覺得他們已經變成朋友，甚至如同夥伴。不過他也受夠了父親那些懲罰性的沉默與不時爆發的怒氣。

「過來！」

梅夫魯特走上前去，本以為父親會賞他巴掌。不料他沒有，反倒是指了指桌子。直到此時，梅夫魯特才在昏暗中看見自己那幾捲德國馬克鈔票。他藏在床墊裡，爸爸是怎麼找到的？

「這是誰給你的？」

「我自己賺的。」

「你從哪賺來這麼多錢？」父親將所有積蓄放進銀行戶頭，然後便任由這些錢在百分之八十的通貨膨脹率對比百分之三十三的銀行利率之下化為烏有。然而，他無法承認自己那一點財產全落了空，因此不肯學習如何投資外幣。

「其實也沒多少，」梅夫魯特說：「才不過一千六百八十馬克，有些還是去年賺的。我把賣酸奶的錢全存起來了。」

「你瞞著我存錢？你不是在騙我吧？你是不是做了什麼不該做的事？」

「我發誓我……」

「我記得你用我的性命發過誓，說你不會去那場婚禮。」

梅夫魯特低下頭去，感覺到父親就要甩他耳光。「我已經二十一歲了，你不應該再打我。」

「為什麼不能打？」父親說著還是揮掌打來。

梅夫魯特舉起手肘護住臉，因此巴掌打中他的手臂。父親吃痛，一時按捺不住怒火，集中全力往梅夫魯特肩上很快地捶了兩拳，大吼道：「滾出我的房子，你這畜生！」

梅夫魯特愕然倒退兩步，因為被第二拳打疼了，腳步搖晃不穩。他往後摔倒在床上，身子團縮成球狀，就像小時候一樣。他背對父親，微微顫抖。父親以為他在哭，而他並未糾正父親的想法。

梅夫魯特很想收拾東西馬上離開（他腦海裡上演了這個畫面，想像著父親會為自己說的話懊悔，並試圖勸他別走），但他也害怕這麼一走，將會是一條不歸路。就算要離開這棟房子，也不應該是現在負氣離開，而是應該等到明天早上恢復冷靜以後。如今，萊伊荷成了他生命中僅剩的光明希望。他需要找個地方，一個人好好想想要寫什麼樣的信給她。

梅夫魯特躺在床上動也不動。他心想，要是下床，可能又會和父親起衝突。如果再發生衝突，他免不了又要挨更多巴掌和拳頭，到時就不可能不離開了。

梅夫魯特從床上可以聽見父親在他們這個單間屋裡來回踱步，給自己倒了點水和一杯茴香酒，還點了根菸。在這裡度過的九年當中，尤其是初中時期，每當睡睡醒醒之間聽見父親在一旁弄出小聲響，聽見他喃喃自語、吸氣吐氣、冬天因為賣卜茶而不停咳嗽，甚至於聽見他晚上的打鼾聲，梅夫魯特都會覺得安心舒坦。如今他對父親再無此感覺。

梅夫魯特和衣入睡。年紀較小時，每回挨打哭泣後，他總喜歡和著衣昏沉睡去，晚些年，每當工作一整天，筋疲力竭回到家，卻還有功課要做的時候，也是一樣。

早上醒來時，父親不在家。梅夫魯特將襪子、襯衫、刮鬍用具、睡衣、毛線背心和拖鞋，放進他每次回鄉下時帶的小行李箱，沒想到想帶的東西都放進去了，卻仍是半空。他用報紙包起桌上那幾捲德國馬克，收入一個印著「維生」二字的塑膠袋，再放進行李箱。當他走出家門，心中既無驚怕也無愧疚——只覺得自由。

他直接到加齊區找費哈。這一次和一年前到訪時不同，他只問了兩、三個人，便很快找到費哈的住處。

費哈。梅夫魯特始終沒念完高中，但感謝神，我念完了，只不過大學入學考考得不太好。搬到這裡之後，我在一家糖果工廠的停車場當了一陣子管理員，我有幾個親戚在工廠的會計部門工作，但有個從澳度來的流氓會欺負我。有一度我也和同社區的幾個朋友加入一個政治組織，我對那個實在沒興趣，發覺到這一點讓我感到內疚，但出於尊重與懼怕，還是留下沒走。梅夫魯特帶了點錢來，這是好事。我們倆都看得出加齊區對我們毫無益處，就跟灰山一樣。我們認為如果當兵前能設法在市中心找到一個落腳處，也許在卡拉廓伊和塔克辛附近，會有更多工作機會也能賺更多錢，而且不用浪費時間在交通上，可以擠身於市區人行道的人群中，那裡會有生意可做。

卡勒奧瓦是一間老舊的希臘小餐館，位在貝佑律區塔拉巴什那端的奈維札德街上。原來的老闆在一九六四年離開了伊斯坦堡，因為當時的總理伊士美帕夏在一夕間將希臘人都趕出伊斯坦堡，餐館便由一個來自賓格爾、名叫卡第里．卡勒奧瓦的侍者接收了。他白天為貝佑律的裁縫、珠寶商和店主們提供燉肉濃湯，晚上則為出門找樂子或打算去看電影的中產階級酒客提供茴香酒與小菜。如今事隔十五年，他已瀕臨破產。這家餐館堪稱禍不單行，先是因為戲院充斥著色情影片，街頭瀰漫著政治恐怖氣氛，嚇得中產階級不敢到貝佑律來；接著又因為脾氣暴躁、一毛不拔的卡勒奧瓦指控一名年紀輕輕的洗碗工偷竊，威脅要把他和另一個替他說話的中年侍者一起炒魷魚，惹得另外四名本就心有不滿的員工也同仇敵愾，同時捲鋪蓋走人。老闆以前常跟梅夫魯特的父親買酸奶，與費哈家人也熟識，於是這對好友決定在入伍之前留在餐廳，幫這個疲憊的老人解決問題。他們也感覺到這是個機會。

他們搬進一間舊公寓，那是餐館老闆特別為洗碗工與打雜工（全都還是小孩）以及年輕侍者準備的住處，如今員工走光了，整間公寓幾乎空落落。公寓位在塔拉巴什一棟八十年前完工的三層樓希臘建築，最初是做為單戶住宅。但在一九五五年九月六日、七日的反基督徒暴動事件後，由於鄰近的希臘正教教會被燒毀，猶太、希臘與亞美尼亞人的商店遭搶劫，這一區的社會結構開始出現磨損，這棟樓房也順應趨勢，以清水牆隔成數間公寓。正式持有建築物權狀的房東現在住在雅典，來一趟伊斯坦堡並不容易，因此都由一名來自敘爾梅內的男子負責收房租，但梅夫魯特從未見過這個人。

另外兩個洗碗工分別是十四歲和十六歲，兩人都來自東南小城馬爾丁，也都是小學畢業，他們共用公寓的一個房間，分睡上下舖。梅夫魯特和費哈把其他雙層床都丟了，兩人各挑選一個房間，並依自己的喜好與手邊能找到的東西加以布置。這是梅夫魯特生平頭一次離開家人獨居，甚至也是頭一次有自己的房間。他在楚庫祖瑪一間二手店買了一張搖搖晃晃的舊茶几，又徵得老闆同意，從餐館搬來一張椅子。午夜時分餐館打烊後，他們便和洗碗小弟搭起「茴香酒桌」（有乳酪、可口可樂、烤鷹嘴豆、冰和許多香菸），高高興興地喝上兩、三個小時。洗碗小弟告訴他們，餐館的糾紛其實不是因為洗碗工偷了什麼，而是因為老闆和那名洗碗工之間的關係曝光，致使睡在公寓雙層床的侍者們憤怒地群起抗議。他們要求洗碗小弟把整件事重複說了好幾次，很快地，他們也開始暗暗對這個上了年紀、來自賓格爾的老闆心生憤恨。

這兩個馬爾丁來的男孩一心一意就想賣淡菜鑲飯。在伊斯坦堡和土耳其，所有賣淡菜鑲飯的小販都是馬爾丁人。兩個男孩不停吹噓說馬爾丁雖是內地城市，當地人卻能壟斷淡菜鑲飯的生意，這顯然意味著馬爾丁人都格外精明機伶。

「算了吧，小子，賣貝果的小販也都來自托卡特，我卻從來沒聽誰說過這就證明托卡特的人絕頂聰明！」每當受夠那兩個男孩熱烈的愛鄉之情，費哈就會這麼說。「你不能拿貝果來跟淡菜鑲飯比。」男孩會這麼回答。「麵包師傅都來自里澤，他們也老是拿這個自誇。」梅夫魯特會接著說，純粹只是想再舉個例子。這兩個男孩比梅夫魯特小六、七歲，小學一畢業就到伊斯坦堡來了，他們有一種充滿活力的粗野特質，和他們口中關於餐館老闆與較年長侍者的那些曖昧傳說與八卦，同樣深深吸引著梅夫魯特。梅夫魯特發現他們所說有關街頭、伊斯坦堡與土耳其的任何事情，他往往是照單全收。

記者耶拉・撒力克之所以那麼砲火猛烈地抨擊政府，就是因為美國與俄國之間的衝突，也因為他所屬報社

《民族日報》的老闆是猶太人……藍色清真寺旁邊有個胖男人專賣肥皂泡泡給小孩，他喊「會飛的氣球」的聲調在整個伊斯坦堡都很出名，想也知道他是便衣警察，但他的主要任務是掩護街道另一頭的另外兩名臥底，一個喬裝成擦鞋工，另一個則扮成煎肝小販……在皇宮戲院旁邊那家蘇丹布丁小館，侍者不會把客人沒吃完的雞肉飯或雞湯丟掉，而是用金屬碗裝起來，過個熱水，又當成現做的湯、配飯小菜或雞絲布丁端上桌……替那些逃到雅典去的希臘家庭管理他們名下房屋的敘爾梅內幫，常常把房子租給開妓院的人，不過這些人和貝佑律管區警察的關係本來就很好……美國中情局要用私人噴射機把柯梅尼送到德黑蘭，去鎮壓當地剛剛爆發的民變……馬上就會有一場軍事政變，並宣布塔亞帕夏將軍成為共和國總統。

「全是胡說八道。」有天晚上費哈說道。

「不是，不是，我們有個馬爾丁同鄉去瑟拉塞維勒街六十六號的妓院，剛好碰到將軍，我才聽說的。」

「我們塔亞帕夏現在可是大人物，是伊斯坦堡分隊的指揮官，他幹嘛需要去妓院？老鴇會很樂意把他們那裡最頂尖的女人直接送到他門前。」

「說不定帕夏很怕老婆，因為我們那個馬爾丁的朋友親眼在六十六號看過他很多次……你不相信我們，你就是瞧不起我們馬爾丁的人，可是如果有一天你到那裡去，呼吸一下那裡的空氣、喝喝那裡的水、讓我們款待一番，你絕對再也不想離開。」

有時候費哈會失去耐性，說道：「馬爾丁要真有這麼好，你們幹嘛還大老遠跑到伊斯坦堡來？」洗碗小弟會當他在開玩笑，一笑置之。

「其實我們是馬爾丁附近村子的人，就連來這裡的路上都沒有經過那座城。」其中一個坦白承認。「在伊斯坦堡這裡，也只有馬爾丁的人會幫我們……所以這應該是我們道謝的方式。」

有時候費哈會開口痛斥這兩個性情溫和的洗碗小弟：「你們是庫德人，可是你們根本沒有階級意識。」斥責過後說道：「好了，回房間睡覺吧。」他們便會乖乖離開。

費哈。如果你一直很仔細地看這個故事，應該已經了解到要對梅夫魯特發脾氣並不容易，但我還是發了脾氣。有一天他不在餐廳的時候他父親來了，我問他發生了什麼事，穆斯塔法大爺告訴我梅夫魯特去了柯庫的婚禮。烏拉爾的人手上沾了我們那麼多年輕人的血，他竟然還跟他們有往來，我發現後實在吞不下這口氣。我不想當著這麼多侍者與顧客的面和他起爭執，所以趁他還沒來之前火速衝回家去。回到家後，看見他臉上那無辜的表情，我的氣就消了一半。「聽說你去參加柯庫的婚禮，還在他衣服上別了點錢。」我說。

「我懂了，我爸爸肯定去過餐廳。」正在調卜茶準備晚上用的梅夫魯特，抬起頭來說道：「老頭看起來像不像很煩惱的樣子？你覺得他為什麼想讓你知道我去了那個婚禮？」

「他現在就一個人了。他希望你回家。」

「他想讓我和你鬧翻，最後在伊斯坦堡落得孤孤單單、沒有朋友的下場，就跟他一樣。你要我走嗎？」

「別走。」

「每次一牽扯到政治，到頭來好像一切都會變成是我的錯。」梅夫魯特說：「我現在還是想不明白。我愛上了一個人，時時刻刻都想著她。」

「誰？」

沉默片刻後，梅夫魯特說：「我晚上再告訴你。」

但梅夫魯特得工作一整天，直到晚上回到公寓才能和費哈碰頭，邊喝茴香酒邊聊天。一九七九年的尋常冬日裡，梅夫魯特會先去泰佩巴什買未加工的卜茶，過去兩年來，都是維法卜茶店派貨車將這些卜茶直接送到小販所在的街區；然後他會回家加糖調味，準備晚上販售，同時一面想著要寫給萊伊荷的信；接著從中午到下午三點，他會到卡勒奧瓦餐館當服務生。三點到六點，他會把加奶油的酸奶送去給他最忠實的顧客和三家與卡勒瓦奧類似的餐廳，之後再回家小睡片刻，順便想想萊伊荷和他的信，到了七點再回卡勒奧瓦餐館。

在卡勒奧瓦工作三個小時後，直到那些醉漢、莽夫和大致上很難相處的人開始故意互相找碴，梅夫魯特便會脫下侍者圍裙，走上寒冷黑暗的街頭去賣卜茶。他不介意一天結束後還要多做一份工，因為他知道那些愛好卜茶的客人正在等著他。

雖然民眾對酸奶小販的需求降低不少，卻大大提高了在夜裡向街頭小販買卜茶的興致，這和民族主義與共產主義兩派的激進分子經常發生小衝突有些關聯。現在就連星期六都害怕得不敢出門的人家，也寧可晚上站在窗邊盯著人行道，等候卜茶販子到來，聽著他充滿感情的聲音，喝著他的卜茶，一邊懷想美好的往日。酸奶的生意雖難做，但是多虧了卜茶，貝伊謝希爾一些老經驗的街頭小販還是賺了不少錢。梅夫魯特從維法卜茶店那裡，聽說卜茶小販也開始出現在他們以前鮮少冒險涉足的巴拉特、卡辛帕莎和加齊奧斯曼帕莎等幾個區。夜間城裡就只剩貼海報的武裝幫派分子、流浪狗、翻垃圾桶覓食者，此外當然還有卜茶販子。在嘈雜聲不斷的餐廳與貝佑律的喧囂中度過一天後，深入費里克伊走過幽暗寂靜的斜坡街道，讓梅夫魯特有回家的感覺，彷彿回到一個熟悉的宇宙。有時候即使沒風，光禿的樹枝也會猛地晃動一下，政治標語密密貼滿乾涸的大理石噴泉，連水龍頭也無法倖免，看到這些他會覺得既熟悉，又讓人毛骨悚然，就如同小清真寺後側墓園裡的貓頭鷹啼聲。「卜茶——」梅夫魯特會對著永恆的過往高喊道。偶爾，當他無意中從敞開的窗簾瞥見某間小屋內部，就會夢想著有朝一日也能和萊伊荷住在這種地方，並想像著日後所有幸福快樂的情景。

費哈。「那個女孩——你說她叫萊伊荷嗎？——要是真如你所說的只有十四歲，那年紀太輕了。」我說。

「但我們又不是馬上結婚。」梅夫魯特說：「我還要先去當兵……等我回來，她年紀也夠大了。」

「一個你根本不認識又漂亮的女孩，為什麼要等你當兵回來？」

「這我想過了，得到兩個答案。」梅夫魯特說：「第一，我不認為我們在婚禮上四目相交純粹只是運氣。她肯定也有意思，不然幹嘛挑我站在那裡的時候，從她自己那桌走到她爸爸那桌？就算真的只是巧合，我敢說萊伊荷一定也覺得我們目光相遇有特殊的意義。」

「你們是怎麼個四目交接法？」

「你知道嗎？當你和另一個人目光相交那一刻，你就知道自己想跟他共度下半輩子……」

「你應該把這句寫下來，」我說：「她是怎麼看你的？」

「通常女孩看見男孩都會害羞地垂下雙眼，但她沒有……她驕傲地直視我的眼睛。」

「那你是怎麼看她的？做給我看看。」

梅夫魯特把我當成萊伊荷，用一種由衷的熾熱目光看著我，讓我都心動了。

「費哈，我寫信永遠沒你寫得好。就連以前那些歐洲女孩也都讓你的信感動了。」

「好吧，不過你得先告訴我你在這女孩身上看到了什麼。你愛她哪一點？」

「別叫萊伊荷『這女孩』。她的一切我都愛。」

「好，那就說出其中一點……」

「她的烏黑眼睛……我們彼此注視的時候離得很近。」

「這個我會寫進去……還有什麼……你還知道她哪些事？」

「其他的我都不知道，因為我們還沒結婚……」梅夫魯特微笑著說。

「如果明天在街上見到她，你認得出來嗎？」

「遠遠的認不出來。不過我一眼就能認出她的眼睛。反正每個人都知道她有多美。」

「要是每個人都知道她有多美，那……」我本來想說那你是得不到她的，但還是改口說：「你就麻煩了。」

「為了她，我什麼都願意做。」

「可是你卻要我替你寫信。」

「你能不能發發善心，替我寫這封信？」

「我會的。但你要知道光只有一封信不夠。」

「要我帶筆和紙嗎？」

「等一下，我們先談談，看信裡要說些什麼。」

這時，馬爾丁來的洗碗小弟走了進來，我們不得不中斷談話。

十六、情書怎麼寫

妳的雙眼有如施了魔法的箭

寫第一封信花了很長時間。他們從一九七九年二月開始寫，當時《民族日報》的知名專欄作家耶拉．撒力克在尼尚塔希的街頭遭射殺身亡，柯梅尼飛入德黑蘭，伊朗國王也逃亡海外。這些事件老早就被馬爾丁來的洗碗小弟說中，在自己的先見之明壯膽下，他們也加入梅夫魯特與費哈之列，晚上一起討論情書的事。

每個人都能如此自由地抒發己見，完全是因為梅夫魯特無可救藥的樂天態度。當他們揶揄他的感情，他便微笑以對，不甚介意。即使他們提出無用的建議（諸如「你應該送她一根棒棒糖」、「別說你是個服務生，跟她說你從事餐飲業」或是「寫你家的地被伯父搶走的事」），他也泰然處之，包容地面露微笑，然後再回到正在進行的嚴肅任務。

經過幾個月無休止的商討，他們得到的結論是寫這些信不應該根據梅夫魯特對女人的看法，而是應該根據他對萊伊荷個人的了解。既然梅夫魯特對萊伊荷唯一知悉的特質是她的眼睛，想當然就應該把信的重點放在這上面。

「夜裡我走在黑暗的街頭，總會忽然看見那雙眼睛出現在眼前。」有一天晚上梅夫魯特說道。費哈認為這句話很美，便寫入草稿中，並將「那雙眼睛」改成「妳的雙眼」。起先他建議最好不要寫到夜裡走在街頭，否則恐怕會洩漏梅夫魯特是卜茶小販的事實，但梅夫魯特沒有採納。畢竟萊伊荷遲早都會知道。

經過一番深思熟慮後，費哈寫下了第二個句子：「妳的雙眼有如施了魔法的箭，刺穿我的心臟並擄獲了我。」「施了魔法」似乎太誇大不真誠，但其中一個馬爾丁的小弟說「我們那裡的人會這麼說」，這才確認了這個用詞。這兩個句子花了他們兩星期才達成共識。晚上出門賣卜茶時，梅夫魯特會大聲念給自己聽，同時也迫不及待想知道第三句應該寫什麼。

「我是妳的俘虜，自從妳的眼神直直穿透我內心，我滿腦子便只想著妳。」梅夫魯特與費哈都一致認為這句話很重要，有助於讓萊伊荷明白為何梅夫魯特與她目光交會後便無法自拔。

某天晚上，他們正絞盡腦汁想著第三個詩情畫意的句子，馬穆特——來自馬爾丁那兩個洗碗小弟當中較有自信也較有前途的一個——問梅夫魯特：「你真的整天都在想這個女孩嗎？」見梅夫魯特沒有立即回答，馬穆特帶著歉意解釋道：「畢竟你只看過這個女孩一眼，你能想些什麼？」

「重點就在這裡，你這白癡！」費哈替梅夫魯特辯解道，脾氣有些失控。「他想著她的眼睛……」

「請別誤會，我完全支持也尊重梅夫魯特兄弟的感情。我只是覺得……也請你原諒我這麼說……你只有真正認識一個女孩，才可能愛她愛得更深。」

「你這話什麼意思？」費哈問道。

「我們認識一個馬爾丁人，他在伊薩奇巴希藥廠工作，每天都會看到一個和他同年的包裝女工。這女孩和同部門其他女孩一樣，穿著藍色圍裙。我們那位馬爾丁朋友和這個女孩每天要面對面八個小時，因為工作上的需求，偶爾也要說說話。我們的朋友開始有一些奇怪的感覺，身體不太對勁，後來還去掛病號。一開始，他根本不知道自己愛上了這個女孩，應該也可以說他無法接受。那女孩顯然毫無特別之處，不管是眼睛或其他部位。但只因為他每天看到她，每天跟她說話，就發了瘋地愛上她。你們相信嗎？」

「後來怎麼樣了？」梅夫魯特問道。

「因為家裡的安排，女孩嫁給了別人。我們的朋友回到馬爾丁以後，就自殺了。」

梅夫魯特一度擔心自己也會遭遇同樣命運。萊伊荷到底有多大意圖想與他四目交接？在滴酒未沾的夜裡，梅夫魯特才有勇氣坦率承認：他們的相遇有一絲巧合的成分。但在愛意最為濃烈的時刻，他又會說如此崇高的情感只可能是天意。至於費哈則強力主張梅夫魯特應該在信中暗示，其實萊伊荷自己也有些期盼那次短暫的眼神交會。於是他們最後想出了這一句：「妳想必是故意做出無情之舉，否則不會意味深長地擋住我的去路，又像盜匪一樣偷走我的心。」

在信中提到萊伊荷毫無難處，但令他們傷腦筋的是信的開頭，梅夫魯特該如何稱呼她。某天晚上，費哈帶了一本書回來，書名叫《動人情書範例與書寫方式》。為了確保能好好善用此書，他大聲念出幾個可供選用的稱謂形式，但梅夫魯特總能找到理由反對。他不能稱呼萊伊荷「女士」。無論「親愛的女士」或「小姑娘」，聽起來都一樣怪。（但話說回來，「小」字肯定可行。）至於「我心愛的」、「我的美人」、「我的心靈伴侶」、「我的天使」與「我的唯一」等等，梅夫魯特都覺得太露骨。（書中有許多建議，勸人不要在初期的信中表現得太親暱。）那天晚上，梅夫魯特拿走費哈的書，仔仔細細研讀起來。「令人魂牽夢繫的姑娘」、「小魔女」和「神祕小姐」是他喜愛的幾個稱呼，卻又擔心遭到誤解。幾個星期過去了，好不容易一致同意「慵懶的眼眸」是適當的稱謂後，整封信的十九個句子才差不多大功告成。

費哈發現那本書帶給梅夫魯特不少靈感，便又去找其他書。巴布阿里街上有些舊書店會定期送熱門主題的書下鄉，從民間詩歌到著名摔角手的生平、伊斯蘭與性、新婚之夜該怎麼辦、萊拉與瑪吉努的愛情故事，以及伊斯蘭解夢法，應有盡有。費哈跑到這些書店的儲藏室翻翻找找，又找到六本情書大全。這些平裝書的封面都有藍眼金髮、膚色白皙、塗著紅色口紅與紅色指甲油的女子，伴隨著打領帶男子的圖片，梅夫魯特會細細審視，並覺得這些美化書封的男女讓人聯想到美國電影。他會用廚房裡的刀小心割開書內摺頁，深吸那芳香的氣味，每當早上要出去賣酸奶前或深夜賣完卜茶回來後，有些許獨處的時間，他都會細讀情書範例與作者為失戀者與癡心人提出的建議。

書的內容也是以同樣方式編排。情書會根據戀人可能面對的各種情況分類，例如初次邂逅、眼神交流、巧遇、約會、快樂時光、思念與爭執。當他迅速地翻閱每本書，尋找適用的語句與措辭時，發現到所有的愛情故事都會經歷相同階段。他和萊伊荷才只是剛剛開始。有些書中還列出女孩的典型答覆。梅夫魯特想像著各式各樣的人——受相思病折磨、欲擒故縱、承受心碎的痛苦——這些人的經歷有如小說般在他眼前開展，他也拿自己的情形做為比較。

梅夫魯特對於戀愛不順利，最後以分手收場的主題很感興趣。他從這些書學到「當戀愛的男女最後沒能結為連理」，可以要求對方返還情書。

「如果跟萊伊荷沒能有圓滿的結局——但願不會——她又要求我把情書還給她，我會的。」某天晚上喝下第二杯茴香酒後，他下定決心說道。「但是我絕對不會要求她歸還我的情書，萊伊荷可以保留那些信，直到世界末日。」

有一本書封面上的西方情侶看似一對電影明星正在憤怒而激動地爭吵著，前方桌上放著一疊用粉紅絲帶繫住的信。梅夫魯特發誓也要給萊伊荷寫這麼一大疊，至少有兩百封吧。他明白寫信選用的紙張、信紙的氣味、裝信的信封，當然還有連信一起寄去的任何禮物，都會是贏得她芳心的關鍵要素。他們聊著這些直到太陽升起。那一整個憂鬱的秋天裡，他們度過無數不眠的夜，細細研究哪家店買的哪種香水最適合噴在信紙上，還買一些較便宜的香氛作測試。

差不多就在他們認定隨信寄上一枚邪惡之眼護身符是最有意義的禮物時，梅夫魯特也收到一封性質截然不同、令他心慌的信。信裝在政府專用的粗糙牛皮紙信封內，事先經過了好幾人的手，直到有天晚上蘇雷曼才終於把信送來給梅夫魯特，當時已有許多人知道信的內容。由於他與凱末爾男子中學再無關係，相關單位便到村子去找他登記服兵役。

貝佑律警局派出第一批便衣到餐廳找梅夫魯特時，他正忙著和費哈在蘇丹哈曼與有頂大市集，為萊伊荷尋找一顆眼狀珠和一條手帕。儘管事出突然，餐廳員工還是很有默契地說：「喔，他啊？他回鄉下去了。」在這種情況下，伊斯坦堡人通常都會這麼說。

「等他們派憲兵到村裡去，發現你也不在那裡，大概是兩個月後的事了。」庫德人卡德里說：「像你這種年紀的人想逃避當兵，要不是少了物質享受就沒法過日子的上流富家子弟，就是那些在二十歲就已經找到快速致富辦法的人，他們眼看就要財源滾滾而來，實在捨不得放手。你今年幾歲啊，梅夫魯特？」

「二十二。」

「你現在大了，去服兵役吧。這間餐廳的生意一天不如一天，你們兩個留在這裡也不可能賺大錢。你是害怕被打嗎？別怕，也許偶爾會挨幾個巴掌，但軍隊是個公正的地方。只要你聽話，他們不會太虐待一個長相討喜的男孩。」

梅夫魯特決定立刻入伍。他前往位於多瑪巴切的貝佑律區兵役處，向那裡的軍官出示通知書，卻因為立正時站錯位置，遭到另一名官階不明的軍官斥責。梅夫魯特感到害怕，但並未驚慌失措。回到街上後，他感覺到只要當完兵，生活便會回復正常。

他心想，父親應該會樂見他決定不再拖延，立刻去當兵，因此便到灰山去找他。他們親了親對方，盡釋前嫌。屋內依然空盪盪，甚至比他印象中更荒廢簡陋。然而，在這一刻，梅夫魯特卻意識到自己有多依戀這個住了十年的單間屋。他打開櫥櫃，架上那只沉重老舊的罐子、生鏽的燭台和鈍了的刀叉，都在在牽動他的心弦。在潮溼的夜裡，面向桑山那扇窗，窗框邊已乾的填縫劑聞起來有如久遠的回憶。但是對於留下來與父親一起過夜這件事，他還是心有顧忌。

「你還會去你大伯那邊嗎？」父親問道。

「不會，我根本沒跟他們見面。」梅夫魯特明知父親知道這不是事實，卻仍這麼說。曾有一段時間，對於這麼敏感的事情，他完全無法如此輕易地睜眼說瞎話，而會想出一個既不太傷父親的心也不算撒謊的答案。來到門口，他做了通常會在宗教節日當天做的事：他恭恭敬敬地親吻父親的手。

「將來軍隊也許能把你訓練成一個男子漢！」穆斯塔法大爺送兒子走的時候說道。為什麼就在分手前最後一刻，要來這樣一句令人沮喪的嘲弄言詞呢？他這句話加上屋內用褐煤燒火冒出的煙的雙重影響，讓梅夫魯特朝灰山巴士站走去時兩眼泛淚。

三星期後，他前往貝敘塔希的兵役處報到，發現他必須到布爾杜爾接受基本訓練。他一時忘了布爾杜爾在哪裡，不禁慌了起來。

「不用擔心，每天晚上都有四班巴士從伊斯坦堡開往布爾杜爾，可以到亞洲區的哈雷姆巴士總站去搭。」那天晚上，兩名馬爾丁男孩中較冷靜的那個這麼說，並開始列出所有提供服務的巴士公司。「加贊菲畢格是最好的一家，」他又接著說：「這樣不是很好嗎？你要入伍了，心裡卻裝著你愛的人，腦海裡也能見到她的雙眼。當你有個女孩可以寫信，當兵就很輕鬆了……我怎麼知道？我們有個從馬爾丁來的朋友……」

十七、梅夫魯特在軍中的日子

你以為在自己家嗎？

在將近兩年的行伍生涯中，梅夫魯特學到了許多，知道如何在鄉下城鎮裡混入其他男人群中，或是如何混在一大群人當中不被發現，到最後他不但相信老話說的：只有軍隊能把男孩磨成「男人」，甚至也開始用自己的話來詮釋：「當完兵以後才是真男人。」軍隊教他認識了自己身體與成年男子的肉體特性與脆弱。

在成為真男人之前，梅夫魯特從未將身體與心、靈區隔開來，總認為這三者合起來才是「我」。但是到了軍中才發現，他不一定是自己身體的唯一主宰，而事實上，把身體交給部隊長官掌控也許是值得的——如果這麼做至少能讓他保存靈魂、保有自己的思緒與夢想的話。關於第一次身體檢查有不少流言蜚語，總之那些連自己健康狀況不佳都不知道的不幸傢伙（例如得了肺結核的街頭小販、近視的勞工和半聾的棉被匠），以及精明到懂得去賄賂醫生的有錢人，都可以免服役。做體檢時，有個年長的醫生留意到梅夫魯特神情尷尬，便溫和地對他說：「來吧，孩子，把衣服脫掉。」

梅夫魯特信任這個和藹的醫師，便照他的話做，以為馬上就能接受檢查，不料卻被叫去和一大堆落魄的人一起排隊，他們都穿著內褲、抱著個人物品，因為誰都不許隨地放置東西以免被偷。隊伍中的人就像要進入清真寺的禮拜者一樣脫下鞋子，並將鞋底相對拿在手上，上面放著疊得整整齊齊的襯衫長褲，衣褲上面則是待會要讓醫生蓋章簽名的體檢表格。

在冰冷的走廊上排了兩個小時的隊，動也沒動，梅夫魯特這才發現醫生還沒到。大夥甚至搞不清楚要做什麼樣的檢查，有人說是視力檢查，所以只要能假裝近視騙過醫師，便有希望逃避當兵；也有人恐嚇說等醫生來了以後，檢查的不會是眼睛而是屁股，所以只要是同性戀都會被踢掉。想到有人用眼睛，或更糟的是用手，檢查自己最私密的部位，然後又誤將他歸類為同性戀（這第二層憂慮在他當兵期間總會一再浮現），梅夫魯特驚恐地忘了自己的裸體，開始和其他赤身裸體排隊的人交談起來。他發現大多數人也都是從鄉下來的，現在住在較貧窮的鄰區，而且每一個人——即使最蠢笨的傢伙也不例外——都驕傲地聲稱自己背後有人「動用了關係」。他想到哈密．烏拉爾哈吉（他根本不知道梅夫魯特被徵召了），很快地便也吹噓起自己有強硬後台，可以讓他輕輕鬆鬆當完兵。

一開始他就是這樣得知了，只要經常提及位高權重的友人，就能保護自己不受其他新兵虐待與刁難。他正在跟一個剛好也留了小鬍子的人（幸好我沒把鬍子剃掉，梅夫魯特不斷地這麼想），說起哈密．烏拉爾哈吉人面有多廣，又是個多麼公正又慷慨的慈善家，忽然聽見一位長官對著眾人吼道「安靜！」大家打著哆嗦服從命令。「小姐們，這裡可不是美容院。別再傻笑了，莊重一點，這裡是軍隊。小女生才會嘰嘰咕咕偷笑。」

在前往布爾杜爾的巴士上，梅夫魯特時睡時醒之際，一再回想起醫院裡的那一刻。長官經過時，有些人拿衣服和鞋子遮住裸體，也有些人在他面前顯得畏縮，等他一走又忍不住笑出聲來。梅夫魯特覺得自己和這兩種人都能處得來，但如果整個軍隊都像這樣，到頭來他恐怕會落到被排擠的孤單下場。

不過直到新兵訓練結束、作了入伍宣誓之前，他根本沒有空擔心孤單與歸屬的問題。他的單位每天都要長跑，邊跑還要邊唱民謠。他們也要應付障礙賽跑，要做類似高中體育老師「瞎子」凱林教的體操，另外為了學會正確的敬禮方式，每天還要對著其他士兵（有時是真人，有時是想像的）練習數百次。

在報到入伍前，梅夫魯特早就想像過軍官毆打下屬的情景，但僅僅在基地待上三天，這就已經變成一種毫不起眼的例行公事。有個笨蛋被搧耳光，因為帽子戴得不對，士官也警告過很多次；還有個白癡敬禮時手指沒伸直，迎面就是一個巴掌甩過來；又有一個人在操練時心神不寧不下千次，慘遭班長羞辱不說，還在其他班兵嘲笑聲中，被罰做一百次伏地挺身。

有天下午喝茶的時候，來自安納托利亞的埃姆雷．沙胥馬茲說：「天哪，我真不敢相信這個國家到底有多少無知的蠢人。」他開了一家賣汽車零件的店，看起來是個認真嚴肅的人，梅夫魯特很敬重他。「我還是不明白，他們怎麼會笨到這種地步，挨打也學不乖。」

「我覺得真正的問題在於他們是因為笨才老是被打，還是因為老是被打才變笨。」在安卡拉開男裝店的阿赫邁說。最後碰巧和這兩名傑出人物編在同一班的梅夫魯特心想，你至少得有一家店才能這麼千篇一律地罵人笨。那個精神錯亂的第四連連長很討厭一個從迪亞巴克爾來的小兵（在軍隊裡，不能使用「庫德」或「阿列維」等字眼），虐待他毫不手軟，結果那個可憐的傢伙趁關禁閉時用自己的腰帶上吊自殺了。這兩個店主對這起自殺事件十分漠然，還說那名小兵不應該笨到太把長官的話當回事，梅夫魯特對此感到憤憤不平。他和大多數小兵一樣，偶爾也會想要自殺，但同樣地也和大多數人一樣，能夠一笑置之。那件事過後不久的某天，兩個店主埃姆雷和阿赫邁興高采烈地走出食堂時，不巧碰上了心情不佳的中校。中校以他二人帽子拿法錯誤為由，各在他們鬍子刮得乾乾淨淨的臉頰上賞了兩記耳光，梅夫魯特遠遠地看著，暗自竊喜。

「等我退伍，我會去找到那個王八蛋中校，看他是從哪個洞爬出來的，再把他塞回去。」當天晚上喝茶時，安卡拉來的阿赫邁說。

「其實我不怎麼在乎，軍隊裡本來就沒有道理可言。」安納托利亞來的埃姆雷說。

梅夫魯特很敬佩埃姆雷能伸能縮，也夠有自信，能把挨巴掌的事拋到腦後。不過，「軍中沒有道理可言」並非他自己的觀點，而是部隊長官們最常掛在嘴邊的口號。要是有人膽敢質疑某個命令，他們就會大吼：「只要我高興，我大可以連續兩個週末取消你的離營許可，也可以讓你爬過泥巴地，巴不得這個世界上從來沒有你這個人。」而他們向來說話算話。

幾天後，梅夫魯特第一次挨耳光，竟發覺其實沒有他想的那麼糟。因為沒什麼更重要的事做，他這一班便被派出去清垃圾，他們也清除了所有能找到的火柴、菸蒂和枯葉。正當大夥四散開來準備休息抽個菸，忽然不知從哪冒出一個很高階的長官（梅夫魯特還是沒學會怎麼從衣領徽章辨別官階），高喊道：「這是在幹什麼？」他命令全班排隊站好，然後大手一揮，各賞了十名小兵一個清脆的耳光。當然很痛，可是能堪稱安然地度過自己恐懼不已的經驗——挨第一頓打——梅夫魯特還是鬆了口氣。從納濟利來的高個兒納茲米排在第一個，所以對巴掌的強勁力道感受特別深，事後他簡直一副想殺人的樣子。梅夫魯特試著安慰他說：「別想太多了，朋友。看看我，我就不介意，事情已經過去了。」

「你不介意是因為他打你沒打得那麼用力。」納茲米氣憤地說：「就因為你的臉蛋漂亮得像女生。」

梅夫魯特暗想，他說得也許沒錯。

有另一個人說：「軍隊裡才不管你長得漂亮還是普通、英俊還是醜陋。他們照打不誤。」

「你們就別那麼天真了。要是從東安納托利亞來的，要是膚色比較深、眼睛比較黑，就會被打得比較慘。」

梅夫魯特沒有加入這次的爭論。後來他推斷這次被打耳光完全不是他的錯，也算保住了自己的尊嚴。

兩天後，他上衣釦子沒扣好，便一面到處走動一面沉思（蘇雷曼送信到現在多久了？他心裡納悶），剛好被一名中尉逮到他「不守紀律」。他很快地打了梅夫魯特一巴掌，接著反手又來一下，並罵他是笨蛋。「你以為在自己家還是怎樣？你哪個單位？」說完也不等梅夫魯特回答就接著往前走了。

二十個月的當兵期間，梅夫魯特承受過更多的耳光與毆打，但這次始終是最痛的一次——因為那個中尉說得對。沒錯，他的確一直忙著想萊伊荷，在那一刻他完全沒去想帽子歪了、敬禮的方式或走路的姿態。

當晚，梅夫魯特比所有人都早上床，用被子蒙著頭，悽然思忖自己的人生。他現在好想回到塔拉巴什的房子，跟費哈和那兩個馬爾丁的孩子在一起，但那裡畢竟不是真的家。當中尉說：「你以為在自己家嗎？」指的似乎就是這個。他唯一能當作家的地方只有灰山那棟房子，他想像這個時候父親想必已經在電視機前面睡著了，但那個地方甚至尚未登記在他們名下。

他把情書指南藏在櫃子底部的毛衣下面，每天早上他會躲到衣櫥背後，隨便翻開一頁很快地瀏覽一遍，那麼接下來一整天心思便不會空轉。在毫無意義的操練與永無止境的行軍之際，他就會用自己學到的語句構思將來要寫給萊伊荷的信。他會默記字詞，如同那些政治犯關在牢裡沒有紙筆，只能在腦中寫詩，而每當週末可以出營時，他就把這些全寫下來寄到桑山去。幸福就是坐在長途巴士總站一張被遺忘的桌子前寫信給萊伊荷，而不是到其他士兵經常光顧的咖啡屋和戲院，有時候梅夫魯特自覺像個詩人。

四個月新兵訓練結束後，他學會了如何使用G3步槍、如何向上級呈報（比其他人都稍微好一點）、如何敬禮、如何立正、如何遵守命令（跟其他人都一樣好）、如何勉強度日、如何撒謊並在必要的情況下扮演雙面人（這點就比不上其他人了）。

有些事情他很難做到，卻想不通該怪自己能力不夠或是道德觀念保守。「大家聽好了，我要離開一下，但半個小時後就回來，這段時間裡面你們要繼續，明白嗎？」長官會這麼說。

「是，長官，明白。」整個單位的人會大喊。

但是長官的身影一消失在黃色總部大樓的轉角，單位便有一半的人會躺到地上，開始抽菸閒聊。還站著的人當中，有一半會繼續操練，但只要一確認長官不會突然回來，便不再繼續，至於另一半（包括梅夫魯特在內）則只是假裝繼續操練。有極少數幾個人會遵守承諾認真操練，卻遭到其他人輕蔑嘲笑，直到最後不得不打住。所以到頭來沒也沒有真正聽命行事。這一切真有必要嗎？

入伍後第三個月的某天晚上喝茶時，梅夫魯特終於鼓起勇氣向那兩名店主提出這個關乎哲學與道德的問題。

「梅夫魯特，你還真是天真無知，對吧？」安納托利亞來的那人說。

「要不然就是你裝傻，把我們都騙了。」安卡拉來的那人說。

我要是跟他們一樣有自己的店，哪怕只是小小一間，我一定會念完高中去上大學，然後入伍當軍官，梅夫魯特心中暗想。他對這兩位店主再無敬意，但他知道倘若此時與他們鬧翻，就算再交到新朋友，他還是會扮演「長相討喜、負責端茶的笨小子」的角色。他也還是會用帽子去端起手柄斷掉的茶壺，就跟其他所有人一樣。

抽籤決定接下來要前往何處時，他抽中了駐卡斯的坦克旅。有些人運氣夠好，抽到西部的城市，甚至是伊斯坦堡的基地。據說這些籤都暗中動過手腳。不過梅夫魯特既不羨慕也不憤懣，更不擔心接下來要在俄國邊界、土耳其最冷也最貧窮的城市度過十六個月。

他在一天之內便抵達卡斯，在安卡拉換的車，甚至沒有先去一趟伊斯坦堡。一九八〇年七月的卡斯，是個五萬人的貧窮城市。當他提著行李，從巴士站慢慢走向市中心的軍營時，發現街上貼滿左派標語，其中有些語句還是以前在灰山牆面上見過的。

梅夫魯特覺得這個駐軍基地平和而寧靜。駐在城裡的士兵，除了隸屬於情報單位的人之外，並未涉入政治鬥爭。有時候會有憲兵去搜索藏身在農村與乳酪農場上的左派激進分子，但那些憲兵都駐在其他地方。

他來到這座城市還不到一個月，某天早上集合時，他告訴司令說他當兵前在餐廳裡當侍者。之後他便開始在軍官餐廳裡工作，也就是說他再也不必在寒風中站崗，也不必再去應付那些更煩人的長官所下的愚蠢又專橫的命令。如今他有大把時間，可以趁人不注意時，坐在軍營裡的小書桌或餐廳裡的飯桌前給萊伊荷寫信，一邊寫滿一張又一張的信紙，一邊聽著收音機播放安納托利亞民謠，或是欣賞歌星艾美．賽雲詮釋由埃羅爾．薩楊譜曲的尼哈萬得古典風歌曲〈填滿內心的第一眼令人永生難忘〉。被分派到總部或營區裡工作的士兵，不管是當「書記」、「油漆工」或「維修工」都會在暗袋裡放一台小型電晶體收音機，表面上則裝出一副忙碌模樣。那一年，梅夫魯特在他培養出的音樂品味影響下寫出許多情書，並引用了一連串安納托利亞民謠中的詞句來形容萊伊荷的「嬌羞一瞥」、「慵懶眼神」、「如鹿一般、墨黑、夢幻、帶著嘲弄、目光尖銳的雙眼」與「令人著迷的凝視」。

信寫得愈多，他愈覺得似乎和萊伊荷打小就認識，覺得他們在心靈上有過共同的經歷。現在他寫的每字每句都增添了他們之間的親密感，也讓他感覺到自己現在想像的一切總有一天會成真。

夏天快結束的時候，他為了少校吃到冷掉的燉茄子而發脾氣的事在廚房和一名廚子吵了起來，忽然有人抓住他的手臂把他拉到一旁。梅夫魯特一時心生驚恐，以為對方是個巨人。

「我的天哪！莫希妮！」

他們互相擁抱親吻臉頰。

「聽說當兵會變瘦，最後還會皮包骨，你怎麼反而胖了。」

「我在軍官俱樂部裡當服務生，」梅夫魯特說：「剩菜相當不錯。」

「我在俱樂部的美容院。」

莫希妮是兩個禮拜前來到卡斯。高中沒能畢業後，父親便送他到美容院當學徒，所以他決定做這行謀生。把軍官太太們的頭髮染成金色很簡單，至少就軍中的任務而言，可是莫希妮卻滿腹怨言。當他們同時放假，一起到亞洲飯店對面的茶館喝茶、看足球賽時，他對梅夫魯特大吐苦水。

莫希妮。說實話，我在美容院的工作不怎麼辛苦，唯一要煩惱的是怎麼根據每個女人的丈夫官階來替她們服務。我得記住把最美的髮型留給基地司令圖爾古帕夏那個矮矮胖胖的老婆，把最動聽的讚美都留給她；對圖爾古帕夏的副司令官那個瘦巴巴的老婆，就給得少一點；最後還有一群中校的老婆，不過就連她們也得留意資歷順序，我簡直快被逼到精神崩潰了。我跟梅夫魯特說，有一天，來了一個年輕軍官的漂亮老婆，我不小心脫口讚美她的烏黑秀髮，真應該讓你看看她們是怎麼噗哧冷笑，尤其是圖爾古帕夏的老婆，又是用多麼可怕的態度對我。

中校的老婆比較謹慎，她會說：「你給圖爾古帕夏的太太染什麼顏色？記得別把我的染得比她淡。」我什麼話都會聽到——誰有空玩拉密牌、輪到誰作東在家請客、相約到誰家看連續劇、哪種餅乾在哪家麵包店買的等等。有時候，我會去她們孩子的生日派對上唱歌、表演魔術，我會替那些不喜歡踏出營區一步的女士去採購，我還會教司令的女兒做數學作業。

「你哪懂什麼數學啊，莫希妮！」梅夫魯特很不留情面地打斷他：「還是你在跟帕夏的女兒亂搞？」

「你太丟臉了，梅夫魯特……看來軍隊已經把你的嘴巴和靈魂都弄髒了。有些小兵在總部附近某個軍官家找到一份輕鬆工作，也有人最後在某個上校家當僕從，每天被大呼小叫，他們晚上一回到營裡，全都喜歡說：『我搞了上校的女兒』，就只為了給自己保留一點僅剩的尊嚴。你該不會說你相信那些鬼話吧？再說，圖爾古帕夏不應該得到這樣的對待。他是個正直的軍人，而且總是會保護我不受他那個心胸狹窄又情緒化的老婆欺負。這樣清楚了嗎？」

自從加入軍隊後，這是梅夫魯特所聽過最誠懇的小兵心聲，不禁感到慚愧。「中校到底還是個好人，」他說：「對不起。來，讓我擁抱一下，你就消消氣吧。」

就在說出這些話時，他看見了一直以來連自己都不敢面對的事實：自從最後一次在高中見面後，莫希妮又變得更女性化了，顯現出他內心確實藏著一個祕密的同性戀者。他自己意識到了嗎？梅夫魯特是否應該假裝沒發現？他們倆定定站了一會，互相注視不發一語。

圖爾古帕夏很快就發現，替老婆做頭髮的小兵和在餐廳工作的小兵曾是同校同學。於是梅夫魯特開始會到帕夏家去執行特別任務，也許被要求粉刷廚房櫃子，或是和孩子們玩馬與車伕的遊戲（在卡斯仍可見到出租馬車）。帕夏告知了連長和軍官俱樂部經理，說偶爾會需要梅夫魯特到家裡幫忙籌辦派對，如此一來他立刻晉升為「帕夏的心腹」，而每個人都知道這是一個小兵所能到達的最高位階。梅夫魯特欣然看著關於自己新地位的消息在所屬單位傳開來，隨後傳遍整個營區。以前那些用「怎麼樣啊，娃娃臉」跟他打招呼的人，那些用手指戳他屁股還把他當同性戀的人，最先變得安分。中尉級軍官也開始對他另眼相看，就像對待一個被誤送到卡斯的富家子弟。還有人請他去跟帕夏的妻子套套口風，看下一次在俄國邊界的演習是哪一天。從此也再沒有人彈過他的耳朵。

十八、軍事政變

工業區墓園

每個人都想探聽保密日期的軍事演習終究還是沒有舉行，因為九月十二日晚上發生了另一起軍事政變。梅夫魯特看見基地外面的街道上空無一人，就知道出了不尋常的事。軍方已在全國各地發布戒嚴與宵禁令。他整天都在電視前面看埃夫倫帕夏將軍發表聲明。沒多久前還充斥著村民、店主、無業遊民、驚恐的市民與便衣警察的卡斯街頭，如今空空盪盪，在梅夫魯特看來，彷彿反映出他自己內心的奇異感覺。傍晚時分，圖爾古帕夏召集基地所有人員，解釋說那些遭蒙蔽的自私政客只想著巴住自己的權位，已經讓國家瀕臨瓦解，但如今那些亂糟糟的日子都結束了，唯一真正能守護全國人民的土耳其軍隊，絕不會坐視國家毀滅，軍方將會懲罰所有恐怖分子與煽動人心的政客。他針對國旗發表長篇大論，說它的顏色取自烈士們的鮮血，此外也談論了國父。

一星期後，電視上宣布圖爾古帕夏將成為卡斯市長，梅夫魯特與莫希妮也開始來回往返於基地與市政府之間，兩地相隔十分鐘路程。帕夏上午會在基地，依據線民與特務人員提供的情報，計畫打擊共產黨的行動，用過午餐以後，再搭乘吉普車前往當時坐落在一棟舊俄式建築內的市政廳。有時候，他會在保鑣護衛下徒步前往，一面愉快地傾聽滿懷感激的店家告訴他這次政變有多好，也讓那些想親吻他手的民眾如願以償，若是收到任何信件，他一回到總部便會親自拆閱。身兼市長、基地司令官與負責在地方上實施戒嚴法的人，帕夏有諸多責任，其中之一便是調查民眾舉報的違法行為與貪汙指控，並將嫌犯交給軍事檢察官。檢察官和帕夏一樣，都是秉持著「如果清白就會無罪釋放！」的邏輯行事，因此總會迅速將人關押，讓他們心生畏懼。

軍方對待家境富裕的犯人相對比較溫和。然而，政治犯與經常被貼上「恐怖分子」標籤的共產黨員，卻會被抽打腳底板。軍隊突襲貧窮社區帶回了不少年輕人，若是正好順風，他們遭受嚴刑拷打的哭喊聲，到基地的一路上都聽得見，正要前往軍官俱樂部的梅夫魯特也會愧疚地低垂雙眼。

新的一年，某天清晨集合時，新來的中尉喊了梅夫魯特的名字。梅夫魯特起立後高聲喊道：「梅夫魯特．卡拉塔希，科尼亞，聽令！」同時立正敬禮。

「你過來，科尼亞。」中尉說。

這傢伙肯定沒聽說我有帕夏當靠山，梅夫魯特暗忖。他這輩子從沒去過科尼亞市，但因為那是貝伊謝希爾所屬的地區，所以依照慣例，這裡每個人都喊他科尼亞，他很是氣惱，但這次沒有表現出來。

「請節哀，科尼亞，你父親在伊斯坦堡去世了。」新來的中尉說：「你回單位去向連長請假吧。」

梅夫魯特請了一星期的假。在車站等巴士回伊斯坦堡時，他喝了一杯茴香酒。隨著巴士左右搖晃抖動，他的眼皮被一股莫名的沉重感壓得睜不開，在夢中，他因為來不及趕上葬禮，加上其他許許多多挫敗，挨了父親一頓罵。

父親是在睡夢中走的，兩天後才被鄰居發現。空床上一片凌亂，彷彿是倉卒離家。若以軍人的眼光來看，這個地方髒亂得可憐。但梅夫魯特也發現這裡有一種其他地方從未聞過的獨特氣味：父親的味道、梅夫魯特自己身體的味道，還有氣息、灰塵、火爐、二十年來晚餐喝的湯、髒衣服、老舊家具的味道——總之就是他們生活本身的味道。梅夫魯特本以為自己會在屋裡待上幾個小時，哭泣悼念父親，沒想到悲傷實在令人難以承受，他立刻奪門而出。

梅夫魯特抵達灰山兩個小時後，穆斯塔法大爺的葬禮便在桑山上，哈密．烏拉爾哈吉的清真寺舉行，剛好是晡禮時間。梅夫魯特事先帶了便服，但還沒換上。那些面帶哀戚想過來安慰他的人，一看到他穿得像個放一日假的士兵，都不由得微微一笑。

梅夫魯特扛著棺木來到墳地。他鏟了幾鏟土撒在父親身上，以為自己就要哭出來，接著腳下一滑，險些掉進墓穴內。約有四十人來參加葬禮。蘇雷曼上前抱抱他，然後他們一同坐到另一座墳上。從四周的墓碑看得出來，工業區墓園是外來移民的葬身之處。這座墓園擴展得很快，因為定居在四周山區的人死後都埋在這裡。梅夫魯特心不在焉地瀏覽周遭墓碑上的銘文，這才發覺沒有一個人是在伊斯坦堡出生，幾乎都是來自西瓦斯、艾津姜、埃祖倫和居米什哈內。

在墓園門口有個雕刻師傅，梅夫魯特也沒討價還價就跟他談定一塊中型墓碑。他借用了剛剛看到的碑文，在紙上寫下一段文字交給雕刻師傅：穆斯塔法．卡拉塔希（1927—81）。貝伊謝希爾天泉村人。酸奶與卜茶小販。願他安息。

他可以看出身上的軍服讓自己顯得既好看又有些高人一等。回到社區後，他們便前往桑山的購物區，進入各家商店與咖啡屋。梅夫魯特領悟到自己有多麼依戀灰山、桑山與這些擁抱他的人。但出乎他意外的是，他似乎也對他們懷有一種近乎恨意的憤怒——甚至包括伯父與堂兄弟在內。他不得不強忍住衝動，才不至於用一連串穢言穢語對著他們破口大罵，就像在軍隊裡可能聽到的那種。

晚餐時，姨媽在餐桌上當著眾人稱讚梅夫魯特穿上制服真是帥氣，只可惜他母親沒能從村裡趕來，看到兒子這副裝扮。和蘇雷曼在廚房裡短暫獨處的幾分鐘裡，梅夫魯特雖然想得要命，卻還是沒有問起萊伊荷。他只是默默吃著雞肉和馬鈴薯，陪著其他人一起看電視。

那天晚上他本想在家裡那張搖晃不穩的桌上給萊伊荷寫封信，可是一回到灰山，進到屋內，他忽然覺得無比淒涼，躺到床上便哭了起來。他哭了許久，也不知道是因為爸爸，還是因為自己感到孤單。後來軍服也沒脫就睡著了。

到了早上，他脫去軍服，穿上約莫一年前放進行李箱的便服，然後去了貝佑律的卡勒奧瓦餐館，卻未受到特別的歡迎。費哈在梅夫魯特離開後也跟著去當兵，其他侍者也大多換了新人，還留在那裡的老員工則都忙著招呼客人。結果梅夫魯特就這麼走了，以前站崗時經常靠著幻想「回到卡勒奧瓦」的情景來消磨時間，如今卻無緣體會。

他去了十分鐘路程外的艾里亞札戲院。這次走進去時，看見大廳裡其他男人，他並不感到羞恥，而是抬頭挺胸從人群中走過，雙眼直視著他們。

坐下之後，他很高興能擺脫所有人的眼光，很高興能不再受干擾，在黑暗中與銀幕上那些淫蕩女子獨處，變成只是諸多色瞇瞇眼睛當中的一雙。他馬上就發現部隊裡的男人的咒罵方式與其靈魂的貧乏，已經改變了他自己看待銀幕上女子的方式。他覺得自己現在變得比較粗俗，但也比較正常。每當有人大聲對影片開下流玩笑，或是有所影射地回應演員的台詞，他都會跟著其他人大笑。當兩部片中間亮起燈時，梅夫魯特環顧四周，猜想凡是頭髮剪得很短的人肯定都是跟他一樣休假，改穿日常衣著的軍人。他在放映邊做愛邊吃葡萄的那一幕時離開，他記得第一次中途走進來看到的也是這部德國片，而且就是這個畫面。他回家後手淫直到天黑。

那天晚上，被愧疚與孤單折磨得筋疲力竭的梅夫魯特，去了桑山的伯父家。

「放心，一切都很順利。」蘇雷曼在他們獨處時說道：「萊伊荷好喜歡你的信。你在哪學會寫信寫得這麼好？哪天能不能也幫我寫一封？」

「萊伊荷會給我回信嗎？」

「她是很想，可是她不會……她爸爸無法容忍。上次，政變以前，他們來這裡的時候，我親眼看到她們有多愛她們的爸爸。他們就住在我們加蓋的那個新房間。」

歪脖子阿杜拉曼曾和兩個女兒從村裡進城待了一個禮拜。蘇雷曼打開他們上次來住的房間門，扭開電燈，像博物館導覽員一樣帶梅夫魯特參觀。梅夫魯特發現房裡有兩張床。

蘇雷曼明白梅夫魯特心裡納悶。「第一天晚上爸爸睡這張床，兩個女孩睡另一張，可是不太睡得下，所以我們讓萊伊荷打地鋪。」

梅夫魯特怯怯地覷了一眼萊伊荷打地鋪的位置。蘇雷曼家的地板鋪了地磚和地毯。

聽說薇蒂荷知道他寫信的事，他很是開心。她沒有顯得太熱絡，也沒有洩露她全都知情，甚至還幫忙送信，只是每次看到梅夫魯特時都會露出親切的微笑。梅夫魯特解讀這就代表她是支持他的，心下十分歡喜。

薇蒂荷．英格確實美得不可思議。梅夫魯特稍微跟她兒子波茲庫和小兒子圖朗玩了一下；波茲庫的名字取自曾經拯救過土耳其其人的傳奇「灰狼」，他出生時，梅夫魯特還在卡勒奧瓦餐館工作，小兒子則是在梅夫魯特入伍以後才出世。生了第二個兒子以後的薇蒂荷，更加容光煥發、成熟迷人。她對兩個兒子的溫柔讓梅夫魯特動心，感覺到她對自己有好感，或至少有一種姊妹之情，也讓他心喜。他不停地想著萊伊荷的美貌即使沒有超越，也絕對不輸薇蒂荷。

他待在伊斯坦堡的時間，多半都在給萊伊荷寫新的信。離開了一年，這座城市讓他覺得疏遠。軍事政變後的伊斯坦堡已不同往日。政治標語再度從牆上撤除，街頭小販被驅離大馬路和廣場，貝佑律的妓院全數關門，在街頭販賣走私的威士忌與美國菸的罪犯也被抓了起來。甚至連交通都變好了，再也不能隨意停車。梅夫魯特認為有些改變是好的，只是很奇怪，他自覺像個局外人。也許是因為我沒工作吧，他暗忖。

「我想問你一件事，但請你別誤會。」隔天晚上他對蘇雷曼說。如今父親走了，他大可以天天晚上到伯父家去。

「我從來沒有誤會過你，梅夫魯特。」蘇雷曼說：「是你老是誤會我不了解。」

「你能不能替我拿到她的照片？」
「萊伊荷的？不行。」
「為什麼？」
「她是我哥哥的小姨子。」
「如果有她的照片，我的信會寫得更好。」
「相信我，梅夫魯特，你的信已經好得不能再好了。」
蘇雷曼幫他把灰山的房子租給一個烏拉爾家的熟人。他決定不用簽合約沒關係，因為蘇雷曼說：「不需要，那個人我們認識，再說你也不想繳稅吧。」反正從這棟（至今仍未登記在任何人名下的）房子獲得的收入，他沒有權利獨得，鄉下的母親和姊妹也都有一份。他決定了，這些事情還是不要涉入太深。
趁房子出租前，他將父親的衣服襯衫收進行李箱，收著收著忽然隱約聞到父親的氣味，便縮到床上去。這回他沒哭，而是對這個世界感到生氣憤慨。他也明白自己當完兵後，是不會再回到灰山或這間房子來了。可是到了該回卡斯的時候，又彷彿有什麼衝擊著他內心深處，一想到回營就深惡痛絕。他不想穿上軍服，也不想服完剩下的兵役。他厭恨部隊裡的長官和所有那些軍隊流氓。他驚恐地發現，如今終於明白為何有些人會當逃兵。但他還是換上軍服出發了。
在卡斯的最後幾個月裡，梅夫魯特給萊伊荷寫了四十七封信。他多的是時間。他被分派到隨基地司令前往市政廳的支隊，在那裡負責管理食堂和小茶室，圖爾古帕夏在的時候，就充當他的私人侍者。不過帕夏太多疑也太挑剔，不肯在市政廳裡進食，因此這項工作倒也輕鬆：梅夫魯特親自替帕夏煮茶，用一份糖、兩份奶泡替他沖泡咖啡，並親自為他準備水與無酒精飲料。有一次帕夏從麵包店買回一種餅乾，又有一次從食堂拿了一塊糕點，然後將兩樣東西放到梅夫魯特面前，告訴他要留意什麼。

「來，你嘗一口……我們可不想被市政廳的人毒死。」

他本想給萊伊荷寫寫軍中生活，但後來知道信寄出前會先檢查過，所以照舊只局限於詩意奔放的詞句，想像著更銳利的目光與著迷的表情。梅夫魯特持續寫著信，一直寫到彷彿永無止境的兵役的最後一天，而當這一天終於到來，卻又彷彿永遠不會過去。

十九、梅夫魯特與萊伊荷

私奔是件棘手的事

梅夫魯特在一九八二年三月十七日服完兵役後，搭上第一班巴士回到伊斯坦堡。他在塔拉巴什一棟希臘老屋的三樓租了一個亞麻地板的房間，和卡勒奧瓦餐館宿舍只隔兩條街，而且在一間毫無特色的餐廳找到侍者的工作。他在楚庫祖瑪的跳蚤市場買了一張（不會搖晃的）桌子和四張椅子（其中兩張還是成對的），又跟沿街叫賣的舊貨商選購了一張破舊的床，巨大的床頭板上刻著鳥和葉子。他一面布置房間，一面夢想著將來有一天要和萊伊荷共組的幸福家庭。

四月初某天晚上去伯父家時，梅夫魯特見到了阿杜拉曼大爺。他安坐在餐桌另一頭，頸子上繫了一條圍兜，邊啜飲茴香酒邊逗孫子波茲庫和圖朗玩。梅夫魯特發覺他想必是獨自前來，兩個女兒並未隨行。哈桑伯父不在家，過去這幾年，他每天晚上都會出門做晚間禮拜，然後去店裡看電視等顧客上門。梅夫魯特畢恭畢敬地問候未來的丈人。阿杜拉曼回了禮，卻沒怎麼把梅夫魯特的存在放在心上。

不久，柯庫和阿杜拉曼大爺針對銀行客的話題激辯起來。梅夫魯特聽見他們提到幾個名字——朝聖者銀行客、銀行客阿里。以現在這百分之百的通膨率，鈔票很快就會一文不值，除非把錢從銀行領出來，他們付的利息實在太少，轉交給這些新的銀行客，他們好像大多都才剛剛來到城裡，看那模樣就算是在鄉下店鋪裡當店員也不會太突兀。他們都承諾會支付很高的年息，不過他們真的可靠嗎？

第三杯酒下肚後，阿杜拉曼大爺開始吹噓自己的女兒個個都是美人，他又是多麼用心栽培她們，讓她們在鄉下受良好教育。「夠了，爸。」薇蒂荷要去哄兒子上床時說道。阿杜拉曼大爺便跟著他們進房去。

「你去咖啡屋等我。」待桌旁沒有他人之後，蘇雷曼對梅夫魯特說。

梅夫魯特的心在胸口砰砰跳得厲害。

「這是怎麼回事？」莎菲葉姨媽說：「你們想做什麼都行，就是別扯上政治。實在應該趕快讓你們兩個娶老婆才對。」

梅夫魯特從咖啡屋的電視上得知阿根廷與英國開戰了。蘇雷曼進來時發現他看英國航空母艦和戰艦看得津津有味。

「阿杜拉曼大爺到伊斯坦堡來是為了把原本放在某個銀行客那邊的錢，轉交給另一個更爛的人……我們聽不出他說的有沒有一句真話，又或者他到底是不是真的有錢。他還說了一個『好消息』。」蘇雷曼說。

「什麼好消息？」

「有人去向萊伊荷求親了。」蘇雷曼說：「就是一個保守又頑固的銀行客，好像本來有一個茶攤。這可不是開玩笑的。那個貪心的歪脖子說不定就這樣把女兒嫁給那個銀行客了。他誰的話也不聽。你得帶萊伊荷走啊，梅夫魯特。」

「真的嗎？蘇雷曼，拜託你了，幫我帶她走。」

「你以為和女孩遠走高飛很簡單嗎？」蘇雷曼說：「只要出一點小差錯，一眨眼就會有人中槍，會有流血衝突，然後雙方也不為什麼就互相廝殺多年，還會驕傲地說事關榮譽。你願意冒這個險嗎？」

「我別無選擇。」梅夫魯特說。

「的確，」蘇雷曼說：「但你也不希望別人認為你只是想占便宜吧。現在有那麼多有錢人準備要在這個女孩身上花大把銀子，你又能給她什麼呢？」

五天後，他們又在老地方見，蘇雷曼看著英國人接收福克蘭群島的新聞時，梅夫魯特從口袋拿出一張紙來。

「來，你看一看。」他得意地說：「收下吧。」

「這是什麼？」蘇雷曼說：「噢，是你那間房子的文件。來看一看。上面也有我爸爸的名字。他們是一起申請的。你帶這個來幹嘛？別為了炫耀就急著把這玩意送人。哪天等他們要發放灰山那一邊的土地權狀，你要是想分到一份，它就會派上用場了。」

「把它拿給歪脖子阿杜拉曼……」梅夫魯特說：「跟他說沒有人能像我這麼愛他女兒。」

「我會的，不過，把這個收回口袋。」蘇雷曼說。

「我不只是說說而已，我是認真的。」梅夫魯特說。

第二天早上從茴香酒的宿醉中醒過來後，梅夫魯特做的第一件事就是檢查外套口袋。當他發現父親與哈桑伯父十五年前從當地議員處取得的那張紙還在，竟不知該慶幸或失望。

「你應該很慶幸你有薇蒂荷．英格和我們其他人。」十天後蘇雷曼對他說：「她為了你特地回了村子一趟。現在我們就等著看能不能如你的願了。再帶一瓶茴香酒來給我好嗎？」

薇蒂荷帶著兩個兒子——三歲的波茲庫和兩歲的圖朗——一起到鄉下去。梅夫魯特以為他們差不多馬上就會回來，因為孩子很快就會厭倦村裡老是沒電又從來沒水的泥巴屋，不料他錯了。心神不寧的他每星期會上桑山兩次，每次都以為薇蒂荷．英格一定已經回來了，卻總是只看到莎菲葉姨媽獨坐在陰暗屋內。

有一天晚上梅夫魯特去得很晚，莎菲葉姨媽對他說：「誰想得到為這個家注入生氣的人竟然是我那個兒媳婦。自從薇蒂荷去了鄉下，柯庫已經好幾個晚上沒回家，蘇雷曼也出去了。我煮了扁豆湯，要不要熱一點給你喝？我們可以看電視。你有沒有聽說，凱斯泰利跑了，那些銀行客也全倒了。你沒放錢在那些銀行客那邊吧？」

「我根本沒錢，莎菲葉姨媽。」

「別擔心……不要浪費生命擔心錢的事，總有一天好運會落在你頭上的。錢買不到幸福。你瞧瞧柯庫多會賺錢，但他和薇蒂荷還不是每天吵得不可開交……我真替波茲庫和圖朗難過，他們從出生到現在看到的只有爭執吵鬧。算了……但願老天保佑，你那件事能順利。」

「什麼事？」原本看著電視的梅夫魯特轉過頭來，心跳跟著加快，但莎菲葉姨媽沒有再說什麼。

三天後，蘇雷曼說：「有好消息。薇蒂荷．英格從村裡回來了。萊伊荷非常愛你呢，我親愛的梅夫魯特，這都要歸功於你的情書。她肯定不想要她爸爸替她選的那個銀行客。那個人自己表面上是破產了，不過他用顧客的錢買了黃金和美金，全部埋藏在某個地方。等到媒體不再吵得沸沸揚揚，報紙開始報導其他新聞，他就會去天曉得哪個院子挖出錢來，跟萊伊荷過著快活日子，而那些把錢交給他的貪心笨蛋卻得忙著跑法院。他答應過要給歪脖子一大筆。要是女方的爸爸點頭了，他會用非宗教儀式的婚禮迎娶萊伊荷，然後到德國去避風頭。那個破產的銀行客騙子以前賣過茶，現在好像躲起來學德語，還要萊伊荷也學一點，以便以後去了德國能自己向認證過的肉商買清真肉。」

「那個王八蛋，」梅夫魯特罵道：「我要是沒能和萊伊荷私奔，我就去殺了他。」

「你誰也不必殺。我會開上廂型車，我們一起到村子去帶她走。」蘇雷曼說：「我會替你把一切都安排好。」

梅夫魯特擁抱親吻這位堂兄弟。當天晚上，他興奮到睡不著。

他們再次碰面時，蘇雷曼已經都計畫好了：星期四做完昏禮後，萊伊荷會帶著她收拾的東西從後院出來。

「我們走吧。」梅夫魯特說。

「你坐下好不好。開車不到一天就到了。」

「可能會下雨，現在是洪水季節……而且還得在貝伊謝希爾做準備。」

「沒什麼好準備的。等天一黑，你就會在歪脖子家後院看到那女孩，就好像是你自己把她擺在那兒的。我會載你們去阿卻昔的火車站。你和萊伊荷就去搭車，我自己回去，免得她爸爸懷疑我。」

光是聽到蘇雷曼說「你和萊伊荷」，便足以讓梅夫魯特欣喜若狂。他原本已經請一個禮拜的假，後來又多請一個禮拜，說是「家裡有事」。當他開口要求多請一個禮拜的無薪假，老闆覺得不滿。於是梅夫魯特告訴他不用等他回來了。

他隨時可以在像這樣的普通餐廳找到另一份工作，他也一直想要做冰淇淋生意。之前遇到的一個冰淇淋小販，打算從齋戒月起出租他的三輪車和冰淇淋桶。

他把房子稍微打掃了一下，然後試著設身處地想像萊伊荷走進門後會看到什麼、會注意到什麼樣的事物。他是應該現在買床單？還是等她來選？每次想像萊伊荷在屋裡的情景，就想到她會看見他穿著內衣褲走來走去，對於這樣的親密關係，他既充滿渴望又不好意思多想。

蘇雷曼。我騙過了所有的人，包括哥哥、母親、薇蒂荷和其他每個人，我告訴他們我要把車開走幾天。出發前夕，我們的準新郎雀躍不已，我把他拉到一旁耳語幾句。

「親愛的梅夫魯特，你現在要仔仔細細聽好了，因為我不是以你最好的朋友兼堂兄弟的身分，而是以女方家人的身分跟你說話。萊伊荷還沒滿十八歲，要是她爸爸抓狂，打定主意『絕不原諒帶我女兒離家出走的人』，讓憲兵去追你們，你們就得躲到她滿十八歲，你也得等到那時候才能娶她。現在我要你發誓，到了那個時候你一定會娶她。」

「我發誓，」梅夫魯特說：「我還會舉辦宗教儀式迎娶她。」

第二天早上，上車前往村子的路上，梅夫魯特心情好得不得了，不停說笑，一下看著途中經過的每座工廠與橋梁，一下叫我「快一點，油門踩到底！」而大多時候都只是叨叨碎念。然後他忽然安靜下來。

「怎麼了？想到要和女孩私奔，忽然怕了嗎？我們剛到阿菲永，如果在車上過夜，警察會起疑，說不定會把我們帶到警局去，所以我想最好還是去住那邊那間旅館，好嗎？房錢我來付。」

安適旅館一樓有一間賣酒的餐廳。我坐在那裡邊喝酒邊聽梅夫魯特沒完沒了地說著他在軍中所見的凌虐事件，剛喝下第二杯後，我終於爆發了。

「你聽著，我是土耳其人，我不想聽任何汙衊我們軍隊的話，懂了嗎？」我說：「也許凌虐、毆打、十萬人被關這些事是有點過分，但我還是很高興發生政變。我敢說你也有同感，現在不只是伊斯坦堡，全國都平靜下來了，街道上乾淨整潔，再也沒有左右兩派的紛爭，沒有暗殺事件，自從軍隊強勢掌管以後，交通也變順暢了，妓院關門大吉，所有的妓女、共產黨員、萬寶路菸販、黑市買賣的人、黑手黨分子、私酒販、皮條客和街頭小販，全都被掃蕩一空。我這麼說你別生氣，在這個國家，街頭小販就是沒有未來，你還是接受這個事實吧，我親愛的梅夫魯特。一個人好不容易拿出一大筆錢，在市區最好的地段租下店面，開了間漂漂亮亮的蔬果店，而你卻跑來坐在他門口的人行道上，賣鄉下來的馬鈴薯和番茄……這樣公平嗎？軍方只是把情況稍微調整一下。要是國父能活得久一點，他不會只是廢除傳統的毯帽和頂帽，還會禁止全國各地的街頭販子，而且會從伊斯坦堡開始。聽說在歐洲就沒有這些東西。」

「剛好相反，」梅夫魯特說：「有一天國父從安卡拉來到伊斯坦堡的時候，覺得那裡的街道太安靜也太……」

「總之呢，如果軍隊稍有一刻停止使用嚴厲手段，我們的人民要不是上共產黨的當，就是投奔伊斯蘭主義分子。還有那些庫德人也想分裂這個國家。你還在跟那個費哈見面嗎？他現在在幹嘛？」

「不知道。」

「他真是個討厭鬼。」

「他是我朋友。」

「那好，我不載你去貝伊謝希爾了，就祝你私奔順利囉。」

「拜託，蘇雷曼，你別這樣。」梅夫魯特忽然感到絕望。

「你看看我，拱手奉上一個大美人，她已經全都準備好，就在院子裡等著你。不只這樣，我還讓你坐上我的廂型車，親自送你到七百公里外的鄉下，油錢我付，就連你今晚睡的旅館和你喝的茴香酒都算我的。結果你還是不肯說『蘇雷曼，你說得對，費哈是個王八蛋』，一次也不肯說，連假裝一下都不願意。你從來不會說『蘇雷曼，你是個好人』。如果你覺得自己那麼聰明，如果你還是覺得你跟小時候一樣比我厲害得多，那何必跑來求我們幫忙？」

「原諒我吧，蘇雷曼。」

「再說一遍。」

「原諒我，蘇雷曼。」

「我可以原諒你，但我得先聽聽你的理由。」

「我的理由是我害怕呀，蘇雷曼。」

「可是又沒什麼好怕的。等他們發現萊伊荷跑了……當然會往我們村子去找。你們倆要爬過山頭。他們甚至可能會開一兩槍，那只是做做樣子，別害怕。我會開車到山的另一頭去等你們。到時讓萊伊荷坐後面，以免她看到我認出我來。她在伊斯坦堡倒也看過這輛車一次，不過她是女生，女生搞不清楚車子。當然了，你一個字也不許提到我。你應該擔心的是等你們逃回到伊斯坦堡，你們孤男寡女獨處一室的時候，你該怎麼辦。你還沒跟女人上過床吧，梅夫魯特？」

「我不擔心那些，蘇雷曼。我只怕她會改變心意，最後決定不跟我走了。」

隔天早上第一件事，就是去阿卻昔火車站實地探勘，再從那裡走泥濘山路，悄悄來到我們村子，儘管梅夫魯特想去見母親，卻又擔心太想著自己會壞了全盤計畫，所以我們一聲招呼也沒打。我們繞遠路來到銀溪村，偷偷走到歪脖子阿杜拉曼大爺家，就站在圍牆傾圮的庭院外。接著我們又回去，我把車開遠了些，停下來。

「再不久太陽就會下山，昏禮的時間也到了。」我說：「沒什麼好怕的。祝你好運了，梅夫魯特。」

「願神保佑你，蘇雷曼。」他說：「替我禱告吧。」

我隨他下車後，與他擁抱……我深情地看著他的背影沿泥土小徑走向村子，幾乎也忍不住要激動起來，我心裡確實希望他有個幸福的人生。我把車開到約定的會面地點，心想他馬上就會發現事情與他預期的並不一樣，不知道到時候他會怎樣。我要不是真心為梅夫魯特著想，我要是真像某些人想的那樣有意誆他，那麼他在伊斯坦堡喝醉酒那天晚上把灰山房子的文件交給我，希望我撮合他和萊伊荷的時候，我就不會把文件還給他了，不是嗎？他那棟房子的房客還是我替他找的，那可是梅夫魯特在這世上唯一擁有的了。我沒把他住在鄉下的母親和姊妹算進去，理論上，她們也是我已故的穆斯塔法叔叔的繼承人，不過那不關我的事。

還在念中學的時候，每次有重要考試，梅夫魯特總覺得心臟把一團火打上額頭和臉頰。在走向銀溪村的此刻，好像有一種更強烈許多的感覺占據他全身。

他碰巧經過村郊山上的墓園，從一塊塊墓碑之間走過後，往一座墳墓邊緣坐下，注視著對面一塊滿布青苔、古老，卻同樣精巧而神祕的墓碑，思考自己的人生。「神啊，請讓萊伊荷出現，求求祢了，神啊，讓萊伊荷出現吧。」他反覆地說。他本想禱告求神，卻似乎一句禱告詞都想不起來。他對自己說：「只要萊伊荷現身，我就背下全部的可蘭經，變成虔誠教徒。」他堅定而使勁地禱告著，自覺有如神的宇宙中一粒無助的小小微塵。他聽說不斷地懇求禱告會有幫助。

就在太陽下山後，梅夫魯特走向傾倒的圍牆。阿杜拉曼大爺家後側的窗子是暗的。他早到了十分鐘。等候約定的暗號時，忽見一盞燈亮起又熄滅，他覺得自己的人生即將展開，正如同十三年前和父親一起抵達伊斯坦堡那天的感覺。

狗吠了起來，窗口亮起又再次變暗。

第四部

一九八二年六月至一九九四年三月

「在此之前，他都認為自己心智上有一種殘忍而獨特的疾病，如今發現外界也有那麼一點蛛絲馬跡不禁駭然。」

——喬伊斯[6]《一個青年藝術家的肖像》

6 譯注：詹姆斯・喬伊斯（James Joyce, 1882-1941）：愛爾蘭作家兼詩人。

一、梅夫魯特與萊伊荷結婚了

只有死亡能將我們分開

蘇雷曼。你們覺得梅夫魯特是什麼時候察覺，跟他私奔的女孩並不是在我哥哥婚禮上與他四目相交的美麗薩蜜荷，而是美貌不如她的姊妹萊伊荷呢？是在村裡她家漆黑的院子裡和她碰面的時候？還是後來他們一起涉過溪水、爬過山丘時，他才看到她的臉？他上車坐到我旁邊的時候就已經知道了嗎？所以我才問他「怎麼了嗎？」和「你變啞巴啦？」可是梅夫魯特沒有透露一點口風。

下了火車，夾雜在人群中搭上從海達爾帕莎到卡拉廓伊的渡輪時，梅夫魯特的心思並不在婚禮與結婚契約上，而是想著他終於馬上就要和萊伊荷獨處一室的事實。她對卡拉達橋上的騷動與渡輪冒出的白煙那麼興致勃勃，或許有點幼稚，但他滿腦子卻只想到再過不久，他們便將走進一間沒有旁人的房子。

取出（宛如寶物般安安穩穩深藏於口袋的）鑰匙，打開塔拉巴什的公寓門之際，梅夫魯特覺得來回村子這三天裡，房子好像變得不一樣了。六月清晨，屋裡應該幾乎是涼爽的，但此時卻如仲夏般悶熱，被陽光曬熱的老舊亞麻地板散發出廉價塑膠混合蜂蠟與麻的氣味。可以聽見嘈雜的人聲以及貝佑律與塔拉巴什的車聲從窗外飄進來。梅夫魯特向來很喜歡那些聲響。

萊伊荷。「我們家好漂亮。」我說：「不過需要通風一下。」我轉不動把手，開不了窗，梅夫魯特就跑過來向我示範怎麼扳動窗栓。我立刻感覺到，只要把房子徹底刷洗一遍、清掉蜘蛛網，就能將梅夫魯特所有的失望、恐懼和心魔一掃而空。我們出去買肥皂、一只塑膠桶和一支拖把，一出門以後，在屋內獨處的緊張感隨之消失，我們也才鬆了口氣。我們整個下午都在逛街，從塔拉巴什逛到魚市，看商店架上有什麼需要的就買什麼。後來買了廚房用的海綿、刷子、清潔劑，一回到家，就把屋裡上上下下都打掃乾淨。因為幹活太專心，也就忘了屋裡只有我們兩人的尷尬了。

到了晚上，我已經滿身大汗。梅夫魯特教我怎麼用火柴點燃煤氣爐、怎麼調節丁烷瓦斯的流量，還有哪個是熱水龍頭。我們得站上椅子，把點燃的火柴伸進爐子的一個黑洞，然後把它轉開。有一扇小小的毛玻璃窗面向樓房的漆黑內院，梅夫魯特建議我稍微打開那扇窗。

「如果只開一點點，可以讓髒空氣出去，又不會有人看到妳……」他小聲地說：「我要出去一個小時。」

萊伊荷依然穿著從鄉下逃跑時穿的衣服，梅夫魯特猜想只要他在屋裡，她就無法安心地更衣沐浴。他跑到獨立路口的一家咖啡館去坐。冬天晚上，這個地方總是坐滿了門房、彩券販子、司機和疲憊的街頭小販，現在卻是空盪盪。他看著擺在面前的那杯茶，心裡想著正在洗澡的萊伊荷。他為什麼會覺得她皮膚白皙呢？因為看到她的頸子！剛才離開時為什麼要說「一個小時」呢？時間過得好慢。他呆呆望著杯底一片孤伶伶的茶葉。

因為不想還不到一個小時就回家，他喝了杯啤酒，然後從塔拉巴什的小巷弄繞遠路回去。他很喜歡置身於這些街巷間，在這裡小孩會邊踢足球邊互罵，母親會坐在三層樓的小樓房外面，腿上放著大托盤，挑揀米粒裡的石頭，沒有誰不認識誰。

有個男人在一處空地用黑布搭起涼棚賣西瓜，梅夫魯特一面討價還價，一面用手指敲著西瓜，試圖忖度瓜肉有多紅。有隻螞蟻爬在一顆西瓜上面，梅夫魯特將西瓜拿在手裡，不管怎麼轉，螞蟻最後總會頭下腳上，卻始終不會掉落，只是繼續繞著西瓜爬，直到又重回頂端。他讓販子秤秤西瓜的重量，並小心地不把那隻有耐心的螞蟻撥落。他悄無聲息地走回屋裡，將西瓜放到廚房。

萊伊荷。我洗完澡並換上清爽乾淨的衣服之後，就背對著門躺在床上睡著了，頭髮沒有包起來。

梅夫魯特靜靜走到萊伊荷身邊，對著躺在床上的她注視良久，心知自己永遠忘不了這一刻。她包覆在衣服底下的身體和腳看起來纖細又美麗，每次一呼吸，肩膀與手臂便微動。有一度，梅夫魯特覺得她只是假裝睡著。他安靜而小心地躺到雙人床另一邊，沒有換衣服。

他心跳得好快。如果現在開始做愛——而他甚至不知道該從何著手——他就是利用了她的信任。萊伊荷信任梅夫魯特，將自己的一生交到他手中，而且還在結婚前——甚至是發生性關係前——便脫下頭巾，向他展示自己美麗的長髮。看著她那頭飄逸長髮，梅夫魯特感覺到這份信任與託付已足以將他與萊伊荷綁在一起，他也了解到自己將會多麼愛她。在這世上他不是孤單一人。他看著萊伊荷的鼻息一吸一吐，便彷彿感到無窮盡的幸福。她甚至珍惜他寫的信。

他們和衣入睡。當天深夜，他們在黑暗中互相擁抱，但沒有做愛。梅夫魯特可以判定在夜裡從事性愛活動肯定比較容易，只是他希望和萊伊荷的第一次能發生在白天，以便能夠凝視她的雙眼。然而天亮後，每當他們確實近距離地凝視彼此，又會尷尬起來，連忙去找其他事情轉移注意力。

萊伊荷。第二天早上，我又帶梅夫魯特去買東西。我挑了一條看似蠟布材質的塑膠桌巾、一條有藍花圖案的被套、一只看起來像藤編的塑膠麵包籃，和一個塑膠製的檸檬榨汁器。不久，梅夫魯特厭倦了我只是在店裡隨便晃，好玩地看看拖鞋、茶杯、收納罐和鹽罐，卻什麼也沒買。我們也就回家了。我們倆坐在床沿。

「沒有人知道我們在這裡，對吧？」我問道。

梅夫魯特用那張天真爛漫的臉直直回看著我，我只好說了句：「爐子上還在煮東西。」便往廚房跑去。中午過後，太陽把小公寓曬得暖洋洋，我覺得累了，就去躺在床上。

當梅夫魯特過去躺在她身邊，他們擁抱後第一次接吻。他看見萊伊荷聰慧的臉上流露出稚氣的罪惡感，慾望隨之變得更強烈。但每當慾望從肉體展現出來，他們倆都會羞赧到不能自己。梅夫魯特把手伸進萊伊荷的洋裝裡面，摸了一下她左邊的乳房，覺得頭暈目眩。

她把他推開來。他覺得自尊受傷，便起身下床。

「放心，我沒生氣！」他說著毫不猶豫地走出門。「我一下就回來。」

藍色清真寺後面的某條街上，有一個從安卡拉一間宗教學校畢業的庫德人在那裡買賣破銅爛鐵。他會收取些許費用為某些人舉行一場快速的宗教婚禮，對象包括：已經舉辦過非宗教儀式，但想要更保險一點的夫妻；在鄉下有老婆，但在伊斯坦堡愛上別人又求助無門的男人；保守家庭的青少年男女，他們瞞著父兄偷偷見面，事情發展過了頭，又承受不了內疚。這個廢五金商自稱是哈納菲信徒，因為只有哈納菲分支的遜尼信徒才能不經家長同意為年輕人證婚。

梅夫魯特進到店裡，在後間的舊電暖器、火爐蓋和生鏽的引擎零件當中，看見此人正在打盹，頭上還蓋著一份伊斯坦堡每日發行的《晚報》。

「先生，我想根據我們信仰的律法結婚。」

「我明白，不過急什麼呢？」這個博學的人說道：「你還太窮也太年輕，不該娶第二個老婆。」

「我和一個女孩私奔了！」梅夫魯特說。

「想必是經過她同意吧？」

「我們相愛。」

「這個世界充滿了會綁架女孩、加以強暴，卻又聲稱那是愛的風流鬼。這些壞蛋有時候甚至有辦法說服女孩的無助家人，同意讓他們結婚……」

「完全不是這麼回事，」梅夫魯特說：「我們結婚是雙方心甘情願的，但願也是因為有愛。」

「愛是一種疾病。」這個有學問的人說：「而婚姻是唯一的解藥，你說得沒錯。可是服用這帖藥你可能會後悔，因為這就好像即使傷寒已經痊癒，你還是得繼續吃那可怕的金雞納霜吃一輩子。」

「我不會後悔。」梅夫魯特說。

「那你急什麼？你們還沒圓房嗎？」

「那得等到我們正式結婚以後。」梅夫魯特說。

「要不是那女孩真的很醜，就是你太天真。你叫什麼名字？你是個俊俏的小夥子，坐下來喝點茶吧。」

一個臉色蒼白、有著一雙綠色大眼睛的助手端茶過來，梅夫魯特邊喝茶邊試著長話短說，但那人已鐵了心要漲價，還抱怨現在生意實在很差。現在還是有些年輕男女會在接吻、愛撫以後決定結婚，然後各自回家，在飯桌上對父母親隻字不提，只可惜這種人的數量也慢慢減少了。

「我錢不多！」梅夫魯特說。

「所以你才和那個女孩私奔嗎？像你長得這麼好看的男孩有時候其實是道地的浪蕩子，一旦玩膩了以後，說一句表示離婚的『talaq』就把女孩給甩了。我認識不少美麗但天真無邪的女孩就是因為碰到你這種人，最後落得自殺或賣淫的下場。」

「等她一滿十八歲，我們也會辦非宗教的儀式。」梅夫魯特心懷愧疚地說。

「好吧，我就做個好事，明天為你們證婚。要我上哪去？」

「能不能就在這裡，不必讓女孩來？」梅夫魯特環顧積滿灰塵的廢五金行說道。

「我證婚不用錢，可是用我的地方要錢。」

萊伊荷。梅夫魯特離開家以後，我出去向街頭販子買了兩公斤有點太熟但很便宜的草莓，又到雜貨店買了糖，然後趁梅夫魯特回來以前，把草莓洗乾淨開始做果醬。等他回到家，聞到草莓的香味很開心，但沒有試圖接近我。

晚上，他帶我去鬱金香戲院看電影，一次可以看兩部，第一部是胥莉亞．柯吉意特主演，第二部是蒂爾坎．秀拉伊主演。戲院裡面的空氣好潮溼，連座位都感覺溼溼的。在兩部片中間的空檔，他跟我說我們明天結婚，我稍稍哭了一下。不過，第二部電影我還是很認真地看。我實在太高興了。

電影一結束，梅夫魯特就說：「在妳爸爸給予我們祝福之前，或是在妳滿十八歲之前，我們至少要在神的見證下結合，這樣誰也拆不散我們……我認識一個買賣破銅爛鐵的商人。儀式就在他店裡舉行。他說妳可以不必去……妳只要允許某個人代替妳去就行了。」

「不，我想去參加儀式。」我皺起眉頭說。但很快便露出笑臉，免得梅夫魯特煩惱。

回到家後，梅夫魯特與萊伊荷就像在鄉下城鎮裡，被迫同住一間旅館房間的兩個陌生人，換睡衣時互相躲著對方，關燈時也迴避彼此的目光，然後並排躺在床上，並小心地在中間隔出一點空間。萊伊荷再次背對梅夫魯特。他感覺到既歡喜又害怕，正當想著這份興奮之情恐怕會讓他徹夜難眠之際，不知不覺便睡著了。

他半夜醒來，發現自己浸淫在萊伊荷肌膚的濃郁草莓香味與她頸間散發出來的兒童餅乾香氣中。他們倆都熱得冒汗，成了嗜血飛蚊的獵物。他們的身體自動環抱在一起。兩眼望著深藍天空與外頭霓虹燈的梅夫魯特，有一剎那覺得他們好像正要飄到世界以外的某個地方，飄到童年時代一個沒有重力存在的地方，正這麼想著，萊伊荷忽然說：「我們還沒結婚。」然後推開他。

梅夫魯特從以前在卡勒奧瓦餐館認識的一名侍者那裡，聽說費哈退伍了。第二天早上，從馬爾丁來的其中一個洗碗小弟帶他到費哈的住處，那是一棟位在塔拉巴什，專門分房出租給單身漢的次等住屋。他和幾個小他十來歲的侍者住在這裡，全是一些來自通傑利與賓格爾的庫德族與阿列維派的孩子，剛離開中學，開始當起洗碗工。梅夫魯特覺得這個又悶又臭的地方配不上費哈，不由得為他難過，因此當他得知費哈多數時間仍住父母家，倒是鬆了口氣。梅夫魯特看得出來費哈可以說是宿舍裡這群孩子的大哥哥，而且這裡還有其他事情在進行著——香菸走私（政變才結束不久，這幾乎已是不可能的事）；一種叫「草」的毒品的交易；還有一種政治暴力與團結的感覺——不過他沒有問太多。在部隊裡所目睹與經歷的事，以及從那些被關在迪亞巴克爾遭受凌虐的熟人處聽到的故事，都讓費哈留下難以抹滅的印象，也讓他變得更加熱中政治。

「你需要結婚。」梅夫魯特說。

「我需要找一個城市女孩，讓她愛上我。」費哈說：「不然就得和鄉下女孩私奔。我沒有錢結婚。」

「我就和一個女孩私奔了，」梅夫魯特說：「你也應該這麼做。然後我們可以一起創業、開一間店、賺大錢。」

關於他如何帶著萊伊荷逃跑一事，梅夫魯特對費哈編了一套經過不少修飾的說詞，其中完全沒有提及蘇雷曼與他的廂型車。梅夫魯特說他牽著愛人的手，在泥濘地與山裡整整走了一天，一直走到阿卻昔火車站，而她爸爸就緊追在後。

「萊伊荷真的像我們信裡說的那麼美嗎？」費哈急切地問。

「她還要更美、更聰明。」梅夫魯特說：「可是她的家人、烏拉爾家、柯庫、蘇雷曼，他們還是會繼續追的，即使在伊斯坦堡。」

「該死的法西斯主義者。」費哈咒罵道，接著馬上就答應當他們婚禮的見證人。

萊伊荷。我穿了我的印花長洋裝，搭配一件乾淨的牛仔褲，還戴上我在貝佑律後街區買的紫色頭巾。我們和費哈約在獨立路上的黑海咖啡館碰面。他額頭很高，是個高大、有禮貌的人。他各遞給我們一杯酸櫻桃汁，說道：「恭喜妳，英格，妳選對人了。他這人是有點怪胎，但心地善良。」

我們三人一到店裡，那個廢五金商人從隔壁雜貨店又找來一個見證人。他打開抽屜，拿出一本寫滿鄂圖曼文的破舊筆記本翻開來，小心地寫下每個人的名字，還有雙方父親的名字。我們都知道這些紀錄沒有正式效力，但看到這個人認真嚴肅地用阿拉伯文字記下一切，還是很感動。

「你出了多少聘金？分手以後你願意付多少錢？」廢五金商人問道。

「什麼聘金？」費哈問：「他跟這個女孩是私奔的。」

「要是跟她離婚，你願意付多少錢？」

「只有死亡能將我們分開。」梅夫魯特說。

另一名見證人說：「一個就寫穆罕默德五世金幣十枚，另一個就寫鑄幣局金幣七枚。」

「那樣太多了。」費哈說。

「看來我無法徹底遵照伊斯蘭教法執行這個儀式了。」廢五金商人說著朝放在店舖前間的秤走去。「如果未經宗教儀式結合就發生親密關係，將會被視為通姦。總之，這女孩太年輕了。」

「我不會太年輕，我十七歲了！」我說道，同時讓他們看我從爸爸櫥櫃裡拿走的身分證。

費哈將商人拉到一旁，往他口袋裡塞了點錢。

「現在跟著我說。」廢五金商人說。

梅夫魯特和我注視著彼此，念出一長串的阿拉伯文。

「親愛的神啊！請賜福這對新人！」廢五金商人在儀式最後說道：「願祢的這兩個失落的靈魂能互相陪伴、理解並相愛。真主啊，請祢讓他們的婚姻經得起時間考驗，守護梅夫魯特與萊伊荷免於憎恨、不和與分離。」

二、梅夫魯特賣冰淇淋

他一生中最快樂的時光

他們一回到家就直接上床。既然已經結婚，也就可以放鬆了；他倆無比渴望又無比好奇，卻始終不能做的事，如今成了每個人都預期他們要執行的任務。看見對方裸體（即使有些部位仍遮蔽著），並碰觸對方身體最熾燙的部位（手臂、胸部），讓他們感到羞澀，但也因為覺得這一切都無可避免，多少減輕了他們的羞恥感。「沒錯，這真的很難為情。」他們的眼睛在說：「只可惜非做不可。」

萊伊荷。我多希望房間是暗的！每次看著對方的眼睛都讓人好害羞，這種感覺我不喜歡。褪色的窗簾擋不住夏天午後亮晃晃的陽光。有一兩次，梅夫魯特變得太猴急又粗魯，我不得不把他推開。不過他強來的時候我還是有點喜歡，就乾脆不再反抗。梅夫魯特那話兒我看見兩次，有點害怕。我把我純潔又英俊的梅夫魯特的頭，像嬰兒一樣抱在懷裡，以免又瞥見底下那巨大的玩意。

在村裡的宗教課上，梅夫魯特與萊伊荷學到了夫妻之間的親密肉體關係毫無猥褻成分（這和朋友們老掛在嘴邊的說詞恰恰相反），只是每當他們注視彼此，還是覺得不自在。但話說回來，他們也很快就明白這份羞怯會慢慢消退，在他們眼裡性愛終究會變成一種正常的人類活動，甚至是成熟的象徵。

「我好渴。」梅夫魯特覺得快窒息了。
整個房子——牆壁、窗戶和天花板——幾乎都在跟他們一起冒汗。
「水壺旁邊有個玻璃杯。」萊伊荷鑽進床單底下說道。
從她的眼神，梅夫魯特可以感覺到她已脫離自己的軀殼在看這個世界。當他往桌上的玻璃杯倒水時也有同樣感覺——彷彿自己已跳脫軀殼之外，現在純粹是個靈魂。遞水給妻子時，他領悟到儘管性愛帶有些許猥褻與無恥，卻也有神聖、靈性的一面。他們倆喝水時，各自偷瞄了對方的身體幾眼，有種近乎認命、害羞的感覺，也深感生命是何等令人驚訝。
梅夫魯特看見萊伊荷的乳白肌膚不斷往屋裡湧出亮光，腦中閃過一個念頭：她身上那些粉紅與淡紫色印記可能是他的傑作。當他們重新蓋上被子，知道一切都沒什麼，便舒適地相擁著，梅夫魯特想都沒想，甜言蜜語便衝口而出。
「我親愛的，」他對她說：「我的寶貝，妳實在太可愛了……」
他小時候，母親和姊妹常對他說這些話，只不過是用正常的聲調說，此時他卻是在萊伊荷耳邊熱情地喁喁細語，彷彿傾訴祕密一般。他用急躁不安的語氣喊著她的名字，像個害怕在森林裡迷路的旅人。他們做愛直到早晨，中間幾次睡睡醒醒，還會摸黑起來喝水也不開燈。結婚的最大好處就是可以隨時做愛，想做幾次就做幾次。
天亮後，看到床單上有幾處酸櫻桃色的汙漬，梅夫魯特和萊伊荷有些發窘，但也很開心——不過他們都沒有向對方顯現這份滿意之情——因為這是預料中，萊伊荷身為處子的證據。他們從未坦然地談論過此事，然而那一整個夏天，每當忙著準備晚上要挑出去賣的酸櫻桃冰淇淋，梅夫魯特總會想起那另一個櫻桃色調的汙痕。

萊伊荷。我們倆在齋戒月期間都會禁食——梅夫魯特是從小學畢業後還留在村子那年開始的，我還要更早，十歲就開始了。小時候有一天，我和薩蜜荷正在睡午覺直到禁食時間結束，姊妹薇蒂荷因為餓得頭暈昏倒，就像地震中倒塌的尖塔一樣，她端在手上的托盤也跟著摔落在地。那時候我們才知道只要因為禁食而覺得身體無力站不住，就應該馬上坐到地板上。有時候即使不覺得頭暈，我們也會為了好玩，假裝世界在旋轉、在微微地前後搖晃，然後撲倒在地大笑起來。凡是禁食的人，包括孩子在內，都知道夫妻在禁食期間不該有任何肉體接觸。但我們結婚後第三天便進入齋戒月，我和梅夫魯特也開始對我們自以為知道的事情提出疑問。

先生，親手算是破戒嗎？不算！那親肩膀呢？應該也不算。那麼親合法妻子的脖子呢？親臉頰呢？宗教事務諮詢會的人說，只要不打算更進一步，純潔的親吻沒關係。替我們證婚的廢五金商人說，就算是接吻，只要沒混到口水也不算破戒。梅夫魯特相信他，也覺得既然他是我們的證婚人，只有他說的話算數。在我們的信仰中，事情有許多不同的詮釋方式。薇蒂荷曾經跟我說過，漫長炎熱的夏天裡，齋戒的男孩會跑進樹林裡躲在乾涸的河床上，毫不害臊地手淫，還會辯解說「伊瑪目說不可以碰配偶，又沒說不可以碰自己……」。說不定聖經裡也根本沒有禁止齋戒月做愛。

看到這裡你們八成已經猜到：在漫長炎熱的齋戒月期間，我和梅夫魯特控制不了慾望衝動便開始做愛了。如果這是罪，就算在我頭上吧。我是那麼深愛我完美的梅夫魯特。我們又沒有傷害任何人！若有人喊我們是罪人，我倒想問問他們一個問題：有成千上萬的年輕人趕在齋戒月前匆促結婚，而且生平第一次做愛，你們認為在漫長又暈眩的禁食時刻裡，他們都在家裡做什麼？

齋戒月期間，賀澤回他位在西瓦斯附近的村子去了，把三輪冰淇淋推車、幾根勺子和一個木製冰桶留給梅夫魯特。夏天裡，很多像賀澤這樣的街頭小販會安排一個人接手自己的推車和顧客，以免回家鄉去了以後流失常客。

賀澤沒有向梅夫魯特收取太高的裝備租金，因為相信他是個老實勤奮的人。他住在多拉德勒一條陰暗僻巷內，有一天邀請梅夫魯特到家裡去，他那身材矮小又圓滾滾的老婆馬上就和萊伊荷熱絡起來，還和丈夫一起教他們怎麼做冰淇淋、怎樣用持續不斷又真心實意的動作攪拌這些混合物直到黏稠度適中，還要給檸檬汁加少許檸檬酸、給酸櫻桃汁加少許食用色素。賀澤說喜愛冰淇淋的不只有小孩，還有那些自以為還是小孩的大人。生意好的關鍵除了冰淇淋本身的口味之外，小販的旺盛活力和幽默感也同樣重要。賀澤讓梅夫魯特坐下來，在他面前攤開一張他自己花費不少時間精力畫的地圖，梅夫魯特可以根據圖上的記號知道應該走哪幾條街、哪些地點在什麼時間人潮最多，然後多跑跑那些地方。梅夫魯特把地圖背下來，每天晚上便一面想著地圖路線，一面推著冰淇淋車從塔拉巴什北區往獨立路與瑟拉塞維勒街走去。

白色的冰淇淋小推車上有一塊招牌，用紅色的字寫著：

賀澤的冰淇淋

草莓、酸櫻桃、檸檬、巧克力、鮮奶

偶爾，晚上生意快做完了，他也真的開始想念萊伊荷的時候，某種口味也剛好賣完，他會對客人說：「沒有酸櫻桃了。」客人也許想要嘴皮子，就會問他：「那你車上幹嘛寫『酸櫻桃』？」梅夫魯特第一時間會有反駁的衝動：「那又不是我寫的。」但隨即想起萊伊荷，心裡一高興也就不應聲了。他把爸爸留給他的舊鈴鐺留在家裡，帶著賀澤給他的一個比較響亮吵雜的鈴鐺出門，拿在手裡用力搖晃，直到鈴鐺有如掛在晾衣繩上的手帕，被狂風吹得飄搖不定，嘴裡則按照賀澤教他的聲調高喊「冰——淇淋」。可是聽到鈴鐺聲追來的小孩會嚷嚷著說：「賣冰淇淋的，賣冰淇淋的，你又不是賀澤！」

「賀澤回鄉下喝喜酒去了，我是他弟弟。」梅夫魯特對這些像小精靈般從暗處冒出來的孩子們說，他們有的從街角、有的從房子窗口、有的從樹幹後面，還有的從本來在玩捉迷藏的清真寺庭院竄了出來。

梅夫魯特不太想丟下推車，也很難進入住家與廚房，所以想吃冰淇淋的人家多半會叫人上街來買。大戶人家會差遣僕人端著鑲銀或真珠的大托盤出來，或者用繩索垂放籃子，籃內放著可能多達一打的細腰小茶杯和一張紙，詳細註明要買的口味。梅夫魯特很快就發現在街燈下供應這些訂單，就跟藥劑師的工作一樣精細而困難。有時候，訂單還沒備妥便又有新客人從轉角拐過來，就連那群像蒼蠅繞著糖盤一樣黏在他身邊，嘰嘰喳喳說個不停的小孩，也會開始急躁不耐煩。有時候，街上或冰淇淋車附近連個人影也沒有——譬如齋戒月的特殊宵禮時刻——卻忽然有一大家子派了僕人拿著托盤下來，然後屋裡的每個人，從小孩開始、接著是在看電視足球賽轉播的叔伯、心情愉快的客人、長舌的姑嬸、被寵壞的小女孩，最後則是害羞又愛鬧脾氣的小男生，一一從六樓扯開嗓子大喊，全世界都能清清楚楚聽到他們要多少酸櫻桃、多少鮮奶，哪個口味先放進甜筒、哪個口味放在上面，那種傲慢無禮的態度連梅夫魯特都大吃一驚。有時候，客人會堅持要他上樓，然後他會站在某戶有錢人家擁擠的餐桌旁或是鬧哄哄的廚房門口，目睹幼小的孩子在地毯上翻觔斗翻得不亦樂乎。有些人家聽見鈴鐺聲，會認定外面的人就是賀澤，於是叔伯姑嬸們會從二樓窗口探頭出來，說道：「賀澤大爺，你好嗎？看起來很不錯喔！」即使正視著梅夫魯特的臉也不會改口。而梅夫魯特絕不會糾正他們，而會以討好的態度回答說：「謝謝，我剛剛從鄉下喝完喜酒回來……今年的齋戒月收穫特別豐富呢。」只不過說完後總會略感愧疚。

齋戒月期間最令他愧疚的，莫過於禁食時刻抵擋不住與萊伊荷親熱的誘惑。他和她一樣夠聰明，知道這是自己一生中最快樂的時光，也因為太快樂了，不至於讓懊悔之情掃了興，因此他明白自己內心的愧疚來自於更深的源頭：他自覺像個不配上天堂卻無意中進入的人。

十點半左右，賀澤畫的路線還走不到一半，他就開始深深掛念萊伊荷。她現在在家裡做什麼呢？齋戒月開始兩週後，有兩、三天下午做完冰淇淋又做過愛之後，雖然只剩一點點時間，他們還是會到貝佑律後街區去看電影，那裡有幾家戲院會播放三部由凱莫・蘇納與法特瑪・紀麗等人主演的喜劇，總共只要花一個大甜筒冰淇淋的價錢。梅夫魯特心想如果能給萊伊荷買台二手電視，也許她在家等他的時候就不會太無聊了。

他每天晚上的最後一站是一道階梯，從那裡可以眺望伊斯坦堡數以萬計、亮著燈的窗戶。我們的故事一開始提到梅夫魯特遭一對父子打劫的地點就是這裡，當他站在此處望著在黑暗中穿越博斯普魯斯海峽的油輪，看著懸掛在清真寺尖塔之間明亮閃爍的齋戒月燈飾，就覺得自己何其幸運，能在伊斯坦堡有個家，還有個像萊伊荷這麼甜美的女孩在等他回家。有一群小孩彷彿飢餓的海鳥尾隨漁船般在周圍奔來跑去，他從中挑出一個長相最聰明的，對他說：「來，讓我看看你口袋裡有多少錢。」這個孩子和另外幾個與他相似的孩子都各會拿到一個堆疊得高高的甜筒，其實他們的零錢少得幾乎不足以支付。就這樣把桶子裡剩下的冰淇淋都挖光之後，梅夫魯特便打道回府。有些孩子完全沒錢卻哀求道：「賀澤叔叔，至少給我們一個空甜筒吧！」還有些會模仿他當作笑柄，他都置之不理。他知道一旦讓這樣的孩子有免費的冰淇淋吃，隔天無論是他或其他孩子都不會再向他買冰淇淋了。

萊伊荷。聽到梅夫魯特把推車拉進後院的聲音，我就知道他回來了。當他忙著把前輪栓到杏仁樹上，我會拿起冰桶（「一點也不剩呢，真棒！」我每次都會這麼說）、需要清洗的抹布和冰淇淋挖勺，全搬上樓去。梅夫魯特一進屋就會脫掉圍裙，丟到地上。有些人對待自己賺來的錢，恭敬得有如對待一張寫著先知名諱的紙，高高捧起，就像捧著生命的泉源，所以看見梅夫魯特把口袋裡塞滿錢的圍裙丟到一邊，急著重拾我們無上的幸福，感覺真好。我會去親吻他。

夏天早上，他會出門去找草莓、酸櫻桃、甜瓜和製做冰淇淋的其他原料，看看阿爾巴尼亞水果商那裡有沒有，不然就上魚市去找。看我穿上鞋子、戴上頭巾，梅夫魯特會說：「走吧！」好像帶我一塊去是他的主意似的。齋戒月過後，他下午也開始出去賣冰淇淋了。

只要發覺梅夫魯特對於我在身邊開始感到厭煩或無聊，當他和理髮店、木工坊和汽車修理廠的朋友閒聊近況時，我會稍稍往後站。有時候他會說：「妳在這裡等一下好嗎？」然後留下我走進店裡。我就算只是從敞開的門看著工廠裡的工人製做塑膠碗，都能看得津津有味。我們離家遠一些，梅夫魯特就會放鬆下來，他會跟我說有關於我們在偏僻巷弄裡看到的可怕戲院，還有他以前和費哈一起工作過的另一間餐廳，可是只要在塔克辛和卡拉達薩雷的人群中發現熟悉面孔，他就會覺得不安。是不是因為他是個拐帶女人的壞蛋，而我則是那個被他拐騙的笨女孩？「我們現在回家吧。」他會站在前面離我五步之處生氣地說，我追上前去的同時心裡也嘀咕著，他怎會為了這種芝麻小事就忽然怒氣沖天？（我花了一輩子都沒能弄明白，為什麼梅夫魯特常常轉眼就翻臉。）開始挑撿水果以後，他的態度就放軟了，清洗水果榨汁的時候，他又會猛親我的脖子和臉頰，告訴我他知道真正最甜的櫻桃和草莓在哪裡，逗得我臉紅發笑。不管窗簾拉得多緊，房裡始終都不暗，但我們還是會假裝它是暗的，假裝在看不見對方的情況下**做愛**。

三、梅夫魯特與萊伊荷的婚禮

只有沒希望的酸奶販子才會動卜茶的腦筋

阿杜拉曼大爺。女兒私奔是件棘手的事：如果第一時間發現後沒有氣憤地到處開槍，背後就會有人嚼舌根說「她父親知情」。就在四年前，有三名持槍匪徒在光天化日下把一個在田裡工作的漂亮女孩給綁走了。女孩的爸爸去找法官，讓他派憲兵去追捕，自己心裡也受了好幾天折磨，不知道他們會對女兒做出什麼可怕的事情，但還是免不了被中傷說：「她父親知情。」我一遍又一遍地問薩蜜荷，到底是誰帶走了萊伊荷，甚至威脅說她要是不小心一點，我就賞她巴掌，不過她當然不相信——女兒都知道我連擰她們的耳朵都捨不得——所以一句話也問不出來。

為了防止村裡的閒言閒語，我去找貝伊謝希爾的法官。他說：「可是你連女兒的身分證都沒留下，看來是她自己想跑的。不過她還沒滿十八歲，所以我可以起訴，也可以派憲兵去追人。但如果後來你氣消了，決定原諒你的女婿，想讓他們正式結婚，你還是得上法院把這件案子給結了。到咖啡屋去考慮一下吧，如果還是決定要追究的話，再來找我。」

去咖啡屋的途中，我順便到「破勺子」去喝點扁豆湯，無意間聽到隔壁桌的人說動物福利俱樂部馬上要舉行一場鬥雞賽，我就跟著他們去了。結果還沒能決定要怎麼做，我就又回到村裡。一個月後，齋戒月剛過，薇蒂荷那邊傳來消息：萊伊荷人在伊斯坦堡，她過得很好，懷孕了，帶她走的男人是梅夫魯特，也就是她丈夫柯庫的堂弟。薇蒂荷見過這個傻不隆咚的梅夫魯特，知道他身無分文。我說：「我永遠不會原諒他們。」但薇蒂荷已經看出來我會的。

薇蒂荷。開齋節過後的某天下午，萊伊荷到我們家來，但她沒告訴梅夫魯特。她說跟他在一起生活很幸福，還說她懷孕了。她抱著我哭，跟我說她有多寂寞、多害怕、多想回到以前在村裡的生活，有姊妹和家人在身邊嘰嘰喳喳，有樹木和雞隻圍繞，換句話說就是住在像我們桑山這棟花園住宅，而不是破舊又擁擠的公寓。我親愛的萊伊荷其實是希望爸爸不要再認為「私奔的女孩不能舉行婚禮」，希望他就此原諒她，讓她能舉行非宗教的婚禮順便請吃喜酒。在她肚子大起來以前，我有辦法好好地勸服所有人嗎？有辦法在安撫柯庫和公公哈桑的同時又不傷爸爸的感情，然後讓這一切和平落幕嗎？「我會盡力的，」我說：「不過妳得先再發一次誓，說妳永遠不會告訴爸爸或任何人是我和蘇雷曼幫梅夫魯特送的信。」生性樂觀的萊伊荷毫不猶豫地發了誓，並說：「我敢說每個人心裡都暗暗慶幸我跟人跑了，還結了婚，因為現在輪到薩蜜荷了。」

柯庫。我去了趟銀溪村，經過短暫交涉後，總算說服老淚縱橫的歪脖子丈人「原諒」了萊伊荷。起初我有點生氣，因為他一副「我和這次私奔事件脫不了干係」的樣子（後來我把他的口氣解釋為薇蒂荷和我弟弟蘇雷曼肯定插了手），但老實說，萊伊荷結了婚他很高興，他只是不甘心讓梅夫魯特不花一文錢就搶走女兒。為了平息他的怒氣，我答應幫他修復倒塌的後院圍牆，也會叫梅夫魯特和萊伊荷回村裡親他的手，求他原諒，後來我又和薇蒂荷給他送去兩千里拉。

梅夫魯特得知歪脖子阿杜拉曼答應原諒他們，條件是他們得回村裡向他請安，心裡不禁焦慮起來。一旦去了，免不了就會和原本屬意的情書對象薩蜜荷碰面，而見到她時，他一定會難掩尷尬滿臉通紅。從伊斯坦堡搭巴士到貝伊謝希爾的十四小時車程中，梅夫魯特始終清醒地憂思著這幅景象，身旁的萊伊荷卻熟睡得像個嬰兒。最難的其實是不讓萊伊荷看出他的不安，如今一切都已盡可能圓滿地解決，她是那麼地高興，想到即將再次見到爸爸與妹妹更是欣喜若狂。梅夫魯特擔心即便是暗自多想，也會讓萊伊荷感應到真相。實際上這也意味著他想得更多了，就跟怕狗一樣，只會讓情況更加惡化。萊伊荷感覺得到丈夫有心事。中途抵達山景站時正值午夜，巴士暫停片刻，他們進站喝了杯茶，她終於忍不住問他：「拜託，你是怎麼回事？」

「我心裡有種奇怪的感覺，」梅夫魯特說：「不管做什麼，總覺得在這世上我都是孤伶伶的一個人。」「現在有我陪你，你再也不會有那種感覺了。」萊伊荷充滿母性地說。萊伊荷緊挨在丈夫身旁，梅夫魯特則望著她映在茶館窗戶裡夢幻般的倒影，他知道這一刻將令他永生難忘。

他們在梅夫魯特的故鄉天泉村住了兩天。他母親為萊伊荷鋪上家裡最好的被褥，又拿出梅夫魯特最愛吃的糖漬胡桃捲。她不停地親萊伊荷，還叫梅夫魯特看看媳婦的手、手臂，甚至耳朵，說：「她多美啊，是不是？」梅夫魯特沉浸在打從十二歲搬到伊斯坦堡後便失去的母愛之中，可是同時又感覺到一種說不上來的憤懣與優越。

萊伊荷。離開村子、家、家中庭院這五十天裡，我是多麼想念這一切，甚至想念村裡的老舊道路和樹木和雞，現在只覺得想一個人走開一會兒。現在就在私奔那晚，我開燈關燈向梅夫魯特打暗號的房間裡，我丈夫像個調皮的小學生似的，走到爸爸面前請求他原諒。我永遠忘不了看見他親吻爸爸的手時，我是多開心。事後，我用托盤端著咖啡走進去，對每個人露出迷人的笑容，就好像他們是替兒子來瞧瞧可能婚配的對象，而我則是那個還沒找到丈夫的女孩。梅夫魯特太緊張了，竟然把滾燙的咖啡當成檸檬汁，吹也沒吹就一口灌下去，燙得淚都飆出來了。他們閒話家常，聊到後來梅夫魯特開始心煩，因為他知道了我要留下來與爸爸及薩蜜荷同住，直到婚禮當天才回伊斯坦堡，就像真正的新娘一樣。

梅夫魯特氣萊伊荷沒有事先告訴他說她打算在村裡待上一陣子，便氣呼呼地走回自己的村子，本能地將拜訪的時間縮短了，內心深處更是為了完全沒見到薩蜜荷而慶幸不已。萊伊荷提起過妹妹，但也不知為什麼，薩蜜荷沒有露面。他很高興暫時無須受此羞辱，卻也知道問題並未解決，只是延後到回伊斯坦堡舉行婚禮之日。薩蜜荷之所以不在家，會不會也意味著她尷尬地躲開來，想要忘掉這一切？

隔天回伊斯坦堡的巴士一路搖搖晃晃，有如夜空中一艘老舊太空船，車上的梅夫魯特睡得很熟，直到山景休息站才醒過來。他坐在回鄉路上和萊伊荷一起喝茶的那張桌子，驀然驚覺自己有多愛她。光是獨自度過一天便足以明白，經過這短短的五十天，他對萊伊荷的愛已然超越他在電影中所看見或從神話中所聽說的任何愛情。

薩蜜荷。萊伊荷能找到一個像小男孩一樣可愛又愛她的丈夫，我們都很替她高興。我陪著爸爸和萊伊荷一起到伊斯坦堡參加婚禮。這是我們第二次來，當然還是住在薇蒂荷家。婚禮前一天的指甲花儀式，我和兩個姊妹和其他女生玩得非常開心，大家都笑出淚來：萊伊荷學爸爸罵人的樣子，薇蒂荷假裝成開車在路上發起脾氣、痛罵周遭每個人的柯庫。我則是模仿到家裡來找我的追求者，他們一個個手足無措，從貝伊謝希爾的艾斯瑞福盧清真寺對街的阿凡百貨店買來的幾盒糖果和一瓶香水，更不知道該往哪擺了。如今繼萊伊荷之後，馬上就該輪到我結婚了。我不喜歡爸爸把我看得那麼緊，也不喜歡每當有人來參加指甲花儀式，一開門就用那種好奇的眼光看我們。我不介意看到追求者用充滿感情的眼神遠遠地偷瞄我，好像已經愛到不可自拔（甚至不介意看到有些人一面撚鬍子一面凝視），然後又急忙轉身假裝沒看我。不過也有人覺得巴結我爸爸比較簡單，不必費神應付我，簡直氣死我了。

萊伊荷。我坐在一張椅子上，身邊圍繞著一群嘰哩呱啦的女人，穿在我身上的粉紅洋裝是梅夫魯特從阿克薩雷買來的，他兩個姊妹還縫上花和蕾絲做裝飾；薇蒂荷替我披上蓋頭，又用一條不太透明的薄紗蒙住我的臉，但我可以從頭紗的一條縫裡看著其他女孩開心地唱歌、嬉戲。她們將點燃的指甲花粉膏放在一個裝著錢幣與蠟燭的托盤上，放到我頭頂上晃動，所有的少女和婦女都說：「可憐的小萊伊荷，妳就要離開兒時的家去和陌生人同住，妳不再是小女孩了，現在的妳已經長大了，可憐啊。」她們試圖要讓我感傷，但我就是哭不出來。每次薇蒂荷和薩蜜荷掀開我的頭紗看我哭了沒有，我就想放聲大笑，她們也會轉過頭去大聲說：「沒有，她還沒哭。」這樣一來，圍成圈圈坐在我身邊的女人就更加想方設法了，各種挑釁的暗示全都出籠──「這個人肯定都準備好了，對吧！不會回頭了！」因為擔心一些心懷妒忌的人可能提到我隆起的肚子，我便想著母親的死和她下葬那天，使勁地想擠出幾滴眼淚，沒想到還是哭不出來。

費哈。「想都別想！」梅夫魯特邀請我參加婚禮時，我這麼回答，惹得他不高興，但我不得不承認我並不介意再次回到莎伊卡婚禮堂。以前在那個大大的地下室，我參加過無數次的左派聚會。社會主義的政治黨派與各個左翼俱樂部，常常在那裡舉辦年度大會與一般會議。一開始會唱民謠和「國際歌」，可是最後總是以揮拳、丟椅子結束，不是因為有民族主義分子拿著棍子進來搗亂，而是因為我們當中敵對的親蘇與親中派系，不把對方打得頭破血流總是不肯罷休。自從一九七七年的地盤之爭，灰山左派分子吃了敗仗後，這些地方都被政府資助的右派組織接收了，我們再也沒有真正踏入過。

梅夫魯特甚至沒有告訴費哈，經營莎伊卡婚禮堂的是烏拉爾家族的人，而且要是沒有他們，就不會有這場婚宴。反正費哈還是找到了藉口酸他。

「你還真是挺能讓左右兩派都開心是吧？」他說：「現在的你一天到晚鞠躬哈腰，會是個很好的店老闆。」

「我不介意做個好的店老闆。」梅夫魯特邊說邊在桌子底下，偷偷給身旁的費哈倒一些加檸檬汁的伏特加，後來乾脆直接倒純伏特加。他抱著朋友說：「總有一天，我和你會開一間全土耳其最棒的商店。」

對監禮人說「我願意」的那一刻，梅夫魯特感覺到自己能把性命交到萊伊荷手中，可以信任她的聰明。喜宴上，無論妻子做什麼他都欣然跟隨（一如後來的婚姻生活），他很清楚這麼做人生會輕鬆一點，而他靈魂裡的孩子（別弄錯了，不是萊伊荷肚子裡那個）也會一直很快樂。因此半個小時後，當他向所有人都打過招呼了，便走向有如政治人物般被保鑣所環繞，並占了一整張桌子的哈密・烏拉爾哈吉。他不但親吻這個大人物的手，隨後也親吻那些陪同他前來的人的手（總共八個人）。

禮堂正中央擺了兩張專為新郎新娘準備的椅子，上面鋪著亮麗的紅絨布。梅夫魯特和萊伊荷坐上去後，他環顧了占據大半個禮堂的男士桌一圈，看見許多熟面孔：大部分是和父親同輩、以前賣酸奶的販子，他們的背早就被挑了多年的擔子給壓彎了。自從酸奶的生意下滑後，那些最窮和最失敗的販子開始在白天做各式各樣的工作，晚上出去賣卜茶，就跟梅夫魯特一樣。有些人則是在市區外圍蓋了違章住宅（這些住家偶爾會崩塌，到時就得從頭蓋起），後來地價上漲，他們才終於能鬆一口氣退休，或甚至回鄉下定居。還有些人除了在那裡有個可以遠眺貝伊謝希爾湖的住處，也在伊斯坦堡某個較貧窮的鄰區有棟房子。那些人坐在那裡抽著萬寶路菸。可是那些相信報紙上宣傳勞工銀行存款方案的廣告，相信自己在小學裡學到的東西的人，把多年間賺來的每一分錢都存進銀行，卻只看到自己的積蓄隨著最近急速的通貨膨脹化為烏有。企圖躲避如此命運而把錢交給所謂的新式銀行客的人，同樣血本無歸。因此他們的兒子也和梅夫魯特一樣，當起了街頭小販；他跟在場的所有人都同樣了解，在街頭叫賣了四分之一世紀，身心也隨之衰退的人，怎麼會一無所獲（如同他的爸爸），連一間鄉下的花園住宅都沒有。他母親與其他街頭小販的妻子同坐，她們一直留在村子裡，個個疲憊而老邁，梅夫魯特實在不忍往她們那邊看。

鼓與木管樂器開始演奏了，梅夫魯特加入其他男人跳起舞來。當他四下又蹦又跳，目光始終尾隨著萊伊荷的紫色頭巾，她正在禮堂的女席那邊一一招呼年輕與中年婦女。這時候他瞧見了莫希妮，他退伍回來，正巧趕上婚禮。沒多久賓客便開始將貴重物品貼在新娘與新郎身上，熱得令人暈頭轉向的禮堂裡隨即爆發出一股活力，賓客完全失序，光喝檸檬汁也喝到醉，滯悶的空氣中一片鬧哄哄。「我實在沒法應付這些法西斯分子，除非看向烏拉爾家人的座位，舉杯祝他們身體健康。」費哈說著從桌子底下遞了一杯伏特加檸檬汁給好友，而且盡可能小心翼翼。梅夫魯特一度看不見萊伊荷的蹤影，但很快又再次找到，便匆匆走到她身邊。她剛從洗手間出來，陪同在旁的兩個女孩也圍著和她同樣顏色的頭巾。

「梅夫魯特，我看得出萊伊荷有多幸福，我實在太為你們倆高興了……」其中一個女孩說：「很抱歉，在村裡的時候一直沒機會向你們道賀。」

「你沒認出她嗎？那是我小妹薩蜜荷。」他們重新坐回紅絨椅之後，萊伊荷對他說：「其實她的眼睛才漂亮。她在伊斯坦堡這裡開心得不得了。追求她的人實在太多，爸爸和薇蒂荷都不知道該怎麼處理她收到的情書了。」

蘇雷曼。起初我以為梅夫魯特是很有技巧地控制自己的情感，但後來才發覺——不是，他根本沒認出薩蜜荷，那個他曾寫過那麼多情書的美麗女孩。

莫希妮。梅夫魯特和萊伊荷請我將他們收到的禮物列出清單，並且在送禮儀式上擔任類似司儀的角色。每當我拿起麥克風宣布新的禮物——「尊貴的烏拉爾先生，來自里澤的商人兼建築界巨擘，創建了桑山清真寺的慷慨慈善家，他送給新郎一只中國製的瑞士腕表！」——便會響起一陣掌聲，大夥也會紛紛交頭接耳、吃吃竊笑，那些自以為能送個小禮了事的小氣鬼，眼看就要當眾丟臉，便會連忙掏出另一張大鈔。

蘇雷曼。看見費哈出現在賓客當中，我簡直不敢相信自己的眼睛。五年前，這個人渣和他那群接受莫斯科資助的狐群狗黨，可能隨時都埋伏在某個街角準備突襲我哥哥和他的友人。早知道梅夫魯特會找藉口讓他參加婚禮——「他是我朋友，他現在變成熟了！」——我們肯定不會自找麻煩去幫他送信、替他解決結婚的問題，還幫他安排喜宴……

不過費哈同志看起來十分沮喪。他曾經是那種自以為無所不知的人，他會把念珠像鑰匙圈一樣拿在手上甩圈，一面狠狠瞪著你，活像個剛出獄的共產黨惡棍，但那些日子過去了。自從兩年前的政變後，他的大多數同志要不是在牢裡關到快爛了，就是被刑求到出獄時已經殘廢。比較機靈的則是逃到歐洲，躲避酷刑。可是因為我們這位費哈同志除了庫德語，不會說其他任何語言，只好在政治主張上放軟姿態，留下沒走，他知道自己和那邊的人權團體反正也搞不出什麼名堂來。就像我哥哥說的：聰明的共產黨人只要一結婚，專心賺錢以後，就會把意識形態拋到腦後；可是像費哈這種愚蠢的共產黨，為了荒謬的理想連謀生都有困難，卻會視為己任似地去找像梅夫魯特這種窮人「提出忠告」。

但是當然也有些人會讓我們其他男生都不以為然：譬如有個有錢人看上一個漂亮女孩，上她家去求親，但一進門發現她有個更漂亮、更年輕的妹妹，馬上就轉頭對她父親說他不想娶他原本中意的女孩，而是想要那個在角落裡玩跳格子的妹妹。這傢伙是個如假包換的人渣，這點大家都能同意，但至少我們能理解他為何這麼做。像梅夫魯特這樣又該怎麼解釋呢？給一個女孩寫了好幾年賺人熱淚的情書，可是當他發現三更半夜和他私奔的不是他愛上的美麗女孩，而是女孩的姊妹，竟然什麼也沒說。

萊伊荷天真、純潔的喜悅讓梅夫魯特更感幸福。大家把鈔票貼在她衣服上時，她似乎是真的很開心，絲毫沒有梅夫魯特在其他新娘臉上看到佯裝驚喜的表情。莫希妮為了製造娛樂效果，便上演送禮的實況報導，將各個賓客送的現金或黃金與珠寶的數量一一唱出（「賣酸奶的老爺爺當中最年輕的一個，送美金五十元！」），而眾賓客也一如所有的婚禮，帶著半諷刺半禮貌的心態鼓掌。

趁所有人正忙著看其他地方，梅夫魯特偷偷地打量萊伊荷。不只她的手、手臂和耳朵看起來都好美，還有她的鼻子、嘴巴和臉蛋也是。此時此刻，萊伊荷的唯一缺點就是面露倦容，但她仍然展現出完全符合她個性的溫暖親切。她沒找到人替她看守那只裝滿禮物、信封和包裹的塑膠袋，只好把它靠放在自己的椅子旁邊。她的纖纖小手平放在腿上。梅夫魯特還記得他們一起逃跑的時候，他是如何握著那隻手，到了阿卻昔車站以後，他又是如何第一次加以細細端詳。他們私奔那天感覺已是遙遠的過去。過去這三個月來，他們盡情享受著魚水之歡，彼此變得那麼親密，度過那麼多談笑的時光，讓梅夫魯特驚覺到他從未了解一個人像他了解萊伊荷這樣深，禮堂裡那些向年輕女子炫耀舞技的男人，在他看來就像對人生一無所知的小孩。梅夫魯特覺得似乎已和萊伊荷相識多年，也慢慢開始相信他的情書正是為了像她這樣的人——也許甚至正是為了萊伊荷本人——所寫的。

四、鷹嘴豆飯

摻點土味的食物更好吃

回到家後，發現賓客們裝模作樣送上來的信封有很多是空的，梅夫魯特和萊伊荷卻不感到驚訝。因為信不過銀行也信不過銀行客，梅夫魯特把收到的錢多數拿去給萊伊荷買金鐲子，還去多拉德勒買了一台二手的黑白電視，那麼萊伊荷晚上在家等他的時候就不會無聊了。有時候他們會手牽著手一起看電視。後來每逢週六、週日，梅夫魯特都會提早回家，因為到了晚上《草原小屋》和《朱門恩怨》的播出時間，反正也不會有人還留在街頭買他的冰淇淋。

十月初賀澤從鄉下回來，取回冰淇淋車以後，梅夫魯特失業了一陣子。婚禮過後，費哈就失去連絡。即使在塔拉巴什某家咖啡屋碰巧遇上，他們也不再像從前那樣聊天；過去費哈老是會跟他說一些別人都沒想到、能讓他們倆做生意「賺大錢」的新機會。梅夫魯特也去了以前在貝佑律工作過的餐館，趁著下午時間侍者領班和餐館經理在整理帳目或看報、賭足球的時候找他們談，但誰也無法依他要求的薪水雇用他。

城裡新開了一些高級餐廳，只是那些地方找的人都得接受過某種「服務技能訓練」，要會說英語，至少要會分辨「yes」和「no」，總之不是像梅夫魯特這種只要有工作就來者不拒，然後再邊做邊學的鄉下人。十一月，他開始在一家餐館工作，但才過兩、三個禮拜就辭職了。有個打領帶、自以為了不起的傢伙，抱怨他點的辣番茄沙拉不夠辣，梅夫魯特氣沖沖地回嘴之餘還衝動地脫掉身上的制服，事後也後悔莫及了。不過他倒不是因為內心憂傷疲憊才一時衝動，那段時間可以說是他一生中最幸福的日子。他就快當爸爸了，他打算變賣婚禮上收到的所有珠寶，開始賣鷹嘴豆飯，以保障兒子的未來。

梅夫魯特透過一名侍者介紹認識一個從穆什來的小販，他已經賣鷹嘴豆飯賣了很多年，但最近因為中風行動不便，想要出售他的推車和「他的」地點，就在汽車渡輪專用的喀巴塔什碼頭後面。梅夫魯特從自身經驗知道，想轉讓生意的街頭小販多半會誇大自己對某些地點所擁有的權利。只要他們設法賄賂打點鄰區的巡警，獲准在某處停放幾天推車，就會忘記那個角落其實不是個人財產，而是屬於國家的。即便如此，挑著扁擔在街頭行走多年的梅夫魯特還是滿懷希望，開始陶醉在美夢中，彷彿真成了店老闆，在伊斯坦堡擁有自己的店面。他知道自己買貴了些，可是面對那個來自穆什、年邁半殘的小販，他實在不忍砍價砍得太凶。梅夫魯特帶萊伊荷去見那個人和他口吃的兒子，他們在奧塔克伊後面一個貧窮社區租了一間公寓，屋裡除了父子倆，還有蟑螂、老鼠和一只壓力鍋。去過兩趟以後，他們學會了這門生意。後來梅夫魯特又找一天回去取推車，一路推回家。他向西凱吉的批發商各買了一袋米和鷹嘴豆，堆放在廚房和電視中間。

萊伊荷。上床以前，我會把鷹嘴豆泡在水裡，鬧鐘撥三點，到時再起來把泡得軟硬適中的豆子放進鍋子，用小火慢煮。等我把鍋子從爐上挪開以後，會和梅夫魯特擁抱一下，然後聽著背景裡鍋子冷卻時發出的嗑隆嗑隆聲，安心地睡個回籠覺。天亮後，我用那個穆什人教的方法，把飯稍微炒一下，然後加水悶煮一會兒。梅夫魯特出去辦貨的時候，我就把雞肉先用水煮過再用油煎炒。我會留一點起來，用手去掉骨頭和皮以後，看自己想加多少百里香和胡椒就加多少，真想的話也許還可以再加一、兩瓣蒜頭，然後把剩下的雞肉分成四塊，放到飯旁邊。

早上出門採購的梅夫魯特提著裝滿水果或番茄的網袋回到家後，先深吸一口萊伊荷烹調的美味香氣，接著輕輕撫摩妻子的手臂、背部與日漸隆起的肚子。萊伊荷做的雞肉讓梅夫魯特的顧客都很滿意——無論是在芬德克里的銀行和辦公室上班，穿襯衫打領帶的男職員與穿裙子的女職員，或是附近工地的工人，又或是在殺時間等渡輪的司機和乘客。他很快就有了主顧客：當地亞克銀行分行那個高大、友善的警衛，他身材像個水桶，老帶著太陽眼鏡；奈丁姆先生，他穿著白色制服坐在碼頭的售票亭內賣船票；附近那家保險公司的男女員工，他們似乎總是面帶微笑地嘲弄梅夫魯特。不管和哪個顧客，梅夫魯特總能找到聊天話題，也許聊費內巴切隊在上一場比賽被擋下來的罰球，也許聊前一天電視的益智節目上每題都答對的盲眼女孩。他更以自己的魅力與一盤盤疊得高高的雞肉贏得市警的青睞。

身為老練的街頭販子，梅夫魯特知道與人攀談是工作的一部分，但他從不談政治。就像當初賣酸奶和卜茶的時候一樣，他在乎的其實不是錢，真正令他高興的是看到客人因為喜歡吃他賣的飯和雞肉，幾天後又再度光顧（這很罕見），而且好心體貼地這麼告訴他（這更罕見）。

大部分客人都表現得很明白，他的食物最大賣點就是便宜又方便，有些人甚至坦言不諱。不過，偶爾也有好心的客人會告訴他：「恭喜啦，賣飯的，你的東西真好吃。」梅夫魯特聽了會高興到暫時忘記那個他想對萊伊荷隱瞞，甚至想對自己隱瞞的殘酷事實：做這賣飯的生意實在掙不了多少錢。如果那個從穆什來的販子在同一個地點擺攤八年，最後卻貧病而終，那麼或許也就不是他本身的問題了。

萊伊荷。大多時候，梅夫魯特會帶回一半我當天早上做的鷹嘴豆、雞腿和飯。等到他回來，這些剩下的雞腿、小份的半雞和碎雞皮早已失去光澤，周圍的油脂也褪了色，但我還是會全部重新放進鍋裡，準備隔天再賣。我也會把剩下的米飯再用小火煮一遍，這樣味道更好。梅夫魯特不會說我們用剩菜，而會說這是調味，就像監獄裡的老大和有錢的囚犯會用自己私藏的高級橄欖油、香料和胡椒，叫人把牢裡供應的可怕食物再煮一遍。這是他從一個富有的庫德人那兒聽說的，那個人來自吉茲雷，以前坐過牢，現在在經營一個停車場。梅夫魯特會在廚房看我料理，而且老愛提醒我說摻點土味的食物更好吃——這是習慣吃街頭小吃的伊斯坦堡人公認的事實。我不喜歡這種說法，我會告訴他再煮一遍的食物一點也不「髒」，因為第一次又沒沾到口水。但是他跟我說那些炒過幾次的碎雞皮，還有因為煮太多次而變得軟爛的鷹嘴豆，通常都是客人的最愛，他們寧可捨棄比較新鮮乾淨的肉塊，專挑已經煮過幾次的碎肉吃，在狼吞虎嚥之前還會先沾上芥末醬和番茄醬。

到了十月，梅夫魯特又開始在晚上賣起卜茶。每天夜裡他都要走上好幾公里，心裡一邊想著各種美麗畫面和奇怪念頭。走了這些路，他發現：有幾個鄰區的樹影即使沒有風也會動；街燈壞了或沒開的時候，流浪狗會更大膽狂妄；貼在電線桿和大門口的割禮傳單與補習班廣告，都是用押韻的對句寫成。聽到夜裡的城市告訴他的事情，讀懂街頭的語言，讓梅夫魯特滿心驕傲。可是白天回到鷹嘴豆飯推車旁，兩手插在口袋裡站在寒風中，他的想像力便衰退了，他感覺到世界空洞而無意義，有一種想盡快回到萊伊荷身邊的衝動，寂寞孤單的感覺在他心中滋生、無法抵擋，讓他害怕。萬一她獨自在家的時候開始陣痛怎麼辦？不過他會告訴自己，再等一下，然後開始焦躁不安地繞著推車的大輪子和玻璃箱轉圈，又或者站在原地，只是左右腳不停地交換重心，邊等邊瞄手上的瑞士表。

萊伊荷。「他會送你那只表，是因為那對他有好處。」每次發現梅夫魯特在看哈密哈吉送的禮物，我就會這麼說：「他是為了讓你覺得虧欠他，而且不只是你，還有你大伯和堂兄弟。」下午梅夫魯特回來以後，我會用我在亞美尼亞教堂院子裡摘的樹葉，替他泡點茶。他會先檢查我已經做好、準備晚上要賣的卜茶，然後邊喝他加了糖的茶，邊看電視上播放的唯一節目：高中的幾何學。看完電視就一直睡到晚餐時間，還不時猛咳幾聲。他賣飯賣了七年，這段時間都是我負責準備鷹嘴豆和米飯，負責買雞肉回來煮熟後油煎；我也要給卜茶加糖調味，替他晚上的活兒做好準備。白天裡，我還要清洗所有的骯髒器具、湯匙、鍋碗和盤子。懷孕以後，我會仔細聆聽肚子裡寶寶的動靜，小心翼翼免得聞到煎雞肉的嗆味後吐在飯裡面，另外我也在小小角落裡珍藏了一張小床和幾個枕頭，留給寶寶用。梅夫魯特在一家二手店找到一本名叫《為孩子取名的伊斯蘭名大全》，晚餐前他會翻翻書，趁著電視廣告的空檔大聲念出幾個名字讓我考慮——努魯拉、阿布杜拉、薩杜拉、法茲勒拉——因為不想傷他的心，我一拖再拖，始終沒告訴他這胎是女兒。

薇蒂荷和薩蜜荷陪我去西司里的埃特法醫院檢查時，知道了這件事。離開醫院時，我很煩惱。「拜託，誰在乎這個！」薩蜜荷說：「已經有夠多男人在伊斯坦堡街頭遊蕩了。」

五、梅夫魯特當了父親

不許下車

薩蜜荷。我和爸爸到伊斯坦堡來參加婚禮，結果就住下了。每天早晨在薇蒂荷家的房間醒來時，我看著桌上水壺和香水瓶的影子，總會陷入沉思：在村裡有那麼多人追求我，爸爸就以為我能在伊斯坦堡找到更好的對象……可是到這裡以後，除了蘇雷曼我誰也沒見著……不知道他和柯庫給了爸爸什麼承諾。但我確實知道爸爸做假牙的費用是他們出的。他臨睡前都會把假牙放進玻璃杯，當我躺在床上等他醒來的時候，總是很想把那副假牙丟出窗外。我整個上午都在幫忙薇蒂荷做家事、織冬衣，下午開始有節目了，我們就一起看電視。早上，爸爸會陪波茲庫和圖朗玩耍，但他們喜歡扯他鬍子和頭髮，最後祖孫三人就吵起來了。有一次，我和爸爸跟著薇蒂荷和蘇雷曼去了博斯普魯斯海峽，還有一次，我們去貝佑律看電影，看完以後又去吃牛奶布丁。

今天早上蘇雷曼來找我，把車鑰匙像念珠串一樣套在食指上轉呀轉。他說中午左右，他得到博斯普魯斯海峽對岸的于斯居達去載六包水泥和一些鋼筋，他要開車過博斯普魯斯橋，問我想不想一起去。我去問姊妹薇蒂荷，她說：「妳自己決定，不過拜託妳一定要小心！」她是什麼意思呢？那次去皇宮戲院看電影，爸爸和薇蒂荷並沒有反對蘇雷曼坐在我旁邊，所以當電影看到一半，他的手像隻小心的螃蟹偷偷溜過來碰我大腿側面，我就納悶他是故意的或只是不小心，但卻無法斷定……在這個陽光燦爛、氣溫冷冽的冬日，我們頂著正午的太陽穿過博斯普魯斯橋時，蘇雷曼表現得彬彬有禮又體貼，他說：「薩蜜荷，要不要我開到右線，讓妳看風景可以看得清楚些？」說完便將福特廂型車緊貼橋邊行駛，有一度讓我覺得好像就要掉到從底下經過的那艘紅煙囪的俄國船上。

過了博斯普魯斯橋後，我們沿著于斯居達外圍一條坑坑洞洞、路況很糟的道路行駛，所有美麗風景和迷人的觀光景點也到此結束。那裡只有鐵絲網圍繞的水泥工廠、窗戶被砸碎的工作坊、比我們村裡任何一棟房子都還糟的廢棄屋，和成千上萬的生鏽金屬桶，多到讓我不禁懷疑是不是從天上掉下來的。

我們來到一大片平地後停車，那裡蓋滿搖搖欲墜的房屋，要我說的話，看起來很像桑山（換句話說，就是窮），只是比較新、比較醜。「這裡是阿克塔希建設公司的分公司，是我們和烏拉爾家一起開的。」蘇雷曼下車時說道。就在他正要走進一棟醜陋建築物時，忽然轉身用威脅的口氣警告我：「不許下車！」想也知道，這讓我更想下車了。可是附近一個女人也沒有，我只好待在副駕駛座等著。

回程的路上塞車，等到脫離車陣，已經沒時間吃午飯，蘇雷曼也沒能送我回到家。剛到桑山，他看見幾個朋友，便忽然停車說道：「好啦，已經到我們社區了，妳自己爬上山去應該沒什麼問題。喏，這個拿著，順便去幫我媽媽買點麵包！」

我買完麵包，慢慢往阿克塔希家走去，房子還在整修改建中，他們要把它變成道地的混凝土屋。我邊走邊尋思著，大家都說兩個陌生人結婚最麻煩的不一定在於女人嫁給一個不認識的人，而是她得學著去愛一個不認識的人……我卻覺得嫁給不認識的人想必會簡單些，因為你愈了解男人就愈難去愛他們。

萊伊荷。我現在連坐下都很困難，因為肚子裡還沒命名的小女嬰愈來愈大。有天晚上，梅夫魯特又在念書上的名字——「哈姆杜拉是對阿拉感恩的人；尤貝杜拉是阿拉的僕人；賽福拉是阿拉的劍、阿拉的士兵」——我決定打斷他：「親愛的，書上都沒有女孩的名字嗎？」他說：「喔，有啊，誰會想到呢？」那口氣就好像一個男人有一天突然發現他最喜愛的簡餐館三樓，有個婦女專用的「家眷室」。那個男人可能會從門縫，害羞又快速地偷瞄婦女室一眼，梅夫魯特也是像這樣敷衍地瞄了後面幾頁，便又重新看起男孩的名字。幸好薇蒂荷去了西司里一家不錯的商店，店裡還兼賣玩具，她在那兒又給我買了兩本書。其中一本列出的大多是中亞地區民族主義色彩濃厚的名字，例如庫特傑貝、阿帕斯蘭、阿塔貝等等，女孩名則另外放在不同頁面，就像鄂圖曼宮廷裡的男女得分開住。然而在《現代嬰兒名手冊》裡，男女孩的名字混在一起，和私立高中或是有錢人與西化家庭辦的喜宴一樣，可是梅夫魯特卻嘲笑女孩的名字：欣葛、蘇珊、蜜娜、伊蘭，只把男孩名當回事：托加、哈坎、克里屈。

儘管如此，我也不希望你們以為我們的女兒法特瑪在四月出生後，梅夫魯特便視之為悲劇，又或者以為我沒能生兒子，他就對我很壞。事實上，恰恰相反。梅夫魯特當了爸爸以後太高興了，逢人就說他一直都想要女兒，他自己也真的這麼相信。我們這條街上有個攝影師叫沙克爾，他會拍下在貝佑律酒吧裡喝茴香酒和葡萄酒喝到醉的人，然後在自家老式相館的暗房裡把照片沖洗出來。有一天，梅夫魯特帶他到家裡來，為他和懷裡的寶寶拍張合照，看他笑到嘴巴都快咧到耳根，活像個巨人。梅夫魯特把照片插在推車上，送顧客一些免費米飯時還會跟他們說：「我有個寶貝女兒了。」晚上回到家，他會把法特瑪抱在腿上，把她的左手拉到眼前，彷彿鐘表師傅似的仔細檢視她完美無缺的手，說道：「妳看，她也有指甲呢。」然後他會拿他和我的手指跟寶寶的比較，眼中噙著淚水親吻我們倆，對於神所創造的這個奇蹟讚嘆不已。

梅夫魯特非常開心，但萊伊荷不知道的是他內心也有一種奇異感。「願神保佑你漂亮的寶寶！」顧客看到他車上（被米飯的熱氣給浸溼）的照片都會這麼說，有時候他不會告訴他們寶寶是女的。過了許久之後，他才終於肯面對現實，真正讓他不開心的原因在於他嫉妒這個孩子。起初他以為自己氣惱的是，萊伊荷半夜起來給法特瑪餵奶總要吵醒他幾次。另外還有蚊子的問題，他們為了老是有蚊子跑進寶寶的蚊帳吸她的血，吵了整個夏天。不過到最後，梅夫魯特發覺每當看見萊伊荷對寶寶溫柔地輕聲細語，並讓她吸吮自己豐滿的乳房，他就會有種奇怪的感覺襲上心頭：看見萊伊荷用那種應該只屬於他一人的愛與傾慕看著孩子，他感到五味雜陳。但他無法告訴她，也開始怨起她來。萊伊荷與寶寶合而為一，讓梅夫魯特自覺微不足道。

在家裡，他需要妻子隨時告訴他，說他有多重要。但自從法特瑪出生後，萊伊荷便不再對他說：「梅夫魯特，你今天真是做得太好了；梅夫魯特，你真聰明，會想到用剩下的水果糖漿給卜茶調味；梅夫魯特，政府機關裡的職員全都最喜歡你了！」齋戒月期間，沒有人上街賣吃的，所以梅夫魯特整天待在家裡。他好想整個早上只和萊伊荷做愛，以消弭心中的嫉妒，但她不喜歡在孩子面前做「那些事」。有一天，梅夫魯特對她吼道：「去年夏天妳怕被神看見，現在妳又怕被寶寶看見！好了，現在起床去攪冰淇淋吧。」梅夫魯特會欣喜地看著陶醉在母愛與夫妻之愛的喜悅中的萊伊荷乖乖下床，兩手握住長勺柄，用力攪拌冰淇淋，優美的頸子都浮出了青筋。在他望著她的同時，偶爾也會搖一下床邊的嬰兒床。

薩蜜荷。到伊斯坦堡來已經有好一陣子，我們仍然住在桑山的姊妹家，晚上爸爸的鼾聲如雷，害我幾乎睡不著。蘇雷曼送我一只編織的金手環，我收下了。姊妹說要是不趕快舉行訂婚儀式，會傳出閒話。

萊伊荷。我給法特瑪餵奶，梅夫魯特好像嫉妒得不得了，一開始我真的很煩，後來就不再分泌母奶了。十一月，我又懷孕了，因為已經不再給法特瑪餵奶。現在該怎麼辦？在確定這胎是男孩以前，不能告訴梅夫魯特。但萬一不是呢？我受不了一個人待在家裡，心想還是上薇蒂荷家去好了，那樣也可以看到薩蜜荷。我在塔克辛郵局得知發生了什麼事，害怕得匆匆趕回家。

六、薩蜜荷逃跑了

這事會鬧出人命的

薇蒂荷。有天下午，薩蜜荷包著頭巾、提著袋子出現在我們房門口，全身抖個不停。「怎麼了？」我問道。

「我愛上別人了，我要跟他走。計程車已經來了。」

「什麼？妳瘋啦？別這麼做！」

她哭起了來，卻不肯改變心意。

「是誰？妳在哪認識這個人的？妳聽我說，蘇雷曼愛上妳了，妳別讓我跟爸爸難做人。」我說：「再說了，有誰會搭計程車私奔？」

我這個被愛蒙蔽雙眼的小妹，激動到一句話也說不出來。她牽著我的手，拉我到她和爸爸的房間。她把蘇雷曼送的禮物整整齊齊堆放在桌上，有手環和兩條頭巾，一條上面是紫花圖案，另一條是羚羊圖案。她只是比了比那些東西，好像受到太大打擊成了啞巴。

「薩蜜荷，等爸爸回家，他會氣死的。」我說：「妳也知道他收了蘇雷曼不少禮物，還拿了做假牙的錢和其他一大堆東西。妳真要讓我們親愛的爸爸承受這些嗎？」她低頭看著自己的腳，默不作聲。我又接著說：「爸爸和我下半輩子都會抬不起頭來。」

「萊伊荷也跟人跑了呀，最後還不是沒事。」

「萊伊荷沒有其他追求者，也沒有許配給誰。」我說：「可是妳跟萊伊荷不一樣，妳很美。而且爸爸也沒有拿誰的錢，答應把萊伊荷嫁給他。這事會鬧出人命的。」

「我又不知道我許配給誰了。」她說：「為什麼爸爸要那麼做？為什麼他不先問問我，就拿別人的錢？」

我們聽到計程車在街上按喇叭。薩蜜荷往門口走去。「妳要是逃跑，我會被柯庫打上好幾個星期，這妳是知道的，對不對，薩蜜荷？我會被打到手腳全都瘀青，妳知道的，對吧？」我說。

薩蜜荷。我們抱在一起，哭了起來……我覺得好對不起姊妹，心裡也好害怕……

薇蒂荷。「先回村裡去吧！」我說：「然後妳再私奔！妳要是現在走了，他們會全怪到我頭上，他們會認為是我安排的。妳知道他們會殺了我的，薩蜜荷。不過這個男人到底是誰？」

薩蜜荷。姊妹說得沒錯。於是我說：「那就讓我去把計程車打發走吧。」但不知怎地，出去的時候我還是拿起了行李袋。我正要穿過院子走向大門，站在窗口看的薇蒂荷發現了我手上的袋子，開始苦求道：「別走啊，薩蜜荷，別走，我親愛的妹妹！」走出大門來到計程車處，我不知道該說什麼或做什麼。正想著要跟他們說：「我改變主意了，我姊妹在哭。」計程車門忽然打開，我就被拉了進去，甚至來不及回頭再看親愛的姊妹最後一眼。

薇蒂荷。他們把薩蜜荷強拉上車，我從窗口全看見了。救命啊！我尖叫道。快點，不然他們會怪我！那些壞蛋綁架我妹妹了，救命啊！

蘇雷曼。我午睡醒來，看見後門停了一輛車……波茲庫和圖朗在院子裡玩耍……我聽到薇蒂荷在外面尖叫。

薇蒂荷。我穿著拖鞋哪能跑多遠呢……攔下那輛計程車，我大聲喊道。薩蜜荷，下車！

蘇雷曼。我追在他們後面，可是追不上！我簡直要氣炸了，回家以後跳上車，加速開走。等我經過我們家的店來到山腳下，那輛黑色車子已經轉過街角往梅吉迪耶克伊駛去。不過事情還沒完，薩蜜荷是個貞潔的女孩，她隨時都可能跳下那輛計程車。她還沒不見，他們還沒真正把她帶走。她會回來的。別以為真有什麼事。別寫這個，別這麼**大驚小怪**地寫這件事。別壞了一個好女孩的名節。我可以看到黑色車子就在前面稍遠處，但就是追不上。我探身從手套箱裡拿出那把克勒克卡萊手槍，對空開了兩槍。不過這個也別寫，因為她不是真的跟人跑了。會讓人誤會的！

薩蜜荷。其實他們心裡明白得很，我跟人私奔了，我是出於自願。你們聽到的一切都是真的，我自己也不敢相信。我戀愛了！愛情讓我做出這種事，聽到槍響後我覺得舒坦了些。也許是因為這代表我已經回不了頭了？我們也往空中開了兩槍，只是讓對方知道我們不是沒有武器，一到梅吉迪耶克伊以後，我們就把槍收起來了。原來那個時候蘇雷曼在家，現在他正開著廂型車追來，好可怕，不過我知道車子這麼多，他找不到我們。現在的我快樂極了。你們也看到了：誰也買不了我……他們所有人都太讓我生氣了！

蘇雷曼。一看前面沒車我立刻加速，沒想到——該死的！忽然不知從哪竄出一輛卡車，我猛地向右轉，結果避不開了。我撞上一堵牆！撞得我有點頭昏眼花。我在哪？最好別亂動，先弄清楚怎麼回事。我的頭好像撞到了什麼。啊，對了！薩蜜荷逃跑了。一群好管閒事的小孩已經跑到廂型車這邊來圍觀……我的頭撞到照後鏡，額頭上流血，但我倒了車，隨即再度加速去追他們。

薇蒂荷。孩子們聽到槍聲，歡天喜地地跑到院子裡，好像有人在放鞭炮似的。波茲庫，圖朗，我在後面喊著，進屋裡去把門關上。他們不聽，於是其中一個被我搧了一巴掌，另一個被我抓住手臂拽進屋內。我想應該打電話報警。可是開槍的是蘇雷曼，報警是明智之舉嗎？「你們兩個小笨蛋，還站在那裡幹嘛？打電話給爸爸！」我說。其實我跟他們說過，沒有我的允許不准碰電話，否則他們會玩個不停。波茲庫撥了電話，告訴柯庫：「爸，薩蜜荷阿姨跑掉了！」

我哭了起來，不過心裡有點覺得薩蜜荷做得對——可別告訴任何人我說過這話。沒錯，可憐的蘇雷曼愛她愛到無可救藥。但他又不是這世上頂聰明或頂好看的男人，他已經有點過胖。他睫毛很長，有些女孩可能會喜歡，但薩蜜荷總覺得長睫毛看起來笨笨的又女孩子氣。不過最主要的問題是蘇雷曼雖然愛她，卻又老是做各種明知道會惹惱她的事。為什麼男人要對自己心愛的女人這麼壞呢？薩蜜荷受不了他那副趾高氣昂、想展現男子氣概的模樣，而且他太愛賣弄，只不過口袋裡有點錢，就以為每個人都想聽他的建議。我對妹妹說做得好，不要把自己交給一個你不愛的男人，但我心裡又嘀咕著，帶她走的那個男人靠得住嗎？說到底，大白天在市區裡，用計程車帶女孩走，這主意可不算頂聰明的。我們是在伊斯坦堡，不是鄉下地方，他真的有必要像這樣跑到門口按喇叭嗎？

薩蜜荷。開車經過伊斯坦堡時看見的一切都讓我目眩神迷：人群、跑過馬路攔公車的人、穿裙子的女孩、馬拉的貨車、公園、大大的舊公寓建築……我全都喜歡。蘇雷曼明知道我有多喜歡搭他的車在城裡兜風（他知道，因為我常常叫他帶我出門），可是他很少帶上我，你們知道為什麼嗎？（老實說，我想了很久。）因為他雖然想親近我，卻無法尊重一個在婚前就和男孩太要好的女孩。但我是那種只會嫁給自己心愛男人的女孩——這樣說清楚了嗎？我沒有想到錢，只是跟隨自己的心意，現在我已經準備好面對後果。

蘇雷曼。我都還沒到梅吉迪耶克伊，他們已經過了西司里。我回家後停好車，努力地讓自己保持冷靜。我萬萬沒想到竟然有人敢在大白天、在伊斯坦堡正中心，帶走我的未婚妻，所以到現在仍不敢相信自己看見的事情。絕對不會有人做出這麼瘋狂的事，大家都知道做這種事有可能會沒命。

薩蜜荷。桑山不是「伊斯坦堡的中心」，而且誠如你們所知，我也沒有給過蘇雷曼任何承諾。的確到最後可能會有人被殺，但也正因為如此，我們才要逃得遠遠的，何況每個人都有死的一天。伊斯坦堡總沒個盡頭。如今危險解除了，我們便停車走進一家咖啡館，盡情喝著紙盒裝的鹹酸奶飲料「愛蘭」，我心愛的男人喝得小鬍子全變白了。我絕不會透露他的名字，你們也絕對找不到我們，所以就不必多費口舌問我了。

蘇雷曼。當我回到家，薇蒂荷用棉花球替我清潔額頭上的傷口。然後我走到外面院子，拿起克勒克卡萊手槍對著桑樹開了兩槍。沒多久，怪異的沉默氣氛就開始了。我忍不住會想，薩蜜荷肯定會回家的，就好像什麼也沒發生過。那天晚上，所有人都在屋裡。有人把電視關了，好像家裡死了人一樣，我這才發覺真正讓我痛苦的正是這種沉默。哥哥抽菸抽個不停，歪脖子阿杜拉曼喝醉了酒，薇蒂荷在哭。半夜裡，我到院子去，從桑山上俯瞰山下城裡的一片燈海，暗暗對神發誓我要報仇。那底下有千萬個亮著燈的窗，薩蜜荷就站在其中一扇窗前。知道她不愛我讓我太受傷了，所以我寧可認為她是被強行擄走，而這也讓我更想殺死那些混蛋。我們的祖先在處死罪犯以前總會先凌虐他們一頓——也只有在這種時候，我們才能真正了解傳統的重要。

阿杜拉曼大爺。女兒一個個跟人跑了，當爸爸的會是什麼滋味？我臉上有點掛不住，但也很驕傲，因為女兒能勇敢地跟她們自己選擇的男人走，而沒有委屈嫁給別人替她們挑選的人。如果她們有個母親可以吐露心事，應該就會做對的事，誰也不會逃跑……我們都知道，在婚姻當中信任比愛情更重要。我擔心等我回村以後，他們不知道會怎麼對付可憐的薇蒂荷。不過我家老大比她外表看起來更聰明，也許她會想出辦法，避免自己因為這件事被懲罰。

蘇雷曼。薩蜜荷跑走以後，我更加愛她了。在她私奔以前，我愛她是因為她長得美又聰明，也因為人人都愛慕她。那可以理解。現在我愛她則是因為她離開我逃跑了。這更加可以理解，只是痛苦難以承受。早上看店的時候，我都會幻想她回來了，心想要是我馬上衝回家，就會發現她在家裡，然後我們就能結婚，辦一場盛大的喜宴。

柯庫。我旁敲側擊地說除非家裡有人幫忙，不然很難帶一個女孩私奔，不過薇蒂荷沒有上當。她只是哭著說：「這座城市這麼大，我怎麼會知道。」有一天，家裡只有我和阿杜拉曼大爺在。「有些父親會跟這個男人拿錢和所有他能拿到的東西，然後等到有更好的對象出現，就偷偷把女兒賣給比較有錢的那個人，再謊稱女兒私奔了。阿杜拉曼大爺，你別誤會，你是個令人敬重的人，可是薩蜜荷要逃跑的時候，怎能不想到這一點呢？」我這麼問道。他回答說：「我會是第一個要她付出代價的人。」後來，他覺得我這番話冒犯了他，也就不再回家吃晚飯。於是我告訴薇蒂荷：「我不知道你們倆是誰幫了薩蜜荷，不過在我查出她跟誰去了哪裡之前，妳不許離開這棟房子。」她說：「無所謂，反正你本來就不讓我離開社區，現在也省得再出門了。但能不能至少讓我到院子去？」

蘇雷曼。有天晚上，我開車載阿杜拉曼大爺到博斯普魯斯去，跟他說我們需要談一談。我們到薩勒葉的塔拉托海鮮餐廳，坐在遠離魚缸的角落裡。我們點的油炸淡菜還沒來，我們卻已經空腹喝起第二杯茴香酒，這時我說：「阿杜拉曼大爺，你年歲比我長得多，一定能回答我的問題。一個男人是為了什麼而活？」阿杜拉曼大爺老早就感覺到今晚的談話有可能涉入危險領域，所以花了很長時間試圖想出最無害的答案。他說道：「為了愛啊，孩子！」「還有呢？」他又想了想，說道：「為了友誼。」「還有呢？」「為了幸福。為了神和國家……」我打斷他說：「一個男人是為了自己的名譽而活，老爹！」

阿杜拉曼大爺。其實，我沒說出口的是：我是為了女兒而活。我盡量遷就這個憤怒的年輕人，因為我心裡也半覺得他說的不全錯，但更主要的是我替他感到難過。因為喝得太多，所有遺忘的記憶開始在眼前飄來盪去，就像遠處魚缸裡的水草。夜晚將盡的時候，我鼓起勇氣說：「蘇雷曼，孩子啊，我知道你有多受傷、多氣憤，我完全理解。我們也覺得受傷、氣憤，因為薩蜜荷的行為讓我們陷入一個非常艱難的處境。但是沒有理由把名譽和自尊受損扯進來！你的尊嚴完全沒有受到損傷。你又沒有和薩蜜荷結婚或甚至訂婚。沒錯，早知道就該在你們倆互相了解以前讓你們結婚，我可以百分之百肯定你們會幸福。但是你現在把這件事牽扯上名譽是不對的。大家都知道這些關於名譽的重大宣示，其實只是讓人可以心安理得互相殺害的藉口。你打算殺了我女兒嗎？」

蘇雷曼怒氣衝天。「對不起，老爹，但我至少有權利去追那個帶薩蜜荷私奔的混蛋，給他一點教訓吧？那個混蛋羞辱了我，不是嗎？」「你別誤會我的意思。」「我有沒有權利？」「冷靜一點，孩子。」「我從鄉下到這裡來，辛辛苦苦那麼多年，就是想在這個像垃圾場的城市打造自己的人生，結果來了個騙子，把我的心血全吸光了，你叫我怎麼冷靜？」「孩子，相信我，要是我有辦法，我會親手掐著薩蜜荷的後脖子，帶她回家。我敢說她已經知道自己做錯了。說不定我們在這兒忙著喝酒的當下，她正提著行李、夾著尾巴回家去了。」「誰說我和我哥哥要讓她回來了？」「我女兒要是回來，你也不要她了？」「我得考慮到我的名譽。」「可是如果沒人碰過她……」

我們坐在那裡喝到半夜酒吧打烊。也不知道事情是怎麼進展的，總之蘇雷曼忽然起身道歉，恭敬地親我的手，我也答應他不會把談話內容告訴任何人。我甚至還說：「我不會告訴薩蜜荷。」蘇雷曼哭了起來，他說我皺眉的表情和一舉一動都讓他想起薩蜜荷。「父女當然像了。」我驕傲地說。

「我錯了，我只顧著炫耀賣弄，沒有試圖和她成為朋友。」蘇雷曼說；「可是她牙尖嘴利。跟女孩說話真的很難，從來也沒人教過我們該怎麼做才對。我跟她說話就像跟男人說話一樣，只差沒罵粗話。這樣行不通。」

回家前，蘇雷曼去洗了把臉，洗完以後真的清醒了。回家途中，我們被伊斯提涅的交通警察攔下來搜車，只好賄賂他們一大筆錢，才總算放行。

七、第二個女兒

他的人生好像發生在另一人身上

很長一段時間，梅夫魯特對這些事都毫不知情。他對工作依然秉持著最初的熱忱，一絲未減：他就跟「相信理想的創業者」一樣樂觀，就像《如何成為成功商人》之類的書中令他鍾愛的主角。他深信自己還能賺更多錢，只要在三輪推車的玻璃箱內裝設更明亮的燈光，跟在他四周不斷冒出又消失的愛蘭、茶和可樂販子達成協議，並且更努力而真誠地和顧客交心聊天就可以了。梅夫魯特竭盡所能地在喀巴塔什和芬德克里一帶，建立固定的顧客群。站在他推車旁吃午餐的大公司職員毫不理會他的辛勞，他並不怎麼在意，但若是和他合作的較小商家要他開收據，他就會發火。他利用公司大樓內的門房、工友、警衛與茶水工人等人脈，試圖和會計、經理階級的人建立關係。有一天晚上，萊伊荷告訴他，她又懷孕了，而且這次又是女兒。

「妳怎麼知道是女兒？妳們三個又去醫院了？」

「不是三個，薩蜜荷不在。她不想嫁給蘇雷曼，和別人跑了。」

「什麼？」

萊伊荷把自己知道的告訴他。

當晚，梅夫魯特像夢遊似地在費里克伊晃來晃去，一面吆喝著「卜茶——」，不知不覺中來到一處墓園。月亮出來了，一棵棵柏樹和一座座墓碑在皎潔銀光與漆黑夜色之間交錯著。梅夫魯特沿著一條鋪設的道路穿過墓園正中央，覺得自己好像在夢中挑了這條小徑。然而走在墓園裡的人不是他，就好像他的人生也發生在另一人身上。

當梅夫魯特走得愈遠，墓園愈往下坡，宛如地毯般鋪展開來，他也發現斜坡愈來愈陡。和薩蜜荷私奔的男人是誰呢？她會不會有一天坦白告訴他「梅夫魯特寫了好多年情書讚美我的眼睛，結果卻娶了我姊妹」？薩蜜荷自己又知不知道這一切呢？

萊伊荷。我把伊斯蘭名手冊遞給梅夫魯特時說道：「上次你找的全是男孩的名字，結果生了女兒。這次要是只找女孩的名字，說不定就會生兒子了。你可以找找看有沒有女孩名字裡面隱含著『阿拉』！」梅夫魯特說：「女孩名字裡面不可能有『阿拉』！」根據可蘭經，女孩頂多只能和先知穆罕默德的某位妻子同名。「要是我們再繼續每天吃飯，說不定還會變成中國人呢！」我反駁道。梅夫魯特跟著我笑了，然後抱起寶寶，往她臉上親個不停。他甚至沒發現自己的鬍子扎得法特瑪直哭，後來還是我提醒他的。

阿杜拉曼大爺。我三個女兒那位已經過世的母親名叫菲琪葉。我就替他們的二女兒取了這個名字。你們聽了應該會很驚訝，雖然三個女兒現在都在伊斯坦堡，其中還有兩個叛逆逃家，菲琪葉（願她安息）的一生卻是平平淡淡：她十五歲嫁給我這個第一個向她求親的男人，平靜無波地活到二十三歲，一步也沒離開過銀溪村。如今我接受了在伊斯坦堡再一次失敗的痛苦事實，又要打道回村了。我坐在這輛巴士上，哀戚地看著窗外，不停想著要是我也和菲琪葉一樣，從未離開過村子就好了。

薇蒂荷。我丈夫幾乎不跟我說話，老是不回家，對我說的每句話也都嗤之以鼻。由於柯庫和蘇雷曼的沉默以及他們總是話中帶刺，爸爸終於再也無法忍受，打包回鄉下去了。我更是偷偷地以淚洗面。短短一個月內，爸爸和薩蜜荷的房間就全空了。有時候我會進那個房間，看著一邊是爸爸的床，另一邊是薩蜜荷的床，忍不住悲從中來，哭泣落淚。每次看著窗外，我都會試著想像薩蜜荷去了哪裡，又跟誰在一起。做得好啊，薩蜜荷，我很慶幸妳逃跑了。

蘇雷曼。薩蜜荷已經逃跑五十一天，還是音訊全無，這段時間裡我喝茴香酒喝個不停。不過從來不是在飯桌上喝，因為不想惹哥哥生氣，我也不是靜靜地（像吃藥一樣）在自己房裡喝，或是到貝佑律去喝。有時候我會開著車亂轉，只是為了不要胡思亂想。

每星期四店裡需要補貨，我會到市場去買釘子、油漆或灰泥，貨車一旦被吸入眾多店家的喧鬧聲中，進入到那片忙碌人海中，可能得花好幾個小時才出得來。偶爾我會隨意把車開進于斯居達背後山上的某條街道，經過一些空心磚屋、水泥牆、一間清真寺、一座工廠、一個廣場；再繼續往前，會看見一間銀行、一家餐廳、一個巴士站，偏偏沒有薩蜜荷的蹤影。但無論如何，「她可能就在附近」的感覺愈來愈強烈，當我坐在駕駛座手握方向盤，幾乎好像在自己的夢裡追逐著。

梅夫魯特和萊伊荷的二女兒菲琪葉在一九八四年八月出生，過程很順利，完全沒有增加任何醫院費用。梅夫魯特高興到在推車上寫上了「二女飯」。除了兩個嬰兒會齊聲哭鬧整夜，讓他長期缺乏睡眠，加上愛管閒事的薇蒂荷動不動就跑來幫忙之外，梅夫魯特倒也沒啥可抱怨。

有一天薇蒂荷對他說：「新郎倌，賣飯這買賣就放手吧，加入我們的家族事業，讓萊伊荷能過好一點的生活。」

「我們過得很好啊。」梅夫魯特說。萊伊荷看著姊妹，那眼神像是在說「才沒有」，讓梅夫魯特覺得氣惱。薇蒂荷一走，他便開始發牢騷：「她以為她是誰啊？我們自己家的事要她管？」有一度還打算禁止萊伊荷去桑山找姊妹，不過態度不是太強硬，因為他知道這樣的要求不對。

八、資本主義與傳統

梅夫魯特幸福無比的家庭生活

一九八五年二月底，某個漫長、寒冷又生意清淡的一天即將結束，梅夫魯特正在收拾杯盤，準備離開喀巴塔什回家時，忽見蘇雷曼的廂型車停了下來。「所有人都已經給你的新生寶寶送了禮物和護身符，只有我還沒。」蘇雷曼說道：「上車吧，我們聊一會。工作怎麼樣？待在外面不冷嗎？」

爬上前座後，梅夫魯特想起了有著鹿一般眼眸的薩蜜荷，在她一年前逃家失蹤以前，是多常坐在這個位子上，又是多常跟著蘇雷曼開車在伊斯坦堡跑來跑去。

「我已經賣飯賣了兩年，從來沒有坐上顧客的車子。」他說道：「這裡太高了，我覺得頭暈，還是下車得好。」

「坐著，坐著，我們有好多話要說呢！」蘇雷曼說著抓住梅夫魯特正要伸向門把的手，並用一種失戀、頹喪的眼神看著這位童年玩伴。

梅夫魯特看出堂兄弟的雙眼正告訴他：「我們現在扯平了！」他很同情蘇雷曼，而就在這個時候，他明白了這兩年來他一直試圖忽略的真相：是蘇雷曼設下圈套，騙他誤以為那個眼眸明亮閃爍的女孩名叫萊伊荷，不是薩蜜荷。如果蘇雷曼果真按計畫娶了薩蜜荷，他們應該會繼續假裝沒人設下什麼圈套，這樣皆大歡喜……

「蘇雷曼，你和你哥哥事業做得很成功，可是我們其他人好像就是找不到發達的路子。聽說烏拉爾家正在蓋的新公寓大樓地基都還沒打好，就已經賣出一半以上了。」

「是啊，感謝神，我們是還不錯。」蘇雷曼說：「但我們也希望你過得好。我哥哥也是這麼想的。」

「那你們想讓我做什麼？到頭來我能在烏拉爾家族的公司裡開一間茶館嗎？」

「你想做那個嗎？」

「有客人來了。」梅夫魯特說著下了車。沒有客人，但他仍背轉向蘇雷曼的車，自顧自地準備一人份。他舀了些飯放到盤子上，用湯匙背面將隆起的米飯壓平，接著關掉三輪推車的瓦斯爐。當他發現蘇雷曼也跟著下車，暗自欣喜。

「算了，你要是不想談也沒關係，但讓我去送個禮物給寶寶吧，至少可以看看她。」蘇雷曼說。

「你要是不知道我家在哪，就跟我走吧。」梅夫魯特說完就要推著推車走了。

「乾脆把推車放到我的後車廂，怎麼樣？」蘇雷曼問道。

「別小瞧這輛推車，它就像是間三輪餐廳。廚具組和爐子都很脆弱，而且重得很。」

他氣喘吁吁地推著車爬上卡贊契崗（通常得花上二十分鐘），往塔克辛方向走去，這是他每天四點到五點之間的回家路程，蘇雷曼就在這時候追上了他。

「梅夫魯特，把推車綁在保險桿上吧，我慢慢地拉著你走。」

他顯得誠意十足又友善，可是梅夫魯特好像沒聽見，仍逕自往前走。走了幾公尺後，他把他的行動餐館推到路邊，踩了剎車。「你先去塔克辛，到塔拉巴什公車站等我。」

蘇雷曼踩下油門，消失在山丘另一頭，梅夫路特則開始煩惱起來，等他看見他們家、知道他們有多窮，不知會作何感想？事實上，蘇雷曼的掛念一直讓他樂在其中。在他內心深處隱約有個念想，也許能利用堂兄弟拉近與烏拉爾家的關係，藉此讓萊伊荷和孩子過上好日子。

他把推車拴在後院的樹上。「妳跑哪去了？」見萊伊荷不像平常那麼快就下來幫忙，他大聲喊道。他抱著推車裝備上樓，進了廚房才碰見她。「蘇雷曼有東西要送寶寶，他正在來的路上！拜託你整理一下，讓家裡像樣點！」梅夫魯特說。

「為什麼？」萊伊荷說：「我們到底過著什麼樣的生活，就讓他看個明白。」

「我們沒那麼糟。」梅夫魯特說。他一見到兩個女兒，心情大好，此時已面露笑容。「只是不應該讓他有理由說閒話。屋裡很臭，讓空氣流通一下吧。」

「別開窗，孩子會感冒。」萊伊荷說：「家裡這種味道很丟臉嗎？他們桑山的家裡不也是這種味道？」

「不是。他們有個大庭院，家裡有電、有自來水，好像一切都是自動化。不過我們在這裡要快樂得多。卜茶準備好了嗎？至少把這些抹布收起來吧。」

「對不起，可是當你有兩個小嬰兒要照顧，實在有點難兼顧到卜茶、飯、雞肉、盤子、髒衣服和其他一切需要幹的活。」

「柯庫和蘇雷曼想給我一份工作。」

「什麼工作？」

「跟他們合夥，經營烏拉爾家族公司的茶館。」

「我覺得工作是個藉口，蘇雷曼只是以為這樣做，我們就會告訴他薩蜜荷跟誰跑了。要是他們真覺得你這麼好，怎麼會過這麼久才想起給你找工作？」

蘇雷曼。我在喀巴塔什眼看著梅夫魯特站在那裡悶悶不樂地等候客人上門，飽受風吹之苦，但我寧可不讓他知道，免得他難過。在塔克辛車那麼多，我知道不可能找到停車位，便將廂型車停在一條巷子裡，然後喪氣地看著梅夫魯特使勁將推車推上坡，偏偏大多時候都推不上去。

我開著車在塔拉巴什繞了一會。一九八〇年政變後成為市長的將軍，有一天忽然大發雷霆，把木匠和技工全踢出這一區，趕到較外圍的郊區。他還下令封了單身漢宿舍，也就是以前貝佑律餐廳洗碗工睡覺的地方，市長說這些地方是滋生細菌的溫床。結果這一帶的街道全都空出來了。當時烏拉爾家族也來撿便宜，想找一些將來可以開發的地點，但是發現這附近的屋主多半都是一九六四年一夕之間被驅逐到雅典的希臘人，也就作罷了。這裡的黑手黨比桑山那些派系的人更強大、更狠毒。過去五年來，這整片地方擠滿了流浪漢和被社會遺棄的人，太多窮苦的鄉下移民、庫德人、吉普賽人和外國人定居在這些街區，以至於這一區比十五年前的桑山還不如。現在只有再發生一次政變，才可能清空這個地方。

我一到他們家，就把送給新生寶寶的玩偶交給萊伊荷。他們住的單房公寓雜亂得讓人頭暈：尿布、盤子、椅子、成堆的髒衣服、一袋袋鷹嘴豆、一包包糖、卡式瓦斯爐、一箱箱嬰兒食品、一盒盒洗潔劑、鍋碗瓢盆、牛奶瓶、塑膠罐、床墊和棉被，全都融合成黑白模糊的一大片，好像在洗衣機裡面旋轉的衣物。

「梅夫魯特，薇蒂荷．英格跟我說我還不相信，可是現在親眼看到了……你知道嗎？你和萊伊荷．英格和兩個女兒在這裡過著這種美好、幸福的家庭生活，我真的很替你高興，再也沒有比這景象更讓我樂見的了。」

「薇蒂荷跟你說的時候，你為什麼不相信？」

「看看你現在有的，這麼幸福無比的家庭生活，我也好想馬上結婚。」

「你為什麼不相信她，蘇雷曼？」

萊伊荷端茶來給我們，揶揄著說：「好像沒有一個女孩能讓你看得上吧？蘇雷曼。來，坐啊。」

「是那些女孩看不上我。」我說道，但沒有坐。

「我姊妹跟我說：『有好多漂亮女孩都愛上蘇雷曼，可是蘇雷曼一個也不喜歡。』」

「啊，可不是嘛，薇蒂荷還真幫忙。她事後老是跑來對你說這些有的沒的嗎？請問是哪個漂亮女孩愛上我了呀？」

「薇蒂荷沒有惡意。」

「我知道，可是說真的，那個女孩不適合我。她支持費內巴切隊，站錯邊了。」我故意說點俏皮話，跟著他們一塊兒笑，也很驚訝自己腦筋能轉這麼快。

「那個子很高的那位呢？」

「我的天哪，妳還有什麼不知道的嗎？萊伊荷，她太摩登了，不適合我。」

「蘇雷曼，如果你想認識一個討你喜歡、又美麗又端莊，但不戴頭巾的女孩，那麼你不娶她說得過去嗎？」

「萊伊荷，妳哪來這麼多奇奇怪怪的想法？」正在另一頭忙著檢視卜茶濃稠度的梅夫魯特喊道：「是電視嗎？」

「妳把我說得好像真的眼睛長在頭頂上，覺得誰也配不上我。可是妳要知道，我差點就答應娶一個女傭，就是從卡斯塔莫努來的卡塞姆的女兒。」

萊伊荷皺了皺眉，傲氣地說：「我也可能是個女傭。那又怎樣？只要有尊嚴就好了。」

「妳覺得我會答應給妳那種東西嗎？」梅夫魯特說。

萊伊荷微微一笑。「在家裡我已經是個清潔婦、女傭、三輪餐館的大廚兼卜茶店廚子。」她轉向梅夫魯特又說：「現在你要給我一張聘雇合約，而且要去公證，不然我就罷工。這是法律規定的。」

「誰管法律規定什麼。政府管不著我們家的事！」梅夫魯特語帶輕蔑地說。

「萊伊荷，既然妳知道這麼多，一定也知道我真的很想打聽的那件事。」我試探著說。

「我們不知道薩蜜荷跟誰去了哪裡，蘇雷曼，別白費力氣向我們打聽了。聽說柯庫對我可憐的爸爸很不客氣，就只因為他以為我爸爸知道些什麼……」

「梅夫魯特，我們到轉角那家華蓋餐館去聊一聊吧。」蘇雷曼說。

「別讓梅夫魯特喝太多，好嗎？他只要喝一杯就會胡說八道，他跟我不一樣。」

「我知道該喝多少！」梅夫魯特說。聽到妻子用那種寵愛又過於隨便的口氣和蘇雷曼說話，甚至沒有規規矩矩包好頭巾，讓他氣惱了起來。萊伊荷在桑山那棟房子度過的時間顯然比她說得還多，那裡的舒適讓她沉浸其中。「今天晚上不用再泡鷹嘴豆了。」梅夫魯特一邊往外走一邊吩咐。

「反正我今天早上給你準備的飯，你又全都帶回來了。」萊伊荷回嘴道。

起初蘇雷曼想不起自己把車停在哪裡，後來發現走幾步路就到了，臉色隨即一亮。

「你不應該停在這裡，這一帶的小孩會偷後照鏡。」梅夫魯特說：「他們甚至會拿走福特的標誌……不是賣給山上的零件商就是當項鍊掛。要是賓士車，標誌老早就被拔了。」

「我才不信這一區的人看過賓士車。」

「我要是你，可不會這麼快就否定這個可能性。以前，最聰明、最有創意的希臘人和亞述人就住在這裡。手工藝匠是伊斯坦堡的活力泉源。」

「華蓋」是一間老舊希臘餐館，地點就在往貝佑律方向的三條街外，但梅夫魯特和萊伊荷從來沒去過。這時候時間還早，所以餐館裡很空。他們坐下後，蘇雷曼點了兩杯雙份茴香酒（問也沒問梅夫魯特一聲），和一些開胃菜（白乳酪、油炸淡菜），然後直接切入重點。

「現在也該把我們爸爸那輩的家產糾紛拋到腦後了。我哥哥要我跟你問好……現在有個很不錯的工作機會想跟你談談。」

「什麼工作？」

蘇雷曼沒有答腔，只是舉起酒杯敬酒。梅夫魯特也舉杯回敬，但只小啜一口便將杯子放回桌上。

「怎麼，你不喝？」

「我不能讓買卜茶的客人看見我喝醉酒。他們馬上就等著我去了。」

「更何況你對我沒信心，你以為你一喝醉，我就會套你的話，對不對？」蘇雷曼說：「可是你想想，我有沒有對誰說過你的天大祕密？」

梅夫魯特的心砰砰跳了起來。「我有什麼天大祕密？」

「我親愛的梅夫魯特，看來你對我的信任已經盲目到把一些事都忘了。相信我，我也忘了，而且沒告訴過任何人。不過容我再提醒你一下，好讓你記得我和你是同一陣線：你在柯庫的婚禮上愛上某人的時候，我有沒有引導你、協助你？」

「當然有……」

「我一路從伊斯坦堡開車到阿卻昔，就是為了讓你能和那個女孩私奔，對不對？」

「我很感激，蘇雷曼……我現在真的好幸福，一切都是你的功勞。」

「不過，你真的幸福嗎？……有時候我們心裡想要一樣東西，結果卻得到另一樣……但我們還是會說自己很幸福。」

「如果不是真的幸福，為什麼要這麼說呢？」

「因為沒面子……因為接受事實會讓他們更可悲。但這些都不適用在你身上。你和萊伊荷是再幸福不過了……現在輪到你來幫我找到幸福。」

「我會像你幫我一樣幫助你的。」

「薩蜜荷在哪裡？……你覺得她會跟我回來嗎？……老實告訴我，梅夫魯特。」

「忘了那個女孩吧。」梅夫魯特沉默片刻後才說。

「事情是說忘就能忘得了嗎？不，只會記得更牢。你和我哥哥娶了她兩個姊妹，所以你們沒事。但我卻沒能娶到小妹。現在我愈是叫自己忘記薩蜜荷，心裡就愈惦記她。我沒法不去想她的眼睛，想她走路和說話的模樣，想她是多麼美麗。我該怎麼辦？我唯一想著的另一件事，就是到底是誰帶給我這樣的羞辱。」

「是誰？」

「就是在大白天裡從我身邊搶走薩蜜荷的那個王八蛋。他是誰？老實告訴我吧，梅夫魯特。我要找那個混蛋報仇。」蘇雷曼彷彿示意和解似地舉起杯來，梅夫魯特略一猶豫，也乾了自己那杯酒。

「啊——這正是我們需要的，不是嗎？」蘇雷曼說。

「要不是晚上還要工作，我會再喝一杯……」梅夫魯特說。

「梅夫魯特，你喊我民族主義分子，罵我是可悲的小法西斯已經好幾年了，結果現在擔心沾上罪孽不敢喝茴香酒的人卻是你。那個讓你染上葡萄酒癮的共產黨朋友，現在怎麼樣了……那個庫德人叫什麼來著？」

「別再說這些陳年舊事了，蘇雷曼，跟我說說那個新工作。」

「你想做什麼樣的工作？」

「**根本**就沒有工作，對吧……你只是來套我的話，想讓我說出是誰帶走了薩蜜荷。」

蘇雷曼無動於衷，繼續說著：「你知道阿奇立克公司出的那種三輪小吃車吧，你應該用那個來賣飯。你可以每個月分期付款買一輛。梅夫魯特，你要是有多餘的錢，想開一間什麼樣的店？想開在哪裡？」

梅夫魯特知道不該太認真看待這個問題，但就是情不自禁。「我會在貝佑律開一家卜茶店。」

「可是喝卜茶的人夠多嗎？」

「我敢說只要卜茶的調味夠道地，喝的方法又對，喝過一次的人都會再上門。」梅夫魯特熱切地說：「我現在是以一個資本主義者的身分告訴你……賣卜茶有大好前景。」

「這些資本主義的情報是費哈同志給你的嗎？」

「現在的人不太喝卜茶，並不代表以後也不會喝。你有沒有聽過那個關於兩個鞋商到印度去創業的真人真事？他們其中一個說：『這裡的人都光著腳走來走去，不會買鞋子。』然後就回家了。」

「他們國內沒有自己的資本家嗎？」

「另一個說：『這裡有五億人口打赤腳，市場很大。』所以他堅持下去，最後在印度賣鞋致富。不管我白天賣鷹嘴豆飯賠了多少，晚上的卜茶生意都補回來了，還有賺呢……」

「你已經成了道地的資本主義者。」蘇雷曼說：「但我要提醒你一點，鄂圖曼時期卜茶之所以受歡迎，是因為大家把它當成酒的替代品。賣卜茶是一回事，賣鞋給赤腳的印度人又是另一回事……我們已經不需要騙自己相信卜茶不含酒精，反正現在酒精都合法了。」

「不，喝卜茶不代表欺騙自己。大家都喜歡喝。」梅夫魯特開始激動起來，「只要能有間現代化又乾淨的店面……你哥哥要給我什麼工作？」

「柯庫還在猶豫，不知道是繼續和灰狼那群老朋友一起努力，還是代表祖國黨參選。」蘇雷曼說：「好了，你告訴我為什麼剛才你叫我忘了薩蜜荷。」

「因為已經沒戲唱了，她都跟別人跑了……」梅夫魯特喃喃說道：「再沒有什麼比愛情更痛苦的了。」他嘆了口氣。

「也許你不想幫我，但有其他人會。你看看這個。」蘇雷曼從口袋掏出一張破舊不堪的黑白照片，遞給梅夫魯特。

照片裡有個女人正對著麥克風唱歌，眼睛周圍有著黑黑的眼圈，畫了大濃眼妝，臉上一副厭世的表情。她的穿著保守，長得不算漂亮。

「蘇雷曼，這個女人最少比我們大十五歲！」

「其實只大三、四歲。你要是見到她本人，就會發現她看起來頂多二十五歲。她是個很好、很善解人意的人。我一個星期會去找她兩、三次。當然了，你別告訴萊伊荷或薇蒂荷，尤其不能告訴柯庫。我們倆共同的祕密還真不少，對吧？」

「但你不是應該找個適合的女孩安定下來嗎？薇蒂荷不是應該替你找個好的結婚對象嗎？這個唱歌的女人是誰？」

「我還是單身，還沒結婚呢。你少嫉妒我。」

「我幹嘛要嫉妒？」梅夫魯特說著站起身來。「我該去賣卜茶了。」此時他已看出柯庫根本沒有什麼生意要找他合夥，蘇雷曼單純只是來向他打聽薩蜜荷的下落，正如萊伊荷所料。

「別這樣，坐下，至少再多待幾分鐘嘛。你覺得今晚你能賣出幾杯？」

「我會挑半滿的兩罐出去賣，夜深以前肯定就能賣完。」

「那好，我跟你買下一整罐，那會有幾杯？你會算我便宜一點對吧？」

「你為什麼要這麼做？」

「我把它全買下來，你就能留下來陪我，不必到街上去受凍了。」

「我不需要你的施捨。」

「可是我真的很需要你的友誼。」

「那好吧，你可以付我三分之一罐的錢。」梅夫魯特又重新坐下。「我不會賺你的錢，這樣就能打平了。別告訴萊伊荷說我跟你在這裡喝酒。你打算怎麼處理那些卜茶？」

「我要怎麼處理？」蘇雷曼認真思索著。「不知道……送給某個人吧……不然大概就直接丟掉。」

「丟到哪去？」

「什麼叫丟到哪去？那是我的東西，不是嗎？直接倒進糞坑就好了。」

「你太可恥了，蘇雷曼……」

「怎麼了？你不是資本主義者嗎？我都付你錢了。」

「蘇雷曼，你不配在伊斯坦堡這裡賺到一分一毫。」

「說得好像卜茶有多神聖似的。」

「沒錯，卜茶**就是**神聖。」

「去你的，卜茶的發明也不過就是為了讓穆斯林可以喝酒，那是改裝過的酒……這個誰不知道。」

「不對。」梅夫魯特心跳加快。「卜茶裡面沒有酒精。」他感覺到自己臉上浮現出絕對冷靜的表情，方才鬆了口氣。

「你在開玩笑吧？」

賣卜茶的這十六年當中，梅夫魯特跟兩種不同的人撒過這個謊：

1. 思想保守，想喝卜茶又想相信自己沒有犯罪的顧客。聰明的人知道卜茶含有酒精，卻表現得好像梅夫魯特賣的卜茶經過特別調製，就像無糖可樂一樣，要是那裡頭有酒精，就是梅夫魯特說謊，那犯罪的人就是他。

2. 沒有宗教信仰、生活西化，想喝卜茶又想要教化一下賣卜茶的鄉巴佬的客人。聰明的人明白梅夫魯特知道卜茶裡有酒精，但他們想讓這個生性狡猾、只為了賺錢就撒謊的虔誠村夫當眾丟臉。

「不，我不是開玩笑。卜茶是神聖的。」梅夫魯特說。

「我是穆斯林，」蘇雷曼說：「只有遵守我信仰規定的東西才是神聖的。」

「你不能說沒有嚴格遵守伊斯蘭教規定就是不神聖。祖先傳下來的古老事物也可能是神聖的。」梅夫魯特說：「當我晚上走在冷清空曠的街頭，有時候看到一面長滿青苔的老牆，內心裡就會湧上一股喜悅。當我走進墓園，雖然看不懂墓碑上刻的阿拉伯文，我還是覺得自己好像祈禱過一樣。」

「算了吧，梅夫魯特，你八成很怕墓園裡的狗。」

「我才不怕流浪狗。牠們認得我。你知道我死去的爸爸對那些說卜茶含有酒精的人是怎麼說的嗎？

「怎麼說的？」

「他會跟他們說：『先生，那裡頭要是有酒精，我就不會賣了。』」梅夫魯特模仿著爸爸的口吻說。

「那是他們不知道那裡面含有酒精。」蘇雷曼說：「不管怎麼說，要是卜茶真的像聖水一樣神聖，大家一定會整天喝，你早就發了。」

「不是非得每個人都喝才能說它神聖。其實現在讀可蘭經的人少之又少，但在整個伊斯坦堡，一定隨時至少會有一個人在讀，而其他數百萬人只要想到那個人就會覺得好過些。只要人們知道卜茶是我們祖先最喜愛的飲料，那就夠了。卜茶販子的吆喝聲會讓他們想起這一點，他們聽到就會覺得好過。」

「為什麼他們會覺得好過？」

「不知道。」梅夫魯特說：「不過感謝神，因為他們覺得好過才會喝卜茶。」

「這麼說你就好像象徵著一個更偉大的東西囉？梅夫魯特。」

「沒錯，正是這樣。」梅夫魯特驕傲地說。
「可是你還是願意用成本價把卜茶賣給我，你只是不希望我把它倒進廁所。你說得沒錯，浪費食物是一種罪過，所以應該把它分送給窮人，但我不知道大家會不會想喝含有酒精的東西。」
「這麼多年來你一直拿愛國主義對我說教，誇口說你是個多堅貞的法西斯主義者，如果你現在還要開口侮辱卜茶，那你可就誤入歧途了，蘇雷曼……」
「這下好啦，人家一看到你成功就心生妒忌，還說你錯了。」
「我沒有嫉妒你。你很明顯把時間浪費在一個不適合你的女人身上，蘇雷曼……」
「你心裡清楚得很，不管是適合或不適合或隨便哪個女人，都一樣。」
「我結婚了，謝天謝地我過得很幸福。」梅夫魯特邊起身邊說：「你也要給自己找個好女孩，盡快結婚。晚安。」
「在殺死那個帶走薩蜜荷的混蛋以前，我是不會結婚的。」蘇雷曼在他身後大吼道：「你去告訴那個庫德人。」
梅夫魯特像夢遊似地慢慢走回家。萊伊荷已經把卜茶罐搬下樓來。他原本可以直接挑起罐子出門去，但他卻上樓進屋。
萊伊荷正在給菲琪葉餵奶。「他讓你喝酒了？」她悄聲地說，免得吵醒寶寶。
梅夫魯特可以感覺到酒力在腦子裡發作了。
「我一點也沒喝。他只是一個勁地問薩蜜荷跟誰跑了，問她跑哪去了。他老說起什麼庫德人，那是誰？」
「你怎麼說？」
「我還能怎麼說？我什麼都不知道。」

「薩蜜荷是跟費哈跑的！」萊伊荷說。

「什麼？……妳怎麼沒跟我說？」

「蘇雷曼瘋了。」萊伊荷說：「你真該聽聽他在桑山家裡說的那些話……他要是知道誰帶走了薩蜜荷，會殺了他的。」

「不可能……他只是說說而已。」梅夫魯特說：「蘇雷曼就會說大話，他才不會殺人。」

「不過你幹嘛這麼激動，你生什麼氣啊？」

「我沒有激動也沒有生氣。」他大喊一聲，便甩門出去。他聽見寶寶哭了。

梅夫魯特非常清楚，他得在黑暗街頭走上無數個夜才可能接受得了剛剛得知的真相。那天晚上，他從費里克伊的後街僻巷一路走到卡辛帕莎，儘管那裡並沒有他的顧客。

當晚他一度迷了路，爬下幾條陡坡路後，無意中來到一座夾在兩棟木屋中間的小墓園，他便進到裡頭，在墓碑間抽了根菸。其中有一塊墓碑早在鄂圖曼時期便已豎立，碑頂還雕刻著一團大大的包頭巾，讓他見了凜然生畏。他得把薩蜜荷和費哈拋到腦後。那天晚上走了那麼長的路之後，他說服自己相信，關於這個消息他不會再多想。無論如何，每當他回到家，懷裡抱著萊伊荷睡在床上，就會忘卻一切煩惱。何況，這個世上讓他煩惱的事全都只是他內心那種奇異感覺的幻影。事實上，當天晚上連墓園裡的狗都對他十分和善。

九、加齊區

我們要躲在這裡

薩蜜荷。沒錯，我和費哈私奔了。至今我已經斷絕音訊兩年，以確保沒有人會找到我們。但我有好多話要說。

蘇雷曼是真的愛我。愛情的確能讓任何男人變傻。他的舉止奇怪到了極點——尤其是在我逃跑前那幾天——他每次跟我說話，都會緊張到口乾舌燥。不管他怎麼努力，就是沒辦法說出我喜歡聽的甜言蜜語。他常常惡作劇整我，就像個頑皮小孩在捉弄弟弟，雖然他喜歡開車載我出去兜風，但每次上車後他還是會說「希望不會被人家看到」或是「這樣好浪費汽油」。

我把蘇雷曼送的禮物全都留在桑山，只是無法保證爸爸也歸還了他的假牙或其他任何禮物……他肯定恨死我了。說實話，我也很氣他們問都沒問我的想法，就自作主張認定蘇雷曼對我來說已經夠好了。

費哈說他第一次見到我是在萊伊荷和梅夫魯特的婚禮上。我根本沒注意到他。但是他忘不了我，有一天他在桑山把我攔下，當面告訴我他愛上我了，想娶我為妻。

想娶我的男孩可多了，但他們根本鼓不起勇氣來接近我，我喜歡他的大膽行徑：他跟我說他是個大學生，從事餐飲業（但沒說他是服務生）。他經常打電話到桑山家裡找我，只是我不知道他從哪得知我們的號碼。要是被蘇雷曼和柯庫發現，一定會把他打到流血骨折，可是費哈不在乎，還是照常打電話來約我見面。薇蒂荷在家時，我不會接。「喂……喂？喂，喂！」姊妹會邊說邊往我這邊瞄。「沒出聲……肯定又是那個傢伙。小心點，薩蜜荷，這座城裡全是一些想找樂子的變態。」我沒回答。但薇蒂荷清楚得很，不管什麼時候我都寧可選擇喜歡玩樂的無賴，也不選又胖又懶的有錢少爺。

爸爸和薇蒂荷不在的時候，就是我接的電話，因為波茲庫和圖朗從來不許碰電話。費哈不會說太多。他總是在阿里·薩米·楊足球場後面的一棵桑樹下等我，那裡有一些舊馬房，住著遊民，還有一間小店鋪，費哈會在店裡給我買一瓶伏可牌橘子汽水，我們會打開瓶蓋看看有沒有中獎。我從沒問過他在餐飲業賺多少錢、有沒有積蓄，或是我們將來要住在哪裡。戀愛中的我就是這樣。

我上了計程車以後，我們沒有直奔加齊區。我們先掉頭往塔克辛廣場走，心想那裡夠熱鬧，如果蘇雷曼還追過來，應該可以甩掉他。然後再從那裡到喀巴塔什，沿路看著那一大片深藍大海讓我心曠神怡，駛過卡拉達橋時，看見那麼多船載滿乘客還有那麼多車包圍著我們，更讓我看得入迷。有那麼一刻，我想到接下來要離開爸爸和姊妹，去一個陌生的地方，有點想哭，但同時又覺得如今這整座城市都是我的了，我即將開始一個非常幸福的人生。

「費哈，你會帶我出門嗎？我們會一起去看些什麼嗎？」

「妳想做什麼都行，親愛的。」他說：「不過我們得先回家。」

「小姐，這會是妳所作的最好的決定，相信我。」他的朋友也是這次幫助我們的計程車司機說：「槍都嚇不倒妳，不是嗎？」

「她膽子大得很！」費哈說。

我們經過了加齊奧斯曼帕莎，這裡以前叫塔旭勒塔拉，就是「滿布石子的田地」。沿著一條塵土瀰漫的泥土路上坡時，每經過一棟房子、一管煙囪、一棵樹，這世界好像就又變老了一點。我看見一些還沒蓋好卻已顯得老舊的平房、淒涼的空地、用空心磚和廢鐵和木片搭造的牆，還有一見人就吠的狗。道路沒有鋪設，各家的院子都很大，每棟房屋隔得老遠。這個地方很像鄉下村莊，可是每樣東西，乃至於門窗，都是從伊斯坦堡某間舊住宅拔下來之後搬到這裡來的。這裡的人老是匆匆忙忙，就好像只是暫住在這個社區，將來總有一天會買一棟真正的伊斯坦堡住宅搬進去。我看見有些女人和我一樣穿著褪色的藍色長褲，外面再套上裙子；我看見老婦人穿著寬鬆長褲，臉上緊緊包著頭巾；我看見有人穿寬寬的直筒褲（活像火爐煙囪）、穿長裙，還有女人穿大衣。

費哈租的房子位在半山坡上，是個單間，有兩扇窗。從後窗可以看見遠方，費哈用石灰水刷白的石頭圍起的一塊地，到了夏夜月亮升起時，我們就能躺在床上看見他的地像鬼魂一樣在黑暗中閃閃發光。「那塊地在呼喚我們。」費哈會小聲地說，然後開始告訴我等我們存夠了錢，他要在那裡蓋什麼樣的房子。他會問我屋裡應該隔幾間房、廚房要面向上坡或是下坡，我便將自己的想法告訴他。

逃跑的第一天，我們和衣上床，沒有做愛。親愛的讀者，我之所以與你們分享這些私密細節，是希望我的故事能為所有人做個榜樣。夜裡哭泣的時候，我很喜歡費哈輕撫我的頭髮。整整一星期，我們都是這樣睡的，衣著整齊、沒有做愛。有天晚上，我看見窗外有一隻海鷗，因為這裡離海很遠，我想這必定是神表達寬恕的信號。費哈明白我已經準備好獻身給他，從他的眼神看得出來他明白了。

他從未試圖強迫我做我不想做的事，這讓我更加愛他、敬他。然而我還是告訴他說：「等我滿十八歲，我們最好馬上舉行婚禮，不然我會殺了你。」

「要用槍還是下毒？」

「那是我的事。」我說。

他像演電影似地吻我。我從來沒有親過男人的嘴，一時心慌，就忘了自己在說什麼。

「妳還有多久滿十八歲？」

我驕傲地從行李拿出身分證，算出了還剩下七個月又十二天。

「如果妳到十七歲都還沒嫁人，都可以說是老處女了。」費哈說：「就算我們現在做愛，神也會同情妳，這樣不算犯罪。」

「這我不知道……不過如果神原諒我們，應該是因為我們得躲在這裡，除了彼此沒有其他人可以依靠。」

「不是這樣。」費哈說：「我有家人，這座山上到處都是我的親戚朋友。我們並不孤單。」一聽到「孤單」二字，我頓時淚如雨下。費哈撫摸我的頭髮安慰我，小時候爸爸也經常這麼做。不知道為什麼，他這個舉動卻讓我哭得更厲害。

我們做愛時深深感到害羞忸怩，儘管我一點也不希望是這個樣子。一開始我有點茫然無措，但很快就適應了新的生活。不知道姊妹和爸爸會怎麼說我。費哈會在中午前一刻出門，坐上髒兮兮的老舊迷你巴士（很像以前在村裡搭的那種），一路搭到加齊奧斯曼帕莎的新樂施餐廳，這是一家有賣酒執照的餐廳，他在那裡當侍者。早上他會看電視上的大學課程節目，而他上課的時候我也會看著教課的教授。

「妳坐在旁邊我沒法專心。」費哈會這麼說。可是我不在旁邊的時候，他又會開始納悶這房子這麼小，我跑哪去了——到屋外餵雞吃麵包屑嗎？——結果還是不能專心。

我不會告訴你們我們是怎麼做愛，又或者為了避免婚前懷孕，我是怎麼做的，但每次進城我都會瞞著費哈，自己跑到萊伊荷和梅夫魯特在塔拉巴什的家，而且什麼事都跟姊妹說。梅夫魯特推車出門賣飯去了，從來不在家。有時候，薇蒂荷也會來。萊伊荷準備卜茶和雞肉的時候，我們陪著小孩玩，我們也會邊看電視邊聽薇蒂荷向妹妹傳授她的寶貴智慧。

「別相信男人。」每次一開始她都這麼說。我發現她開始抽菸了。「薩蜜荷，妳和費哈舉行非宗教婚禮以前不能懷孕。如果等妳滿十八歲，他不馬上娶妳，就不必在那個混蛋身上再多浪費一秒鐘。妳在桑山的房間會一直給妳留著。萊伊荷，我們三個在這裡見面的事，一個字也別跟梅夫魯特或蘇雷曼說。抽根菸吧，親愛的，可以讓妳平靜下來。蘇雷曼還是暴跳如雷。我們沒法替他找到合適的女孩，他一個都不喜歡，還是滿腦子只想著妳，而且——願神保佑——他還是氣沖沖地到處說他要殺死費哈。」

「薇蒂荷，薩蜜荷，我要出去半個小時左右，替我照顧一下寶寶，好嗎？」萊伊荷說：「我已經三天沒出家門了。」

剛開始住在這裡，好像每次看到的加齊區都不一樣。我認識了一個年輕女子，她跟我一樣穿牛仔褲，而且也是為了逃避家裡安排的親事和人私奔，她的頭巾也同樣只是鬆鬆地圍著。另外有個庫德族女人很愛聊她是怎麼從馬拉蒂亞來到這裡，警察和憲兵又是怎麼追捕她，當我們提著裝滿水的方形塑膠桶一塊兒從噴泉走回家，她會跟我說起她疼痛的腎臟、她家柴房裡的蠍子，甚至說到她老是夢見自己在爬坡。

加齊區只不過就是一道陡峭山坡，住著形形色色的人，來自所有你想像得到的城市、地區、行業（不過大多數人都失業）、種族、部族和語區。山後有一片森林，森林下方有座水壩，那碧綠的蓄水池負責供應整個城市的用水。只要你有辦法和阿列維信徒、庫德人好好相處，稍後也能和塔力奇教派的狂熱分子以及他們的教主和平共處，你的家就不太可能被破壞，這個消息傳得很快，因此現在這座山上住著各式各樣的人。但誰也不曾透露自己真正的來處。我聽從費哈的建議，每回有人問起就給不同的答案。

費哈每天會繞過伊斯坦堡去加齊奧斯曼帕莎，以免撞見蘇雷曼（當然，他並不知道我進城的事，所以請不要提起）；他跟我說他在存錢，儘管他連個銀行帳戶都沒有。他出門後，我就忙著掃泥土地板（一個月後我才發覺地掃得愈勤，天花板就變得愈高）、搬移屋頂上的瓦片和鐵皮（這屋頂就算不下雨也會漏水）、想辦法把風阻擋在外（即使是萬里無雲、風平浪靜的日子，龜裂的磚塊和凹凸不平的石頭縫間還是會滲風，把我們牆上那些緊張兮兮的蜥蜴擾得更不得安寧）。有些夜晚，我們聽到的不是風聲而是狼嚎，而從屋頂滲下的不是水，而是泥漿和生鏽的釘子。冬夜裡，海鷗會飛來停在從窗戶伸出的火爐煙囪上，為橘色鳥爪和臀部取暖，當牠們的嘎叫聲淹沒電視上美國警匪的說話聲，獨自一人在家的我就會害怕起來，也會開始想念已經回鄉下去的爸爸。

阿杜拉曼大爺。我心愛的女兒，我美麗的薩蜜荷。即使我人在大老遠的鄉下，坐在咖啡屋裡邊看電視邊打盹，還是可以感應到妳一直在說我的事情，我知道妳很好，對那個帶妳私奔的王八蛋也沒什麼不滿，親愛的，我祝妳幸福美滿。別管錢了。想嫁誰就嫁誰吧，孩子，就算是阿列維信徒也好，只要妳能帶著丈夫回村裡來，兩人一起親我的手。妳人在哪裡呀……妳也能感受到我的感覺和話語嗎……

費哈。晚上我得在新樂施餐廳工作到很晚，我發覺薩蜜荷一個人在家會害怕，便叫她去找隔壁從西瓦斯鎮來的鄰居一起看電視。海達是個阿列維信徒，在加齊奧斯曼帕莎一棟新的公寓大樓當門房，他老婆季莉禾一星期也有五天在這棟大樓刷洗樓梯，另外還幫忙一個住在高樓層的麵包師傅的太太煮飯洗碗。薩蜜荷注意到海達和季莉禾總是早上一塊出門，晚上一塊搭巴士回家，整天都能互相作伴。有天晚上，我們正要上坡回家，從黑海吹來一陣冰冷寒風，凍得我們全身直打顫，這時薩蜜荷對我說海達老婆工作的那棟大樓有其他住戶要找白天的幫傭。

到家以後，我態度強硬地告訴她：「我寧可挨餓也不讓妳去當女傭！」

我將拿在手裡的生鏽舊輪圈，放進我收集來的那堆舊門板、破銅爛鐵、鐵絲、鐵皮鼓、磚塊和平滑石塊裡頭去。我用發光的石頭圍了一塊地，將來有一天要在那裡蓋房子，到時這些東西就能派上用場。

自從六年前，左派分子、阿列維信徒和庫德人接收加齊區之後，區裡的人就開始互相幫忙，用收集來的門板、煙囪和空心磚蓋房子。在那之前，這一區的老大是從黑海沿岸來的拉茲人納茲米。一九七二年，拉茲人納茲米和兩個手下（也都來自里澤）在這座山腳下開了一間店，當時這裡空空盪盪，只有蕁麻和灌木叢。有一些窮苦移民從東安納托利亞來到這裡，希望能在公有土地上找塊空地蓋一間無照的住家，納茲米便將瓦片、空心磚、水泥和其他建材高價賣給他們。他對待顧客像朋友一樣，為他們提供建議和茶（後來，他又在隔壁開了一家茶館），不久他的店就成了從安納托利亞各個角落——尤其是西瓦斯、卡斯和托卡特——湧向伊斯坦堡的人聚會之所，這些都是渴望能擁有四面牆和一片屋頂遮風避雨的移民。

拉茲人納茲米會駕著他遠近馳名的橡膠輪馬拉貨車，像伊斯坦堡拆除大隊一樣，到處去收集木板門、欄杆柱、窗框、大理石和地磚碎片、金屬欄杆和舊屋瓦，然後把這些全部展示在自家店舖和茶館內。這些生鏽、破爛的材料，就跟他店裡賣的水泥和磚塊一樣，售價高得離譜。但如果你願意付錢並且雇用納茲米的馬車送貨到建築工地，納茲米和他的手下就會負責看管你占來的地，以及你在這塊地上蓋的房子。

若有人不打算付錢給納茲米，或是認為到別家買建材比較划算——他們會說「我知道上哪買便宜得多」——那他們的破屋很可能一夕之間遭到破壞，連個目擊證人都找不到，也可能托加齊奧斯曼帕莎警察之福，沒有全被拆光。等拆除大隊和警察一走，拉茲人納茲米就會前來慰問這些因小失大、對著自己殘破房屋的碎石瓦礫痛哭失聲的笨蛋。他會說自己和加齊奧斯曼帕莎警局局長有交情，說他們每天晚上都會在咖啡屋打牌，早知道會發生這種事，他應該可以做點什麼的。

事實上，拉茲人納茲米在當時掌權的民族主義派政黨內有人脈。大約從一九七八年起，向納茲米購買建材在政府土地上蓋房子的人開始爭地後，納茲米便成立他所謂的辦公室來記錄所有交易，就像公家的土地登記處。凡是付錢給他申請空地所有權的人，他也會發放類似正式所有權狀的文件。為了盡可能讓這些文件看起來合法，他依照國家正式權狀的做法，貼上所有人的照片（為了方便客戶，不久前他設置了一個小型投幣式照相亭），並附上前任地主的姓名（他總是很自豪地寫下自己的名字），再標示確切的地點與土地面積，最後蓋上一個紅色印章，是他向加齊奧斯曼帕莎一家文具店訂購的。

「哪天當政府要發放這裡的土地，就會參考我的紀錄和我發出去的所有權狀。」納茲米如此誇口道。有時候他會對那些在他茶館裡玩「歐給」牌的失業者發表小小演說，說他多麼榮幸能服務同鄉——就是那些從西瓦斯最貧窮的村落大老遠跑到伊斯坦堡來，身無長物的人——讓他們一夕之間變成地主，若有人問：「這裡什麼時候會有電，納茲米？」他會說他們正在努力中，話裡暗示一旦加齊區成為自治區，他會代表執政黨參加地方選舉。

某日，一位臉色蒼白、眼神迷濛的高大男子，出現在社區背後的空曠山上，那是納茲米尚未分配出去的土地。那人名叫阿里，他從未光顧過納茲米的商店和茶館，總是獨來獨往，避開社區的閒言碎語，一個人住在城市最外緣的那塊偏僻土地，幾塊便宜的磚、幾只鍋盆、幾盞煤氣燈，加上幾張床墊就安居下來了。納茲米派了兩個留著大八字鬍、性情凶殘的嘍囉，去提醒阿里那不是無主的地。

「這塊地不屬於拉茲人納茲米，不屬於土耳其人哈姆第，不屬於庫德人卡迪爾，也不屬於國家。」阿里對他們說：「所有一切，包括整個宇宙還有這個國家，都屬於阿拉。我們只不過是祂在人世間度過短暫一生的子民！」

某天夜裡，拉茲人納茲米的手下讓這個魯莽的阿里明白他說得太對了，他們朝他頭上開了一槍。他們把他埋在蓄水池附近，後事處理得乾淨俐落，以免城裡的報紙又藉題發揮他們最愛的議題：住在貧窮社區的人是怎麼汙染供應伊斯坦堡用水的那片美麗碧綠的蓄水池水。不過整個冬天都在和下山來覓食的狼群苦戰的社區狗群，很快就發現了屍體。但警察非但沒有去抓拉茲人納茲米那留著大八字鬍的手下，反而逮捕來自西瓦斯、住在最靠湖邊的一家人，並施以酷刑。有許許多多匿名情報指出納茲米是幕後主使者，警方卻置之不理，繼續一意孤行，將他們平時最擅長的凌虐手段施加在湖邊居民身上，先是鞭打他們的腳，然後接上簡單的電路施行電擊。

直到有一個來自賓格爾的庫德人在訊問過程中死於心臟病，整個社區的人立即挺身反抗，突襲納茲米的茶館。納茲米不在，他正在里澤附近的家鄉參加一場婚禮。他的武裝手下一時措手不及，驚慌逃跑之餘，也只是徒然對空開了幾槍。城中各地的社區與大學裡，左派、信奉馬克思主義與信奉毛澤東主義的青年，聽說了加齊區發生的事，紛紛趕來領導這場「自發性的民變」。

費哈。兩天內，拉茲人納茲米的辦公室就被接管，大學生奪取了土地登記簿，有個消息很快便傳遍全國，尤其在庫德人和阿列維信徒間傳得更快，說是只要來到加齊區，宣稱自己是「貧窮的左翼分子」（或是「無神論者」——民族主義派的報紙是這麼寫的），就能得到一些土地。六年前，我的地就是這樣得來的，現在還用發光的石頭做著標記。當時我沒有去住在那裡，因為和其他人一樣，我相信納茲米總有一天會回來報仇，在政府的幫助下取回他的土地。再說，我和梅夫魯特在貝佑律當侍者，離加齊區實在太遠，光是搭巴士來回就要花上半天工夫。

現在蘇雷曼的怒火仍讓我們生活得戰戰兢兢。誰也不想插手幫我們和阿克塔希家族講和（為此，我對梅夫魯特、萊伊荷和薇蒂荷頗不諒解）。因此，我和薩蜜荷最後只在加齊區舉行一場簡單、平靜的婚禮，不像梅夫魯特和萊伊荷結婚時，有人將黃金或百元鈔貼在他們身上。沒能邀請梅夫魯特，沒能讓我最好的朋友見證自己結婚，令我覺得很傷心，但是看到他和阿克塔希那夥人那麼親近又讓我憤慨不已，他竟然只因為自己幻想能得到什麼好處，就願意和那群法西斯分子鬼混。

十、掃除城市灰塵

我的天哪，哪來這麼多髒東西？

薩蜜荷。費哈太過在意別人的說法，所以跳過了我們故事中最美好的部分，大概因為這些都是「私密」的事吧。我們的婚禮的確很小，但是美妙極了。我們向位在加齊奧斯曼帕莎那棟藍色大樓三樓的「純正公主」婚紗店，借來一件白色新娘禮服。當天晚上我一步都沒有踩錯，也不讓任何事情將我擊垮，管他那些醜陋又嫉妒的三姑六婆圍在我身邊說：「可憐啊，可惜了這麼一個漂亮女孩！」或是那些閉著嘴沒說話，卻露出「妳這麼美，怎麼會嫁給一個身無分文的餐廳侍者？」眼神的人。我絕不可能變成任何人的奴隸、妻妾或囚犯……看看我，你就會知道什麼叫自由。那天晚上，費哈在桌下藏了太多茴香酒，喝得他酩酊大醉，最後還得由我帶他回家。但我抬頭挺胸，傲視那群嫉妒的女人和讚嘆的男人（其中有些失業者純粹只是來白吃茶點、白喝檸檬汁）。

兩個月後，海達和妻子季莉禾說服了我到加齊奧斯曼帕莎去當女傭。海達偶爾會和費哈喝一杯，他和妻子都來參加我們的婚禮了。所以他們建議我找份工作，也是出於好意。一開始費哈不能接受，剛和私奔的女孩結婚還不到兩個月，就讓她出去當女傭，他不想當這種男人。但是某個下雨的早上，我們四人一起搭上迷你巴士前往加齊奧斯曼帕莎。費哈也來和吉萬公寓大樓的門房見面，季莉禾和她許多親戚都在這棟大樓工作。我們下樓到地下室，（三男三女）在門房休息區喝茶抽菸，那裡比我們住的單間還小，連扇窗都沒有。之後，季莉禾帶我到五號公寓，這是我要開始工作的地方。上樓梯時，我想到要進入陌生人的家覺得很害羞，沒有費哈在身邊也感到害怕。我們倆自從逃跑以後就形影不離。起先，費哈每天早上都會跟我來，下午就在樓下門房休息室裡抽菸等我下工。到了四點，我離開五號公寓下樓到悶不通風的地下室與他會合，他再陪我走去搭迷你巴士，不然就是讓我和季莉禾留下來，確定我會繼續工作以後，才急急忙忙趕到樂施餐廳上工。可是不到三星期，我已經開始早上一個人去工作，快入冬的時候，也會在晚上獨自一人回家。

費哈。我得打個岔，以免你們留下錯誤印象：我這個人勤奮、自尊心強，也懂得負責任。如果我有決定權，我絕不讓老婆去工作。但是薩蜜荷老是說在家很無聊，說她很想工作。她也常哭，只是她不會告訴你們。再說，現在海達和季莉禾就像我們的家人，而吉萬公寓裡的人就像他們的兄弟姊妹。當薩蜜荷對我說：「我可以自己去，你就待在家裡繼續看電視上課！」我決定照她的意思做。然而每當我聽不懂會計課的內容，或是無法準時將作業寄到安卡拉，總會更覺得過意不去。現在上課的是一個數學教授，他的大鼻子和大耳朵冒出好多白毛，連在電視上都看得出來。他邊在黑板上寫一大堆數字邊講解，我卻幾乎聽不懂。我之所以強忍這種痛苦只有一個原因，那就是薩蜜荷（比我更）相信只要我拿到學位、當起公務員，一切就會不一樣。

薩蜜荷。我的第一個「雇主」，五號公寓的太太，是個容易焦慮、脾氣暴躁的人。「妳們看起來一點都不像。」她狐疑地打量我們說。我們事先說好了，我就自稱是季莉禾父親那邊的親戚，以博得她的信任。納蘭太太的確相信我沒有歹意，但一開始卻不太信任我能把灰塵打掃得乾乾淨淨。本來她都是自己打掃，因為她手頭其實也不怎麼寬裕，但自從四年前，還在讀中學的大兒子死於癌症後，納蘭太太就開始與灰塵細菌展開激戰。

「冰箱底下和白色台燈裡面擦了沒？」儘管剛剛親眼看我擦過，她還是會問。她擔心灰塵會讓二兒子也罹患癌症，於是愈接近他放學時間，我也會變得愈焦躁，會更不留情地撢灰塵，還不停來回地跑到窗邊去抖雞毛撢子，憤怒得有如拿石頭丟惡魔的朝聖者。「做得很好，薩蜜荷，做得很好！」納蘭太太會這樣激勵我。她會站在旁邊一面講電話，一面指出我沒注意到的髒汙。「我的天哪，哪來這麼多髒東西！」她會如此抱怨。她會衝著我搖手指，讓我覺得內疚，好像灰塵全是我從我住的貧窮社區帶來的，但儘管如此，我還是愛她。

不到兩個月，納蘭太太就很信任我，讓我每星期來三天。現在她開始會讓我一個人在家，拿著肥皂、水桶和抹布忙活，她則出門去買東西，或是和那群一天到晚跟她講電話的朋友玩拉密牌。有時候她會無預警地偷跑回來，假裝忘了拿什麼東西，看見我仍然很努力清掃，便會高興地說：「做得很好，願神保佑妳！」在電視機上面的小瓷狗旁邊，放著她死去兒子的照片。有時候，她會拿起照片，邊哭邊反覆擦拭銀框，這時我會放下抹布去安慰她。

有一天，納蘭太太剛出門，季莉禾就來找我。「妳瘋了嗎？」她看見我還是一樣認真工作，便這麼跟我說；我做事的時候她卻坐下來看起電視。從那次以後，只要雇她的女主人不在（有時候季莉禾的女雇主會和納蘭太太一塊出門），季莉禾就會過來。我撢灰塵，她就說說電視上播了什麼、翻翻冰箱有什麼吃的，告訴我菠菜還不錯，但是酸奶酸臭了（那是從雜貨店買來，用玻璃杯裝的那種）。當她去翻納蘭太太的抽屜，評論起她的內衣、胸罩、手帕，和其他一些我們連叫什麼都不知道的東西，我也忍不住湊上前去消遣一下。其中一個抽屜深處的絲質頭巾和圍巾當中，有一個能帶來財富和好運的三角形護身符。我們還在另一個角落，發現有個很香的木雕盒藏在許多舊名片、稅單和照片當中，卻不知道它有何用處。季莉禾又在納蘭太太丈夫睡的那一側床頭櫃抽屜裡，找到一些藥瓶和咳嗽糖漿，還有一個裝著菸草色液體的奇怪瓶子藏在其中。那個瓶身是粉紅色，標籤上有個厚唇的阿拉伯女子圖像，但我們最喜歡的是它的氣味（也許是某種藥物，也或許像季莉禾說的是毒藥），只不過太害怕了，根本不敢倒一點出來。一個月後，當我獨自探索著屋裡的祕密（我喜歡看納蘭太太死去的兒子的照片和他的舊作業），發覺那個瓶子已不在原來的地方。

又過了兩星期，納蘭太太說她得跟我談一談。她告訴我為了尊重她丈夫的意願，季莉禾被解雇了（但我不太確定她說的是誰的丈夫），而遺憾的是雖然她確信我的清白，我也不能繼續在那裡工作。我還有點摸不著頭緒，可是看她哭，我也跟著哭了。

「別哭，親愛的，我們給妳作了一個很好的安排！」她那樂觀的口氣好像一個吉普賽占卜師在說：妳的未來一片光明！西司里區有個富裕名門想找個像我這樣勤勞、誠實又值得信任的女傭。納蘭太太要送我到那兒去，我也不必大驚小怪，直接過去就好。

我倒是不在意，但費哈不太滿意這份新工作，因為地點太遠。現在我得更早起床，天還沒亮就要趕搭第一班迷你巴士去加齊奧斯曼帕莎，在那裡再等半個小時之後搭巴士前往塔克辛。這段車程要花一個多小時，而巴士上通常都人滿為患，所以每個等車的人都會用手肘互相推擠，以便先上車占空位。我常透過車窗，看著要去上班的民眾、將推車推到自己選定的社區的街頭小販、金角灣的船隻，還有（我最喜歡的）一大群上學的孩童。我會努力看清途中經過的櫥窗裡大大的新聞標題、牆上的海報和巨幅廣告看板。我會心不在焉地讀著一般人貼在汽車和貨車背後，那些充滿智慧的押韻對句，並開始覺得這城市正在對我說話。想到費哈的童年是在市區正中心的卡拉廓伊度過，不由感到欣喜，回到家以後可以叫他說說那段日子。但是他晚上回來得很晚，我們見面的機會愈來愈少。

到了塔克辛還得再換車，我會跟郵局前面一個男人買貝果，要不是上車以後邊看窗外邊吃，就是先放進塑膠手提袋，到達工作的地方以後再配著茶吃。有時候新工作那戶人家的那位太太會跟我說：「要是還沒吃，就吃點早餐吧。」那麼我就會自己從冰箱拿乳酪和橄欖來吃。但有時候她什麼也沒說。近中午時，我開始替她準備午餐吃的烤肉丸，她會說：「多做三個給自己吃吧，薩蜜荷。」她會拿五個肉丸放到盤子上，卻只吃四個，剩下那個我就在廚房裡吃了，最後我們都各吃了四個。

但是夫人（我都這麼稱呼她——從來不帶姓）不會和我同桌，我也不許和她同時用餐。她希望我就在旁邊，可以聽到她說「鹽在哪？」或是「把這個收走」，所以我會站在餐廳門口看著她吃，只不過她不會跟我說話。她老是問同樣的問題，又老是忘記答案，「妳是哪裡人？」我告訴她貝伊謝希爾，她就會說：「那在哪？我從來沒去過。」到後來我就開始說自己來自科尼亞省。「啊，是啊，科尼亞！總有一天我會去那裡參觀詩人魯米的墓。」她會這麼回答。當我去另外兩家工作時（一家在西司里，另一家在尼尚塔希），我也說自己來自科尼亞，雖然那兩家人也立刻提到魯米，卻不希望我每天按時禱告。無論如何，季莉禾已經教過我，但凡有人問：「妳會禱告嗎？」都要說不會。

我在夫人的推薦下開始到其他家工作，那兩家人不喜歡我用他們的廁所。他們住的是舊式宅子，有僕人專用的小廁所，有時候得和貓狗共用，另外我也會把手提袋和外套放在裡面。夫人養了一隻貓，會偷吃廚房的食物，平時也從不離開牠的窩，有時只剩我和貓在家，我會修理牠一頓，晚上回家後再向費哈坦承。

有一段時間夫人病了，我得在西司里住上幾天照顧她，我知道要是我不這麼做她也會找別人。他們給我一間乾淨的小房間，和隔壁棟相連，房裡沒有窗戶，但被單聞起來很舒服，我很喜歡。久而久之我也習慣了。一天往返西司里可能要花上四、五個小時，因此有些時候我會在夫人家過夜，早上替她準備早餐，然後再到其他家工作。然而我總是迫不及待想回到加齊區，回到費哈身邊，光是離開一天就足以讓我想念我們的家和所有屬於我們的東西。偶爾我喜歡下午提早下工，在搭巴士之前或是在塔克辛轉車之前，到城裡逛一逛，但卻也擔心在街上被桑山的人瞧見，去告訴蘇雷曼。

我工作的那幾戶人家的女主人，白天出門前會跟我說：「薩蜜荷，打掃完以後別浪費時間禱告或看電視，直接回家吧。」我是那麼認真工作，有時候簡直可以把全城都打掃乾淨，但偶爾心思會飄走，速度也就放慢下來了。衣櫥最底下的抽屜放的全是先生的襯衫和背心，我在那個抽屜深處發現一本國外雜誌，裡面有男男女女擺出各種齷齪姿勢的圖片，光看都覺得髒了我的眼。夫人藥箱裡的左邊，有個散發杏仁味的奇怪盒子，盒子裡的梳子下面，有一張外國鈔票。我喜歡翻閱家庭相簿，喜歡去找出收在抽屜裡那些結婚、在學和夏日度假時拍的舊照片，看看雇主年輕時的模樣。

我工作的每個家裡都有一堆積滿灰塵的舊報紙、空瓶和沒開過的箱盒，藏在某個角落然後遭人遺忘，他們總會叫我別去碰，好像那是什麼神聖的東西似的。每個房子裡都有一個角落是我不能接近的，沒人在家的時候，我會偷看一下滿足自己的好奇心，但我會小心不去碰任何新鈔、金幣、味道奇怪的肥皂，還有主人故意放在外面測試我的裝飾盒。夫人的兒子收藏了一系列塑膠玩具兵，他會在床上或地毯上為他們部署隊形。他讓兩隊互打的時候，我會津津有味地看著他玩得渾然忘我，有時候屋裡只剩我一人，我也會坐下來玩那些士兵。許多家庭買報紙純粹是為了收集報上附的優惠券，每星期我都有一天要負責把優惠券全剪下來。每個月到了可以拿優惠券兌換搪瓷茶壺、附插圖的食譜、印花枕頭套、檸檬榨汁器和音樂筆的那天，他們就會派我到最近的報攤排半天隊。整天講電話聊八卦的夫人有一個廚房電器，卻和她的冬天毛衣一起收藏在充滿樟腦丸味道的衣櫃裡，雖然她從來不用（就像拿優惠券換回來的禮品），即使招待客人時也不用，卻還是小心地收藏著，因為那畢竟是歐洲進口貨。有時候會在碗櫥底下發現信封，裡面可能放著收據、剪報和傳單，我會一一翻看，或者我會細看女孩子們的洋裝、內衣和筆記本裡的內容，就好像能從裡頭找到一樣我找了很久的東西。有時候我覺得那些信和那些隨手亂寫的東西都是要給我的，覺得我自己也在那些照片裡面。又或者當夫人的兒子偷拿母親的口紅藏在自己房裡，我也會覺得是我的錯。這些人將自己的私密世界攤開在我眼前，讓我既覺得與他們感情深厚又有些憤恨。

有時才過了半天，我已經開始想念費哈，想念我們的家，想念那塊可以從我們床上看到、圍著發光界線的土地。我當女傭當了兩年之後，在外過夜的次數愈來愈頻繁，我不由得開始生費哈的氣，氣他沒能拉我一把，讓我從此離開這些正快速成為我自己生活的其他人的家庭生活，離開他們那些冷酷的兒子和被寵壞的女兒，離開那些看我漂亮就追求我的雜貨店少年和門房的兒子，離開那間小小的傭人房——要是在房裡開著暖氣睡覺，半夜往往會滿身大汗醒來。

費哈。我在樂施餐廳工作一年後，老闆開始讓我負責收錢。有一部分原因就是薩蜜荷老鼓勵我上的那些大學課程——儘管只是透過電視的函授課程。可是到了晚上，餐廳裡客人又多又吵，空氣中還瀰漫著茴香酒與湯的香氣，經理的弟弟就會親自坐到櫃台前全權處理……老闆的主要餐廳其實在阿克薩雷，我們這間是姊妹店，他有一條規定，每個月都要向廚子和洗碗工，還有我們這些侍者和打雜小弟重覆叮嚀一遍：每一盤炸薯條、番茄沙拉、烤肉丸和雞肉飯，每一小杯啤酒和茴香酒，每一碗扁豆湯、燉腰豆和韭蔥羊肉，在端上桌之前都必須向收銀員登記。

新樂施餐廳有四扇大窗面向國父街（蕾絲窗簾隨時都是拉上的），還有許許多多熱情的常客（滴酒不沾的當地店家老闆，中午會來吃燉肉濃湯，晚上則有成群男客節制地品嘗茴香酒），是一間名副其實的大餐廳，有時候忙到要遵守經理的命令都難。就連午餐時間，換我坐收銀台的時候，我也不一定能準確記錄侍者將那一盤盤雞肉蔬菜濃湯、橄欖油拌芹菜根、蠶豆抹醬和烤青花魚，送到哪一桌去。侍者會在櫃台前面排隊，等著登記每道菜（沒耐心的客人看了就大吼：「那是我的，都快冷掉了！」），只是有時候別無選擇，只能將規定暫擱幾分鐘，讓侍者先上菜，等情況緩和一些之後再來向我登記：「費哈，十七桌青椒鑲肉和炸酥捲，十六桌兩份雞肉奶凍。」但排隊的問題仍未解決，現在侍者不再等候輪到自己，便試圖爭先大喊：「六桌一份沙拉，二桌兩份酸奶。」有些人會端著好幾碟盤子匆匆走過，順便喊出客人點的菜，櫃台人員不一定有時間全部記下來，不然就是會忘記，再不然就是像我一樣，馬上杜撰一個寫上去，或是乾脆就算了不管，我看電視上課時要是聽不懂就會這樣。侍者根本不在乎有幾道菜沒記上，他們知道如果顧客以為自己免費吃了什麼，小費就會多給一點。至於經理，他的規定倒不是錢的問題，主要是為了因應有些酒醉客人會大聲嚷嚷：「我告訴你，我們只點了一盤油炸淡菜！」然後硬說帳單算錯。

晚餐時段我或許沒能坐在櫃台收錢，但憑著端盤子，卻得知了不老實的侍者會耍的所有小手段。其中最簡單的一個，我自己偶爾也會耍：找一個懂得感謝的客人，上菜的時候分量多給一點（譬如他點四個肉丸，就給他六個），但告訴他你只算他小份的錢，他一高興就會把差額當成小費賞給你。理論上，所有小費都要集中起來，再平分給員工（不過經理會先拿一份），但實際上每個侍者都會把自己收到的小費藏一部分在褲子口袋或白色圍裙內。從來沒人打過小報告。要是被逮到就會被炒魷魚，但反正每個人都這麼做，所以誰也不可能質問其他人圍裙裡藏了什麼。

晚上我負責靠近門口的桌位。除此之外還有另一項任務是協助經理。我其實不是領班，但的確要幫他監督。「你去看看四桌的濃湯，客人在抱怨。」當他這麼說，儘管那是來自居米什哈內的哈帝負責的桌子，我也會親自到廚房去，從烤架上的肉和油脂冒出的濃濃煙霧中找到廚師，然後再到四號桌，面露微笑、帶點開玩笑的口氣告訴客人濃湯已經上路了，問問他們要不要加點蒜頭，還是什麼都不加，再不然就是問問他們支持哪支足球隊，聊聊踢假球的醜聞、收賄的裁判，以及星期天那場比賽我們本該有的一記罰球。

每次那個笨蛋哈帝惹毛了哪桌客人，我就要進廚房，隨便抓起很可能是別桌點的一盤炸薯條或一大碗剛起鍋的蝦，拿去請那桌抱怨等太久或是餐點搞錯的客人。要是有多出來的烤肉拼盤，我可能會端去給某桌喝醉的客人。「喏，你們的肉終於好了。」我會這麼說，不管他們到底有沒有點；反正他們聊政治、足球或生活開銷正聊得開心，也不會注意或在乎。夜深之後，我要安撫爭吵的客人、要請唱歌唱得太大聲吵到所有人的客人小聲一點、要解決關於是否應該開窗的歧見、要提醒打雜小弟去清菸灰缸（「小夥子，去看看十號桌，快去……」），也要去廚房、餐廳外面或後間儲藏室，把在那裡抽菸的侍者和洗碗工趕回工作崗位，但通常只要看他們一眼就夠了。

有時候，某律師事務所或某建築事務所的老闆會請員工吃午飯，也包括女性在內，又或者包著頭巾的母親會請一事無成的兒子吃肉丸、喝愛蘭，我們會安排他們坐在門邊，那是家庭專用的座位。經理在餐廳牆上掛了三幅國父穿著便服的肖像（一張面帶笑容，兩張神情嚴肅），他對於吸引更多女客人到樂施餐廳用餐一事，有種特殊的情結。他心目中的成功經營就是讓一名女性和一群男人來到餐廳時，能度過一個愉快的夜晚——尤其是在供應茴香酒的晚餐時段——不會整晚受到諷刺與議論，讓她盡興之餘還會再來光顧，只可惜在樂施餐廳浮沉多變的歷史中，這種事從未發生過。只要哪個晚上有女客上門，隔天我們老闆就會憤怒又絕望地模仿前一晚的男性顧客是如何瞪大眼睛、張大了嘴，然後告訴我們這些侍者，下次再有女客人來用餐，不要驚慌失措地圍到她身邊去，而是要表現出她的光臨是再平常不過的事，還要保護她不受其他桌大聲喧嘩、說話不乾不淨、眼神下流的男人騷擾。他最後這個要求也是最難完成的。

到了深夜，倘若最後一批酒醉客人似乎完全沒有離開的意思，經理就會跟我說：「你家那麼遠，可以先走了。」回家的路上我會想著薩蜜荷，感到內疚的同時也更加肯定讓她去當女傭是不對的。我最討厭早上醒來發現她已經出門上工，那時我會怪自己窮，怪自己當初根本不該讓她去工作。過午之後，同住一間公寓的洗碗工和兩個打雜小弟，會一邊剝豆子、削馬鈴薯皮一邊說笑，我則坐在角落的桌子，看公共電視台播的《學習會計》。就算聽得懂課程內容，我也會被郵寄來的作業難倒，於是乾脆起身走出餐廳，像夢遊似地在塔旭勒塔拉的街道四處遊蕩，滿心無助與憤怒，一面幻想著像電影演的那樣持槍搶劫一輛計程車，去薩蜜荷在西司里工作的地方找她，帶她去我們位在某個遙遠社區的新家。在我的幻想中，我打算用自己存的錢，在那塊用發光石頭圍起的土地上蓋的房子，已經有十二個房間和四道門。可是到了傍晚五點，當餐廳的每個員工——從洗碗工到侍者領班——在穿起制服開工之前，圍坐在後間的長桌旁，配著剛出爐的麵包，吃著桌上那一大鍋肉和馬鈴薯湯，我總會心酸地想著自己應該要在市中心做點什麼生意，怎麼會在這裡浪費生命？

碰上薩蜜荷說好要回家的晚上，好心的經理見我一副等不及要馬上離開餐廳的模樣，就會說：「脫下圍裙回家去吧，新郎倌。」薩蜜荷來過餐廳幾次，所以其他侍者、打雜小弟和洗碗工都見識過她的美麗，他們會嫉妒地笑著喊我「新郎倌」，而每當左等右等等不到加齊區的公車（到我們社區有一班直達車，只是車次不多），我就會因為沒能好好珍惜自己的幸運而唏噓不已，沮喪到最後還會開始擔心自己做錯了什麼。

加齊區的巴士終於來了，卻開得好慢，每站都停，浪費好多時間，我不耐地兩腳抖個不停，幾乎按都按不住。快到終點站前的某一站，都會有人從黑暗中大喊：「司機，司機，等一下。」拚命想趕上前往城市盡頭的最後一班公車，於是司機便會點上菸，停車等候，迫不及待的我也只能這麼忍受剩下的路程。好不容易到達終點站下了車，我會以衝刺的速度上山回家，將疲憊全拋到腦後。漆黑夜裡的寂靜、遠處貧窮社區發出的慘澹光線，以及從周遭幾管煙囪冒出褐炭燃料的刺鼻臭煙，很快就讓我聯想到薩蜜荷正在家裡等著我。今天是星期三，她肯定在家，說不定已經累到體力不支先去睡了，她經常這樣。她睡著時的樣子也好美。又說不定她給我泡了些甘菊茶，現在正邊看電視邊等我。我想到她的聰明與情誼，不由得邁開腳步奔跑，相信只要我用跑的，薩蜜荷就一定會在家。

萬一她不在，我會連忙喝一點茴香酒緩和情緒、撫平痛苦，然後又開始把一切怪罪到自己頭上。第二天，我會更早出門工作，一如回家時那般迫不及待。

我們見面後，薩蜜荷會說：「對不起，昨晚夫人請客……她真的很希望我留下，而且還給我這個！」我會拿過她手上的錢放到一旁，鄭重聲明：「妳再也別去工作了，妳再也不能離開這個房子。我們就一起待在這裡，直到世界末日。」

剛開始幾次，薩蜜荷都會問：「那我們要吃什麼？」但很快地，她就會笑著對我說：「好啊，我再也不去工作了。」不過她當然還是每天早上照常去工作。

十一、不肯見追求者的女孩

我們只是剛好路過

蘇雷曼。昨天傍晚我去烏姆拉尼耶找阿森叔叔，他是我父親的朋友，以前也是酸奶販子。他是個有智慧的人，聰明到幾年前就懂得放棄賣酸奶，自己開起雜貨店來。現在他已經退休。昨晚他帶我看他種在庭院裡的白楊樹和一棵巨大的胡桃樹，二十年前他剛圈起這塊地的時候，這棵樹還只是株小樹苗而已呢。隔壁製管工廠的噪音和燈光滲進院子裡來，讓這一切顯得又奇怪又美妙。我們小酌茴香酒一整夜，兩人都醉醺醺。他的妻子在屋裡，已經睡了。

「這塊地有人出了很好的價錢，但我知道還會再漲，之前賣掉了一部分，我已經開始後悔了，實在賣得太便宜。」阿森叔叔說。十五年前，他在托普哈內有間店鋪，在卡贊契崗租了間公寓。昨晚他跟我重覆了三次，說當初遠從市區搬到這裡來的確非常明智，那時候他申請認領這塊空地只是抱著一絲希望，也許最後政府會發給他所有權狀。還有一件事他也重覆了三次，那就是他的女兒都出嫁了，「感謝神。」而且她們的丈夫都是好男人——雖然沒有我這麼好。他真正想說的其實是：「孩子，我已經沒有女兒可以嫁你，你今晚為什麼還大老遠從海峽對岸的桑山跑來敲我的門？」

這次也不例外，我又想起薩蜜荷。她逃跑已有兩年了。我發誓我要找到那個帶她走的人渣，那個王八蛋費哈，讓他為我所受的羞辱付出代價。即使到了現在，我偶爾還會夢見薩蜜荷回到我身邊，但我內心深處知道這永遠不可能發生，所以便不再沉溺於幻想中。我現在之所以能擺脫這些煩惱，還得感謝梅樂赫和薇蒂荷。薇蒂荷確實是盡心盡力地在幫我找老婆。

薇蒂荷。身為一家人的我們經過長久思考，認為幫助蘇雷曼走出薩蜜荷陰影的最好辦法，就是讓他結婚。有一天晚上，他在家裡喝醉了。我對他說：「蘇雷曼，你和薩蜜荷交往過一陣子，其實應該很了解對方，結果還是行不通。也許你應該娶個完全不認識、以前從沒見過面的女孩比較好……結婚以後就會有愛了。」他精神為之一振，說道：「我想妳說得對。怎麼樣，妳又替我找到什麼女孩了嗎？」但緊接著他開始挑剔起來。「我可不娶哪個鄉下酸奶販子的女兒。」「你哥哥柯庫和你的堂兄弟梅夫魯特娶的都是鄉下酸奶販子的女兒，我們有什麼不好？」「不是那樣，我沒這樣看妳們三姊妹。」「那你是怎麼看我們的？」「妳別誤會……」「我沒有誤會，蘇雷曼。可是你為什麼覺得我們會讓你娶鄉下姑娘？」我用非常嚴峻的口氣問他。說實話，蘇雷曼時不時都需要一個強勢的女人罵他幾句，他甚至會挺高興的。

「還有我也不要那些十八歲的高中畢業生。不管我說什麼，她們都能找碴，一天到晚只會頂嘴……再說，這些女孩會堅持要在婚前和我一起出去，也許是去看電影，好像我們是在大學裡認識的，不是透過媒人介紹，即使這樣，她們也會老是擔心被自己的爸媽發現，老是指使我怎麼做……這可是苦戰啊。」

我告訴蘇雷曼：放心吧，想找個像他這樣好看、成功又聰明的男人的女孩，在伊斯坦堡多的是。

「可是人在哪呢？」他急切地問。

「跟她們的母親待在家裡啊，蘇雷曼。她們很少出門。你就聽我的，我答應會讓你見到所有既貼心又漂亮的女孩，等你找到其中最美的一個，你心裡最中意的那個，我們就去提親。」

「謝謝妳，薇蒂荷，不過老實說，我從來就不太喜歡那種和媽媽待在家裡，對大人言聽計從的乖乖牌。」

「但如果你想找另一種女孩，為什麼從來不試著說一、兩句好聽話，好贏得薩蜜荷的芳心呢？」

「我就是抓不到竅門！」他說：「每次我試著這麼做，她就會取笑我。」

「蘇雷曼，必要的話我會找遍伊斯坦堡每個角落，無論如何都會給你找到一個女孩。可是你要是喜歡她，就得好好待她，懂嗎？」

「好，但要是她被寵壞了呢？」

蘇雷曼。我會載著薇蒂荷出去見那些合適的對象。有過這種經驗的人說應該帶上我的母親一起去，這樣我們這個相親團的感覺會正式一點，但我不想那麼做。我母親的穿著、舉止，還是太像鄉下人。薇蒂荷會在平日的連衣裙底下穿上藍色牛仔褲，再穿一件我從未在其他場合看她穿過的深藍色長大衣，圍上顏色一模一樣的頭巾；不知情的人會誤以為她是女醫師或女法官，只是碰巧包著頭巾。薇蒂荷最愛出門了，當我一踩油門，車子飛奔過伊斯坦堡的街道，她幾乎就把我們的任務給忘了。看遍城裡各個角落的她驚嘆不已，嘴裡說個沒完，最後惹得我都忍不住笑了。

「這條公車路線是民營的，不是公家的，所以車子行駛的時候門都開著。」我會一面告訴她，一面試圖超車，前面的公車有乘客上上下下，走得很慢。

「小心別撞到他們，這些人都瘋了。」她笑著說。快到目的地時，我忽然安靜下來，她便說：「別擔心，蘇雷曼。她是個好女孩，我喜歡她。但你要是不喜歡，我們就直接起身離開。回家的路上，你可以載你嫂嫂稍微逛一下。」

薇蒂荷總是能交上新朋友，這點要歸功於她的熱心與體貼，而她會透過這些關係選出合適的女孩，然後我們倆再一起前往女孩家看看本人。其中多數人要不是在鄉下念完小學後來到伊斯坦堡（跟我一樣），就是在某個貧窮市區就讀一個連鄉下都不如的學校。有些人決心要讀完高中，有些則是幾乎不識字。她們多半都太年輕，但是一到念高中的年紀，就真的不想繼續和父母住在一棟又小又破、生著爐火卻總是冷得要命的屋子裡。每當薇蒂荷說這些女孩都受夠了自己的父母，想找機會離開家，我聽了總覺得受用，但也隱約知道並不是我們見到的每個女孩都是如此。

薇蒂荷。蘇雷曼啊……雖然我從未坦白告訴他，但事實是：好女孩並不知道怎麼為自己打算，能為自己打算的女孩一點也不好。另外還有一些事情，我也從未告訴他。如果你想找個像薩蜜荷那樣有個性的女孩，她們是不可能和母親待在家裡，等著男人來娶的。你期望一個有自己想法和自己性格的女孩，凡事都順從你？那是不可能的事。你希望她既純潔天真，又熱切地想滿足你所有的狂野慾望（別忘了我可是嫁給他哥哥）？那也是不可能的事。可憐的蘇雷曼，你不明白：你需要的是一個不包頭巾的女孩，但我認為你並不想要那樣的女孩。只不過這個話題很敏感，我從來不提。但我一試再試，因為最可能獲准出門的方法，就是告訴柯庫我要去給蘇雷曼找妻子。沒多久，蘇雷曼終於接受了他的期望與事實之間的差距。

當父母想讓兒女嫁娶的時候，第一個就是回鄉下，在自家親戚當中找人，不然就是找同一條街、同一個社區的街坊鄰居。只有就近找不到丈夫的女孩（通常是因為大家都知道她有什麼問題），才會說想要嫁給另一個城區的陌生人。有些人會以自由靈魂之美來掩飾事實，但是只要我聽說哪個女孩愛好自由，就總會想辦法查探出她隱瞞了什麼。當然了，這些女孩和她們家人也有懷疑的理由（說到底，我們不也是大老遠從家裡跑來找對象嗎？），他們會仔仔細細地打量盤問，看我們有沒有隱瞞些什麼。無論如何，我警告過蘇雷曼，假如一個女孩沒有明顯的缺陷卻還是找不到丈夫，就表示她八成是眼光太高。

蘇雷曼。有個高中女孩住在阿克薩雷偏僻巷弄裡一棟新建築的三樓。招呼我們的時候，她不但穿著制服（包著頭巾），還一直坐在餐桌上認真讀著筆記和數學課本。這段時間裡，另一個女孩（是遠房親戚）就負責禮貌地招待相親主角的客人，儘管她自己也有功課要做。

我們去見了貝西潔，她住在巴可克伊再過去一點的一間獨棟房子。我們待的時間不長，她卻從椅子上起身五次，走到窗邊，透過蕾絲窗簾窺看街上踢足球的孩子。「貝西潔很喜歡看窗外。」她母親這麼說，好像在替她的行為道歉，但就像許多母親一樣，她同時也在暗示：這項特殊癖好更加證明她的女兒一定會是個非常稱職的妻子。

在卡辛帕莎的皮亞勒帕夏清真寺對面的一間屋子裡，一對姊妹（兩個都不是我們來看的女孩）不停地竊竊私語、格格偷笑，要不就是咬著嘴唇以免笑得更厲害。我們離開之後，薇蒂荷跟我說我們的對象，也就是她們那位板著臉的姊妹，其實在我們喝茶、吃杏仁餅的時候進屋來了，而且悄然無聲地走過客廳，所以我根本沒注意到這個相親對象的來去，更不知道她長相如何。我們悠哉地開車回家時，薇蒂荷給了我明智的建議：「男人絕不能娶一個他連注意都沒注意到的女孩。是我看錯了，她不適合你。」

薇蒂荷。有些女人是天生的媒人，天賦異稟能讓人幸福。我不是這樣的人。可是當薩蜜荷在爸爸拿了柯庫和蘇雷曼的錢以後和人私奔，我馬上現學現賣，不只是因為怕他們責怪我，也因為我很為傻氣的蘇雷曼難過。另外我也真的很喜歡出門，坐著車到處轉悠。

一開始我會說我丈夫有個弟弟已經服完兵役。然後我會漸漸變得正經八百，開始稍加美化地稱讚起蘇雷曼有多麼聰明、多麼好看、多麼彬彬有禮又多麼勤奮。

蘇雷曼叫我一定要告訴別人他來自「信仰虔誠」的家庭。女孩的父親都會重視這一點，我卻不敢說對女孩本身有太大的吸引力。我會解釋說他們家自從搬到城裡發了財，現在已經不想娶個鄉下媳婦。有時候我會暗示說他們在鄉下有仇敵，但這麼說可能會嚇跑一些家庭。每當認識一個新朋友，我幾乎都會提到我正在找適婚的女孩，順便問問對方有沒有認識什麼人，但是因為柯庫對於我出門在外的容忍度有限，即使為此目的也不例外，因此我也無法真正親自挑人選。我的確找到了一些人，卻有半數似乎仍覺得包辦婚姻是件難為情的事，真是荒唐，每個人到最後不都是這樣結婚的嗎？

一般人總會說他們認識某個女孩完全符合我開出的條件，只可惜她絕對不會接受父母安排的婚姻，甚至不肯讓可能追求她的人登門造訪。我們很快就領悟到，要去拜訪可能的人選時，最好不要說明來意，只能假裝是恰巧路過——或許可以說我們共同的朋友某某人曾經提議，如果到這附近來可以上門打個招呼。又或許可以說蘇雷曼的建設公司在這附近有個工地由他負責管理，他正好需要來勘察一下……

有時候要當這種不速之客，還得與另一個正要造訪那戶人家的人同行。基本上這是媒人間的一種互助形式，差不多就像房仲業者間偶爾也會互相幫忙。受邀的客人會當下編個藉口解釋我們在場的原因——但在此之前會先向全家人大肆而誇張地介紹我們。這些舊式小公寓總是一成不變地擠滿一群愛打聽的母親、姑嬸、姊妹、朋友和祖母。原本便約好來訪的客人會介紹我們來自科尼亞鼎鼎大名的阿克塔希家族，開了一間生意興隆的建設公司，有許多工程都由蘇雷曼負責監督，因為我們忽然來找她，所以她決定帶我們一起來。這番謊言只有一個人還略微相信，就是蘇雷曼本人。

無論如何，從來沒有人問過：「如果你們真的只是路過，蘇雷曼怎麼會把鬍子刮得乾乾淨淨，身上古龍水抹得香噴噴，還穿戴上他最體面的西裝領帶？」而我們也從來不問：「如果你們真的不知道我們要來，又怎麼會事先打掃，拿出家裡最好的瓷器，還把沙發墊全部換新？」謊言是儀式的一部分，儘管撒謊，卻不代表不真誠。我們都理解對方的苦衷，同時也得做足表面工夫。反正這些空話只是主戲開場前的序曲，幾分鐘後，男女主角就會見面。他們會喜歡對方嗎？更重要的是，我們這些旁觀者會認為他們是天作之合嗎？隨著局面的開展，在場每個人都會開始回想起自己昔日受到這種關注的情景。

不用多久女孩本人就會露面，穿著最美的一套衣服，甚至可能圍上最好的頭巾，當她在擠滿人的客廳角落找到地方坐下時羞得無地自容，又盡可能表現得無動於衷。通常屋裡會有許許多多年紀相仿、待字閨中的女孩，因此當我們真正想看的害羞女孩出現時，母親與姑嬸這些沙場老將就得不著痕跡地做出暗示。

「親愛的，妳上哪去了？在做功課嗎？妳看，家裡有客人呢。」

在這四、五年間的相親與失敗經驗中，曾有五個高中女生讓蘇雷曼心動，其中有兩個拿學校為藉口拒絕了我們（「我們家的女兒可能會想先完成學業」），所以蘇雷曼再也不想聽到女孩應該在「做功課」。

有時候當母親佯裝驚訝——「啊，原來今天有客人要來啊！」女兒可能說出令人尷尬的回答：「是的，媽媽，我們知道，妳已經準備一整天了！」我喜歡這種活潑、誠實的女孩，蘇雷曼也是，不過從他稍後遺忘她們的速度看來，他想必也有點擔心她們將來對待他的態度。

若是碰上斷然拒絕與追求者見面的女孩，我們會隱瞞真正的目的。有一次，有個粗魯無禮、態度惡劣的小ㄚ頭，真的以為我們只是來送禮給她父親（他是個侍者），完全對我們不理不睬。還有另一個女孩，我們不得不佯稱是她母親的醫生的朋友。某個春日，我們去了城牆邊上，埃迪尼卡普區的一棟老木屋。我們來看的女孩正在街上和朋友玩躲避球，並不知道有個以後可能娶她的人前來查探她，也不知道母親正在招待此人。她姑媽探出窗外誘她進屋：「上來吧，親愛的，我給妳帶了芝麻餅！」她立刻就來了，渾身充滿迷人的美。但她對我們視而不見，只是兩眼盯著電視，同時囫圇吞下兩塊餅乾，眼看她又要出門下樓去玩，她母親才說：「等一下，陪我們的客人坐一會。」

她本能地坐下來，可是一瞥見我和蘇雷曼的領帶，立刻發起脾氣：「又是來說媒的！媽媽，我已經說過不要再讓男人到家裡來了。」

「別這樣跟妳母親說話……」

「他們就是為了這個來的，不是嗎？這個男的是誰？」

「說話客氣一點……他們看見妳了，很喜歡妳，大老遠從城的另一頭過來就是想跟妳說說話。妳也知道塞車塞得多厲害。好了，坐下吧。」

「要我跟他們說什麼？你們要我嫁給這個胖子？」

她說完便衝出門去。

那是一九八九年春天的事，當時已漸漸少去女孩家裡拜訪，而那次則是最後一次。偶爾蘇雷曼還是會說：「薇蒂荷．英格，給我找個老婆。」但那個時候我們都知道瑪伊努．梅麗安的事，所以我覺得他只是隨口說說。而且他仍會說起應該如何報復薩蜜荷和費哈，惹得我也不怎麼高興。

瑪伊努．梅麗安。一些經常光顧酒吧和夜總會的人可能聽過我的名字，卻不一定記得。我父親是個底層的公務員，老實、勤奮，只是脾氣火爆。我曾經是塔克辛女子中學一名前途看好的學生，因為在《民族日報》流行歌曲比賽中，我們的隊伍進入了高中部決賽，我的名字還上了報。耶拉．撒力克曾經在專欄中寫到我：「她具有明星般的柔潤嗓音。」至今這仍是我歌唱生涯中的最高讚譽。我要感謝已故的撒力克先生，以及讓我在本書中使用藝名的人。

我本名叫梅樂赫。很可惜，自從高中首戰成功以後，不管我再怎麼努力，歌唱事業始終沒有起色。父親從來不了解我的夢想，還經常打我，後來發現我不打算上大學，就設法想把我嫁出去。因此我在十九歲那年逃家，嫁給自己選擇的男人。我第一任丈夫和我一樣：他喜愛音樂，儘管他父親只是西司里區政府的工友。可嘆的是這段婚姻無法持續，就連第二段婚姻和接下來的任何一段感情也一樣，都毀於我對歌唱的熱愛、毀於窮困、毀於男人無法信守承諾。我認識的男人之多都可以寫成一本書了，但話說回來，要真是出書，最後也可能因為侮辱土耳其人特質而上法院。關於這件事，我沒有跟蘇雷曼說太多。現在我也不想多說，免得浪費大家的時間。

兩年前，我在貝佑律偏僻巷弄裡一個髒兮兮又可怕的地方唱歌，而且固執地只唱土耳其流行歌曲，但幾乎沒有人來聽過，便總是被排在最後一個演唱。於是我轉到另一間小酒吧，酒吧經理說服了我，說只要我改唱土耳其傳統歌曲和民謠就會大受歡迎，但我還是得等到最後才能上台。我是在「巴黎亭台」認識蘇雷曼的——又是一個愛出風頭，想盡辦法要在表演空檔找我聊天的傢伙。這間酒吧雖然以「巴黎」為名，真正的特色卻是土耳其傳統音樂，無法排解失戀痛苦的男子經常在此流連，在音樂當中尋找些許慰藉。一開始我當然不理睬他。但沒多久，就被他每晚的孤獨身影、他送我的大把花束、他的堅持與他如孩童般的純真給打動了。

我現在住在奇哈吉的蘇馬基街上一棟公寓的五樓，是蘇雷曼替我付的房租。晚上喝下兩、三杯茴香酒後，他會說：「來，我們走，我載妳去兜兜風。」他不明白，搭他的車兜風一點也不浪漫，但我不在乎。一年前，我已經不再唱民謠，也不再去小型夜總會表演。如果蘇雷曼願意幫忙，我倒是想重新再唱流行歌曲。不過就連這個也不那麼重要了。

我是真的喜歡在夜裡坐著蘇雷曼的車到處轉。我也會喝上兩杯，當我們都有些醉意時，處得可好了，無話不談。只要能拋開對哥哥的畏懼，遠離家人，蘇雷曼就會變成一個可愛迷人的人。

他會載我下山到博斯普魯斯海峽，一路在狹窄巷道間橫衝直撞。

「別這樣，蘇雷曼，會被警察攔下的！」我說。

「放心，他們都是我們的人。」他回答。

有時候我會說他想聽的話：「拜託啦，蘇雷曼，快停車，我們會跌下去摔死的！」有一段時間，我們每天晚上都會重覆這一模一樣的對話。

「妳怕什麼，梅樂赫，妳真以為我們會摔出馬路嗎？」

「蘇雷曼，現在博斯普魯斯上面在蓋新橋耶，你相信嗎？」

「有什麼好不相信的？我們剛從鄉下來的時候，這些人還以為我們都只是一群貧窮的酸奶小販。」他激動起來說道：「現在就是這些人在求我們賣地，還自己找了中間人想在工程裡插一腳。要不要我告訴妳為什麼我這麼相信真的很快就會有第二座橋，而且和第一座完全一樣？」

「告訴我，蘇雷曼。」

「因為既然灰山和桑山都是自家的了，烏拉爾家已經打算把預定和橋相連的公路四周的地全部買下。政府都還沒開始徵收公路用地呢。不過烏拉爾家在烏姆拉尼耶、薩雷和恰克馬克買下的土地的價值，是他們付的價錢的十倍。我們現在要飛下這座山。別害怕，好嗎？」

在我的幫助下，蘇雷曼忘記了他所愛的那個酸奶販子的女兒。我們剛認識時，他滿腦子只有她。他會毫不害羞地告訴我，他和嫂嫂是怎麼在城裡上天下地地為他找媳婦。起初倒也沒什麼，反正我所有的朋友都會取笑他，我也知道只要他能結婚，我就可以甩掉他了。但現在我不得不承認，如果蘇雷曼真找到了老婆，我會很傷心。話雖如此，我仍不介意他去相親。有天晚上他喝得爛醉，坦白對我說他永遠不可能對一個包頭巾的女孩產生慾望。

「放心吧，這是常見的問題，尤其是結了婚的男人。」我試著安慰他。「不是你的關係，而是電視上和報章雜誌上那些外國女人，所以別太鑽牛角尖。」

至於我鑽的牛角尖，他卻從來不懂。「蘇雷曼，我不喜歡你跟我說話的時候像在命令我。」有時我會這麼說。

「喔，我還以為妳喜歡呢……」他會說。

「我喜歡你的槍，可是不喜歡你對我這麼粗魯又冷酷。」

「我是個粗魯的人嗎？我真的很冷酷嗎，梅樂赫？」

「我認為你確實是有感情的，蘇雷曼，可是你和大多數土耳其男人一樣，不知道怎麼表達。有件事是我最想聽的，為什麼你從來不說？」

「妳想要婚姻？妳會開始包頭巾？」

「我不想談那個。跟我說說另一件你從來不提的事。」

「啊，我懂了！」

「好啊，既然你懂就說吧……你也知道這不是什麼天大祕密……現在每個人都知道我們的事……我知道你有多愛我，蘇雷曼。」

「既然知道，何必一直問？」

「我不是想要求什麼，我只是希望你開口說一次……為什麼你就不能說『梅樂赫，我愛你』呢？……那三個字真有那麼難以啟齒嗎？說出來會輸掉什麼嗎？」

「可是梅樂赫，妳這麼做就讓我更說不出口了！」

十二、在塔拉巴什

全世界最幸福的男人

夜裡，梅夫魯特除了和萊伊荷，也和兩個女兒法特瑪和菲琪葉睡在同一張床上。屋裡很冷，但蓋著被子暖洋洋的。有時候梅夫魯特晚上出去賣卜茶時，小孩都已經睡著，深夜回到家後，會發現她們的睡姿和他出門時一模一樣。萊伊荷則是沒開暖氣，蓋著被子坐在床沿看電視。

其實窗邊有女兒自己的小床，但是她們不甘寂寞，即使同在一個房間，只要一被放到窗邊床上就開始哭。梅夫魯特對於她們在這方面的感覺極其重視，他會對萊伊荷說：「太不可思議了吧？她們還這麼小，竟然就已經害怕孤單了。」兩個女兒很快就習慣了大床，睡在那裡，就算天塌下來也不會醒。但若換睡自己的床，稍有動靜就會驚醒，開始哭鬧，梅夫魯特和萊伊荷便也跟著被吵醒，除非把女兒抱到大床上，否則她們不會罷休。最後梅夫魯特和萊伊荷明白了，全家睡同一張床對誰都好。

梅夫魯特給她們買了一個阿奇立克牌的瓦斯爐，是二手貨，能把家裡變成三溫暖，只是太耗瓦斯。（有時候為了節省，萊伊荷也會用它來熱食物。）她的瓦斯是跟一個庫德人買的，店面就在三條街外的多拉德勒。由於土耳其東部的衝突愈演愈烈，梅夫魯特眼看著塔拉巴什的街道愈來愈熱鬧，每次一來就是一家子的庫德族移民。這些新來的居民性格強悍，完全不像費哈那麼隨和。戰爭期間，他們村裡的人全都走光了，村子也被燒成平地。這些人很窮，從來不買卜茶，所以梅夫魯特很少到他們社區去。後來，那一帶開始出現藥頭和無家可歸又吸食強力膠的年輕人，他也就完全不再去了。

自從一九八四年初，費哈和薩蜜荷搭著計程車逃跑以後，梅夫魯特有許多年未再見到他。這實在非常奇怪，想想他們童年與少年時期是何等親密，偶爾梅夫魯特會嘟噥著向萊伊荷解釋：「他們住得太遠了。」梅夫魯特幾乎不容許自己去想到真正造成他們之間距離的原因，其實就是當初他心裡想著費哈的妻子薩蜜荷所寫的那些信。

不過伊斯坦堡無情的擴張蔓延也確實把他們拉得更開了。搭公車往返他們兩家就得花上半天時間。儘管對費哈氣憤不滿的主要原因不停改變，梅夫魯特還是想念他。他心裡嘀咕著為何費哈從不與他聯絡。不管是為了什麼，顯然就是心裡有愧。當梅夫魯特得知這對新婚夫妻在加齊區過得非常幸福，而費哈也在加齊奧斯曼帕莎的一間餐廳當侍者，不禁醋意泉湧。

有些夜晚，在賣了兩個小時卜茶以後，他會強迫自己多逗留一會，在空盪的街道上幻想著正在家裡等待他的幸福。光是想到家裡和床上的味道，想到法特瑪和菲琪葉在被子裡發出的聲響，想到他和萊伊荷睡覺時身體的碰觸，以及碰觸時肌膚依然有的熾燙感覺，就會讓他快樂得幾乎掉下淚來。每次回到家，他都只想做一件事，就是換上睡衣，直接跳上舒適的大床。一起看電視時，他會告訴萊伊荷當晚賺了多少、街上有哪些情形、送卜茶進客人家裡時看見了什麼，在臣服於她那雙明亮又充滿愛意的雙眼，並完完整整說完一天經歷之前，他無法入睡。

「客人說加太多糖了。」他眼睛仍盯著電視，一面小聲地傳達客人對當天卜茶的意見。「那我也沒辦法，昨天剩下的真的酸了。」萊伊荷一如往常地為自己調的飲料辯解。或者梅夫魯特會告訴她，他特地把卜茶送到某個客人家的廚房，為他們服務，卻有人問他一個奇怪的問題，讓他煩惱了一整天。某天晚上，有個老太太指著他的圍裙說：「這是你自己買的嗎？」她是什麼意思呢？是圍裙的顏色嗎？還是她想暗示通常女人才會穿這個？

夜裡，梅夫魯特看著整個世界變成一個神祕的黑影國度，巷道被城市本身的黑暗籠罩，遠方街道宛如崎嶇峭壁聳立在幽暗中。電視上互相追逐的車輛就跟夜裡那些陰暗偏僻的街巷一樣奇怪；誰知道電視螢幕上左邊那群黑色山脈在哪裡、那條狗為何奔跑、牠怎麼會出現在電視上，那個女人又為何獨自哭泣？

萊伊荷。有時候梅夫魯特會半夜下床，點一根菸，邊抽邊透過窗簾縫隙看著外面街道。我能藉著屋外路燈的光線看見他，很好奇他在想什麼，也希望他趕快回床上來。有時候他想得太入神，我就會跟著起床，喝一杯水，看看女兒有沒有踢被。這時他才會回來，看起來有點難為情。他會告訴我：「沒什麼，我只是在想事情。」

梅夫魯特很喜歡夏天的晚上，因為有時間可以跟我們相處。但我要告訴你們一件他永遠不會說的事：我們夏天賺的錢比冬天還少。梅夫魯特會成天開著窗，也不管有蒼蠅飛進來、有吵雜的噪音（他會說「外面比較安靜」），還有漫天塵土，因為山上要開新路正在不斷地拆房子。他也會整天看電視，一面照看在後院、街上或樹上笑著玩耍的女兒，他會從樓上傾聽，一旦她們開始吵架，他就得出面阻止。有些晚上，他會無緣無故發脾氣，要是夠生氣還會甩門出去（後來女兒也習慣了，但總還是有點害怕）。他可能上咖啡館打牌，也可能坐在我們樓下大門和馬路之間那三階窄梯上抽菸。有時候我會跟著他出去，在他身邊坐下，女兒偶爾也會來。沒多久她們的朋友就會從各個角落冒出來，當她們在街上和院子裡玩遊戲，我就坐在路燈下篩米，好讓梅夫魯特待會挑到喀巴塔什去賣。

我就是在這階梯上認識了蕾韓，住在對街隔兩道門的那個女人。有一天她從她家的凸窗探出頭來，說了一句：「我覺得你們的路燈比我們的亮！」然後拿著她的刺繡過來坐在我旁邊。「我是東安納托利亞來的，但我不是庫德人！」她會這麼說，對於自己的家鄉就像對年齡一樣保密到家。她至少大我十五歲，看我篩米的時候她會讚美說：「瞧瞧這雙手，光滑得像小嬰兒的屁股！瞧瞧它們動得多快，就像鴿子的翅膀。相信我，妳應該做點針線活，妳會賺的比我多，也會比妳那個天使般的丈夫還多。我賺的錢就比我丈夫當警察的薪水多，他真的很不高興……」

蕾韓十五歲時，她父親（沒有跟任何人商量）就決定把她嫁給一個毛氈商人，她只好跑去住在馬拉蒂亞，除了一個小包袱什麼也沒帶，決心再也不見父母和其他家人。她生在一個赤貧家庭，家裡有七個小孩，但她認為也不能因為這樣就賣女兒，有時候還會跟他們爭辯，好像他們就在面前似的。「有些爸媽連讓男人看女兒一眼都不肯，更別說把她們嫁給她們不想嫁的人。」她會搖著頭說，但眼睛始終沒有離開過手上的針線活。她也很氣父親把她嫁給第一任丈夫時，沒有要求舉行非宗教儀式的婚禮。但是她與第二任丈夫私奔了，而這回她堅持要有一場非宗教的儀式。「要是當初也說不許打人就好了。」她笑著說：「絕對別忘了，妳有多幸運能嫁給梅夫魯特。」

蕾韓會假裝不相信有梅夫魯特這樣——從不打老婆——的男人存在，總說這一定和我有關。她老是要我再說一遍我找到這個「天使丈夫」的過程——我們如何在婚禮上見面並喜歡上對方，梅夫魯特在外地當兵時，又是如何透過中間人寫信給我。她的警察丈夫一喝茴香酒就會打她，所以每當桌上擺了酒的晚上，她會坐著等他喝完第一杯。然後他一開始回顧自己參與過的某次訊問——這通常是即將開打的第一前兆——她就會起身，拿著刺繡來找我。要是我剛好人在樓上，也會被她丈夫尼賈提的哄求聲驚動，得知她在樓下：「求求妳回家吧，我心愛的蕾韓，我再也不喝了，我保證。」有時候我便帶著女兒到階梯上加入她。「我們一起坐一會，他很快就會睡著了。」蕾韓會這麼說。冬天晚上當梅夫魯特出門賣卜茶，她會過來一整晚，陪我和女兒看電視，一面給她們說故事逗她們笑一面嗑葵花子。等到深夜梅夫魯特回家時，她會微笑對他說：「你們家這麼幸福，真是神的保佑！」

在某些時刻，梅夫魯特能感覺到這幾年是他一生中最幸福的時光，但他通常會將這份認知深藏在心底。倘若任由自己想著此時的幸福，有可能會失去一切。反正在這個人生中，有許多事情能令人生氣抱怨，而且每一件都足以讓任何一段短暫的幸福蒙上陰影。譬如，他就無法容忍蓄韓老是在他們家待到很晚，還喜歡管他們家閒事。他也受不了法特瑪和菲琪葉在看電視的時候吵起架來，又是尖叫又是互罵，然後就哭了。如果有人說隔天要請客，叫他一定要送十杯卜茶來，結果第二天晚上卻假裝不在家，任由他在寒風中猛按電鈴就是不讓他進去，也會讓他怒火中燒。庫德族激進分子在哈卡里襲擊軍用車隊時，有個來自庫塔雅的士兵陣亡，在電視上看到士兵的母親為此痛哭流涕的畫面，他會義憤填膺。他也受不了有些人愛發牢騷，說因為車諾比爆炸以後，風會把致癌的雲吹到他們城市上空來，所以就不再向街頭小販買飯或卜茶。他還受不了自己小心翼翼抽出電線裡的銅絲，辛辛苦苦把女兒的塑膠娃娃的手臂接上，女兒卻又馬上一把扯斷。當電視天線被風吹得左搖右晃，他可以忍受螢幕上出現雪花般的白點，卻不能接受整個螢幕被黑影覆蓋，畫面變得模糊不清。如果電視上正在播民謠節目，卻忽然全區大停電，他會暴跳如雷。當新聞在報導有關暗殺厄扎爾總理的陰謀，並播出嫌犯被警方的連發子彈擊中後在地上翻滾扭動的畫面（梅夫魯特至少看過二十遍了），卻被哈雅特酸奶的廣告打斷，他會按捺不住脾氣，對萊伊荷說：「街頭小販的生計就是被這些王八蛋做的化學酸奶給毀了。」

可是當萊伊荷說：「明天早上你帶女兒出去，我把家裡好好打掃一下。」梅夫魯特就會忘記一切不愉快。一手抱著菲琪葉，另一手長滿厚繭的手心裡握著法特瑪的小手走在街上，讓他覺得自己是全世界最幸福的男人。賣飯賣了一天以後回到家，在女兒的說話聲中小睡片刻，醒來以後陪她們玩遊戲（猜猜是誰的手放在他背上或是玩鬼抓人），又或是在街上有新客人走過來——「賣卜茶的，給我來一杯。」知道自己有這麼多小小幸福可以期待，他心中就會充滿喜悅。

對於人生這一切恩賜除了感激還是感激的這些年，梅夫魯特只隱隱感覺到歲月平靜地流逝、幾棵松樹枯死、幾間老木屋似乎一夕間消失、以前孩子踢足球以及街頭小販和失業者睡午覺用的空地蓋起了六、七層樓的建築，還有街上的廣告看板和海報愈來愈大，正如同他也幾乎沒有察覺到四季的更迭與樹葉的乾枯掉落。同樣地，他也總是到最後一刻才驚覺卜茶季或是足球聯賽結束了，甚至到一九八七年球季最後一個禮拜天晚上，才得知安塔利亞隊要被降級。又或者他也是直到有一天想從街面穿越哈拉斯卡蓋吉路卻過不去，才發現一九八〇年的軍事政變後，市區裡冒出那麼多天橋，馬路邊也設置了鐵馬護欄引導民眾前往這些天橋。梅夫魯特在咖啡館和電視上都聽說了，市長計畫開一條從塔克辛通往泰佩巴什的新路，而這條連接塔克辛和西斯罕內的道路將會貫穿塔拉巴什，與他們家只隔五條街，不過他從來不相信這會是真的。萊伊荷從社區的老人與長舌婦那兒帶回來的消息，梅夫魯特多半都已經知道，要不是在街頭和咖啡館聽人說的，就是和住在花廊、魚市與英國領事館附近那些陳舊、陰暗的老公寓裡的希臘老婦人聊天聊來的。

雖然現在已經沒有人願意去想或去談起，但昔日住在塔拉巴什的全是希臘人、亞美尼亞人、猶太人和亞述人。以前這裡有一條溪流——如今已被混凝土覆蓋，遭人遺忘——從塔克辛往南流入金角灣，每經過一個鄰區就改一個名（多拉溪、比萊吉克溪、主教渡口、卡辛帕莎溪），在溪水流經的谷地一側的山肩上就是庫土律希和費里克伊兩個鄰區，六十年前，也就是一九二〇年代初，只有希臘人和亞美尼亞人住在這裡。土耳其共和國誕生後，貝佑律區非回教徒居民所遭受的第一個打擊，就是一九四二年的財產稅。當時正值二次大戰期間，政府已逐漸接受德國的影響，不僅對塔巴拉什的基督徒課徵他們永遠付不起的重稅，還把繳不出稅金的亞美尼亞人、希臘人、亞述人與猶太人，送進阿許卡雷集中營。梅夫魯特聽過無數關於藥劑師、家具製造業者，以及世代居住於此的希臘家庭的傳聞，說他們因為繳不出稅而被送往集中營，還得把店移交給店裡的土耳其學徒，不然就是為了躲避在街上搜捕的執法人員，連續在家中藏匿好幾個月。一九五五年九月六日、七日發生反基督徒的暴動，當時在塞浦路斯爆發衝突，暴民手持棍棒與旗幟掠奪並破壞教堂與商店、趕走教士、強暴婦女，因此大多數希臘居民都搬到希臘去了，沒有離開的人也在一九六四年被政府下令立刻驅離。

在這一帶住了很久的人到酒吧喝上幾杯之後，通常就會低聲交換這些故事，要不然那些不滿新移民跑來住在希臘人留下的空屋，而想吐吐怨氣的人也會談起。梅夫魯特聽過有人說「希臘人比這些庫德人好」，也有人說政府都毫無作為，現在連非洲人和貧窮的移民也都跑來塔拉巴什了，接下來又會是什麼？

但是當初逃離或被驅離的希臘家庭，若有人回到伊斯坦堡和塔拉巴什來看看仍登記在自己名下的舊屋，卻不見得受歡迎。大家都不太願意告訴他們實情——「你們家現在住著來自比特利斯和阿達納的安納托利亞貧民」——因此即便是社區裡最和善的居民，也往往會避開這些舊識。有些厭惡遊客並毫不掩飾敵意的人，深信這些希臘房東純粹是回來收租金的；但也有人會和老朋友約在咖啡館碰面，互相含淚擁抱，回憶美好的往日。只不過這些感人的時刻從不持久。梅夫魯特曾經眼看著幾個回來看老家的希臘人，被一群小孩大聲叫囂、丟石頭，而召集這些孩子的則是在那一帶活動的許多犯罪幫派之一，他們與政府和警方合作，接收了希臘人的空屋，再租給來自東安納托利亞的貧窮移民。目睹這樣的場面，梅夫魯特的第一個反應也和其他人一樣，出聲制止：「小鬼，別這樣，這樣不公平。」但他會立刻轉念細想；反正孩子也絕不可能聽他的，再說他自己的房東也是唆使他們的人之一，所以到最後他會直接走開，不再多說什麼，半羞愧半憤怒地想：管他的，反正塞浦路斯都被希臘人奪走了，又或者另外想一件他自己也不太確定的不公平的事。

政府宣稱拆除計畫是為了整頓市容，讓全市更加現代化，這個說法讓所有人都心動。如今占據區內空屋的罪犯、庫德人、吉普賽人和竊賊都會被踢出去，毒窟、走私倉庫、妓院、單身漢宿舍和非法活動猖獗的破敗建築都將拆除，取而代之的是一條新的六線道公路，從泰佩巴什到塔克辛只需五分鐘。

有一些抗議聲浪來自希臘房東（他們因為財產遭沒收，而聘請律師和政府打官司）、建築師公會和奮力想保存這些歷史建築的一小群大學生，只是一般人對他們的聲音大多充耳不聞。市長有媒體當靠山，在某個特殊案例中，因為法院對某一棟老舊建築的拆除令遲遲不來，他便坐上一輛披著土耳其國旗的推土機，親自操控機器把房子給拆了，受到旁觀群眾高聲歡呼。這些拆除工作產生了大量灰塵，甚至會飄到梅夫魯特位在五條街外的家，即使門窗緊閉也會從隙縫滲入。推土機旁邊總是圍繞著好奇群眾，有失業的人、商店店員、路人和小孩，而街頭小販便趁機向他們推銷愛蘭、貝果和玉米。

梅夫魯特會機靈地讓自己的推車遠離塵土。在這些拆屋的年代裡，他從未讓他賣的飯靠近任何吵雜或擁擠的地方。即將興建的六線大道在塔克辛那端有一大片六、七十年的老房子，對他來說拆除這些房子才是真正的打擊。初到伊斯坦堡時，他在面向塔克辛廣場的一棟建築外牆上，看過六、七樓高的巨幅廣告看板，上面有個肌膚白皙、神情親切的金髮女子為他獻上Tamek番茄醬和麗仕香皂。梅夫魯特一直很喜歡她微笑的樣子，有一種沉默但堅持的熱忱，每次來到塔克辛廣場，他都會特地抬頭看看她。

著名的三明治店「水晶咖啡」就位在那名金髮女子所在的同一棟建築，得知店面也跟著建築物一起拆了，他感到十分遺憾。在伊斯坦堡，從來沒有其他地方賣過這麼多愛蘭。梅夫魯特去嘗過兩次他們的招牌餐點（一次在店裡吃）——一種沾番茄醬吃的辣漢堡，而且也點了他們的愛蘭配著喝。水晶咖啡店裡做愛蘭用的酸奶是跟天泉村隔壁伊姆蘭勒村那對巨無霸「混凝土兄弟」買的。混凝土阿布杜拉和混凝土努魯拉不只為水晶咖啡供應酸奶，和塔克辛、奧斯曼貝、貝佑律等區許許多多的餐館、咖啡館，都有固定的生意往來，而且進貨量都很大。直到一九七〇年代中，大型酸奶公司開始以玻璃罐和木桶銷售產品之前，這對兄弟接收了灰山、桑山與亞洲區那邊的地盤，賺了不少錢，後來卻也在短短兩年間，和所有酸奶小販一起被掃蕩一空。梅夫魯特發覺自己將水晶咖啡的拆除解釋為對混凝土兄弟的一種懲罰，也才驚覺到自己有多羨慕這對富有又能幹的兄弟，他們比他聰明多了，甚至不需要晚上出門賣卜茶貼補家用。

梅夫魯特來到伊斯坦堡二十年了。看到自己所認識的城市舊面貌，被新道路、拆除工程、建築物、廣告看板、商店、地下道、高架道路所抹滅，消失在眼前，不免令人感傷，但是想到有人正在為他努力地改善這座城市，心裡又覺得滿足。他並未將這裡當作一個在他來之前便已存在的地方，他不把自己當成外來者，反而喜歡想像伊斯坦堡是在他居住的這段時間建立的，也喜歡幻想它將來會變得多麼乾淨、多麼美麗又多麼現代化。有些歷史建築早在他還在鄉下或甚至他出生前就已興建，裡面有五十年歷史的電梯、中央暖氣與高高的天花板，他很喜歡住在這裡的人，也從未忘記再沒有比他們對他更好的人了。但這些建築免不了會提醒他，他終究是個外地人。這裡的門房即使無心，也會表現出高高在上的模樣，老是讓他害怕自己會犯錯。不過他喜歡老舊的東西：到較遠社區賣卜茶時，走進無意中發現的墓園，這種感覺他喜歡；他也喜歡看見一面布滿青苔的清真寺外牆，或是在一座銅製水龍頭早已乾涸的殘破噴泉裡，看見模糊難辨的鄂圖曼文字。

有時他會想：即使到現在，他還是每天拚死拚活地工作，只為了靠著利潤微薄的米飯生意餬口，而身邊從其他地方來的人全都賺了錢、置了產，還在自己的土地上蓋了房子。但在這些時候他也會告訴自己，神已經給他這麼幸福的生活，若還奢求其他就太不懂得感恩了。久久一次，他會注意到鸛鳥從頭上飛過，發覺季節在變遷，又是一個冬天結束，他也慢慢老去。

十三、蘇雷曼惹出麻煩

事情不就是那樣嗎？

萊伊荷。以前我常常帶法特瑪和菲琪葉去桑山（她們倆只需買一張車票），讓她們有時間和姨媽薇蒂荷相處，還能有個地方跑來跑去、摘桑椹，但現在不能再這麼做了。最後一次去是兩個月前，那天蘇雷曼纏著我問起了梅夫魯特。我跟他說他很好。但隨即話鋒一轉，他又用那一貫半俏皮半挖苦的口吻提起費哈和薩蜜荷。

「他們逃跑以後我們就沒再見過面了，是真的，蘇雷曼。」我還是同樣那句謊話。

「妳知道嗎？我覺得我相信妳。」蘇雷曼說：「我很懷疑梅夫魯特以後還會想跟費哈和薩蜜荷有任何牽連。妳知道為什麼嗎？」

「為什麼？」

「妳肯定知道的，萊伊荷。梅夫魯特在部隊裡寫的那些信，全是寫給薩蜜荷的。」

「什麼？」

「我讀了其中幾封，然後才叫薇蒂荷拿給妳。梅夫魯特寫的那雙眼睛不是妳的眼睛，萊伊荷。」

他說這話時咧著嘴笑，好像一切只是為了好玩，於是我也跟著露出微笑。謝天謝地，當時我竟然還會想到問他：「如果梅夫魯特的信是寫給薩蜜荷，你為什麼拿給我？」

蘇雷曼。我其實無意讓可憐的萊伊荷心裡不舒服。可是說到底，真相不是最重要的嗎？她沒有再跟我說一句話，只向薇蒂荷道別後，就帶著女兒走了。偶爾，她們要走的時候，我會親自開車送她們到梅吉迪耶克伊的公車站，好讓她們能及時趕回家，免得梅夫魯特傍晚回到家，發現家裡沒人而生氣。兩個小女孩好喜歡坐我的車。可是那天，萊伊荷連句再見也沒跟我說。等梅夫魯特回家，我不太相信她會問他：「你那些信是寫給薩蜜荷的嗎？」她肯定是會哭的，不過只要她仔細一想，就會發現我說的都是真話。

萊伊荷。從梅吉迪耶克伊搭巴士前往塔克辛的路上，我把菲琪葉抱在腿上，讓法特瑪坐在旁邊。儘管我沒說什麼，女兒卻總能看出媽媽在難過或心煩。走路回家時，我皺著眉頭說：「別告訴爸爸說我們去找薇蒂荷姨媽，知道嗎？」我忽然想到梅夫魯特之所以不希望我去桑山的真正原因，也許是為了讓我盡量遠離老是話中有話的蘇雷曼。當天晚上，我一看見梅夫魯特那張溫柔、稚氣的臉，就知道蘇雷曼在說謊。然而隔天早上，當女兒在院子裡玩耍，我想起了私奔那一夜在阿卻昔車站，梅夫魯特看我的神情，心裡又開始忐忑不安……那一天，開車的人正是蘇雷曼。

我把收藏著的信拿出來，再讀一遍以後覺得鬆了口氣：我們夫妻獨處時，梅夫魯特跟我說話就是這樣的口氣。我感到很內疚，怪自己不該去在意蘇雷曼的謊話。但我隨即想起那些信是蘇雷曼親自送來給我，他還利用薇蒂荷說服我和梅夫魯特私奔，於是又不太確定了。就在這個時候，我暗自發誓再也不去桑山。

薇蒂荷。有一天下午，我趁著梅夫魯特應該剛出門賣飯的時候，偷偷溜出門，搭公車前往塔拉巴什去找萊伊荷。妹妹看見我，眼中充滿喜悅的淚水。她正忙著煎炒雞肉，頭髮像廚師一樣往後攏，手裡拿著一把大叉子，她被一團帶著肉香的煙團團圍住，嘴裡一面喊著要孩子別再搗亂。我和小外甥女親親抱抱後，她便打發她們到院子裡玩。「前陣子她們倆都病了，不然我們就會過去。」她說：「梅夫魯特根本不知道我們去妳家的事。」

「可是萊伊荷，柯庫從來不讓我出門，更別說是貝佑律這一帶了。那以後我們還怎麼見面？」

「小丫頭現在很怕妳們家那兩個男生。妳記不記得波茲庫和圖朗那次做了什麼？他們把可憐的法特瑪綁到樹上，然後用箭射她，還把她的眼皮撐得開開的。」

「妳放心，萊伊荷，為了那件事我狠狠打了他們一頓，還要他們發誓絕對不再傷害表妹。再說，波茲庫和圖朗也要四點以後才放學回家。萊伊荷，妳老實告訴我，妳這陣子都沒來真的是因為這個嗎？還是梅夫魯特不許妳來？」

「既然妳問了我就老實說，不是梅夫魯特的錯，要怪就要怪蘇雷曼，他想惹麻煩。他說梅夫魯特在部隊給我寫的信其實是寫給薩蜜荷的。」

「哎呀，萊伊荷，妳可不能聽蘇雷曼胡說……」

萊伊荷從裝針線的籐編盒底下拿出一扎信來，隨手打開其中一個泛黃的信封。「我的生命，我的靈魂，我此生唯一、有著鹿一般雙眼的萊伊荷小姐。」她讀著讀著，忽然放聲大哭。

蘇雷曼。每當瑪伊努開始揶揄我的家人，說我們還是鄉下人，真的讓我忍無可忍。說得好像她是將軍女兒還是醫生老婆似的，而不是公務員的女兒，也不是在夜總會當女招待。只要兩杯茴香酒下肚，她就來了：「你在家鄉是當牧童之類的嗎？」她會嚴肅地挑高眉毛，好像問得很認真。

「妳又喝多了。」我對她說。

「誰？我嗎？你喝得比我多多了，喝完還會失控。你再打我一次，我就讓你嘗嘗火鉗的滋味。」

於是我就回家去了。母親和薇蒂荷正在看戈巴契夫和布希在電視上互相親吻。柯庫不在家，我正打算再來喝一杯，卻在廚房遭到薇蒂荷突襲。

「你給我聽著，蘇雷曼。」她說：「你要是害得萊伊荷再也不來，我永遠不會原諒你。她是真的信了你那些謊話和愚蠢的玩笑話，那個可憐的女孩都被你弄哭了。」

「好啦，薇蒂荷，我不會再跟她說什麼。不過我們何不先把話說清楚，是不是為了不讓人傷心，就要繼續撒謊？」

「蘇雷曼，我們暫時先假設梅夫魯特的確看到了薩蜜荷也愛上了她，但後來卻寫信給萊伊荷，因為他以為那是她的名字。」

「事實就是如此……」

「不對，感覺比較像是你故意騙他的……」

「我只是幫梅夫魯特娶到老婆。」

「隨便你怎麼說，但現在再來重翻這些舊帳有什麼好處？只會讓可憐的萊伊荷痛苦不已，不是嗎？」

「薇蒂荷，妳已經盡力替我找到老婆，現在妳得面對現實。」

「你說的事情沒有一件真正發生過。」薇蒂荷以嚴峻的語氣說：「我也會告訴你哥哥，我再也不要忍受這種事了，懂嗎？」

你們也看到了，每當薇蒂荷想嚇我，就會把她丈夫說成「你哥哥」而不是「柯庫」。

萊伊荷。我有可能正在準備熱敷包要紓緩法特瑪的耳痛，卻忽然丟下手邊的工作，去拿出放在針線盒裡的那扎信，抽出其中一封，很快地瀏覽一遍，找到梅夫魯特將我的眼睛比喻成「卡斯的憂鬱山脈」那段。晚上一邊聽著蕾韓閒聊以及女兒在睡夢中咻咻的氣息聲和咳嗽聲，一邊等著梅夫魯特回家的時候，我會像夢遊一樣站起來，再回去看梅夫魯特寫的「我這一生已不需要另一雙眼眸、另一個太陽」。上午，我帶法特瑪和菲琪葉去魚市，站在腥臭味中看著賣雞肉的哈姆迪先拔雞毛，再剁塊、燻雞皮，這時候我會想起梅夫魯特曾有一次說我是他「心愛的人，身上散發著玫瑰與天堂的氣味，人如其名」，便立刻覺得舒坦了些。當南風吹得滿城瀰漫著下水道與海草的臭味，天色有如腐敗的雞蛋，讓我覺得心上壓了一塊石頭，我就會再去看信，看他對我說過我的眼睛「幽暗有如深邃夜色，清澈有如清涼泉水」。

阿杜拉曼大爺。如今女兒都出嫁了，鄉下生活再也沒有樂趣可言，所以一有機會我就會上伊斯坦堡。我在一路顛簸的巴士上睡睡醒醒，心裡老是會苦悶地犯嘀咕，也不知道人家歡不歡迎我去。在伊斯坦堡，我都住薇蒂荷家，並且會盡可能避開性情暴躁的柯庫和他那個開雜貨店的父親哈桑，說到哈桑，他的樣子是一年比一年更像鬼了。我是個身無分文的疲憊老頭，這輩子也從來沒住過旅館。我覺得在一個地方付錢過夜有點沒尊嚴。

事實上，我並沒有以讓蘇雷曼娶我女兒薩蜜荷為條件，拿了他和柯庫的禮物和錢，而薩蜜荷和人私奔也不代表我一直在欺騙他們。柯庫的確是出錢讓我做假牙，但我把他這份慷慨當作是薇蒂荷的丈夫孝敬我的，而不是當作給小女兒下聘，再說了，難道薩蜜荷這樣的美人只值一副假牙？這樣說未免太侮辱人。

蘇雷曼還是不肯罷休，所以只要待在阿克塔希家，我就盡量避著他，不料有天晚上我到廚房找東西吃，跟他碰著正著。我們像父子一樣互相擁抱，以前其實很少這麼熱絡。他父親已經睡了，蘇雷曼拿出他藏在馬鈴薯籃後面的半瓶茴香酒，我們倆便開始暢飲。我也不太確定接下來發生什麼事，但就在晨禮的召喚前，我聽見蘇雷曼一遍又一遍地重覆同一句話：「老爹，你是個有話直說的人，現在你老實告訴我，事情不就是那樣嗎？」他又說一次：「梅夫魯特那些情書是寫給薩蜜荷的。」

「蘇雷曼，孩子啊，一開始誰愛上誰，其實都不重要，重要的是結婚以後能幸福。就是因為這樣，我們的先知才會說訂了親的男女不應該在婚禮前見面，也不應該在結婚前把所有男女之歡都耗光。也是因為這樣，可蘭經才會禁止女人不包頭巾到處走動……」

「對極了。」蘇雷曼說。但我不認為他真的認同我的話，他只是不敢爭辯任何與先知或可蘭經有關的事情。

「在我們回教國界，」我又接著說：「訂了親的男女結婚前根本沒法認識對方，所以情書寫給誰都不要緊。信只是一種信物，真正重要的是你的心。」

「所以你的意思是說，梅夫魯特注定要跟萊伊荷在一起，就算他的信是寫給薩蜜荷也無所謂？」

「無所謂。」

蘇雷曼皺起眉頭。「神會知道祂子民的真正心意。一個特意在齋戒月禁食的人會比一個因為找不到東西吃而禁食的人，更受真主眷顧，因為一個有意，一個無心。」

「在慈悲的阿拉眼中，梅夫魯特和萊伊荷都是好人。」我說：「你不必擔心，神會保佑他們的。神喜歡快樂的人，祂喜歡那些擁有得不多，卻懂得好好利用的人。如果沒有神的寵愛，梅夫魯特和萊伊荷會幸福嗎？而如果他們幸福，我們就沒資格說三道四了，對吧，孩子？」

蘇雷曼。如果萊伊荷真的相信那些信是寫給她的，為什麼不叫梅夫魯特向她父親提親？他們就可以馬上結婚，也不需要私奔了。她又沒有其他追求者。不過大家總以為歪脖子阿杜拉曼會向求親的人獅子大開口……那麼萊伊荷最後會變成老處女，她父親也會沒法把下一個女兒——真正的美人——薩蜜荷嫁出去。事情就這麼簡單。（當然了，最後小女兒也沒讓他撈到任何好處，只不過這是題外話。）

阿杜拉曼大爺。住了一陣子之後，我去了遠在另一頭的加齊區和小女兒同住。蘇雷曼對這件事仍無法釋懷，所以去和薩蜜荷、費哈同住的事，我沒有告訴任何人，而是假裝要回鄉下。我和薇蒂荷擁抱道別的時候，兩人都哭了，好像這次回到鄉下我就要死了。我拿著行李，坐上從梅吉迪耶克伊到塔克辛的公車。由於塞在車陣中動也不動，有些乘客受不了人一個個擠壓上來，每次車子一停下就大喊「司機，開門」，但司機不肯，「還沒到站呢。」爭吵一直持續不斷，我只是聽著沒有插手。轉搭下一班車，還是像擠沙丁魚罐一樣，到了加齊奧斯曼帕莎下車以後，我整個人就像洩了氣的汽球。接著我再從加齊奧斯曼帕莎搭上一輛藍色迷你巴士，黃昏時分才到達加齊區。

這一帶的城區看起來更冷、更暗，雲層壓得更低，也更顯得可怕。我匆匆上山，其實這整個社區就只是一道長坡。附近一個人影也沒有，可以聞到城市邊緣的樹林和湖水的味道。一種深沉的寂靜從高山上降臨在我周遭這些陰森可怕的住家。

是我心愛的女兒來開的門，不知怎地，兩人擁抱時都哭了。我馬上就知道我的薩蜜荷是因為孤單又不快樂才哭。那天晚上，她丈夫費哈直到午夜前後才回家，而且馬上倒頭就睡。他們倆都太拚命工作，以至於到了夜裡，既沒精力也沒心思在這個偏僻荒涼的房子裡親熱。費哈給我看了他的安納托利亞大學畢業證書，他終於透過函授課程拿到大學學位。也許他們現在會快樂了。但是等到夜色降臨，我又擔心得睡不著覺。這個費哈永遠不可能讓我美麗、聰明、已經痛苦很久的心愛女兒薩蜜荷幸福。說真的，不是因為他們私奔，我在意的是這個男人竟然讓她去當女傭。

可是薩蜜荷不肯承認，逼不得已要去別人家打掃房子這件事讓她不快樂。當她丈夫早上出門工作（誰知道他在做些什麼），薩蜜荷會表現出一副對自己的生活再滿意不過的模樣。她請了一天假陪我。她給我煎了兩顆蛋，她帶我到後窗前面，讓我看她丈夫用發光石頭圍起的土地。他們家位在一座小山頂上，我們走到屋外的小院子，只見四面八方都還是貧窮社區遍布的山丘，那些房屋就像一個個白色盒子。遠方幾乎看不見城市本身的輪廓，就像一頭怪獸半隱藏在泥塘裡，被霧氣和工廠廢煙悶得喘不過氣來。「爸，你看見那邊那些山頭了嗎？」薩蜜荷指著四周的貧窮社區說，同時打了個哆嗦。「五年前我們剛來的時候，這些山頭全是空地。」她說完就哭了起來。

萊伊荷。「妳可以跟爸爸說外公和薇蒂荷姨媽來看妳，但不許告訴他薩蜜荷姨媽也來了，知道嗎？」「為什麼？」法特瑪一如往常地打破砂鍋問到底。我皺起眉頭搖搖頭，平常當我快失去耐性想打她們耳光時都會這樣，然後她們倆就安靜下來了。

爸爸和薩蜜荷一到，一個丫頭就爬到爸爸胸前，另一個則爬到薩蜜荷腿上。爸爸讓法特瑪坐在他的膝蓋上，跟她玩起扳拇指和猜拳的遊戲，讓她猜謎語，還給她看他放在口袋的小鏡子、鏈表和壞掉的打火機。看到薩蜜荷那麼用力地抱著菲琪葉親個不停，我馬上就知道她只有自己生三、四個小孩，建立一個熱鬧的大家庭，才可能紓解她內心的寂寞痛苦。她每親一下就驚呼一聲——「看看她那隻手！看看她那顆痣！」——每一次我也都會忍不住探身去看菲琪葉的手或法特瑪脖子上的痣。

薇蒂荷。「妳們帶薩蜜荷姨媽去看後院那棵會說話的樹，還有亞述教堂的仙子庭院好不好？」我說完，她們就走了。我正想告訴萊伊荷以後不必再怕蘇雷曼，說波茲庫和圖朗已經變乖了，說她應該再帶女兒過來玩，爸爸卻忽然說了一件事，讓我們倆都很生氣。

阿杜拉曼大爺。我不知道她們為什麼這麼生氣。我想不出有什麼比一個父親擔心女兒的幸福更自然的事。薩蜜荷帶兩個小丫頭到外面院子去以後，我跟萊伊荷和薇蒂荷說她們的小妹住在城區另一頭一棟隨時可能倒塌的單間屋，只有寒冷、悲傷和幽靈跟她作伴，日子過得寂寞又悲慘，我在那裡住了五天已經夠了，我決定回村裡去。

「我們就私底下說說，妳們的妹妹需要的是一個能讓她幸福的真正丈夫。」

萊伊荷。我也不知道自己是怎麼了，只是突然間按捺不住怒氣，說了一些肯定會讓可憐的爸爸傷心的話，話一出口連我自己都嚇一跳。「爸爸，你要是敢毀了妹妹的婚姻就走著瞧。」我這麼說。**我們不是買賣的商品**，我又說。但我心裡有一部分知道爸爸說得沒錯，看得出來可憐的薩蜜荷已經沒有力氣掩飾自己的痛苦。我心裡還不斷地想起一件事。我們在童年和少年時期常常聽到「妳們三姊妹就數薩蜜荷最漂亮、最迷人，她是全世界最美的女孩」之類的話，如今的她身無分文、膝下無子、充滿哀傷，而我和梅夫魯特卻過得很幸福，難道這是神在考驗人的虔誠？或者這是神的正義？

阿杜拉曼大爺。薇蒂荷甚至還說：**你這樣算什麼父親？**「什麼樣的父親會企圖破壞女兒的婚姻，好讓他可以賣女兒賺聘金？」這話實在太傷人，我想最好還是假裝沒聽見，但還是忍不住回嘴道：「妳們太丟臉了。我忍受那一切，忍受所有的羞辱，全都是為了幫妳們找一個可以養活妳們的丈夫，不是想賣妳們賺錢。一個當父親的向女兒的追求者開口要錢，只是想拿回一點撫養她、送她上學、讓她有衣服穿，還教養她有一天能當個好母親所花的費用。這筆聘金不只讓我們知道一個男人覺得自己未來的妻子價值多少，這也是這個國家裡任何一個人會用來送女兒去上學的唯一一筆錢。你們現在明白了嗎？這個國家裡每一個當父親的，就算心胸再寬大，也會不計一切代價想生個兒子，不要女兒——不管是祭祀、下咒，還是走遍他能找到的清真寺，都要求神賜給他一個兒子。可是我和這些個小心眼的男人不一樣，每一個女兒出生的時候，我哪次不是歡天喜地？我有沒有打過妳們任何一個？我有沒有吼過妳們，或是說什麼話讓妳們難過？我有沒有對妳們大聲過，或是讓妳們美麗的臉龐蒙上過一絲絲哀傷的陰影？現在妳們竟然跟我說不愛妳們的爸爸？好啊，那我還不如死了乾淨！」

萊伊荷。外面院子裡，小丫頭正帶著薩蜜荷姨媽看那個被施了魔法的垃圾桶、排成一列穿過破花盆的蟲，和愛哭的錫公主住的錫宮殿，每次打那個公主一下，她就會哀嚎兩聲。「我要真是個會把女兒關在籠子裡的冷酷男人，她們怎麼可能在我眼皮子底下，跟一個一無是處的無賴通信？」爸爸這麼說。

阿杜拉曼大爺。像我這麼一個驕傲的父親，實在很難承受得了她們說的那些可怕的話。晡禮的時間還沒到，我就要求喝一杯茴香酒。我起身打開冰箱，但是被萊伊荷攔住，她說：「爸，梅夫魯特不喝酒。你想喝的話，我可以去幫你買一瓶『葉尼拉克』。」她說著關上冰箱。

「妳不必覺得難為情，親愛的……薩蜜荷家的冰箱更空。」

「我們的冰箱裡面只有梅夫魯特賣剩下的飯和雞肉。」萊伊荷說：「現在也開始會把卜茶放進去，不然會走味。」

我搖搖晃晃跌坐進角落的扶手椅，腦子裡好像蹦出一段奇怪的回憶，讓我眼前忽然一片黑。我肯定是睡著了，因為在夢裡我騎著一匹白馬，四周有一大群綿羊，但就在我發覺那些羊其實是雲的時候，鼻子開始發疼，而且愈變愈大，大到像馬的鼻孔，然後就醒過來了。原來是法特瑪正捏住我的鼻子，使盡吃奶的力氣拉扯。

「妳在幹嘛！」萊伊荷大喊。

「爸，我們去店裡給你買一瓶茴香酒吧。」我親愛的女兒薇蒂荷說。

「法特瑪和菲琪葉也可以一起來，給外公帶路。」

薩蜜荷。我和萊伊荷看著爸爸半彎著腰，牽著兩個外孫女的手往雜貨店走去，那駝背的身影看起來更加矮小了。他們走到窄巷盡頭，正要轉彎走上斜坡路時，忽然轉身揮手，想必是感覺到我們站在窗前。他們走了之後，我和萊伊荷面對面坐著，沒說一句話，以為我們還能像小時候那樣心意相通。當時我們常常捉弄薇蒂荷，要是被責罵，我們就不再出聲，改成眨眼睛、比手畫腳。可是在這一刻我領悟到，我們再也做不到了，以前的日子再也回不去。

萊伊荷。薩蜜荷生平第一次在我面前點菸。她說這是在那些有錢人家裡打掃的時候跟他們學的習慣，跟費哈沒關係。「妳不必擔心費哈，」她說：「他現在拿到學位了，在電力局又有些人脈，給自己弄到了一份工作，我們的情況很快就會改善，所以不必擔心我們。別讓爸爸接近那個蘇雷曼。我沒事。」

「妳知道前幾天那個討厭的傢伙蘇雷曼跟我說什麼嗎？」我說著從針線盒裡拿出用絲帶綑的一扎信。「妳也知道，這些是梅夫魯特當兵的時候寄給我的信……但好像不是寫給我，而是寫給妳的，薩蜜荷。」

她還沒能做出回應，我就開始抽出信來，隨口讀起某些段落。還在村裡的時候，我也常常趁爸爸不在家，念一些片段給薩蜜荷聽，我們總會忍不住微笑。但我已經知道這次我們笑不出來。讀到描寫我的雙眼「烏黑有如憂鬱的太陽」，我差點哭出來，突然覺得喉嚨被什麼哽住，我知道自己做錯了，不該把蘇雷曼散布的這些謊言告訴薩蜜荷。

「別傻了，萊伊荷，這怎麼可能？」她雖這麼說，可是看我的眼神卻像在說這番話有可能是真的。我感覺得出來這些信讓薩蜜荷頗為高興，好像梅夫魯特真的是在說她。於是我不再繼續念。我想念我的梅夫魯特。我發覺住在那個遙遠社區，離我們遠遠的薩蜜荷，對我和我們每個人竟是那麼地氣憤。梅夫魯特可能隨時會到家，我趕緊轉移話題。

薩蜜荷。當萊伊荷提到她丈夫很快就要回來，以及稍後薇蒂荷看著我說：「我和爸也剛好要走了。」都讓我的心往下沉。這一切真的讓我很不舒服。現在我正在回加齊奧斯曼帕莎的巴士上，心情低落地坐在靠窗的位子，一面用頭巾邊緣擦眼睛。剛才，我很清楚地感覺到她們想要我在梅夫魯特回來以前離開。就只因為梅夫魯特給我寫了那些信！那怎麼會是我的錯呢？當然，我不可能坦白說出這些話，因為她們只會說很遺憾我有這樣的感覺，接著進一步表明她們共同的憂慮：「薩蜜荷，妳怎麼能這麼想？妳明知道我們有多愛妳！」她們會怪我對於她們提起費哈的經濟困境時反應太大，怪我不該去當女傭，還怪我到現在都沒生小孩。老實說，我根本不在乎，我太愛她們了。不過我確實懷疑過一、兩次，梅夫魯特那些信是寫給我的。我告訴自己，薩蜜荷，夠了，別想了，這樣不對。但我還是繼續懷疑——其實不只一、兩次。女人控制不了自己的思緒，就如同控制不了自己做的夢，因此這些念頭在我腦子裡晃來晃去，好像漆黑的屋裡跑進了幾個緊張的竊賊。

我回到西司里那個富人的豪華住家的小小女傭房，躺在自己床上，內院裡的鴿子定定地棲息在枝上，黑暗中傳來牠們的嘆息聲，我心想萬一費哈知道這件事會怎麼樣。我甚至懷疑，我溫柔的萊伊荷告訴我這些，會不會是想讓我對自己的命運釋懷一點。有一天晚上，我坐了一整路累人的公車，身心疲累地回到家裡，看見費哈頹喪地坐在電視前面，立刻有股衝動想在他昏沉睡去以前讓他清醒過來。

「你知道前幾天萊伊荷跟我說什麼嗎？」我說：「你知道嗎？梅夫魯特寄給她的那些信……原來從頭到尾都是要寫給我的。」

「從一開始就是？」費哈問道，眼睛還是沒有離開電視。

「對，從一開始就是。」

「給萊伊荷那些信不是梅夫魯特寫的，」他這時才看著我說：「是我寫的。」

「什麼？」

「梅夫魯特哪會寫什麼情書……他要入伍以前跑來找我，跟我說他戀愛了，我就替他寫了那些信。」

「你是寫給我的？」

「不是。梅夫魯特叫我寫給萊伊荷。」費哈說：「他一天到晚說他有多愛她。」

十四、梅夫魯特找到新地點

明天一早我就去領回來

一九八九年冬天，賣米飯進入第七個年頭的梅夫魯特，開始明顯察覺到年輕一輩對於他的存在愈來愈不信任。「你要是覺得不好吃，可以退錢。」他會這麼告訴他們。但是到目前為止，還沒有一個年輕工人來要求退錢。倒是有一些比較沒錢、暴躁又粗魯的客人，還有那些獨來獨往，不顧他人想法的人，常常會剩下一半沒吃完，有時還要求梅夫魯特只收一半的錢，梅夫魯特都會答應。然後他會手腳俐落、偷偷摸摸地（這舉動他自己也很不想承認），把沒吃完的飯和雞肉分別放回推車的分格內，不能回收的就倒進一個盒子留給貓吃，或是回家途中丟掉。他從未將客人沒吃完的事告訴妻子。這六年多以來，萊伊荷始終以同樣勤奮的態度準備飯和雞肉，所以不可能是她的問題。他試著去理解為什麼新一代的年輕人一點也不像早期的客人那麼愛吃他賣的飯，結果想出了幾個可能的原因。

現在的年輕世代有一個令人遺憾的誤解，加上報紙和電視火上加油，更讓他們相信街頭的食物「很髒」。生產牛奶、酸奶、番茄醬、牛肉腸和蔬菜罐頭的公司，不停用廣告轟炸民眾，說他們的產品有多「衛生」，說他們賣的東西全都是機器製造，「沒有人手碰觸過」，聽得梅夫魯特有時候會不由自主對著螢幕大吼：「拜託，夠了吧！」這把法特瑪和菲琪葉嚇壞了，以為電視機原來是活的。有些客人向他買飯以前，會檢查他的盤子、杯子和餐具乾不乾淨。但梅夫魯特知道，這些人儘管在他面前那麼高高在上、疑心病又重，一旦和親戚朋友在一起，大家共用一個大盤子吃什麼都沒問題。和感覺親近的人，他們就不在乎乾淨衛生，這只可能意味著他們不信任梅夫魯特，或是沒把他當成同類。

過去這兩年，他還注意到一件事：很快地用一盤飯填飽肚子解決午餐，恐怕會讓自己顯出「窮酸樣」。再說飯配上雞肉和鷹嘴豆其實吃不飽，除非像貝果或餅乾一樣當兩餐之間的點心吃。另外，它也沒什麼特別奇怪或具有異國風味的特色，不像……比方說淡菜鑲飯，這裡面放了葡萄乾和肉桂末，曾經是在特定酒吧和餐廳才吃得到的昂貴菜色，直到從馬爾丁來了大批移民，才把它變成人人吃得起的便宜街頭小吃。（梅夫魯特一直很好奇鑲飯嘗起來是什麼滋味，卻始終沒吃過。）辦公室職員向街頭小販大量訂餐的日子已經不再。煎肝、小羊頭與烤肉丸等鄂圖曼風味小吃的黃金歲月，也已遭遺忘殆盡，這還得感謝那些超級愛用拋棄式塑膠餐具的新一類辦公室職員。想當年，你可以在任何一棟辦公大樓外面先擺上攤子，最後就能在同一個角落開一間像樣的烤肉丸餐廳，午餐時間同樣大排長龍。

每一年當天氣開始變冷，卜茶季節將近時，梅夫魯特都會去西凱吉向批發商買一大袋乾的鷹嘴豆，可以用到來年冬天。然而那一年，他存的錢卻不夠買平常買的那袋豆子。賣飯的收入還是一樣，只是再也不足以支付價格上漲的食物和女兒的衣物。而他花在無用事物上的錢也愈來愈多，譬如一些名稱洋化的零食（像是TipiTip口香糖、金牌巧克力棒、超級冰淇淋等等，每次他在電視上聽到這些名字就會忍不住發火），還有各式各樣的花朵狀糖果、報紙優惠券上的泰迪熊、彩色髮夾、玩具手表和小鏡子，每次買這些東西他總是滿心歡喜，但也會感到內疚和一點點不恰當。若非冬天晚上兼賣卜茶、已故父親在灰山的房子能夠收租，加上萊伊荷透過蕾韓介紹，替幾家嫁妝店做繡花床單賺的錢，梅夫魯特恐怕連自己家的房租與寒冬裡火爐用的瓦斯錢都付不起。

喀巴塔什的人潮總是在午餐過後便逐漸散去，於是梅夫魯特開始為下午兩點到五點的時段，尋找新的擺攤地點。新開闢的塔拉巴什大道非但完全沒有縮短從他們家到獨立路和貝佑律的距離，似乎反而將他們更往外推，也往更低的社會階層推。在塔拉巴什區，最後落在這條道路另一邊的部分，很快就充斥著夜總會、酒吧與其他可以聽到傳統土耳其音樂還兼賣酒的地方，不久之後，原本住在那裡的家庭與窮人也不得不因為房地產價格上漲而遷出，這一整區也就成了伊斯坦堡最大娛樂區的延伸。但是這筆財富完全沒有惠及梅夫魯特他們那一邊的街區，反倒是大道中央和人行道旁設置了金屬欄杆與水泥護欄，防止行人從街面穿越馬路，而將梅夫魯特住的那一帶推向了卡辛帕莎，以及在舊造船廠的廢墟中形成的勞工階級窮苦社區。

梅夫魯特無法推著攤車越過這條六線道沿路上的水泥護欄和金屬欄杆，也無法使用頭頂上的行人天橋，因此以前他都會從喀巴塔什穿過獨立路上的人群抄捷徑回家，如今再也行不通了，別無選擇之下只能繞道塔林哈內。政府將獨立路規劃為徒步區（以至於修路工程無窮無盡，整條街道布滿坑洞），只留下單一條電車軌道，報紙上以「懷舊」來形容（梅夫魯特不喜歡這個字眼）。於是街道兩旁商店林立，而且全是國外的大品牌，使得街頭小販更難到這裡來了。貝佑律的警察穿著藍色制服、戴著深色墨鏡到處巡邏，掃蕩那些在主要街道和附近巷弄裡賣貝果、卡帶、淡菜鑲飯、肉丸和杏仁，以及修理打火機、烤香腸、做三明治的小販。其中有一個賣阿爾巴尼亞煎肝的小販，毫不隱瞞自己在貝佑律警局裡有人脈的事實，他曾經告訴梅夫魯特，凡是能在獨立路四周存活的小販，要不是臥底警察就是每天向警局匯報的線民。

貝佑律區的人潮向來有如一條巨河的支流般，毫不留情地沖刷過各街道，如今仍一如既往，再次改變了流向與速度，民眾開始聚集在不同的角落與路口。街頭小販會立刻趕到這些新的聚集中心，儘管被警察驅離，又會有三明治與旋轉烤肉的攤販即時遞補，隨後由真正的旋轉烤肉餐廳以及香菸報紙攤接手，最後社區的雜貨店便開始在門口賣起烤肉捲餅和冰淇淋，蔬果商也會整夜不打烊，並在背景裡連續不停地播放土耳其流行歌曲。這一切的改變，無論大小，都讓梅夫魯特發現了幾個不錯的新地點，也許可以試著去擺攤一陣子。

他在塔林哈內一條街上找到一個空隙，兩側分別是一堆建築工地用的木材和一棟廢棄的希臘老屋。有一段時間，這裡成了他下午招呼客人的地點。電力局辦公室就在馬路對面，到這裡排隊繳電費、申請復電和電表的民眾，很快就發現附近有個賣飯的攤販。梅夫魯特心想若是午餐時間到這裡來，不要待在喀巴塔什，也許能多賣一點，不料正在打這個如意算盤時，一直白吃他的飯而對他睜一隻眼閉一隻眼的工地警衛，忽然叫他滾蛋，因為他老闆不喜歡他在那裡擺攤。

同一條路再往下兩百米處，他又在榮耀劇院的廢墟旁邊找到另一個小空隙。這棟百年木造建築原屬某個亞美尼亞慈善基金會所有，但在一九八七年一個寒冷冬夜被火燒個精光，梅夫魯特細細回想，那才不過是兩年前的事，當時他在塔克辛街頭賣卜茶，看見遠處的大火，便和其他市民一起站定觀看。縱火的謠言傳得沸沸揚揚，因為這間以西方音樂演奏會聞名的老劇院，上演了一齣取笑伊斯蘭主義者的舞台劇，只是這些說法始終未經證實。在此之前，梅夫魯特從未聽過「伊斯蘭主義」一詞。演戲嘲弄伊斯蘭信徒的感情，當然令人無法忍受，但他也覺得燒毀一整棟建築恐怕是反應過度了。此時，他挺著凍僵的身子站在寒冷中，等候遲遲不來的客人之際，想到與劇院同時被活活燒死的守夜人的靈魂，想到屢屢被提及的迷信，說凡是曾在那間劇院度過愉快夜晚的人，都會受到詛咒而早逝，也想到很久以前，這一帶和整個塔克辛廣場正是一座亞美尼亞人的墓園。縱觀這些原因，似乎便可說明為什麼從來沒人到他這個隱密的避風港來買一盤雞肉飯。他撐了五天，終於決定另尋擺攤地點。

他在埃瑪達後面的塔林哈內，在通往多拉德勒與赫比葉附近的曲折巷弄裡，到處為攤車尋找一個小角落。其實在這些鄰區裡，晚上還是有固定向他買卜茶的客人，但白天卻是另一個世界。有時候，梅夫魯特會把賣飯的推車託給燒毀的戲院旁邊的理髮店，自己則在當地的汽車零件店、雜貨店、廉價簡餐館、房地產仲介、家具維修店和電工行之間四處溜達。在喀巴塔什，若是需要上廁所或是想伸伸腿，他通常會把推車交給一個賣淡菜鑲飯的朋友或是其他熟人，但總是會趕快回來，以免有顧客上門。然而在這裡，留下推車竟像是逃離一般，完全是一種作夢的感覺。有時候，他還感覺到一股愧疚的衝動，想直接將攤車丟棄。

有一天，他在赫比葉看見奈麗曼就走在他前面，驚覺自己心跳加速。這是一種令人驚訝的情緒，彷彿在街上碰見年輕時的自己。當女人停下來看某間店的櫥窗，梅夫魯特才看清她根本不是奈麗曼。他登時領悟到，想必是過去這幾天經過赫比葉的旅行社，內心深處已經隱隱想到她，於是驀然間，十五年前當他仍夢想著完成高中學業時的幻影，開始從一片記憶迷霧中浮現：有空盪許多的伊斯坦堡街道；有獨自在家手淫的歡樂；有壓得人喘不過氣，也賦予一切人事物特別意義的孤獨；有秋天裡從栗樹與懸鈴木掉落滿街的葉子；有昔日民眾對一個賣卜茶的可愛小男孩的和善……本來這一切都會伴隨著他心窩裡一股沉甸甸的寂寞愁緒，但如今他已經不記得那些感覺，因此記憶中十五年前的生活快樂無比。他感覺到一種奇怪的遺憾悔恨，好像這一生都白過了。但與萊伊荷在一起，他又是那麼滿足。

當他回到燒毀的劇院，攤車不見了。梅夫魯特不敢相信自己的眼睛。那是一個烏雲滿天的冬日，天暗得比平時更早。他走進已經開了燈的理髮店。

「被警察沒收了。」理髮師說：「我跟他們說你馬上就回來，但他們不聽。」

梅夫魯特當了這麼多年街頭小販，第一次遇到這種情形。

費哈。梅夫魯特的推車在我們這一邊被市警沒收的時候，差不多也正是我開始在電力局當查表員的時候。我上班地點在塔克辛一棟有如火柴盒的建築，很像希爾頓飯店。但我們從未巧遇過。我要是知道他在附近擺攤，會去找他嗎？這我也不知道。不過「梅夫魯特的情書是寫給我的妻子而不是他的妻子」這番說詞，讓我了解到我也該說明自己的想法了，無論是私下或公開的想法。

我一直都知道在柯庫的婚禮上，梅夫魯特只是很短暫地瞥見阿杜拉曼大爺的另外兩個女兒，所以他的信寫給哪一個，對我來說有什麼要緊？我不知道的是他心裡一直想著薩蜜荷，最後卻與萊伊荷私奔。他覺得太難為情，始終沒有告訴我。所以我內心裡，絲毫不以為意。但是就表面上，就我們在別人眼中的處境，我們現在很難再當朋友，因為梅夫魯特寫過情書的對象後來成了我妻子……而我也追求並娶了梅夫魯特愛過卻永遠得不到的女孩。無論我們私下是什麼感覺，在這個國家，任何兩個男人處於這種「眾所周知」的情況下，一旦在路上巧遇都很難不大打出手，更不用說是握手繼續當朋友了。

當地警察沒收攤車那一天，梅夫魯特仍按時回家。起初，萊伊荷甚至沒有注意到推車沒有拴在後院的杏仁樹旁，但一看到丈夫臉上的表情，她就知道出事了。

「沒什麼，」梅夫魯特說：「明天一早我就去領回來。」

他跟女兒說（其實大人說的話她們始終不太懂，卻能領略那些沒說出來的部分）：推車有個輪子的螺絲掉了，所以他把推車留在隔壁區一個朋友那裡修理。他各給她們一片包裝紙上印著圖案的口香糖。晚餐時，他們依照各人分配到的分量吃萊伊荷新煮的飯，和她煎炒給梅夫魯特隔天賣的雞肉。

「那剩下的就留給後天的客人吧。」萊伊荷說完，平靜地將沒吃完的雞肉倒回冰箱裡的鍋子。

當天晚上，當梅夫魯特在一個多年老客人的廚房裡倒出幾杯卜茶時，她對他說：「梅夫魯特大爺，今天我們喝了一晚上的茴香酒，本來是不打算買卜茶的。可是你的聲音那麼有感情、那麼憂鬱，我們忍不住還是買了。」

「卜茶的賣點就在小販的聲音。」這句話梅夫魯特已對客人說了不下數千次。

「你都還好嗎？你哪個女兒快上學了？」

「我很好，感謝神。我的老大今年秋天就要上小學了，願神保佑。」

「好極了。你不會在她們高中畢業以前就把她們嫁出去吧？」老婦人一面關門一面問道。

「我要讓兩個女兒都上大學。」梅夫魯特對著迎面關上的門說。

無論是這段愉快的對話，或是與其他老顧客的交談（那天晚上大家剛好都對他特別親切），都無法消除梅夫魯特失去推車的心痛。他不斷想著推車現在何處、倘若落入不當之人手中會不會受虐、會不會被雨淋壞，甚至想到瓦斯爐會不會被偷。沒能親自看管著，他就是放不下心。

次日，在貝佑律區警局那棟氣勢宏偉但稍嫌破舊的鄂圖曼年代木造建築內，還有另外幾名街頭小販在等候，他們也都是推車和攤子被沒收。其中有個收破爛的，梅夫魯特在塔拉巴什遇見過幾次，他聽說賣飯的攤車也被拖走十分詫異。通常賣飯、肉丸、玉米或烤栗子的小販，都會使用比較進步、加裝了玻璃，還有內建瓦斯爐或炭爐的裝備，而且他們在定點擺攤之前，一定會先送禮物或食物給衛生稽查員（這也是梅夫魯特以前常做的事），所以幾乎不會有被扣押的問題。

那天，梅夫魯特和其他小販都沒能取回自己的攤車。有個賣碎肉披薩的老頭說：「現在推車應該都已經拆毀了吧。」這個可能性，梅夫魯特想都不敢想。

市府訂定的衛生管理條例阻止不了街頭小販，依法開罰的罰金也早就因為通貨膨脹而不痛不癢，因此各區警察會以公共衛生為由，將屢勸不聽的小販的推車加以破壞並沒收商品，以儆效尤。此舉可能導致爭吵、鬥毆或甚至械鬥，有時候還會有小販跑到區政府門前絕食或自焚抗議，只不過這樣的情形少之又少。通常只有在預定的選舉前夕，因為每一票都很重要，小販才有希望領回被沒收的攤子，否則就得在行政單位裡有人脈。去了區政大樓的第一天過後，那個賣香料碎肉披薩的小販告訴梅夫魯特，他隔天就要去買一輛新推車。

這個人決定不在官僚體系中尋找關係，而且也很實際地接受了永遠拿不回自己財產的事實，這讓梅夫魯特氣憤難平。無論如何，梅夫魯特也沒錢再買一輛新的三輪推車並配置爐子。就算能籌到錢，他也不認為能再靠賣飯維生。可是他還是忍不住暗想，只要能拿回推車，就能回到原來的生活。就像那些悲傷婦人無法接受丈夫死於戰場的消息一樣，他也同樣想不透，他的白色推車怎麼可能真的被拆毀了。他腦海裡有一幅影像，宛如一張褪色照片，只見推車正在區政府的某個儲藏室裡等他，水泥地四周圍著鐵絲網。

第二天，他又回到貝佑律區政府。一名職員問他：「你的攤車是在哪裡被沒收的？」梅夫魯特這才發現被燒毀的劇院屬於西司里區管轄，不是貝佑律，於是他心中又充滿希望。烏拉爾家和柯庫會幫他在西司里區政府中找到人脈關係。當天夜裡，他在夢中看見了他的白色三輪推車。

十五、聖導師

我受到非常不公平的對待

萊伊荷。兩個月過去了，推車一點消息都沒有。梅夫魯特每天賣卜茶賣到大半夜，早上也起得晚，直到中午以前都穿著睡衣在家裡跑來跑去，陪法特瑪和菲琪葉玩捉迷藏和剪刀石頭布。兩個女兒雖然才分別六歲和五歲，卻也看得出來發生不好的事情，因為家裡不再煮鷹嘴豆飯或煎雞肉，而她們最愛的那輛白色三輪推車也不再每天晚上拴在杏仁樹下，而是消失得無影無蹤。她們用盡所有精力和爸爸玩耍，也許是想壓抑對於他在家不工作的擔憂吧。每次她們尖叫得太大聲，我就會吼梅夫魯特：

「帶她們去卡辛帕莎公園透透氣吧。」

「妳要不要給薇蒂荷打個電話？」梅夫魯特會嘟噥著說：「說不定有消息了。」

有一天晚上柯庫終於來電：「叫梅夫魯特到西司里的區政府去。有一個里澤來的在三樓工作，他是烏拉爾的人，他會幫他。」

那天晚上，梅夫魯特高興得睡不著。隔天早早就起床、刮鬍子、穿上最好的一套西裝，一路走到西司里。一等白色推車失而復得之後，他就要替它重新上漆、加一點新的裝飾，再也不會丟下它不管。

在區政府三樓工作的那個里澤人是個忙碌的重要人物，不時責罵那些排隊來見他的人。他讓梅夫魯特在角落裡等了半個小時，才彈一下指頭召喚他。他帶路走下一段陰暗的樓梯，經過散發著廉價地板清潔劑氣味的走廊、坐滿正在看報的職員的擁擠房間，和一間讓整個地下室充滿廉價烹飪油與洗碗精氣味的餐廳，最後來到外面的中庭。

那是一個被陰暗建築環繞的陰暗中庭，其中一個角落裡堆著幾輛推車，梅夫魯特見狀心臟停了一拍。走過去之後，他看見另一個角落有兩名政府職員正拿著斧頭將另一輛推車劈成碎片，還有另一個人負責將輪子、車輪木框、爐子與玻璃隔板分類堆放。

「你挑好了沒？」那個里澤人走過來站在他身邊問道。

「我的推車不在這裡。」梅夫魯特說。

「你不是說是一個月前被沒收的嗎？我們通常都是隔天就拆卸了，所以你的恐怕也已經拆了。這些是衛生稽查員昨天扣下的。當然了，他們要是每天出去，應該會發生暴動。但是如果完全不搜查，明天就會有一半的國民在塔克辛廣場上賣馬鈴薯和番茄，到時候貝佑律區就完蛋了，也不可能有什麼乾淨舒適的街道……通常我們是不讓人領回推車的，因為他們隔天又會跑回廣場去。你還是趁現在還來得及，趕快從這堆裡面挑一輛吧……」

梅夫魯特像個檢視商品的購物者看著那些推車，最後留意到一輛和他原來那輛一樣有玻璃櫃，還有厚實的車輪和堅固的木框。車內的瓦斯爐已經不見了，八成是被偷。不過這輛比他的更乾淨、更新。他忽然內疚起來。

「我想要我自己的推車。」

「你聽著，朋友，你違法在街頭賣東西，你的推車已經被沒收拆卸了。是很不幸，但你認識了對的人，所以才能免費拿一輛新的。領回去賣麵包吧，別讓你的孩子們挨餓。」

「我不想要。」梅夫魯特說。

在吸引他目光的那輛乾淨的小推車上，梅夫魯特又發現前車主貼了一張著名肚皮舞孃賽荷・薛妮姿的照片，而旁邊就是國父和國旗的明信片。他不喜歡這樣。

「你確定你不要？」那個里澤人問。

「確定。」梅夫魯特隨即退開來。

「你還真是個怪人……你是怎麼認識哈密・烏拉爾哈吉的？」

「我就是認識。」梅夫魯特故意讓自己看起來像個有很多祕密的人。

「好吧，既然你們都親近到他願意幫你，就別再當街頭小販了，去找他給你安排一個工作。到他的工地去當工頭，一個月就能比你現在一年賺的還多了。」

外頭廣場上，生命一分一秒地流逝，平凡一如往常。梅夫魯特看見隆隆作響的公車、逛街的女人、給打火機加油的男人、賣彩券的人、穿著校服蹦蹦跳跳的小孩、一個推著三輪車在賣茶和三明治的小販、警察，還有穿西裝打領帶的男士。所有人都讓他怒火中燒，就像一個失去心愛女子的男人，見不得其他世人照常過自己的生活。那個里澤來的職員也一樣高傲無禮。

他又像高中時期那樣在街頭到處遊盪，覺得和這個世界格格不入，最後他走進位在庫土律希，以前從沒見過的一家咖啡屋，在那裡待了三個小時避寒、看電視。他抽光了一整包「瑪爾泰佩」香菸，一邊想著錢。這麼一來，萊伊荷得做更多針線活了。

他比平常晚回家。萊伊荷和女兒一看到梅夫魯特的臉，就猜到他沒領回推車，車子消失了——或者應該說死了。梅夫魯特什麼也不用說。整個家陷入一種哀悼的氣氛。萊伊荷以為梅夫魯特隔天會出去做生意，事先煮了一點飯和雞肉，他們便坐著默默地吃起來。要是把他們給我的那輛狀況不錯的車領回來就好了！梅夫魯特暗想。那輛推車的主人八成也在某個地方抱著同樣晦暗的念頭。

他心上壓著一塊石頭，感覺有一波無可逃避的黑暗巨浪逼近，眼看就要將他吞沒。他拿起扁擔，挑起卜茶罐，比平時更早出門，趁著天尚未全黑，那波巨浪也未能危及他之前。走路是一種釋放，踩著輕快腳步、喊著「卜——茶——」走進夜色裡，總能讓他心情舒暢些。

事實上，自從他的攤車被扣留後，他便養成早在晚間新聞開播前就出門的習慣。他會直接沿著新路前往國父橋，從橋上越過金角灣，不停地往前推進，不停地尋找新的鄰區、新的顧客，急促的腳步充滿憂慮、憤怒或激勵。

最初來到伊斯坦堡時，他曾和父親來這裡向維法卜茶店買卜茶。那段時期，他們幾乎不曾冒險離開大馬路，也從不曾在天黑後來。當時這一帶的住家都是兩層樓木造建築，裝有凸窗，木板沒有上漆。住戶經常緊閉著窗簾，晚上早早就熄燈，而且從不喝卜茶。十點過後，從鄂圖曼時期就占據這些街區的流浪狗會再度出現。

梅夫魯特越過國父橋來到澤伊雷克，又繼續邁出快速而堅定的步伐穿街走巷，朝法蒂赫、查尚巴和卡拉根呂克走去。他愈喊「卜茶——」愈覺得好過了些。二十年前記憶中的木屋大多都已消失，取而代之的是四、五層樓的連棟鋼筋水泥建築，就像在費里克伊、卡辛帕莎和多拉德勒蓋的那些。偶爾，這其中一棟新建築裡會有人掀開窗簾、打開窗戶，和梅夫魯特打招呼，彷彿他是一位來自過去的奇怪使者。

「其實維法卜茶店就在轉角，但我們從來沒想要去買。可是一聽到你充滿感情的聲音，就忍不住想買了。一杯多少錢？不過你是從哪來的呀？」

梅夫魯特看得出來這些大型公寓建築就是蓋在以前的空地上，所有的墳場都不見了，巨大的垃圾桶一個個冒出來，就連最偏遠的鄰區也不例外，取代了以前經常出現在街角的垃圾堆——不過入夜後，流浪狗仍稱霸這些街道。

他不明白的是為什麼在陰暗巷道裡碰面時，這些狗會那麼充滿敵意，甚至直接攻擊人。每當狗群聽到梅夫魯特的腳步聲和他喊著「卜茶」的聲音，原本在打盹的會站起身來，原本在翻找垃圾的也會停下動作，宛如士兵一般集合成作戰隊形，盯著他的一舉一動，甚至還會齜牙咧嘴發出低吼。通常卜茶販子不會到這些街區來，也許就是因為這樣，這些狗才會無法忍受他的出現。

有天晚上，梅夫魯特想起小時候有一次，父親帶他到這附近一棟鋪著亞麻地板的房子找一位托缽僧，請他做一些特別的禱告，幫助梅夫魯特克服對狗的畏懼。當時父親將這趟造訪心靈聖者之行視為求醫。如今梅夫魯特已不記得房子的所在，那位大鬍子老僧人說不定也已逝世多年，但他仍清楚記得年少的自己是多麼仔細傾聽僧人的建議，以及當老僧人低聲對著他念咒，為他驅除怕狗的心魔時，他是如何全身發抖。

這些古老社區裡的住戶會跟他討價還價，會問他一些關於酒精含量等不重要的問題，而且通常把他當成一種奇怪的生物，因此他明白若想在此開發新顧客，一個禮拜至少得有一、兩個晚上越過金角灣，到這邊走動走動。

他腦海裡不斷浮現自己那輛攤車的影像，比起他在街上所看過的任何一輛推車都更好看、更有特色。他簡直不敢相信有人會冷血到用斧頭把它劈了。說不定有另一個米飯小販和梅夫魯特一樣認識了對的人，他們一時心軟，就把車給了他。說不定這個敲詐的人也是從里澤來的，里澤人最會找同鄉拉關係了。

那天晚上，沒有人叫他上樓，也還沒有人買卜茶。這帶城區彷彿一段久遠的記憶：木造住家、街上瀰漫著炭火冒出的煙、搖搖欲墜的牆……梅夫魯特猜不出自己身在何處，又是怎麼到這裡來的。

終於，一棟三層樓的建築內有個年輕人打開窗子。「賣卜茶的，賣卜茶的……上來吧。」

他們請他進入一間公寓。脫鞋時，他感覺到裡面聚了不少人，亮著令人心情愉快的黃色燈光，可是卻像政府的辦公室。梅夫魯特看到大約有六、七個人圍著兩張桌子坐。

他們各自專注地不知在寫些什麼，但看起來都十分和善。他們微笑看著梅夫魯特，多年來第一次看見卜茶小販的人總會露出這樣的表情。

「歡迎你，賣卜茶的兄弟，很高興能見到你。」一名面容和藹的銀髮老者，帶著親切的微笑對梅夫魯特說。其他人看起來像是他的學生。他們嚴肅、恭敬，但也神情愉快。與他們同桌的銀髮先生說：「我們有七個人，一個人一杯。」

有一個人帶梅夫魯特進到一間小廚房。他小心翼翼地倒了七杯。「有人想加鷹嘴豆和肉桂粉嗎？」他大聲地問另一個房間的人。

當其中一名學生打開冰箱，梅夫魯特發現裡面沒有酒精飲料。他這才察覺到這裡沒有女人和家人。銀髮先生跟著他們來到廚房。「該給你多少錢？」他說著向前傾身，直視梅夫魯特的雙眼，未等他回答便又接著說：「卜茶小販，你的聲音充滿了哀愁，我們在這上面都能深深感受到。」

「我受到非常不公平的對待。」梅夫魯特頓時有一種想說話的衝動。「我賣飯的推車被沒收了，可能已經被破壞，也可能給了別人。西司里區政府裡面有一個從里澤來的職員，對我很沒禮貌，只是現在時間很晚了，我不想拿我的煩惱來叨擾你們。」

「說吧，說吧。」銀髮先生說道，他那友善的雙眼像在說「我很替你難過，我真的想聽聽你要說什麼」。梅夫魯特解釋說可憐他那輛賣飯的小推車現在不知流落到何處，受陌生人摧殘。他沒有提及自己金錢上的煩惱，但是看得出來那個人明白。其實真正令他困擾的是，那個來自里澤的職員和其他有身分地位的人（銀髮先生語帶諷刺地稱他們為「名人」）動不動就藐視他，從來不給他應有的尊重。不久，他和老者便在廚房的兩張矮椅上面對面坐下。

「人是生命之樹上最寶貴的果實。」銀髮老者對聽得如癡如醉的梅夫魯特說。其他聖者說話時，總像在自顧自地禱告，梅夫魯特就喜歡這個人能直視他的雙眼，彷彿失散多年的朋友，話語中卻仍充滿學者的智慧。

「神所創造的萬物當中，人是最了不起的。你的心是珍貴的寶物，什麼都玷汙不了。假如神意如此，你將會找回你的推車……有幸的話，你會找回的。」

梅夫魯特感到十分榮幸，這樣一個有智慧又重要的人物竟撥空和自己說話，而讓學生在另一個房間等候，但他也略感沮喪地懷疑對方這番興味可能出於同情。

「先生，你的學生還在等你呢。」他說：「我不該再占用你的時間了。」

「讓他們等吧。」銀髮先生說。他又說了幾句話深深烙印在梅夫魯特心裡。再複雜的結也會順應神的旨意而解開，祂的力量會移除所有障礙。也許他接下來還有更美好的陳述說明，只是梅夫魯特顯然愈來愈不安（也氣自己的心神不寧洩漏了內心的焦慮），於是那人起身從口袋掏出一些錢來。

「這我不能拿，先生。」

「不行，那不是神的意思。」

到了門口，他們堅持禮讓對方——「不，你先請，真的。」有如一對如假包換的紳士。「卜茶小販，現在請把錢收下吧。」那人說：「我答應等你下次再來，不會再給你錢了。我們每個星期四晚上都會在這裡開討論會。」

「願神保佑你。」梅夫魯特說，卻不知道這麼說合不合適。他出於本能，彎下腰去親吻這位散發著光芒的老者那巨大、布滿皺紋與老人斑的手。

當天夜裡他很晚才回家，心知這次的邂逅不能與萊伊荷分享。接下來的幾天，他都差點就告訴她那個人臉上如何閃耀著神聖光芒、他的話如何深深嵌入他心裡，也多虧有他，自己才能承受失去推車的苦澀與失望。但每次話到嘴邊又都嚥了回去。萊伊荷可能會揶揄他，那會讓他傷心至極。

在查尚巴看見的銀髮先生屋內的黃色燈光，在梅夫魯特腦中揮之不去。他還看見了什麼？牆上掛著一幅用美麗古文書寫的字。還有學生們正經地圍坐桌旁的恭敬態度，他很喜歡。

接下來那個星期，無論他到哪裡賣卜茶，到處都會看到他白色推車的幽靈。有一次，他在泰佩巴什看見一個里澤人正推著一輛白色攤車爬上蜿蜒坡道，立刻隨後追去，結果還沒追上就發現自己弄錯了：這輛推車粗製濫造、又矮又胖，遠不及他的優雅。

到了星期四晚上，他走在法蒂赫的巷弄間，經過查尚巴那間屋子時吆喝著「卜茶——」，他們又邀請他進屋，他匆匆上樓。那次的短暫造訪讓他發現了幾件事：學生喊銀髮老者「老師」，其他訪客則稱呼他「聖導師」；坐在桌旁的學生用鵝毛筆沾墨水，並用超大字體寫字；這些字母組成了摘自可蘭經的阿拉伯文字。此外屋裡還有一些看似神聖的老舊事物：梅夫魯特尤其喜愛的一只舊式咖啡壺；裱框的字，與他們在桌前仔細描繪的字體相同；以珍珠母做為細部裝飾的頭巾架；一座巨大的老爺鐘，滴答聲淹沒了所有人的低語；國父和幾個皺著眉頭、表情同樣嚴肅（但留著鬍子）的人物的裱框照片。

在廚房同一張桌旁，聖導師向梅夫魯特問起他的推車，梅夫魯特回答說儘管他仍然堅持不懈地尋找，但還沒找到，也還沒找到白天的工作（他小心地不兜著這件事說太久，以免對方覺得他是來找工作或討施捨）。過去這兩個星期梅夫魯特一直在想很多事情，但他只來得及提起其中一件：他每天晚上走這麼多路已不只是工作的一部分，而是他覺得需要做的事。要是晚上不到街頭遊盪，他的思考與想像力都會衰退。

聖導師提醒他在回教信仰中，勞動是一種禱告形式。梅夫魯特內心那股想要一直走到世界末日的衝動，肯定是一種預兆，也是一個最崇高的真理導致的結果，那個真理就是：在這個宇宙裡，只有神與我們同在，我們始終也只能求助於祂。這番話讓梅夫魯特心旌搖曳，認為這就表示他在街頭走動時產生的奇思怪想，都是神親手放到他心裡的。

聖導師要付卜茶的錢（那個星期四晚上有九個學生），梅夫魯特提醒他，上次說好了這次由他請客。

「你叫什麼名字？」聖導師以敬佩的口氣問道。

「梅夫魯特。」

「多麼有福的名字啊！」他們從廚房走向大門。「你是個梅夫利漢嗎？」他用學生們都能聽到的聲量問道。梅夫魯特做了個苦臉，表示「可惜他無法回答這個問題，因為不知道何意」。學生們見他誠實又謙卑，不禁面露微笑。

聖導師解釋道，誠如眾所皆知，「梅夫利特」是讚頌聖先知穆罕默德誕辰的長詩，而「梅夫利漢」這個美麗卻較鮮為人知的名稱，指的則是為這些頌詩譜曲的人。將來梅夫魯特應該將兒子取名為梅夫利漢，能為孩子帶來好運。也請他每週四務必前來——以後甚至也不必再先高喊「卜茶」作為通知。

蘇雷曼。薇蒂荷跟我說，梅夫魯特推車被沒收後，利用烏拉爾家的人脈又沒能取回，所以想漲灰山那個單間屋的房租，現在住在那裡的還是我幫他找到的那個房客。不然的話他想預收幾個月房租。沒多久他就打電話來和我談這件事。

「你聽著，」我說：「你的房客是個從里澤來的可憐人，是烏拉爾的人，基本上就是我們的人。只要我們叫他走，他就會馬上離開，沒有第二句話。他很怕哈密先生。他的房租也不是很低，但他每個月按時繳，而且是直接用現金，讓薇蒂荷轉交給你，不找藉口，不用扣稅。你還想怎樣？」

「對不起，蘇雷曼，只是我最近不太相信里澤人，所以就讓他走吧。」

「你這房東還真是冷酷無情，那個人結婚了，而且剛剛有小孩，我們就這樣把他掃地出門？」

「我來伊斯坦堡的時候也沒人可憐我，不是嗎？」梅夫魯特說：「你明白我的意思。好吧，算了，就先別把任何人掃地出門吧。」

「我們可憐你啊，我們關心你啊。」我小心地說。

本來經由薇蒂荷交給梅夫魯特的月租，剛好只足夠支付他們一家人一星期的開銷。但是給蘇雷曼打過電話後，薇蒂荷送來的三月房租加上預付的四、五月房租，比平常多了不少。至於漲房租竟如此輕易，又或者阿克塔希家（蘇雷曼和柯庫）在漲房租一事上扮演了什麼角色，梅夫魯特並未多想。他用這筆錢去買一輛二手的冰淇淋攤車、一個冰桶、幾個金屬桶和一架攪拌器，決定一九八九年夏天要來賣冰淇淋。

梅夫魯特到山下一個社區去取推車，法特瑪和菲琪葉也跟著去，推著車子回家時，他們感到幸福無比。鄰居蕾韓誤會了他們開心的原因，從窗子探出頭來恭喜梅夫魯特找回了賣飯的推車，但誰也無心糾正她。當梅夫魯特和女兒在後院整修推車，重新上漆時，晚間新聞播出抗議群眾齊聚北京天安門的畫面。時值六月初，有個街頭小販孤身一人站在坦克車前面，他的勇氣令梅夫魯特肅然起敬。只見他兩手各拿著一個塑膠袋，在跑進坦克車路線之前他在賣什麼呢？很可能跟我一樣在賣飯，梅夫魯特暗想。他在電視上看過中國人煮飯，他們不像萊伊荷會加鷹嘴豆和雞肉，而是用水煮很久很久。梅夫魯特十分敬佩那些抗議者，但也覺得很重要的一點是抗議政府不要做得太過火，尤其是較貧窮國家，若沒有政府就沒有人照顧窮人或街頭小販了。中國的情形其實還好，唯一的問題就是可惜共產黨不信神。

自從梅夫魯特與萊伊荷私奔那年夏天至今的七個年頭裡，全國各大牛奶、巧克力與糖的品牌紛紛展開激烈競爭，在伊斯坦堡所有的雜貨店、糕餅店以及三明治與香菸攤都擺了冷凍櫃。每年從五月開始，這些店家都會把冷凍櫃放到外面的人行道上，民眾便再也不向街頭小販買冰淇淋了。管區警察聲稱梅夫魯特阻礙道路，要是他在同一定點待超過五分鐘，他們就能將他的推車沒收拆卸。相較之下，那些大公司設置的巨大冰櫃，幾乎讓路人寸步難行，警察卻默不作聲。電視上經常連續不斷地廣告一些新奇的冰淇淋品牌。當梅夫魯特推著車走在狹窄巷弄間，總有孩童會上前問他：「賣冰淇淋的，你有沒有飛林達？你有沒有火箭冰淇淋？」

碰上心情好的時候，梅夫魯特會對他們說：「冰淇淋會飛得比你們任何一個火箭都遠。」甚至可能因為這句玩笑而多做了幾筆生意。但大多數傍晚，他都是心情惡劣地早早回家，當萊伊荷像七年前一樣下樓來幫他收推車，他會厲聲吼道：「那兩個丫頭怎麼自己在外面玩到這麼晚？」萊伊荷便趕緊去找人，而他則丟下冰淇淋車上樓，淒涼地盯著電視直到上床。有一回，就在這心灰意冷的時刻裡，他看見自己晦暗思緒的大海出現在電視螢幕上，波濤洶湧。他擔心若不在秋天時找到一份真正的工作，恐怕就沒錢替女兒買課本和衣服、沒錢給家人買食物，也沒錢買爐子用的瓦斯了。

十六、賓邦咖啡

讓他們知道你的價值

八月底左右，萊伊荷告訴丈夫說有個以前開餐廳的特拉布宗人，和烏拉爾家關係很好，他想雇一個像梅夫魯特這樣的人。梅夫魯特聽了懊喪至極，沒想到自己缺錢的煩惱又再次成為阿克塔希家飯桌上的話題。

萊伊荷。「他們想找個懂得餐飲業和餐廳怎麼運作的老實人，這年頭這種人在伊斯坦堡可不好找。」我對梅夫魯特說：「談薪水的時候，記得要讓他們知道你的價值。這是你欠女兒的。」我又補上這一句，因為梅夫魯特開始新工作的時候，法特瑪也差不多要上小學了。法特瑪上皮亞勒帕夏小學的第一天，我們倆都去參加開學典禮。學校的人叫我們排隊站在操場四周的牆邊。校長解釋說這棟校舍本來是一位帕夏的私宅。這位帕夏大約在四百五十年前征服了地中海幾個屬於法國和義大利的島嶼，當時他獨自一人攻打敵船，當他消失不見，每個人都以為他被俘虜了，沒想到他竟獨力奪取了船隻。孩子們都沒認真聽校長說話，要不是私下交談就是害怕得緊挨在父母身邊，不知道接下來會怎麼樣。當法特瑪和其他孩子手牽手走進學校，也害怕得放聲大哭。我們不停地向她揮手，直到她消失在建築裡。那天陰陰涼涼的。上坡回家時，我看見梅夫魯特眼裡的淚水和陰霾。他沒有回家，而是直接去了他要去當「經理」的那家咖啡館。那天下午，我得再去卡辛帕莎接法特瑪放學，但也是最後一次。她又是說老師的小鬍子又是說教室的窗戶，說個沒完。那天過後，她就都和社區的其他女孩一塊上下學了。

萊伊荷喊梅夫魯特「經理」的口氣半是愛意半是調侃，不過想出這頭銜的不是梅夫魯特，而是來自特拉布宗的咖啡館老闆塔赫新本人。正如同他稱呼小咖啡館的三名勞工為「雇員」（「勞工」不好聽），他也要求他們別叫他「老闆」，要叫「船長」，這才符合他道地黑海人的身分。然而這一切卻只是促使雇員更常喊他「老闆」。

梅夫魯特很快便察覺到自己能得到這份工作，是因為老闆塔赫新不信任員工。他會回家吃晚飯，然後每天晚上到店裡來從經理手中接管收銀機，接下來兩個小時全都親自收錢，然後再打烊。獨立路上二十四小時營業的簡餐廳隨時都是熱鬧擁擠，但凡是晚上一路來到賓邦咖啡所在的後街僻巷的人，要不是迷路或喝醉，就是來找菸和酒。

梅夫魯特的工作是每天早上十點來開門，負責收銀機的工作直到晚上八點左右，此外還要確保咖啡館順利運作。賓邦咖啡的顧客多半都在附近的街巷裡工作——例如照相館、廣告公司、廉價餐館、以土耳其傳統音樂為宣傳特色的夜總會——不然就是剛好路過。儘管這裡遠離大馬路，地方又小又窄，生意卻不錯。只是生性多疑的老闆深信員工不老實。

梅夫魯特很快就看出來，老闆塔赫新對於員工誠實度的焦慮，已不只是一般有錢人的偏見，覺得自己雇用的窮人一定都會趁機占便宜。事實上，他們的確在耍一個小詭計，梅夫魯特以前就見識過，老闆也提醒過他要注意：他們用分配到的起司、碎肉、醃黃瓜、牛肉腸和番茄醬，做出比市政條例的規定及老闆的指示還要多的三明治，而多出來的三明治賣得的錢就能收進自己口袋。然而，船長塔赫新想出了一個對策，並驕傲地向梅夫魯特說明：賓邦的三明治和漢堡用的麵包都是由泰豐麵包店供應，麵包店老闆是個里澤人，他會每天打電話告知「船長」當天送了多少麵包過來，如此一來便能防止咖啡館員工偷撈其他三明治和漢堡的起司和碎肉，做出更多的分量來。不過員工這個詭計還是可以輕易運用在柳橙汁、石榴汁與蘋果汁等品項上，由於這方面沒有麵包店老闆幫忙數杯子，只能靠經理梅夫魯特多注意。

其實梅夫魯特最主要的責任是確保每位顧客都有拿到收銀機列印出來的收據，這是五年前忽然在全市各角落冒出來的偉大發明。船長相信無論員工再怎麼刻扣起司、再怎麼偷偷用半杯糖水把柳橙汁加滿，也無法在收據上動手腳。為了證明這條紀律的落實，船長偶爾會請一位匿名友人到咖啡館來。這名臥底偵探會吃點東西，然後自願放棄發票並要求打折，伊斯坦堡的其他業者似乎都是這麼做。假如收銀機前的經理答應了，就表示他要私吞這筆錢，馬上就會被炒魷魚——就像梅夫魯特的前一任經理。

梅夫魯特並不認為咖啡館的雇員是投機分子，一有機會就會欺騙這個來自特拉布宗的老闆，他反而將他們視為同一條船上的誠實夥伴。他工作時總是面帶笑容，也會由衷地讚美同事——「啊，你這份三明治烤得恰到好處」或是「哇，這份烤肉捲餅看起來又脆又好吃！」到了晚上，梅夫魯特會忠於職守地向上司報告，對於餐館的作業順利（尤其是生意好的時候）滿心自豪。

他一將船橋交棒給船長，便立刻跑回家，喝一碗萊伊荷煮的扁豆湯或小麥湯，邊用眼角瞄電視，就和整天在咖啡館的時候一樣。由於咖啡館員工想吃多少三明治和烤肉捲餅就吃多少，梅夫魯特回家時從來不餓，對晚餐的要求也不高，每當喝湯時，他最愛邊看法特瑪的課本，尤其愛看她用漂亮、迷你的字體寫滿筆記本雪白紙頁的字母、數字與句子（他讀書時，同樣的筆記本用的是便宜的黃紙）。晚間新聞快播完的時候，他還是會再出門，在外面賣卜茶一直賣到深夜十一點半。

如今當上咖啡館經理，多了一份收入，梅夫魯特便不覺得有急迫的需求要多賣一杯卜茶，或是要到金角灣對岸老舊鄰區的偏僻街道尋找新顧客，何況那裡的狗總是齜著牙低聲咆哮。某個夏日傍晚，他推著冰淇淋車去找聖導師和他的學生，他們給他一盤鬱金香形狀的茶杯，讓他在街上盛裝冰淇淋。那天之後，每當覺得需要找人傾吐，他就會去敲他們的門，當冬天來臨氣候轉冷，便以卜茶做為藉口。為了證明自己不是去做生意，而是想聆聽他們的深度對話，他堅持每三次就由他請吃一次冰淇淋或卜茶，有一回還形容此舉為「給學校的奉獻」。聖導師的講課則稱為「對話」。

從第一次造訪經過了將近一年後，梅夫魯特才推斷出那間聖導師為學生私授鄂圖曼書法藝術的公寓，也是他的宗派的祕密集會所。梅夫魯特之所以花這麼長時間才領悟，原因在於到這間做為靈修中心的公寓來的訪客，全都是天生極度安靜、守口如瓶——但同樣地，梅夫魯特內心也有一部分不那麼在乎他們究竟在做什麼。能夠到這裡來，能夠知道每星期四晚上聖導師都會撥時間和他說話、傾聽他的問題（哪怕只有五分鐘），他真的很開心，也就盡量不去想任何可能破壞他興致的事。有一次有個人邀請梅夫魯特去參加星期二的討論會，每週都會有二十到三十人參加，據說只要去敲門的人都能和聖導師談話，但梅夫魯特始終沒有去。

有時候他擔心去那間集會所，和那個宗派扯上關係，可能是違法的事，但他會告訴自己：如果他們是壞人，在做反政府的壞事，就不會在牆上掛一幅大大的國父像了，對吧？然而不久之後他明白了，掛國父像只是做做樣子——就像高中時他和費哈常去的共產黨巢穴，門口也張貼著國父戴帽子的海報——如此一來，一旦警察突襲，那些虔誠的學生就能說：「一定是弄錯了，我們都愛國父呀！」共產黨與政治伊斯蘭分子之間唯一的差異就是：共產黨不時批評國父（梅夫魯特很不能認同他們的惡劣語言），卻是真心相信他；反觀伊斯蘭分子雖然厭惡國父，卻從未口出惡言。梅夫魯特比較喜歡後者的做法，因此當聖導師那裡有幾個較傲慢無禮、坦率敢言的大學生聲稱：「凱末爾企圖效法西方實行字母革命，無異於摧毀我們五百年輝煌的書法傳統。」他就假裝沒聽見。

梅夫魯特同樣不認同的還有一些保守派的大學生，他們會使盡各種阿諛奉承的手段吸引聖導師注意，直到他離開房間，才開始無所事事地閒聊、討論電視節目。梅夫魯特發現聖導師的公寓裡到處都不見電視蹤跡，不免有些擔心，因為這似乎證明了在這裡進行的是政府不會許可的危險活動。等下一次軍事政變，當軍隊開始逮捕共產黨員、庫德人和伊斯蘭分子，那些上過聖導師課的人可能都會有麻煩。但話說回來，聖導師從未對梅夫魯特說過可能被誤解為政治宣傳或思想灌輸的話。

萊伊荷。梅夫魯特去管理咖啡館，法特瑪又去上小學了，我多出許多時間做針線活。現在再也不必為了入不敷出傷腦筋，所以我工作是因為我想工作，也想賺點私房錢。有時候，他們會給我們一張圖片或是雜誌頁，告訴我們哪個圖案要繡在窗簾的哪個部分……但有時候卻只說「妳決定」。每次得自己決定的時候，我就會死盯著繡布好久好久，自問：該怎麼做？要在這上面繡什麼？不過我也很可能有滿腦子的圖樣、符號、花朵、六角雲和原野上蹦跳的鹿，手邊一拿到什麼就繡上去，不管是窗簾、枕頭套、羽絨被、桌巾或是餐巾。

「休息一下吧，萊伊荷，妳又工作到迷迷糊糊了。」蕾韓會這麼說。

每星期有兩到三天下午，萊伊荷會牽著法特瑪和菲琪葉的手一起到咖啡館去。除了每天傍晚回家喝湯的那個小時之外，兩個女兒很少見到父親。早上法特瑪出門上學時，梅夫魯特還在睡覺，而當他半夜回到家，女兒通常也都上床了。法特瑪和菲琪葉倒是很希望能更常去咖啡館，可惜父親不許她們自己去，還堅持她們一路都不許放開母親的手。嚴格說來，萊伊荷也不許到貝佑律，尤其是獨立路：當她們母女三人跑著過馬路，感覺不只是在閃躲車輛，也是在逃避貝佑律的男性群眾。

萊伊荷。我要趁機說清楚，梅夫魯特負責管理咖啡館那五年當中，我並不是每天都只煮湯讓他當晚餐，我還會做香芹青椒炒蛋、炸薯條、炸酥捲，還有加了很多甜椒和紅蘿蔔的燉腰豆。你們也知道，梅夫魯特很愛吃烤雞肉配馬鈴薯。現在他不賣飯了，每個月我會到雞肉販子哈姆迪那兒買雞肉煮給他和女兒吃，哈姆迪還是會給我折扣。

雖然在家裡誰也沒有談起過，但萊伊荷帶著女兒到賓邦咖啡的真正原因，就是她們可以隨心所欲地吃烤肉捲餅和香腸起司三明治，盡情地喝愛蘭和柳橙汁。

一開始，萊伊荷總覺得有必要多少作點解釋：「我們剛好路過，覺得應該進來打個招呼！」「很好啊。」也許會有個員工這麼說。來過幾次以後，兩個女兒甚至不用開口，就會有人將她們最喜愛的食物準備好端上來。萊伊荷什麼都不吃，即使有滿面笑容的友善員工主動為她做一份烤肉或烤起司三明治，她也都會加以婉拒，說自己已經吃過了。見妻子這麼有原則，梅夫魯特感到很自豪，而且從來不會如同事所預期地對她說「沒關係，吃一點吧」。

後來，當梅夫魯特發現賓邦咖啡館的員工背著船長塔赫新動手腳，女兒吃免費的烤肉三明治一事也開始讓他心有愧疚。

十七、咖啡館員工的大騙局

你別插手

一九九〇年初，梅夫魯特發現了：來自特拉布宗的賓邦咖啡館老闆為了防止員工背著自己上下其手，強加了一些規定，但員工們卻巧妙地規避這些規定，想出一套複雜卻有條不紊的計畫。他們自己掏錢成立一個共同基金，每天就用基金的錢去向另一家麵包店買麵包，再小心翼翼地將從其他店家買來的餡料填塞進去，很有效率地瞞著老闆製做並販賣自己的食物。每天到了午餐時間，他們的漢堡和烤肉三明治就像毒品似地包得嚴嚴實實，送往附近的辦公室。一個名叫瓦希特的員工會帶著一本小帳本親自前往每間辦公室，同時記下客人對餐點的意見，而收回來的錢自然不會經過梅夫魯特的收銀機。經過很長時間後，梅夫魯特才發現這個合作無間的計畫，而咖啡館員工也是又經過一個漫長的冬天才察覺他已經發現他們的祕密，卻沒有向老闆告發。

咖啡館裡一出現不當行為，梅夫魯特往往會怪罪到年紀最輕的員工「鼬鼠」頭上（從來沒有人叫過他的本名）。鼬鼠剛剛從軍中退伍，負責的工作是管理咖啡館地下室的廚房兼儲藏室，他就在這個兩米乘兩米半大小、又髒又噁心的地窖裡，準備漢堡麵包、番茄醬、愛蘭、薯條等等，並敷衍了事地洗杯子和鋁盤（其實只是沖沖水），但忙碌時偶爾會被叫到樓上幫忙，從烤三明治到端愛蘭上桌，什麼都做。梅夫魯特最早發現到另一家麵包店的麵包，就是在鼬鼠那個老鼠蟑螂肆虐的廚房裡。

梅夫魯特並不喜歡瓦希特，他不喜歡他一見到端莊淑女就用猥褻的眼光緊盯不放的樣子。因此當共事久了，兩人開始慢慢親近，多少讓梅夫魯特有點驚愕。沒有客人的時候，他們會一起看電視消磨幾個小時，而當螢幕上出現令人動容或激動的畫面（每天會有五、六次），他們總會帶著一致的表情互望一眼——這同樣也拉近了他們的距離。到後來，梅夫魯特開始覺得好像已經認識瓦希特一輩子。可是一發現瓦希特在員工們的密謀中擔任的角色後，他們對於電視中傳達的情緒產生相同反應的親密感，反而讓梅夫魯特感到不安。他心想，像瓦希特這種騙子肯定不會有真正的同情心。身為經理的梅夫魯特甚至懷疑，這個犯錯的員工是不是利用他們看電視時的相同反應來討好他。

約莫就在剛發現咖啡館裡有舞弊跡象時，梅夫魯特也開始感覺到，他用來監視瓦希特與其他人的那隻眼睛（很奇怪，是一隻不是兩隻）彷彿脫離了他的身體，開始自行審視起梅夫魯特本身。有時當他覺得身陷在那些生活圍著這間咖啡館打轉的人當中，這隻眼睛就會看著他，讓他覺得自己很假。但再仔細一想，賓邦有些客人吃烤肉三明治時，眼睛就從未離開過自己的鏡中倒影。

還在街頭賣飯的時候，梅夫魯特也許得站著忍受寒冷，也許得拚命地尋找買冰淇淋的客人，但至少那個時候的他是自由的。他會讓自己的心四處遊走，他隨時可以轉身逃離這個世界，他的身體會隨著心的意志行動。現在的他其實等於是被綁在店裡。白天裡，當他將視線從電視上移開，試著想作作白日夢的那些沮喪時刻，他會自我安慰說待會就能看見女兒，然後就可以出去賣卜茶了。除了有一些他每晚都很想見到的客人，也還有其他的市民。如今他知道了，每當他帶著特殊情感吆喝「卜茶——」，伊斯坦堡人的內心裡感受得到，因此他們才會請他上樓，向他買卜茶。

正因如此，在賓邦咖啡館擔任經理那幾年，梅夫魯特賣起卜茶來比以前更加賣力、更有熱忱。當他在半昏暗的街道中高喊「卜—茶——」，不只是對著將家庭生活隱藏在內的密閉窗簾，或是一道沒有粉刷的光禿牆面，或是一群雖未現身卻能讓人感應到存在陰暗街角的惡犬，他同時也喊進了自己內心的世界。因為每次吆喝著「卜—茶——」，他都能感覺心裡描繪的畫從嘴巴吐出來，就像漫畫書裡的對話框，然後才像雲霧般消散在乏味的街頭。每個字都是一件物品，每件物品都是一幅畫。如今他感覺到夜裡賣卜茶的街道正是他心裡的宇宙。有時候他認為自己可能是發現這個偉大真理的唯一一人，也或許這是神選擇只為他一人照亮的聖光。傍晚走出咖啡館帶著不安的心情回家後，挑起扁擔走進夜色，此時的他會發現自己靈魂深處的世界反映在城市的陰暗處。

有天晚上，在再次度過不知如何處理咖啡館員工陰謀事件的一天之後，他正高喊著「卜—茶——」，忽然看見黑暗中打開一扇窗，灑出宜人的橘光。一個大大的黑影叫他上樓。

那是位於費里克伊巷弄內的一棟老舊希臘建築。梅夫魯特記得剛到伊斯坦堡不久，曾有一天下午和父親送酸奶到這棟公寓來（他一如無數的街頭小販，將城裡的公寓建築與對應的門牌都刻印在心裡了）。這棟建物名為「薩瓦諾拉」，內部仍有塵土、溼氣與炸油的氣味。他走進三樓的一扇門，進入一間寬敞、燈光明亮的房間，這間舊公寓已經變成紡織廠。他看見十來個女孩各坐在一台縫紉機前，有些還很小，但大多數差不多是萊伊荷的年紀，她們的一切——無論是包得鬆垮的頭巾，還是工作時臉上那嚴肅又恍惚的神情——都讓梅夫魯特熟悉得心驚。有個面容和善的男人正是稍早出現在窗口的人，也是她們的老闆。他說：「賣卜茶的，這些勤奮的少女就像我的女兒一樣。我們得趕一份英國的訂單，她們要繼續趕工直到明天早上迷你巴士來載她們回家。能不能請你給她們你最好的卜茶和最新鮮的烤鷹嘴豆？不過，你是從哪來的呢？」梅夫魯特細細端詳牆上的灰泥浮雕、鍍金框的大鏡子與仿水晶吊燈，這些全是原先住在這裡的希臘家庭留下的。之後許多年間，每當回想起這個房間，他總是深信自己被記憶欺騙，其實他並未看見那盞吊燈或那面鏡子。一定是的，因為在他印象裡，坐在縫紉機前的女孩個個都和他女兒法特瑪和菲琪葉長得一模一樣。

每天早上，法特瑪和菲琪葉會穿上相同的黑色制服，互相幫忙將白領子（合成纖維與棉混紡，隨時看起來都像剛剛上過漿）扣到圍裙背後的釦子上，挽起頭髮，背上梅夫魯特在蘇丹哈曼的一間商店（這是他高中時期和費哈一起賣奇思美時發現的地方）以折扣價買的背包，在七點四十五分出門上學，這個時候他們的父親才剛剛起床，連睡衣都還沒換。

女兒去上學後，梅夫魯特和萊伊荷會盡情享受魚水之歡。自從二女兒菲琪葉長大一點之後，他們幾乎再也沒有機會像婚後第一年那樣獨處，只有當女兒和蕾韓或其他鄰居在一起，或是當薇蒂荷或薩蜜荷一大早來帶她們出去，屋裡才會只剩他們夫妻倆。夏日裡，兩個小丫頭有時候會消失幾個小時，跑到鄰居的院子去和朋友玩耍。當暖和的天氣送給梅夫魯特和萊伊荷這樣的機會，一旦只剩兩人獨處，他們總會交換一個不言自明的眼神。「她們跑哪去了？」梅夫魯特會問道，萊伊荷會說：「一定是在鄰居的院子裡玩瘋了。」梅夫魯特便又回答：「誰知道呢，她們可能會跑回來。」光是這句話便足以制止他們重溫結婚之初的幸福時光。

過去六、七年來，他們只會等到半夜過後，躺在這個單間屋另一個角落床上的女兒睡得很沉了，才會擁抱親吻。假如到了很晚萊伊荷還等著梅夫魯特賣完卜茶回來，而且溫言婉語地招呼他，不只是顧著看電視，梅夫魯特會視之為暗示，一確定女兒都睡熟了便立刻關燈。夫妻倆會在被窩裡小心謹慎地溫存，盡可能速戰速決，因為這個時候梅夫魯特總是已經筋疲力竭。有時候他們會睡著幾個小時，醒來發現兩人的睡衣交纏在一起，接著便倉卒而安靜地雲雨一番，但仍懷著深摯而真切的感情。無論如何，這許許多多障礙都意味著他們不再像以前那麼頻繁地享受夫妻的權利，而他們也認為這是婚姻生活的自然現象。

但如今他們有了較多時間，梅夫魯特在咖啡館工作也不像從前那麼累。很快地，新婚之初的熱情又重新燃起，而且現在親熱起來也覺得更輕鬆自如，因為他們已經互相了解、信任，不再那麼害羞。在家獨處讓兩人更加親密，他們開始再次體會到只有夫妻間才會有的相互信賴，並再次想起他們何其幸運能找到彼此。

先前因為蘇雷曼一番話而對梅夫魯特寫情書對象產生懷疑的萊伊荷，因為這種幸福感，漸漸不再耽溺於疑慮中。只是她仍無法完全忘卻，偶爾還是會覺得沒把握，這時她就會抽出兩、三封信來，藉由梅夫魯特的美妙文字獲得安慰。

梅夫魯特必須在早上十點到達賓邦咖啡，因此女兒一出門上學，他們夫妻倆便能縱情於床笫之歡，但頂多只有一個半小時，還包括在家裡唯一的餐桌旁啜飲茶與咖啡的時間在內（梅夫魯特總是到賓邦之後才吃起司番茄三明治當早餐）。梅夫魯特也就是在這些幸福親密的時刻，開始對萊伊荷說出賓邦咖啡館發生的舞弊事件。

萊伊荷。「你別插手。」我告訴他說：「凡事都要留個心眼，但也要假裝什麼都沒看見。」「可是老闆讓我在那裡就是要我留意有什麼不對勁。」梅夫魯特這麼說，而他說得也沒錯：「老闆是烏拉爾的人……事情就明擺在眼前，我卻完全不覺得有蹊蹺，他們不會把我當成傻瓜嗎？」「梅夫魯特，你也知道他們全是一夥的，要是你跟老闆說了，他們會聯合起來對付你，說你才是一直在騙他的人。然後被炒魷魚的人就會是你。這樣只會讓烏拉爾家的人更看輕你。」我知道每次聽我這麼說，梅夫魯特心裡有多驚慌，我自己也很難過。

十八、在賓邦咖啡館的最後時日

兩萬頭羊

一九九一年十一月十四日晚上，在矗立於博斯普魯斯海峽最狹窄處的古堡前方水域，有一艘向南行駛的黎巴嫩商船與一艘從菲律賓運送玉米前往黑海的船隻相撞，黎巴嫩商船沉沒，船上五名船員罹難。第二天早上，梅夫魯特與其他員工在賓邦咖啡看電視時，聽到黎巴嫩船上載了兩萬頭羊的消息。

伊斯坦堡民眾之所以發現這起意外事故，是因為羊隻開始被沖上博斯普魯斯海峽沿岸的碼頭，以及如梅利堡壘、坎迪利、比貝、凡尼克伊與阿納烏克伊的海岸。這群可憐的牲畜有一些活著上了岸，分別從尚未焚毀的木造老宅的船屋、取代了昔日漁民咖啡屋的現代餐廳的碼頭，以及冬天用來停放船隻的住家庭院，爬到市街上。這些羊憤怒又疲憊，身上乳白色的毛被泥巴黏住糾結成團，還被染成汽油的綠色，疲累到幾乎無法動彈的細長的腿，沾滿了宛如卜茶的鐵鏽色液體，眼中滿是亙古的哀傷。那一雙雙羊的眼睛從咖啡館電視螢幕的各個角落往外凝視，梅夫魯特看著都呆了，在他心靈深處可以感覺到那股哀傷的強大力量。

有些羊隻能夠得救是因為有人聽到事故消息後，在深夜便直接出海救援，其中少數的羊因此找到新家，但大多數卻是天沒亮就死了。博斯普魯斯沿海的道路、私人碼頭、公園和茶館，到處可見溺斃的羊隻屍體，這番景象讓梅夫魯特與伊斯坦堡其他民眾都想跑去幫忙。

梅夫魯特聽說有一些羊好不容易來到市街上，卻莫名其妙地攻擊人，結果又毫無預警地暴斃，有一些走進了清真寺的庭院、聖墓與墓園，還聽說這些羊其實是來預報兩千年即將到來的世界末日，也證明了（因為發表自己的觀點而遭到槍殺的）已故專欄作家耶拉．撒力克的預言始終都是對的。從此以後，每當梅夫魯特看著賓邦咖啡館的電視就會想到這群羊的命運，他認為那象徵著某種更深的意涵——正如同每天發現腫脹如巨大氣球的羊屍纏在漁網中的漁民，最後也把牠們視為不幸的預兆。

讓一切變得更糟，又讓整件事變成全市市民夢魘的，其實是新聞報導說這兩萬頭羊多數都還困在船內，活生生地等待救援。梅夫魯特密切留意著奉命潛入船身殘骸的潛水人員的訪問，但就是無法想像羊隻置身於黑暗船艙內會是怎樣的情景。那裡面真的很黑嗎？很臭嗎？或者像個夢幻世界？羊的處境讓他想起鯨魚腹中的約拿。這些羊犯了什麼罪，竟落入那個陰暗的地方？那裡比較像天堂或是地獄？萬能真主送了一頭羊給易卜拉欣，代替他的兒子獻祭，那麼祂為何送兩萬頭羊到伊斯坦堡來呢？

在梅夫魯特家，牛肉與羊肉是難得的奢侈。有一段時間他也不再吃烤肉三明治。但他沒有讓外人知道自己近來對肉的排斥，反正這絕不可能發展成嚴肅的道德立場，而且當賓邦的員工決定分享一些剩下的香脆烤肉那天，他就把這件事全拋到腦後了。

梅夫魯特可以感覺到時間的飛逝，他感覺到自己努力應付賓邦咖啡的背叛行為之際，同時也一天天變老，直到慢慢地，他知道自己正在變成另一個人。最後到了一九九三年冬天，也就是擔任經理三年後，梅夫魯特發覺要再向老闆告發員工的欺騙行為已經太遲。他曾有一、兩次試圖向聖導師解釋他的道德困境，卻始終沒有得到能消除他心中焦慮的回答。

即使當員工因為入伍或找到更好的工作，又或是因為與某某人處不來而離職，欺瞞行為依然百折不撓地持續著，不僅折磨著梅夫魯特的良心，也讓他更加茫然失措。

梅夫魯特應該向老闆告發的人就是這整個計謀的策畫者，一個名叫穆哈連的人，員工都喊他「胖子」。他是賓邦咖啡館對外的門面，是後街僻巷中窮人版的卡通英雄，而這個英雄是由塔克辛廣場與獨立路上各家烤肉與三明治店的人共同創造出來的。他在咖啡館窗口負責旋轉烤肉（也就是一邊的肉熟了以後轉動一下鐵叉，免得烤焦，必要時還要替客人切肉），還會像馬拉什的冰淇淋小販操弄勺子一樣地揮舞手中長長的烤肉刀，使出渾身解數吸引走進巷道裡來的客人，尤其是遊客。梅夫魯特不喜歡這些花招。但其實也不是真的有遊客來過這條巷子。

有時候梅夫魯特懷疑「胖子」穆哈連為了這麼一點微薄收入而如此賣力，可能是為了向他還有其他人掩飾他騙子頭頭的身分。然而，在他當街頭小販這麼長時間以來鮮少碰到一個真正具有道德感的人，因此不免懷疑事實上會不會恰恰相反：說不定「胖子」穆哈連在老練地暗中舞弊之際，根本不認為這麼做有道德上的瑕疵。主張政教分離的左派專欄作家烏爾．孟朱遭炸彈炸死後那段充滿政治色彩的日子裡，胖子發現梅夫魯特已察覺他們的計謀，便解釋說他把這整個安排當成是（酬勞太低又被無情地剝奪所有福利的）勞工在不驚擾老闆的情況下，保護自身權益的方法。這番左派言論的力道震撼了梅夫魯特，也讓他對胖子重新產生敬意。他或許是個罪犯，但梅夫魯特永遠不可能向老闆、政府或警方告發他。

七月時，伊斯蘭主義分子在西瓦斯攻擊阿列維派教徒，導致三十五人（包括作家與詩人）在馬迪馬克賓館內被活活燒死。這時梅夫魯特又開始想念起高中好友，渴望能像從前一樣與他暢談政治、咒罵這個世上的壞人。萊伊荷得知原本在為區政府抄電表的費哈，在電力局民營化後仍保住了飯碗，收入頗豐。梅夫魯特不太願意相信費哈過得這麼好，可是當事實避無可避，他便自我安慰地回想：能夠快速賺大錢的唯一方法就是做壞事（一如他們在賓邦咖啡館做的事），並以此評判費哈。梅夫魯特看過太多年輕共產黨員一結完婚立刻變成資本主義者，通常這些人比立場堅定的共產黨更令人厭惡。

秋天來臨後，記帳的瓦希特開始用半威脅、半哭訴的口氣，向梅夫魯特吐露員工們的計謀細節。他堅稱自己是清白的，要梅夫魯特絕不能向老闆供出他來，否則他別無選擇，也只能把梅夫魯特一起拖下水。瓦希特宣洩完情緒後，看著梅夫魯特的表情彷彿在說「這就是人生哦！」最近電視上報導了許許多多關於波士尼亞的莫斯塔橋遭破壞的新聞，每次看到那些悲慘至極的畫面，瓦希特也都會露出這樣的表情。他想要結婚，這也是他需要錢的原因之一。只是剝削他的不只有來自特拉布宗的老闆，就連胖子和其他人也一樣。他從舞弊計畫中分得的利益很少。其實，胖子才是「這裡真正的老闆」，他比船長更惡劣得多。除非瓦希特開始拿到自己應得的，否則他會去找老闆，將胖子的奸計全盤托出。

這番話讓梅夫魯特大吃一驚。事實上，瓦希特還威脅要打擊他最脆弱的痛處：他與烏拉爾家的關係。之前老闆對新來的經理讚不絕口，只是為了嚇嚇其他員工，讓他們清楚知道梅夫魯特不可能被收買，如今這些話卻適得其反，可能反而被拿來對付梅夫魯特。有些晚上，老闆結算時會當著所有人的面稱許梅夫魯特，說來自科尼亞的梅夫魯特是個誠實、有道德感、非常值得敬佩的人，說他具有土耳其中部人所有純潔又真誠的特質。老闆說起中心地帶的土耳其人的口氣，就好像他是第一個在伊斯坦堡發現他們的人。的確，一旦你贏得這些中部人的心，一旦他們開始信任你，那麼必要時，他們即使為你赴湯蹈火也在所不惜。

烏拉爾家族非常在乎自家名譽。梅夫魯特是他們的人，也就表示他絕不會欺騙任何人，到了要懲罰那些真正的騙徒時，他也會得到他們的支持。聽瓦希特說這話，梅夫魯特覺得他認為黑海的烏拉爾家族才是賓邦咖啡館的真正主人，而來自特拉布宗的老闆則和梅夫魯特本身一樣，只是他們手下的一個嘍囉。這倒不令梅夫魯特驚訝，這些年走遍伊斯坦堡街頭，他遇見過成千上萬的人，也發現他們無一不認為每樁戲劇性的事件與每場爭鬥背後，總有另外一隻操控的黑手。

二月裡一個寒冷冬日，梅夫魯特在女兒出門上學後睡了一整個早上，因而比平時晚了二十分鐘才到賓邦上工，卻發現咖啡館門窗緊閉，門鎖也換了，根本進不去。隔兩家賣堅果與葵花子的店家告訴他，前一天晚上咖啡館裡鬧得很凶，貝佑律的管區警察也不得不出面。特拉布宗來的老闆帶了幾個人來將員工痛打一頓，結果所有人都被帶到警局。警方多少施了點壓力，迫使雙方和解後，老闆便帶著一名不知從哪找到的鎖匠回來，換了鎖，還在窗口掛上「內部整修，暫停營業」的告示。

這是官方說法，梅夫魯特暗忖。在此同時，他心裡有一部分不斷地認為自己是因為當天上工遲到而被炒魷魚。老闆有可能發現了員工的詭計，也有可能沒發現。他一心只想馬上回家，從頭到尾把整件事說給萊伊荷聽，讓她分擔他再次失業（若真是如此的話）的沮喪心情，但他卻沒有回家。

接下來幾天的上午，他都在以前沒去過的咖啡館晃盪，想找個能勉強維持生計的辦法。他心裡充滿內疚與在劫難逃的感覺，卻又摻雜著某種喜悅，他很快便決定坦然面對這種喜悅心情。青少年時期一翹課，也都會有同樣既自由又憤怒的複雜感覺。他已經很久沒有機會中午時間在城裡漫無目的、不急不忙地遊盪，於是他走到喀巴塔什去，好好享受這個時刻。那裡有個人擺了一輛賣鷹嘴豆飯的攤車，正好就在他擺攤多年的同一地點。他看到那名小販站在古老的大噴泉旁邊，卻猶豫著不敢靠得更近，有那麼一剎那，竟像是遠遠觀看著自己的生活。這個人賺得多嗎？他身材瘦瘦的，就跟梅夫魯特一樣。

噴泉後面的公園終於完工開放了。梅夫魯特坐在一張長椅上，眼前的困境壓得他心情沉重不已。他的目光掃過遠方薄霧中托普卡匹宮的輪廓，掃過城裡一座座有如巨大灰色幽靈的清真寺，掃過一艘艘帶著金屬色調、無聲無息地滑行的大船，掃過吱吱啾啾嘎叫不停的海鳥。他感覺到一股憂鬱湧上心頭，那勇往直前、無法抵擋的勢頭，與他在電視上看過的海洋巨浪不相上下。如今能安慰他的只有萊伊荷，梅夫魯特知道自己少不了她。

二十分鐘後，他已回到塔拉巴什的家中。萊伊荷甚至沒問：「你怎麼回來得這麼早？」他佯稱自己想回家和她溫存，便找了藉口離開咖啡館（以前也做過這種事）。接下來四十分鐘，他們將全世界（包括兩個女兒）都拋到腦後。

梅夫魯特很快便發現他根本提都不用提，因為當天早上薇蒂荷來過，已經把消息都告訴萊伊荷了。她先厲聲質問一句「你們怎麼到現在都還沒有電話？」才開始講述咖啡館有個員工將他們作弊的事告訴老闆，於是船長塔赫新找來特拉布宗的同鄉突襲咖啡館，奪回自己的資產。胖子和老闆一陣互罵後扭打起來，兩人一起被帶到警局，最後握手言和。這個告密者還說梅夫魯特一直都知道這些無賴的詭計，但他們給了他封口費，老闆相信了，就向哈密．烏拉爾哈吉抱怨梅夫魯特。

柯庫和蘇雷曼告訴哈密哈吉的兒子說梅夫魯特是個老實人，絕對不會沉淪至此，並駁斥這些誹謗他們家族的言論。不過阿克塔希家也很氣梅夫魯特造成這種局面，危害到他們與烏拉爾家的關係。這下換梅夫魯特生萊伊荷的氣了，怪她不該如此嚴厲、不帶一絲同情地傳達這些壞消息，簡直就像認為他們說得沒錯。

萊伊荷立刻察覺到這點，說道：「別擔心，會有辦法的。隨時都有很多人想找人繡窗簾和布品。」

最讓梅夫魯特心煩的是到了下午，法特瑪和菲琪葉就不能再到咖啡館吃烤起司香腸三明治和烤肉了。員工都很喜歡她們倆，也一直很疼愛她們。胖子常常拿著烤肉刀耍寶逗她們笑。一星期後，梅夫魯特聽到傳聞說胖子和瓦希特都非常氣憤，罵他是投機分子，說他利用他們分到一杯羹，結果一轉頭又去跟老闆打小報告出賣所有人。他沒有針對這些指控作出任何回應。

他發現自己再度渴望能與費哈重續友情。每當梅夫魯特提出問題，即使可能傷梅夫魯特的感情，費哈也總會說出具啟發性的答案。關於如何因應咖啡館裡的密謀，費哈想必也能提出最佳建議。然而梅夫魯特知道，這份渴望讓他對友情的本質抱著過於樂觀的態度。街頭生涯教會了他一件事：人一過三十，總會變成一匹獨來獨往的孤狼。幸運的話，或許能有一匹像萊伊荷這樣的母狼陪在身邊。當然了，唯一能對抗街頭孤單生活的良方就在街頭。管理賓邦咖啡館這五年將梅夫魯特與城區隔離開來，讓他變成一個憂愁的人。

早上送女兒出門上學後，他會先和萊伊荷溫存一番，再上附近的茶館去找工作，晚上則會提早出去賣卜茶。他去了查尚巴的聚會兩次。這五年下來，聖導師老了，現在比起坐在桌前，他更常坐到窗邊的扶手椅上。椅子旁邊有個按鈕，按一下就能打開樓下大門讓人進來。三樓窗戶牆上裝了一面從卡車拔下來的大後照鏡，因此聖導師不必起身就能看見門口的人。梅夫魯特到訪的那兩次，聖導師都先從鏡子裡看見了他，他甚至還沒來得及喊「卜—茶———」，門就開了。現在又有新的學生和新的訪客，他們沒有機會詳談。那兩次造訪，誰也沒發覺（包括聖導師在內）梅夫魯特沒收卜茶的錢，他也沒把自己不再是咖啡館經理的事告訴任何人。

為什麼在某些夜晚他會有股衝動想走進某個遙遠鄰區的偏僻墓園，坐在柏樹林間的月光下？為什麼有時候會有電視上那種黑色巨浪朝他洶湧而來，讓他彷彿就要在滔天的憂愁浪潮下滅頂？就連庫土律希、西司里和奇哈吉的流浪犬也開始對他吠叫、低吼、齜牙咧嘴，就跟金角灣對岸那些鄰區的狗一樣？為什麼梅夫魯特又開始怕狗，而且怕到連狗都察覺他的恐懼，而開始對他咆哮？或許應該這麼問：為什麼這些狗會先開始對梅夫魯特咆哮，才使得他又開始害怕牠們？

又到了選舉期間，全市都飄揚著政治標語，許許多多車輛透過喇叭大聲播放著民謠與進行曲，到處都在塞車，弄得人人筋疲力竭。灰山民眾向來都是投給承諾為社區鋪新路、接水電、增加公車路線的政黨，而這些設施全靠哈密．烏拉爾哈吉出面交涉，所以應該投哪個黨便由他決定。

對於選舉，梅夫魯特大多是置之不理，因為擔心「一旦登記投票，稅務官員就會找上門來」的傳言。反正他也沒有特別討厭的政黨，而不管是哪個候選人，他都只有一個要求：他們應該善待街頭小販。但是前兩屆選舉之前，軍政府實行宵禁，還派軍人到全國各地挨家挨戶登記民眾姓名，威脅說凡是不投票的人都要關起來。所以這次萊伊荷拿著兩人的身分證去登記了。

一九九四年三月舉行地方選舉時，他們這個鄰區的票匭放在女兒就讀的皮亞勒帕夏小學，因此梅夫魯特帶著萊伊荷、法特瑪和菲琪葉，一家人興高采烈地去投票。法特瑪的教室裡有個投票箱，也擠滿了人。菲琪葉的教室卻空無一人。他們走進去坐成一排，笑著聽菲琪葉形容她的老師，順便欣賞她的畫，因為老師很喜歡就把畫掛在角落裡，畫名叫「我的家」。菲琪葉在畫裡的紅色屋頂上多加兩根煙囪和一面國旗，還畫了後院的杏仁樹和那輛失蹤的米飯攤車，只是省略了以前用來拴車的鍊子。

第二天，報紙上說伊斯坦堡的選舉由主張伊斯蘭主義的政黨獲勝，梅夫魯特心想：如果他們的信仰虔誠，就會把貝佑律人行道上那些坐滿醉漢的餐桌全清掉，到時我們的日子就會好過些，民眾也會買更多卜茶。但就在兩天後他遭受狗群攻擊，又被搶走錢和瑞士表，於是他決定不再賣卜茶了。

第五部

一九九四年三月至二〇〇二年九月

「天堂裡的每個字都是內心意圖的反映。」

——伊本．佐哈尼[7]《失傳奧祕的內在意義》

7 譯注：帕慕克小說《黑色之書》中虛構的十三世紀阿拉伯神祕主義哲學家。

一、連襟卜茶店

國家以你為榮

如今故事再次說到一九九四年三月三十日星期三夜晚，讀者們不妨重溫一下小說的第二部。那天晚上，梅夫魯特受到流浪犬攻擊，又被搶走十二年前哈密・烏拉爾哈吉送給他當結婚禮物的手表，這兩起意外讓他心灰意冷。次日上午，法特瑪與菲琪葉去上學後，他和萊伊荷談起此事，決定不再賣卜茶的心意依然堅定。心裡對狗懷有恐懼的他，再也無法走在深夜的街道上。

此外他也納悶，在同一天晚上遭受狗群攻擊又被搶會是巧合嗎？如果是在被搶後才受到狗群攻擊，他可能會推論道：因為搶匪讓我受到驚嚇，而狗嗅到了我的恐懼才會攻擊我。但偏偏是狗群先攻擊他，兩個小時後才被搶。梅夫魯特努力想找到兩件事之間的關聯，卻不斷回想起很久以前在中學圖書館看到的一篇文章。那篇刊登在舊雜誌《心靈與物質》中的文章，探討了關於狗感應人心的能力。由於他很快便發現要記起文章的細節太過困難，也就不再想了。

萊伊荷。梅夫魯特因為怕狗而決定不賣卜茶以後，我一逮到機會就馬上去桑山找薇蒂荷。

「賓邦咖啡館發生那種事，他們對梅夫魯特不太高興，短時間內是不會再幫他找工作的。」薇蒂荷說。

「梅夫魯特對他們也不太高興。」我說：「其實，我是想找費哈幫忙。聽說他在電力局收入不錯，他也可以幫梅夫魯特找個差事。只不過除非費哈主動開口，不然梅夫魯特絕不會去找他。」

「為什麼？」

「妳知道的。」

薇蒂荷看著我，像是了解了。

「拜託，薇蒂荷，妳應該知道要怎麼跟薩蜜荷和費哈說。」我說：「他和梅夫魯特曾經那麼要好。如果費哈那麼愛炫耀自己有錢，就叫他幫老朋友一把吧。」

「小時候，妳和薩蜜荷老是聯手欺負我。」薇蒂荷說：「現在竟然要我牽線讓妳們倆和好？」

「我沒有跟薩蜜荷吵架。」我說：「問題是男人太要面子了。」

「只不過他們不說這是面子問題，而是名譽問題。」薇蒂荷說：「一說到這個他們可就凶狠了。」

一星期後，萊伊荷邀丈夫禮拜天一起帶女兒去薩蜜荷和費哈家，說薩蜜荷要做貝伊謝希爾風味的烤肉請他們。

「貝伊謝希爾的烤肉就只是在薄餅上面放胡桃和肉而已，」梅夫魯特說：「我已經二十年沒吃過了。怎麼會忽然想到這個？」

「你和費哈也十年沒見了！」萊伊荷說。

梅夫魯特還是沒工作，自從被搶之後，他對全世界都懷著一股怨氣，也自覺更加脆弱。白天裡，他在塔拉巴什和貝佑律的餐廳之間兜轉，抱著苦澀、溫吞的心情想找份適合自己的工作。晚上就待在家裡。

到了那個陽光燦爛的週日早上，他們在塔克辛搭上公車，車上除了他們只有少數幾名乘客，也是要到城市另一頭去拜訪親友。萊伊荷聽到梅夫魯特對法特瑪和菲琪葉說他這個童年好友，也就是她們的姨丈費哈是個很風趣的人，她這才鬆了口氣。

多虧有這兩個丫頭，梅夫魯特再次見到薩蜜荷與費哈的那一刻（讓他擔驚受怕了十年的那一刻），毫不尷尬地度過了。兩個老友互相擁抱，費哈抱起菲琪葉，然後眾人一起去看他十五、六年前用白石頭做記號圍起的土地，一副像是去勘查蓋屋用地的樣子。

兩個小女孩不停地跑來跑去，城市邊緣的森林、在迷濛遠方的伊斯坦堡那夢幻般的輪廓，以及滿院子的狗、咯咯叫的母雞和小雞，都讓她們興奮到極點。梅夫魯特想到法特瑪和菲琪葉都在塔拉巴什出生，長這麼大還從來沒去過有水肥味的田裡、鄉下茅屋或甚至是果園。他很高興她們能對眼前所見的一切感到驚奇，無論是一棵樹、一根汲取井水的長竿、一條澆水用的水管，又或是一隻飽經風霜的老驢，還有社區民眾從伊斯坦堡歷史遺址偷搬回來當作自家院牆的鐵皮和鐵欄杆。

不過梅夫魯特也知道自己心情愉悅的真正原因是能夠與好友重聚而無須犧牲自尊，能夠到這裡來又沒惹萊伊荷不快。這時他不禁十分懊惱，竟只為了情書的事傻傻地難過那麼多年。不過他還是留了點心眼，絕不和薩蜜荷獨處。

當薩蜜荷端著貝伊謝希爾烤肉進來，梅夫魯特便去坐在餐桌另一頭。內心愈來愈濃厚的滿足感讓他暫時忘卻了工作與金錢的煩惱。費哈不停地大笑、不停地開玩笑，也不停地往梅夫魯特的杯子裡倒茴香酒，梅夫魯特愈喝愈覺得放鬆。但他仍保持警醒，盡量不多言以免說錯話。

當酒力開始發作讓他頭暈起來，他也開始擔心，於是決定不再開口。他只是聽著餐桌上的對話，卻不加入（話題已經轉到女兒打開的電視益智節目上），每當感覺到有說話的衝動，他就默默地說給自己聽。

沒錯，我那些信是寫給薩蜜荷的，她那雙眼睛當然會讓我動心了！他心想著。現在他沒往那個方向看，不過她真的美如天仙，尤其那雙美麗的眼睛絕對當得起他在信中每一個形容的字眼。

但是儘管心裡想的始終是薩蜜荷，他仍慶幸蘇雷曼騙他把信寫給萊伊荷。梅夫魯特知道只有和萊伊荷在一起，自己才可能幸福。他們是天造地設的一對。他太愛她了，要是沒有她，他也活不成。像薩蜜荷這樣的美女可能很難相處又苛求，會用盡各種不講理的手段讓你痛不欲生。美女只有嫁給有錢人才可能幸福。但是像萊伊荷這種好女孩，不管丈夫富有或貧窮，她都會愛他。薩蜜荷當了那麼多年女傭，直到現在費哈開始多賺了點錢，她才終於得到幸福。

要是我的信上寫的是「薩蜜荷」而不是「萊伊荷」，會怎麼樣呢？梅夫魯特暗想。薩蜜荷有可能跟他私奔嗎？

在現實、嫉妒與醉意的多重作用下，梅夫魯特領悟到她八成不會。

「別再喝了。」萊伊荷在他耳邊小聲地說。

「我沒有。」他尖聲回道。萬一薩蜜荷和費哈聽到萊伊荷說一些不必要的話，恐怕會引起誤會。

「萊伊荷，就讓他喝個痛快吧。」費哈說：「他終於決定不再賣卜茶了，的確應該慶祝一下。」

「不是我不想賣了，是外面街上有人會偷襲卜茶小販。」梅夫魯特說。他覺得有些尷尬，因為萊伊荷肯定都解釋過了，而這餐飯的主要目的就是替他找工作。「我真希望下半輩子都能繼續賣卜茶。」

「好啊，梅夫魯特，我們下半輩子就繼續賣卜茶吧！」費哈說：「在伊瑪目阿德南街上有一間小店面，我本來想開間烤肉店，不過開卜茶店應該更好。因為店主欠債沒還，現在我們很輕易就能把店弄到手。」

「梅夫魯特會管理咖啡館，」萊伊荷說：「他現在經驗很豐富。」

梅夫魯特不喜歡萊伊荷這麼強勢，一心急著給丈夫找工作。但在那一刻他甚至沒有力氣坐在那裡，對別人正在做的事情表示不滿。他什麼也沒說。他可以感覺到萊伊荷、薩蜜荷和費哈已經把一切都決定好了。事實上，他根本也不在乎。他即將再次管理一家店，而且他知道以自己目前醉酒的情況，最好還是別問費哈到底是怎麼湊足本錢，竟能在貝佑律開店。

費哈。我一拿到大學學位，有個來自賓格爾的阿列維教派的親戚，就在市府電力局替我找到一份工作。後來到了一九九一年電力事業民營化，我們當中最勤奮、最有進取心的人終於有了出頭的機會。有些抄表員接受退休方案，離職了。那些自以為還能繼續像公務員一樣做事的人，很快就被解雇。可是只要展現些許積極態度——就像我——都能得到好的待遇。

多年來，政府一直努力地把電輸送到伊斯坦堡每個角落，從最外圍只住著最底層的窮人的貧民區，到那些無法無天、只有惡劣至極的無賴說了算的地盤，都包含在內。伊斯坦堡的居民總能設法偷接電線，不付電費。由於無法讓這些偷電的人付錢，政府便將問題丟給民間公司，而我就在其中一間上班。另外還通過了一條法律，規定凡是未付電費的人每個月要加收很重的利息，所以以前見到我去抄電表、收電費就對我嗤之以鼻的人，現在不管他們樂不樂意，都得一次付清。

那個本來在伊瑪目阿德南街上開店賣報紙、香菸和三明治的薩姆松人，聰明是夠聰明，卻不是個特別老練的騙徒。嚴格說來，他的店是一個希臘老人的產業。老人被遣返雅典後，這個薩姆松人也沒拿所有權狀也沒簽合約就接收這間遭棄置的店舖，還透過市府的人脈關係裝了電表。裝設完畢後，他自行從電表上端的主線接出一條分線，供應三明治機與兩台大型電熱器的用電，那電熱器的電力大到讓他的店都成了三溫暖。被我逮到的時候，他積欠的電費加上利息（依據新法按通貨膨脹率作了調整）實在太高，只能賣掉卡辛帕莎的公寓來清償。結果這個薩姆松來的店主乾脆丟下一切走人。

這間店的大小還不到賓邦的一半，店內只能勉強擺下一張雙人桌。早上萊伊荷先送女兒出門上學，然後一如往常，在家裡給卜茶加糖調味、清洗罐子，再出去買一些店裡要用的東西（這份工作她倒是帶著一種業主的熱忱，做得很起勁）。梅夫魯特每天上午十一點開店，因為沒有人會這麼早來喝卜茶，他便用心地把店面弄得整齊乾淨，將買來的杯子、卜茶罐、肉桂粉瓶排列在面向街道的桌上。

他們決定在這裡開卜茶店的時候天氣還冷，五天後倉卒開張，感興趣的人還真不少。一開始便生意興隆，讓費哈信心大振，開始花錢投資，重新整修用作櫥窗展示的冰箱、重新粉刷大門與內部（在梅夫魯特的堅持下，漆成乳黃的卜茶色）、在大門正上方安裝一盞燈，並從家裡拿來一面鏡子。

他們還想到需要起個店名。梅夫魯特覺得只要在門上掛個「卜茶店」字樣的招牌就行了。但有個聰明的招牌業者，之前曾和貝佑律幾家最新的商店合作過，他告訴他們這種店名做不了大生意。他詢問他們的關係，誘使他們暢所欲言，後來得知他們娶了一對姊妹，就知道店名該怎麼取了：

連襟卜茶店

後來只簡稱為「連襟」。那天在加齊區吃了頓漫長的午飯又配了不少茴香酒的同時，他們已經說好，費哈負責經常開支費用（在貝佑律提供免費店面，不用付租金或電費），而每日營業的花費則由梅夫魯特負擔（每週買兩次卜茶，還有糖、烤鷹嘴豆、肉桂粉），外加他與萊伊荷的人工。盈利由這兩名兒時同伴平分。

薩蜜荷。我已經做了這麼多年女傭，費哈不希望我再到梅夫魯特的店裡辛苦工作。「何必呢，反正不會有人到店裡買卜茶的。」聽他這麼說讓我傷心。可是剛開店時，他自己也興致勃勃，晚上多半都會去幫梅夫魯特的忙，很晚才回家。我當然也好奇，所以沒告訴費哈就自己過去。從來沒有人想跟兩個包著頭巾的女孩買東西，於是很快地，我們的店也跟伊斯坦堡數千家咖啡館一樣，男人站在前面服務客人、收錢找錢，包頭巾的女人則坐在後面照看廚房、洗碗盤，唯一的差別只在於我們賣的是卜茶。

「連襟」開張十天後，費哈開始在楚庫祖瑪租一間有中央空調暖氣的公寓，我們終於搬出了加齊區。公寓四周全是舊貨店、家具修理店、醫院和藥房，從窗口可以看見一小段瑟拉塞維勒街，以及到塔克辛之間來來去去的人潮。下午在家覺得無聊，我就去「連襟」。萊伊荷總會在五點離開，以免天黑後兩個女兒獨自在家，也順便回家做晚飯，所以我也會跟著離開，避免和梅夫魯特獨處。只有幾次在萊伊荷離開後我還留在店裡，但梅夫魯特老是背對著我，只偶爾看一眼鏡子。於是我也看著放在我們這邊的另一面鏡子，始終沒有跟他說過一句話。晚一點費哈會順路過來，他知道我會在那裡，到後來他也習慣了。跟費哈在那裡忙得團團轉很好玩，這是我們倆第一次一起工作。對於每個上門來買卜茶的人，費哈都有得說：那邊那個笨蛋對著杯子猛吹，他還以為卜茶是熱的。或者另外那個人是大街上一家鞋店的業務經理，那家店的電表就是費哈親自裝的。還有個客人免費續了一杯，只因為第一杯好像喝得很過癮，後來費哈還跟他聊起他當兵的日子。

不到兩個月，他們就全都明白「連襟」賺不了多少錢，但誰也沒吭聲。比起以前梅夫魯特在寒冷冬夜的街頭賣卜茶，生意好的時候，現在頂多只能多賣兩倍。但梅夫魯特和萊伊荷所能分到的淨利，卻只能勉強支付沒有兒女的夫妻半個月的開銷，而且這還得感謝費哈讓他們不用付店租，也無須編預算賄賂市府與稅務單位的官員。只不過在這個熱鬧的地區——與獨立路僅一街之隔——他們大可以賣其他任何東西。

梅夫魯特始終沒有放棄希望。許多人看到門上的招牌都會停下來喝一杯，也多半會熱情地對梅夫魯特說這間店開得好。他能夠愉快地與任何顧客聊天，無論是帶著孩子進來初嘗卜茶的母親、醉漢、自以為無所不知而試圖改變他人的人，或是對一切都疑神疑鬼的怪胎。

「賣卜茶的，卜茶應該要晚上喝，你這麼早在這裡幹嘛？」「你這是在家裡準備的嗎？」「你賣得太貴了，你的杯子太小，烤鷹嘴豆也應該多放一點。」（不久梅夫魯特就看出了，以前自己只是個貧窮的街頭販子，民眾或許還會口下留情，如今他有了自己的店，他們肯定是不會客氣了。）「我要向你致敬，我們國家以你為榮。」「賣卜茶的，我剛剛喝了半瓶『俱樂部茴香酒』，你告訴我，我要是再喝下這個會怎樣？要是不喝又會怎樣？」「請問一下，卜茶應該在餐前喝，還是應該像甜點一樣在餐後喝？」「兄弟，你知不知道卜茶的說法其實是從英語『booze』（酒）這個字來的？」「你們有外送嗎？」「你不是那個賣卜茶的穆斯塔法大爺的兒子嗎？我還記得你以前都和你爸爸一起幹活。好樣的！」「我們那區本來有個卜茶小販，可是現在都不來了。」「要是你開始開店賣卜茶，那些在街頭叫賣的卜茶販子怎麼辦？」「賣卜茶的，吆喝一聲『卜——茶——』來聽聽，讓孩子們也見識學習一下。」

心情好的時候，梅夫魯特絕不可能讓好奇的顧客失望，尤其若又有孩童同行，他會面帶微笑喊道：「卜——茶——」有些客人會跟他說「你正在做一件非常重要的事」，然後長篇大論地拿傳統與鄂圖曼時期的價值來說教，但這些人多半不會再上門。令梅夫魯特不敢置信的是竟有疑心病那麼重的人，要不是想親眼看看杯子是否徹底洗淨，就是用很衝的口氣質問他們賣的卜茶是否只用純天然原料。但是看到那些從未喝過卜茶的人只喝一小口就「噁」一聲，或是聽到有人抱怨卜茶太酸或太甜而沒喝完，他反倒不覺得意外。有人會極度輕蔑地說：「我晚上跟我們那邊的街頭小販買的卜茶比較道地。」也有人說：「我還以為這是熱的。」然後杯子碰也沒碰就走了。

開店一個月後，費哈開始每隔一天晚上就過來幫忙。軍隊在東部對庫德游擊隊展開猛烈攻勢期間，許多村莊的村民都跑光了，他父親的村子也不例外，因此他那個不會說土耳其話的奶奶來到了伊斯坦堡。費哈詳述著自己是如何努力用一口破庫德語與奶奶溝通。村子被土耳其軍隊燒毀後搬到伊斯坦堡來的庫德人，都住在某些特定街區，形成地方幫派。聽說出身宗教政黨的新市長打算關閉賣酒的餐廳和酒吧，把餐桌擺到戶外人行道上。隨著夏季接近，梅夫魯特和費哈也開始賣起了冰淇淋。

萊伊荷。我們也學費哈和薩蜜荷，帶了自己的鏡子到店裡去。有幾天下午，我發覺梅夫魯特不是真的在看外面街道，而是看著我們放在窗邊的鏡子。我起了疑心。有一天等他出去以後，我坐到他平常坐的位子，往鏡子裡一看，薩蜜荷的臉和眼睛就剛好在我身後。我想像他們兩人透過鏡子對望，不讓我看見他們眉來眼去，不禁醋意橫生。

我忍不住不去想。下午有我在店裡陪梅夫魯特，薩蜜荷根本不用來。那些沒繳電費的人送給費哈的錢，把他的口袋塞得飽飽的，他們根本就不再缺錢了，薩蜜荷又何必那麼愛工作？到了傍晚，我該回家陪女兒了，薩蜜荷會跟我一起離開，但有時候也會忙得走不開，到現在已經有四次，她在我離開後單獨和梅夫魯特留在店裡。

不過有件事比店裡的事更讓薩蜜荷忙碌，就是他們在奇哈吉的新家。有一天晚上我想到要帶女兒過去看看，沒想到她不在家，於是我們就到店裡去——我就是忍不住。梅夫魯特在，但薩蜜荷不在。「這麼晚了妳來做什麼？」他說：「要我跟妳說幾遍？別帶孩子到這裡來。」這不是我認識的那個親切溫柔的梅夫魯特，這是個惡劣男人的口氣。我覺得很受傷，一連三天都沒去店裡。這當然就意味著薩蜜荷也不能去，她很快就來找我了，看似真心地問道：「怎麼回事？我擔心死了！」我回答說：「我病了。」卻為自己的妒意感到慚愧。「不，妳沒生病。妳知道嗎？費哈對我也很壞。」她這麼說不是為了套我的話，而是因為我這個聰明的小妹老早已經看清，像我們這樣的女孩，最大的煩心事向來都是丈夫惹起的。現在我只希望沒有這家店，我只希望能夠再和梅夫魯特單獨在一起。

十月中旬左右，他們又開始賣卜茶。梅夫魯特認為最好省去三明治、餅乾、巧克力和其他夏天賣的東西，只專賣卜茶、肉桂加烤鷹嘴豆，但他還是與平日一樣過度樂觀，而他們反正也不會聽。每星期有一、兩天晚上，他會讓費哈看店，自己去給一些熟客送卜茶。東部的戰爭導致伊斯坦堡到處有爆炸事件，有示威遊行，有報社在夜裡被放置炸彈，但是貝佑律依然人潮洶湧。

十一月底，對街一個熱心的鑰匙匠告訴梅夫魯特，他們的店上了一份叫《正道報》的報紙版面。梅夫魯特立刻跑到獨立路上的報攤去。回到店裡後，他和萊伊荷一塊坐下來，仔細詳讀報上的每字每句。

有一篇專欄以「三家新店」為標題，一開始先稱讚「連襟」，接著約略提到尼尚塔希新開的一家烤肉捲餅店，和卡拉廓伊的一家店，賣的是用玫瑰水和牛奶浸泡的齋月糕點和傳統的水果堅果布丁「阿舒蕾」：讓我們的古老傳統得以存續，而非棄之不顧只一味地模仿西方，這是一項神聖使命，就如同向先人致敬；我們身為文明社會的一分子，假如想要保存自己的民族特色、理想與信念，首先最重要的就是要學會忠於自己的傳統飲食。

當天晚上費哈一來，梅夫魯特便興奮不已地拿報紙給他看，還說這篇報導招來很多新客人。

「算了吧。」費哈說：「看《正道報》的人不會來我們店裡。報紙上甚至連地址都沒寫。真不敢相信我們竟然被一份支持伊斯蘭主義的噁心爛報當成宣傳工具。」

梅夫魯特並不知道《正道報》是宗教報紙，也不覺得那篇專欄是伊斯蘭主義的文宣。

費哈發覺這個朋友聽不懂他的話，頓時失去耐性，隨手拿起報紙說：「你看看這些標題：聖哈姆扎與烏胡德之役……伊斯蘭教所謂的命運、意向與自由意志……為什麼朝覲是信徒的義務……」

所以談這些事情是錯的囉？聖導師都會以美好的言詞談論這些話題，梅夫魯特總是聽得津津有味。感謝神，幸好他從未向費哈提起他去找聖導師的事，否則這個朋友可能也會給他冠上「噁心的伊斯蘭分子」之名。

費哈繼續激動地念著《正道報》的標題：「『法瑞丁帕夏[8]對那個性變態的間諜勞倫斯[9]做了什麼？』『共濟會、美國中情局與共產黨』『英國人權鬥士的猶太身分曝光！』」

感謝神保佑，梅夫魯特從未向聖導師透露他的合夥人是個阿列維派教徒。聖導師以為梅夫魯特的事業夥伴是個普通的遜尼派土耳其人，每當談話一提及阿列維派、伊朗的什葉派與哈里發阿里[10]，梅夫魯特就會趕緊轉移話題，免得聽到聖導師說出關於他們的壞話。

「『全彩可蘭經注解本外加防塵套，只需三十張《正道報》優惠券。』」費哈大聲念道。「你知道嗎？這些人如果得勢，要做的第一件事就是廢除街頭小販，就像伊朗那樣。說不定還會吊死一、兩個像你這樣的人。」

「不可能。」梅夫魯特說：「卜茶含有酒精，可是你看過誰為這個來找我麻煩了嗎？」

「那是因為那裡面的酒精含量幾乎等於零。」費哈說。

「啊，那可不，跟你的俱樂部茴香酒比起來，卜茶根本不算什麼。」梅夫魯特說。

「等等，所以現在茴香酒也有問題了嗎？如果碰酒精是一種罪過，那麼喝多喝少都一樣。我們就得關門大吉了。」

梅夫魯特感覺這話帶有威脅意味。畢竟，他們能開這間店，本來就多虧有費哈出錢。

「我敢打賭你甚至還投票給這些伊斯蘭分子。」

「我沒有。」梅夫魯特謊稱。

「唉，你愛投誰就投誰吧。」費哈用高高在上的口氣說。

接下來一段時間，兩人彼此都氣憤不滿。有一陣子費哈晚上乾脆不再到店裡來，於是梅夫魯特也無法離開，去給老顧客送卜茶，遇上沒客人上門的冷清時刻更是無聊。以前夜裡在街頭賣卜茶的時候，他從不覺得無聊，即使走在空無一人的街道，沒有人開過窗或買過卜茶也一樣。走路刺激了他的想像力，也提醒他在我們的世界裡有另一個領域，隱藏在一座清真寺圍牆背後、在一棟隨時可能倒塌的木造大宅中，也可能在一片墓園裡。

《正道報》刊出了一幅這個世界的畫，一如梅夫魯特心目中的想像。這是為一系列名為「另一個國度」的文章所畫的插畫。晚上獨自在店裡時，梅夫魯特會拿起報導「連襟」的那份報紙，翻到刊登這幅畫的頁面。為什麼墓碑搖搖欲墜？為什麼全都長得不一樣，有些還哀傷得往旁邊傾斜？像聖光般從上面照射下來的那白白的東西是什麼？為什麼老舊事物和柏樹總會讓梅夫魯特覺得舒服？

---

8 譯注：法瑞丁帕夏（Fahrettin Pasha, 1868-1948）：鄂圖曼軍隊指揮官，一九一六至一九一九年間擔任麥地那總督。

9 譯注：湯瑪斯・愛德華・勞倫斯（Thomas Edward Lawrence, 1888-1935）：英國軍官，又稱「阿拉伯的勞倫斯」，曾參與一九一六至一九一八的阿拉伯起義，也因性取向引發過爭議。

10 譯注：哈里發阿里（Ali ibn Abi Talib, 599-661）：伊斯蘭教創始人穆罕默德的堂弟兼女婿，回教信眾因其繼承人身分的爭議而分裂成遜尼派與什葉派。

二、在小店裡與兩個女人共處

其他電表與其他家庭

萊伊荷。薩蜜荷依然美麗如昔。早上會有一些輕浮的男人，想趁她找錢的時候摸她的手指，所以現在我們開始把客人的錢放到玻璃櫃台上，而不直接拿給他們。通常我都負責準備愛蘭和卜茶，但就算換我收錢，也從來沒有人騷擾過我。甚至可能一整個上午也沒人進來坐一下。有時候會有個老太太進來坐在電暖器旁邊，能挨多近就挨多近，並向我們討茶喝。就這樣我們也開始賣起茶來。還有一位很美的女士每天會到貝佑律買東西，偶爾也到店裡來。她常常帶著微笑問我們：「妳們倆是姊妹吧？長得真像。跟我說說，誰嫁了好丈夫，誰又嫁了壞丈夫呢？」

有一次，一個長得像罪犯的粗人手裡拿著一根菸進來，一大早就說要喝卜茶，灌下三杯以後，一面死盯著薩蜜荷看一面說：「是因為卜茶裡面有酒精，還是其他什麼東西讓我頭暈？」看店的時候沒有個男人在真的很傷腦筋。不過薩蜜荷從來沒跟費哈說，我也沒告訴過梅夫魯特。

有時候薩蜜荷會丟下所有事情說：「我要走了，妳會去招呼那桌女客人，也會收拾空杯子吧？」說得好像這店是她的，我只是個女服務生……她的口氣就像以前她替她們打掃家裡的有錢太太，她到底有沒有自覺？有時候我到他們位在費魯札阿的家去，費哈已經出門好一陣子，薩蜜荷會說：「萊伊荷，我們去看電影。」或者我們就看電視。有時候她坐在新梳妝台前面化妝，我在旁邊看，她會對著鏡子裡的我笑說：「來上點妝吧。

放心，我不會告訴梅夫魯特。」她這麼說是什麼意思？我不在店裡的時候她會和梅夫魯特說話嗎？他們會談論我嗎？我好敏感、好嫉妒，老是動不動就想哭。

蘇雷曼。有天傍晚走在伊瑪目阿德南街上，左手邊有一家店吸引了我的目光，我仔細一瞧，簡直不敢相信自己的眼睛。

有些晚上，費哈會喝醉酒到店裡來，然後對梅夫魯特說：「以前我們一聯手多厲害啊，對不對？想想我們貼了多少海報，打了多少架！」這一切對梅夫魯特而言似乎有些難以承受，他寧可回想賣奇思美的日子，而不是他們目睹過的政治鬥爭。但不管怎麼說，出現在被好友冠上虛幻的神聖光環的年少回憶中，感覺總比被指責投票給伊斯蘭分子舒服得多，梅夫魯特也就不多此一舉去糾正費哈了。

他們可能好幾個小時都在閒聊關於正要前往波士尼亞參戰的伊斯蘭分子、關於女總理檀蘇．奇萊，或是關於馬爾馬拉飯店蛋糕店裡的聖誕樹旁發生爆炸的事（警方一下指控伊斯蘭分子，一下又說是庫德人）。有時候即使應該是最忙碌的時段，也可能整整半個小時沒有半個客人上門，他們就會大聊特聊一些自己毫無所知的事，例如電視主播是把播報內容都背下來，還是也像對嘴的歌手一樣作弊？在塔克辛攻擊示威群眾的警察拿的是真槍，或者只是拿假槍做做樣子？

梅夫魯特把報導他們店的文章（連同同一份報紙中的「另一個國度」的插畫）貼在牆上，他看過貝佑律其他咖啡館這麼做，便有樣學樣。（他的夢想是有一天能像大街上那些旋轉烤肉店一樣，把遊客給的外幣紙鈔裱框掛到牆上作為裝飾，只可惜從開張至今還沒有一個遊客來過。）費哈是不是看到牆上《正道報》的文章生氣了，所以不再那麼常來？梅夫魯特發覺自己慢慢將費哈當成了老闆，不禁對這個朋友也對自己的軟弱感到憤恨。

有時梅夫魯特忍不住納悶，費哈開這間店會不會只是為了安慰他？心軟的時候，他會告訴自己：他這麼做是因為他帶著我想娶的女孩私奔，心中有愧。但生氣時又會想：什麼好心！這傢伙現在根本就是個資本主義者。是我讓他知道卜茶有可能是一項好的投資。

一九九五年十月底連著兩星期風雪交加，費哈完全沒到店裡來。有一天晚上他剛好路過，終於露面了，梅夫魯特說：「現在生意愈來愈好了。」但費哈根本沒聽進去。

「梅夫魯特，你也知道有時候我根本沒到店裡來。你別跟薩蜜荷說，你明白我的意思吧……」

「什麼？你先坐下。」

「我沒時間。也別跟萊伊荷說什麼……姊妹之間不可能有什麼祕密……」他說完背起抄電表時背的袋子就走了。

「隨時為你效勞！」梅夫魯特在他背後高喊道，但是連坐下來和老朋友寒暄幾句都沒空的費哈，沒聽到這句挖苦的話。從前梅夫魯特的父親只會對最富有、最具影響力的客人說這句話，但梅夫魯特這輩子從未對任何人說過「隨時為你效勞」。費哈現在只顧著自己的風流韻事和那群黑手黨朋友，恐怕再也沒時間深思這種微妙話術了。

回到家看見熟睡的女兒與將音量調低正在看電視的萊伊荷，梅夫魯特才明白自己為費哈生氣的真正原因：因為他丟下貞潔美麗的妻子，自己在城裡到處晃盪。聖導師說得沒錯，茴香酒與酒無疑是罪魁禍首。伊斯坦堡到處充斥著用行李箱夾帶違禁品的烏克蘭女人、非洲來的移民，和那些吸乾人血的可疑掮客，這座城市已經變成貪腐賄賂的溫床，而政府卻只是袖手旁觀。

如今梅夫魯特知道了為什麼在丈夫瞬間發大財之後，薩蜜荷仍然悶悶不樂。他一直在鏡子裡偷偷看她，也看出她有多麼悲傷。

費哈。梅夫魯特現在會看《正道報》，很可能覺得我是個無情又愚蠢的男人，家裡有個聰明的美人，竟還在外面拈花惹草。但是他錯了，我不是個玩弄女人的人。

我是墜入情網。我愛上的女人不見了，但我總有一天會找到她，就在伊斯坦堡這裡。不過我應該先稍微說明一下，在供電網路民營化之後，有什麼樣的工作與機會落在像我這種查表員頭上，那麼你們也會比較理解我的愛情故事和我作的選擇。

蘇雷曼。我還是常常去貝佑律，不過是為了工作，而不是像以前那樣去澆愁。現在已經不心痛了。那個女傭帶給我的傷痛早已過去，我現在沒事了。事實上，我正在品嘗和一個藝術家、一個歌手、一個成熟女人戀愛的樂趣。

費哈。收電費的工作轉移給民間公司後，我會特別留意不去針對那些純粹因為太窮，除了繞過電表非法偷接電之外別無他法的人，反倒是對無恥的有錢人窮追不捨。因此我會避開小巷弄與偏僻荒涼的鄰區，住在這裡的都是抱著妻子和挨餓的小孩取暖的失業男子，都是不偷電來供應電暖器就可能在冬夜裡凍死的人。

然而當我發現有人住在博斯普魯斯海邊的八房大宅，家裡還有女傭、廚子和司機，卻仍不繳電費，我就會馬上斷電。有一些八十年歷史的公寓建築是很久以前有錢人住的地方，有個男人找了六十個女孩擠在其中一間公寓裡，徹夜車拉鍊直到天亮；當我逮到他也偷電，同樣毫不留情。我檢查過一間俯瞰整座城市的昂貴餐廳的烤箱，檢查過一個紡織大王的紡織機，他出口的窗簾布數量可是無人能敵，也檢查過一個來自黑海沿岸的承包商的吊車，他誇口說自己從那麼遠的鄉下來，如今都蓋起十四層樓的建築了；當我發現他們每個都在電表上動過手腳，毫不猶豫就斷了他們的電，收下他們的錢。在七山電力公司，有許多像我這樣抱著理想主義的年輕人，隨時準備向富人取財，而當窮人付不出錢來則視而不見。我從他們身上學到很多。

蘇雷曼。我找了幾個很認真看待音樂的夜總會老闆談過，希望能讓世人發現瑪伊努的才華。日光俱樂部是其中最好的一間。不過，偶爾我還是忍不住會走幾步路，經過那兩個卜茶蠢蛋的小店。倒不是想撫慰受傷的心還是什麼的，當然只是出於好玩……

費哈。被寵壞的有錢人不付帳單是因為他們不在乎，雖然有時候是帳單寄丟了。罰金因應通貨膨脹作了調整，壓力十分沉重，使得他們積欠的金額呈倍數成長。要讓這些人學到教訓，最快的方法就是直接斷電，也不必先去敲門警告。當初仍由政府供電並派查表員前去收費與通知斷電時，有錢有勢的人只會丟出一句「哎呀，我好像忘記繳錢了！」對於斷電威脅置之不理。即使難得一次有個誠實的查表員果真斷了某家的電，那些混蛋也會跑到塔克辛的電力局總部，不是去繳錢，而是打電話找他們碰巧認識的某個政治人物，把那個可憐的查表員當場開除。但如今那些有錢人家的家庭主婦開始怕我們了，因為電力營運不再是政府的事，而是歸一幫冷酷無情的資本主義者管——就是有點像她們丈夫的那種人。我的老闆是中安納托利亞地區的人（明確的說，是開塞利人），他們一點也沒把伊斯坦堡這些老愛裝腔作勢、貓哭耗子的嬌貴階級放在眼裡。以前，查表員甚至無權斷電。現在，要是真想讓誰好看，我就選在星期五傍晚，趕在週末前斷電。在黑暗中度過兩天以後，他們很快就會學乖，會按時繳錢了。去年，宰牲節與除夕接得很近，有整整十天的長假，我心想正好趁此機會讓某個違法的有錢人吃點苦頭。

四點時，我步下居密瑟約一棟昂貴公寓的地下室。沿著一條布滿灰塵的狹窄通道走到陰暗盡頭，只見全棟十二間公寓的生鏽電表像老舊洗衣機一樣轉個不停。我問門房說：「十一號有人在嗎？」

「太太在。」門房說：「喂，你想做什麼，別切斷他們的電啊！」

我沒理他，逕自從工具箱拿出螺絲起子、剪線鉗和特殊扳手，不到兩分鐘就斷了某戶的電。十一號的電表戛然而止。

我告訴門房：「差不多十分鐘以後，你上樓去跟他們說我就在這附近，要是他們想找我，你知道該上哪去，我就在山腳下那間咖啡館。」

十五分鐘後，門房來到咖啡館，跟我說夫人非常煩惱，現在正在家裡等我。我說：「你告訴她我正在忙其他電表和其他家庭，但我等一下會盡量趕過去。」我心裡嘀咕著是否應該等到天黑。冬天裡天黑得很早，這些人比較容易想像得出十天的黑暗生活會是什麼光景。有些人會去住飯店。你們想不想聽一個故事？有個男的小氣到不肯繳電費，結果竟然帶著老婆、老婆的一堆帽子和四個小孩，上希爾頓住了幾個月，頑固地等著重新復電。

「先生，太太真的很擔心。她今天晚上有客人要來。」

斷電以後，大家都會很擔心。主婦打電話給丈夫，有些態度很強勢，有些則比較溫和，有人會開門見山直接行賄，有人卻根本不知道這才是解決問題之道。這些人大多仍將我們當成公務員看待，殊不知在民營化後我們全都被迫放棄政府的工作。不過再笨的國人最終也會想出行賄的方法：「那如果我現在付現金給你，你是不是就能讓我們復電了？」你要是不答應，有些人會提高金額，有些人則會認為威脅比較有幫助：「你知道我是誰嗎？」還有些人完全慌了手腳，不知道接下來該怎麼辦。我聽說過當查表員去到一個比較粗野落後的社區並威脅要斷電時，偶爾會有女人表示願意和他上床。但我從來沒碰過這種情形，若要問我的話，我是不會相信這種無稽之談的。

貧窮社區的人從背包和走路的樣子，一眼就能認出查表員。他們會先使喚幾個小孩（通常就是會去追陌生人和小偷的那些）去向他丟石頭，大喊「滾出去！」試圖把他嚇走。接著會有社區裡的瘋子威脅要殺他。或許也剛好有幾個醉漢能再稍微強化嚇阻效果：「你來這裡到底想幹嘛？」假如眼看查表員就要走向在半空中與主線相接的違法分線，社區裡的惡棍與流浪狗就會試著讓他改變心意。大批的政治激進分子也會滔滔不絕大肆抨擊。即便真的找到他要找的，譬如一個付不起電費的貧窮女人，也會有一群小孩在她家院子裡玩，只要一眨眼功夫就能把消息傳到社區的咖啡館去。倘若有哪個查表員膽敢走進屋裡關上門，與屋內的女人獨處，能活著離開那個社區算他幸運。

我說這些是因為接下來要說我的愛情故事了，希望你們不要抱太高期望。像我們這種人，愛通常是得不到回報的。一個住在居蜜瑟約區博斯普魯斯海邊的女子，以前是絕對不會注意到一個查表員。但現在她會了——尤其在他切斷她家的電之後。

離開咖啡館後，我又回到那棟建築，走進一部木門電梯，那是個破舊的金色籠子，當它吱吱嘎嘎地往十一號公寓爬升，我感到興奮莫名。

蘇雷曼。二月底前後一個冷颼颼的下午，我終於去了「連襟」，就和其他客人沒兩樣。

「賣卜茶的，你的卜茶是甜的還是酸的？」

梅夫魯特馬上認出我來。「啊，蘇雷曼！快進來。」他嚷著說。

「希望妳們都好啊，兩位女士。」我口氣親暱，有如碰巧路過的老友。薩蜜荷圍著一條有粉紅葉子圖案的頭巾。

「歡迎，蘇雷曼。」萊伊荷說道。她可能覺得我會生事，心情有點浮躁。

「薩蜜荷，聽說妳結婚了，恭喜妳也祝妳幸福。」

「謝謝你，蘇雷曼。」

「都已經十年了，」梅夫魯特語帶保護地說：「過了這麼久你才來祝福她？」

看起來，梅夫魯特先生和兩個女人待在這間小店裡挺愜意的。我原本想說：「你小心一點，最好把這裡看好，別像賓邦一樣搞砸了。」但最後忍下來，改換一個比較圓融的說法。

「十年前，我們只是一群血氣方剛的青年。」我說道：「在那個年輕又火爆的年紀，很容易太執著於某些事情，現在經過十年後，你甚至不記得為什麼當時那麼看重那些事。我本來想送妳一樣結婚禮物，可是薇蒂荷一直不給我妳的地址，只說妳住在很遠的加齊區。」

「他們現在搬到奇哈吉了。」那個笨梅哈魯特說。我本來想說是那個鄰區裡比較落後的楚庫祖瑪，不算是奇哈吉，但沒說出口，否則他們會猜到我派人跟蹤費哈。我端起他們給我的那杯啜飲一口，說道：「謝謝，你的卜茶真的很好喝。我再買一些帶回去給其他人。」我讓他們倒滿一瓶一公斤重的分量。這次的造訪，我向這些失聯已久的朋友，甚至也向我逐漸淡忘的戀人證明我已放下執念。但我的主要目的是為了警告梅夫魯特。他送我出來的時候，我給他一個擁抱，也請他轉告他的摯友：「叫他當心一點。」

「這是什麼意思？」梅夫魯特問。

「他知道。」

三、費哈電力四射的激情

我們離開這裡吧

柯庫。早在一九六五年，我那過世的叔叔穆斯塔法和我父親在灰山圍了一塊地，他卻只在那塊地上蓋了一棟單間屋。梅夫魯特從鄉下來幫他，也沒能幫上什麼忙，他們很快就洩氣了。我們則是在桑山的土地上蓋了一間兩房的屋子，從這裡起家。我父親和在鄉下一樣，在院子裡種了一些白楊樹，我敢說現在就算遠在西司里也能看見。母親從鄉下到桑山來和我們團聚後，我們在一九六九年的某天夜裡，加蓋了一個舒適的小房間，後來又加蓋一間，每當我想聽賽馬廣播就到這裡來。一九七八年，大約在我和薇蒂荷結婚那個時候，我們又增加一間客房和另一間大套房，沒多久我們這間不斷擴展的房子就大得像皇宮了。我們的皇家庭園裡甚至自己長出了兩棵桑樹和一棵無花果樹。我們把院子的圍牆加高了些，並另外加裝一道鐵柵門。

感謝神保佑，我們的家族事業蒸蒸日上，因此六年前決定將整棟房子加蓋一層樓——其實這些山頭的其他住戶都已經這麼做了，而我們（終於）也有了所有權狀可以倚賴。我們把通往二樓的樓梯蓋在屋外，那麼母親就不必時時擔心薇蒂荷要上哪去，或是孫子回家了沒有。一開始，母親、父親和蘇雷曼都巴不得搬到樓上，那裡什麼都是新的，視野又比較好。但父母親很快又搬了下來，因為階梯太多，上面又太大、太空、太冷也太孤單。我應薇蒂荷的要求，給樓上的浴室鋪了藍色磁磚，還買了最新式、最昂貴的家具，但她還是吵個不停：「我們搬到城裡去吧。」我一再告訴她：「現在這裡也算是城裡了，這裡也是伊斯坦堡的一部分。」但卻像是對牛彈琴。波茲庫和圖朗在西司里就讀的高中，有一些有錢人家的混蛋小孩嘲笑他們住在「乞丐屋」社區。「我爸媽絕對不會搬去西司里。他們在這裡有舒服的微風吹拂的庭院、有自己的雜貨店、有自己養的雞，還有自己種的樹。難道要讓他們自己留在這裡嗎？」我這麼說道。

薇蒂荷會抱怨各種雞毛蒜皮的事，譬如抱怨我老是太晚回家（我有回家都不錯了）、抱怨我一次出差就是十天，也抱怨我們西司里辦公室那個鬥雞眼、染金髮的女員工。

沒錯，有時候我的確會失蹤十天或兩個禮拜，但是和工程無關。上一次，是為了亞塞拜然。塔勒克和以前一起從事泛突厥運動的幾個愛國友人抱怨說：「政府賦予我們這項神聖任務，我們卻沒錢。」安卡拉傳來消息說這次起事，必須尋找私人企業贊助。這些愛國志士開口請我幫忙，我怎麼能拒絕？俄國共產主義已經完蛋，可是亞塞拜然總統阿利耶夫是蘇聯的國家安全委員會（ＫＧＢ）與政治局的成員，因此儘管他屬於土耳其族群，卻一心只想讓土耳其人聽從俄國領導。我們在首都巴庫和一些軍閥開過幾次祕密會議。阿布法茲・艾奇貝是亞塞拜然第一位民選總統，他得到大多數偉大的亞塞拜然人民支持（其實他們多數是土耳其人，只夾雜少數俄羅斯人與波斯人），卻在ＫＧＢ主導的政變中被趕下台，一氣之下回到自己的家鄉。在對抗亞美尼亞的戰爭中將勝利拱手讓給敵人的那些叛徒，他厭惡至極，也受夠了環繞在自己身邊的無能之士與逼他下台的俄國間諜。他推斷我們也是俄國特務，因此不肯見我們，我和塔勒克便在巴庫的酒吧和飯店消磨時間。我們還沒找到機會前往艾奇貝的家鄉向這位偉人致敬，並告訴他「我們已經得到美國的支持，亞塞拜然的未來掌握在西方國家手中」，卻得到消息說這次由土耳其人主導的政變計畫已經失敗。因為在安卡拉有人心虛，告知阿利耶夫我們要來推翻他的政府。我們還發現艾奇貝受到軟禁，甚至不能到自己後院餵雞，就更甭提加入我們發動政變了。於是我們直接前往機場，回到伊斯坦堡。

從這趟歷險我學到一個教訓：沒錯，全世界都在和土耳其人作對，可是土耳其人的最大敵人就是自己人。

巴庫的女孩討厭俄國人，卻還是從他們那兒學會各種放蕩行為——雖然到頭來她們還是比較喜歡亞塞拜然的男人。若是這樣的話，小姐，那我可不想為了妳們惹禍上身。不管怎麼說，我願意加入這個運動已經讓我在政府與黨內的地位更加鞏固，而且我的投入也讓蘇雷曼有機會能做他想做的事。

莎菲葉姨媽。我和薇蒂荷沒法替蘇雷曼找到合適的對象，所以他自己挑了一個。他再也不回家來。我們覺得很尷尬，也擔心會發生什麼不該發生的事。

萊伊荷。寒冷冬夜店裡忙碌的時候，費哈會過來幫忙，我就和薩蜜荷帶女兒回家。她們好喜歡這個姨媽，她有說不完的八卦，知道好多電視上那些電影明星的新聞，知道誰和誰私奔的細節，會建議她們怎麼穿衣服，會告訴她們「把頭髮弄成這樣」或是「把它夾成這樣」，有時候在電視上看到某人，還會尖叫說「啊，我以前在他們家做過事，他老婆一天到晚哭」。回到家裡，她們會學她說話的口氣，有一天我實在受夠了，差點就說：「妳們可別變成像姨媽那樣。」但及時忍了下來，因為我不想嫉妒她。其實我真正想知道卻鼓不起勇氣問的是：「薩蜜荷和梅夫魯特單獨在店裡的時候，兩人會對看嗎？或是他們會假裝不小心在鏡子裡四目相交？」每當感覺到嫉妒的毒素滲入心裡，我就拿出梅夫魯特寫的那扎信。

昨天，我走出卜茶店時，梅夫魯特給了我一個甜蜜無比的微笑，隨後暗生的疑雲開始啃噬我的心：那個笑容可能是為了妹妹而展露的，於是一回到家，我馬上打開一封信來看，他這麼寫道：「我再也不想凝視其他人的眼眸，再也不想對其他人的臉龐微笑，再也不想往其他任何地方轉身！」還有：「妳的雙眸彷彿磁鐵吸引金屬般吸引了我，我是妳的俘虜，萊伊荷，我眼中只有妳。」以及「只要妳回眸一望，我就甘心成為妳的奴隸。」

有時候，梅夫魯特會叫我們當中一人「把那些髒杯子清一清」，口氣就像餐廳經理在使喚打雜小弟。他要是叫我做，我會氣他專把累人的活丟給我，而不給薩蜜荷；但他要是叫薩蜜荷做，我又會惱他先想到她。

梅夫魯特看得出我在吃醋。在店裡，他會盡量少和她獨處，盡量對她冷淡。我心想，他這麼小心翼翼，肯定是心裡有鬼！總之還是會吃醋。有一天薩蜜荷去一家玩具店，給我女兒買了一把水槍，好像打算送小男孩的禮物。晚上梅夫魯特回家後，還和女兒一起玩。第二天，女兒去上學，梅夫魯特也到店裡去以後，我到處找那把槍想把它丟進垃圾桶（她們也拿槍噴了我不少水！），卻怎麼也找不著，我猜一定是法特瑪放在書包裡，帶到學校去了。當天晚上她睡著以後，我便拿出水槍藏起來。還有一次，薩蜜荷帶了一尊會唱歌還會眨眼睛的洋娃娃來。想也知道，法特瑪都快十二歲了，不會有興趣玩洋娃娃，但我什麼也沒說。兩個丫頭大多時候都對洋娃娃興致缺缺，肯定有個人不知把它塞到哪去了。

不過最痛苦的還是我心裡老是犯嘀咕：現在薩蜜荷單獨和梅夫魯特在店裡嗎？我知道這樣不對，但就是無法不去想，因為蘇雷曼對貝佑律所有的八卦瞭如指掌，而他跟薇蒂荷說費哈都很晚才回家，到處借酒澆愁，就像電影裡面那些心碎的男人。

費哈。那部老舊電梯，那個裝了鏡子的鍍金籠子停住了。我依然記得那一天，如今想起來，像是夢一樣久遠的往事了，但愛情總讓人覺得近在昨日。在斷了用戶的電以後，敲門比按電鈴更讓我有滿足感，好像美國電影裡面的職業殺手似的。

來應門的是女傭，她說夫人的女兒發燒臥病在床（這是大家最愛撒的謊），但夫人馬上就來。我坐到女傭請我坐的椅子上，望著窗外的博斯普魯斯海峽。我正想著自己內心有一股亢奮的企圖心，想必與眼前這幅翻騰、哀戚的景象有關，不料真正的原因隨即像一道光射入廳內，她穿著黑色牛仔褲和白色襯衫。

「午安，官員先生。聽門房阿詹說你想見我。」

「我們已經不是政府人員了。」我說。
「你不是電力局的人嗎？」
「現在都民營化了，太太……」
「喔……」
「我們也不想這樣……」我艱難地擠出話來。「我是逼不得已才斷了妳家的電。你們有些帳單沒繳。」
「謝謝你，請不必擔心，這不是你的錯。你只是服從命令罷了，不管是為政府或是私人公司做事。」
這幾句刺耳的話反映了殘酷的事實，讓我無言以對。我很快地墜入情網，腦子裡一片空白，只想到自己墜落得多麼快速。我勉強聚足餘力，謊稱道：「可惜我不得不封住樓下的電表。早知道令嬡病了，我絕不會斷電。」
「沒關係，官員先生，斷了就斷了。」她說道，臉上嚴肅陰沉的表情好像土耳其連續劇裡面的女法官。「放心吧，你只是做自己該做的事而已。」
我們兩人都沉默了片刻。我搭電梯上樓時以為會聽到的話，她一句也沒說，所以我現在也完全不記得自己準備了什麼答案。我看看手表。「再過二十分鐘，十天的國定假日就正式開始了。」
「官員先生，」她語氣堅定地說：「很抱歉，我這輩子就是沒辦法向任何人行賄，也沒辦法忍受那些行賄的人。我要給女兒做個好榜樣。」
「太太，話雖如此，」我說道：「但也希望你們這樣的人能了解，那些讓你們第一眼就瞧不起的公務人員，其實比你們想像得更重視自尊。」
我氣呼呼地往回走向大門，因為我知道我愛的女人絕不會說「等一下」。
她向我趨前兩步。感覺我們之間好像什麼都可能發生，但即使那個時候我便已經知道，這份愛毫無希望。

然而絕望是讓愛持續的動力。

「你看看這些人，官員先生。」她朝城裡比畫了一下。「你比我更清楚，這千萬人聚集在伊斯坦堡這裡就是為了謀生計、追求利益、收帳收利息。但只有一樣東西能讓一個人在這可怕的人群中撐下去，那就是愛。」

我還來不及回答，她就轉身走開了。在這些老舊建築裡，街頭小販和查表員下樓時不能搭電梯，因此我一邊下樓梯一邊沉思。

我走進不通風的地下室，一路來到通道盡頭。我伸出手要給已經斷電的電表貼上封條，靈活的手指卻不聽使喚，才一轉眼，切斷的電線又重新接上，十一號的電表再次飛轉起來。

「你給他們復電是對的。」門房阿詹說。

「為什麼？」

「和夫人在一起的那個敘爾梅內人沙米，在貝佑律很有影響力，到處都有他的耳目……他不會讓你好過的。這些黑海人全是黑手黨。」

「沒有什麼生病的女兒對吧？」

「什麼女兒？他們根本沒結婚……這個敘爾梅內人在家鄉有個老婆，孩子也長大成人了。他的幾個兒子知道夫人的事，只是都沒吭聲。」

萊伊荷。有一天晚上吃過飯後，我和女兒正在她們薩蜜荷姨媽家看電視，費哈回來了，一看見我們四人立刻露出燦爛笑容，說道：「妳兩個女兒一天天長大了！看看法特瑪，現在都已經是淑女了。」我對女兒說：「天啊，這麼晚了，我們該回家了。」他卻說：「別走，萊伊荷，再多待一會。梅夫魯特可以在店裡坐一輩子，等著哪個醉漢上門來買一杯卜茶。」

我不喜歡他當著女兒的面取笑梅夫魯特，便回說：「你說得對，費哈。不過一個人的生計在另一個人口中好像變成笑話了。好啦，孩子們，我們走。」

我們很晚才到家，梅夫魯特很生氣。他說：「妳們一步也不能再到獨立路去，女孩家不許去。還有，天黑以後也不許出門。」

「你知不知道女兒在姨媽家吃了肉丸、小羊排和烤雞肉？」我衝口而出。平常我怕惹惱梅夫魯特，絕不會說這種話，但想必是神把這些話放到我嘴裡的吧。

梅夫魯特生氣了，三天不跟我說話。於是我也不再帶女兒上薩蜜荷家，晚上就呆坐在家裡。每當覺得心被嫉妒刺痛，我就拿起針線活來做，但繡的不是雜誌上剪下來的鳥的圖案，而是梅夫魯特信中寫的東西：一眼就能擄獲人心的無情雙眼、有如攔路盜匪般的眼神。我繡出宛如巨大果實垂掛在樹上的眼睛，還有嫉妒的鳥兒在四周穿梭。我在樹枝上繡滿一顆顆微閉的黑色眼睛，看起來像水仙花，又在整張毯子上只繡一棵樹，樹上有上百雙盛開的眼睛從葉子背後窺探，好像驅邪符。我在內心的陰暗當中開出一條路來。我繡了太陽一般的眼睛，幽暗的光芒像飛箭從一根根睫毛射出，斷斷續續穿過布面的皺褶與無花果樹的曲折枝椏。但無論如何都平息不了我的怒火！

「梅夫魯特不許我們再去了，薩蜜荷……要不然他在店裡的時候，妳來好了。」有一天我這麼說。

於是妹妹開始會在晚上，帶著幾包肉丸和香脆的碎肉薄餅來找我們。不久，我又開始疑心薩蜜荷是純粹來看我女兒，還是也為了梅夫魯特。

費哈。回到街上，我才發覺自己在十一號公寓時自信全失。才短短二十分鐘，我就墜入情網又失戀了。其實就應該直接斷電走人。門房喊她夫人，但我從電費單知道她名叫賽薇菡。

我開始作起白日夢，想像我的賽薇菡被那位黑手黨先生挾持，而我正要去拯救她。若要愛上一個女人，像蘇雷曼那種人就得先在週日報紙專為性飢渴男性開闢的角落版面看見半裸的她，再付錢跟她上幾次床以後才會產生感情。要是梅夫魯特，則必須完全不認識對方，只需看上一眼，足以燃起他的幻想就行了。可是像我這樣的人，要愛上一個女人，就得讓我覺得她是我人生棋盤上決鬥的對手。我承認，一開始下的幾步棋有點不專業，但這是我開局讓棋的策略，以便將這個賽薇菡一舉成擒。在我們會計與紀錄部門裡，我認識一個經驗老到、愛交際也愛喝茴香酒的人，在他的幫助下，我開始仔細調查那個戶頭最近的進帳與銀行轉帳情形。

還記得在許多夜裡，我會看著美麗如玫瑰盛放的薩蜜荷，心中暗想：有這麼一個老婆的男人，為什麼會迷戀上一個被關在景觀秀麗的屋內的黑道情婦？有幾天晚上，我會邊喝茴香酒邊提醒薩蜜荷，我們吃了那麼多苦，終於如願以償搬進市中心來了。

「我們現在甚至有錢了。」我這麼說道：「想做什麼都可以。所以我們要來做什麼呢？」

「我們離開吧，」薩蜜荷說：「去一個誰都找不到我們，誰都不認識我們的地方。」

聽到這些話我才驚覺，我們最初在加齊區單獨度過的那幾個月，薩蜜荷有多快樂。我仍和幾個老朋友保持聯絡，都是毛派與親蘇派系的人，他們也和我們一樣對都市生活既厭又倦。假如辛苦多年後好不容易掙到一點錢，他們會說：「再多存一點錢以後，我們就要離開伊斯坦堡到南方去。」他們和我一樣，幻想著一個從未去過的地中海小鎮，有橄欖樹林、葡萄園和一棟帶院的農舍。薩蜜荷和我都想像若是能在南方農場上生活，她終究會懷孕，我們就會有小寶寶了。

到了早上，我會說：「我們已經忍耐那麼久，現在正要賺錢，就再咬牙撐一下，多存一點。到時候就能在南方買一大片田地。」

「我晚上在家很無聊。」薩蜜荷說：「找一天帶我去看電影吧。」

某天晚上，我在店裡和梅夫魯特聊天聊厭了，灌了一點茴香酒以後，跑到居密瑟約那間公寓去。我先按門房的電鈴，活像個來逮人的警察。

「怎麼回事，老闆？我還以為是賣卜茶的呢。沒事吧？」門房阿詹見我看著電表，便說：「啊，十一號那些人已經走了。」

他說得對，十一號的電表靜止不動。剎那間，我感覺地球也停止轉動了。

我到塔克辛的辦公室去找那個愛喝茴香酒的會計，他介紹我和兩個老簿記認識，過去八十多年來為伊斯坦堡各鄰區供電的單位的檔案與手寫的舊紀錄，都由他二人管理。這兩個聰明的老職員（一個七十歲，另一個六十五歲）已經領了退休金離職，結果還是又回到任職了四十年的辦公室來，現在與這家民營公司簽約，熱心地教導新一代查表員了解八十多年來，伊斯坦堡居民為了欺騙電力公司與公司人員所發明千奇百怪的高明招數。見我是個充滿幹勁的年輕人，他們更加熱切地想傳授我祕訣。他們依然記得所有伎倆的細節、所有鄰區的狀況，甚至記得應門的女人和她們所有的情史傳聞。但要想達到我的目的，光是研究檔案還不夠，也得查看最近的紀錄。遲早我會在伊斯坦堡某個角落敲開一扇門，發現賽薇茵就在門後。這座城市的每個人都有一顆心，和一個電表。

萊伊荷。我又懷孕了，不知道該怎麼辦。以我這個年紀，家裡又已經有兩個女兒，實在太丟臉了。

四、孩子是神聖的

要是我就這麼死了，讓你可以娶薩蜜荷，也許你會更高興

梅夫魯特永遠忘不了「連襟卜茶店」還在的時候，某天晚上費哈告訴他的故事：

「一九八〇年政變後那段最淒慘的軍事獨裁期間，迪亞巴克爾（一個聚居著大批庫德人的城鎮）的民眾經常因為聽到監獄刑房傳出尖叫聲而飽受驚嚇。當時有一個看似政府督察的人從安卡拉來到這裡，在機場搭上計程車前往飯店途中，這名神祕訪客向庫德族司機詢問迪亞巴克爾的生活情形。司機告訴他，庫德人都非常滿意這個新的軍政府，說他們眼中除了土耳其國旗之外容不下其他，還說如今那些主張獨立的庫德族恐怖分子全被關進牢裡，市民都非常高興。從安卡拉來的訪客說：『我是律師，聽說有人在牢裡受到刑求，也有人因為說庫德語而被人放狗咬，我是來替他們辯護的。』一聽此話，司機立刻有了一百八十度轉變。他詳盡地敘述牢裡的庫德人受到什麼刑罰、民眾如何活生生地被丟進地下水道、如何活生生地被打死。安卡拉來的律師忍不住打岔道：『可是你剛才說的完全是另一回事。』迪亞巴克爾的司機回答說：『剛才跟你說的是我公開的想法。現在說的是我私下的想法。』」

每次想到這個故事，梅夫魯特都會像是第一次聽到一樣發笑。他們兩人都在店裡招呼客人的時候，他真想能有機會再多聊聊，可是費哈總是很忙，不然就是心不在焉。費哈到店裡來的次數減少，有可能是因為梅夫魯特因循守舊的道德冥想惹得他不痛快。有時候梅夫魯特會脫口說出有關茴香酒或是玩女人或是已婚男人的責

任之類挖苦的話，費哈就會回嗆他：「你從《正道報》看來的嗎？」梅夫魯特曾試著解釋那份報紙他只買過一次，是因為對他們的店有很不錯的報導，但費哈總是不聽。他還嘲笑梅夫魯特貼在牆上那張有柏樹、墓碑和一道神光，名叫「另一個國度」的畫。為什麼他這個朋友如此著迷於老人家喜歡想的那些東西，像是墓園啦、古老遺跡啦？

隨著主張伊斯蘭主義的黨派爭取到更多選票與支持者，梅夫魯特發現費哈與其他許多左派人士與阿列維教徒都愈來愈不安，或許甚至開始害怕起來。他自己則多少認真地推斷出一個結論：他們要做的第一件事應該就是禁酒，那麼每個人都會了解到卜茶的重要。不過，茶館裡若有人談起這個話題，他還是不會加入，萬一被問急了，便只說出他的預測——這就足以激怒那些憂心忡忡的親國父派的政教分離主義人士。

梅夫魯特也開始想到，費哈之所以較少出現的另一個原因，一定和他在部隊裡寫的那些信有關。他自己暗忖：「要是有人給我老婆寫信寫了三年，我也不想天天見到他。」到了晚上，當費哈顯然不可能出現了，梅夫魯特會提醒自己這個朋友現在也幾乎很少在家。（落單的薩蜜荷開始會來找萊伊荷和外甥女打發時間。）有一天晚上又是這樣，梅夫魯特又氣又浮躁，便決定提早關門回家。回到家時，發現薩蜜荷剛剛離開。她想必是開始噴香水了，也或許撲鼻而來的香氣是她買給外甥女的新玩具散發出來的。

見到丈夫早早就回家，萊伊荷似乎不如梅夫魯特預期得那麼高興，反而是打翻了醋罈子。她問了丈夫兩次這麼早回來做什麼。梅夫魯特自己也不太清楚為什麼，卻覺得萊伊荷的疑心是無理取鬧。在店裡面，他隨時都煞費苦心避免惹惱他們任何一人（也包括薩蜜荷在內）：他會盡量不和薩蜜荷獨處，有工作要做的時候，他總是用溫柔親密的口氣和萊伊荷說話，對薩蜜荷就比較保持距離與矜持，就像他對待賓邦咖啡館的某些員工。然而這些預防措施仍然不夠，梅夫魯特覺得自己被捲入惡性循環中：如果他表現出一副沒什麼好吃醋的樣子，就會像是在隱瞞什麼，像是在萊伊荷的眼皮子底下做什麼壞事，這樣只會讓她的疑心病更重。可是他若顯得太了解萊伊荷的感受，又像是承認了自己沒犯的錯。幸好，那天晚上他回家時女兒還沒睡，所以萊伊荷隱忍了下來，在爭執尚未擴大以前，緊張氣氛就緩和了。

萊伊荷。有天下午，和鄰居蕾韓一起做嫁妝的刺繡活，我害臊地向她稍微透露自己的感覺。她袒護我，說只要丈夫有機會和薩蜜荷這樣的美女待在一起，老婆都應該吃醋。當然，這麼說只是讓我更加嫉妒。依蕾韓說，我不應該把感覺悶到心裡直到爆發出來，而是應該和梅夫魯特談談，提醒他想得周到些。我想就等女兒去上學以後再向梅夫魯特提起，沒想到說到後來竟吵起架來。梅夫魯特說：「現在是怎樣？我連自己家都不能想回就回嗎？」

老實說，對於蕾韓說的話我大多持保留態度，我當然不可能把親愛的妹妹當成那種長得漂亮、沒有孩子、光是存在本身就威脅到自然秩序的女人。就蕾韓看來，薩蜜荷和丫頭們玩的時候，不只是在療癒無子的傷痛，也同時沉浸在**嫉妒**的痛苦與樂趣中。「生不出孩子的女人是可怕的女人啊，萊伊荷，因為她的沉默底下藏著暴怒。」她對我說：「她在簡餐館給妳女兒買肉丸的時候，可沒有妳想的那麼單純。」我一氣之下把蕾韓說的一些話轉丟給梅夫魯特，他卻說：「妳不該這樣說自己的妹妹。」

好啊，我的笨丈夫現在完全被薩蜜荷耍得團團轉，還急著替她說話了，是不是？那好吧。「她**生不出來！**」我叫喊得更大聲了：「你要是站在她那邊，我想罵多難聽就罵多難聽。」梅夫魯特揮揮手不理我，好像在說「妳真卑鄙」，還噘起嘴來，像在看什麼害蟲一樣。

「他寫了那麼多信給她，結果卻娶了我，這個變態！」不，這話我不敢說出來。也不知怎地，我對他又吼又叫的同時隨手拿起一包菲利茲紅茶朝他頭上丟去。「**要是我就這麼死了，讓你可以娶薩蜜荷，也許你會更高興。**」我尖叫著說。但是我絕不會把女兒留給繼母。我和你們一樣看得很清楚，薩蜜荷想用禮物、故事、美貌和金錢誘惑我的女兒，可是如果我膽敢說出來，所有人（尤其是你們這些讀者）都會說同樣的話：「妳這麼說是什麼意思，萊伊荷？難道妳女兒就不能和姨媽開心地玩一下嗎？」

梅夫魯特企圖重新掌握優勢：「**夠了夠了，妳有點分寸！**」

「我有分寸，我太有分寸了，所以我以後再也不會去店裡。」我說：「那裡臭死了。」

「什麼？」

「連襟卜茶店……**臭死了**，聞到就反胃。」

「卜茶讓你想吐？」

「我受夠妳的卜茶了……」

梅夫魯特的表情變得好嚇人，我不禁害怕地哭喊出來：「**我懷孕了**。」我本來不打算告訴他的，我打算像薇蒂荷那樣去把它拿掉，可是太遲了，如今既然已經開了頭，乾脆繼續說下去。

「梅夫魯特，我肚子裡懷了你的寶寶，我都這把年紀，又已經有法特瑪和菲琪葉，真是丟死人了。都怪你不小心一點。」我怪罪他。告訴他我已經覺得後悔，但同時又很高興看到他態度放軟。

是啊，梅夫魯特先生，你就坐在店裡露出那沾沾自喜、自我陶醉的傻笑，遐想著自己的小姨子吧。但現在每個人都會知道女兒去上學以後，你都和老婆做了些什麼，大家都會說：「梅夫魯特可真會把握時間哦！」不管那個生不出孩子的薩蜜荷了，現在她只會更嫉妒。

梅夫魯特挨著我坐在床邊，一手搭在我肩上把我摟得更近。他說：「這胎不知道是男是女。」接著又用溫柔關懷的口吻說：「妳現在這樣當然不應該再到店裡來。我也不去了，反正那只會害我們吵架。夜裡上街賣卜茶比較好，也能賺比較多錢啊，萊伊荷。」

我們就這樣來來回回好一會：「你去，我說真的，你去，你不去，我也不去，你當然應該去了。」還說了

「我不是那個意思，其實誰都沒有錯」之類的話。
「有錯的是薩蜜荷，」梅夫魯特說：「她就不該再到店裡去。她變了，費哈也變了，他們已經跟我們不一樣，看看她噴那個什麼香水……」
「什麼香水？」
「誰知道啊，昨天晚上我回家的時候滿屋子都是那個味道。」他笑著說。
「所以你昨天才那麼早回家，就是為了聞她的香味！」我說著又哭起來。

薇蒂荷。可憐的萊伊荷又懷孕了。有天早上她到桑山來，對我說：「唉，薇蒂荷，我都有兩個女兒了，這樣真的很丟臉，妳得幫幫我，帶我去醫院。」
「妳女兒都能嫁人了呀，萊伊荷。妳已經快三十歲，梅夫魯特也快四十了，你們倆這是怎麼回事，親愛的？到現在還不知道什麼時候能做、什麼時候不能做嗎？」
萊伊荷告訴我許多以前從來不會多說的私密細節，最後提到薩蜜荷，並找了點藉口批評她。我也因此斷定她會懷孕不是梅夫魯特不小心，而是萊伊荷自己的手段——我是絕對不會跟她說這種話的。
「親愛的萊伊荷，孩子是家裡的開心果，是女人的慰藉，也是人生最大的喜悅，所以這有什麼問題呢？就把這個也生下來吧。」我說：「有時候波茲庫和圖朗實在太沒大沒小，簡直要把我氣死。我們倆都知道他們老是欺負你們家的丫頭，這些年我打他們打到手都軟了，可是他們是我活下去的原因，是他們支撐著我。願神保佑他們別出什麼事，不然我會死的。現在他們得刮鬍子、擠青春痘了，因為已經長大，再也不讓媽媽碰他們，親一下都不行……要是我還能再生兩個，我會讓他們坐在我腿上，又親又抱，我會更快樂，也不會太在乎柯庫亂發脾氣。現在我很後悔去拿掉那些孩子……有很多女人因為墮胎而懊悔得發瘋，可是有史以來還沒有女人曾經後悔生下孩子。妳後悔生了法特瑪嗎？萊伊荷？你後悔生了菲琪葉嗎？」

萊伊荷哭了。她說梅夫魯特賺得不夠多，之前當經理失敗了，現在卜茶店恐怕也做不下去，要不是她替貝佑律的布店做那些針線活，他們可能都很難撐到月底。她已經鐵了心，她不會再生一個孩子，然後期望神來養活他。他們一家四口住在現在的單間公寓已經幾乎喘不過氣來，哪還有空間再容納一個。

「親愛的萊伊荷，」我說道：「妳遇上困難，姊妹一定會幫妳。但孩子是神聖的，這是個大責任。回家再好好想想吧。我會打電話給薩蜜荷，下禮拜我們再一起商量看看。」

「別找薩蜜荷，反正我就是受不了她。我不想讓她知道我懷了孩子。她生不出來，她會嫉妒的。我已經決定了，不需要再考慮。」

我向萊伊荷解釋說一九八〇年政變的三年後，我們的獨裁將軍凱南·埃夫倫做了一件好事，就是允許懷孕未滿十週的未婚女子到醫院墮胎，因此得利的大多是那些在婚前發生性行為的勇敢的都市女孩。已婚婦女若要享受這個新規定的好處，必須由丈夫簽一份表格，聲明他們同意妻子終止懷孕。桑山的男人往往會拒簽，覺得最好還是留下孩子，不然那是一種罪過，而且至少老了還能多一個人照顧。於是夫妻倆爭執不下，拖到最後還是又生了第四胎或第五胎。有些女人會用相互間傳授的土法墮胎，結果導致流產。「萊伊荷，如果梅夫魯特不簽，妳可千萬別想做那種事，妳會後悔的。」我這麼告訴妹妹。

我還對萊伊荷說，有些男人則是和柯庫一樣，簽這種同意書完全不覺得良心不安。他們覺得這樣比採取必要的預防措施方便，所以動不動就讓老婆懷上孩子，心想：反正她可以去墮胎！埃夫倫的法規實施後，柯庫讓我懷孕了三次。我去埃特法醫院墮了三次胎，可是當然了，我們一開始多賺了點錢以後，我就希望能把他們都救回來。不過至少我對整個流程很熟悉。

「萊伊荷，我們第一個要做的就是去議員那裡拿一份妳和梅夫魯特的結婚證書，然後去醫院找兩個醫生替你開懷孕證明，最後再拿一張空白的同意書讓梅夫魯特簽名。好嗎？」

梅夫魯特和萊伊荷的爭吵依然持續著，而且激烈如常，但現在不是為了吃醋，而是為了萊伊荷應不應該留下孩子這個更敏感的問題。這件事不能在店裡談，也不能在女兒面前談，因此唯一的時機就是早上女兒出門上學後。關於這個話題，他們交換的與其說是討論，倒不如說是表情姿態引發的一連串誤會：拉長了臉、怒目以對、氣惱得嗤之以鼻、恨恨地一瞥、露出比言語更令人難受的皺眉表情等等，因此比起對方說的話，他們更注意看對方的臉。梅夫魯特十分著惱，因為他很快就察覺到萊伊荷愈來愈焦躁並充滿敵意，原來是把他的猶豫不決解釋成拖延戰術。

儘管他猶豫不決，但一想到可能會有兒子就興奮不已，甚至已經開始幻想起來。他要給他取名為梅夫利漢。他想到巴布林有幸得到三個勇猛的兒子扶持而征服印度，又想到成吉思汗那四個忠心耿耿的兒子讓他成為全世界最可怕的皇帝。他一再告訴萊伊荷，他父親最初來到伊斯坦堡之所以沒能成功，就是因為少了兒子在身邊，等到梅夫魯特從鄉下來幫忙時，已經太遲了。但是每次萊伊荷一聽到「太遲了」，就只會想到合法墮胎的十週期限。

早上女兒上學後那段時間，曾經是他們享受魚水之歡的時刻，如今卻演變成無休止的爭吵與互相指責。只有看到萊伊荷掉淚，梅夫魯特才會愧疚到暫時讓步並安慰她說「一切都會沒事的」，這時候心思混亂的萊伊荷也會說，也許真的留下寶寶比較好，但話一出口馬上就反悔了。

梅夫魯特自己心裡暗想（而且憤懣之情日益升高），萊伊荷這麼堅決要打掉孩子，是在回應（也是在懲罰）他的貧窮與整個人生的失敗。他幾乎是覺得只要能說服她留下孩子，就等於向世人證明他們畢竟不缺生活所需的一切，甚至能清楚看出他們比只有兩個孩子的柯庫和薇蒂荷更幸福，至於一個孩子都沒有的可憐夫妻薩蜜荷和費哈，就更不用說了。幸福的人都有很多小孩。有錢卻不快樂的人總會嫉妒窮人有小孩，就像那些歐洲人老是說土耳其應該正視家庭計畫的問題。

有一天早上，梅夫魯特拗不過萊伊荷的堅持與淚水，終於到鄰區議員那兒去拿結婚證明。身兼房地產仲介的議員不在辦公室，梅夫魯特不想空手而返，便在塔拉巴什街頭閒晃一陣子。出於失業那段時期養成的習慣，他目光四下游移，看看有沒有街頭攤車要出售、有沒有熟人的店裡要找幫手，或是有沒有拍賣的家具可以撿便宜。近十年來，塔拉巴什充斥著空攤車，甚至白天也能看到一些攤車用鍊子拴在一起，棄置在角落裡。梅夫魯特想起自從晚上不賣卜茶以後，胸口好像一直壓著一塊石頭，也不再有以前那股衝動，想去感受街頭氛圍給身體帶來的奇妙變化。

他坐下來和那個賣破銅爛鐵的庫德人喝杯茶，聊了一下宗教與新市長，十三年前就是他為他們倆舉行宗教儀式，還給他們許多關於齋戒月期間肌膚接觸的指引。如今在貝佑律街頭，在人行道上設置桌位的酒吧更多了。他向廢鐵商詢問墮胎的事。「可蘭經裡說這是天大的罪。」商人接著開始詳細解釋，但梅夫魯特沒太當一回事。假如這果真罪大惡極，怎麼隨時都有那麼多人在墮胎？

不過商人提到的另一件事倒是懸在梅夫魯特心上：尚未誕生就被從母腹取出的嬰兒的靈魂，會在天堂裡爬樹，像孤雛一樣在樹枝間跳來跳去，像白色小麻雀一樣蹦蹦跳跳個不停。他始終沒有向萊伊荷提起這段對話，怕她不相信議員不在辦公室。

四天後他再回去，議員說他妻子的身分證過期了，如果想在公務單位辦理任何服務（梅夫魯特沒有明說她想辦什麼事情），就得跟其他人一樣申請一張新的身分證。梅夫魯特向來很怕這種事。他過世的父親留給他最重要的訓誡就是避開所有公家紀錄和管理紀錄的人。梅夫魯特從來沒有繳過稅，而他們就奪走並毀掉他的白色攤車作為回報。

在說服自己相信丈夫終究會簽署墮胎同意書之後，萊伊荷對於把他一個人丟在店裡感到過意不去，於是到了四月初，她又開始回到卜茶店。有一天下午在店裡，她害喜嘔吐，本想瞞著梅夫魯特卻沒有成功。梅夫魯特趁著還沒客人發現，趕緊將妻子的嘔吐物清乾淨。在人生最後的那段日子，萊伊荷再也沒有回過店裡。

他們決定讓法特瑪和菲琪葉下午放學後，到卜茶店幫忙洗杯子、收拾整理。萊伊荷想盡辦法向她們解釋，為什麼她無法去幫爸爸的忙。只不過孩子的事愈少人知道（女兒也不例外），要拿掉也會愈容易。

梅夫魯特指揮女兒，猶如指揮支援前線士兵的廚子與護士。法特瑪和菲琪葉兩人輪流，一天來一個。梅夫魯特讓她們洗杯子、做清理工作，但他太過保護女兒，因此不讓她們招呼客人、收錢，或甚至和人交談。女兒什麼話都可以跟他說，他們會像平常一樣聊學校裡的事、聊她們喜歡的電視明星和喜劇演員、聊她們最喜歡的一些電影場景或最新的電視影集，總是聊個沒完。

法特瑪聰明、文靜又敏感。她知道食物和衣服的價錢，也知道每間店賣些什麼；她留意到很多事情，諸如什麼人會到「連襟」卜茶店來、街道上有什麼狀況、哪個門房透過街角的乞丐賣違法的東西、母親一個人在家，甚至於父親的事業面臨的前景。她對父親的愛充滿保護之心，梅夫魯特深深感覺到了。他經常驕傲地對萊伊荷說，要是他的店有朝一日能成功（而法特瑪又是男孩），他會放心地把店交給十二歲的她。

即將滿十一歲的菲琪葉則還是個孩子，她討厭清洗、擦拭、抹乾等等需要費力的工作，倘若逼不得已要負起一些她避之唯恐不及的責任，她總會設法抄捷徑。梅夫魯特常常覺得應該告誡她，可是每當試著要對她嚴厲，總會因為知道沒用而無法板起臉來。梅夫魯特很喜歡跟她聊上門來的客人。

有些人才喝下一小口卜茶，就會稍加批評說不好喝，然後要求退一部分錢。這樣一個小插曲或許就能讓梅夫魯特和菲琪葉說上兩、三天。他們會豎起耳朵傾聽客人的談話，可能是兩個男人打算去修理哪個開空頭支票的混蛋，可能是兩個朋友剛剛去了這條街上的簽注行給哪匹馬下了賭注，也可能是一行三人剛看完電影，進店裡來躲雨。梅夫魯特最喜歡拿起客人忘了帶走或丟下不要的報紙，隨便翻開一頁，叫聰明的女兒（看哪一個剛好在）大聲念給父親聽，就好像他（和她們從未謀面的文盲祖父穆斯塔法一樣）自己沒法讀，然後邊聽邊看著窗外，露出滿意的笑容。有時候他會中途打斷——「這下明白我的意思了吧？」讓她們注意到文章所描述關於人生、道德與責任的一點教訓。

有時候女兒會告訴父親某時某刻發生了什麼窘事令自己困擾（例如地理老師找她麻煩，或是她的鞋子解體了，需要買雙新的，又或是她不想再穿那件舊大衣，因為被其他同學笑），當梅夫魯特發現他也無力解決問題，便會說：「放心，這個也會過去的。」最後再以一句格言總結：「只要保持內心純潔，最終必能心想事成。」有一天晚上，他無意間聽到她們嘲笑他對這句箴言情有獨鍾，雖然成為她們的笑柄，他卻無法對她們生氣，反而因為她們的聰明機智再次得到證明而甚感光榮。

每天傍晚，梅夫魯特都會欣然丟下店面幾分鐘不管，牽著女兒的手（無論那天是誰來幫忙），一起在洶湧人潮中飛快地穿過獨立路，到對面的塔拉巴什，告訴她：「現在馬上回家去，不許到處遊盪。」接著看著她的身影消失後，才匆匆趕回卜茶店。

某天傍晚，他送法特瑪過馬路後回來，發現費哈在店裡抽菸。「一直以來在幫我們撐這家希臘老店的人已經成為我們的敵人。」費哈說：「我親愛的梅夫魯特，這一帶的房價和租金都在漲，不管你想在這裡賣什麼，不管是襪子、旋轉烤肉、內衣還是蘋果，都能賺到現在的十倍。」

「反正現在也沒賺多少……」

「沒錯，所以我不做了。」

「什麼意思？」

「我要把店關掉。」

「如果我繼續留下呢？」梅夫魯特怯怯地問。

「負責出租所有希臘人產業的幫派分子會找上你，然後獅子大開口……你要是不付錢，他們會讓你吃不完兜著走……」

「為什麼他們沒有這樣對你？」

「我負責他們的用電，沒讓那些廢棄的老房子斷電，這樣房子還能有點用處。你要是馬上清理，還能保住這些東西。全都搬走，或是賣掉，隨便你怎麼處理。」

梅夫魯特立即關上店門，到雜貨店買了一小瓶茴香酒，回家去跟萊伊荷和女兒一塊吃飯。他們四人已經許多年沒有同坐在一張桌上吃晚飯了，他又是說笑話，又是和她們一起看電視大笑，然後用一種宣布天大好消息的神氣，說他晚上又要出去賣卜茶了，說他和費哈經過審慎考量，決定把店收了，還說他現在喝茴香酒是為了慶祝晚上休假。要不是萊伊荷說了句「神啊，幫幫我們全家吧」，誰也不覺得聽到壞消息。梅夫魯特被妻子這句話惹惱了。

「我在喝茴香酒，別把神扯進來。一切都會好起來的。」

第二天，法特瑪和菲琪葉幫忙把所有廚房用具從店裡搬回家。楚庫祖瑪的一個舊貨商出了極低的價錢要買櫃台、餐桌和椅子，梅夫魯特氣壞了，改找一個認識的木匠，沒想到這些破舊家具能利用的木材部分，還賣不了舊貨商出的價錢。他把店裡較小的那面鏡子拿回家，至於費哈買的另一面沉重的銀框鏡，他叫法特瑪和菲琪葉各抬著一邊，送到姨媽家去。他帶回了裱框的《正道報》剪報與那張有墓碑、柏樹和輝耀光線的墓園插畫，並列掛在電視後面的牆上。看著那張「另一個國度」的畫讓梅夫魯特感到安慰。

五、梅夫魯特成為停車場管理員

愧疚與驚詫

在賓邦咖啡工作失敗後，梅夫魯特知道不能再要求阿克塔希家的人替他找工作。他雖然生費哈的氣，卻已經準備將不滿的情緒拋到一邊，讓費哈幫自己一把，以便彌補他的歉疚之心，偏偏萊伊荷不贊成，她怪費哈不該把店收掉，還不停地罵他是壞人。

梅夫魯特晚上賣卜茶，白天則到處尋訪城裡的熟人，想找點差事。與他相識多年的侍者領班和餐廳經理請他去擔任人事管理或收納工作時，他表現出會認真考慮的態度，事實上他是想找一份錢多事少的工作（像費哈那樣），好讓自己晚上有時間和精力去賣卜茶。

四月中旬的某一天，莫希妮那兒有消息了，自從「連襟」關門後，這個朋友就一直努力地想幫梅夫魯特。莫希妮告訴他，他們中學的老同學「新郎」在潘加提開了一家廣告公司，想約他到公司見個面。

梅夫魯特穿著自己最體面的西裝到達後，「新郎」一本正經地和他握手，兩個老朋友見面連個擁抱也沒有。然而，「新郎」倒是向他介紹了笑容可掬的美麗祕書（他們肯定是情人，梅夫魯特心想），說她是個「非常優秀又特別的人，而且聰明過人」，也是他「很好的朋友」。祕書看到眼前的人顯然又窮又一無長處，再想到這位富有的中產階級老闆竟然有這種朋友，不禁吃吃竊笑。因此當他提議讓梅夫魯特負責五樓樓梯底下的茶水攤，倒也不十分令人意外，但是梅夫魯特本能地只想離「新郎」愈遠愈好，更遑論整天替他那些西裝筆挺的部下遞茶水，自然是一口回絕。不過，當新郎指著窗外，提出管理公司後院停車場的替代方案時，他卻很快就答應了。

後院停車區要從辦公室後方的街道進入，梅夫魯特的工作就是攔下擅自進入的車輛，不讓那些一般稱為「泊車黑手黨」的幫派分子侵犯這個地方。

這類幫派大多是五、六個同鄉組成，其中有黑手黨惡棍也有一般罪犯，而且在警局裡有人脈，過去十五年來，他們就如同芒刺在城裡到處散落。一發現某條道路、某個街角、某處空地，或是伊斯坦堡市中心任何一個不禁止停車的地方，他們就會主張所有權（必要的話還會亮出刀子和槍），要求停車的人付錢，一旦有人遲疑，就動手砸他們車的邊窗、刺破他們的輪胎，或是拿鑰匙刮他們花大錢從歐洲進口的新車，予以懲罰。梅夫魯特擔任停車場管理員的六個星期當中，目睹過無數次因為有人不肯付錢而引發的爭吵、互飆髒話與互毆：有人認為費用高得離譜，有人說：「你誰啊？你哪兒來的？我已經在這裡住了四十年，為什麼把車停在自家門口還要付錢給你？」有人找其他藉口：「我付錢的話，你會給收據嗎？」憑藉著穩健的交際手腕與機靈的閃避，梅夫魯特總能置身於這些爭執之外，而且從一開始就在廣告公司的空間與幫派分子敲詐勒索的街道間畫出清楚的界線。

儘管有暴力傾向，威脅手法厚顏無恥，損毀車輛的癖好更是眾所周知，但伊斯坦堡為數眾多的停車場幫派分子，卻為城裡一些漫不經心的有錢人提供了寶貴的服務。當塞車塞到動彈不得，好像到處都不可能找到停車位時，車主可以直接停在人行道上或甚至馬路中央，把車交給這些幫派「跑腿的」，他們會幫忙停車或照看（無論需要多長時間）、擦車窗，甚至加收費用把整輛車都洗了。若有較年輕大膽的幫派分子偷偷溜過梅夫魯特身邊，把車停到他看守的區域，他會視而不見，因為「新郎」話說得明白，他不想惹「一丁點麻煩」。這也使得工作輕鬆了些。「新郎」或他的員工早上到公司以及傍晚離開時，梅夫魯特都會在一個警察助威下攔阻街上的車輛；他會提供鼓勵性的停車建議：「再往左邊一點點就好」或是「位子還多得很」，會替VIP開車門（對象若是「新郎」，則總是出於同學情誼），若有人問起某某人到了或走了沒，他也會提供最新訊息。由於「新郎」代為說項，梅夫魯特有了一張椅子，就放在人行道連進院子，被大夥稱為「停車場門口」的地方，儘管那裡根本沒有門。梅夫魯特大部分時間都坐在這張木椅上，看著後街的車來車往，看著兩個門房各站在自己看守的建物外面聊天，看著一個乞丐偶爾沿大路走來，一面大秀他那條受傷嚴重的腿，看著那個薩姆松人開的雜貨店裡的勤奮夥計，看著一般的路人，看著四周建築的窗戶，看著流浪貓狗。他也會和當地停車幫派中輩分最低的菜鳥閒聊（其他兄弟都會以揶揄的口氣叫他「跑腿的」）。

這個跑腿的是宗古達克人，名叫凱馬，他很了不起的一點是儘管人不特別聰明，話又多，但他說的每一件事都讓梅夫魯特覺得有趣。他吸引人的關鍵在於即使是日常生活中最私密的部分，他也能坦率直言毫不遮掩，譬如他的性癖好、他昨天晚餐吃的蛋和香腸、他在鄉下的母親是怎麼洗衣服或怎麼和他父親吵架，或是他對前一天晚上在電視上看到的愛情戲有什麼感想。除了這些私事趣聞之外，他往往還會主動附贈有關政治、商業與地方上大小事的看法：在那家廣告公司，男的有一半是娘娘腔，女的有一半是男人婆；以前整個潘加提都是亞美尼亞人的天下，總有一天他們會利用美國人把這裡全要回去；伊斯坦堡市長私底下其實是一家公司的股東，就是製造那些從匈牙利進口、像毛毛蟲一樣的雙節巴士的公司。

這個跑腿的愛放狠話，總讓梅夫魯特感覺到一絲威脅，他會說：那個有錢的王八蛋把賓士車停在他們的地盤上，竟然不懂得拿點零錢慰勞一下辛苦看車的可憐人，他就沒想到等他回來發現車不見了，誰也沒辦法？或者是：那些不肯付停車費（甚至比一包萬寶路菸還便宜），還威脅要向警察告發他們的吝嗇鬼，難道不知道這些錢有一半是警察拿走的？還有那些不懂裝懂的呆瓜，動不動就痛罵一個卑微的跑腿的人，卻不知道他們下車三小時以後，那輛BMW新車的電池、昂貴的變速箱和空調系統，全都被換成破爛貨了。這還沒什麼呢，有一幫從黑海岸的溫耶來的人，現在和多拉德勒一家可疑的修車廠有勾結，他們曾經只花半天就把一輛一九九五年賓士車的整個引擎換掉，而且做得天衣無縫，車主回來以後發現跑腿的替他洗車，還賞了一大筆小費。不過梅夫魯特大可放心，他們幫派不會打他負責照看的車子的主意。因此，只要還有空位，梅夫魯特總會讓年輕的凱馬在公司停車場停放幾輛車，但這一切安排他仍會如實向樓上的「新郎」報告。

有時候，院子、停車場、人行道與空空的街道，瀰漫著一種鋪天蓋地的沉靜（如果這種沉靜可能存在伊斯坦堡的話），梅夫魯特會發覺除了陪在萊伊荷和女兒身邊之外，他最喜歡做的就是看著街上的行人，藉由眼前景象所激發的靈感編造故事（就像看電視的時候也一樣），然後再說給別人聽。「新郎」給他的報酬不高，但至少他很接近有人氣的地方，不用關在辦公室裡，所以沒得抱怨了。甚至六點剛過，辦公室關了，所有車子也都走了，他就能回家。到了晚上，停車場直到第二天早上都是幫派的地盤，而梅夫魯特也得以出去賣卜茶。

在停車場工作一個月後，梅夫魯特正在看一個挨家挨戶服務的擦鞋匠，擦著樓上住戶送下來的鞋子時，忽然想到萊伊荷可以合法墮胎的十週期限已經過了。梅夫魯特滿心認為他們無法在這件事情上作出決定，不只因為妻子心情複雜，也因為他本身遲疑不決。即便是在公家醫院，墮胎也總是危險的事。但是嬰兒能為家裡帶來歡樂，讓家人的關係更緊密。萊伊荷仍然尚未將懷孕的事告訴法特瑪和菲琪葉。等她說出來，再看到已經長大的女兒那麼歡喜又體貼地歡迎新生寶寶，她就會知道自己做對了。

他呆呆地想著在家等他的妻子，想到自己是那麼喜歡她、那麼愛她，幾乎就要掉淚。這時才兩點，女兒還沒放學。梅夫魯特覺得自己就像上高中時那麼自由；他請宗古達克來的凱馬替他看著停車場，自己幾乎是跑著回到塔拉巴什家中。他渴望著回家與萊伊荷獨處，就像婚後美好幸福的那幾年，當時他們從不吵嘴。但他也隱隱感到不安，好像忘了一件非常重要的東西。也許正因為這個原因，他才如此匆忙。

一進家門，他就知道是神讓他如此快速地趕回家來。萊伊荷用了鄉下學到的土方法，企圖自己拿掉孩子，但是出了岔子，現在因為失血過多又疼痛，她幾乎已失去知覺。

他一把將她抱起，衝出去想找計程車。他知道這每一步、每一刻，他都會牢記直到自己嚥氣那天。他反覆地祈禱，希望他們的幸福完好如初，希望她不再痛苦。他撫摸著妻子汗溼的頭髮，驚恐地凝視著她毫無血色的臉。前往急診室那五分鐘的路途中，他發現她臉上愧疚與驚詫的表情和他們私奔那天晚上一模一樣。

他們走進醫院大門時，萊伊荷已經失血過多死了。這一年她三十歲。

六、萊伊荷之後

你一哭，別人就沒法生你的氣

阿杜拉曼大爺。現在我們村裡的旅館有電話了。「快來，你女兒從伊斯坦堡打電話來了！」他們說。我及時趕到，是薇蒂荷打來的，她說我心愛的萊伊荷流產，被送到醫院去了。在貝伊謝希爾臨上巴士以前，我空腹喝了兩杯酒，當時就心知肚明：我們受到了詛咒，我可能會承受不了絕望，因為我的女兒就是這樣失去她們的母親。哭一下至少會舒服一點。

薇蒂荷。我現在知道了，我親愛的天使萊伊荷（願她安息）對我和梅夫魯特都撒了謊。她跟我說他不希望保住孩子，這不是事實。她跟梅夫魯特說這次還是女孩，這點她並不確定。只是大家都太傷心了，我想現在誰也沒有力氣談這些事。

蘇雷曼。本來我還擔心梅夫魯特會覺得我不夠難過，但事實上當我一看到他那麼孤單落寞，忍不住就哭了。見到我哭，梅夫魯特也哭起來，接著是我母親。到後來我覺得我哭不是因為萊伊荷死了，而是因為每個人都在哭。小時候，只要柯庫逮到誰在哭，就會跟他說「別像女生一樣哭哭啼啼」，但這次他當然沒出聲。他發現我一個人在客房看電視，便說：「想哭就哭個夠吧，不過梅夫魯特總有一天會再次快樂起來的，你等著瞧好了。」

柯庫。我和蘇雷曼去醫院領萊伊荷的遺體。院方告訴我們：「清洗遺體最好的地方是貝敘塔希的巴巴羅斯清真寺的水房，那裡有專人在處理女性遺體，他們會用適當的海綿和肥皂，會用最好的裹屍布和毛巾，還有玫瑰水。不過最好先給一點小費。」於是我們便上那兒去，等候他們清洗萊伊荷的遺體時，我們就在清真寺的院子裡抽菸。梅夫魯特跟著我們到工業區墓園的辦公室，但他忘了帶身分證，只好再回塔拉巴什。到家以後，他找不到身分證，整個人哭倒在床上泣不成聲，過了一會又起來找，最後終於找著了。我們再回墓園去。你們一定不相信路上有多塞。

莎菲葉姨媽。我在做哈爾瓦酥糖，是特別在有人過世後，用麵粉和奶油做的那種。我的淚水不停滴進鍋裡，消失在麵粉與糖做成的小糖塊之間，每消失一滴眼淚，我就覺得又有一個回憶不見了。瓦斯會不會不夠用？蔬菜濃湯裡是不是應該多放點肉？每當有人哭累了，就會進廚房來掀起鍋蓋，靜靜盯著鍋裡煮的東西，好像哭久了就可以來看看廚房裡在煮什麼似的。

薩蜜荷。可憐的法特瑪和菲琪葉在我家過夜。薇蒂荷也來了，她說「帶她們到我家吧」。自從十一年前為了不嫁給蘇雷曼逃離以後，這是我第一次再回到桑山的阿克塔希家。「小心蘇雷曼！」費哈跟我說，但蘇雷曼根本不在。想想真不可思議，十一年前每個人（包括我在內）都覺得我會嫁給他！我好奇地去看了當初和爸爸住的房間，現在看起來比較小，但仍然有蜂蠟的味道。他們又加蓋了兩層樓。這整個氣氛讓我很不自在，但現在我們都只想著萊伊荷。我又開始哭起來。你一哭，大家就沒法生你的氣，也沒法問你任何問題。

莎菲葉姨媽。梅夫魯特的丫頭法特瑪和菲琪葉，接著還有薇蒂荷哭累了，都會到廚房來盯著鍋子和冰箱看，就像盯著電視一樣。晚一點薩蜜荷也會來。我一直都很喜歡這個女孩。雖然她用美貌迷惑蘇雷曼，騙了他，最後又把他甩了，但我一點也不討厭她。

薇蒂荷。謝天謝地，女人不許參加葬禮，否則我應該會受不了。男人去了清真寺以後，屋裡所有的女人，包括梅夫魯特的女兒在內，都開始哭泣。啜泣聲從房間的這一頭開始，這頭停了又換另一頭。我沒有等到男人從葬禮上回來，甚至沒有等到傍晚，就直接去廚房拿出布丁，哭聲也就跟著停了。法特瑪和菲琪葉邊吃邊看窗外，我們看見後院裡圖朗和波茲庫的黑白色足球。吃完甜點後，大家又開始掉淚，不過再怎麼哭也有累到哭不出來的時候。

哈密．烏拉爾哈密。阿克塔希的姪子的年輕妻子已經離開人世去見天神了。清真寺庭院裡擠滿了科尼亞來的年長的酸奶販子。這些人大多都把他們一九六〇和七〇年代占領的空地賣給了我，現在卻都覺得當初要是再多等一下就能賺更多錢。他們抱怨哈密哈吉賤價搶走他們的土地，就沒有一個人說：我很感激哈密哈吉，以前我們在這個鳥不生蛋的山上圈了一塊公有地，雖然沒有合法的所有權，他還是用好幾卡車的錢向我們買下來。要是他們把那些錢捐一點點供作清真寺的維修基金，今天我也不需要自掏腰包去修理漏水的簷槽、更換屋頂的鉛皮，還為可蘭經讀經班蓋了間像樣的教室。但無所謂，如今我已經習慣這些人了，我仍然會對他們露出充滿愛的微笑，若有人想恭敬地親吻我的手，我也會欣然伸出手去。死者的丈夫狀況很糟，我問了一下這個梅夫魯特在當酸奶販子之後做了些什麼，聽完後唏噓不已。人哪，就像手的五根指頭，伸出來都不一樣長。有人變富有，有人變聰明，有人下地獄，有人上天堂。有個人提醒說多年前我去參加過他的婚禮，還送給新郎一只手表。我看見有個人把幾個空箱子丟在清真寺的階梯旁，便說：「現在清真寺變成你個人的儲藏室了嗎？」他們真該管管這個。伊瑪目到達後，眾人開始聚攏過來。我們的聖先知穆罕默德（願主賜福他）曾經宣告「葬禮祈禱時最好站在最後一排」。我也確實很喜歡看教眾同時把臉轉向右邊，再把臉轉向左邊，所以盡量不錯過任何一次葬禮祈禱。我心中禱告：真主啊，假如這個女人是個好人，請送她上天堂，假如她有罪請原諒她——她叫什麼名字來著？伊瑪目剛剛才說過。這個萊伊荷在世的時候不知道有多瘦小，她的棺木在我肩上停放了片刻，感覺輕如羽毛。

蘇雷曼。柯庫要我多留意梅夫魯特，所以我寸步不離地跟在他身邊。往墓穴裡鏟土的時候，要不是我從背後拉住他，他差點又要摔下去了。他有一度再也沒力氣站著，我便扶他到另一座墳邊，直到萊伊荷的棺木下葬、所有人都離開了，他卻仍一動也沒動。

倘若能由著他，梅夫魯特絕不會離開蘇雷曼在墓園裡發現他的地方。他感覺得到萊伊荷需要他的幫助。方才人太多，他忘了一些應該說的禱告詞，但他確信等所有人都走了，詞句自然會脫口而出，他也就可以滿足萊伊荷的需求了。梅夫魯特知道當死者下葬與其靈魂升天之際，在墓園裡禱告是為了撫慰他們。看著眼前各式各樣的墓碑、背後的柏樹林、其他許多樹木與雜草，還有從天上射下的光，在在讓梅夫魯特想起他從《正道報》上剪下來，和萊伊荷一起裱框掛在「連襟卜茶店」的那幅畫。相似的程度讓他覺得彷彿已經歷過這一刻。以前夜裡出外賣卜茶時，他便體驗過這種幻覺，而且一向很樂於接受自己內心玩這種令人愉快的戲法。

梅夫魯特心裡對於萊伊荷的死有三種不同的反應，而這三種反應都是時而虛幻、時而真切：

最持久不斷的反應就是拒絕相信萊伊荷已經去世。儘管妻子死在自己懷裡，梅夫魯特的心仍經常沉浸在這種事從未發生過的幻想中，覺得萊伊荷就在另一個房間，而且剛剛才說了些什麼，只是梅夫魯特沒聽見，現在她就要走進來了，日子還會照常過下去。

第二種反應是對所有人與事的憤怒。他氣計程車司機太晚將萊伊荷送到醫院，氣政府職員拖那麼久不發給她新的身分證，他氣鄰區議員、氣醫生、氣那些拋棄他的人、氣那些讓物價飆漲的人、氣恐怖分子，也氣政治人物。但他最氣的還是萊伊荷：氣她丟下他一個人，氣她沒有生下梅夫利漢，氣她不肯當母親。

他內心第三種反應是幫助萊伊荷順利走上來世之路，希望在她死後，至少能對她有點幫助。此時的萊伊荷躺在那墓穴裡，何等孤獨。假如梅夫魯特帶著女兒到墳前禱告幾句，應該能減輕她的痛苦。梅夫魯特在萊伊荷的墳墓旁開始祈禱，但很快地要不是把禱告詞全搞混（其實大多數詞句他都不明其意），就是整段跳過去，不過他會自我安慰地想：祈禱背後的心意才最重要。

起初幾個月，梅夫魯特和兩個女兒去過萊伊荷的墳墓後，會到桑山的阿克塔希家去。莎菲葉姨媽和薇蒂荷會給兩個失去母親的女孩端出食物、請她們吃巧克力和餅乾（那段時間他們家裡一定都會準備），然後四個人一塊坐著看電視上播的影片。

有兩次去桑山時，薩蜜荷也在。如今她已經不再怕蘇雷曼，梅夫魯特可以理解她為何會再回到多年前跟隨費哈逃離的這個家，她勉強承受壓力是為了和外甥女見面，不僅能安慰她們，自己也能從她們身上獲得慰藉。

有一天他們又到桑山去，薇蒂荷對梅夫魯特說如果那年夏天他打算帶女兒回貝伊謝希爾鄉下，她可能也會同行。她解釋道，天泉村那所老學校已經改建成旅館，柯庫也會定期捐款給村裡的發展協會。這是梅夫魯特頭一次聽說這個組織，後來隨著時間過去，它的影響力愈來愈大。他心想如果回鄉下去，至少可以節省開銷。

帶著法特瑪與菲琪葉坐上巴士後，梅夫魯特考慮到他們有可能再也不會回伊斯坦堡了。然而不到三天他就了解到，想要一輩子待在鄉下純粹是因為失去萊伊荷太痛苦，而產生的毫無意義的幻想。鄉下根本沒有出路，何況他們如今也只是客人而已。他是真的想回城裡。他的生活、他的憤怒、他的快樂，以及萊伊荷——他一切的一切都是以伊斯坦堡為中心。

祖母與姑媽的愛暫時轉移了兩個丫頭的憂傷，可惜她們很快便厭倦了鄉村生活所能提供的樂趣。村裡生活依然十分窮苦。沒多久，法特瑪和菲琪葉就因為同年齡的男孩過度關注又愛惡作劇，感到很不自在。晚上，她們和祖母睡同一間房，會和她聊天，聽她講述村裡的傳說，以及某人與某人長年失和，某人與某人現在正鬧得不可開交等等。聽故事很有趣，但有時也讓她們害怕，於是又會想起母親去世的事。這次回村，梅夫魯特發覺自己內心深處始終埋怨母親沒到伊斯坦堡來，丟下他與父親在城裡獨居。假如母親和姊妹來與他們同住，也許萊伊荷就不會覺得走投無路，只好試著自己打胎了。

不過聽到母親說「我可憐的梅夫魯特」，又像小時候一樣被母親親吻擁抱，還是具有撫慰作用。這些溫柔時刻總讓他想找個角落躲起來，但最後又會再找個藉口回到母親身邊。母親的愛帶著淡淡的苦悶，似乎不只因為萊伊荷的死，也因為梅夫魯特在伊斯坦堡過得艱苦，仍得繼續仰賴堂兄弟幫助。梅夫魯特與父親不同，這二十五年來從未給母親寄過錢，這讓他感到羞愧。

那一整個夏天，比起和母親、姊妹在一起，梅夫魯特還寧可和歪脖子丈人作伴比較自在——每星期他會帶女兒走到銀溪村去探望他三次。每當他們午餐時間到訪，阿杜拉曼大爺會用防碎玻璃杯給梅夫魯特倒一點茴香酒，並小心不讓法特瑪和菲琪葉看見。當外孫女到附近多處花園去閒晃，他會趁機跟女婿說一些帶有暗示性的寓言故事，暗喻他們倆的妻子都是因為生孩子（男孩）難產，年紀輕輕就死了；他們倆的下半輩子都要奉獻給女兒；他們倆都知道只要看到其中一個女兒，就會痛苦地想到她死去的母親。

待在鄉下的最後幾天當中，梅夫魯特更常帶女兒到她們母親的村子去。當他們三人沿著樹木夾道的道路走過貧瘠的山丘，偶爾總喜歡停下來眺望山下風景，看看遠方小鎮的輪廓與豎著細長尖塔的清真寺。他們會對著礫石土中斑斑點點的綠痕，對著被穿透雲層的日光照亮的鮮黃色田野，對著遠方如細線般的湖水，對著種滿柏樹的墓園，默默凝視良久。遠處還會傳來不知何方的狗吠聲。回伊斯坦堡的車上，梅夫魯特領悟到村裡的風景永遠都會讓他想起萊伊荷。

七、電力消費史

蘇雷曼陷入困境

費哈。一九九五年夏天，我都在街頭與七山電力公司的檔案室裡尋找賽薇菡，尋找我那電力四射的愛人的蹤跡。那個檔案室的架子上放著數不盡的金屬環活頁夾，而且用掛鎖上了鎖，另外還有許許多多褪色的信封與卷宗夾，裡面裝滿八十年歷史、髒兮兮的紙張，我都不知道和那兩個毅力頑強的老簿記坐在這裡面抽了多少根菸、喝了多少杯茶了。七山電力或許改過幾次名稱，但它積滿灰塵的檔案完整記錄了從一九一四年的席拉塔電廠開始，伊斯坦堡的發電與供電歷史。那兩個老職員深信只有研究這段歷史，得知這些年來民眾想出來欺騙政府的所有手法，並徹底了解他們如何用電與付費，查表員才會有希望收到他們的錢。

夏天過半之後，我們發覺來自安納托利亞中心地區的七山電力新東家可能並不這麼認為。他們打算把檔案以公斤計價賣給廢紙商人，否則便盡數焚毀。「那就把我們也一起燒了！」兩名職員中年紀較大的那人聽到傳聞後這麼說，另一人則開罵道：要說有什麼比資本主義更糟的，就是這些從安納托利亞來的暴發戶鄉巴佬了。不久，他們決定說服我去向開塞利來的新老闆陳情，讓他們了解若想收取電費，這些檔案是一項無可取代的重要工具，那麼這個展現人類才能的重大寶物或許能逃過一劫。

我們從最舊的檔案著手，一本本資料夾裝著厚厚的芳香白紙，上面全是用鄂圖曼土耳其文與法文手寫的筆記，年代比共和國的創建以及一九二八年廢除阿拉伯文字改採拉丁字母都還要早。接著來到一九三〇年代，檔案中記錄了哪些新鄰區被納入電力網路、哪一區的用電量最高，這時那兩位歷史學家告訴我，那個年代的伊斯坦堡還有非常多非穆斯林人口。他們翻閱著一百頁、五百頁與九百頁的紀錄簿泛黃的紙頁，昔日職員在裡面詳細記載了他們造訪的偏遠用戶，以及他們所發現的高明偷電伎倆，我也同時了解到一九五〇年代引進的一個新系統，讓每位查表員像以前鄂圖曼的地方總督一樣，固定監督某幾個鄰區，並因此能像警察一樣監視人民的生活。

這些磨損破爛的紀錄簿以不同顏色做記號：白色代表住家，紫色代表商店，紅色代表工廠。通常紫色與紅色的違規情形最嚴重，但如果「年輕的查表員費哈先生」更仔細地看看每一頁的「說明」欄，追蹤見證那些老查表員將自己所見所聞全部記錄下來的壯舉，就會發現自一九七〇年代後，城裡最貧窮的鄰區——宰汀布努、塔旭勒塔拉，以及桑山與其四周——全都成了偷電賊的肥沃繁殖地。電力局員工在這些「說明」欄內（在後來的紀錄簿裡改為「意見」欄），以各種現今已難以辨讀的筆跡，填入了他們對客戶、對自己檢查的電表、對自己發現的各種偷電計策的精闢見解，用的則是紫色鋼筆和那種得先用舌尖舔溼才寫得出來的原子筆。直覺告訴我，知道這一切讓我離賽薇菡更近了。

「新冰箱」或「發現第二台電爐」等註記，有助於查表員估算某用戶在特定期間的用電度數。兩位老職員認為根據這些紀錄，便能明確推斷出某戶人家在哪一天取得冰箱、熨斗、洗衣機、電爐或其他家電用品。其他評語，諸如「回鄉下去了」、「離開兩個月去參加婚禮」、「去了避暑別墅」、「兩個同鄉在家裡過夜」等等，提供了市區民眾移出移入的說明，因為這也可能影響用電。但是每當發現夜總會、旋轉烤肉餐廳，或是敘爾梅內人沙米開的土耳其傳統音樂吧的電表紀錄時，我只會專注於此，而忽略其他所有說明。因此兩名老職員會叫我看一些更有意思的註記：「把帳單固定到門把上面的釘子上。」「沿著社區噴泉旁邊的牆走——電表在無花果樹後面。」「戴眼鏡的高個男人是瘋子。避開。」「小心花園裡的狗，牠叫伯爵，喊牠的名字就不會被咬。」「夜總會頂樓的燈從屋外接了另一組電線。」

依我兩位指導員之見，寫最後那條意見的人是個英雄，是個真正投入工作的勇敢人士。如果發現夜總會或祕密賭場（聽說敘爾梅內來的沙米也是幹這一行的）用高明的技巧偷電，大多數查表員都會避免正式記錄下來，如此一來，若是受到賄賂要他們睜一隻眼閉一隻眼，就不用分一杯羹給主管。每回看到這種情報，我就會出發前往使用那個電表的咖啡館、餐廳或夜總會，來個突擊檢查，一面幻想著自己差一點就能打垮敘爾梅內人沙米，將我心愛的賽薇菡從他的魔爪救出來。

瑪伊努．梅麗安。我懷上蘇雷曼的孩子時，都快四十歲了，這個年紀的單身女人必須想想自己的未來，想想下半輩子要怎麼過。我們已經在一起十年，我或許太過天真，才會把蘇雷曼的謊言和藉口全都當真，但我的身體大概比我還知道應該怎麼做。

不出我所料，蘇雷曼聽到消息有點難以接受。起先他怪我說謊，就為了想逼他娶我。可是後來我們喝醉了，在奇哈吉的公寓互相大吼大叫，他才慢慢發覺我是真的有了他的孩子，也開始害怕起來。他喝得爛醉，把公寓弄得一塌糊塗，看了實在很煩，不過我也看得出來他是開心的。在那之後，每次他來我們就吵架，但我仍不斷地試著安撫他。沒想到他又更變本加厲地恐嚇、酗酒，甚至威脅不再支持我的歌唱事業。

「音樂就算了，蘇雷曼，我願意為這個孩子死。」有時候我會這麼跟他說。

他聽了這些話會心軟，也會再度變得溫柔。但即使他沒有，我們每次吵完架還是會激烈地做愛。

「你怎麼能和一個女人這麼激情地做愛以後，丟下她掉頭就走？」我會這麼問。

蘇雷曼便尷尬地低下頭。但有時候他臨走前會說，我要是再這麼威嚇他，以後就別想再見到他。

「那就永別了，蘇雷曼。」我這麼說道，一面含淚關門。之後他開始每天都來，而這段時間我肚子裡的孩子也不斷長大。這個事實並未能阻止他打了我兩、三次耳光。

「來啊，蘇雷曼，打我啊。」我說：「說不定這樣你就能除掉我了，就像你們家人除掉萊伊荷那樣。」

有時候看他一臉無助，我卻又覺得心疼。他會坐在那裡，**安靜地**、**客氣地**為自己的人生煩悶，像個商人因為自己的船隊剛剛沉到黑海底下，而開始像灌水一樣猛灌茴香酒。我便對他說我們將來會多麼快樂，說我看得出他粗魯的外表下有顆善良的心，說我們之間如此親密又互相了解的關係多麼難得。

「你被哥哥欺負得夠久了，可是蘇雷曼，如果你願意離開他，就能夠重生。我們根本不必怕任何人。」

這整件事讓我們談起了我到底要不要包頭巾的問題。「我會考慮。」我說：「只不過有些事我能做，有些事我就是做不到。」

「我也是。」蘇雷曼沮喪地說：「那妳告訴我，妳覺得妳能做什麼。」

「有時候女人為了讓好意的丈夫省省心，會答應在一般的儀式之外再辦一場宗教婚禮……我可以這麼做。但是你的家人得先到于斯居達的家裡，向我爸媽正式提親。」

一九九五年秋天，梅夫魯特回到伊斯坦堡，重拾廣告公司停車場的工作。「新郎」完全能理解梅夫魯特在妻子死後必須回家鄉去的心情，便將他不在時由門房接手的職務，全部交還給他。梅夫魯特發現自己不在的這三個月裡，宗古達克幫的凱馬用兩個花盆和幾顆鬆動的路邊石挪移界線，擴大了自己的地盤。比較令人憂心的是，他們對梅夫魯特說話的口氣變得很衝。但他不在乎。自從萊伊荷死後，他經常對所有的人和事感到憤怒，但不知為何，面對這個換上一套新的深藍色西裝的宗古達克年輕人，他就是氣不起來。

晚上他仍照常出去賣卜茶，剩餘的精力則都投注在女兒身上。可是他的注意力始終都只集中於幾個非常基本的問題：「功課做了嗎？」「肚子餓不餓？」「妳還好嗎？」他察覺到她們現在更常到薩蜜荷姨媽家去，而且不太想告訴他。因此當某天早上，法特瑪和菲琪葉去上學後門鈴響起，他開門看見費哈站在門外，一時還以為他是來談女兒的事情。

「你不能再住在這一區了，除非你有槍。」費哈說：「吸毒的、賣淫的、有變裝癖的……什麼樣的人都有……我們得替你和ㄚ頭們找個新住處……」

「我們在這裡很快樂，這裡是萊伊荷的家。」

費哈說他有非常要緊的事要說，便帶梅夫魯特到塔克辛廣場上一家新開的咖啡館。他們看著人潮湧進貝佑律，聊了許久。最後梅夫魯特才明白，好友是想給他一份類似實習的查表員工作。

「不過你心裡對這件事有什麼疑慮嗎？」

「就這件事情，我嘴裡說的和心裡想的沒什麼兩樣。」費哈說：「這份工作能讓你快樂，能讓ㄚ頭們快樂，甚至能讓萊伊荷快樂，她現在在天上，想必很擔心你們幾個。做這個可以賺不少錢。」

老實說，七山電力給梅夫魯特的薪水不是太高，可是擔任費哈所謂的助理，追討逾期未繳的電費，酬勞還是比看管「新郎」的停車場高。但他可以感覺到之所以能賺到「不少錢」，是因為可以從客戶那兒收到的錢裡面拿回扣。

「員工會趁機占便宜的事，這些從開塞利來的新老闆心裡一清二楚。」費哈說：「總之就帶著你的中學畢業證書、地址證明、身分證和六張護照照片過來，三天內就可以開工了。一開始我們先一起跑個幾趟，我會把所有該知道的都教你。梅夫魯特，你是個誠實、公正的人，所以真的很希望你能加入我們的行列。」

「願神保佑你做好事有好報。」梅夫魯特說。稍後他在停車場踱步時，心想著費哈絲毫沒有察覺他那句話裡的嘲諷意味。三天後，他撥了費哈給他的電話號碼。

「你終於作了這輩子第一個正確的決定。」費哈說。

兩天後，他們約在庫土律希的公車站碰面。梅夫魯特穿了最體面的一套西裝和一件沒沾上汙漬的長褲。費哈帶來一只袋子，是那兩名老簿記其中一人以前用過的。「你會需要一個查表員的袋子，」他說：「一般人看到會害怕。」

他們走進庫土律希較外圍的一條街道。梅夫魯特偶爾仍會到這一帶來賣卜茶。入夜後的霓虹燈與電視機發出的光線，讓這條街有種比較現代的氣氛，可是到了白天，那毫無裝飾的樸實外觀看起來就和二十五年前他念中學時一模一樣。他們在那一區待了一整個早上，巡查了同一本紀錄簿裡將近兩百五十個電表。

進入一棟建築後要做的第一件事，就是檢查樓下門房休息室附近的電表。費哈會以循循善誘的口吻說道：「七號有一大堆帳單沒繳，過去五個月已經警告過兩次，還是沒繳，可是你看：他們的電表還是轉個不停。」他會從袋子裡拿出紀錄簿，有時邊翻邊瞄。「六號申訴說去年大約這個時候，好像超收了兩次電費。我們好像從來沒切斷他們的電，可是電表卻一動也不動。哈，我們來瞧瞧吧。」

他們爬上四樓，穿過發霉、洋蔥和油炸氣味，按了七號的門鈴。費哈會趁著有人來開門前，先大喊：「電力公司！」像個鐵面無私的審判官。查表員上門會讓整戶人家陷入驚慌，而且費哈的態度中有一種說不出的感覺，彷彿能夠直入一個家庭的私密世界，即便他暗自對這個世界不以為然。這許多年來，梅夫魯特挨家挨戶送酸奶，自也悟出了箇中門道。如此看來，費哈會找他幫忙或許不只是因為他誠實，還因為他有過進入個別家庭私密世界的經驗——尤其他還有一種本領，就是與女性交談時不會讓她們感到不安。

未繳電費的住戶的門可能會打開，也可能會繼續關著，那麼梅夫魯特便會照費哈教他的方法，聽聽裡面有無聲響。如果按了門鈴聽到有腳步聲漸漸接近，但在喊出「電力公司！」後腳步聲忽然打住，當然就意味著屋裡的人不肯付清欠款。然而，門通常都會打開，眼前出現的可能是家庭主婦、母親、忙著包頭巾的中年婦人、懷裡抱著孩子的女人、像幽靈似的老爺爺、在家無所事事又脾氣火爆的人、戴著粉紅色洗碗手套的女人，或是幾乎眼盲的老婦人。

「電力公司！」費哈會對著打開的門多此一舉地再說一遍。「你們沒繳電費！」有些人會立刻回答：「你明天再來，我現在沒零錢。」或是「我們今天沒錢！」也有人會說：「你這是什麼話，年輕人，我們每個月都會去銀行繳錢。」還有些人會堅稱：「我們昨天才繳的。」或是「我們每個月都會叫門房去銀行繳。」

「那我不知道，反正這上面說你們有未付帳款。」費哈會這麼答覆：「現在都全自動化了，一切都是電腦作業。你們要是再不繳錢，我們只好切斷你們的電。」

這時費哈會偷瞄梅夫魯特一眼，既是驕傲地炫耀自己的權威，也是愉快地向他示範工作祕訣，讓他一窺其中的無數機會。有時候他會神祕地默默走開，讓住戶去求梅夫魯特。不出幾個小時，他已學會辨識那些臉上寫著「現在怎麼辦？他真會斷電嗎？」的憂慮表情。

如果費哈決定放他們一馬，通常就會親自對前來開門的焦慮用戶傳達說：「這次就算了，不過你要記得，現在公司已經民營化，以後是不可能再躲得過了！」或者是「我要是斷了電，你們就得多付一筆手續費才能復電，所以最好想清楚一點。」有時他則會說：「既然你們家裡有懷孕的婦人，今天我就先不斷你們的電，不過下不為例！」他也可能說：「你們要是不打算付電費，至少盡量少用一點！」開門的人鬆了口氣之後便回答：「願神保佑你！」有時候費哈會指著門口流鼻涕的小孩說：「這次我就讓你們的燈繼續亮著，就只這一次。可是下次不管小孩不小孩的，我都不會再心軟了。」

偶爾有小男孩來開門，說家裡沒人。有些孩子被逼上前線會緊張萬分，有些臉皮之厚倒是和大人不相上下，完全被「說謊說得好才叫聰明」的觀念所同化。按門鈴前會先傾聽屋內動靜的費哈，總能看出孩子是不是撒謊，不過他往往會配合演出，免得孩子難堪。

「好吧，孩子，」他會像個和藹的叔叔說道：「今天晚上爸媽回來以後，跟他們說要繳電費，好嗎？告訴我，你叫什麼名字？」

「塔拉！」

「塔拉，你是好孩子！記得把門關好，別讓魔鬼抓到你。」

其實這一切都是費哈為第一天上工的梅夫魯特演的戲，好讓工作顯得比實際上輕鬆愉快。他們會碰到醉漢對他們說：「查表員，我們誰也不欠，只欠真主。」會碰到有人大吼：「政府現在放起高利貸啦，你們這些王八蛋想詐財啊。」會碰到裝假牙的八旬老人說：「你們收那麼多賄賂，將來會下地獄。」然後砰地關上門。會碰到自以為聰明的游手好閒之輩問道：「我怎麼知道你們是不是真的電力公司的人？」但費哈從來不上當，面對這些滔滔不絕的謊言，眼皮眨都不眨一下——「我媽媽快要斷氣了！」「我們爸爸去當兵了！」「我們剛搬來，那些帳單應該是以前的房客的。」走出大樓以後，他會仔細地向梅夫魯特解釋剛才所聽到每一個藉口背後的真相：抱怨「你們在詐財」的那個男人，老是說他每星期都被迫賄賂不同組的查表員；裝假牙的老翁根本不是虔誠教徒，費哈就曾經在庫土律希廣場的酒吧看過他很多次……

「我們不是來找這些人麻煩，只是讓他們用多少付多少。」稍後在咖啡館裡，費哈這麼說：「如果他們真的沒錢，讓一群窮苦的男女老幼沒電可用，對我們也沒什麼好處。你的工作就是要分辨誰真的負擔不起、誰能繳納部分電費、誰能輕易全部付清卻只是在找藉口、誰是騙子，而誰又是老實人。老闆授權給我，讓我像法官一樣裁決這些案子，我有責任做出必要的評估。這當然也是你的責任……你明白嗎？」

「明白。」梅夫魯特說。

「你聽好了，我親愛的梅夫魯特，有兩件事絕對做不得：如果你沒有親自去查過電表，絕對不能假裝去過，捏造數據。萬一被逮到，你就完了。另一件事，其實我相信這點不需要我告訴你，那就是面對婦女，絕不能有肢體或眼神或其他各方面的騷擾。公司必須維護聲譽，一旦發生這種事，他們是不會留情的……好啦，我帶你去春天俱樂部，慶祝你找到新工作如何？」

「今天晚上我要去賣卜茶。」

「今天晚上還要去？你接下來要賺大錢了耶。」

「我每天晚上都要賣卜茶。」梅夫魯特說。

費哈面帶微笑傾身向前，彷彿在說他明白。

八、梅夫魯特到最偏遠的幾個社區

狗一看到不屬於我們這裡的人就會吠

哈桑伯父。當我聽說蘇雷曼把一個年紀比他大（而且還是個歌手）的女人肚子搞大了，現在打算娶她進門，我一句話也沒說。我們已經很為梅夫魯特難過了。看到身邊的人一個個遭遇禍事，我對莎菲葉說我好慶幸自己除了那間小雜貨店之外，一向別無所求。只要每天坐在店裡，拿報紙摺成半升盒，就夠讓我開心了。

薇蒂荷。我心想，這樣或許最好，不然誰知道蘇雷曼這輩子結不結得了婚。只有我和柯庫陪他上于斯居達去向梅樂赫小姐的父親提親。蘇雷曼作了最精心的打扮。我忽然想到我們一起去相親時，他從來沒有為哪個女孩如此費心過。他恭恭敬敬地親吻未來岳父（一個退休公務員）的手。蘇雷曼想必真的很愛這個梅樂赫。不過我不太了解為什麼，倒是很想知道原因。當她終於現身，看起來確實夠高貴、夠時髦，一個四十歲的女人像個十來歲的相親少女一樣向我們奉茶。我欣賞她沒有把這整件事當笑話看，而是一直表現得恭敬有禮。她也給自己倒了一杯咖啡，然後拿出一包薩姆松牌香菸傳給大夥抽。她遞一根給她父親——蘇雷曼說他們父女剛剛盡釋前嫌——接著自己點一根，直接就往小客廳中央吐煙。我們所有人都安靜下來。那一刻，我發現蘇雷曼不但沒有因為被迫和這個懷了自己孩子的女人結婚而覺得尷尬，反而很以她為傲。當梅樂赫小姐吐出的煙繚繞成一片藍色煙霧，蘇雷曼顯得喜不自勝，就算是他自己把煙吐到柯庫臉上都不可能這麼高興，這讓我感到困惑。

柯庫。他們當然沒資格提出任何條件。他們是那種身分卑微、不懷惡意、家境普通的人，只可惜在宗教方面一竅不通。桑山的人太愛嚼舌根，我們認為最好避開梅吉迪耶克伊，改到遠一點的地方辦婚禮，所以就和蘇雷曼在阿克薩雷找了一間不大卻非常體面的婚禮堂。一訂好禮堂後，我說：「我們下午去喝一杯，就我們倆，兄弟對兄弟，男人對男人。」於是我們去了庫姆卡普的一家餐廳。喝完第二輪以後，我說：「蘇雷曼，身為你哥哥，我現在要問你一個非常重要的問題。我們也喜歡這位女士，不過男人的名譽比什麼都來得重要。你能百分之百確定梅樂赫小姐將來能適應我們的生活方式嗎？」

「放心吧。」他先是這麼回答，接著卻又問道：「你說的名譽指的到底是什麼？」

費哈。他們忙著幫蘇雷曼辦婚事的時候，我假裝成普通客人，到日光俱樂部去勘查。這份工作還有個額外好處，當你東張西望查看店家可能偷電的證據、可能使用的伎倆，看一看那些自大的俱樂部老闆的臉（他們全然沒有意識到自己即將受罰），同時還可以順便喝兩杯。所有的小姐在廳內各個角落一一就位，我們也安坐下來準備度過漫長夜晚。同桌的有來自德新的狄米爾、兩位承包商、一個昔日的左翼激進派，以及另一個像我一樣勤奮的年輕查表員。

像這種夜總會都各有其獨特氣味，一種混合了炒肉、茴香酒、黴菌、香水與口臭的氣味，由於多年來始終沒開過一扇窗，這些成分像酒一般發酵，然後直接滲入地毯與窗簾。到最後你會習慣這種味道，甚至沒聞到還會想念，如果很長一段時間沒來，某天晚上又再次吸進一口，你會心跳加速，就像戀愛一樣。那天晚上，我們盡責地聆聽藍夫人以輕柔嗓音詮釋土耳其傳統音樂，並欣賞喜劇雙人組阿里和維利模仿最近的電視廣告和多位政治人物，以及「在歐洲也十分出名」的梅絲茹跳肚皮舞。當晚唱了許多傳統歌曲，這是日光俱樂部特有的憂鬱氛圍，每句歌詞與每個音符背後都有賽薇菡。

兩天後，我又在貝敘塔希某處和梅夫魯特見面，繼續訓練他。「我們今天首先要上一堂高度理論課。」我說道：「看見那邊那家餐廳了嗎？我以前去過，我們就再去瞧瞧。放心，不喝茴香酒，畢竟是在工作嘛。絕對不會惹你《正道報》那些朋友不高興。」

我們進入那家只坐半滿的餐廳，一坐下梅夫魯特就說：「我不看《正道報》，我只是剪下那篇關於連襟卜茶店的文章和那張畫。」

他的單純讓我氣惱起來，我對他說：「你仔細聽好了，梅夫魯特。這份工作最重要的就是要會看人……你隨時都得保持警覺，才不會遭人蒙蔽。那些人一看到我就開始唧唧哼哼，『唉呀，是查表員啊！』那全是在演戲，他們是在測試我……你必須要能看出這一點。你也得知道要怎麼收斂，要怎麼在必要時扮好人。其他時候，有必要的話，就得發發脾氣，狠下心來切斷某個可憐寡婦家的電線……你的行為舉止可能得**像**個有尊嚴的、無法用錢收買的土耳其政府公務員。可是當然了，我並不是公務員，你也不會是。你拿的錢不是賄賂，那只是你和七山電力應得的。我就仔仔細細地說給你聽聽。有些人在銀行裡存了幾百萬生利息，床墊底下也藏了一疊疊的美鈔，可是只要一看到可憐的查表員上門，他們就不知道自己的下一餐在哪了。到最後，他們甚至也開始相信自己泣訴的故事，相信我，他們一哭起來比你哭死去的老婆還慘。最後他們也會說服你，會搞得你筋疲力竭。當你試著解讀他們的眼神，試著從他們小孩的臉上尋找真相，他們也在觀察你的一言一行，透視你的靈魂，再來決定要不要付錢，要的話付多少，不要的話又該拿什麼藉口打發你。現在這些偏僻巷弄裡兩、三層樓高的建築裡住的大多是小職員、街頭販子、餐廳侍者、收納員和大學生，所以和那些比較高的大樓不一樣，這裡已經沒有全天候的門房。通常，這些地方的屋主和房客對於該如何分擔柴油和煤炭費用、鍋爐溫度該調幾度，意見嚴重分歧，也因為這個原因，房子的中央暖氣往往是整個關掉。所以他們全都會想盡辦法取暖，而大部分的人就會設法偷接電，好讓電暖器免費運轉。你得暗中觀察評估，而且不能讓他們看出一點端倪。要是他們看到你那張天真爛漫的臉，發覺到你心太軟，不可能切斷他們的電，那他們一分錢也不會拿出來。也許他們覺得通貨膨脹這麼厲害，還不如把錢留下，多賺一點利息。還要記得，別讓他們以為你自尊心太強，就算有哪個老太太想給你一點零錢你也不肯拿。但話說回來，也別讓他們覺得你太貪心，一分五毛都照收不誤。這樣你懂嗎？好了，現在你跟我說說這間餐廳的暖氣怎麼樣？」

「運作正常。」梅夫魯特說。

「我問的不是這個。餐廳的暖氣是怎麼供應的？是用電暖爐還是暖氣片？」

「暖氣片！」

「我們就去瞧瞧吧，好嗎？」我說。

暖氣片就在梅夫魯特旁邊，他伸手摸了摸，發現不是很燙，便說：「這就表示一定有個電暖爐在什麼地方。」

「很好，那麼暖爐在哪呢？你看到哪裡有暖爐嗎？沒有。那是因為他們開了電暖爐，而且把暖爐藏起來了，因為他們繞過電表，把暖爐直接接上主電線。雖然也把暖氣片稍微打開，但只是為了掩人耳目。進來的時候我順便看了一下，發現他們的電表跑得很慢，表示這棟建築還有其他房間、其他電爐和冰箱，全都在使用偷來的電。」

「那我們該怎麼辦？」梅夫魯特問道，表情像個驚慌的小孩瞪大雙眼。

我在紫色紀錄簿裡找到這家餐廳的電表號碼，拿給梅夫魯特看。「你看看意見欄裡寫了什麼。」

「電表在門邊……」梅夫魯特念出聲來：「冰淇淋機器的電線……」

「對啦，所以這個地方夏天肯定也賣冰淇淋。夏天裡，伊斯坦堡有一半以上的冰淇淋機沒接在電表上。看起來這個誠實的查表員上次來的時候起了疑心，可是技工始終沒有發現違法接電的情形。也或許發現了，只是收銀台前那個彪形大漢各給了他們一張一萬里拉的鈔票，把他們收買了。有些餐廳偷接電的技巧非常高明，自以為永遠不會被逮到，所以你進門以後，他們甚至不會給你一點小小的見面禮。喂，服務生，這邊，暖氣片壞了，我們有點冷。」

「我去跟經理說。」侍者說道。

「他可能知情也可能不知情。」我告訴梅夫魯特：「你站在經理的立場想一想。如果他手下的服務生知道他們偷電，有可能會去告發。這樣一來就很難炒他魷魚，甚至很難因為他偷懶或獨吞所有小費而斥責他。所以最好的做法是找一個專門外接線路的水電工，再找個四下無人的晚上把整間店交給他。這些人可以把非法線路掩飾得天衣無縫，有時候你真會忍不住退後一步，欣賞起他們的傑作。說到底，我們的工作就像和這些人下棋。他們藏得聰明，你就得更聰明地把它找出來。」

「我已經把暖氣打開了，真是抱歉。」經理挺著個水桶肚走進來說道。

「他甚至不說是『暖氣片』呢。」梅夫魯特小聲地說：「現在怎麼辦？要斷他們的電嗎？」

「不，朋友，重點二：找出他們玩的把戲以後，要默記在心裡，然後等到適當時機再回來跟他們拿錢。今天先不急。」

「你這不是跟狐狸一樣狡猾嗎，費哈？」

「但我還是需要像綿羊一樣的你，我需要你的溫和和誠實。」我給梅夫魯特打氣道：「你的真誠和純真是我們公司，其實也是這個世界的一大資產。」

「好吧，不過我想我應付不了這些大經理和高層騙子，」梅夫魯特說：「我還是只負責乞丐屋的住戶，那些比較貧窮的社區就好。」

那個冬天和一九九六年春天，梅夫魯特仔細而認真地研讀紀錄簿、巡察各個社區，並跟在費哈身旁見習。不過每星期也有兩、三天，他會壯起膽子獨自前往市中心的貧窮區與偏僻街巷，只帶著舊電表紀錄便單槍匹馬去搜尋違法接線。市中心區分崩離析，二十年前他在貝佑律當侍者時住的那些破爛廢棄的老舊建物，如今都成了竊電賊的巢穴。費哈要梅夫魯特離那種地方遠一點，一來是為了他自己的安全，二來則是知道他這個朋友絕不可能從那裡摳出一文錢。於是梅夫魯特最後去了庫士律希、費里克伊、貝敘塔希、西司里、梅吉迪耶克伊，有時還會到金角灣對岸的查尚巴、卡拉根呂克和埃迪尼卡普（聖導師所在那一帶的街道與社區），就像以前經常上門那些彬彬有禮的公務員一樣，向住戶與家庭主婦收取電費。

身為卜茶小販，他已經習慣除了該收的錢之外，也接受一點小禮物，譬如一雙毛襪，或甚至有人會說「不必找錢了！」就收下多出的現金，他從來不覺得過意不去或有損自尊。同樣地，不切斷某人的電而拿點小費，似乎也是適當的服務報酬，因此收錢時他全然不覺得良心不安。這些社區和居民他都很熟悉。（不過誰也沒認出梅夫魯特；一個是冬天裡每一、兩個星期到此叫賣卜茶的街頭小販，另一個是正式來敲門的查表員，兩者怎麼也無法聯想在一起。也有可能是晚上買卜茶的好人和偷電的壞人是截然不同的人。）市中心鄰近社區裡的流浪狗似乎老是對梅夫魯特低聲咆哮，於是他開始縮短晚上賣卜茶的時間。

灰山和桑山的人都認識他，他不可能去那裡收錢，但他確實會帶著紀錄簿前往其他山頭，諸如烏山、豐收山、玫瑰山與箭山，這些也都是經歷同樣過程從赤貧到開發的地區，如今已不能再稱為「貧民區」了。一度遍布這些山頭的空心磚平房，在過去二十五年間已全部拆除，現在這些地方都被視為城區的一部分，例如宰汀布努、加齊奧斯曼帕莎與烏姆拉尼耶。每個鄰區都有自己的中心，通常就是公車站，約莫二十五年前，大家會到這裡趕搭第一班車進城，如今車站兩旁多了一間清真寺、一座新的國父雕像和一個泥濘的小公園。這裡也是鄰區主要大街的起點，一條長路彷彿直通往天涯海角，兩旁有五、六層樓的混凝土建築夾道。這些樓房帶來形形色色的烤肉店、雜貨店與銀行，全都開在一樓。這裡也一樣，家庭、母親、小孩、爺爺和雜貨店老闆，都在打免費用電的主意（但其實梅夫魯特找不出那麼多），而他們的態度和伊斯坦堡中心任何一個普通社區的居民沒有兩樣：同樣的伎倆、同樣的謊言、同樣基本的單純……這一帶的人或許比較怕梅夫魯特，但他們展現的熱情也比其他地方大得多。

市區較老舊的地段偶爾會冒出古老墓園，園內全是奇怪神祕、搖搖欲墜的墓碑，碑頂還雕刻各種標誌與包頭巾，這一切在這些新鄰區都不存在。愈新、愈現代化，沒種柏樹或其他植物的墓園，通常都位在新區的最外圍，四周環繞著高高的水泥牆，一如工廠、軍事基地與醫院。少了墓園以後，白天尾隨梅夫魯特去查電表的流浪狗，晚上就睡在國父雕像對面那個骯髒的小公園裡。

梅夫魯特總是帶著最大善意來到最新也最窮的鄰區，卻發現那裡住著最凶惡的狗。他在這裡度過漫長而淒慘的時光，這些地區多半都是最近才有了自己的電表與紀錄簿，經常有些地名連聽都沒聽過，還得從市中心搭公車，沿著小路往南走兩個小時才到得了。下了公車，梅夫魯特會展現滿滿的「善意」，若有用戶將電線偷接上城市間輸電的大電纜線（他們甚至毫不隱藏），他會視而不見，對於公車站對面那家烤肉店亂接一通的線路，他也睜隻眼閉隻眼。他感覺得到這些社區各有自己的領導者與首腦，他們都在觀察他。他很想用最堅定、正常又公正的口氣說：「我的工作只是查看正式的電表，你們根本不需要怕我。」可是受到狗群攻擊讓梅夫魯特害怕。

這些位在市區外圍的新花園住家用的建材，比梅夫魯特童年住的貧窮社區更新、更好。空心磚有了品質較好的替代品，廢鐵被塑膠所取代，排水溝與水管全都改成聚氯乙烯材質。這裡的房子不斷地擴建，就像以前的乞丐屋那樣，也就是說電表會被包藏在某個房間的某處，若想查表或斷電，就只能去敲門。這一來當地的流浪狗就像收到提示似的，開始圍著查表員打轉。在某些新社區，拉進來的電線可能固定在一根電線桿、一塊水泥、一面牆或甚至是小廣場上一棵巨大的老懸鈴木上，有時候居民的電表就在這裡，而不是在屋內。這類電力中樞與鄂圖曼時期供應社區用水的噴泉倒有異曲同工之妙，只是也經常有兩、三隻流浪犬在附近巡守。

有一天，梅夫魯特站在一間花園住家的門廊上，遭到一隻黑狗攻擊。他看了前任查表員的註記，喊出狗的名字，可是小黑不甩他，還是對著他吠叫逼得他後退。一個月後，梅夫魯特又碰到一隻暴怒的看門狗，幸虧狗鍊不夠長才讓他逃過一劫。每當遇到這樣的攻擊事件，他總會想起萊伊荷。會發生這種事完全是因為她已經不在了。

某日梅夫魯特又來到同一個社區，在公園裡找了個地方坐下來等公車，袋子就放在腿上，這時忽然有一隻狗「汪、汪、汪」地朝他接近，隨後跟著出現第二隻、第三隻，毛色都像泥巴顏色。梅夫魯特看見遠處有條黑狗，模糊得有如一個遙遠記憶。這些狗全都同時吠了起來。他用查表員的公事包抵擋得了牠們嗎？他這輩子從未如此怕狗。

某個週二晚上，他去了查尚巴的聖導師那裡，在廚房裡放了一些卜茶。聖導師比平時更熱絡，也沒有平常那一大群跟班的。當梅夫魯特發覺自己引起了導師的注意，便連忙解釋二十五年前自己開始怕狗的原因。一九六九年，大約在梅夫魯特開始當街頭小販時，父親曾經帶他到卡辛帕莎僻巷內的一間木屋，找一位聖者治療他的恐懼心理。那個聖者留了一把白色鬍子，還有個大肚腩，和聖導師比起來，他很老派也沒什麼氣質。他拿幾塊冰糖給梅夫魯特，跟他說狗是又聾又啞又盲的動物。然後他朝上攤開掌心像在祈禱，叫梅夫魯特照著做，接著在他那間開著暖爐的小房間裡，他讓梅夫魯特把以下幾個字重覆念了九遍：「蘇姆恩、布姆恩、奧姆韻非忽姆拉亞均。」

下次再被流浪狗攻擊，梅夫魯特就得暫時拋下恐懼，將咒語念上三遍。當你害怕狗或妖魔鬼怪，要做的第一件事就是這個：屏棄心裡害怕的念頭。晚上梅夫魯特和父親一起賣卜茶時，見到暗街上的狗影就會慌亂起來，父親見狀會對他說：「別怕，假裝沒看見就好。」還會小聲地說：「兒子，快念咒語！」可是即使他拚命集中精神，還是永遠記不住那句咒語。父親就會發火，痛罵他一頓。

講完這些往事後，梅夫魯特謹慎地問聖導師：一個人光靠意志力，真的能拋開心裡的恐懼或念頭嗎？到目前為止，就梅夫魯特自己的經驗而言，愈努力想忘記一件事，反而只會愈去想起它。（比方說年輕時，他愈想忘記奈麗曼，反而會愈忍不住去跟蹤她——不過他當然沒有向聖導師提起此事。）想忘記某事，**有意地想忘記某事**，顯然無法真正有效地遺忘。事實上你企圖忘記的事只會更牢記在心。這些問題他始終沒有機會問卡辛帕莎那位聖者，如今二十七年後，他很高興能有勇氣向查尚巴的靈修聖導師提問，何況他是更現代化許多的聖者。

「遺忘的能力取決於信徒**心靈**的**純潔**、**意向**的**真誠**與**意志**的**堅定**。」聖導師說道。他很喜歡梅夫魯特的問題，並給了他一個很有分量、值得「對談」的答案。

梅夫魯特受到鼓舞，心懷愧疚地又說出一段往事。在某個雪夜裡，街道被月光照耀得潔白宛如電影螢幕，年紀還小的他眼睜睜看著一群狗以迅雷不及掩耳的速度，將一隻貓圍困在一輛車底下。他與如今已故的父親默默地走過去，視若無睹，也假裝沒聽見貓瀕死的哀鳴。從當時到現在，城區擴展了或許有十倍之多。儘管梅夫魯特已忘記所有該說的禱告詞與咒語，卻足足有二十五年沒有怕過狗。但就在這兩年，他又開始怕狗了。狗感覺得出來，所以才會對他吠叫，試圖逼得他無路可走。他該怎麼辦？

「**這和禱告詞或咒語無關，而是關乎你內心的意向**。」聖導師說道：「卜茶販子，你最近有沒有做什麼干擾別人生活的事？」

「沒有。」梅夫魯特說。他並未提及自己被捲入電力事業中。

「或許你有，只是不自覺。」聖導師說：「狗可以感覺得到這個人不屬於我們這裡，這是牠們的天賦。所以那些想效法歐洲人的人總是很怕狗。馬哈穆德二世殘殺鄂圖曼帝國的中心主力『新軍』，因而導致我們遭到西方人踐踏；他也殺害伊斯坦堡的流浪狗，殺不完的就放逐到海爾石茲島，也就是『荒島』。伊斯坦堡人民發起請願行動，希望帶回這些狗。第一次世界大戰停戰後，伊斯坦堡被外國軍隊占領，為了讓英國人和法國人感到舒坦，街頭的狗再次遭屠殺。然而，伊斯坦堡的善良民眾又再次請求返還他們的狗。正因為與生俱來所累積的豐富經驗，如今我們的狗都能非常敏銳地感知一個人是敵是友。」

九、搞垮一家夜總會

這樣對嗎？

費哈。不必擔心梅夫魯特，到了一九九七年冬天，才進來六個月的他已經抓到當查表員的訣竅，也開始賺進不少錢。多少呢？他自己也不知道。但是每天傍晚，他會一五一十地告訴我當天收錢的情形，就像他以前和父親一起賣酸奶的時候。晚上他就賣他的卜茶，一般盡量不惹事。

其實惹是生非的人是我。就我所知，賽薇菡還在和敘爾梅內的沙米交往，使得我和她在一起的希望愈來愈渺茫，也讓我愈來愈絕望。我經常一整個晚上都在檔案裡和城裡四處找尋她，但至少最後總會回家——即使天已經快亮了。

有一天晚上，我和幾個朋友上月光俱樂部去，其中一位老闆到我們這桌來同坐。有現場音樂表演的俱樂部用電量大得驚人，因此店經理通常會試著討好當地的查表員。每當我們到這些地方，總能享受十分優惠的折扣，以及一盤又一盤店內招待的開胃菜、水果，和炸蝦。形形色色的敲詐之徒、官僚與幫派分子，在任何一間自負的夜總會都是常見的景象，通常店家只希望這些「客人」能安靜坐著，不要送花給任何女歌手或是點歌。然而那天晚上，我們這桌成了注目焦點，因為老闆的左右手，一個外號小鬍子先生的人（因為他唇上留了一條細細的鬍鬚），不斷邀請歌手來坐在我們這桌，並力勸我們想聽什麼歌盡量點。

後來，這位小鬍子先生問我能不能找一天上午，到塔克辛一家咖啡館見個面。我以為又是和平常一樣，要叮囑我別去注意「月光」裡的一些違法線路，或許還有一、兩件未經許可做的事情。沒想到他有一個更大、更嚴肅得多的計畫：他想「搞垮」日光俱樂部。

現在有一種全新的幫派，專門「搞垮」酒吧、夜總會，甚至於高檔餐廳。因為民營化為八十年歷史的偷電遊戲帶來一場浩劫，他們便加以利用。在他們的幫助下，某家夜總會老闆可能與電力公司查表員合謀，讓某家競爭對手陷入黑暗之中，由於罰款調漲的幅度比通膨快兩倍，正好讓他們承受巨額帳單的打擊。假如一切順利，對手將被迫關門兩、三個星期，如果還不能還清欠款，只好宣布破產徹底消失。過去六個月內，我聽說貝佑律的幾家酒吧和俱樂部、阿克薩雷和塔克辛的兩家旅館（偷電的情形在小旅館也很普遍），以及獨立路上一家大型烤肉店，都是這樣被搞垮的。

然而較大的店家在警察局和檢察官辦公室都有人脈，也能仰賴黑手黨的保護。即使來了個節操高尚又一絲不苟的查表員，揭發出所有非法接線與欠費、斷了他們的電，還在電表上貼了封條，這些大亨也不在乎，他們會直接親手重新接上電線，繼續照常營業。他們甚至可能特地安排，讓這個勇敢的查表員在三更半夜遭人痛毆。要想扳倒這些大人物，對手必須有檢察官、黑手黨或甚至警察當靠山，那麼一旦計畫付諸實行，才能確保對方再也爬不起來。那一天小鬍子先生向我披露，「月光」背後那些吉茲雷的庫德人其實有更大的計畫，想要對敘爾梅內的沙米不利，而搞垮日光俱樂部只是其中一部分。

我問他們這麼重要的行動，怎麼會挑上我。

「我們的人說你已經盯上敘爾梅內的沙米。」小鬍子先生說：「他們看過你在日光俱樂部到處打探消息……」

「吉茲雷的伽茲米還真是到處布滿眼線，是吧？」我說：「不過這事很危險，我得考慮考慮。」

「放心吧。現在不只是政治人物變得文明，貝佑律的幫派分子也是。他們已經不會再為一點小糾紛就在街頭火併了。」

薩蜜荷。前幾天早上我對費哈說：「不能再這樣下去了。你老是在外面待到天亮，我能看見你的時候，你都在睡覺。再這樣的話，我要離開你。」

「不行！那我會死！我這麼做是為了妳，我活著也是為了妳。」他說：「妳和我，我們經歷了千辛萬苦，現在總算快要成功了。我就剩最後這一件大事，讓我把它完成，然後我就在南部替妳買不是一座而是兩座農場。」

和平時一樣，我多少還是相信他，但只相信到某個程度，其他部分我只是假裝相信。萊伊荷已經去世兩年，時間過得真快。現在我比當時的她還大上一歲，卻仍然沒有小孩，也沒有個真正的丈夫。等到我真的受不了了，便向薇蒂荷全盤托出。

「首先，薩蜜荷，費哈是個好丈夫！」她說：「大部分男人都是脾氣火爆又頑固的粗人，費哈卻不是。大部分男人都很小氣，尤其是對自己老婆。可是從你們這個美麗的家看得出來他花了不少錢。大部分男人也都會打老婆，妳卻從來沒提過這樣的事。我知道他愛妳，妳瘋了才會離開他。費哈本質上是個好人。妳不能就這樣丟下一個家和一個丈夫。再說了，妳能上哪去？好啦，我們去看電影吧。」

姊妹也許無所不知，但她肯定不明白為什麼一個人需要捍衛自己。

當我向費哈再次提起此事，說我這次真的要離開了，他卻只是嘲諷說：「我就快弄垮敘爾梅內的沙米和他的王國，結果妳就只有這句話要說嗎？」

不過最令人心煩的是我發現梅夫魯特似乎因為兩個女兒來找我，而跟她們過不去：「妳們為什麼老上姨媽家去？」我不會告訴你們是哪個丫頭出賣父親。但我發現他不喜歡她們到這裡來學化妝、擦口紅、打扮自己。

「他丟不丟臉啊！」薇蒂荷說：「他還在想著那些荒唐的情書。妳應該跟費哈說說，他現在不是梅夫魯特的老闆嗎？」

我什麼也沒告訴費哈。我一旦下定決心，就會把每個細節在腦子裡想過一遍又一遍。然後我開始等待。

費哈。要搞垮一間大夜總會、一間高級餐廳，或是一間小旅館，有兩種方法：一、藉口說要向老闆示範更新、更聰明的接線方式偷偷潛入，找出所有非法電線的所在。然後和他們的對手談好條件，安排突襲。二、找到當初為他們非法接線的專業水電工，試著從他嘴裡套出話來：哪面牆藏了哪些電線、某條線路是真的或者只是幌子等等。第二個辦法肯定比較危險，因為這個專家（通常都是以前的公務員）可能會覺得直接去告訴原來的店主，有隻小老鼠對他們的線路特別感興趣，對他自己比較有利。能賺大錢的地方，流的血也多。蓋磚蓋瓦總不能沒有電，對吧？

七山電力檔案室的那兩個老職員警告我可能會遭遇什麼危險，還告訴我日光俱樂部以及那一帶大部分住家、咖啡館和辦公室的抄表工作，都是一個年紀較大的查表員在負責，他嚴格到被人稱為「總司令」。這個人靠著強收許許多多新罰金而發達，他的行為吸引了我那兩位職員的注意。我們從查表員辦公室取得「總司令」最近在日光俱樂部的抄表紀錄。兩個老職員就利用這些紀錄和所有舊檔案，埋頭研究出日光俱樂部過去四十年營業期間偷電的各種手段。他們把電線藏在哪裡？他們怎麼把線繞過電表？我們找到的這些註記可靠嗎？我牢牢記住了他們的每句話。

「要讓這個地方垮台不用太費力。阿拉保佑！」其中一位職員興奮地說。他們倆都太亢奮，甚至忘了我也在場。夜總會的戰爭是最麻煩的，早年，當互相競爭的店家與其幫派彼此宣戰，就可能綁架對方的歌手和肚皮舞孃當人質，最後還會射傷她們的膝蓋。還有另一種常見的手段，就是幫派的人喬裝成一般客人進入對手店中，禮貌地點一首歌，要是歌手沒唱就開始找碴。你可以利用媒體的關係，讓所有人都聽說這些偶爾會演變成命案的鬥毆事件，不用太久顧客便不會再光顧那家夜總會，於是換這邊的老闆派自己人到對手的地盤如法炮製，喋血槍戰也就這樣循環不息。我最愛聽老職員說這些故事了。

針對局勢又研究了一星期後，我再度與月光俱樂部的老闆見面，說我可以為他們提供所有必要的電路圖。「好極了，別把這些圖給其他任何人。」小鬍子先生說：「我們想到一個計畫。你住在哪裡？我會派人去向你解釋一切細節。誰知道會出什麼事呢，在家裡談總是比較安全。」

當他說到「家裡」，我第一個就想到薩蜜荷。那天晚上我想跑回家告訴她，我們已經多麼接近這條漫長道路的終點。我要衝進去說：「我們馬上就要扳倒日光俱樂部了。」薩蜜荷會高興萬分，因為我們不只終於有錢了，還能給那些剝削人的肥貓一點顏色瞧瞧。可是最後當我回到家，時間已經很晚，倒在客廳沙發上就睡著了。早上醒來時，才發現薩蜜荷已經走了。

聖導師沒有教梅夫魯特任何驅狗咒語。他說狗對於不屬於這塊土地的人懷有敵意，這會是真的嗎？如果狗真是為了這個原因才對人吠叫，那牠們根本不應該吠梅夫魯特，因為即便是在最新興、最偏遠的鄰區，當他遊走在那些水泥建築、雜貨店、晾衣繩、補習班與銀行廣告以及公車站之間，從來不覺得自己是個陌生人，不管是老想改天再繳錢的老人，還是拖著兩條鼻涕的小孩，他都能說得上話。事實上，自從一九九七年二月，梅夫魯特最後一次去見過聖導師後，不知為何狗的咆哮聲減弱了。他覺得情況能有如此令人欣喜的發展，原因有二。

其一：流浪狗在這些外圍地區開始失勢了。這些地方沒有任何古老墓園，就像梅夫魯特那張《正道報》剪報中畫的那種，因此白天裡流浪狗無處群聚棲身等待天黑。除此之外，市府也在這些鄰區設置了裝有厚重輪子、外型有如採礦車的巨大垃圾箱，憑狗的力量無法翻倒這些小堡壘來覓食。

梅夫魯特現在比較不怕狗的另一個原因，則是他對住在這些窮困社區、繳不出電費的窮人，變得比較寬宏大量。他不會像一些蠻橫的官僚，趾高氣昂地在這些地方晃來晃去，鐵了心要徹底清除所有非法連線。假如來到城外一戶住家，看見高壓主線附近掛著幾條可憐兮兮的電線，他會露出一連串意味深長的表情（甚至可能會問幾個尖銳的問題），不管在家的是退休老人、逃離戰火的中年庫德婦人、脾氣暴躁的失業父親或是憤怒的母親，都會讓他們清楚知道他們玩的把戲絲毫逃不過他的法眼。可是當他們開口否認，並盡可能裝出真誠模樣，他便也假裝完全相信。於是他們會覺得自己的聰明才智勝過查表員，接下來無論梅夫魯特指出什麼小過錯，他們都會一一加以否認：沒有繞過電表的線路，也沒有什麼東西卡在轉盤底下，我們絕對不是那種會在面板上動手腳降低度數的人家。不過一聽到他們進一步否認，梅夫魯特就會斬釘截鐵地表明自己一句也不信。於是他就這樣滲透進入治安最差也最偏遠的城區，揪出最厚顏大膽的偷電實證，然後帶著一大筆錢離開，當天結束後再交給費哈，而且從頭到尾都沒有惹怒大多數的當地人或狗（只要一有心懷惡意的人入侵，牠們總會立刻提高警覺）。有一天梅夫魯特告訴費哈，他又開始能和流浪狗和平相處了，費哈便說：「梅夫魯特，你多少已經在人們心裡想的和嘴巴說的之間那條鴻溝上架起橋梁了。你讓全國人的想法都透明化了。我想請你幫個忙，但是關於我的私事，不是公事。」

費哈說他妻子離家出走，去跟薇蒂荷和阿克塔希家的人同住，不肯回來。其實梅夫魯特知道得更多：他們倆共同的丈人歪脖子阿杜拉曼一聽說薩蜜荷離開丈夫，難掩欣喜，立即跳上第一班巴士從鄉下趕來，想陪在女兒身邊支持她度過這段艱難時期。對此，梅夫魯特隻字未提。

「我也有錯。」費哈說：「可是一切都會改變的。我會帶她去看電影，但她總得先回家。當然了，不能讓你直接去找薩蜜荷說，但可以讓薇蒂荷去當說客。」

接下來幾天，梅夫魯特心裡不時犯嘀咕，為什麼他親自去跟薩蜜荷說是不對的？只不過當下他並未反駁。

「薇蒂荷是個聰明的女人。」費哈說：「阿克塔希和卡拉塔希兩家人全部加在一起，就屬她最聰明。她可以說服薩蜜荷，你去告訴她……」

費哈對梅夫魯特說自己參與了一項重大計畫，但小心起見，沒有說出任何地點，與涉及的幫派和人名。他希望梅夫魯特將這一切都轉達給薇蒂荷，再讓薇蒂荷去告訴薩蜜荷。他真的是為了工作才忽略了妻子。

「對了，讓薩蜜荷心煩的還有另一件事。」費哈說：「她說你不想讓法特瑪和菲琪葉下午來我們家找姨媽玩。是真的嗎？」

「胡說。」梅夫魯特撒謊道。

「好吧，總之你跟薩蜜荷說，沒有她我活不下去。」費哈自視過高地說。

梅夫魯特並不相信他，並憂傷地暗想：這整段對話竟然都只是分享彼此的公開想法。二十六年前，他們能成為朋友一起賣奇思美，是因為他們樂觀地相信彼此能互相吐露內心想法。

如今，這兩個朋友分道揚鑣，就像兩個剛剛談定路線的查表員。這是他們這輩子最後一次見面。

薇蒂荷。自從二十年前嫁進這個家之後，我花了多少時間與精力調停糾紛、掩飾過錯、彌補關係，結果每當有壞事發生就要我負責，這樣對嗎？我不只一次告訴薩蜜荷「不管妳怎麼做，都不能離開妳的家和妳的丈夫」，結果妹妹決定打包行李，來桑山跟我們住，卻要怪在我頭上，這樣對嗎？我花了四年時間在伊斯坦堡精挑細選，想給蘇雷曼找個端莊賢淑的女孩，結果他娶了一個年長的酒吧歌女，這是我的錯嗎？我可憐的父親決定到伊斯坦堡來陪女兒，還跟薩蜜荷在四樓住了一個多月，我就活該遭公公和丈夫白眼嗎？蘇雷曼再也懶得來看父母親，卻拿「薩蜜荷在那裡」當藉口，讓我和可憐的妹妹陷入尷尬無比的處境，這樣對嗎？我說過那麼多次「我們現在有錢了，搬到西司里去吧」，柯庫總是當耳邊風，結果蘇雷曼和他老婆偏偏就去住在那裡，好像故意戳我的痛處，這樣對嗎？老實說，蘇雷曼和他老婆到現在都還沒請我和柯庫去過他們新家，這樣對嗎？還有，梅樂赫可以那麼高高在上地嫌棄桑山還沒有鋪設道路，嫌棄我們這一區連個梳妝台都沒有嗎？或者，替我算命的時候，她可以說：「妳這輩子都被男人欺負，被男人呼來喝去，對不對？」好像她的命比我好得多嗎？一個剛生完孩子的母親可以完全倚賴女傭，把嬰兒丟在另一個房間不管，整整三個小時都在和客人瞎扯淡、猛灌酒，還想唱歌嗎？我和我可憐的妹妹不許去西司里看電影，這樣公平嗎？柯庫斷然禁止我出門，就算可以出家門，也不許離開社區，這樣又公平嗎？過去二十年來，我得天天負責替公公送午餐到店裡去，這樣合理嗎？為了不讓午餐變冷，我匆匆趕去，結果只換來他一句「該不會又吃這個吧」或是「這什麼東西啊」，也不管我特別準備了他愛吃的豆子燉肉或是加了秋葵以便換換口味，這樣又合理嗎？就只因為薩蜜荷現在和我們同住，柯庫就老是規定她能做什麼、不能做什麼，還像使喚老婆一樣使喚她，這樣對嗎？柯庫可以在他爸媽面前數落我嗎？可以在孩子面前對我頤指氣使嗎？他們每個人一有問題就來找我，最後又總是掉頭說：「妳不懂。」這樣對嗎？晚上一起看電視的時候，我永遠拿不到選台器，這樣公平嗎？波茲庫和圖朗對待我可以像對待他們父親那樣粗魯嗎？他們可以在母親面前像船員一樣罵粗話嗎？他們的父親簡直把他們寵上天了，這樣對嗎？一起看電視時，他們每隔五分鐘就喊：「媽，點心！」卻連轉頭看我一眼都沒有，這樣對嗎？母親為他們付出那麼多，他們卻連句謝謝都懶得說，這樣對嗎？不管我說什麼，他們總是回答：「好啦，好啦，隨便妳啦，媽。」或是「妳瘋了嗎？」我加以反駁錯了嗎？他們在房裡放那些噁心的雜誌恰當嗎？他們的父親每兩天才回家一次，而且回來都很晚了，這樣對嗎？他雇用一個瘦得皮包骨、老愛鬧脾氣又濃妝豔抹的金髮女郎，還對她關懷備至，因為「她在生意上有幫助」，這樣又對嗎？不管我煮什麼，兩個兒子都很鄙視，可以這樣嗎？他們臉上長滿青春痘，還可以每天說要吃薯條嗎？他們可以邊看電視邊做功課嗎？我因為太愛他們，寧可花好幾個小時替他們做餃子，結果他們狼吞虎嚥以後只說了一句「肉不夠多」，這樣對嗎？他們可以趁爺爺看電視看到睡著，往他耳朵裡倒可口可樂嗎？他們會學父親，凡是碰到不喜歡的人就喊對方「娘娘腔」或「猶太人」，這樣對嗎？當我說：「去爺爺店裡拿點麵包回來」，他們每次都會為了輪到誰去而爭執，這樣對嗎？每當我叫他們做事，他們就會說：「我要做功課。」可是他們從來就沒有認真做過功課，這樣合理嗎？每當我叫他們小心一點，他們就會回嘴說：「這是我的房間，我想怎樣就怎樣！」這樣對嗎？要是有個千載難逢的機會，決定全家一起開車出遊，他們卻說：「我們要參加社區的足球比賽。」這樣能讓人接受嗎？他們會以「賣卜茶的」稱呼姨父梅夫魯特，而且儘管迷那兩個表妹迷得要命，卻又老愛欺負她們，這樣對嗎？他們會學父親的口氣跟我說：「妳說妳要減肥，怎麼又整天猛吃甜點？」又或是學他取笑我看下午的連續劇，可以這樣嗎？他們會說：「我們要去補習，準備大學入學考。」結果卻跑去看電影，這樣對嗎？當他們被留級，不但不承認自己不用功，反而罵老師是瘋子，這樣恰當嗎？他們連駕照都沒有，可以開車嗎？要是剛好看見薩蜜荷姨媽一個人去西司里，有必要晚上父親一回家就打小報告嗎？柯庫會當著他們的面跟我說：「我怎麼說妳就怎麼做，不然有妳好看！」也會用力捏我的手腕，捏到疼痛瘀青，這樣對嗎？他們會用空氣槍射海鳥和鴿子，這樣對嗎？吃完晚飯，他們從來沒有一次幫忙收拾過餐桌，這樣對嗎？我不斷地強調做功課有多重要，結果他們的父親又再次提起他當著全班的面痛打那個長著一張驢臉的化學老師的往事，這樣恰當嗎？要考試了，他們應該用功念書而不是準備小抄，不是嗎？每次我抱怨這些事，婆婆莎菲葉都會說：「薇蒂荷，妳自己也不是十全十美！」這樣對嗎？他們老是把神、國家和道德掛在嘴邊，結果心裡從來只想著賺更多錢，這樣對嗎？

十、梅夫魯特進警察局

我一輩子都在這些街道上度過

費哈。日光俱樂部也和大多數偷電的餐廳、咖啡館與旅館一樣，有一些可視為「公然違規」的情形。這些都是次要的外接線，隨便接一接，純粹是為了讓查表員來突擊檢查時（其實大部分都是事先安排好的）能有點收穫，而不追究主要的偷電管道。小鬍子先生看得出我急著想潛入俱樂部歌手與主持人聚集的後台與地下室區域，以便找出遭竊的電力主脈，因此他警告我要小心，儘管我們確實有檢察官和警察當靠山，可是再笨的人也猜得出來，敘爾梅內的沙米為了保住面子，一定會猛力反擊。過程中很容易會有人被射殺身亡，我最好別太常在那裡露臉。另外我也得提防總司令，他在日光俱樂部抄電表也夠久了，肯定會坐收漁翁之利。

於是我不再去日光俱樂部，但家裡已經沒有薩蜜荷在等我，我又想念夜總會的氣息，便改去其他地方。有一天晚上，我在「曙光」遇見總司令，他們替我們安排了一張隱密的桌子。曙光俱樂部本該是個可怕的地方，店內裝潢有一種非常不祥的感覺，廁所老是傳出怪聲，保鑣的眼神也惡狠狠，可是當天晚上，查電表的老前輩總司令對我這個年輕後輩卻是親切友善備至。不過他話鋒一轉，說起敘爾梅內的沙米是如何地平易近人，確實讓我猝不及防。

「要是你認識他本人，要是你親眼目睹他的家庭生活，知道他想為貝佑律、想為整個國家做些什麼，你就不會相信外面那些關於他的謊言。事實上，你絕不會再誤解他。」總司令說道。

「不管是對沙米先生或其他人，我都沒有偏見。」我說。

我有種感覺，剛剛說的這句話應該會傳進賽薇菡耳裡。接下來我也不知道灌了多少酒，因為關於敘爾梅內的沙米的「家庭生活」那句評論真的讓我心慌意亂。為什麼薩蜜荷對我們的家庭生活失去信心？我讓梅夫魯特去傳話叫她回家，她沒收到嗎？「一個人**絕對**不能表露自己人生中的真正意向。」總司令這麼說。**別去蹚這些夜總會和幫派戰爭的渾水，別捲入任何突襲行動**。不知為何，這話讓我想起梅夫魯特就從未捲入任何事情。我正暗自想著他真是個好朋友，想著薩蜜荷為什麼不回家，諸如此類的事，忽然注意到總司令好像知道曙光俱樂部裡每個侍者的名字。他們在低聲交談。請不要對我有所隱瞞，那麼我也不會對你有所隱瞞。**城市生活的意義就在於我們隱瞞了什麼**。我出生於這座城市，一輩子都在這些街道上度過。

我在某一刻忽然發覺總司令走了。我們是不是才剛剛為了費內巴切隊今年為何贏不了聯賽冠軍而起爭執？夜裡到了某個時刻，俱樂部裡總會空無一人，只剩下背景裡播放著音樂卡帶。在這座住著千萬人的城市，你會覺得自己是難得還醒著，卻又享受著這種孤獨的少數人之一。走出店外時撞見一個和你一樣的人，你心想，我不介意再說說話，我有太多故事可說了。喂，朋友，可以借個火嗎？來，抽根菸。你不抽薩姆松菸？我不喜歡美國菸，抽起來很嗆還會得癌症。不知不覺中，我已經和這個人一起走在空盪盪的市區，心想要是隔天再見到他，恐怕也認不出來。到了早上，這些街道旁所有商店、咖啡館與簡餐廳門前的人行道上，全是前一天晚上像我這樣的人打破的碎玻璃瓶，以及各種垃圾穢物，不得不清理的店家就會邊掃邊罵我們。你聽我說，我只是想好好地說說話，想找一個可以推心置腹的朋友，一個可以無話不談的人：你介意我跟你談談嗎？我一輩子辛辛苦苦，但唯一沒做到的就是關心家裡的情況。什麼？我是說**家**。這很重要。不，讓我說完……你說得對，朋友，不過這個時間沒有店還開著，就算這附近也沒有。不，肯定都關了，不過沒關係，我們就去碰碰運氣吧，我哪能讓你失望呢。這座城市在晚上比較美，你知道的：人到了夜晚總會說實話。什麼？別怕，狗不會咬人。你不是伊斯坦堡人嗎？你剛剛說賽薇菡？沒有，從來沒聽說過；那肯定是晨禮前最後打烊的一家俱樂部，你想去的話我們就去吧，還可以跟著唱幾首家鄉的老歌。對了，你到底是哪裡人？不會吧，連這裡都關了。我的一生都是在這些街道上度過。這個時間，就算在奇哈吉也沒地方可以去喝一杯。妓院和變裝秀場很快就會被掃蕩一空了。不，那間現在應該也關了。那傢伙看人的眼神有時候很凶狠，我朋友看見他都會說：費哈，你上哪找來的這些人？恕我冒昧問一句，你結婚了嗎？你別誤會……每個人都有權利有自己的隱私……你說你是黑海岸的人，但你有船嗎？到了夜裡某個時間，好像每個人一開口都會先說「對不起」或是「你別誤會」，可是為什麼不乾脆就別說可能讓人誤會的話呢？你為什麼不抽我們這麼棒的薩姆松菸，要抽美國菸呢？好啦，到了，寒舍就在三樓。我老婆離開我了，在她回來以前我都要睡沙發。對了，我冰箱裡有一些茴香酒，我們就再喝一杯，然後今晚到此為止，明天我還得早起去見幾個老簿記，好好讀一讀你們的往日紀錄。你別誤會，我終究還是快樂的。我在這座城市住一輩子了，到現在還是放不下。

由於現在賺的錢可以輕鬆過到月底，梅夫魯特晚上出門的時間也就比平時晚得多（晚間新聞結束好一會之後），而且十一點以前就回家。光是當查表員賺的錢就夠用了，這是他二十五年來第一次覺得維持生計沒那麼辛苦。況且每星期請他送兩、三次卜茶到家裡的長年老主顧人數也減少了。梅夫魯特會和女兒一起吃著女兒做的晚飯，一面笑著看電視，如果他回家時她們還沒睡，他就會再陪她們看一會電視。

梅夫魯特巡查時收到的每一分錢都會向費哈報告，而費哈最近每次跟他說話也都會開始揶揄他。有一天費哈問他：

「梅夫魯特，你要是中樂透會做什麼？」

「我就整天坐在家裡陪女兒看電視，其他什麼也不做！」梅夫魯特微笑著說。

費哈用半訝異半譴責的眼神看著他，像是在說「你到底能有多天真？」梅夫魯特這一生見過不少小偷、騙子和自以為比他聰明的人，他們都是這麼看他，可是費哈從來不是這種人，以前的他是了解梅夫魯特的。這麼多年來他一直是徹底敬重梅夫魯特的誠實，如今竟用這種眼神看他，不禁讓梅夫魯特傷透了心。

有時候當梅夫魯特到遠一點的鄰區賣卜茶，難免會心想費哈八成也和其他人一樣，覺得他肯定「不太正常」才會繼續賣卜茶這玩意。說不定薩蜜荷也這麼想。不過她到底還是拋棄費哈了。還沒有女人拋棄過梅夫魯特呢。

十一月某天晚上他回到家，發現外面停了一輛警車，他馬上想到費哈，卻沒想到警察可能是來找他的。當他走進大門，看見警察站在樓梯上，他家的門敞開著，法特瑪和菲琪葉臉上滿是驚恐，他的第一個反應是覺得警察追查的人不是他，這一切想必和費哈的什麼計畫有關。

「今天晚上只是讓妳們的爸爸去做個筆錄。」因為女兒看他被帶走哭了起來，警察便這麼安撫她們。

但是梅夫魯特知道警察辦的任何案子，無論是牽涉到毒品、政治或只是一般殺人案，這種安慰的話都只會誤導人。有時候，被帶去問話的人幾年都沒回家。警局離他們家只有五分鐘路程，如果真的只是要他去做筆錄，絕對不會派車來。

警車在黑夜中行駛之際，梅夫魯特一再對自己說：我是清白的。不過費哈可能做了什麼錯事，梅夫魯特又是他的合作夥伴，這或許表示他也有罪——至少就他的意向而言。頓時一股悔恨竄湧而出，讓他噁心欲嘔。

到了警局以後，他們顯然不打算馬上替他做筆錄。雖然本來就預期到這種情況，卻仍忍不住失望。他被關進一間寬敞的牢房，走廊上一盞舊燈灑進少許光線，但牢房深處卻是暗的。梅夫魯特猜想裡面還有兩個人，一個睡著了，另一個喝醉酒，似乎在低聲抱怨什麼。梅夫魯特學著前一人，縮起身子躺在角落的冰冷地上，耳朵貼著肩膀，免得聽到另一個人的聲音。

想起方才離家時，法特瑪與菲琪葉淚眼婆娑的害怕表情，讓他十分沮喪。現在最好就是沉溺在悲苦情緒中直到入睡，就像以前小時候那樣。倘若萊伊荷現在能看到他，會怎麼說？她會說：「我不是叫你離費哈遠一點嗎？」他想到她常常像個小女孩把頭髮往後紮的樣子，想到她偶爾發怒的瞬間，還有每當她發現一種聰明方法能讓廚房裡的事做起來更輕鬆，總會對他露出的頑皮笑容。以前他們笑得多開懷啊，有時候！要是萊伊荷還活著，梅夫魯特對於即將發生的事就不會這麼憂慮了。明天早上訊問時，他肯定會挨打，說不定還會挨鞭子或是被電擊。費哈跟他說過太多關於警察的惡劣行徑，如今落入他們手中，只能任憑擺布。不會有事的！他暗暗告訴自己，試圖保持冷靜。服役的時候他也很怕被打，可是到頭來還是都平安度過了。那天他徹夜未眠。早上聽到晨禮的喚拜聲時，他才體會到能夠自由走上街頭、加入城市生活的潮流中，是何等的恩典。

他被帶到偵訊室後，整個人覺得筋疲力竭又憂慮到極點。萬一他們毆打他或是抽他的腳逼供，該怎麼辦？梅夫魯特聽左翼的朋友說過無數勇士的故事，說他們是如何英勇忍受各種酷刑而喪命，他倒也願意效法他們，只是他有什麼祕密需要隱瞞呢？想必是費哈在幹某些不可告人的勾當時，利用了梅夫魯特的名字。當初捲入電力的不當交易，真是大錯特錯。

「你以為在自己家嗎？」一個便衣說道：「我沒叫你坐就不許坐。」

「對不起……我不是故意做錯事。」

「你有沒有做錯事由我們來判定，不過我們就先來看看你知不知道怎麼說實話。」

「我會老實說的。」梅夫魯特帶著勇氣與堅定信念說道。他們似乎也被他的話打動了。

他們問他兩天前的晚上做了什麼。他說他出門去賣卜茶，就跟每天晚上一樣，並告訴他們自己去了哪幾條街、哪幾個區，又在什麼時間進入哪間公寓。

有一度，訊問速度慢了下來。梅夫魯特從打開的門看出去，竟看見一名警員帶著蘇雷曼走過去。他在這裡做什麼？他還沒理清思緒，警察就跟他說兩天前的晚上，費哈在自己家裡遭人殺害。他們仔細觀察梅夫魯特的臉。看他有何反應，並問起費哈擔任查表員的工作情形。梅夫魯特沒說出什麼會給費哈或蘇雷曼惹麻煩的話。他的朋友死了。

「這個蘇雷曼．阿克塔希和費哈．易馬茲之間有點過節，對吧？」警察繼續問道。梅夫魯特解釋說那一切都過去了，蘇雷曼現在已經結婚，過得很幸福，還有了孩子，他絕不會做這種事。警方提醒他費哈的妻子離家出走，逃到蘇雷曼家去了。梅夫魯特說那不是蘇雷曼造成的，再說他現在也都不回那個家了。這些他都是聽薇蒂荷說的。梅夫魯特始終不停地為兩位朋友的清白辯護。有誰可能殺死費哈呢？梅夫魯特心裡有沒有懷疑的人？沒有。梅夫魯特對費哈有沒有心懷不滿？他們有沒有因為金錢或女人起過爭執？他沒有，他們也沒有。他有沒有想到費哈會被殺？沒有。

有時候警察會忘記他在場而談起其他事情，可能是和開門進來的同仁聊聊近況，或是拿足球比賽結果互相調侃。這一切讓梅夫魯特認為自己應該不會有太大麻煩。

有一刻他似乎聽到某人說：「三個男的在追同一個女的！」大夥說著都笑起來，好像這和梅夫魯特毫無關係似的。蘇雷曼有可能告訴警方情書的事嗎？梅夫魯特漸漸不抱希望。

偵訊過後他又被送回牢房，心中原本的愧疚感轉變成恐慌：他們會打到他說出關於情書和蘇雷曼如何騙他的事為止。有那麼一剎那，他簡直羞愧得想死，但隨即意識到應該是自己想太多。沒錯，他們三個都愛上薩蜜荷，這的確是事實。梅夫魯特也知道即使告訴警察「那些信其實是寫給萊伊荷」，他們八成只會嘲笑他，然後繼續訊問。

下午，他正忙著預習這些說明時，警察放人了。一出警局，他開始為費哈感到哀傷，好像被抹去了人生與回憶中一個重要部分。但是實在太急著想回家擁抱女兒，一跳上前往塔克辛的巴士後，他又覺得幸福滿溢。

女兒不在家，空空的屋子讓他十分沮喪。法特瑪和菲琪葉離開時丟下碗盤沒洗，他內心逐漸升起一股憂鬱之感，奇怪的是甚至有點害怕看見自己用了三十年的卜茶用具、萊伊荷養在窗台的羅勒，還有短短兩天內便鼓足勇氣到處奔竄，好像成了屋主似的大蟑螂。這個房子彷彿一夕之間變成另一個地方，屋內的一切都起了極細微的變化。

他匆匆出門，很確定女兒就在桑山的姨媽家。如今每個人都會責怪梅夫魯特，怪他不該和費哈那麼親近。他向薩蜜荷致哀時該說些什麼？搭公車前往梅吉迪耶克伊的途中，他看著車窗外淨想著這些事。

桑山的阿克塔希家和平常做完節日禮拜後一樣擁擠：蘇雷曼也和梅夫魯特差不多在同一時間被釋放了。有一度梅夫魯特發現自己就坐在蘇雷曼妻子梅樂赫對面，但他們倆都看著電視，沒有說上半句話。梅夫魯特尋思道，這個女人看起來毫無惡意，大家都對她太嚴苛了。現在他一心只想帶著女兒回塔拉巴什的家，免得有人為了什麼事怪他、罵他。這些人即使因為蘇雷曼被釋放而鬆了口氣，感覺上還是帶著譴責。感謝神，現在這棟房子加蓋了四層樓，還有三台電視始終開著。梅夫魯特一直待在一樓，也就是說他不必面對淚漣漣的薩蜜荷，向她表達哀悼之意。如今她也失去了另一半，或許她早就知道這種事遲早會發生在費哈身上，才會聰明得選擇離開他。

費哈的阿列維親友、電力公司的同事和幾個貝佑律的老朋友，都來參加他的葬禮，但薩蜜荷沒到。梅夫魯特和莫希妮一離開墓園，忽然有點不知所措。伊斯坦堡上空一片灰沉沉。他們倆都不怎麼喜歡喝酒，最後去看了場電影，然後梅夫魯特便回家等女兒。

他完全沒有向女兒提起姨丈費哈的葬禮。看法特瑪和菲琪葉的樣子，像是認為平時愛開玩笑的姨丈是因為做錯事才遭到殺害，而她們什麼也沒問。薩蜜荷跟她們說了什麼？又教了她們什麼樣的事？每當梅夫魯特看著女兒，總會擔心她們的未來，也希望阿克塔希家的人怎麼看待費哈，她們就怎麼看待他。他知道費哈會不高興，心裡很過意不去。可是相較於保護女兒的未來，他內心對這件事的看法完全無關緊要。如今費哈死了，他想在伊斯坦堡求生存，唯一能仰賴的人就是柯庫和蘇雷曼。

打從一開始，梅夫魯特對柯庫說的話就跟他對警察說的如出一轍：他對費哈那些高風險的陰謀一無所知。無論如何，這份工作已經不再適合梅夫魯特，他打算立刻辭職。他也存了一些錢。當他前往七山電力位於塔克辛、規模龐大的總部遞交辭呈時，卻發現自己已經被辭退。由於民營化後造成諸多掠奪情形，公司新老闆格外留意避免負評、避免出現任何不法情事。當梅夫魯特聽到他認識的幾個查表員，已經開始批評費哈玷汙所有查表人員的名聲，不由得打了個寒噤。假如是另一個查表員在追蹤非法線路時遭到殺害或毆打，這批人應該會把他捧成為同業爭光的英雄。

費哈遇害的原因與手法經過數月都未能查明。起初，警方暗示命案背後可能涉及某種同性戀動機，這連柯庫和蘇雷曼聽了都動怒。他們如此推斷是因為凶手不是強行侵入費哈住處，所以顯然是費哈認識的人，甚至似乎還一起喝了杯茴香酒。警方也為薩蜜荷做了筆錄，而且似乎相信她所供稱最近遭丈夫冷落，因此搬去和姊妹、姊夫同住。她始終未被列為嫌犯，事實上警察還帶她回家確認有無物品失竊。他們逮捕了兩名經常在楚庫祖瑪和奇哈吉犯案的竊賊，並對他們稍加施暴。調查的細節每天都不一樣，多虧柯庫的政治關係不錯，梅夫魯特才能時時掌握最新消息。

現今伊斯坦堡有九百萬居民，除非案情涉及半裸女性或名人，否則一般因為感情、酒醉或暴怒犯下的罪行都不算新聞。費哈的命案甚至沒有見報。自從電力事業民營化後，那些報業大亨也分到了好處，自然會避免任何負面的廣告。六個月後，費哈那些左派老戰友經常捐助的一份月刊，登出一篇關於電力黑手黨卻無人聞問的文章，裡面列出一份名單，其中包括「費哈．易馬茲」。筆者表示，費哈是個善意的查表員，不幸捲入犯罪幫派爭奪電力黑市利益的戰火中。

梅夫魯特以前從未聽說這份刊物，可是就在刊登費哈那篇文章的那一期發行兩個月後，蘇雷曼拿了一本來給他，看著他讀完文章，然後便絕口不再提起。他剛剛有了第二個兒子，建築工程也做得很順利，他對自己的生活相當滿意。

「你知道我們都有多愛你吧？」蘇雷曼說：「法特瑪和菲琪葉告訴我們，你還沒能找到你該有的工作。」

「我過得很好，感謝神。」梅夫魯特說：「我不明白丫頭們有什麼好抱怨的。」

費哈死後，財產的分配花了八個月時間。薩蜜荷在阿克塔希家為她請的律師的協助下，取得位於楚庫祖瑪與托普哈內附近的兩間小公寓，那是她丈夫用他擔任查表員的多年積蓄搶便宜買下的。這兩間又小、格局又差又破舊的公寓，經過烏拉爾建設公司重新裝潢上漆後出租了。梅夫魯特透過法特瑪和菲琪葉得知了桑山那邊生活的點點滴滴，她們每個週末都會去找姨媽，在那兒度過週六夜晚，然後把一切全告訴父親，從吃的東西到看的電影、姨媽玩的遊戲，還有柯庫和薇蒂荷之間的爭吵。當法特瑪和菲琪葉從桑山回到塔拉巴什家中，會興高采烈地拿出新毛衣、新牛仔褲、新袋子和其他禮物，秀給父親看。此外，薩蜜荷姨媽還付錢讓法特瑪晚上去補習，準備大學入學考試，也會給兩個外甥女額外的零用錢。法特瑪想讀餐旅管理，她的決心總是讓梅夫魯特感動得熱淚盈眶。

「你也知道柯庫有多熱衷政治。」蘇雷曼說：「我相信他為這個國家所做的一切好事，總有一天會得到回報。以前我們離鄉背井，但現在我們要創立一個協會，把所有來到伊斯坦堡的貝伊謝希爾同鄉團結起來，一定要得到他們的支持。我們還找了桑山、灰山、諾胡和約倫的幾個有錢人來共襄盛舉。」

「我不懂政治。」梅夫魯特說。

「梅夫魯特，我們都四十歲了，什麼都能懂。」蘇雷曼說：「再說這和政治無關。我們只是要辦一些活動，一直以來已經辦過一日旅遊和聚餐，現在還要有個會館。你整天只需要泡茶，就像經營咖啡館那樣，然後跟家鄉的人聊天。我們募到了一些錢，可以在梅吉迪耶克伊租個場地，你就負責早上開門、晚上關門，賺的錢至少是隨便一個可憐的街頭小販的三倍。柯庫會擔保的。你可以六點下工，晚上還有時間去賣你的卜茶。你看，我們連這個都想到了。」

「給我兩天時間考慮一下。」

「不行，你現在就得決定。」蘇雷曼說，可是一看到梅夫魯特悶悶不樂的臉便讓步了。

梅夫魯特遠遠更喜歡一些接近街道、人群與貝佑律的工作，可以和客人開開玩笑、去按他們的電鈴、在無止境的街道斜坡上上下下，這些是他熟悉、熱愛的事，而不是被困在某個地方。但他痛苦地意識到自己仍非常需要蘇雷曼與柯庫的幫助，之前當查表員存的錢都已經花光了。在電力公司工作也讓他損失了一些卜茶顧客，因為晚上沒辦法再做那麼多工作。有些夜晚當他走在街上時，感覺好像沒有一道窗簾會拉開、沒有一個客人會請他上樓。夜裡，他可以感受到四周城裡的水泥建築、冷硬氣氛與可怕事物的重量。狗已不再造成威脅。那些有輪子的金屬垃圾桶如今已一路深入市中心，遍及所有梅夫魯特深愛的地方，如貝佑律、西司里、奇哈吉等地，也伴隨著新一類、在裡頭覓食的窮人。他在這些街道上緩緩步行了二十九個年頭，它們已經成為他靈魂的一部分，如今卻又再次快速轉變。有太多文字、太多人、太多噪音。梅夫魯特可以感覺到民眾對過往的興趣提升了，卻不奢望這對卜茶生意有太大幫助。此外還出現一種新類型的叫賣小販，更蠻橫、更火爆。他們老是想騙人，老是大聲叫嚷，還經常削價競爭……這些新來的人不僅手段拙劣而且貪得無厭。老一輩的街頭小販已經被市聲喧囂所吞沒……

正因為如此，梅夫魯特才會對與同鄉交際的想法感興趣，而決定接受這份工作，何況晚上還有時間賣卜茶。會館的幾間小辦公室在一樓，門外就有個烤栗子小販擺攤。開始工作的前幾個月，梅夫魯特會從窗口觀察他，學習那種買賣的所有技巧，也注意到那人做錯的一些事。有時候梅夫魯特會找藉口出去和他說話（「門房在嗎？」或是「這附近哪裡可以找到換玻璃的人？」）偶爾他會讓那個人把烤栗子攤放進室內（這個做法很快就遭到禁止），他們再一起到清真寺去做週五禮拜。

十一、我們內心的意向為何，我們言語的意向為何

法特瑪繼續升學

沒多久，梅夫魯特就在經營會館這份相當輕鬆的工作與晚上叫賣卜茶之間，找到愉快的平衡。他經常在六點以前離開，看看當天晚上主持活動的人是誰，就把「會場」交給他。還有其他幾個人也都有大門鑰匙。有時候，戈楚克或諾胡等村莊移民的一整個地方代表團，會包場一整晚，梅夫魯特就會匆匆趕回家（隔天早上回來，卻發現辦公室和廚房一片狼藉）。和女兒早早吃過晚飯，再看看目前就讀高二的法特瑪是不是真的夠用功，可以進大學（沒錯，她的確不是裝的），然後才帶著愉快的心情出門賣卜茶。

一九九八年整個秋天，梅夫魯特時常去拜訪聖導師。現在他的屋裡開始聚集一群比較急切而自信的新人，梅夫魯特不太喜歡他們，也能感受得到這種感覺是互相的，他們也覺得他的存在很不協調。愈來愈多留著鬍子的信徒、後街裡從不打領帶的鄉巴佬、狂熱分子以及各種各樣的助手，向聖導師蜂擁而來，梅夫魯特幾乎再也找不到機會和他說話。一連生了幾場病使得聖導師長期疲憊不堪，便不再教授書法，於是以前常來的那些愛閒談的學生也不再出現，當時他們至少為這個地方帶來些許活力與歡樂。如今，聖導師會坐在靠窗的扶手椅上，群眾便圍在他身旁等候輪流開口，聽著他們迫不及待地表達由衷的憂戚之情（關於聖導師的健康？關於最新的政治情勢？或是梅夫魯特不知道的事情？），他會不時嚴肅點頭。現在每當梅夫魯特進入聖導師的隱居之所，也會跟著露出同樣的哀傷表情，並壓低說話聲音。最初來到這裡的情形十分不同，當時他們會說：「瞧瞧誰來

了，是天使面孔的卜茶小販呢。」他們會以揶揄的口氣喊他「梅夫魯特經理！」而且總有人會說他走過街頭的叫賣聲中充滿感情。而今天，大家只是喝著他免費發送的卜茶，甚至不知道他是個卜茶小販。

有一天晚上，他終於和聖導師四目交接，幸運地得到與他交談幾分鐘的機會。等到交談結束，他正要走出去時，他才察覺到這次談話並不十分愉快。不過他強烈意識到其他人對於這次的對話既羨慕又氣惱，不禁得意洋洋。那天晚上的談話可以說是梅夫魯特與聖導師的「對話」當中，最有意義也最令人傷心的一次。

本來梅夫魯特已差不多要放棄那次探訪，不料原本對著周圍的人輕聲說話的聖導師，忽然正式地轉向聚集在寬敞屋內的眾人問道：「誰戴的手表是皮表帶，誰戴的是塑膠表帶？」聖導師很喜歡拿問題、謎語和宗教難題來挑戰學生。當眾人照常依序並恭敬地試著回答問題，他看見了梅夫魯特。

「啊，我們那位有著神聖名字的卜茶小販也來啦！」他一面稱讚梅夫魯特，一面把他叫到身旁去。

當梅夫魯特彎身親吻他的手（隨著他每次來訪，導師手上的褐斑似乎愈來愈大，也愈來愈多了），坐在聖導師旁邊的人隨即起身讓座。梅夫魯特坐下後，聖導師正視他的雙眼，身子湊上前來，靠得出乎意外地近，然後用一些古式語句問他過得好不好。他的遣詞用字就跟掛在牆上的書法一樣優美。

梅夫魯特立刻想到薩蜜荷，同時暗咒魔鬼不該在所有人注目的時候，玩弄他的心思。他已經思考許久，該如何向聖導師解釋他寫情書給萊伊荷時，心裡想的其實是薩蜜荷。他發現自己忽然回想起多年來複雜的邏輯思維，他在這個問題上投注了多少心力可見一斑。首先他要提出回教中「意向」的概念，然後請聖導師解釋一個人私下與公開的意向之間的細微差異。他可以藉此機會透過這位至聖者的雙眼，分析他人生中極其重要的那種奇異之感。也許至今仍重重壓在他心上的所有疑慮，終於可以藉由今晚所學全部釋放。

不料他們的對話有了截然不同的轉變。梅夫魯特都還沒來得及開口，聖導師便問了另一個問題。

「你每天都會祈禱嗎？」

這個問題他通常只問那些放肆無禮、想吸引注意的人，或是太愛說話的人，又或是新來的人，從來沒有問過梅夫魯特。也許是因為他知道梅夫魯特只是個一文不名的卜茶販子。

梅夫魯特已經知道這個問題該怎麼回答，因為他以前聽過別人回答：被選中的賓客必須誠實說出自己過去這幾天祈禱了幾次、施捨了幾次，同時還要遺憾地承認自己做的仍不足以滿足信徒的職責。接著聖導師會寬恕一切過失，對懇求者溫言安慰：「重要的是要心存善念。」但想必又是魔鬼作祟，也可能是梅夫魯特自己心知肚明，完整的真相恐怕不會引起太好的反應，總之他好不容易才結結巴巴給出一個答案。他說在神的眼裡，重要的是內心意向，這句話梅夫魯特經常聽到聖導師本人說，可是話一出口，他就知道像這樣覆述導師的話不太恰當。

「你的心想不想祈禱並不重要，最重要的是要確實去祈禱。」聖導師說。他的語氣很溫和，但凡是認識他的人馬上就能聽出那是聖導師譴責人的方式。

梅夫魯特如少年般俊俏的臉龐隨即漲紅。

「沒有錯，判斷任何行為都要以它背後的意圖為依據。」聖導師接著說：「**約定的重要性在於它預定完成，又意圖完成什麼目的**。」

梅夫魯特低垂雙眼，靜坐不動。「**關鍵在於情感，而非行動**。」聖導師說道。他這是在取笑梅夫魯特坐著一動也不動嗎？有兩、三個人笑出聲來。

梅夫魯特說他那個星期每天都有參加晌禮。這不是事實，他也看得出來每個人都知道。

或許是因為梅夫魯特露出明顯的尷尬神情，聖導師提高了談話的音調。他說：「意向可分為兩種形式，一**是內心的意向**，**一是言語的意向**。」梅夫魯特聽得一清二楚，並特意牢記在心。內心的意向至關重要。事實上，誠如聖導師常說的，這是我們對伊斯蘭教能有完整理解的重要基礎。（如果內心的意圖最為重要，是否意味著梅夫魯特那些情書的最大重點在於他是為薩蜜荷而寫？）但是信仰教導我們，言語背後的意向也必須為真。我們的聖先知同樣是透過言語表達他的意向。遵循遜尼派教義的哈納菲學派或許認為內心意向純真便已足夠，但是聖者伊本．佐哈尼（如今梅夫魯特不確定自己有沒有記錯名字）曾經宣稱，若是涉及城市生活，**我們內心的意向將反映在言語的意向上**。

或者聖者伊本．佐哈尼其實是說兩者「應該」會互相反映？這部分梅夫魯特其實沒有聽得很清楚，因為當時剛好有輛車在外面街上按喇叭。聖導師登時住口不語。他瞅了梅夫魯特一眼，目光直透他心靈深處。他看出了梅夫魯特的尷尬、他對老師的敬意，以及他想盡快離開的意願。「**一個無意祈禱的人絕對聽不見喚拜聲，我們只會聽見自己想聽的，看見自己想看的**。」他面容平靜，對著全室的人說道，這次又有幾個人笑了。

接下來幾天，梅夫魯特沮喪地細想這些話。聖導師提到「一個無意祈禱的人」，指的是誰？會不會是不常祈禱還撒謊的梅夫魯特？還是某個在三更半夜按喇叭吵鬧的有錢人？又或者指涉的是邪惡、軟弱，老是說一套做一套的一般大眾？那屋裡的人又在笑什麼？

關於內心意向與言語意向的思緒，持續讓梅夫魯特感到沉重不已。他看得出來這兩者之間的區別，與費哈講述私下與公開觀點的理論相符，但是思考「意向」，讓這整個問題變得比較人性化。對梅夫魯特而言，內心與言語的對比相較於私下與公開觀點的對比更有意義——或許也因為後者比較嚴肅的關係。

有天下午，梅夫魯特站在會館外面邊看著賣栗子的小販，邊和一個上了年紀、已經退休，名下有些產業的酸奶販子聊天，老人說：「我們就看看命運怎麼安排吧——**奇思美**。」這個詞有如廣告招牌的標語深深嵌在梅夫魯特心裡。

他一直把它連同對費哈的回憶一起藏在內心某個角落，但如今它又回來了，在他夜行時伴隨著他。樹上的葉子簌簌抖動，跟他說話。現在一切都說得通了：**奇思美**就是為我們內心意向與言語意向間的鴻溝架起橋梁的力量。一個人心裡想的和嘴裡說的可以不一樣，他們的命運，他們的奇思美卻能把兩者結合在一起。就像那邊那隻想要停到垃圾堆上面去的海鷗，一開始也只是意圖這麼做，接著牠發出一連串嘎叫聲，也算是一種言語表達，但是牠心中懷想並以叫聲表達出來的願望是否真能實現，則得視一組由**奇思美**支配的因素而定，諸如風速、運氣與時機。他與萊伊荷在一起所得到的幸福是**奇思美**所賜，他一定要記得尊重這一點。聖導師的話讓他有點心煩，但他還是很慶幸去見了他。

接下來兩年期間，梅夫魯特都在擔心大女兒能不能讀完高中上大學。法特瑪的學業他幫不上忙，甚至無法檢查她的作業做得對不對。不過他還是會默默留意她的進步，每回看見法特瑪突然沉著臉不說話、有一搭沒一搭地翻著課本、對著作業皺眉、氣憤地走來走去，或者有時只是靜靜地坐在那裡凝視窗外，他都會想起高中時期那個焦慮的自己。但他女兒與這個城市的世界聯繫得更緊密許多。他發現她既感性又美麗。

妹妹不在的時候，梅夫魯特總喜歡帶法特瑪出去買書和學校用品，甚至會帶她上有名的莊園布丁店，兩人在擁擠的店裡合吃一盤雞絲奶凍，邊吃邊聊。法特瑪和其他女孩不同，與父親相處時從不顯得嬌縱、情緒化或急躁。梅夫魯特幾乎沒有罵過她——其實她也從未做過該責罵的事情。有時候他看得出來，在她的堅定與自信背後有一種憤怒。他們總會一起說笑，梅夫魯特還會取笑她瞇著眼睛看書、每天要洗手上千次，而且什麼東西都胡亂塞進手提袋，但他一定會適可而止。他是真的敬重她。

每當瞥見女兒手提袋內的雜亂物事，梅夫魯特了解到女兒與這座城市、與城市的居民、與城市的機關組織之間，打造了一種極為強固又深入的關係，那是他從未有過的經驗。她肯定也和形形色色的人談論過各式各樣的事情，而那些人梅夫魯特只有當街頭小販時才遇見過。那只袋子裡東西多得數不清，有身分證、紙張、髮夾、小錢包、書、筆記本、通行證、小包小包的東西、口香糖、巧克力……有時候，袋子裡會散發出一種梅夫魯特這輩子從未在其他地方聞到的氣味。那不是書本的味道，有時他真的會當著她的面拿起書來，半認真地嗅一嗅，不過那是種像書的氣味。它讓梅夫魯特想到餅乾，想到女兒趁他不在時偷吃的口香糖，還有一種他也不太記得在哪聞過的人工香草味，這種組合讓他覺得，只要她動了念頭，很輕易就能開始另一種迥然不同的生活。梅夫魯特是真的希望法特瑪能念到高中畢業去上大學，可是偶爾也會不由自主地好奇：將來她會嫁給誰呢？他不喜歡去想這種事，他覺得女兒會飛離這個家，高高興興地拋下這裡的生活。

一九九九年初那幾個星期，梅夫魯特不時會對女兒說：「今天妳補習班下課，我可以去接妳。」法特瑪為了準備大學入學考在西司里上補習課，有時候下課時間剛好和梅夫魯特在梅吉迪耶克伊會館的下工時間差不多，可是法特瑪從來不想讓父親去。她倒也沒有晚回家，她的課表梅夫魯特都清清楚楚。法特瑪和菲琪葉每天晚上都會替他做晚飯，用的是母親使用了多年的鍋具。

那一年，法特瑪和菲琪葉非要父親在家裡裝電話。如今價格已經下降，每個人都會拉一條電話線，只要提出申請，通常三個月內就能通話。梅夫魯特卻一拖再拖，除了擔心多一筆額外支出，也怕女兒成天黏著電話不放。尤其一想到薩蜜荷會每天打電話給她們，教她們這個那個的，他更是不放心。當女兒說要「去桑山」，梅夫魯特知道其實她們經常是去西司里，整天和薩蜜荷姨媽去看電影、上糕餅店、逛購物中心。有時候薇蒂荷姨媽也會瞞著柯庫一塊兒去。

一九九九年夏天，梅夫魯特不打算賣冰淇淋。推著三輪攤車的傳統冰淇淋小販，已經很難再在西司里與市中心到處走動，更別想有不錯的收入。現今要想做這種生意只能到較老舊的鄰區，趁著夏日午後孩童在街上踢足球的時候，只是梅夫魯特在同鄉會負責的事愈來愈多，這些時段總是走不開。

六月，在法特瑪成功完成了高二學業後的某天傍晚，蘇雷曼獨自來到會館。他帶梅夫魯特到奧斯曼貝一家新開的餐廳，並提出一個讓他十分為難的要求。

蘇雷曼。波茲庫好不容易念完高中時已經十九歲，那還是因為柯庫心不甘情不願地花錢讓他去念私立學校，這種學校的文憑基本上用錢就買得到。今年（還有去年）他入學考試考得不好，進不了什麼好學校，現在他是真的迷失了方向。他好像撞了兩次車，甚至因為酒後鬧事在牢裡待了一晚。於是他父親決定，等他滿二十歲就讓他去當兵。這孩子不接受，心情沮喪到不肯好好吃東西。波茲庫告訴母親說他愛上了法特瑪，不過也沒有真的要求他們安排說媒什麼的。今年春天，法特瑪和菲琪葉到桑山來的時候，又跟波茲庫和圖朗吵了一架。那兩個丫頭生氣了，就再也沒回過桑山。（梅夫魯特完全不知道。）再也見不到法特瑪的波茲庫害起了相思病，柯庫說：「他去當兵以前讓他們先訂婚吧，要不然他會被伊斯坦堡給吞了。」這些計畫柯庫只對薇蒂荷提起，我們對薩蜜荷什麼也沒說。我和柯庫去找波茲庫談。「我要娶她。」他說完就轉過頭去。結果讓雙方見面的責任就落到我頭上了。

「法特瑪還在念書。」梅夫魯特說：「我們連她喜不喜歡波茲庫都不知道。甚至不知道她會不會聽我的。」

「梅夫魯特，我這輩子只被警察打過一次，而那都是你害的。」我說完便沒有再多說什麼。

蘇雷曼沒有提起這些年來阿克塔希家對他的諸多幫忙，反而強調自己在費哈遇害後遭警察毆打的事，讓梅夫魯特覺得意味深長。他們倆都被羈押的時候，不知為何警察只打了蘇雷曼，梅夫魯特卻毫髮無傷。現在每次想到，他都還會忍不住微笑。看來柯庫的影響力再大，也不足以讓蘇雷曼逃過那次被打的命運。

他到底欠阿克塔希家多少？另外還有那些陳年的地產糾紛要考量。他等了很久才向法特瑪提起此事，自己心裡卻無時不在想著，實在不敢相信女兒竟然已經大到可以嫁人，而柯庫和蘇雷曼竟然覺得向他提親沒什麼不妥。他父親與伯父娶了一對姊妹，他們這第二代的堂兄弟也娶了一對姊妹。假如現在第三代又開始聯姻，恐怕會生出鬥雞眼又口吃的笨蛋。

不過最大問題卻是可以想見的、迫在眉睫的孤單。在那些夏日晚上，梅夫魯特會陪女兒看上幾個小時電視，然後等她們入睡再出去散步許久。映在街燈燈光下的樹葉黑影、綿延不盡的牆壁、櫥窗裡的霓虹燈以及廣告看板上的文字，都會跟他說話。

有一天晚上菲琪葉去雜貨店，他和法特瑪在看電視，兩人聊著聊著，不知怎地聊到桑山的房子。「妳們為什麼不去找姨媽了？」梅夫魯特問道。

「我們還是常常跟她們倆見面啊。」法特瑪說：「只是現在不那麼常去桑山了，只有波茲庫和圖朗不在的時候才去。我受不了他們。」

「他們跟妳說什麼了？」

「唉，很幼稚的事情……那個沒腦的波茲庫！」

「聽說你們吵架讓他煩得要命，連飯都不吃了，他說……」

「爸，他有病。」法特瑪明智地打斷父親的話，好讓這個話題到此為止。

梅夫魯特看到女兒眼中的怒火。「那妳們就根本也別再去桑山了。」他欣然地支持女兒。

他們再也沒有談起這件事。梅夫魯特不知道該如何正式拒絕，同時又避免傷到任何人的感情，便也沒有打電話給蘇雷曼。不料，八月中一個燠熱的傍晚，蘇雷曼到會館來，當時梅夫魯特正忙著拿他剛剛從雜貨店買來的量產冰淇淋招待三個伊姆蘭勒村的人，他們想籌辦一趟博斯普魯斯海峽的遊船之旅。

只剩他二人獨處後，梅夫魯特立刻對蘇雷曼說：「法特瑪沒這個意願，她說不要。再說她還想繼續念書，我總不能逼她休學吧？波茲庫的成績可從來沒有她這麼好。」他頓時有股衝動想要戳戳對方的痛處，便又補上最後這句話。

「我不是跟你說他要去當兵了嗎……」蘇雷曼說：「算了，無所謂……但你總可以回個話吧。要是我不過來問，你甚至都懶得給我們一個答覆了。」

「我是想再等一等，也許法特瑪會改變心意。」

梅夫魯特看得出來蘇雷曼對他們的拒絕並不生氣，事實上，他似乎覺得理所當然。只是他擔心柯庫的反應，梅夫魯特有一度也很擔心，不過他不希望法特瑪在大學畢業以前結婚。現在，他們父女至少還有五、六年相依相伴的幸福日子。每當與法特瑪談話，梅夫魯特總會感到放心，因為知道她是值得信任的聰明人，就像他以前始終信任萊伊荷一樣。

五天後，他在午夜過後不久被震醒，床、房子、整個世界都在搖晃。地面發出可怕的聲響，他聽見玻璃杯和菸灰缸摔得粉碎，聽見鄰居家窗戶破裂的巨響，還聽見到處都是尖叫聲。兩個女兒跳到他床上，和父親抱在一起。地震持續的時間大大出乎梅夫魯特的意料。平靜下來以後，停電了，菲琪葉哭了起來。

「拿幾件衣服，我們到外面去。」梅夫魯特說。

全部的人都醒了，也都跑到漆黑的街上來，黑暗中，好像所有塔拉巴什的居民都同時在說話。喝醉的人在抱怨，很多人在哭，有一些特別憤怒的人則大聲宣洩他們的不滿。梅夫魯特和女兒還穿上了衣服，其他人則大多只穿著內衣和睡衣，有人穿拖鞋、有人打赤腳，便衝出家門。這些人不斷試圖想回屋裡換上得體的衣服、拿點錢，順便鎖門，卻總是被餘震嚇得再次尖叫跑出來。

看到人行道和街道上聚集了那麼多嘈雜喧嘩的人，梅夫魯特和女兒才發現在塔拉巴什這些兩、三層樓房的小公寓裡擠了多少人。他們震驚之餘，在鄰區四處晃了一個小時，到處都是穿睡衣的老爺爺、穿長裙的老婦人，和穿著貼身內褲、泳褲和拖鞋的小孩。快天亮時，他們得知餘震的強度與頻率都降低了，不會再損壞建物，大夥才都回家睡回籠覺。一星期後，電視台和一些小報都在談論將會有另一個地震把整個伊斯坦堡夷為平地，許多人選擇到塔克辛廣場、街上和公園裡過夜。梅夫魯特和女兒出去見到這些受到驚嚇而有此驚險之舉的人，簡直目瞪口呆。等到時間晚了，他們還是回家去，安安穩穩地睡了一夜。

蘇雷曼。地震發生時，我們在位於西司里的八樓新公寓家中。所有東西都搖晃好久。廚房的櫃子直接從牆邊倒下。我抓著梅樂赫和孩子走樓梯下樓，黑暗中只有火柴照路，我們把孩子抱在懷裡，穿過一片人海走了一小時，一直走到桑山的家。

柯庫。房子像彈簧似地伸展搖擺。地震過後，波茲庫摸黑回到屋內拿每個人的寢具和床墊。我們正在院子裡找地方安頓鋪床……蘇雷曼竟帶著老婆孩子來了。「你們西司里的家是全新的混凝土建築，比我們這棟三十年的破屋要堅固多了，你們來這裡幹嘛？」我問道。蘇雷曼說：「我也不知道。」天亮以後，我們發現房子全都扭曲變形，四、五樓往街道上彎折，就跟那種有凸窗的老舊木屋一樣。

薇蒂荷。兩天後的晚上，我把晚餐端上桌時桌子忽然開始搖晃，孩子們也大喊：「地震！」我好不容易衝出屋外來到院子，下樓時還差點摔下來，卻發現沒有地震，只是波茲庫和圖朗故意搖桌子捉弄我。他們從窗戶看著我哈哈大笑，我不得不跟著笑，然後重新上樓。我對他們說：「你們給我聽好，以後再這樣，我會狠狠賞你們一巴掌，就像爸爸那樣。我可不管你們幾歲了。」三天後，波茲庫又重施故技，我也再次上當，但事後我真的打了他一耳光，現在他再也不肯跟媽媽說話了。我這個兒子飽受單戀之苦，不久又要去當兵了，我很為他擔心。

薩蜜荷。地震那天夜裡，當蘇雷曼領著妻兒出現，我才發覺自己有多厭恨他。我回到已經歪斜扭曲的四樓，直到他和他那不聽話的小孩回家以後，我才又下樓。他們在院子裡待了兩天，吵鬧不休，最後終於回西司里去了。九月裡，他們又回來了幾次——「今天晚上又會有地震！」他們睡在院子裡，那幾天我一次也沒下樓。

蘇雷曼最近一次惹惱我，就是他被柯庫說服，代替波茲庫去向法特瑪提親。他們猜想我會試圖阻止，所以對我守口如瓶。幹了壞事可不能拿愚蠢當藉口。當我注意到法特瑪和菲琪葉只會趁波茲庫不在的時候才來桑山，就知道他們一定做了什麼蠢事。後來，薇蒂荷全告訴我了。法特瑪拒絕他，我當然很為她感到驕傲。每個週六、週日，我會送她們姊妹倆去補習，晚上再和薇蒂荷一起帶她們去看電影。

那年冬天，我盡我所能確保法特瑪能順利通過大學入學考。薇蒂荷卻忍不住怨恨法特瑪不該在她兒子即將入伍之際拒絕他，她愈努力掩飾，這種情緒就愈顯而易見。於是我開始和她們姊妹倆約在布丁店、麵包店或麥當勞見面，我會帶她們去購物中心，到每家店走走看看，什麼也不買。我們只是默默盯著櫥窗，走在明亮的燈光下，感覺生命中有新的事情即將發生，等到走累了就說：「我們再逛一樓，然後就到樓下吃點烤肉。」

二〇〇〇年的跨年夜，法特瑪和菲琪葉在家看電視，一面等爸爸賣卜茶回來。梅夫魯特在十一點回家，然後和她們一起看電視，吃烤雞和馬鈴薯。通常在我面前她們是絕口不提父親的事，但法特瑪特別跟我提到那天晚上。

法特瑪在六月初參加入學考。我在門外等她。所有考生的父母親和兄弟都坐在一道長長的矮牆上，正對著這棟老建物門口兩旁的圓柱。我抽著菸，凝視著多瑪巴切宮的方向。法特瑪考完試出來，看起來和其他人一樣累，但似乎也比較樂觀。

女兒完全不需要補考就從高中畢業，還順利考進大學的餐旅管理系，真讓梅夫魯特驕傲不已。有些父親會把孩子高中畢業的照片放到會館的布告欄上，梅夫魯特也幻想著做同樣的事，可是當然不會有哪個父親放上一張女校的畢業照。然而，梅夫魯特的女兒成績優異的消息，很快便在昔日的酸奶販子與處理同鄉會事務的貝伊謝希爾人之間傳開來。蘇雷曼特地來到會館向梅夫魯特道賀，他說在這座城市裡，受教育的孩子就是一個男人的最大資產。

九月底左右開學當天，梅夫魯特帶著女兒一路來到大學門口。這是伊斯坦堡第一間公立的旅館管理學校，除了教授餐旅業的管理與經濟學之外，也同樣注重服務客人的實際面。這所學校是伊斯坦堡大學的分校，位於拉梨利，是一間旅館改造而成。梅夫魯特夢想著能在這些美麗的舊鄰區裡賣卜茶。有一次，他從聖導師那裡出來，整整走了一小時從查尚巴走到女兒的學校。那一帶到了夜裡依然安靜。

二〇〇一年元月，開學後的第四個月，法特瑪告訴父親她在和一個男孩交往。他和她同一科系，只不過大她兩歲。他對她是認真的。他是伊茲密爾人。（那一剎那梅夫魯特覺得自己的心跳停止了。）他們倆擁有相同的人生目標，就是拿到大學學位，然後從事旅遊業。

梅夫魯特不敢相信女兒這麼快就到達這個人生階段。但話說回來，法特瑪還是比家族裡的其他女孩都晚結婚。「妳現在已經太晚了，妳媽媽和姨媽在妳這個年紀都已經各生兩個孩子了！」梅夫魯特打趣道，心裡卻仍感到酸楚。

「所以我才要馬上結婚。」法特瑪說。從她如此快速地回嘴，梅夫魯特看出她已決心盡快離開這個家。

二月裡，男方從伊茲密爾來到伊斯坦堡向法特瑪求親。梅夫魯特找了會館無人使用的一天晚上，預訂下來舉行訂婚宴會，還從對街咖啡屋借來幾張椅子。除了柯庫和他兩個兒子，桑山所有認識他們的人都出席了。梅夫魯特知道六月初在伊茲密爾舉行正式婚禮時，這些人一個都不會去參加，薩蜜荷也不例外。訂婚宴當天是他第一次在會館內見到薩蜜荷，她與其他在場的女人都不一樣，她的頭巾和大衣沒有褪色，也不是茶褐色，而是新的、是深藍色，而且頭巾只是鬆鬆地包著著。梅夫魯特懷疑她或許已經不想再包頭巾了。法特瑪就不一定會包，而且每次去上學她都會脫掉。梅夫魯特看不出來女兒對這件事的接受度如何，這主要是法特瑪和大學同學之間的祕密。

從伊茲密爾來的人都沒有戴頭巾。隨著訂婚日期逐漸接近，梅夫魯特也清楚看出女兒是多麼渴望成為那個家庭的一分子。在家時，法特瑪會抱他、親他，會為了即將離開童年的家而哭泣，但是幾分鐘後，梅夫魯特便發現她呆呆地夢想著與丈夫的新生活中所有的小小樂趣。梅夫魯特也是這樣得知女兒和未來的女婿申請了轉學，要轉到伊茲密爾大學的餐旅管理系。兩個月後，他們得知申請通過了。於是，短短三個月內，法特瑪與布罕（這是梅夫魯特的準女婿毫無特色的名字，他這人死死板板，臉上也總是毫無表情）便決定初夏結婚後要搬到新郎家在伊茲密爾的一間公寓，成為該市市民。

法特瑪在伊斯坦堡的親人，只有梅夫魯特和菲琪葉去了伊茲密爾參加婚禮。梅夫魯特很喜歡伊茲密爾，那裡就像個比較小、比較溫暖的伊斯坦堡，還有棕櫚樹。比較貧窮的社區全都集中在海灣正中央。婚禮上，他看著法特瑪緊緊貼著丈夫跳舞，就和電影裡的畫面一樣，讓他覺得難為情，但也有些感動。在回伊斯坦堡的巴士上，梅夫魯特和菲琪葉沒有交談過一句話。在車上過夜時，熟睡的小女兒將頭枕在他肩上的感覺加上她的髮香，都讓梅夫魯特快樂。才僅僅六個月，他的大女兒，他寶貝了這麼多年、夢想著能一輩子留在身邊的女孩，竟已遠遠脫離了父親所能及的範圍。

十二、菲琪葉私奔了

讓他們倆親我的手

九月十一日，梅夫魯特與菲琪葉整天都在看電視播出飛機撞上美國摩天大樓的畫面，建築物倒塌在一片火海煙雲中，像拍電影似的。除了梅夫魯特輕輕說了一句「現在美國人會想報仇了！」，他們始終沒有再提起這些事件。

法特瑪結婚離家後，他們倆成了好朋友。菲琪葉很愛講話、說笑、模仿別人，也喜歡捏造一些荒唐的故事逗父親笑。她遺傳了母親的天分，總能注意到事情荒謬有趣的一面。她能學鄰居說話時門牙漏風的嘶嘶聲，或是門打開時的咿呀聲，或是父親爬樓梯時氣喘吁吁的聲音，晚上睡覺的時候，她也會像母親以前那樣把身子蜷縮成S形。

雙子星大廈倒塌五天後的晚上，梅夫魯特從會館回到家，發現電視沒開，餐桌上沒有食物，也不見菲琪葉蹤影。起先他沒想到女兒會逃家，所以只是為了十七歲女孩這麼晚了還在外面無所事事地遊盪而發怒。今年是菲琪葉高中倒數第二年，她的數學和英語都不及格，整個夏天，梅夫魯特一次也沒見她乖乖坐下來念書。他望著窗外幽暗的街道，等候女兒回家之際，憤怒慢慢轉變成了擔憂。

他發現菲琪葉的手提袋和許多衣物都不在原來的地方，不禁一陣痛心。內心正掙扎著要不要到桑山去問問阿克塔希家的人，門鈴響了，讓他瞬間燃起一絲希望，也許會是菲琪葉。

沒想到是蘇雷曼。他劈頭就告訴梅夫魯特，菲琪葉和人跑了，說那個男孩「很適合她」，出身好家庭，他父親有三輛計程車，出租給了別人。那天下午男孩的父親打電話來，蘇雷曼去見了他們。如果梅夫魯特家裡有電話，他們應該會先打給他。總之，菲琪葉很好。

「她要是很好，為什麼要逃跑？」梅夫魯特說：「為了讓她爸爸難堪，讓她自己丟臉嗎？」

「那你為什麼要帶萊伊荷逃跑？」蘇雷曼說：「你要是開口求婚，歪脖子阿杜拉曼也會答應的。」

聽到這話，梅夫魯特開始懷疑菲琪葉的逃家可能是一種模仿形式。畢竟，女兒做了和父母一模一樣的事。「歪脖子阿杜拉曼絕對不會讓我娶他女兒。」他自豪地回想起與萊伊荷逃跑的那個晚上，說道：「我不會接受這個帶我女兒逃跑的計程車司機。菲琪葉答應過我要念完高中上大學。」

「她兩次補考都缺考。」蘇雷曼說：「今年是要留級了。她很可能是不敢告訴你。不過薇蒂荷全都知道，你老是跟那個可憐的女孩說，要是她高中沒畢業你永遠不會原諒她，還一直逼她跟姊妹一樣去上大學。」

梅夫魯特發覺，他本以為這些是他們父女間的私事，卻顯然成了不只是阿克塔希家，還是素昧平生的陌生人（一個計程車司機和他家人）之間的談論話題，而他還落了個暴躁獨裁的惡名，不由得讓他勃然大怒。

「菲琪葉不是我女兒。」他氣呼呼地說，但話一出口就後悔了。蘇雷曼都還沒走，梅夫魯特就開始深深感覺到每個父親在女兒私奔後都應該會有的無助：如果不馬上原諒女兒，假裝喜歡並認同這個女婿（司機？他萬萬沒有想到！），那麼女兒和一個尚未成親的男人私奔的消息很快就會傳開，梅夫魯特的名聲也會被玷汙。但如果太快原諒這個拐走他女兒的不負責任的混蛋，那麼所有人都會說這件事和梅夫魯特脫不了干係，或是說他拿了一大筆錢才答應女兒嫁給這個人。他知道除非他下半輩子想孤苦伶仃、一天到晚發脾氣（像他父親那樣），否則就只能馬上選擇第二條路。

「蘇雷曼，沒有我兩個女兒我活不了。我會原諒菲琪葉，可是她得先帶那個她想嫁的男人回家來。讓他們倆親我的手，表達他們的敬意。沒錯，我也是和萊伊荷私奔，但至少事後我還大老遠跑回鄉下，到歪脖子阿杜拉曼的門前向他致意。」

「我相信你那個司機女婿對你的敬意不比你對歪脖子來得少。」蘇雷曼咧嘴笑著說。

梅夫魯特沒有察覺蘇雷曼在取笑他。他感到困惑，害怕寂寞，需要有人安慰。「很久以前，還有所謂的尊敬可言呢！」他聽見自己這麼說，蘇雷曼也跟著笑。

梅夫魯特的二女婿名叫額爾漢。他長得平凡至極（個子矮小，額頭又窄），梅夫魯特真不明白他這如花似玉的女兒，他寶貝了這麼多年、一直抱著很高期望的女兒，到底看上他哪一點。他肯定非常狡猾、非常聰明，梅夫魯特心裡暗忖，也對女兒看不透這些感到失望。

然而，見到額爾漢深深鞠躬並親吻他的手致歉，梅夫魯特倒是很歡喜。

「菲琪葉得念完高中，不許休學。」梅夫魯特說：「不然我永遠不會原諒你們。」

「我們也是這麼想。」額爾漢說。可是談著談著，他們便清楚了解到菲琪葉不可能隱瞞自己結婚的事實繼續上學。

不過梅夫魯特知道，自己焦慮的真正原因不是女兒高中畢不了業或上不了大學，而是在這個家裡，或者更廣泛地來說是在這個世界上，他很快就要變得孤獨無依。他內心真正苦悶的不是沒能讓女兒好好受教育，而是覺得自己被拋棄了。

在某個獨處的時刻，梅夫魯特開始向女兒埋怨。「妳為什麼逃跑？要是他們像文明人一樣來跟我提親，我會不答應嗎？」

梅夫魯特從菲琪葉轉移目光的神情看得出來，她心裡在想：是啊，你當然不會答應！

「我們父女本來過得多快樂，現在我身邊一個人也沒有了。」

菲琪葉上前擁抱他，梅夫魯特極力忍住眼淚。從今以後，他晚上賣完卜茶回來，再也沒人等門了。當他夢見自己被狗追著跑過一片陰暗柏樹林，半夜裡滿身大汗地驚醒，再也聽不到女兒熟睡的氣息來安撫他了。

由於害怕孤單，梅夫魯特開始討價還價。在一度相談甚歡的情況下，他叫準女婿以自己的名譽發誓，不只會讓菲琪葉高中畢業，還會讓她讀完大學。那天菲琪葉在家和梅夫魯特一起過夜。他很慶幸她能在整件事失控之前恢復理智，卻仍忍不住偶爾叨念一、兩句，說她私奔傷透了他的心。

「你和媽也是私奔啊！」菲琪葉說。

「妳媽媽絕不會和妳做同樣的事。」梅夫魯特說。

「不，她會。」菲琪葉說。

女兒倔強而果斷的回答讓梅夫魯特很滿意，但也看清了這更加證明她一直想要仿效母親。碰上宗教節日，或是法特瑪和她那個呆頭呆腦的丈夫從伊茲密爾來看他們的時候，他們會全家上萊伊荷的墳。假如這趟路感覺比平常沉悶憂鬱，回家的一整路上，梅夫魯特就會詳詳細細並加以美化地敘述他和萊伊荷是如何私奔，他們是如何圓滿解決每件事，就連再小的細節也不放過，他們是如何在婚禮上邂逅並交換眼神，而那天晚上她們母親注視他的神情又是如何讓他終生難忘。

第二天，計程車司機額爾漢與他父親（本身是個退休的司機）前來歸還菲琪葉的行李箱。梅夫魯特一見到新郎的父親，比他年長十歲的薩杜拉先生，就知道比起兒子，他會更喜歡父親得多。薩杜拉先生也是鰥夫，妻子在三年前死於心臟病。（為了更方便描述，薩杜拉先生坐到梅夫魯特這個單間屋裡唯一的餐桌旁，重演妻子喝湯喝到一半湯匙掉落、頭靠在桌上死去的情形。）

薩杜拉先生是迪茲傑人，他父親在二次世界大戰期間來到伊斯坦堡，在耶第克帕夏山一個亞美尼亞鞋匠那裡當學徒，後來還當了他的合夥人。在一九五五年九月六日、七日的反基督教暴動中，那名亞美尼亞店主離開了伊斯坦堡，把店讓給薩杜拉先生的父親獨自繼續經營。但是他這個「喜歡自在」又「懶散」的兒子面對父親的堅持和打罵寧死不屈，他沒有學做鞋子，而是成了「伊斯坦堡最優秀的駕駛」。薩杜拉先生解釋當時所有的計程車和共乘計程車都是美國車款，所以當司機可以說是全世界最新潮的職業，說著還心照不宣地對梅夫魯特眨眨眼。梅夫魯特因此了解到，這個短小、聰明、頭型像個倒蓋碗的年輕人，這個帶女兒私奔的年輕人，之所以這麼懂得把握好時機完全遺傳自父親。

梅夫魯特到他們位於卡得加的三層樓石屋去討論婚禮細節。他和薩杜拉先生建立了親密的友誼，婚禮過後，這段情誼更是有增無減，他到了四十多歲，終於學會如何享受和朋友一邊吃飯、喝茴香酒一邊聊天的樂趣了——雖然他自己不太喝。

薩杜拉先生有三輛計程車，每天租給六個駕駛，十二小時輪一班。比起車子的廠牌與款式（他有兩輛土耳其莫拉特，一輛九六年產、一輛九八年產，還有一輛一九五八年的道奇，是薩杜拉先生自己偶爾開著玩，狀況保持得完好如新），他更喜歡談論在伊斯坦堡不斷飆升的計程車牌照費。他兒子額爾漢親自照料其中一輛計程車，也會替父親留意另外兩輛車，檢查車上的里程表和計費器。薩杜拉先生會微笑著解釋兒子對司機的監視其實不嚴，他們要不是不誠實（暗槓一天的收入）、運氣不好（老是出車禍）、不尊重人（上工遲到、態度粗魯），就是笨到極點。但是薩杜拉先生覺得不值得為了幾分錢和這些人起爭執，便將這些不愉快的事全權交給兒子處理。梅夫魯特仔細檢視了額爾漢和菲琪葉結婚後要住的閣樓房，從新的餐具櫃到嫁妝到雙人床（薩杜拉先生向他保證：「上次你女兒來過夜那晚，額爾漢絕對沒上來過。」），一樣也不放過，並承認自己很滿意。

梅夫魯特很喜歡薩杜拉先生帶著他參觀每一個構成他人生背景的地方，一面回憶並講述一些往事，他說話時有一種獨特的迷人丰采，若是讓他繼續說下去不打岔，只會讓人愈聽愈愉快。沒多久，梅夫魯特就知道了江庫塔朗的山谷中學在哪裡（那是一棟鄂圖曼時期的建築，年代比桑山凱末爾男子中學還要老得多）、住校生在哪裡毆打欺凌像薩杜拉先生這樣的通學生、十年內被他父親搞到倒店的鞋店在哪裡（現在開了一家類似賓邦的咖啡館），還有公園對面那家很不錯的茶屋又在哪裡。他簡直不敢相信三百年前那裡根本沒有公園，只有一大片水域，停泊著數百艘等候作戰的鄂圖曼大帆船。（茶屋裡的牆上貼有這些船隻的圖片。）梅夫魯特開始覺得如果自己的童年與少年時期是在這些破舊的噴泉、廢棄的澡堂，以及留著大鬍子、包著頭巾的鄂圖曼領袖蓋的那些布滿灰塵、髒兮兮、裡面除了鬼魂就是蜘蛛的宗教靜修所四周度過——也就是說，倘若他父親不是從天泉村去了灰山，而是直接來到金角灣對岸這些鄰區，和其他許多從安納托利亞鄉下移民到都市來的幸運兒一樣——他將會是個截然不同的人，他兩個女兒也是。他甚至有種懊悔的感覺，好像去住在灰山是他自己的決定似的。不過在他認識的人當中，沒有一個是在一九六〇、七〇年代從天泉村來到伊斯坦堡，並且定居在這些鄰區。由於他開始注意到伊斯坦堡愈來愈富裕許多，心裡便想若是到這些歷史古區的後街僻巷來，也許能多賣一點卜茶。

很快地，薩杜拉先生又再次邀請梅夫魯特到家裡吃晚飯。梅夫魯特從會館下工到晚上出去賣卜茶之間沒有太多時間空檔，因此為了順應他們快速發展的友誼，薩杜拉先生主動提議開他的道奇車來會館接梅夫魯特，把他的扁擔和桶罐放到後車廂，等到吃完飯以後，看梅夫魯特當晚想到哪裡賣卜茶，他都可以送他過去。吃過這頓飯，討論了即將舉行的婚禮的諸多繁雜事宜之後，兩位親家的感情更好了。

婚禮的費用當然是由男方負擔，所以當梅夫魯特得知婚宴地點不是在婚禮堂，而是在阿克薩雷一家旅館的地下室，他沒有提出異議。然而聽說宴會上要供酒，倒是讓他心煩。他不希望這個婚禮有任何一點讓桑山的人，尤其是阿克塔希家的人，感到不舒服。

薩杜拉先生請他放心，客人會自己帶茴香酒來放在廚房裡，想喝的話得私下叫服務生倒，而這些冰茴香酒會在樓上準備好再拿下來，不會引起不安。當然了，他們請來的客人（包括他兒子的計程車司機朋友、鄰區當地的人、卡得加足球隊員與球團董事）並不會在意餐宴上有沒有提供茴香酒，但如果有的話，他們肯定會喝一點，也會更高興。不管怎麼說，他們大多都是支持主張政教分離的共和人民黨。

「我也是。」梅夫魯特想表現團結的精神，卻不太具有說服力。

阿克薩雷那間旅館是一棟新建築。承包商在挖地基時發現一間拜占庭小教堂的遺跡，由於這種發現往往會讓建築工事停擺，他只得拿出一大筆錢到區政府上下打點，確保沒有人會注意到這個遺跡，而為了彌補自己的損失，他又多挖了一個地下樓層。婚禮當晚，梅夫魯特算了算共有二十二桌，很快就全部坐滿了，數不盡的香菸讓室內瀰漫著層層濃密的藍煙。其中有六張男客桌，坐在那邊的全是新郎在當地鄰區的朋友與其他計程車司機。這些年輕司機多半未婚。但即使是已婚的人也早早就把妻子丟在家庭桌那邊照顧小孩，自己跑到單身男客桌這邊加入朋友的行列，他們會覺得比較好玩。光看有那麼多服務生端著茴香酒和冰塊用的托盤，在廚房和宴會廳那一頭來回走動，梅夫魯特就知道那幾桌客人想必已經喝開了。不過就算男女混桌的客人也都公然喝酒，有一些人（譬如某個脾氣特別暴躁的老人）受不了服務生動作緩慢，決定自己來，便自行上樓去廚房倒酒。

梅夫魯特和菲琪葉考慮到了阿克塔希家人出席的每一種可能性。波茲庫去當兵了，不會到場酒醉鬧事。柯庫不滿兒子被甩，可能會找藉口不來或是急匆匆地逃走，說是「太多人喝酒，讓我不舒服」，壞了所有喜宴客人的興致。不過菲琪葉透過薩蜜荷姨媽，對阿克塔希家的消息瞭如指掌，她說桑山的情形看起來沒有那麼糟。事實上真正危險的不是波茲庫或柯庫，而是對柯庫和蘇雷曼感到憤怒的薩蜜荷本人。

謝天謝地，歪脖子阿杜拉曼特地從鄉下趕來，法特瑪和她那個死死板板的丈夫也從伊茲密爾回來。菲琪葉安排讓他們三人與薩蜜荷合搭一輛計程車。婚宴剛開始時，梅夫魯特不停地擔心計程車怎麼那麼久還不來，因為桑山的其他客人都已經帶著禮物到了。為新娘親友準備的五桌已經坐滿四桌（他們的鄰居蕾韓夫妻兩人都打扮得光鮮亮麗）。梅夫魯特上樓到廚房去，找一個沒人看見的地方喝了杯茴香酒，又到旅館門口徘徊踱步，坐立不安地等候他們到達。

當他回到婚宴廳，發現第五張桌子也坐滿了。他們是什麼時候進來的？他回到新郎桌坐在薩杜拉先生旁邊，兩眼繼續盯著阿克塔希一家人。蘇雷曼把兩個兒子都帶來了，一個三歲、一個五歲；梅樂赫穿著非常優雅；穿西裝打領帶的歪脖子阿杜拉曼顯得乾乾淨淨、彬彬有禮，說不定會被誤認為是退休的政府官員。每次眼睛一瞄到那桌正中央的一抹紅，梅夫魯特就會打個哆嗦，連忙看往別處。

薩蜜荷。我親愛的菲琪葉穿著美麗的新娘禮服，和丈夫並肩坐在廳室正中央，我就是忍不住不去看她，心裡可以感受到她的喜悅與興奮。年輕、幸福是多麼美好的事。法特瑪坐在我旁邊，我也很高興聽到她說她和丈夫在伊茲密爾過得很快樂、他的家人會提供他們生活費、他們倆在餐旅學系讀得很好，還說今年暑假他們到庫沙達瑟的一家飯店實習，英語進步不少。能看見他們倆隨時面帶笑容，實在太好了。親愛的萊伊荷去世時，我哭了好幾天，不只因為失去心愛的姊妹，也為這兩個可愛的小女孩這麼小就失去媽媽而心疼。我開始留意她們的吃穿，留意她們在社區裡的交友情形等等的，就像自己的女兒一樣；我成了這兩個不幸女孩的母親，但是得隔著一段距離。怯懦的梅夫魯特不想讓我去他家，怕別人說閒話，又怕費哈誤會，這傷了我的感情也讓我洩氣，但我從未放棄。當我的目光從菲琪葉身上轉回到法特瑪這邊，她說：「姨媽，妳穿這件紫色洋裝看起來好高貴！」我覺得自己可能會掉下淚來，便起身往梅夫魯特那桌的反方向走，上樓來到廚房門口，告訴一個服務生說：「我爸爸還在等他的飲料。」他立刻遞給我一杯加冰塊的茴香酒。我退到窗邊，一口喝乾，然後又匆匆回到席位上，坐在父親與法特瑪中間。

阿杜拉曼大爺。薇蒂荷來到我們這桌，對她那個開雜貨店的公公哈桑（他整晚一聲不吭）說：「爸爸，你一定很無聊吧。」說完就拉起他的手臂，帶他到他兒子那桌去。我得把話說清楚：讓我最心痛的是儘管親生父親就在旁邊，我心愛的薇蒂荷還是喊這個冷漠又乏味的男人「親愛的爸爸」，就只因為她嫁給他那個壞心眼的兒子。我換到另一桌去和負責娛樂節目的人同坐，並且出了個謎語給所有人猜：「你們知道薩杜拉先生、梅夫魯特先生和我有什麼共同點嗎？」大夥開始猜說可能是酸奶，或是年輕時期的事，或是都愛喝茴香酒……到最後我才說：「我們的老婆都年紀輕輕就死了，留下我們孤孤單單活在這世上。」然後放聲大哭。

薩蜜荷。薇蒂荷和蘇雷曼各站在父親兩旁，陪他走回我們這桌，梅夫魯特卻只是坐在那裡看著。他就不能過去攙一下過世妻子的父親，順便在他耳邊低聲說幾句安慰的話嗎？不過他要是稍微靠近我這桌，可能會有閒言閒語，別人可能會想起他那些情書其實是寫給我的，然後又開始議論起來……我敢說他怕的就是這個。唉，梅夫魯特你這個膽小鬼。他一直在看我，偏偏又假裝沒看。不過我直接回看著他，就像二十三年前在柯庫的婚禮上那樣，就像他信裡寫的，我想用我具有魔法的雙眼俘虜他。我定定地看著他，以便像盜匪一樣攔住他的去路，偷走他的心，用我凝視的力量襲擊他。我定定地看著他，好讓他從我的心鏡裡看見他自己的倒影。

「我的寶貝薩蜜荷，妳盯著那邊看也是白搭。」這時已經喝得醉茫茫的父親說：「一個男人先寫信給這個女孩，後來卻娶她姊妹，這種人哪，他誰都配不上。」

「我沒有看那邊。」話雖如此，我還是固執地往那邊看，發現一直到晚宴結束，梅夫魯特也會不時地看我。

十三、梅夫魯特孤單一人

你們倆是天作之合

多年來與妻女一起緊密生活的屋裡，如今只剩他一人，梅夫魯特開始覺得空虛無力，幾乎像生病似的，連早上起床都覺得費勁。從前，即使日子再艱難，他總能不屈不撓地樂觀以對（有些人則認為是「天真」），也總有辦法找到最簡單、最不痛苦的方法度過所有難關。因此他認為自己目前的萎靡不振象徵著更大的問題，儘管他只有四十五歲，卻開始害怕死亡。

當他上午人在會館或社區的咖啡屋，和一、兩個熟人聊天，就能將孤單害怕的感覺屏除在外。（自從只剩一個人以後，他不管遇到誰都變得更和善、更有耐心了。）可是當他夜裡走在街道上，卻會害怕。

如今萊伊荷去世，兩個女兒也已出嫁，伊斯坦堡的街道似乎變得前所未有的長，宛如漆黑的無底深井。有時深夜裡來到某個偏僻鄰區，邊走邊搖鈴吆喝著「卜茶」之際，會忽然發覺自己從未到過這條街或這一區，這時候心裡也許會冒出一段奇怪而可怕的回憶，又或是一種感覺，兒時或年少時每當去了一個不該去的地方（而且還有狗吠的時候）都會有這種感覺：覺得自己會被逮到、被懲罰，而他認為這其實意味著自己是個壞人。有些晚上，這座城市似乎變得更神祕、更具威脅，梅夫魯特分不清自己有這種感覺是因為家裡沒有人在等他？還是因為這些新街道充斥著他不認得的招牌與符號？一道道新的水泥牆沉默不語、無數變化多端的奇怪海報執拗地存在，還有一條眼看應該就要到盡頭的街道卻忽然不斷地彎曲前進，彷彿在嘲弄他……這一切都讓他的恐懼加劇。當沿著一條安靜的街走去，沒有窗簾晃動也沒有窗戶打開，他有時會覺得（儘管理智上知道事實並非如此）從前似乎來過這裡，很古老很古老的從前，而當他沉浸在此時此刻彷彿與一段回憶相遇的感覺裡，再喊出「卜──茶──」，竟似在呼喚自己的過去。偶爾他對狗的畏懼會重新燃起，導火線可能是他自己的想像，也可能是一隻站在清真寺牆邊吠叫、真實存在的狗，接著便驀地想起自己在這世上已是孤身一人。（在這種時刻想到薩蜜荷與她的紫色洋裝，具有撫慰作用。）又或者某天晚上在一條空盪盪的街頭看見兩個高高瘦瘦的人經過，全然無視他的存在，他會覺得剛剛聽見他們說的話（關於鎖、鑰匙，和責任等等），是想傳達某種訊息給他──結果就在兩天後的夜晚，在距離十萬八千里的另一個社區的一條窄路上，他又聽到兩個矮小肥胖的人說了一模一樣的話。

他有種感覺，好像這城裡長著青苔的老舊牆面、布滿美麗文字的古老噴泉，以及扭曲腐爛到互相傾靠依存的木屋，全都燒毀一空，而取而代之的新街道、混凝土房屋、霓虹燈照亮的商店與公寓大廈，卻顯得比以前的一切更老舊、更令人膽怯而不解。這座城市已不再是個巨大、熟悉的家，而是一個不可靠的空間，在這裡不管是誰，只要抓住機會就會加入更多的混凝土，更多的街道、庭院、牆面、人行道與商店。

城市毫不留情地擴展出他力所能及的範圍，加上每條幽暗道路的另一端都沒有人在家等他，梅夫魯特覺得自己從未像現在這麼需要神。於是去會館之前，他開始會去做晌禮，不只有禮拜五，而是任何他覺得需要的時候，若不是去西司里清真寺，就是繞一點路去桑山清真寺，再不就是剛好路過的任何一間清真寺。他很喜歡這些地方的寧靜，很喜歡聽城市裡持續不斷的嗡鳴聲微微地滲透進來，就像光線從圓頂底邊的裝飾圖案灑入一樣，也很喜歡有機會花半個小時，和那些與俗世切斷關係的老人或是和他一樣身邊已無人陪伴的人溝通交流，這一切都讓他覺得找到了孤獨的療方。到了晚上，這些情緒會帶領他去一些地方，那是以前還很幸福的時候絕不會涉足的地方，例如荒涼的清真寺庭院，或是深藏在某個鄰區核心的墓園。在這些墓園裡，他可以坐在一塊墓碑邊上抽根菸，讀著獻給許久以前來過又走了的人的碑文，恭敬地看著刻有阿拉伯文字、頂上冠有石雕頭巾的古老墓碑。他開始更常暗自輕喚神的名，偶爾還會請求祂救自己脫離孤寂的一生。

有時候梅夫魯特會想到他認識的一些男人，他們也是在四十五歲喪妻，後來卻在家人朋友的幫助下再婚了。他在移民同鄉會認識的瓦哈普是伊姆勒蘭村的人，在西司里開了一家水電材料行。瓦哈普的妻子和獨子在搭巴士去鄉下吃喜酒的途中出車禍去世，他的親戚馬上安排讓他娶另一個同村的人續弦。還有來自銀溪村的哈姆迪，在老婆生頭一胎難產死後，自己也差點憂傷而死，但他叔父和其他家人替他找了一個新老婆，是個愛熱鬧、無憂無慮的女人，終於讓他慢慢恢復生氣。

可是在這方面，沒有人主動提議要幫梅夫魯特，甚至沒有人順口提起是否認識哪個年紀輕輕就守寡的合適對象（還有一點也很重要，這個女人不能已經有孩子）。原因是梅夫魯特整個家族的人都已經認定薩蜜荷最適合他。柯庫就曾經跟他說：「她跟你一樣，也是孤家寡人。」又或許——誠如他偶爾察覺到的——是他自己想要相信大家都這麼認為。他也認同薩蜜荷應該最適合他，並經常呆呆地做白日夢，想著在菲琪葉婚禮上，穿紫色洋裝的薩蜜荷從另一頭盯著他看，但其實有一陣子他甚至不許自己有再婚的念頭，他覺得起心動念想要接近薩蜜荷，或就算只是試圖和她四目交接（就像在女兒婚禮上那樣），都是對萊伊荷極大的不尊重，更遑論娶她了。有時他感覺到其他人也是這麼想，可能正因為如此，他們才會覺得跟他談起薩蜜荷很困難也很尷尬。

有一度，他認為自己所能做到的最大程度就是把薩蜜荷趕出腦海（反正我也沒那麼常想她，他這麼對自己說），轉而考慮其他女人。柯庫與同鄉會的其他創辦人與理事禁止會員在會館內玩拉密牌與紙牌，因為不希望他們也落得和其他多數同鄉會同樣命運，到最後變成一般的咖啡屋，讓那些陪丈夫同來的婦女感到不自在。要吸引更多婦女與家庭還有一個辦法，就是籌辦餃子之夜。婦女們會先到彼此家裡聚集，準備餃子，再和丈夫、兄弟、孩子一起來參加活動。有時候碰上這樣的晚上，梅夫魯特在茶水攤會格外忙碌。有個俄蘭勒的寡婦和姊妹、姊夫來參加過一次這種餃子之夜，她身材高䠷、姿態端正，看起來也很健康。梅夫魯特從茶水攤仔細觀察過她幾次。另一個吸引他注意的是從伊姆蘭勒來的一戶人家的女兒，三十來歲，離開了德國的丈夫回到伊斯坦堡，她一頭濃密黑髮好像隨時會從頭巾底下冒出來。來喝茶的時候，她用烏黑雙眼直勾勾地盯著梅夫魯特看。她是在德國學會這樣盯著人看的嗎？這些女人目不轉睛地看著梅夫魯特英俊、稚氣的臉龐時，要比薩蜜荷自在而直接多了，不管是多年前在柯庫的婚禮上或最近在菲琪葉的婚禮上都一樣。有個樂呵呵的寡婦是銀溪村人，個性開朗、身材微胖，有一次參加餃子之夜，嘻笑著和梅夫魯特聊了一整晚，還有一次野餐他為她端茶水時也是。梅夫魯特很欣賞她的自立，還有當野餐結束其他賓客跳舞時，她只是站在一旁微笑觀看的神態。

儘管在這些餃子之夜與野餐活動中不喝酒，也不會私下偷喝，但活動結束時，男男女女應和著自己最喜愛的貝伊謝希爾民歌一起跳舞，似乎也有一種集體酒醉的氣氛。據蘇雷曼說，正因如此柯庫才不讓薇蒂荷參加這類活動。當然了，如果她不能來，在桑山與她形影不離的薩蜜荷也不可能來。

同鄉會裡的成員慢慢因為某些議題分化成兩派，一邊支持主張政教分離的共和人民黨，另一邊則比較保守。這些議題包括：是否應該讓女人與家人多踴躍參與會內活動、是否應該邀請哪位民謠歌手來表演、失業的人在會館裡打牌該怎麼辦、是否應該在晚上開設讀經班，以及為那些成績優異、申請到大學的鄉下孩子提供獎學金有何好處等等。這種政治攻防有時甚至會持續到散會後、足球比賽或是一日遊結束後，而激辯正酣的一群男人就會一起到會館附近的酒吧再喝上幾杯。有天晚上，蘇雷曼從一群正要離開會館的人當中鑽出來，一手摟住梅夫魯特的肩膀說：「我們跟他們去吧。」

去了之後梅夫魯特才發覺這間酒吧正是多年前蘇雷曼深受失戀之苦時，和歪脖子阿杜拉曼去過的那家。他們吃著白起司、甜瓜和煎肝，喝著茴香酒，開始談論起同鄉會的活動，以及所有同鄉熟人的近況。（某某人把自己關在家裡不和人打交道；某某人滿腦子只想著賭博；某某人為了醫治殘廢的兒子，在醫院之間疲於奔命）。

話題很快便轉到了政治。這些茴香酒愛好者或許會開始指責梅夫魯特暗中支持伊斯蘭分子，但事實上同樣也可能挖苦他說：「已經很久沒看到你來參加週五的聚禮了。」梅夫魯特一句話也不會回。當蘇雷曼興高采烈地宣布：「國會議員和代表參選的候選人將要來造訪會館。」他也很興奮，但卻不像其他人會問有什麼人要來、他們屬於哪個政黨。不知不覺中，討論的重點會變成國家會不會很快就落入這些伊斯蘭分子手裡，或者沒什麼好擔心的。甚至有少數人說軍方將發起政變，推翻這個政府。其實就跟電視上經常看到的辯論沒有兩樣。

用餐結束後，梅夫魯特的心已經開始浮動。本來坐在對面的蘇雷曼移到他旁邊的空椅子，開始說起自己兒子的事，聲音輕得誰也聽不見。他的大兒子哈桑今年六歲，剛上小學。另一個兒子卡茲姆四歲，因為哥哥在家已經教他識字，現在能看漫畫書《幸運的路克》。蘇雷曼把同桌其他人排除在外這種偷偷摸摸的態度，讓梅夫魯特很不舒服。也許他竊竊私語只是為了避免自己幸福的家庭生活招人嫉妒，但許多人對於費哈的死因仍未有定見。雖然事情已經過了五年，但梅夫魯特知道這起風波尚未平息——即使在他自己心裡也是一樣。如果別人看見他們兩個堂兄弟這樣交頭接耳，可能會認為梅夫魯特和蘇雷曼是同謀。

「我有件很重要的事要跟你說，但你不許打岔。」蘇雷曼說。

「好。」

「我見過很多女人早早就因為街頭鬥毆或車禍失去丈夫，因為不想孤單度日，都再婚了。如果這些女人沒有孩子，而且也還年輕迷人，還是有很多追求者。現在我就認識這麼一個女人，美麗、聰明又年輕——你應該知道她的名字。她也懂得怎麼為自己爭取權利，而且十分有個性。一直以來她心裡已經有個人，除了這個人，她誰也看不上。」

梅夫魯特想到薩蜜荷在等他——至少根據蘇雷曼的說法——便十分歡喜。此時，晚餐桌上已經沒有別人，梅夫魯特又叫了一杯茴香酒。

「這女人心裡面的男人也是個年輕鰥夫，老婆在一場不幸的意外中死去。」蘇雷曼接著說：「他為人老實、可靠，長相好，連脾氣都好。」這番讚美讓梅夫魯特樂在其中。「他在前一次婚姻裡生了兩個女兒，可是因為女兒都出嫁了，現在只剩他一個人。」

梅夫魯特不知該在何時打岔說「我懂了，你是在說我和薩蜜荷」，蘇雷曼也就趁著他猶豫不決繼續往下說：「其實，這個男的以前也愛過這個女的，還給她寫了好幾年情書……」

「那他們怎麼沒結婚？」梅夫魯特問道。

「那已經不重要了……總之是有點誤會。但如今二十年後，他們可說是天造地設的一對。」

「那他們現在怎麼不結婚？」梅夫魯特不肯罷休。

「這正是其他人也在納悶的事……他們已經認識多年，他又給那個女孩寫了那麼多情書……」

「我來告訴你發生了什麼事，你就會知道他們為什麼不結婚了。」梅夫魯特說：「這個男人的那些情書不是寫給這個女人，而是給她姊妹的。他帶著她私奔、結了婚，過著幸福的日子。」

「拜託，梅夫魯特，你一定要這樣嗎？」

「怎麼樣？」

「現在，我們全家人還有全桑山的人都知道你那些信是寫給薩蜜荷，不是寫給萊伊荷的。」

梅夫魯特「呸！」了一聲，幾乎像是吐口水。「這些年你不斷散布這些謊言，想挑撥我和費哈，結果讓萊伊荷很不快樂。她相信你了，我可憐的老婆……」

「不然，真相是什麼？」

「真相是……」剎那間，梅夫魯特又回到一九七八年柯庫的婚禮上。「真相就是：我在婚禮上看到這個女孩，她的眼睛讓我墜入情網。我給她寫了三年情書，而且每封信最上面都寫了她的名字。」

「沒錯，你是看到一個眼睛很美的女孩……可是當時你根本不知道她的名字。」蘇雷曼說著氣惱起來。「所以我給了你錯的名字。」

「可是你是我的堂兄弟，是我的朋友……你怎麼會對我做這麼惡劣的事？」

「我從來不覺得這是件惡劣的事。我們小時候不老是惡作劇互相捉弄嗎？」

「原來那只是個惡作劇……」

「不，」蘇雷曼說：「我就老實說吧，我也認為萊伊荷跟你比較相配，她會讓你更幸福。」

「在二女兒有歸宿以前，他們不會把三女兒嫁出去。」梅夫魯特說：「你自己想娶薩蜜荷。」

「好吧，是我騙了你。」蘇雷曼說：「對不起。可都已經二十年了，我現在想要彌補啊，親愛的梅夫魯特。」

「不過我為什麼要相信你？」

「別這樣了，」蘇雷曼的口氣像個被冤枉的人。「這次不是開玩笑，也絕對沒有撒謊。」

「但我為什麼要信任你？」

「為什麼？因為當初你要我幫你追那個女孩的時候，本來要把鄰區議員給你們灰山那棟房子發的文件送我，那張紙的價值可是相當於權狀啊，可是我拒絕了。記得嗎？」

「記得。」梅夫魯特說。

「也許你為了費哈……發生的事怨我，」他就是說不出那個「死」字。「但是你錯了……我是很氣費哈，非常生氣……但也只是這樣而已。內心裡希望別人不幸是一回事，真正親手殺他，或是叫人殺他又是另一回事。」

「你覺得後者的罪更大？」梅夫魯特問道：「到了最後審判日，神會根據我們的心意還是行為來判斷？」

「兩個都會。」蘇雷曼沒有細想便回答。然而一看到梅夫魯特臉上的嚴肅表情，又接著說：「我也許是起了壞念頭，但事實上，我這輩子沒幹過一件壞事。有很多人一開始是好意，結果反而害了人。不過希望你能明白，今晚我是帶著最大的善意來找你。我和梅樂赫過得很幸福。我希望你也能和薩蜜荷過得幸福。當你幸福的時候，也會希望別人幸福。還有另一個原因。你們倆是天作之合。無論哪個外人看到你和薩蜜荷的情形都會說：『真該有個人來撮合他們倆！』你想想，明知道有兩個人在一起會幸福一輩子，卻不幫忙撮合他們，這是一種罪過。我這是想做好事。」

「我那些信是寫給萊伊荷的。」梅夫魯特堅決地說。

「隨你怎麼說吧。」蘇雷曼說。

十四、新地區、老面孔

這個跟這個一樣嗎?

菲琪葉的婚禮過後，薩杜拉先生開始每星期一次開著他的道奇車去接梅夫魯特，一起前往伊斯坦堡某個快速發展、他倆都想一探究竟的新鄰區。到達之後，梅夫魯特便從後車廂取出扁擔與桶罐，挑著卜茶在他從未叫賣過的街道四處兜轉，而薩杜拉先生則是在附近一帶閒晃，找間咖啡屋抽菸殺時間，直到梅夫魯特賣完卜茶。有時候他會去塔拉巴什的家裡或是梅吉迪耶克伊的會館，接梅夫魯特到他卡得加的住處，大夥一起吃個晚飯，品嘗菲琪葉的手藝。（現在梅夫魯特甚至也開始偶爾會小酌一杯茴香酒。）晚間新聞快要播完的時候，梅夫魯特會挑著卜茶，像探險似地進入舊伊斯坦堡的卡得加、蘇丹哈曼、庫姆卡普與阿克薩雷等地區。薩杜拉先生不只帶梅夫魯特來到舊城牆外的鄰區，也去了一些歷史古區，諸如埃迪尼卡普、巴拉特、法蒂赫與卡拉根呂克等區，其中有三次，梅夫魯特順道去了查尚巴的靈修處免費分送一些卜茶，可是一旦發覺沒有機會接近聖導師，他就匆匆趕回附近的咖啡屋找薩杜拉先生。他始終沒有向他提過這位白髮老者與其學派的事。

薩杜拉先生是個經驗老到的茴香酒客，每星期至少有兩、三次會讓人替他準備一大桌下酒菜。他對神聖的古老事物和宗教毫無成見，但假如梅夫魯特說出他經常去靈修處見一位聖者，薩杜拉先生恐怕會懷疑他支持伊斯蘭主義，而開始感到不自在，或者更糟的是對此感到害怕。梅夫魯特還擔心一點，如今他二人的友情正逐漸發展，也愈來愈能輕鬆地討論任何想像得到的話題，倘若薩杜拉先生發現梅夫魯特仍覺得有必要與這位老者交流，暢談自己的內心世界與心靈疑慮，他恐怕會覺得受傷——就像當初他擔心費哈受傷一樣。

梅夫魯特看得出來自己與薩杜拉先生的友誼，很類似他年輕時與費哈的關係。他喜歡告訴薩杜拉先生關於自己在會館裡發生的事、在電視新聞上聽到的消息，以及正在看的電視節目。梅夫魯特知道，當薩杜拉先生載著他這個朋友回家吃飯，之後又開著道奇送他到很遠的鄰區，純粹是出於友情、好奇心，和想要幫忙的一點心意。

梅夫魯特剛到伊斯坦堡時，舊城牆外那些鄰區被形容為位在「城外」，如今過了三十三年，所有的區看起來都一個樣：充斥著高大、醜陋的六到八層樓公寓大廈，窗戶大得超乎尋常，還有彎彎曲曲的小街道、建築工地、市中心從未見過的大型廣告看板、坐滿了看電視客人的咖啡屋、打造得有如火車廂的金屬垃圾桶（讓飢餓的野狗無法翻找垃圾）。到最後整座城市的每個角落都變得完全相同，有金屬欄杆圍起的天橋，有單調乏味的廣場與墓園，還有一整條路整齊畫一的通衢大道，從來沒有人在這裡買過卜茶。每個鄰區都有自己的國父雕像和一間俯臨主要廣場的清真寺，而每條主要道路上也都有一間亞克銀行與一間商業銀行的分行、兩三家服裝店、一間阿奇立克家電門市、一家專賣乾果零食的店面、一家Migros超市、一間家具店、一間蛋糕店、一間藥房、一個報攤、一間餐廳，和一條小小拱廊，裡面有五花八門的店家，包括珠寶店、裝修玻璃的店、文具店、襪店、內衣店、外幣兌換處和影印店等等。梅夫魯特喜歡透過薩杜拉先生的雙眼來發現每個鄰區的特色。開車回家的路上他會說：「那一區住的全是西瓦斯和埃拉澤的人。」他會說：「環狀道路把這個可憐的小區塊夷為平地了，我們以後別再上這兒來了。」他會說：「你有沒有看到後巷裡那棵高大古老的懸鈴木有多美？還有樹對面那間咖啡屋？」他會說：「有幾個年輕人把我攔下，問我是誰，所以我看來一次就夠了。」他會說：「這裡車子太多，人都沒地方走了。」他會說：「這一整區好像是被某個教派所掌控，不過我不知道是哪一個——他們會買卜茶嗎？」

他們買的向來不多。住在城外這些新鄰區的人即使會喊住梅夫魯特買卜茶，也只是因為覺得驚奇，竟然有人在叫賣這種他們只聽人隨口提過（也可能從來沒聽說過）的東西，因為孩子好奇，或是因為他們覺得嘗一嘗無妨。就算一星期後再回到同一條街，也沒有人會再跟他買。然而對梅夫魯特來說，光是這樣便已足夠，因為都市發展那樣迅速，又是那樣毅然決然地向外擴展、創造財富，再說現在的他是一人飽就全家飽了。

有一天晚上，在梅夫魯特的建議下，薩杜拉先生載他去了加齊區。梅夫魯特來到費哈與薩蜜荷結婚後前十年住的房子，八年前，萊伊荷帶女兒來過一次。費哈用發光的石頭圍起的地如今依然空著。費哈死後，這一切都成了薩蜜荷的財產。四下裡安靜無聲。梅夫魯特沒有高喊「卜—茶——」，這附近沒有人會買卜茶。

有天晚上他們來到另一個偏遠鄰區，聽到一棟很高很高的大樓（十四層樓高呢！）的較低樓層，有人喊著叫他上去。當梅夫魯特在廚房裡倒四杯卜茶，那對夫妻和兩個戴眼鏡的兒子就在一旁看著，然後又看著他灑上烤鷹嘴豆和肉桂粉。兩個小孩立刻啜了一口。

梅夫魯特正要離開時，那位太太從冰箱拿出一只塑膠瓶，問道：「這個跟這個一樣嗎？」

那是梅夫魯特第一次見到大公司賣的瓶裝卜茶。六個月前，他聽一個決定退休的老販子說，有個餅乾廠商買下一間瀕臨破產的老牌卜茶製造廠，打算將卜茶裝瓶後放到雜貨店去賣，但梅夫魯特覺得太不可思議。「不會有人去雜貨店買卜茶的。」當時他這麼說，就像三十年前，他父親也曾笑著說：「不會有人去雜貨店買酸奶的。」結果卻很快就沒工作了。梅夫魯特忍不住好奇：「我可以嘗一口嗎？」

孩子的母親倒了一點泛白的瓶裝卜茶到杯子裡。梅夫魯特就在他們全家人的注視下，喝了一小口，皺了皺臉。「不好喝，」他微笑著說：「已經酸掉了，變質了。你們不應該買這種東西。」

「可是這是在工廠用機器做的。」戴眼鏡的小男孩當中年紀較大那個說：「你的卜茶是在家裡用手做的嗎？」

梅夫魯特沒有回答。他實在太心煩，回程上甚至不想對薩杜拉先生提起。

「怎麼了，大師？」薩杜拉先生問道。他這聲「大師」經常是語帶嘲弄（梅夫魯特聽得出來），但有時候則是真心敬佩梅夫魯特的才能與毅力（這種時候梅夫魯特總會裝傻）。

「算了，這些人不知道自己在做什麼，對了，聽說明天會下雨。」梅夫魯特轉移了話題。即便是關於天氣，薩杜拉先生也能說得深獲人心並具有啟發性。梅夫魯特很喜歡坐在道奇的前座，一面聽他說話，一面看著車輛與窗戶射出的數百、數千道光，作他的白日夢。伊斯坦堡的夜晚深沉、漆黑、輕柔；霓虹色彩的尖塔一一飛逝。從前梅夫魯特都是靠著雙腳跋涉過泥濘與雨水，在同樣這些街道上來來回回，如今他們卻是輕輕巧巧地滑行而過。人生也以差不多的方式滑行而過，沿著時間與機運鋪行的軌道不停加速。

梅夫魯特知道在薩杜拉先生家度過的那幾個小時，將是他一整個禮拜最快樂的時刻。他不想把另一個生活的問題與糾結帶進他們卡得加的住處。婚禮過後，他眼看著菲琪葉肚子裡的孩子一星期一星期地長大，正如同當初看著萊伊荷懷的寶寶一樣。最後生下男嬰時，他非常驚訝，其實超音波掃描已經告訴他們結果了，但梅夫魯特還是深信會是個孫女，甚至尋思著替她起名萊伊荷會不會不恰當。二〇〇二年五月嬰兒出生後那個夏天，梅夫魯特花很多時間陪小易卜拉辛玩（孩子和他當鞋匠的曾祖父同名）、幫忙菲琪葉換尿布（每次總是滿心驕傲地看著孫子的小小生殖器），並為孫子準備嬰兒食物。

他希望能看到女兒（她真像萊伊荷）隨時都很快樂。每次聽到他們要求剛生完孩子的她準備晚上的酒菜，再看到她毫無怨言地服侍他們，一面還要留意嬰兒在另一個房間的動靜，總讓梅夫魯特心裡不是滋味。不過以前他也總是期望萊伊荷做同樣的事，而她也多少都做到了。菲琪葉離開父親家搬進薩杜拉先生家，結果也只是做著原本在做的事。但至少這裡也是梅夫魯特的家，薩杜拉先生總是這麼說。

有一天只剩他父女二人獨處時，見菲琪葉若有所思地盯著鄰居院子裡的李子樹，梅夫魯特說道：「他們是好人……妳快樂嗎，親愛的？」

一只老鐘在牆上滴答滴答走著。菲琪葉只是笑了笑，好像父親說的是直述句，不是疑問句。隔一次到卡得加的時候，梅夫魯特有一度又再次感覺到那種內心深處的交流理解。他想多關心菲琪葉的幸福，不料脫口而出的竟是截然不同的話。

「我真的、真的好孤單。」梅夫魯特說。

「薩蜜荷姨媽也很孤單。」菲琪葉說。

梅夫魯特把蘇雷曼來找他長談的事告訴女兒。他從未和菲琪葉談過情書的事（那是寫給她母親或是姨媽？），但他確信薩蜜荷已經全告訴兩個女兒了。（當女兒發現父親本來想追求的人是姨媽，作何感想？）幸好菲琪葉沒有追問多年前蘇雷曼騙他的細節，讓梅夫魯特鬆了口氣。她不時就得到另一個房間去看看易卜拉辛，梅夫魯特花了好長時間才總算全部說完。

「結果你怎麼跟蘇雷曼說？」菲琪葉問道。

「我跟他說那些信是寫給妳媽媽的。」梅夫魯特說：「可是我一直在想，不知道這麼說會不會惹妳薩蜜荷姨媽不高興？」

「不會的，爸，姨媽絕對不會因為你說實話就生氣。她會了解。」

「總之呢，妳要是見到她，就跟她說爸爸很抱歉。」梅夫魯特說。

「我會的……」菲琪葉的神情像在暗示道歉絕非關鍵所在。

薩蜜荷早就原諒菲琪葉私奔之前沒有先告知她。梅夫魯特留意到她偶爾會來卡得加看寶寶。無論是那一天，或是三天後梅夫魯特再度上門，他們都沒有再談及此事。菲琪葉熱心又爽快地答應傳話，已經讓他滿懷希望，他不想逼得太急，最後反而壞事。

同鄉會也讓梅夫魯特很滿意。他一向很喜歡在會館裡，見見與他同一代的酸奶販子與其他街頭小販，還有昔日同窗。就連梅夫魯特鮮少聽說、距離天泉村六、七公里那些較貧窮村落的人（譬如諾胡村、約倫村、雙楊村），也開始會過來，在徵得梅夫魯特同意後，興沖沖地在布告欄上為自己的村子張貼告示。（他定期都得整合所有的長途巴士班次表、割禮與婚禮公告，以及釘在這些布告欄上的村落照片。）現在有更多人會預訂會館作為場地，舉辦指甲花之夜、小型訂婚宴會（會館太小，無法舉行正式婚禮）、餃子餐會、讀經班，與齋戒月期間的開齋餐。有了戈楚克村幾位富人作為表率之後，其他人也漸漸更常參與同鄉會活動，並且準時繳交會費。

眾人之中最富有的，莫過於來自伊姆蘭勒的傳奇人物——混凝土兄弟阿布杜拉和努魯拉了。他們並不常出現在會館，卻捐了很多錢。柯庫說他們還把兒子送到美國念書。他們是貝佑律各大餐廳與咖啡館的獨家酸奶供應商，賺得的錢多數都用來買地，如今據說已經坐擁金山。

還有其他人也將賣酸奶賺的錢用來投資土地，其中有從雙楊村來的兩戶人家，只憑著建造自己的房子、一樓一樓慢慢往上蓋，就學會了所有關於工程的生意經，沒多久又靠著替他們認識的新移民，在桑山、灰山與其他山頭社區圈起的土地上蓋房子賺了大錢。從其他鄰近村莊來到伊斯坦堡，一開始就在這些建案中當苦力的人，最後都成了砌磚師傅、有執照的營造商、門房和警衛。梅夫魯特有幾個同學休學後早早當上學徒，如今都是修理工、技師和鐵匠，雖然不算富裕，卻還是比梅夫魯特好。他們的第一目標就是讓孩子念上好學校。

梅夫魯特童年時期認識的人，有一半以上都搬到離桑山很遠的鄰區，很少會到會館來。但假如找到人可以搭便車，有時還是會來看場足球賽或是參加野餐。（以前梅夫魯特看過一個和他同年的孩子，跟著他撿破爛的父親和一輛馬貨車在街上轉來轉去，原來他是赫尤克村的人，而且始終窮困不堪；梅夫魯特仍然不知道他叫什麼名字。）有些人這些年當中已經未老先衰、體重增加、身材變得臃腫又駝背、頭髮漸稀，由於相貌完全走樣

（臉型遠比以前更像梨子，眼睛變小，只有鼻子和耳朵似乎變大了），要不是梅夫魯特認不出他們，就是他們覺得有必要上前來謙卑地自我介紹一下。他知道這些人多半不比他有錢，但也能感覺到他們比較快樂，因為妻子都還在世。如果他能再婚，說不定會比他們更快樂。

再次到卡得加時，梅夫魯特一看到女兒的臉，就知道她有消息要告訴他。菲琪葉見到姨媽了。薩蜜荷並不知道蘇雷曼三星期前去找過梅夫魯特，因此當菲琪葉轉達父親的歉意時，姨媽聽得一頭霧水。等到明白過來，不禁對梅夫魯特和菲琪葉感到惱火。薩蜜荷絕不會找蘇雷曼幫忙，也從來沒想過這件事。

梅夫魯特看出了當信使的女兒臉上的擔憂焦慮。他嘆氣道：「我們做錯了。」

「是啊。」她說。

他們很久都沒有再說起。梅夫魯特努力想著接下來該怎麼辦的同時，心裡也開始默默承認「家」是另一個要解決的問題。他不只是在塔拉巴什家中覺得孤單，就連待在那個鄰區都像個陌生人。他看得出來過去住了二十四年的這些街道，如今正毫不留情地變成異域，而他知道塔拉巴什不會有未來。

早在一九八〇年代興建塔拉巴什大道時，梅夫魯特曾聽過有人形容這個街道狹窄彎曲、到處是搖搖欲墜的百年磚房的鄰區，具有重要歷史意義並極具潛在價值，但他一句也不信。當時，只有少數一些左派建築師和學生這麼說，為的是抗議興建這條新的六線道馬路。不料不久之後，政治人物與承包商也紛紛響應：塔拉巴什是一塊瑰寶，必須加以保護。傳聞說這一帶將要蓋起飯店、購物中心與摩天大樓。

梅夫魯特始終未曾真心覺得這一區適合自己，但過去幾年來，這些街道的生活改變太多，更讓他這種感覺有增無減。辦完兩個女兒的婚事後，他便與這一區裡的女性圈子斷絕了聯繫。亞美尼亞人和希臘人訓練出來的那些老木匠、鐵匠、修理工與店主都已經離開，那些為謀生路什麼工作都做的勤奮人家也已離開，如今亞述人也走了，取而代之的是毒販、搬進廢棄公寓的移民、無家可歸的遊民、幫派分子和皮條客。每次到其他區去的時候，有人問起他在塔拉巴什怎麼還住得下去，梅夫魯特都會說「那些人都集中在北邊那一帶，靠貝佑律那邊」。有一天晚上，一個穿著體面的年輕人將梅夫魯特攔下，十萬火急地問道：「叔叔，你有糖嗎？」誰都知道「糖」是「毒品」的代號。有時候有些藥頭會老遠跑到他住的這條街，逃避警察搜捕，還有些毒販會把毒品藏在停著的車輛的輪圈蓋內，以免被逮到。現在即使到了深夜，梅夫魯特也只需瞄上一眼就能認出那些人來，就像他總能認得出那些身材結實、戴著假髮，在貝佑律附近的妓院工作的變裝者。

在塔拉巴什和貝佑律，這種有暴利可圖的勾當向來掌握在犯罪組織手裡，但現在那些狂妄自大的馬爾丁幫和迪亞巴克爾幫為了掌控市場，老是在街頭火併。梅夫魯特懷疑費哈就是在這樣的爭鬥中喪命。他曾經看見吉茲雷的伽茲米——這些黑道流氓當中最出名的一個——在親信和一群鬧哄哄又滿懷敬畏的孩子簇擁下經過這一區，猶如慶祝勝利的遊街活動。

這些新來的人把內衣褲和襯衫晾在建築物之間，整個社區頓時變成一個大型洗衣店，梅夫魯特覺得自己再也不屬於這裡。以前的塔拉巴什從來沒有這麼多攤販，而他也不喜歡這些新的街頭小販。他還懷疑這些類似黑道的人——他所謂的地主（每五、六年就會換一次）——可能會忽然抽手，把房子丟給仲介業者、房地產投機客、一心想蓋飯店的開發業者，或是其他幫派，就像其他地方過去兩年發生的情形。就算不是這樣，他恐怕也很快就會無力繳納不斷上漲的房租。這個鄰區普遍受忽視了那麼多年，轉眼間竟變成一塊磁鐵，把這座城市所能聚集的貧困與破壞慾望全都吸引過來。與他家隔著兩棟樓的那棟公寓三樓，住了一戶伊朗家庭，他們租那間公寓是為了暫時有地方棲身，好等著領事館發下美國的移民簽證。三年前地震那個晚上，當所有人驚慌地逃到外面街上，梅夫魯特才赫然發現伊朗人住的那間小公寓竟然擠了將近二十人。如今他已漸漸習慣塔拉巴什被當成那無數漫長旅程的一個臨時休息站。

從這裡他能上哪去？這個問題他想了又想，有時是有條有理地分析思考，有時則是比較印象派地作作白日夢。如果在薩杜拉先生住的卡得加鄰區租屋，可以離菲琪葉近一點，也不會老覺得孤單。薩蜜荷會想住在那種地方嗎？但話說回來，又沒有人請他去，何況房租也太貴，離他在梅吉迪耶克伊工作的會館又太遠。他開始考慮離工作地點較近的地方，而最理想的選擇當然就是他童年時在灰山與父親同住的那間房子了。這是他頭一次想請蘇雷曼幫他趕走現任房客，以便自己能搬回去。他不時想像自己與薩蜜荷住在那裡的情景。

大約就在這段時間發生了一件事，讓梅夫魯特喜不自勝，覺得又有勇氣去找薩蜜荷了。

梅夫魯特小時候在村裡向來不太踢足球，向來沒有真正喜歡過這項運動，也不是十分拿手。每次腳一踢出去，球總是很少按著他想要的方向跑，所以從來沒有人想跟他同一隊。剛來到伊斯坦堡那幾年，他既沒有時間，也沒有意願，更沒有多餘的球鞋，可以到街上或空地去加入踢球的行列，他只會看電視上的比賽轉播，因為每個人都會看。因此他之所以去看同鄉會足球錦標賽（柯庫認為這對團結各村的力量十分重要）的決賽，單純只是因為他知道其他人都會去。

用鐵絲網圍起的球場外面有兩個相對的看台。他愉快的心情並不亞於剛好趕上一場所有朋友都會去參加的婚禮，不過他還是挑了一個誰也不會坐下看球賽的角落位子。

對決的是銀溪村與雙楊村。雙楊村的年輕隊員非常認真看待這場比賽，儘管有幾名球員穿著長褲，但至少全隊的人都穿了同款襯衫。反觀銀溪村隊的成員多半都是成年人，穿的也是平日裡舒適的家居服。梅夫魯特看到一個駝背又凸腹的球員（每回他一踢球，看台上便有一半觀眾拍手大笑），認出他是與父親同輩並已退休的酸奶小販，還有他兒子也在場上，似乎決心要一展球技。以前梅夫魯特也見過他們，不只是在桑山賣酸奶時會巧遇，也共同參加過許多婚禮（柯庫的、蘇雷曼的，以及其他許許多多朋友與朋友孫子的婚禮）。此人的兒子和梅夫魯特一樣，三十五年前也來到伊斯坦堡賣酸奶、繼續學業（他倒是念完了高中），如今他有兩輛小貨車，用來載送橄欖和起司到各家雜貨店，有二子二女在看台上為父親喝采，也有一個染金髮、包頭巾的妻子在比賽過程中不停起身遞紙巾，讓丈夫擦拭額頭上的汗水（此外，比賽結束後梅夫魯特發現，他還有一輛新款的莫拉特可以容納他們一家六口）。

梅夫魯特沒有花太多時間就明白了，為什麼這些種植人工草皮、晚上打起泛光燈照亮夜空的球場，會如雨後春筍般遍及全市，出現在每個空地、停車場或無主土地上：有些加油歡呼聲或許有點勉強造作，但這些鄰區球賽無疑具有莫大的娛樂價值。觀眾總喜歡假裝在看一場真正的賽事，像電視上轉播的那種。就跟電視上一樣，每當有球員犯規，他們就對裁判大喊「讓他下場！」或是叫他讓另一隊罰球。每次進球，觀眾都會興奮吶喊、互相擁抱，而得分隊伍也會以誇張的表演做為慶賀，久久不停，一如電視上的正牌軍。整場比賽，觀眾都不停地呼口號、呼喊著自己喜愛的球員名字。

梅夫魯特也同樣沉迷於球賽中，卻忽然驚聞自己的名字：全場觀眾都看到他了——他們的會館經理兼煮茶人——便開始拍手唱喊著：「梅夫魯特……梅夫魯特……梅夫魯特……」他站起來做了幾個笨拙的手勢向他們致意，然後微微一鞠躬，他在電視上看過真正的足球員這麼做。「耶！」大家歡呼道。觀眾席上「梅夫魯特！」的呼喊聲持續了好一會，鼓掌聲震耳欲聾。他驚愕地重新坐下，險些就要掉下淚來。

十五、梅夫魯特與薩蜜荷

那些信是寫給妳的

在同鄉會足球賽上發現自己如此受歡迎，讓梅夫魯特的心情愉快又樂觀。下一次去見菲琪葉時，他給女兒施加了一點壓力，並向她展現新的決心。

「我應該親自去桑山找妳姨媽談。因為蘇雷曼胡說八道傷害了她，我應該親自去道歉。可是我不能在我伯父家做這樣的事。妳那個薩蜜荷姨媽出不出門的？」

菲琪葉告訴他，有時候中午左右，薩蜜荷姨媽會去逛桑山的店。

「我們這麼做對嗎？」梅夫魯特說：「我真的應該去找她談嗎？妳希不希望我去？」

「好啊，去吧，這會是好事。」

「這樣不會對妳死去的媽媽不尊重吧？」

「爸，你自己一個人活不下去的。」菲琪葉說。

於是梅夫魯特開始到桑山去，在哈密・烏拉爾哈吉的清真寺參加晌禮。這裡幾乎沒有年輕人來，除非是禮拜五。通常早在祈禱開始前，清真寺裡便擠滿了他父親那一輩的人（退休的街頭小販、工頭、修理工），晌禮結束後，他們又會一起閒步走過清真寺下方的覆頂廊道，前往咖啡屋。他們之中有些人留著大鬍子，拿著枴杖，戴著綠色頂帽。梅夫魯特打從心底知道，自己之所以開始到這裡來祈禱的原因只有一個，就是希望能在商店巧遇薩蜜荷，因此他的心思都集中在這些老人的輕聲低語、清真寺內的寂靜，與寺內地毯被磨舊的狀態，結果也就無法真心誠意地祈禱了。像他這樣的信徒，如此相信神的力量與恩寵，又深深感覺需要祂的撫慰，在清真寺內竟無法真心誠意地祈禱，這意味著什麼呢？一個人即使內心與意圖都很純潔，在神的面前若無法對自己忠實，該怎麼辦？他想要向聖導師提出這些問題，甚至想像著可能得到什麼樣的答案。

「神知道真實的你是什麼樣子。」聖導師會對所有傾聽的人這麼說：「既然你知道祂知道，自然希望能表裡如一。」

祈禱過後，他會離開清真寺到廣場上閒晃，三十年前桑山最早的咖啡屋、舊貨店、雜貨店和巴士站就在這個廣場上紛紛冒了出來。現在這一帶和伊斯坦堡其他地方毫無不同，到處都是混凝土建築，以及廣告看板、銀行和旋轉烤肉店。到目前為止，梅夫魯特已經來了桑山三次，卻還是沒能遇見薩蜜荷。他正開始擔心該怎麼把這個壞消息告訴菲琪葉，忽然有一天就看見薩蜜荷站在烏拉爾家的麵包店前面。

他停下腳步轉身，直接往回走進清真寺下方的廊道。他錯了。這個女人不適合他。梅夫魯特去了廊道盡頭的咖啡屋，裡面每個人都在看電視，他來得快走得也快。要是爬上階梯，從後門穿過清真寺庭院去會館，應該就不會被薩蜜荷瞧見。

頓時一股沉重的懊悔感在他內心迅速地蔓延開來。他下半輩子非得孤孤單單地過嗎？無論如何，他是不想回去了，於是步上階梯往外走。

當他踏進哈密．烏拉爾哈吉清真寺的庭院，正好和薩蜜荷撞個正著。有一會，他們只是看著對方，彼此相隔六十公分，就像在柯庫的婚禮上那樣。這百分之百正是梅夫魯特當時看到的那雙眼睛，正是驅使他寫那些情書的那雙烏黑眼睛，也是他研究了那許多情書大全與字典的原因所在。他覺得與「薩蜜荷」這個意念很親近，但實際的她，卻像個陌生人。

「梅夫魯特，你都上這兒來了怎麼也不來找我們，或至少告訴我們一聲？」薩蜜荷大膽地問。
「我下次再來。」梅夫魯特說：「不過還有另一件事。妳明天中午到莊園布丁店來一趟。」
「為什麼？」
「我們不應該在這裡說話，人太多了……別人會說閒話，妳明白吧？」
「我明白。」
他們隔著相當的距離，尷尬地互道再見，但兩人都因為能夠約見面而難掩滿意的神情。只要梅夫魯特不要亂說話或是做出讓自己難堪的事，在布丁店的會面應該會很順利。梅夫魯特見過許多夫妻在莊園布丁店一起用餐聊天，大家也會以為他們是夫妻，沒什麼好擔心。
可是那天晚上他卻睡不著。儘管現年已三十六歲的薩蜜荷依然美麗，梅夫魯特卻覺得自己根本不認識她。他這一生與她的接觸少之又少——只有偶爾幾次家庭拜訪、在連襟卜茶店的鏡子內交換了幾次眼神（當時梅夫魯特總是背對著她），以及在婚禮與宗教節日上碰過幾次面——而且他知道自己絕不可能再與任何人建立起像他和萊伊荷那麼親密的關係。他和萊伊荷形影不離地生活了十三年，即使白天分開的時候，也仍然還是在一起。那種親密感只會伴隨著青春激情而來，那麼明天去見薩蜜荷又有何意義？
天亮後，他將兩頰的鬍子刮得乾乾淨淨，穿上最新的白襯衫和最好的西裝外套，在十一點四十五分走進布丁店。「莊園」在西司里廣場是一家很大的店，就位在巴士與迷你巴士站區再過去，和清真寺、西司里區政府及法院同一排建築。除了雞絲奶凍、其他甜點、早餐和炒蛋之外，他們也賣扁豆湯、乳酪糕點、番茄飯，以及最重要的烤肉。灰山、桑山與附近其他山上的居民，不分男女老幼，在等下一班迷你巴士或是到西司里來買東西時，都會進店裡來坐著聊天，一面看著牆上的國父像和自己的鏡中倒影。午餐的人潮尚未湧現，讓梅夫魯特得以如願找到一個安靜角落，避開窺探的目光。從他的座位正好能清清楚楚看見布丁店裡的動線——侍者衝來衝去、收納動作火速——而他想著薩蜜荷走進門來的情景，也開始興奮起來。冷不防地，她已經站在他面前了。他臉一紅，打翻了一只塑膠水瓶，幸好及時挽救，只灑出幾滴水。他們倆格格笑了幾聲，然後點了烤肉飯。

他們從未如此正式地對面而坐。梅夫魯特第一次能夠盡情地直視薩蜜荷的烏黑雙眼。薩蜜荷從手提包拿出一根香菸，用打火機點著，將煙吐向梅夫魯特右側。他可以想像她獨自在房中抽菸或甚至喝酒，但是在餐廳又當著男人的面這麼做，則完全是另一回事。他覺得頭暈了起來，同時閃過一個可能危害他們關係的念頭：萊伊荷絕對不會做這種事。

梅夫魯特提起蘇雷曼找他的事，以及他讓菲琪葉傳的話，並為其中的誤會道歉。蘇雷曼又再次多管了閒事，胡說八道地惹麻煩……

「也不完全是這樣。」薩蜜荷說。她談到蘇雷曼的壞心眼和他的愚蠢，接著又說了好多話，甚至觸及費哈的橫死。梅夫魯特對薩蜜荷說，他可以感受到她對蘇雷曼的恨意，但或許也該讓這一切過去了。

這番話更加激怒了薩蜜荷。她慢慢吃著烤肉飯，不時便放下叉子再點上一根菸。梅夫魯特從未想過她竟如此躁動不安、如此不快樂。他隨即領悟到，若是他們計畫兩人在一起的未來作為報復蘇雷曼的手段，她會快樂起來。

「你和萊伊荷的婚禮結束後看到我時，是真的不認得我？還是假裝的？」薩蜜荷問道。

「我是假裝不認得妳，免得萊伊荷心裡不舒服。」梅夫魯特回想起二十年前的婚禮說道。他看不出來薩蜜荷相不相信他的謊言。他們沉默了片刻，嘴裡吃著東西，耳邊聽著逐漸忙碌起來的布丁店裡人聲嘈雜。

薩蜜荷問道：「你那些信是寫給我還是我姊妹？」

「那些信是寫給妳的。」梅夫魯特說。

他似乎瞥見她臉上閃過滿意的神色。接著兩人許久沒有做聲。薩蜜荷依然緊張，但梅夫魯特覺得這是第一次碰面，做得已經夠多，該說的也都說了，他開始含糊地說起年紀大了、孤單寂寞、人生中有個人陪很重要。

薩蜜荷原本認真聽著，卻忽然打斷他。「你寫那些信給我，可是這麼多年來你對每個人都說『信是寫給萊伊荷的』。大家明知你的信是寫給我的，卻都還是假裝相信你。現在你說信是寫給我的，他們又會假裝相信你。」

「真的是寫給妳的。」梅夫魯特說：「我們在柯庫的婚禮上相遇，為了妳這雙眼睛，我給妳寫了三年的信。因為蘇雷曼騙了我，我才會在信上寫萊伊荷的名字而不是妳的名字。不過後來我和萊伊荷很幸福，這妳是知道的。現在我們也可以很幸福。」

「我不在乎別人怎麼想……但是我想聽你認真地再說一遍，說你那些信是寫給我的。」薩蜜荷說：「不然我不會嫁給你。」

「我那些信是寫給妳的，而且是滿懷愛意寫的。」梅夫魯特說。即便說這句話的時候他都在想：說真話的同時還要誠心實意，何其困難。

十六、家

我們一切按部就班

薩蜜荷。那房子是一間老舊的「乞丐屋」。自從小時候和父親住在那裡到現在，梅夫魯特完全沒有動過它。我們第二次約在莊園布丁店見面時，他詳詳細細地都跟我說了，而且每當提起這棟我還沒見過的房子，他都會和他父親一樣，用充滿感情的口氣稱它為「家」。

我們就是第二次在莊園布丁店見面時，決定結婚並搬到灰山的房子去。我若想趕走楚庫祖瑪的房客恐怕不容易，何況我們也需要那筆收入。忽然間，問題好像全在房子上面。梅夫魯特偶爾會對我說一些甜言蜜語，但你們不需要知道那些。我們倆都非常愛萊伊荷。我們一切按部就班，慢慢地來。

只要我們不需要付房租，靠著費哈留給我在楚庫祖瑪那兩間房子的月租支付生活開銷，便綽綽有餘了。而且梅夫魯特也有收入。另外我們還討論了一件事，這次邊聊邊吃的是雞肉飯。梅夫魯特的態度輕鬆而坦率，只是偶爾會害羞。但我不覺得那是缺點，反而很欣賞。

菲琪葉是第一個知道我們見面的人。她丈夫和公公比阿克塔希家的人還早知道。薩杜拉先生載著我、梅夫魯特和腿上抱著易卜拉辛的菲琪葉，沿著博斯普魯斯海峽兜風。回程時，別人以為這是載客的計程車，不停地在人行道上向我們招手，或是試圖跑出來攔車。每一次坐在前座的梅夫魯特都會開心地大喊：「你沒看到車子坐滿了嗎？」

梅夫魯特想馬上打電話給蘇雷曼，叫他把灰山那個房客趕走，但我希望由我來向桑山的人宣布這個消息，便要求他再等等。薇蒂荷完全可以接受，我親愛的姊妹緊緊抱住我，親吻我的臉頰。但緊接著她卻說，這是所有人最期望的事，馬上又惹惱了我。我嫁給梅夫魯特，寧可是違背而不是順應所有人的心願。

梅夫魯特本想親自到阿克塔希家告知蘇雷曼與柯庫這個消息，但我警告他，如果他讓這次拜訪顯得過於隆重，而變成一種儀式，蘇雷曼和柯庫可能會以為我們在徵求他們的同意，這樣我可會不高興。

對於我的憂慮，梅夫魯特說：「那又怎樣，他們愛怎麼想就怎麼想。我們只管自己的事就行了。」

梅夫魯特打電話通知蘇雷曼，不過他也已經從薇蒂荷那裡聽說了。現在住在梅夫魯特家那個從里澤來的年老房客不肯馬上搬走，蘇雷曼找律師問過，若想走法律途徑恐怕得耗上幾年才能趕得走，因為他沒簽約，房子也沒有權狀。於是烏拉爾家的長子派了一名（以逞凶鬥狠出名的）手下去找里澤來的房客談，並取得房客的同意書，答應在三個月內搬走。聽說婚禮要比預定的時間延遲三個月舉行，梅夫魯特顯得既迫不及待，又鬆了口氣。一切發展得太快了。他擔心到頭來會尷尬收場，有時候還暗自想像別人聽到他要娶薩蜜荷只會說「可憐的萊伊荷」，並且瞧不起他。這種閒言閒語當然不會僅止於責備梅夫魯特，他們一定又會重提那件老掉牙的事，那件原本隨著萊伊荷去世已幾乎被遺忘的事：「這個男人寫情書給妹妹，結果卻娶了姊妹。」

當薩蜜荷一開口就用經過思考而決斷的口氣提到結婚，梅夫魯特就知道他們不會在結婚前一起去咖啡館、去看電影，或甚至去一家合適的餐廳用餐。直到發現自己覺得失望，他才察覺原來自己內心某個角落一直懷著這樣的幻想。除此之外，還要商量婚禮的大小事宜、要處處謹慎以免落人口實、要計算該花多少錢、要琢磨該撒什麼謊才能逃過責難，搞得梅夫魯特筋疲力竭，不禁覺得相親結婚真是幸福又便利。

薩蜜荷每兩星期都會來薩杜拉先生家過一個下午，他也只有這個機會能見到她。他們不常交談。儘管菲琪葉努力地想拉近父親與姨媽的距離，梅夫魯特還是看得出來，他和薩蜜荷只有結婚後才能變成朋友。

二〇〇二年九月，房客搬離了灰山的房子，梅夫魯特很高興正好能藉此機會增進他與薩蜜荷的情誼。薩蜜荷沿著彎曲窄路從桑山走到灰山，他們再一起去看梅夫魯特兒時的家。

他在莊園布丁店裡充滿感情向她形容的那棟單間乞丐屋幾乎宛如廢墟。屋裡還是泥土地板，和三十年前一樣。屋邊的廁所也仍只是地上的一個洞，晚上從廁所的小窗可以聽見環狀公路上的卡車隆隆作響。舊柴爐旁邊有一個電爐。梅夫魯特看不出偷接的線路，但是經驗告訴他在灰山這樣的社區，除非能偷到電，否則不會有人買電爐。搖晃不穩的矮腳桌還在，小時候害怕魔鬼的他總會坐在桌前讀書，木床架也還在。梅夫魯特還找到三十年前他用來煮湯的鍋子，還有他們常用的咖啡壺。這些房客就像他和父親一樣，多年來沒有為這個房子添置過一樣東西。

然而房子周遭的世界已徹底改變了。從前半空的山頭，如今蓋滿了三、四層樓的混凝土建築。泥土路（有些是一九六九年新開的）現在全鋪了柏油。以前的一些乞丐屋改建成了多層的辦公大樓，有律師、會計師或建築師事務所進駐。每棟樓的樓頂如今也布滿衛星天線和廣告看板，和梅夫魯特中學時期功課做到一半抬頭望向窗外看見的景致已然不同，不過白楊樹與哈密哈吉清真寺的尖塔依舊如昔。

梅夫魯特花光最後的積蓄，為他的乞丐屋（他也開始用這個字眼了）鋪設地板、整修屋頂和廁所、油漆牆壁。蘇雷曼從建設公司派一輛貨車過來幫了兩、三次忙，但梅夫魯特始終沒有向薩蜜荷提起。他一心只想和所有人都好好相處，不希望有人不認可他的婚禮。

在伊茲密爾的女兒整個夏天渺無音訊，一次也沒回過伊斯坦堡，他覺得可疑，但仍盡量不去多想。然而，開始討論婚禮的安排之後，菲琪葉再也不能隱瞞父親：法特瑪不贊成父親在母親死後迎娶姨媽，所以她不會來伊斯坦堡參加婚禮，甚至不想和父親或薩蜜荷姨媽講電話。

歪脖子阿杜拉曼在夏日逐漸炎熱之際來到伊斯坦堡，住在桑山家中被地震震歪了的四樓，梅夫魯特去看他，想親他的手，請他答應讓薩蜜荷嫁他，就像二十年前他為了萊伊荷去鄉下提親那樣。也許歪脖子阿杜拉曼與薩蜜荷父女倆會去伊茲密爾說服法特瑪來參加婚禮……但法特瑪甚至不考慮接待他們，這讓梅夫魯特想就此放棄她。畢竟是她背棄了家人。

不過，到頭來梅夫魯特還是無法繼續生女兒的氣，因為他自己心裡也有一部分認同她的想法。他看得出薩蜜荷也感到內疚。法特瑪的母親死後，畢竟是她這個姨媽盡力幫她上了大學，又不辭辛勞地照顧她，因此薩蜜荷覺得和梅夫魯特一樣受傷。可是當梅夫魯特說：「我們的婚禮就離所有人都遠遠的吧。」薩蜜荷卻持相反意見。

「我們就在桑山附近辦，讓他們全都來親眼瞧瞧……就讓他們說閒話說個痛快……」薩蜜荷說：「這樣會讓他們快一點厭倦。」

梅夫魯特很佩服薩蜜荷的論調，也佩服她敢在三十六歲穿白紗的勇氣。他們決定在會館舉行婚禮，那裡離桑山近，也花不了什麼錢。同鄉會的辦公室不太大，因此所有賓客進來喝了檸檬汁（以及梅夫魯特讓人偷偷準備的茴香酒）、送完禮物便離開了，沒有在悶熱、擁擠的會館裡逗留太久。

薩蜜荷用自己的錢租來的白紗禮服，是她和薇蒂荷在西司里一家店裡找到的。整場婚禮下來，梅夫魯特不停想著她真是迷人：無論哪個男人和這樣的美女打了照面，肯定都會給她寫上三年情書。

蘇雷曼已經知道自己讓薩蜜荷感到不自在，因此在婚禮上，無論是他或阿克塔希家的其他人都盡量保持低調。他決定離開時已經喝醉了，他把梅夫魯特拉到一旁。

「兄弟，別忘了你結的兩次婚都是我促成的。」他說：「可是我想不透這樣做好不好。」

「這是大好事。」梅夫魯特說。

婚禮結束後，新郎新娘、菲琪葉夫妻和歪脖子阿杜拉曼先後坐上薩杜拉先生的道奇車，前往畢于克德勒一間賣酒的餐廳。梅夫魯特和歡歡喜喜穿著婚紗的薩蜜荷都滴酒未沾。回到家後，他們把燈全都關了，才上床交歡。梅夫魯特一直都知道和薩蜜荷做愛絕不會尷尬或困難，他們兩人從來也沒想到自己會這麼幸福。

接下來的幾個月，梅夫魯特會從乞丐屋的窗子往外看，趁著妻子熟睡時，若有所思地凝視哈密哈吉清真寺與其他蓋滿公寓大樓的山頭，試著不去想萊伊荷。新婚前幾個月裡，偶爾有些時刻讓他覺得似曾經歷過，但他不確定會有這種錯覺是因為這麼多年後又再次結婚，或是和他再次回到童年的家有關。

第六部

二〇〇九年四月十五日星期三

「下雨天和家人商議絕無好處。」

——拜榮帕夏[11]《道歉與嘲諷》

11 譯注：帕慕克小說《黑色之書》中提及的人物。

十二層樓建築

你有權利拿城裡的租金

「要記住喔，你發誓，絕對不能低於六成二。」薩蜜荷送丈夫出門時說道：「別受他們威脅。」

「我怎麼會受他們威脅。」梅夫魯特說。

「蘇雷曼胡說八道的話也都別聽，別發脾氣。權狀拿了嗎？」

「議員給的文件拿了。」梅夫魯特說著便出發下山。天空灰雲密布。他們全都要去哈桑伯父在桑山的雜貨店集合，把情況重新討論一遍，也最後再協商一遍。烏拉爾控股公司，也就是烏拉爾家的大建設公司，利用最近一連串的都市更新計畫，在這個鄰區新蓋了十六棟高樓。他們計畫在梅夫魯特從父親那兒繼承來的單間屋，也是他過去七年與薩蜜荷同住的家所在的土地上，興建一棟十二層樓的公寓建築。也就是說梅夫魯特和其他許多人一樣，必須與烏拉爾家談定條件。偏偏他一直拖拖拉拉，到了最後階段始終不肯退讓，現在把柯庫和蘇雷曼都惹怒了。

梅夫魯特還沒簽下協定；即使將來要蓋在那塊地上的公寓已經賣出了幾間，他仍繼續和薩蜜荷住在兒時的家。梅夫魯特有時會到外面的庭院來，指著頭上的天空，覺得那些有錢人荒謬得不可思議，竟然先付錢給烏拉爾去買「那上面」將來有一天會屬於他們的公寓。不過薩蜜荷一點也不覺得好笑。梅夫魯特向來佩服第二任妻子的實事求是。

烏拉爾控股公司的行銷辦公室位在連接桑山與灰山的大街上，那裡展示了預定興建的大樓的模型，還有個總是穿著高跟鞋的金髮女子向訪客詳細說明各種不同的公寓選擇，以及浴室和廚房使用的建材，然後暫停下來補充提及：七樓以上所有南向房間都能看見博斯普魯斯海峽。光是想到從自己這間四十年老屋的院子七樓以上高處，竟能瞥見博斯普魯斯海峽，便足以讓梅夫魯特頭暈目眩。最後一次和阿克塔希家人協商之前，他又去看了一次模型。

當二〇〇六年消息傳開來，說桑山與灰山，還有伊斯坦堡其他許多鄰區被選定為一項大規模都市重建計畫的標的，而且政府鼓勵在這些地區興建高樓，當地居民都樂壞了。原先，法律規定這一區只能蓋三、四層樓的建築，現在卻能蓋到十二樓。民眾覺得好像有人送來大把大把的鈔票。這項決定是由安卡拉方面宣布，但誰都知道這背後全是哈密．烏拉爾哈吉家族在操控，他們與正義發展黨關係密切，在桑山與灰山又擁有大片大片的土地。結果，原本在這一帶已經很受歡迎的正義發展黨，如今在桑山、灰山與附近地區又獲得更多選票支持。一開始，就連那些經常抱持悲觀態度、凡事抱怨的人，也默不作聲。

最初發出微弱抗議聲的是房客。當政府宣布建築物可以蓋到十二層樓高，當地的房租與地價隨即飆升，於是每到月底便捉襟見肘的居民（如同梅夫魯特那個從里澤來的老房客），開始慢慢遷出這些山區。這群長期房客的感受就和梅夫魯特被迫離開塔拉巴什時一樣：這裡對他們而言沒有未來，因為總有一天會蓋起炫麗高樓成為有錢人的家……

新法規定每棟十二層樓建物的建地所整併的土地，原地上屋的屋主可多達六十人。不到一年，市政府便指定並宣布這些建地的地點，將桑山與灰山分隔成不同區域。一夕之間發現自己有一天也會住進同樣的高樓之後，多年的鄰居都開始互相造訪，一面喝茶抽菸一面討論目前的狀況，同時推舉出一名機靈的代表（總有很多人垂涎這個位子），負責處理與政府和承包商之間任何必要的協商，但沒多久，他們之間開始出現歧見。在薩蜜荷的堅持下，梅夫魯特參加了三次這樣的會議。他和其他男人一樣，很快便學會經濟學上所有關於「地租」的概念與應用方法。有一次，他舉手告訴所有人關於他已故父親的經歷，以及他是如何辛辛苦苦才蓋起梅夫魯特現在住的房子。但是眾人討論百分比與持分的時候，他很難跟得上，總要入夜後在冷清的街頭賣卜茶時，才能脫離那種不安。

根據新法規定，當地地主若想分得新大樓裡的一間公寓，必須先將土地賣給開發業者。還有其他土耳其大財團也想插一腳，但哈密．烏拉爾哈吉的公司向來引以為傲的是他們不只與安卡拉政府，也與鄰區居民關係絕佳，自然也就拔得頭籌了。於是這一區老舊乞丐屋的屋主開始會到大街上的烏拉爾控股公司辦公室，參觀櫥窗裡的模型，想像自己未來的公寓會是什麼模樣，並與哈密哈吉的小兒子商談。

在伊斯坦堡各地紛紛冒出的其他多數大樓，所有權都是由開發業者與原屋主各占一半。如果當地居民團體可以找到能幹的代表，並且團結一致，有時候可以分到五成五，或甚至六成。然而這種情形非常少，反倒是昔日乞丐屋鄰居為了百分比與遷入日期起爭執而損及共同利益的情形，更常見得多。蘇雷曼老是帶著一種知道內幕的得意笑容報告這些事情，梅夫魯特從他那裡聽說有一些鄰區代表收了承包商的紅包。柯庫和蘇雷曼身為桑山地主兼烏拉爾控股公司合夥人，隨時都知道最新的八卦、爭吵與協商的消息。

大多數乞丐屋都已經變成屋況不錯的三層或四層樓建築，只要屋主擁有正式權狀，就能強硬地和政府及開發商討價還價。可是像梅夫魯特這樣的人，只有一張四十年前從鄰區議員那兒拿到的紙能證明產權，而且又只是一棟單間屋（在灰山多半都是如此），若是碰上承包商威脅說：「你要知道，政府可能會有辦法直接把房子收走……」就很可能退卻。

另一個容易引起爭論的議題是暫時住所的費用：承包商拆除舊乞丐屋後，必須付遷居費用給無處可住的人直到新家落成。據說有人簽約時訂定兩年的暫時安置時間，結果因為承包商未能如期完工而流落街頭。這類傳聞在伊斯坦堡滿天飛，許多當地地主便決定等其他人都和建商簽約以後自己再簽，可能比較保險。還有人不斷拖延（為了他一人而延誤重要工程），完全只因為覺得最後一個簽約會撈到更多好處。

柯庫叫這些人「釘子戶」，對他們厭惡至極。在他看來，他們是乘機獲取暴利的下流胚子，為了爭取超出他們權利的較好條件或較多間公寓，就來妨礙別人的生活與生計。梅夫魯特聽說過這些所謂的釘子戶在十六或十七層樓的大樓取得六間（甚至可能是七間）公寓，而其他人都只分到兩間或三間。這些精明的談判者往往都打算一拿到昂貴的新公寓就全部脫手，然後搬到另一個城市或鄰區去，因為他們知道這番拖延惹怒的不只是政府和承包商，還有迫不及待想盡快搬進新家的朋友和鄰居。梅夫魯特知道在箭山、宰汀布努和菲克爾泰佩，這些釘子戶和鄰人爆發毆打衝突，有時還拿刀互砍。也有傳言說這種內鬨是承包商偷偷煽動的。這些事情梅夫魯特後來全都知道了，就在他們上一次的協商會議上，柯庫對他說：「梅夫魯特，你比那些釘子戶好不到哪去！」

那一天，大街上的烏拉爾控股公司辦公室空空盪盪。梅夫魯特來這裡開過許多次會，不管是屋主或承包商召開的都參加過。他曾經和薩蜜荷坐在那裡看著陽台造型怪異的華麗模型，試著想像屬於他的那間面北小公寓。辦公室裡有烏拉爾家在伊斯坦堡建造的其他大樓照片，某些照片中可以看見四十年前的哈密哈吉拿著鏟子，在他最早的幾個建案工地上幹活。都快中午了，平常總有從較好的鄰區前來看屋的買家把車停在路邊，現在竟也空無一車。梅夫魯特在哈密．烏拉爾哈吉清真寺底下的拱廊逛街浪費了一點時間之後，開始爬上桑山的蜿蜒窄路，前往哈桑伯父的雜貨店，以免聚會遲到。

山腳下，就在前幾棟房子再過去的一段平坦道路，本來有一排臭氣沖天的木屋，是哈密哈吉給工人住的宿舍。小時候，梅夫魯特曾經從敞開的門往裡看，瞥見充滿霉味的陰暗房間裡，疲憊的年輕工人埋在床鋪間的各種睡相。過去三年當中，租屋人預期這整個社區遲早會拆除，都紛紛逃離，空屋率隨之提升，如今整個桑山遍布著遭遺棄的建物，更顯得破敗醜陋。梅夫魯特煩躁地看著頭上逐漸轉暗的天空。往山上爬的時候，他覺得好像就要直接走進天堂。

薩蜜荷堅持要六成二的時候，他怎麼就不能拒絕呢？他不知道該如何才能讓阿克塔希家人接受。最後一次在會館協商時，五成五已經讓柯庫遲疑了，失望之餘他們同意延期，再試一次。但好幾個星期了，梅夫魯特都沒有柯庫和蘇雷曼的消息。一切都讓他焦慮不已，但他也很樂意讓柯庫把他當成釘子戶，說不定到最後他拿到的比任何人都多。然而，自從在會館開會以後，桑山與灰山被標示為地震高風險區，梅夫魯特（一如灰山許多人）開始懷疑這是烏拉爾家的計謀。一九九九年地震過後政府便立法規定，凡是發現有結構不安全的建築物，只要徵得三分之二以上屋主的同意便得以拆除。如今政府與開發業者就利用這項措施，來避免小業主妨礙他們興建更高、更大的公寓大樓。地震風險法在灰山實施之後，釘子戶的處境更加艱難了，梅夫魯特實在無法想像該怎麼開口去要求剛才出門前薩蜜荷所堅持的六成二。

結婚至今七年，他過得很快樂。他們成了好朋友。不過他們的情誼並非圍著這世上所有光明美好的一面打轉，而是建立在同心協力地辛苦工作、一起努力克服困難、接受並容忍日常生活的單調乏味。多了解薩蜜荷一些之後，梅夫魯特發現她是個頑固、果斷、決心要過上好日子的女人，他喜歡她的這一面。可是她並不一定知道該將這股內在力量導向何處，也許正因如此，她總是試圖以梅夫魯特實在無法欣然承受的壓力來指揮他，甚至經常是直接下令。

其實梅夫魯特倒是很願意接受烏拉爾家提出的五成五，這樣他可以分到十二層大樓裡的三間低樓層、沒有海峽景觀的公寓。由於他鄉下的母親和姊妹也算是父親的正式繼承人，因此他實際上能分到的還不到一整間公寓。他們可以用費哈在楚庫祖瑪的公寓的房租，在五年內補上這個差額（但若能拿到六成二，三年就能補足了）。不管怎麼樣，到最後公寓都會完全只屬於他們倆。他花了好幾個月和薩蜜荷在家裡計算這些數字。如今，來到伊斯坦堡四十年了，好不容易有一個屬於他自己（或者說一半屬於他）的地方就近在眼前，梅夫魯特不想看著希望破滅，因此在走進哈桑伯父那擺滿五顏六色玻璃箱、報紙和瓶瓶罐罐的雜貨店時，他幾乎感到害怕。

他的眼睛過了一會才適應店內半昏暗的光線。

「梅夫魯特，你去跟我爸爸說。」蘇雷曼說：「我們快被他搞瘋了，也許他會聽你的。」

哈桑伯父還是照常坐在櫃台前面，三十五年如一日。他現在真的很老了，但腰桿仍挺得筆直。梅夫魯特忽然覺得伯父與父親竟如此相似，小時候，他從未發現過。他與伯父擁抱，親吻他布滿了痣、留著稀疏鬍子的雙頰。

蘇雷曼在取笑父親而柯庫在一旁大笑的事情，就是哈桑伯父堅持要繼續用他拿舊報紙摺的小盒子（他稱之為半升盒）裝顧客買的東西。在一九五〇、六〇年代，所有伊斯坦堡的雜貨店家都這麼做，但現在只有哈桑伯父還會利用閒暇時間，去摺他從家裡帶來或在其他地方找到的舊報紙，而每當兒子反對的時候，他都會說：「這又沒礙著誰。」梅夫魯特仍和每次到店裡來一樣，坐到伯父對面的椅子上，也開始摺起報紙。

蘇雷曼對父親說社區漸漸改變了，顧客不會想來這種只能用骯髒舊報紙裝商品帶回家的小超商。

「那他們就別來。」哈桑伯父說：「再說我這也不是小超商，是雜貨店。」他說完轉向梅夫魯特眨了眨眼。

蘇雷曼堅稱父親這麼做毫無意義——其實應該說是浪費，一公斤的塑膠袋要比回收的報紙便宜多了。梅夫魯特還在擔心終究避免不了要討論分配比例的事，自然樂見他們的爭執持續下去：阿克塔希陣營自己鬧內鬨，對他只有好處。當哈桑伯父說：「兒子啊，人生不是只有錢！」梅夫魯特也支持他，並接著說不能只因為某件事有利可圖，就認為那一定是好事。

「拜託，爸，梅夫魯特還在努力賣卜茶。」蘇雷曼說：「你做生意的人不能這麼想。」

「梅夫魯特比你們尊重我這個伯父。」哈桑伯父說：「你看，他在摺報紙，想要盡點力，不像你們兩個。」

「先聽他說出他的決定再來看看他尊不尊重。怎麼樣，梅夫魯特？你說說看啊。」柯庫說。

梅夫魯特驚慌起來，但這時有個男孩走進店裡說：「哈桑爺爺，買點麵包。」轉移了所有人的注意。如今早已年過八旬的老店主，從木製麵包櫃取出一條麵包放到櫃台上。十歲的小男孩不滿意，覺得這條不夠脆。

「你要是不買就別摸。」哈桑伯父又從櫃子裡挑了一條外皮硬一點的。

這個時候梅夫魯特走出店外，他想到一個主意。他口袋裡放著薩蜜荷六個月前買給他的手機，之所以隨身攜帶，只是為了讓薩蜜荷可以打電話找他，梅夫魯特自己倒是從來沒用過。現在他要打電話給妻子，跟她說六成二太多了，一定要降低一點，否則不會有圓滿結局。

不料薩蜜荷沒接電話。這時下起雨來，梅夫魯特看見男孩終於買到麵包走出店門，他便又回到店內，坐到哈桑伯父對面，如原先那般小心仔細地重新摺起報紙。蘇雷曼和柯庫正在向父親報告那許多釘子戶惹的麻煩，說他們原先一切都談好了卻在最後一刻變卦、說有些心懷不軌的人改變心意後要求重新協商，還說有些無賴偷偷向承包商索取紅包，承諾會說服鄰居簽下同意書。梅夫魯特聽了覺得難堪，他知道自己一離開，他們也會這麼說他。有件事倒是令他有些詫異，從哈桑伯父問兒子的問題看來，他想必都密切注意著這些協商情形與各種工程合約，他仍試著以雜貨店為基地指揮兒子行事。在此之前，梅夫魯特一直以為哈桑伯父對於這四面牆外面的事情一無所知——他長時間待在這裡不是為了賺錢，而是為了個人消遣。

梅夫魯特正在摺的報紙上出現一張面孔，吸引了他的注意。照片旁的標題寫著「書法大師辭世」。他愕然驚覺到聖導師去世了，內心悲傷得顫抖起來。還有另一張是聖導師年輕時的照片，底下的說明文字寫道「當代最後一位偉大書法家的作品正展示於歐洲各地的博物館」。梅夫魯特在六個月前最後一次造訪他的處所，當時的他被大批仰慕者團團圍住，無法靠近，根本聽不到他說什麼，更遑論了解。過去十年來，查尚巴那棟房子四周圍的街道充斥了許多不同宗派的信徒，個個都穿著某種顏色的袍子，和伊朗及沙烏地阿拉伯人民的傳統宗教裝束相同。這些人的政治伊斯蘭主義讓梅夫魯特心生膽怯，後來也就完全不再去了。現在他很後悔沒能在聖導師死前見他最後一面。梅夫魯特就這樣躲在報紙後面，想念著導師。

「梅夫魯特，你可以改天再來和我爸爸摺報紙。」柯庫說：「我們先按照約定，把這件事搞定吧。我們還有其他事要做呢。每個人都在說：『為什麼你那個堂弟還沒簽？』你跟薩蜜荷提出的要求，我們不都答應了嗎？」

「房子被拆了以後，我們不想住在哈密哈吉的宿舍。」

「好，我們會在合約裡加上一條，讓你們未來三年每個月可以拿到一千兩百五十里拉。你們想住哪就住哪。」

這筆錢不算少。梅夫魯特膽子一壯，脫口便說：「我們還想分到六成二。」

「六成二？這話從何說起？」（梅夫魯特真想說：「是薩蜜荷，她就是不肯接受！」）「上次談的時候就告訴你了，五成五都不可能！」

「這是我們覺得恰當的比例。」梅夫魯特說道，語氣之堅定連他自己也嚇一跳。

「那是不可能的事。」柯庫說：「我們也得顧慮到自己的名聲，可不能任由你們在光天化日下敲詐。你要不要臉啊！但願你知道自己在做什麼。爸爸，你看看梅夫魯特都變成什麼樣的人了！」

「冷靜點，兒子。」哈桑伯父說：「梅夫魯特是個通情達理的人。」

「那他就會答應拿五成，這件事也就這麼定了。如果梅夫魯特不簽約，大家都會說阿克塔希家連自己親戚都說服不了。你也知道他們每天晚上都會去串門子，策畫陰謀。現在我們這位狡猾的梅夫魯特先生也用這個來勒索我們。這是你的最後決定了嗎，梅夫魯特？」

「這是我的最後決定！」梅夫魯特說。

「那好，我們走，蘇雷曼。」

「等一下。」蘇雷曼說：「梅夫魯特，你想一想：現在這一區正式被列為地震區，得到三分之二地主支持的承包商可不會替任何人找藉口，只會直接把人踢出去。他們只會給你土地權狀上寫的，或是你向稅務機關申報的價格。而你甚至連權狀都沒有，只有議員的那張紙。我相信你也知道，只要看看那張紙最底下——就是你喝醉酒寫情書給萊伊荷那天晚上想要給我的那張紙——就會發現你爸爸名字下面還有我爸爸的名字。最後要是鬧上法院，十年內你也拿不到我們今天出的價錢的一半。你還是再想想吧。」

「兒子，話可不能這樣說。」哈桑伯父說。

「我的回答還是一樣。」梅夫魯特說。

「我們走吧，蘇雷曼。」柯庫說完，弟弟便跟著哥哥氣沖沖地走出雜貨店，走進雨中。

「我這兩個孩子雖然五十多歲了，脾氣還是一樣火爆。」哈桑伯父說：「不過這種爭吵是不對的，他們很快就會再回來。也許到時候你可以要求少一點……」

「我會的」這三個字，梅夫魯特實在說不出口。要是柯庫和蘇雷曼態度好一點，他就會一口答應拿五成五。薩蜜荷堅持要六成二，純粹只是出於頑固。光是想到打完十年官司後一無所有，就足以讓他倒盡胃口。他再次低頭看著手裡的舊報紙。

聖導師的死訊是四個月前發布的。梅夫魯特又把短文看了一遍，文章裡甚至沒有提到那個處所與他身為某教派領袖的角色，殊不知這些事情在他的人生中和書法大師的地位同樣重要。

現在該怎麼辦？若是離開，只會讓情況變得更糟，以後他也更難回來談定一個數字。也許正這是柯庫想要的，上了法庭他們會主張「議員那張紙上也有我們父親的名字，那塊地他也有一份」（當然，一定不會提到多年前他們自己是怎麼奪取桑山的土地，又是怎麼賣掉灰山那一塊），最後讓梅夫魯特落得兩頭空。他不知道該怎麼把發生的事告訴薩蜜荷，他就這麼靜靜坐著，繼續摺他的報紙。想買米、肥皂和餅乾的女人，還有想買口香糖和巧克力的孩子來來去去。

哈桑伯父現在還會讓客人記帳，月底再一次付清。但他的視力不是太好，所以就叫他們自己把買了什麼寫下來。他叫梅夫魯特檢查看看剛才走出去的客人寫的金額對不對。當他看出兒子是不打算回來平息風波了，便安慰梅夫魯特說：「我和你爸爸是感情很好的兄弟，也是很好的朋友。我們一起圍了灰山和桑山的地，一起親手蓋了我們的房子。我們請鄰區議員把兩個人的名字都寫在文件上，以免兄弟倆疏離了。那個時候，我和你爸爸會一起賣酸奶、一起吃飯、禮拜五一起去做禮拜，也會一起坐在停車場抽菸……孩子，議員的那份文件你帶了嗎？」

梅夫魯特將那張已有四十年歷史、皺巴巴又受潮的紙張放到櫃台上。

「最後我們還是疏離了，為什麼呢？因為他沒從鄉下把你媽媽和姊妹接到伊斯坦堡來。你和你爸爸，願神保佑他安息，你們倆拚了命的工作，你比誰都有資格得到那些公寓。你兩個姊妹沒有來伊斯坦堡工作，所以承包商要給你的那三間公寓，應該都要歸你才對。那些舊表格，我還留了一些備用。議員是我的朋友，我也有他的印章，已經保管三十五年了。我說呢，我們就把這份舊的撕了，那麼你和薩蜜荷就能直接拿到一整間公寓。」

梅夫魯特發覺這麼做意味著犧牲鄉下母親和姊妹的利益，來增加自己的持分，便說：「不行。」

「別這麼快作決定。你才是在伊斯坦堡這裡賣命的人，你有權利拿城裡的租金。」

口袋裡的電話響起，梅夫魯特走到外面雨中接聽。是薩蜜荷：「我看到你打電話來，怎麼了？」梅夫魯特說：「事情不順利。」薩蜜荷說：「別讓他們欺負你。」

梅夫魯特掛了電話，感覺怒火中燒。他又回到店裡說道：「我要走了，哈桑伯父！」

「隨你吧，孩子。」哈桑伯父摺著報紙說：「不管發生什麼事，只有主才能定奪。」

梅夫魯特多希望伯父說的是：「再待一會吧，那兩個孩子終究會冷靜下來。」他不禁對老人惱恨起來，也惱恨薩蜜荷將他逼到這個境地，又氣柯庫和蘇雷曼，還有烏拉爾家的人，不過最氣惱的還是自己。要是剛才答應哈桑伯父，他也就終於能得到自己應得的家了。看現在這樣子，他什麼都沒把握。

梅夫魯特在雨中沿著彎曲的柏油路走（這原來是一條泥濘的泥土路），經過「食物站」超商（以前是一家舊貨店），步下階梯（本來沒有的）來到回灰山的大馬路，一路上都想著萊伊荷，其實他每天都會想好幾遍。最近也開始更常夢見她，而且是痛苦、難過的夢，他們之間總是隔著氾濫的河流、火焰與黑暗。後來這些陰陰暗暗的東西會變成一種野生叢林，就像此時他所看見矗立在右手邊的醜陋公寓大樓。接著梅夫魯特會發現有狗群在叢林樹木間遊盪，可是萊伊荷的墓也在那裡，當他硬著頭皮排除對狗的畏懼，走向她，驀然驚喜地發覺自己心愛的人原來就在身後看著他，夢醒後既感到快樂也異常沮喪。

假如在家等他的人是萊伊荷，她會找到適當話語安撫他的憂慮。可是薩蜜荷一旦對某件事上了心，眼裡就只看得到那件事，而這只會讓梅夫魯特更焦慮。如今，他只有晚上出門賣卜茶的時候才覺得自在。

有些空屋的院子裡豎了寫著「烏拉爾控股公司所有」的告示牌。向上通往灰山的主要道路旁的斜坡，在梅夫魯特剛搬來伊斯坦堡時都還是空地，父親經常叫他來這裡撿生爐火用的廢紙、木頭和乾樹枝。現今道路兩旁全是六、七層樓高、醜陋不堪的乞丐屋。這些樓房一度頂多只有兩、三層樓，但經年累月下來，屋主加蓋了無數非法樓層（讓原本脆弱的地基負擔更為沉重），就算把它們都拆了改建新高樓，也不再有經濟效益。允許興建十二層樓建築的新法對這些屋主毫無好處，承包商也根本不想找他們協商。柯庫曾經對梅夫魯特說，這些可怕的建築物每加蓋一樓都和底下樓層長得不一樣，不但破壞桑山和灰山的景觀，也拉低了將來新公寓的價值，毀了整個社區的形象，現在只希望再來一場大地震把它們全震垮。

自從一九九九年的地震以來，梅夫魯特（與所有伊斯坦堡市民）偶爾會不由自主地想到「大地震」——專家說即將就要發生，而且會毀滅全市的那場地震。在這些時刻他會覺悟到，自己在這座城市度過了四十年歲月，行經了數以萬計的大門，見識到了別人家的內在，但那卻也只是曇花一現，和他在這裡度過的人生、在這裡製造的回憶一樣。逐漸取代他那一代乞丐屋的新大樓，總有一天也會連同住在裡面的人一起消失。有時候他會幻想著所有人與所有建築物統統消失的那一天，忽然覺得做什麼都沒有意義，還不如放棄對人生的任何期望。

然而，他與萊伊荷那幾年快樂的婚姻生活，讓他一直覺得伊斯坦堡永遠不會變，他在街頭的辛苦工作遲早會為他掙得一個屬於自己的家，他也將學會適應這個城市。這一切都發生了，就某個程度而言。只是過去四十年間，有上千萬人來到伊斯坦堡加入他的行列，像他一樣一找到某樣東西就緊抓不放，最後城市的面貌也跟著改變了。梅夫魯特初來時，伊斯坦堡的人口只有三百萬，如今據說有一千三百萬人住在這裡。

雨水沿著他的頸背往下流。今年五十二歲的梅夫魯特想找個地方躲雨，讓心跳緩一緩。他的心臟沒有什麼特別的毛病，但最近菸抽得太兇。右手邊，他看見一片空地，以前經常用來舉行婚禮、割禮派對與海洋戲院的夏日放映場，現在鋪了人工草皮、圍起鐵絲網，變成了足球場。梅夫魯特在這裡為同鄉會舉辦過足球錦標賽。他來到球場辦公室外滴著雨的屋簷下，點了根菸，看著雨水打落在塑膠草皮上。

梅夫魯特的人生依然在不斷高漲的焦慮中度過。到了這個年紀，他原想輕鬆悠哉度日，卻還沒有足夠的安全感能讓他這麼做。他初來乍到時心裡所感受到的缺乏與不足，在萊伊荷死後與日俱增，過去這五年尤其嚴重。薩蜜荷會怎麼說呢？他想要的只是有間房子能舒服地安度餘生，能有個誰也無法把他踢出去的地方。對於他的失敗，薩蜜荷應該設法安慰他，但梅夫魯特知道等他一回家宣布這個消息之後，八成是他得安慰她。他決定只告訴她協商中的好消息，至少這應該是導入正題的好方法。

灰山的排水系統不完備，吸收不了從社區陡坡奔流而下的雨水。梅夫魯特聽見因雨塞在車陣中的車輛猛按喇叭，就知道大街肯定淹水了。

回到家時他已經渾身溼透。薩蜜荷看他的眼神讓他緊張起來，結果話說得有點太滿了。他說：「一切都很順利，他們每個月會給我們一千兩百五十里拉，讓我們想住哪裡都行。」

「我知道全都搞砸了，梅夫魯特，你為什麼要騙我？」薩蜜荷說。

薇蒂荷已經打手機告訴薩蜜荷，說柯庫非常受傷而憤怒，說一切都完了，他們要和梅夫魯特斷絕所有關係。

「妳怎麼說？妳有沒有告訴她是妳逼我在出門前發誓，六成二以下絕對不接受？」

「你現在後悔了嗎？」薩蜜荷輕蔑地揚起一邊眉毛問道：「你以為只要你讓步，蘇雷曼和柯庫就會對你好一點嗎？」

「我這輩子都在對他們讓步。」梅夫魯特說。薩蜜荷的沉默驅使他往下說：「要是我現在挺身對抗他們，公寓可能就沒了。妳想負這種責任嗎？回電話給妳姊妹，把事情平息下來，跟她說他們嚇著我了，我為我說的話道歉。」

「我不會那麼做。」

「那我自己打給薇蒂荷。」話雖如此，梅夫魯特並沒有拿出口袋裡的手機。他覺得自己孤立無援，他知道當天若沒有薩蜜荷的支持，他作不出任何重大決定。他換下溼衣服，看著窗外，就像小時候做功課時那樣。就讀凱末爾男子中學時，梅夫魯特總愛在操場上跑來跑去，上體育課也在這裡，位在操場上的那棟橘色老舊建築旁邊多了一棟巨大的新建物，大到他幾乎認不出母校來了。

薩蜜荷接起正在響的電話，說了句「我們在」便掛斷了。她看著梅夫魯特說：「薇蒂荷正在來的路上，她叫你哪也別去，就在這裡等著。」

薩蜜荷確信薇蒂荷是來說：「梅夫魯特錯了，不應該要求那麼多。」因此她再三勸丈夫不要退卻。

「薇蒂荷是好人，她不會提出對我們不公平的建議。」梅夫魯特說。

「我可不那麼相信她。」薩蜜荷說：「和你比起來，她會比較護著蘇雷曼。她不一直都是這樣嗎？」這是帶刺地暗示那些情書嗎？若是如此，這還是他們結婚七年來，梅夫魯特第一次聽到薩蜜荷語帶刻薄地談起這件事。他們靜靜地聽著雨聲。

忽然間敲門聲如雷般響起。是薇蒂荷，她邊走進來邊抱怨說「全身都溼了」，其實她撐了把巨大的紫色雨傘，只打溼雙腳而已。薩蜜荷去給姊妹拿了雙乾爽的襪子和一雙拖鞋，薇蒂荷則往桌上放了一張紙。

「梅夫魯特，你就簽名，讓這件事告一段落吧。你要求的實在是超過了，你都不知道我費了多大力氣安撫每一個人……」

梅夫魯特看過別人拿相同的樣板合約，但他不太確定該看哪裡，當他看見上面寫了六成二，喜從中來，但情緒沒有外露。「我如果沒有這個權利，我就不簽。」他說。

「拜託，梅夫魯特，你還沒學乖嗎？在城市裡，權利不重要，只管利益就好。」薇蒂荷微笑著說：「給它十年，你賺來的理所當然就會變成你的了。好了，簽字吧。你要的都給你了，別再抱怨。」

「我們得先讀過才能簽。」薩蜜荷說，但一看到梅夫魯特指著六成二，她也鬆了口氣。「怎麼回事？」她問姊妹。

梅夫魯特拿起筆來簽了合約。薇蒂荷用手機通知柯庫。說完電話，她才把帶來的一盒餡餅點心拿給薩蜜荷，然後他們邊喝著薩蜜荷事先泡好的茶邊等雨停。薇蒂荷便利用這段時間說出整個來龍去脈，而且無時無刻不樂在其中：梅夫魯特把柯庫和蘇雷曼氣死了。雖然薇蒂荷不停哀求，情勢看起來卻是非上法院不可，梅夫魯特也將失去一切。沒想到年邁的哈密・烏拉爾哈吉聽到了風聲，打電話來找柯庫。

「哈密哈吉的夢想是在我們桑山的舊家旁邊蓋一棟更高得多的大樓，一棟摩天樓。」薇蒂荷說：「所以他跟柯庫說：『你堂弟要什麼都給他。』在他搞定這些十二層樓公寓以前，那棟摩天樓根本無法達成任何協議。」

「但願這裡頭沒有蹊蹺。」薩蜜荷說。

後來，薩蜜荷拿著合約去找律師，證實了合約中沒有陷阱。他們於是搬到梅吉迪耶克伊會館附近的一間公寓。可是梅夫魯特的心仍在灰山那個被他們遺棄的家中。他回去查看了幾次空屋，看看有沒有流浪漢或小偷跑進去，但其實也沒什麼好偷的，凡是有價值的東西，從門把到廚房水槽，他都賣掉了。

那年夏天將盡時，烏拉爾控股公司的挖土機開始拆除灰山的房子，梅夫魯特每天都去看。拆屋第一天有個支持政府的大集會，連記者都來了，市長也上台發表嚴肅談話。然而在接下來那些炎熱夏日，當民眾看著自己的家消失在漫天塵霧中，誰也沒有像動工典禮那天一樣鼓掌喝采（即使向烏拉爾控股公司爭取到最佳交易條件的人也不例外）。房子被推倒時，梅夫魯特看到有人哭、有人笑、有人別過頭去，也有人打起架來。輪到他自己的單間屋時，梅夫魯特感覺心都碎了。他眼看著他的整個童年、他吃過的食物、他做過的作業、事物的氣味、父親睡夢中發出的嘟噥聲……成千上萬的回憶被怪手那麼一掃，全都粉碎了。

第七部

二〇二二年十月二十五日星期四

「城市的外觀呀！
變化之快更甚於人心。」

——波特萊爾〈天鵝〉

「我只能在走路時沉思。一停下腳步，便也停止思考；我的心思只能與雙腿同時運作。」

——盧梭《懺悔錄》

一座城市的外觀

我只能在走路時沉思

現在他們全部分散住在灰山同一棟十二層樓、六十八間公寓的大廈內。其中只有梅夫魯特與薩蜜荷的二樓公寓面向北側，也就是沒有景觀的那一側。哈桑伯父與莎菲葉姨媽住一樓，柯庫與薇蒂荷住十樓，蘇雷曼與梅樂赫則住頂樓。他們偶爾會打照面，可能在大門入口（老菸槍門房會站在這裡罵街上踢球的孩子），可能在電梯內，在說笑幾句、開幾個玩笑之後，看起來就好像他們住在同一棟十二層樓公寓是再正常不過的事。但事實上，所有人都很不自在。

雖然大致上說來蘇雷曼還算幸福，他卻覺得自己的處境最悲慘。哈密．烏拉爾哈吉在他人生最後幾年，滿懷愛心地在桑山蓋了一棟三十層的摩天樓，而蘇雷曼真正想要的正是這棟大樓裡可以眺望市景的高樓層公寓，不是現在這棟D大樓。九十歲的哈密哈吉十分爽快——「沒問題，你的哥哥和父親也應該來住在我的摩天樓！」不料他在兩年前猝死（葬禮當天連公共工程與住宅部部長也來了），之後烏拉爾控股公司的董事會認為大樓裡已經沒有公寓能再分給柯庫和蘇雷曼。二〇一〇年一整年，他們兄弟倆都在分析到底哪裡出錯，最後得到兩個結論：第一個與年終幹部會議有關，當時柯庫因不滿公司為了賄賂官員換取建照而付出龐大金額，一時不慎問道：「真的不能少付一點嗎？」柯庫懷疑哈密哈吉的兒子聽了十分不悅，認為他話中有話——「你們不是在賄賂部會首長，而是把錢放進自己口袋。」其實他根本沒有那個意思。第二個結論將整件事歸因於柯庫在巴庫參與了那次功敗垂成的政變計畫，那個事件後來被拿來一談再談，也讓他獲得軍事政變推手的名聲。若還是原來的民族主義保守派政府執政，這樣的名聲必然受到讚賞，但如今換成伊斯蘭政權上台，卻不那麼吃得開。

其實，他們後來才發現他們之所以被排除在外，是因為自己的父親告訴烏拉爾控股公司說：「除非我們全家人都住在同一個屋簷下，否則我不會簽字讓出我的土地。」當初要說服哈桑伯父和莎菲葉姨媽離開那棟四十年的五樓住家搬進公寓，對柯庫和蘇雷曼可說是一大挑戰，後來得以成功還是因為讓他們看到地震造成老屋較高樓層彎折扭曲得多厲害。

二〇一二年宰牲節早上，哈密．烏拉爾哈吉清真寺聚集了一大群做禮拜的人，梅夫魯特卻找不到蘇雷曼和柯庫和他們的兒子。早年還住在不同山頭、不同社區時，他們堂兄弟總會設法找到彼此，以便一起做完禮拜後，合力擠過人群走過地毯，去親吻哈密．烏拉爾哈吉的手。

如今他們都有手機了，卻沒人打給梅夫魯特，因此即使隨著人潮湧出清真寺庭院，再湧上街頭與外面廣場，他仍感覺是孤單一人。他看見桑山與灰山的幾張老面孔，認出是自己初高中時的舊識，還看見幾個店東與車主是他D大樓的鄰居，可是當他向他們打招呼，好不容易吸引到對方注意，卻因為這群人太粗魯、無禮、不耐，讓他覺得好像來到別人的社區做禮拜。聚在這裡的年輕人有誰知道哈密．烏拉爾哈吉——也就是布道師剛才提到「畢生孜孜不倦造就了這個美麗國家，也讓我們有機會過現在的生活」的人士之一，而且列名時，國父之後再四、五人就是他了——有誰知道他多年前曾經參加過萊伊荷與梅夫魯特的婚禮，還送給新郎一只手表？

梅夫魯特從清真寺回來時，薩蜜荷不在家，肯定是上樓到九號去找薇蒂荷了。歪脖子阿杜拉曼到灰山來過節，前一個禮拜都住在樓上。他們的公寓有很多空房間（全都在沒有景觀的那一面），到目前為止，柯庫都能設法不和丈人碰面，而薇蒂荷和薩蜜荷大部分時間則都陪著父親看電視。蘇雷曼想必是一大早就載著全家人，去于斯居達的岳丈家過節了。因為沒看到蘇雷曼的福特Mondeo，梅夫魯特便如此猜測。

梅夫魯特的二樓公寓面向大樓的停車區，讓他有許多機會深入觀察大樓住戶的生活，包括有退休的夫妻，一些經常大聲喧鬧、還在為生活奮鬥的年輕人，他猜不出從事哪一行的幾對夫妻，一些年老的酸奶小販受過大學教育的孫子，以及一天到晚在停放的車輛間踢足球、各個年齡層都有的小孩。其中最粗暴的兩個就是蘇雷曼的兒子，十六歲的哈桑和十四歲的卡茲姆。如果球飛出停車場滾下山去，這些懶惰的小夥子連追都不追，只會大喊「球！球！球！」希望剛好有上山的人順便撿上來。這讓為了謀生而走了一輩子路的梅夫魯特怒不可遏。

不過，已經在這間公寓住了八個月的梅夫魯特，一次也不曾打開窗戶，斥責那些踢足球的孩子太吵。每星期有六天，他會在早上十點半出門，前往梅迪吉耶克伊的同鄉會會館。從十月中到四月中的大多數晚上，他也會到西司里、尼尚塔希與居密瑟約等鄰區，向住在城裡這些四、五層樓老建築內的富人推銷他的卜茶。他與昔日住過的塔拉巴什區已斷絕一切關係，那裡現在是都市重畫區的一部分，規畫目的是為了鼓勵興建新的精品飯店、大型購物商場與觀光景點；那些百年的希臘住宅大多都騰出來了。

煮早茶的時候，梅夫魯特看著停車場上有人在宰殺一頭羊（不過他沒看到蘇雷曼的羊），一面翻閱聖導師的遺作《對話》。他最初會知道有這本書——封底有一張聖導師年輕時好看的照片——是因為六個月前無意間發現一家雜貨店窗口擺了一份《正道報》，從報上得知的，之後為了集滿二十點換書，他沒有漏買過一份報紙。梅夫魯特認為書中有一章名為「我們的心與話語的意向」，應該與自己有點關聯，因此有時會翻到那幾頁仔細研讀。

從前，節日的聚禮結束後，梅夫魯特與父親、伯父及堂兄弟總會一起走回桑山，一路上有說有笑，然後吃著莎菲葉姨媽為全家人準備當早餐的餡餅點心。如今他們全都住在不同公寓，再也沒有地方能像以前老屋廚房邊的房間，讓他們一家人想聚就聚。莎菲葉姨媽試圖保留往日那種情懷，便邀請全家人過去吃午餐，可是蘇雷曼要去探望梅樂赫的家人，而他的孩子也不在——通常他們一拿到過節紅包，就厭倦祖父母了。

節日當天上午，莎菲葉姨媽見柯庫也沒來，就開始滔滔不絕地大罵起貪婪的承包商和政客，她相信這些壞事都是他們起的頭，是他們害她心愛的孩子誤入歧途。「我肯定跟他們說了不下一千次：『等我們死了以後再打掉房子，到時候你們想蓋幾棟摩天樓都行。』他們偏偏不聽，老是說：『再來一次地震，這房子就會垮了，媽，而且新公寓有一堆設施，住起來很舒服。』最後我也就算了。我不想覺得是我在扯他們後腿。不過這些話我從來都不信。他們發誓說：『後院會有樹和花園，只要把手伸出窗外，就能直接從樹上摘李子和桑椹。』結果呢，沒有李子也沒有桑椹，沒有小雞也沒有母雞，沒有土也沒有花園。孩子，我們的生活少不了樹葉、蟲子和青草，所以你哈桑伯父才會病倒。這裡一大堆建設工程，連貓和狗都沒有。就連像今天這樣的節日，會來敲我們家門的只有討紅包的小孩，沒有別人了，連正餐也沒人來吃。我在另一座山上那個心愛的家，我住了四十年的家，被拆了，他們在那裡蓋了一棟高得不得了的大樓，當我看著那棟樓，唯一能做的就是忍住不哭啊，我的梅夫魯特。我給你煮了雞肉，來，多吃點馬鈴薯，我知道你最愛吃這個了。」

薩蜜荷正好逮著機會，把她聽說的事全說出來，她說有人自從搬進那些蓋在他們原來的乞丐屋址上、又高又醜的大樓以後，日子過得悲慘兮兮。能當著柯庫和蘇雷曼母親的面，大罵他們倆不該一個勁地巴結烏拉爾家的人，不該參與他們家那些有政府當靠山的高樓計畫，她無疑感到痛快淋漓。她說到無數家庭拋下自己打造並住了四十年的庭院與住家（一如阿克塔希家），說到他們可能是為了錢，也可能是迫於無奈（因為沒有合法的權狀，又或是他們社區被列為地震高風險區）而答應搬進新大樓後，被迫忍受種種困境。她說到有些家庭主婦過度憂鬱，最後進了醫院；有人因為工程進度落後而流落街頭；有人付不出欠承包商的錢；有人抽到一間一點也不吸引人的公寓，現在很後悔當初為什麼答應簽約；還有一堆人好想念自家的樹和庭院。她繼續痛罵，說不該如此冷酷地拆除那些老酒廠、足球場和區政府行政大樓（原來是馬廄），也不該砍光桑樹。但她沒有提到三十年前，她和費哈曾在這些桑樹下偷偷約會。

「可是薩蜜荷，窮人不想再住在那種髒兮兮、冷颼颼，只有一個爐子能取暖的破屋了，他們都想要一個乾淨、現代化又舒適的家！」薇蒂荷為丈夫和蘇雷曼辯護道。對此梅夫魯特並不驚訝，她們姊妹倆每天至少會碰兩次面閒聊，去誰家不一定，而薇蒂荷就常說自己在D大樓過得多快樂。如今她和丈夫搬進個別的公寓，終於不用再每天為全家人煮飯、倒茶，不用再為他們縫補衣服、盯著他們吃藥——不用再被迫當「所有人的女傭」了，她偶爾會憤恨地這麼說。（依梅夫魯特之見，正是因為從這些家務中解脫，薇蒂荷這些年才會胖那麼多。）如今兩個兒子都結婚了，柯庫也還是很晚回家，她的確有時候會覺得孤單，可是對於住在大樓她並無怨言。當她不忙著和薩蜜荷聊八卦的時候，就會去西司里看孫子。經過她煞費苦心、廣為打聽與幾次失敗的嘗試後，終於替波茲庫娶了一個從銀溪村來到伊斯坦堡的水管工人的女兒。這個媳婦是中學畢業生，很平易近人，雖然多話卻不討人厭，每回要去買東西，就會把幾乎是連著出生的兩個女兒託給祖母照顧。圖朗的老大已經一歲，有時他們全家人會到他西司里的家中一聚。當薇蒂荷去西司里看孫子，薩蜜荷偶爾也會跟著去。

歪脖子阿杜拉曼與兩個女兒的關係，到後來讓梅夫魯特感到苦惱。他是嫉妒他們的親密情誼嗎？還是因為薩蜜荷會笑著向丈夫轉述歪脖子喝醉後脫口而出的一些刻薄話？（「我真的是百思不解，這麼大一個伊斯坦堡，我的女兒，而且不是一個，是兩個，竟然找不到一個比梅夫魯特更讓她們喜歡的男人。」他有一次這麼說。）又或是因為他這個現年八十多歲、長生不老的丈人，每天中午就開始喝茴香酒，讓薇蒂荷也慢慢養成同樣習慣，而薩蜜荷也已經跟著墮落？

除了平常的餡餅點心，莎菲葉姨媽還為孫子炸了薯條，但他們沒來，結果薇蒂荷一個人全吃了。梅夫魯特幾乎可以肯定，阿杜拉曼大爺下樓吃午飯以前，已經在樓上九號公寓裡喝酒喝了好一會，他不禁開始懷疑薇蒂荷會不會也喝了一點。當他離開他們家去會館祝賀眾人佳節快樂，腦子裡想著薩蜜荷後來又上樓陪父親喝了一杯。當他與貝伊謝希爾的同鄉互相祝賀致意，並且趕走前來敲門討紅包的小孩（「這裡是辦公室！」），心裡又想到薩蜜荷正在家裡喝著茴香酒等他回去。

自從結婚第二年起，梅夫魯特和薩蜜荷一直在玩一個小遊戲。他們便藉由這個方式來面對一個貫穿他們整個人生的問題：他那些信是寫給誰的？剛在一起的時候，他們徹底地討論過這件事，最後達成某種共識：第一次約在莊園布丁店見面後，梅夫魯特便已經承認那些信是寫給薩蜜荷的。對於此話題，他私下與公開的想法很輕易便互相吻合。他在柯庫的婚禮上見到薩蜜荷，受到她雙眼的吸引，可是有人騙了他，讓他最後反而娶了萊伊荷。梅夫魯特始終不願否定他與第一任妻子共同度過的那幾年快樂時光，也不願侮辱對她的記憶，而薩蜜荷也能體諒他的處境。

然而每當薩蜜荷喝下一杯茴香酒、打開一封信，問說他把她的眼睛比喻成「攔路的強盜」或諸如此類的語句是什麼意思，這時他們的歧見就會出現。薩蜜荷認為這種問題並不違反他們的協定的精神，因為梅夫魯特已經承認信是寫給她的，應該也能向她解釋他的意思。這點梅夫魯特能接受，可是他仍然不肯再進入當時的心境。

薩蜜荷會說：「你不必再進入那個情緒，但至少可以告訴我你寫這些句子的時候是什麼感覺。」

梅夫魯特會小口喝著茴香酒，盡可能試著誠實地向妻子解釋二十三歲的他寫那封信時的感覺，可是到了一定程度就會說不下去。有一天，薩蜜荷對梅夫魯特的保留態度失去了耐性，說道：「到了今天你都還沒辦法告訴我你當時的感覺。」

「因為我已經不是當年寫那些信的我了。」梅夫魯特回答。

一陣沉默過後，情況很快便明朗化：讓梅夫魯特變成另一個人的原因不只是消逝的歲月和他頭上的幾根白髮，還有他對萊伊荷的愛。薩蜜荷頓時明白她無法強迫梅夫魯特說出愛的告白，而感受到妻子強自隱忍的梅夫魯特，也開始覺得內疚。這就是他們至今還在玩的遊戲的開端，原本只是好玩的對話，如今卻變成一種另類的示好儀式。若是碰上適當時刻，他們之中會有一人（不只是薩蜜荷）拿起一封三十年前寫的褪色信箋，念出其中幾個句子，然後再由梅夫魯特解釋他為什麼這麼寫又是怎麼寫出來的。

重點是梅夫魯特提出解釋時絕不會投入太多感情，他只能像在談論毫不相干的第三者一樣，談論寫那些信的年輕人。如此一來，他們就能在探索這個話題的同時滿足薩蜜荷的自尊（他年輕時確實是愛她的），又不會侮慢了已過世的萊伊荷。他會帶著高昂興致與認真探究的心念誦信的片段內容，因為這些畢竟是他人生中最熱情亢奮的那幾年留下的紀念，也讓他得以從新的角度看待他與薩蜜荷共同的過往。

那一天當他從會館回到家，發現薩蜜荷在餐桌旁喝茶，面前放了一封梅夫魯特當年寫的信。他知道她想必是覺悟自己喝太多酒，決定改喝茶，這麼一想讓他心裡十分歡喜。

為什麼梅夫魯特從卡斯軍營寄出的一封信裡，把薩蜜荷的眼睛比喻成水仙？那差不多是他受圖爾古帕夏庇蔭的時期，梅夫魯特坦承當時部隊裡有個高中文學老師，幫了他一點忙。在鄂圖曼文學中，水仙是眼睛的傳統象徵：當時的女人包得更嚴實，由於男人只能看到她們的眼睛，因此宮廷與民俗文學都特別著重於此。梅夫魯特一時得意忘形，把自己從老師那裡學到的東西一口氣全說給妻子聽，還自行加進一些複雜的新想法。當你被那麼美的一雙眼睛和一張臉龐誘惑，你就不再是你了，事實上你甚至已經不知道自己在做什麼。「當時我已經身不由己。」梅夫魯特承認道。

「可是這些都沒寫在信裡。」薩蜜荷說。

梅夫魯特深陷在這些年輕燦爛的記憶中，特別回想起了那一封信的重要性。有一刻，他不只回憶著那個寫情書的熱情青年，也想像著他寫信的美麗對象。在他提筆撰寫之際，腦中浮現的薩蜜荷的臉只是模糊輪廓，但如今回想過去，卻能看見一名年輕女子的體態，幾乎像個孩子一樣，她柔和的五官此時也顯得格外清晰，只不過這個光是形像就能讓梅夫魯特心跳加快的女孩不是薩蜜荷，而是萊伊荷。

他擔心妻子會察覺他想到她姊妹，便即興地發表一些意見，評論起心的語言以及**意向**與不可知的命運（**奇思美**）在我們生命中扮演的角色。當薩蜜荷念到「神祕的眼神」和「誘人的雙眼」，梅夫魯特有時會想起萊伊荷繡嫁妝窗簾時，曾因為這些字眼得到圖案的靈感。薩蜜荷知道梅夫魯特與已故的聖導師之間的對話，有時她會爭辯說她與梅夫魯特的邂逅不只是宿命也是意願。他們玩情書遊戲時，薩蜜荷經常會說起這個故事。就在宰牲節那天，黃昏將至的時刻，薩蜜荷讓這個故事發展出一個具說服力的新結局。

根據這個版本，他們生平第一次相遇不是在一九七八年夏天柯庫的婚禮上，而是整整早了六年，也就是一九七二年的夏天，在梅夫魯特中學最後一年英語不及格（梅夫魯特從未向薩蜜荷提起過奈姿莉老師），被迫要補考之後。那年夏天，梅夫魯特每天都會往返天泉村與銀溪村去上英語家教，那個老師的父親曾經帶著全家移民德國。那些夏日午後，當兩個男孩（梅夫魯特與家教）坐在懸鈴木樹下讀英語課本，萊伊荷和薩蜜荷就遠遠地看著他們：看見村裡有人讀書，很奇怪。早在當時，薩蜜荷就已經發現姊妹對梅夫魯特，那個在懸鈴木樹下讀書的男孩有意思。多年後，當她從薇蒂荷那裡得知梅夫魯特一直在寫情書給萊伊荷，她並沒有告訴姊妹信裡說的其實都是薩蜜荷的眼睛。

「你為什麼不老實告訴萊伊荷？」梅夫魯特謹慎地問。

每次聽到薩蜜荷說她從一開始就知道他寫信的對象其實是她，總讓梅夫魯特覺得不舒服。原因是他認為薩蜜荷說的可能是事實。若是如此，那就意味著即便梅夫魯特在信的開頭寫了她的名字而不是萊伊荷，她也絕不會回信，因為她對他的感情根本沒有共鳴。尤其當她感受到丈夫對她的愛比不上對萊伊荷的愛時，薩蜜荷便會搬出這套說詞，聽得梅夫魯特痛心不已。她就像在說：「或許你現在比較不愛我，但那時候卻是我比較不愛你。」接下來，他們沉默了許久。

「我為什麼不告訴她？」薩蜜荷終於開口。「只因為我跟其他所有人一樣，是真心希望妳妹妹能嫁給你，過得幸福。」

「那麼妳做對了，」梅夫魯特說：「萊伊荷跟我在一起很幸福。」

這番對話起了令人憂慮的轉變，於是夫妻二人不再交談，但也都沒有離開餐桌。從他們坐的地方可以看見並聽見暮色降臨之際，停車場的車輛進進出出，還有一群孩子在金屬垃圾箱附近的角落空地踢足球。

「在楚庫祖瑪會比較好。」薩蜜荷說。

「但願如此。」梅夫魯特說。

他們已經決定離開D大樓與灰山，搬到薩蜜荷從費哈那兒繼承來、位於楚庫祖瑪的一間公寓，但是還沒告訴任何人。這些年，他們從那幾間公寓收到的房租都用來付現在住的這間公寓的欠款。當餘額一還清，他們倆都成了公寓的共同所有人之後，薩蜜荷便表示想離開D大樓。梅夫魯特知道令她困擾的倒不是公寓本身的感覺與寂寥，她想搬家的真正動機是為了遠離阿克塔希一家人。

梅夫魯特考慮後發現住在楚庫祖瑪不會太不方便。如今多虧了新的地下鐵系統，輕輕鬆鬆就能從塔克辛到梅迪吉耶克伊，晚上也能在奇哈吉賣不少卜茶，住在那些社區的老建築裡的人仍會留意並招喚經過的卜茶小販。

當梅夫魯特認出是蘇雷曼的車打著車燈駛進停車場時，外面天已經全黑。他們一語不發地坐看著梅樂赫、兩個兒子和蘇雷曼邊說話邊提著袋子下車走進大樓，說著說著便爭執起來。

「梅夫魯特和薩蜜荷不在家。」進門時蘇雷曼看著暗暗的窗口說。

「他們會回來的，放心吧。」梅樂赫說。

蘇雷曼邀請全家人上樓吃晚餐。薩蜜荷本來不想去，但梅夫魯特說服了妻子：「我們反正很快就要離開，別傷了感情。」現在每過一天他便愈加留意，免得妻子做出什麼事情破壞了他和阿克塔希家、菲琪葉及薩杜拉先生的關係。年紀愈大，他愈害怕在這座城市裡落單。

梅夫魯特來伊斯坦堡已經四十三年。前三十五年當中，他與這座城市的關係似乎逐年強化，然而最近他卻開始覺得與它慢慢疏離了。是因為那擋也擋不住的洶湧人潮嗎？那帶著新的房屋、摩天大樓和購物商場來到伊斯坦堡的數百萬新居民？他開始看到自己在一九六九年剛來時正在蓋的建築，如今已經拆除，而且不僅是貧窮社區裡的破爛房子，連塔克辛和西司里一帶四十多年的正規建築也不例外。感覺就像住在這些舊建築裡的人，已經把城市分配給他們的時間用光了。當舊人隨著他們打造的建物消失，新人搬進了新建物——比以前的都更高、更嚇人、更多鋼筋水泥。每當看著這些三、四十層的新摩天大樓，梅夫魯特總覺得自己和住在裡頭的新人毫無關係。

但他又喜歡看，看那些高樓如雨後春筍般遍布整座城市，而不只是在偏遠山上。當他第一次看見一棟新高樓，並不會像那些對一切現代事物嗤之以鼻的有錢客人，馬上就嫌惡退縮，反而會滿心讚嘆欣賞。從那麼高的樓頂看這世界會是什麼樣子呢？這也是梅夫魯特想盡快去蘇雷曼家吃飯的另一個原因，為的是能在那間公寓有多一點時間欣賞壯觀景色。

可惜因為拗不過固執的薩蜜荷，他們還是比所有人都晚到頂樓。梅夫魯特的座位面對的不是外面的風景，而只是三個月前貨車替梅樂赫運來的一個玻璃櫃。孩子們都已經吃飽離開。除了柯庫和薇蒂荷、蘇雷曼和梅樂赫，餐桌上唯一剩下的人就是一聲不吭的阿杜拉曼大爺。莎菲葉姨媽沒有來，怪說是因為哈桑伯父的病。柯庫和蘇雷曼曾帶父親去看過幾個專科大夫，希望查出病因，他便一再地接受檢查。到現在，哈桑伯父已經受夠了醫生，不想再去做檢查，甚至不想下床或離開房間。他痛恨自己住的十二層大樓，當初他就根本不想蓋這棟樓，因此就算真的出門了，他也不想去醫院，只想到他時時刻刻想念掛心的雜貨店去。梅夫魯特已經弄明白，雜貨店後面那塊看起來仍和四十年前一模一樣的空地，可能會被用來興建一棟八層樓高、每層五戶的公寓大樓。（那塊地是哈桑伯父四十五年前親手圍起的。）

他們看著電視新聞（總統到蘇里曼清真寺參加節日聚禮），吃飯時誰也沒跟誰說話。哈桑伯父雖然人在樓下，但茴香酒瓶還是沒放到餐桌上來，因此柯庫和蘇雷曼不時會到廚房去斟滿酒杯。

梅夫魯特也想喝點茴香酒。他不像有些人年紀愈大，愈常禱告也愈愛喝酒，他仍然喝得不多。只不過稍早在樓下，薩蜜荷在黑暗中說的話讓他傷透了心，他知道喝點酒會好過些。

向來體貼的梅樂赫隨他進了廚房，跟他說：「茴香酒在冰箱裡。」薩蜜荷也跟著他們進來，表情略顯尷尬。「我也想喝一點……」她哈哈一笑說道。

「別用那個杯子，來，用這個，要多放點冰塊嗎？」梅樂赫問道，梅夫魯特也一如往常地欣賞她有禮貌又為人著想。打開冰箱後，梅夫魯特看見正中央擺了一個裝滿鮮紅肉塊的綠色塑膠碗。

「這個蘇雷曼啊，讓人殺了兩頭羊。」梅樂赫說：「雖然把肉分送給了窮人，還是剩下太多。我們的冰箱放不下，所以放了一碗在薇蒂荷的冰箱，一碗在莎菲葉阿姨的冰箱，陽台上也還有一大碗。你們介不介意借用你們的冰箱放一下？」

三星期前，蘇雷曼帶了兩頭公羊回來，綁在靠近梅夫魯特家窗口的停車場角落，雖然一開始會照顧餵草，但很快就和梅夫魯特一樣，把羊忘得一乾二淨。有時候孩子們把球踢歪了，打中其中一隻，這兩頭被拴住的笨羊就會用角相抵，踢起一片灰塵，看得孩子們大笑起來。有一次，在兩隻羊被裝進塑膠盆分配給窮人和四個冰箱以前，梅夫魯特去了停車場，盯著其中一隻的眼睛看，悽然想起沉在博斯普魯斯海峽深處那兩萬頭羊。

「當然可以放在我們的冰箱了。」薩蜜荷說。喝了茴香酒的她變得圓融了些，但從她臉上的表情，梅夫魯特看得出來她一點也不樂意。

「新鮮的肉聞起來好可怕。」梅樂赫說：「蘇雷曼本來想送給辦公室的人，可是……你們知不知道社區裡有誰可能需要？」

這件事梅夫魯特認真地想了一下：在灰山另一頭與四周其他山上那些老舊乞丐屋的屋主，對於新大樓過於興奮期待，因而針對鄰區議員發放的文件裡的條款互相控告，要不就是告政府，而就在此時，有一個奇怪的新階級搬進了那些空出來的乞丐屋。不過最新產生的貧困大眾多半住在伊斯坦堡最遠的地區，比城市外圍的第二條外環道還要遠，就連梅夫魯特也從未涉足過。這些人會載運巨大的布袋進城裡來，在垃圾桶裡翻找食物。這個城市擴展得太大、太廣，一天之內要想開車往返這些社區都不可能，更何況是走路。讓梅夫魯特更感驚奇的是，有一些奇怪的新建築開始像幽靈似地從這些地區冒出來，高高聳立，從博斯普魯斯海峽對岸都看得見。梅夫魯特最愛遠遠地望著這些建築物。

起先，他找不到機會盡情地欣賞餐廳外的景致，因為得專心聽蘇雷曼在說的事情：兩個月前，屬於梅夫魯特姊妹與母親的公寓都賣掉了，他的兩個姊夫（都已是六十多歲的人，幾乎沒離開過村子）為此來到伊斯坦堡，在一樓和莎菲葉姨媽住了五天——她既是他們妻子的阿姨，也是她們的伯母。蘇雷曼開著他的福特載他們到處逛了逛，現在可有得取笑了，笑他們對伊斯坦堡的摩天樓、橋梁、歷史悠久的清真寺和購物中心，無一不大驚小怪。其中最有意思的是，這兩位老先生和所有人一樣都想逃稅，就把賣公寓的錢裝成好幾袋現金，而不透過銀行處理，然後一整路視線就沒離開過那些袋子。蘇雷曼說著還站起來，模仿兩個老人扛著重重的現金袋，上巴士回家的模樣。他說：「噢，梅夫魯特，要是沒有你我們該怎麼辦？」大夥聽了都轉過頭微笑看著他，梅夫魯特的心也沉了下來。

他們的笑容彷彿隱約在暗示他們覺得梅夫魯特和那兩位老先生一樣天真幼稚。倒不是他們仍認為他是鄉下人，而是他竟然老實到不肯把握機會假造文件，把那幾間公寓納為己有，這才是讓他們發笑的原因。他的姊夫都是勤奮的人（他們還把梅夫魯特在鄉下繼承的一小塊地的權狀帶來給他），他們不會輕易讓人給騙了。梅夫魯特沮喪地想道，假如三年前聽從哈桑伯父的建議重擬議員的文件，那麼公寓直接就是他的，也不用到了五十幾歲還要工作。

梅夫魯特繼續沉思了大半晌。他試著說服自己不要太在意薩蜜荷如何傷害他，相較於其他人又老又胖又邋遢的老婆，她至少依然美麗、明豔、充滿活力。明天他們也全都要去卡得加看他的外孫。就連法特瑪也和他和好了。他的人生比任何人都美好，他應該要知足。他是知足的，不是嗎？梅樂赫端出開心果蜜餅時，他猛然起身說道：「我也想看看這裡的景色。」說完便將椅子轉向另一邊。

「好啊，你要是能看到比摩天樓更遠的地方的話。」柯庫說。

「唉呀，把你放錯位子了。」蘇雷曼說。

梅夫魯特拎起椅子，去坐在外面陽台上。他一度覺得頭暈，不只因為高度，也因為眼前一望無際的景象。剛才柯庫說的摩天樓就是哈密·烏拉爾哈吉在人生最後五年蓋的那棟三十層大樓，當時他一如建造桑山清真寺時日以繼夜地工作，不惜代價也要把它蓋到最高。只可惜，它始終未能如他所願，成為伊斯坦堡數一數二的高樓。但是它和城裡多數摩天樓一樣，正面寫了一個大大的英文字「TOWER」，只可惜沒有英國人或美國人住在這裡，派不上用場。

這是梅夫魯特第三次到這個陽台上看風景，前兩次卻都沒注意到蘇雷曼家的景觀被「哈密·烏拉爾哈吉大樓A棟」遮掉了一大半。當初烏拉爾控股公司非得等到灰山新建的十二層公寓大樓全部賣完，才開始蓋桑山的哈密哈吉摩天樓，結果灰山公寓的視野就這麼毀了。

梅夫魯特發覺現在看著市區的角度，和他剛來灰山時，父親帶他上山眺望的角度是一樣的。四十年前從這個地點望去，到處都是工廠，而其他山區則迅速地被貧窮社區填滿，從山腳下一路延伸到山頂。那一大片地區，如今只看得見高矮不一的公寓樓海。四周圍的山原本被各自的高壓電塔標示得清清楚楚，如今也隱沒在成千上萬的建築底下，就如同昔日流過城區的溪水，一鋪上柏油、被路面覆蓋後，連同溪名也一併遭遺忘了。梅夫魯特只能憑著模糊的感覺判別各座山——「那邊那座應該是箭山，那邊呢，我猜是豐收山清真寺的尖塔。」即使這樣也得想很久、很仔細觀察。

此時面對著他的是一大面窗牆。這座強而有力、難以駕馭、真實得嚇人的城市，依然給人無法突破的感覺，即使對他來說也一樣。這面牆上整齊排列的數十萬個窗口，宛如數十萬隻眼睛在看著他。早上一開始是暗的，白天裡不停變換顏色，到了晚上則射出燦爛光芒，像是要將城市上空的黑夜變成白晝一般。小時候，他向來很喜歡遠眺市區燈火，覺得它們有種魔力。但他從未站在這麼高遠的地方看伊斯坦堡，感覺既可怕又炫目。伊斯坦堡依然令他畏縮，但即使如今年屆五十五歲，他仍然有股衝動想縱身躍入這片耀眼的建築森林裡。

然而，假如注視著城市景象夠久，很快就會開始留意到每棟建築底下的變動，留意到各座山上的活動跡象。四十年前的藥廠、燈泡工廠與其他工廠被夷平了，取而代之的是這片形形色色的可怕高樓。在諸多高大新樓所形成的混凝土簾幕背後，仍能隱約看出舊伊斯坦堡的痕跡，就跟梅夫魯特最初來到這個地方的時候一樣。即便在那些鄰區，閃耀的高樓也已經四處林立。但真正令他震撼的是，比那些外圍界線更遠的地方也同樣聳立著一大片摩天樓與高大建築，有些實在太遙遠，梅夫魯特甚至不確定那是在伊斯坦堡的亞洲區那頭或是在這一頭。

這些建築物每一棟都和蘇里曼清真寺一樣大放光明，入夜後，它們的光輝在城市上空形成一圈光環，色調可能是蜜糖金或是芥末黃。雲層低厚的夜晚，城裡的檸檬色光線會從天上反射回來，彷彿頭頂上有一些奇怪的照明燈光。在這團糾結的光線中，很難辨識出博斯普魯斯海峽，除非剛好有一艘船的聚光燈像遠方飛機的導航燈一樣，在遠處快速閃爍。梅夫魯特感覺到自己心裡的光亮與黑暗，正如同城市的夜景。或許正因如此，無論賣卜茶的收入多麼微薄，他還是在街頭叫賣了四十年。

就這樣，梅夫魯特終於明白了真相，而這個真相是他內心有一部分一直都知道的：夜間在城裡到處遊走讓他覺得像在自己腦子裡遊盪。因此每當對著牆、廣告、黑影，以及夜裡看不見的奇怪神祕形體說話，他總覺得像在對自己說話。

「怎麼了？你在看什麼？」蘇雷曼來到陽台上，問道：「你在找什麼嗎？」

「只是看看。」

「很美吧？不過我聽說你要離開我們，搬到楚庫祖瑪去了。」

回到屋內後，他看見薩蜜荷攙著父親的手臂一起往門口走去。過去這幾年，老態已悄悄爬上他的歪脖子，他變得不太愛說話，一旦兩杯酒下肚，就會安安靜靜坐在女兒身旁，像個乖小孩。梅夫魯特倒是很驚訝，他還能自己從鄉下搭巴士到伊斯坦堡來。

「我爸爸不太舒服，我們該走了。」薩蜜荷說。

「我就來。」梅夫魯特說。

這時他妻子與丈人已經走出去了。

「怎麼，梅夫魯特，聽說你要丟下我們走了。」柯庫說。

「寒冷的節日晚上，每個人都會想喝卜茶。」梅夫魯特說。

「我指的不是今天晚上。我是說你要離開這裡，搬到楚庫祖瑪去了。」見梅夫魯特沒反應，柯庫又說：「你不會真的有勇氣丟下我們離開的。」

「我有。」梅夫魯特說。

在持續播放著背景音樂的電梯裡，岳父疲憊、安靜的神態令梅夫魯特感到哀傷，不過他主要還是不滿薩蜜荷。下樓回到自家公寓後，他拿起賣卜茶的裝備，一句話也沒跟她說就出門，走上充滿熱情歡笑的街道。

半小時後，他來到費里克伊的偏僻街道，樂觀地感覺到當天晚上，這些街道會告訴他一些美好的事。稍早薩蜜荷提醒他說她曾有一度並不愛他，讓他傷心欲絕。在這樣的時刻，當他感到沮喪，當人生一切失敗與不足有如一波悔恨的浪湧上心頭，他的心思就會自動轉向萊伊荷。

「卜——茶——」他對著空空的街道高喊。

最近每次夢見她，要解決的問題都一樣：萊伊荷在一棟宏偉古老的木造大宅裡等他，可是不管他轉幾個彎、開幾扇門，似乎都找不到她待的那間房子的門，只是不停地兜圈子。他會發現剛剛經過的街道又變了，如果想找到那扇門，也得走上新的路，於是他又重新踏上漫無止境的路程。有些晚上，當他發現自己在一條很遠的街上賣卜茶，會不太確定這是夢境或者當時人真的在那條街上。

「卜——茶——」

梅夫魯特在兒時與青少年時期便已經了解，他走在街上注意到的神祕事物都是自己內心的幻想。當時他是故意自己虛構出那些事物。但是年紀較大之後，他開始覺得有另一股力量將這些念頭與幻想放進他腦中。過去這幾年，梅夫魯特已經完全看不出他的幻想與他在夜間街頭看見的事物之間有何差別，似乎都是如出一轍。這是一種愉快的感覺，尤其方才在蘇雷曼家喝了一杯茴香酒，感覺更為強烈。

萊伊荷在這一帶某條街上的一棟木造大宅裡等他的這個想法，有可能是他想像虛構的，但同樣也有可能是真的。過去四十年來，即使當他走在伊斯坦堡最偏僻的街道，頭上也總有一隻眼睛在看著他，那隻眼睛有可能確實存在，也有可能只是短暫的幻想，最後卻讓梅夫魯特相信了一輩子。他從蘇雷曼家陽台上所看到的遠方摩天樓，很像《正道報》那張畫中的墓碑，這有可能只是他的想像，就好像自從十八年前那對父子搶了他的手表以後，他老覺得時間走得更快了……

梅夫魯特知道每次他高喊「卜——茶——」時，確實能把情感傳送給他經過的那些住家裡的人，但是他同時也察覺到這只不過是個迷人的幻想。在這個領域裡或許真的隱藏著另一個領域，而倘若他讓另一個祕密的自我顯現出來，或許也真的能在深思熟慮後走入其中。目前，他還不願在這兩個領域當中做出選擇。他的公開想法是正確的，私下的想法也是；內心的意向與言語的意向同樣重要……這代表從廣告、海報、展示在雜貨店的報紙、塗寫在牆上的訊息朝他飛撲而來的一切文字，或許一直都在告訴他真相。這座城市已經向他傳遞這些符號與信號四十年了。他感覺到一股迫不及待的衝動，想要回應外界一直在告訴他的事情，就像他小時候那樣。現在輪到他開口了。他想對這座城市說什麼呢？

梅夫魯特尚無頭緒，只是已經決定要像高呼政治口號一樣宣布出來。也許這個訊息，這個他打算像年輕時那樣寫在城牆上的訊息，應該表達的不是他的公開想法，而是他的私密世界。也或許應該要忠於兩者，是所有事實中最重要的事實。

「卜——茶……」

「賣卜茶的，賣卜茶的，等一下……」

一扇窗開了，梅夫魯特露出詫異的微笑，因為一只舊日用的籃子迅速降落到他眼前。

「賣卜茶的，你知道怎麼用這籃子嗎？」

「當然了。」

梅夫魯特往籃子裡的玻璃碗倒一些卜茶，拿了錢，很快便又急切地重新上路，心裡仍然琢磨著該與這座城市分享什麼想法。

近幾年，他很害怕老去、死亡和被遺忘。他從未刻意傷害過誰，也始終努力地做個好人，只要從現在到死去那天為止，沒有因一時軟弱而墮落，應該可以上天堂。可是最近有一種恐懼開始啃噬他的心靈：儘管未來要和薩蜜荷共度的歲月還很長，他卻害怕自己這一生可能是白費了——他年輕時從來沒有過這種感覺。關於這件事，他不太知道能對城市說些什麼。

他沿著費里克伊墓園的圍牆走。過去，內心那種奇異的感覺會促使他走進去，哪怕他一向最怕死人和墓園。今時今日，他對墓園與骨骸的懼怕減少了，卻仍遲遲不願走進這些歷史悠久的墓園，因為會讓他想到自己的死亡。不過他禁不起一股幼稚的衝動，從一段較矮的牆頭往墓園裡看，從那兒傳來一陣沙沙聲響讓他吃了一驚。

有隻黑狗正往墓園更深處走去，身後還緊跟著另一隻。梅夫魯特連忙轉身，快步往反方向走開。沒什麼好怕的。今天是節慶日，街上全是打扮光鮮、充滿善意的人，見他走過還會面露微笑。有個和他差不多年紀的男人打開窗戶喊他，然後拿著一只空壺下樓，梅夫魯特往壺裡倒了兩公斤卜茶，心情隨之好轉，也把狗的事拋到腦後去了。

不料十分鐘後，過兩條街，一群狗將他困住了。在他注意到牠們的時候，才發覺當中有兩隻在他後面，讓他無法後退溜走。他登時心跳加速，既想不起父親找的那個聖者教他的禱告詞，也不記得聖導師給他的忠告。然而當梅夫魯特躡手躡腳走過去，那群狗並沒有對他齜牙咧嘴或低聲咆哮，也絲毫沒有露出威脅的神態。沒有一條狗跑來嗅他，事實上大多都還對他不理不睬。梅夫魯特鬆了好大一口氣，他知道這是好兆頭，忽然覺得需要有個朋友可以傾訴。現在狗都喜歡他了。

經過了三條街、一個鄰區，以及許多熱情、有可能掏錢的好心顧客後，梅夫魯特驚覺卜茶幾乎就要賣完了，這時有一扇四樓的窗子打開來，一個男人喊道：「賣卜茶的，上來吧。」

兩分鐘後，梅夫魯特已經挑著卜茶罐，來到他們位在這棟沒有電梯的老建築四樓的門口。他們請他進屋。裡面有一股濃濃的潮味，當住家的窗戶多數時候關閉，又將爐子與電熱器轉弱，就會產生這種氣味，他還聞到濃濃的茴香酒氣。但那不是一桌滿腹牢騷的醉漢，而是一群正在歡樂過節的家人朋友。他看見慈愛的姑嬸、威嚴的父親、愛熱鬧的母親、祖父母和數不清的小孩。父母親坐在桌旁說話，小孩則到處跑來跑去、躲到桌子底下、互相大聲叫嚷。這群人的歡樂讓梅夫魯特覺得愉悅。人類天生就是要快樂、誠實、坦率。他看見客廳的橘色燈光中充滿了暖意。他將自己最好喝的卜茶倒出五公斤，有幾個孩子在一旁看得津津有味。一個與他年齡相仿、氣質優雅的女人從客廳走進廚房，她塗了口紅，沒包頭巾，烏黑的眼睛大如銅鈴。

「賣卜茶的，很謝謝你特地上樓來。」她說：「聽到你在街上的叫賣聲感覺真好，深深感動了我。你還能繼續賣卜茶是件了不起的事，很慶幸你不是只丟下一句『反正也沒人會買』就放棄了。」

梅夫魯特人已經在門口，隨即放慢出門的腳步，說道：「我永遠不會這麼說的。我賣卜茶是因為，這是我想做的事。」

「賣卜茶的，你絕對不要放棄。千萬不要覺得在這些高樓大廈、這一大片水泥牆之間，試了也沒用。」

「我賣卜茶會賣到世界末日那天。」梅夫魯特說。

女子給了他很多錢，比平常的五公斤賣價多得多。她打了個手勢，似乎示意他不用找零了，就當是宰牲節的禮物。梅夫魯特靜悄悄地走出門外、下樓，到了大樓門口時停下來，將扁擔扛上肩，挑起卜茶罐。

「卜——茶——」他一回到街上又高喊起來。他朝著金角灣方向走去，那條下坡路彷彿直通一處湮沒之境，忽然間他想起了從蘇雷曼家看見的景致。現在他知道他想告訴伊斯坦堡什麼，想在這座城市的牆上寫什麼了。這既是他公開也是他私下的想法，這不但是他內心的意向，也是他一直想說出的話。他對自己說：

「我愛萊伊荷，勝過這世上的一切。」

大事年表

一九五四年　貝伊謝希爾地區各村莊的移民開始大量湧入伊斯坦堡找工作與賣酸奶。

一九五五年九月六至七日　伊斯坦堡的非回教徒受到攻擊；商店遭劫，教堂被破壞。

一九五七年　梅夫魯特・卡拉塔希（原名梅夫魯特・阿克塔希）出生於科尼亞省貝伊謝希爾地區的天泉村。

一九六〇年五月二十七日　軍事政變。

一九六一年九月十七日　前總理阿德南・曼德列斯被處死。

一九六三年　阿克塔希家兩兄弟哈桑與穆斯塔法離開家鄉，到伊斯坦堡找工作。

一九六四年　受到塞浦路斯境內土耳其人與希臘人之間爆發衝突的影響，住在伊斯坦堡的數千名希臘人遭土耳其政府驅逐出境。塔巴拉什鄰區的許多住家都空了出來。

一九六五年　哈桑與穆斯塔法兄弟搬進了他們未經許可在灰山蓋的單間屋。哈桑的大兒子柯庫來到伊斯坦堡加入父親與叔叔。在柯庫的幫助下，哈桑與穆斯塔法在桑山與灰山圍了兩塊地。

一九六五年　開始建造桑山清真寺。

一九六五年　傳聞說非法的建造工程即將獲得特赦，民眾於是爭相興建更多未經授權的建築與住家。由蘇雷曼．迪米瑞領導的保守派正義黨贏得大選。

一九六六年　歪脖子阿杜拉曼不再賣酸奶，並回到家鄉銀溪村定居。

一九六八年　哈桑．阿克塔希的小兒子蘇雷曼來到伊斯坦堡加入父親、哥哥與叔叔。

一九六八年十二月　哈桑、柯庫與蘇雷曼搬離與穆斯塔法同住的房子，搬進他們未經許可在桑山剛剛蓋好的房子，那塊地是他們在一九六五年圍起的。哈桑．阿克塔希之妻莎菲葉也來到伊斯坦堡與家人團聚。

一九六九年夏　穆斯塔法．阿克塔希前往貝伊謝希爾，將自己與家人的姓氏改為卡拉塔希。

一九六九年夏　桑山第一間戶外電影院「海洋」開張。

一九六九年夏末　梅夫魯特．卡拉塔希隨父親回伊斯坦堡工作，同時繼續學業。

一九七一年三月十二日　軍方將領向土耳其共和國總統與國會提交備忘錄，迫使執政者辭職下台。

一九七一年四月　梅夫魯特結識費哈。

一九七二年　梅夫魯特在艾里亞札戲院看了生平第一部色情片。

一九七三年十月三十日　博斯普魯斯海峽第一座橋梁開通，又名國父橋。

一九七四年一月　宰牲節，桑山清真寺舉行正式啟用典禮。

一九七四年三月　梅夫魯特開始跟蹤一名女子，並替她取名為「奈麗曼」。

一九七四年七月二十日　土耳其軍隊登陸塞浦路斯，占據了島嶼北部地區。

一九七七年三月　梅夫魯特在牆上張貼政治海報。

一九七七年四月　桑山與灰山的右派與左派激進分子爆發衝突。

一九七七年五月一日　在塔克辛廣場上慶祝國際勞動節的活動中，三十四人遇害。

一九七八年五月　哈桑・阿克塔希將他與弟弟穆斯塔法於一九六五年圍起的土地，賣給哈密・烏拉爾哈吉。

一九七八年夏　梅夫魯特長出小鬍子。

一九七八年八月　柯庫與薇蒂荷的婚禮。

一九七八年十月　梅夫魯特搬出父親的房子，前往塔拉巴什與費哈同住，並一起在卡勒奧瓦餐館當侍者。

一九七八年十二月十九至二十六日　在遜尼派激進分子、政府特務組織與極右派準軍事團體所籌畫的馬拉什大屠殺中，有一百五十名阿列維派教徒遇害。

一九七〇年代中葉　大型公司開始銷售以玻璃與塑膠杯包裝的酸奶，日後也漸漸普及。

一九七九年　《民族日報》專欄作家耶拉．撒力克遭暗殺。柯梅尼在伊朗領導伊斯蘭革命。

一九七九年末　柯庫與薇蒂荷的大兒子波茲庫出生。

一九八〇年春　梅夫魯特入伍服役二十二個月。

一九八〇年九月十二日　軍方發動政變，當時梅夫魯特所屬的坦克旅，駐紮在東北方蘇俄邊界上的小鎮卡斯。

一九八〇年末　柯庫與薇蒂荷的二兒子圖朗出生。

一九八一年一月　梅夫魯特的父親穆斯塔法．卡拉塔希去世。梅夫魯特回到伊斯坦堡奔喪，並將父親在灰山的家出租。

一九八二年三月十七日　服完兵役退伍後，梅夫魯特回到伊斯坦堡，搬進塔拉巴什一間出租公寓。

一九八二年四月二日至六月十四日　英國與阿根廷爆發福克蘭戰爭。

一九八二年六月十七日　梅夫魯特去了銀溪村，帶著歪脖子阿杜拉曼的女兒萊伊荷私奔。

一九八二年夏　梅夫魯特第一次賣冰淇淋。

一九八二年九月　梅夫魯特與萊伊荷的婚禮。

一九八二年十月　梅夫魯特開始賣鷹嘴豆飯與雞肉。

一九八二年十一月　全民公投的結果支持實施一九八二年憲法，一九八〇年的政變領袖凱南·埃夫倫成為共和國總統。

一九八三年四月　梅夫魯特與萊伊荷的大女兒法特瑪出生。

一九八三年四月　孕期十週以內的墮胎禁令解除。尋求墮胎的已婚婦女須提出丈夫的同意書。

一九八四年初　薩蜜荷與費哈私奔。

一九八四年八月　梅夫魯特與萊伊荷的二女兒菲琪葉出生。

一九八六年四月二十六日　車諾比核災發生後，輻射雲飄到土耳其。

一九八六至一九八八年　建造新的塔拉巴什大道。

一九八七年二月　榮耀劇院焚毀。

一九八八年六月十八日　圖爾古特·厄扎爾總理遭刺殺未遂。

一九八八年七月三日　橫跨博斯普魯斯的第二座橋法蒂赫梅荷美特蘇丹橋開通，橋名取自鄂圖曼蘇丹「征服者」梅荷美特之名。

一九八九年初　梅夫魯特賣飯的攤車被區警沒收。大約同一個時間，他認識了聖導師。費哈開始擔任電力局的查表員。

一九八九年六月四日　北京天安門抗議事件。

一九八九年九月	梅夫魯特開始在塔克辛的賓邦咖啡館擔任經理。
一九八九年十一月九日	柏林圍牆倒塌。
一九九〇至一九九五年	南斯拉夫的分裂引發巴爾幹半島多年內戰。
一九九一年	土耳其的發電與輸電事業民營化。
一九九一年一月十七日至二月二十八日	第一次波灣戰爭。
一九九一年十一月十四日	在博斯普魯斯海峽，一艘黎巴嫩船隻撞上一艘菲律賓船，連同船上載運的兩萬頭羊一起沉沒。
一九九一年十二月二十五日	蘇聯解體。
一九九三年一月二十四日	主張政教分離的激進專欄作家兼記者烏爾・孟朱的車內被放置炸彈，慘遭炸死。
一九九三年七月二日	政治伊斯蘭分子縱火燒毀西瓦斯的馬迪馬克賓館，三十五名主張政教分離的自由主義左派知識分子遇難。
一九九四至一九九五年	主張獨立的庫德斯坦工人黨與土耳其軍隊開戰。許多庫德人因為村莊燒毀而移居伊斯坦堡。
一九九四年初	費哈認識了賽薇菡。

一九九四年二月　梅夫魯特丟了賓邦咖啡館的工作。

一九九四年三月二十七日　雷傑·塔伊·艾爾多安贏得地方選舉，當上伊斯坦堡市長。

一九九四年三月三十日　梅夫魯特夜裡在街頭賣卜茶時，遭一對父子襲擊。

一九九四年四月　梅夫魯特與費哈開了「連襟卜茶店」。

一九九五年二月　萊伊荷懷了第三胎。

一九九五年三月　柯庫涉及一起土耳其人密謀的武裝政變，企圖推翻亞塞拜然共和國總統海達爾·阿利耶夫。

一九九五年三月十二至十六日　在伊斯坦堡的加齊與烏姆拉尼耶兩個區內，阿列維教徒聚居處發生動亂，分別導致十二人與五人死亡。

一九九五年四月初　連襟卜茶店歇業。

一九九五年四月中　梅夫魯特開始在一處停車場擔任管理員。

一九九五年五月　萊伊荷因試圖自行施行人工流產而死亡。

一九九五年末　在費哈的提議下，梅夫魯特開始擔任查表員。

一九九六年初　蘇雷曼迎娶瑪伊努·梅麗安。他們生了第一個兒子哈桑。

一九九七年十一月　費哈被殺身亡。

一九九八年	蘇雷曼的二兒子卡茲姆出生。
一九九八年六月	梅夫魯特開始在貝伊謝希爾同鄉會工作。
一九九九年二月	與國民政府打了十五年游擊戰的庫德領袖阿卜杜拉·奧賈蘭，在敘利亞遭土耳其軍隊逮捕，他已經在當地躲藏多年。
一九九九年夏	蘇雷曼請求梅夫魯特答應讓波茲庫娶法特瑪。
一九九九年八月十七日	伊斯坦堡附近的馬爾馬拉海發生地震，奪走一萬七千四百八十條人命。
二〇〇〇年九月底	梅夫魯特的大女兒法特瑪上大學。
二〇〇一年六月	法特瑪在大學裡認識了布罕。兩人很快便結婚，並搬到伊茲密爾。
二〇〇一年九月十一日	紐約雙子星大廈遭蓋達組織攻擊而倒塌。
二〇〇一年九月	梅夫魯特的小女兒菲琪葉與卡得加鄰區一個名叫額爾漢的計程車司機私奔。
二〇〇一年末	菲琪葉與額爾漢在阿克薩雷的一家旅館舉行婚禮。
二〇〇二年	梅夫魯特第一次見到瓶裝卜茶。
二〇〇二年五月	菲琪葉的兒子，也就是梅夫魯特的外孫易卜拉辛出生。
二〇〇二年秋	梅夫魯特與薩蜜荷結婚。
二〇〇二年十一月三日	雷傑·塔伊·艾爾多安的正義發展黨贏得大選，組成政府。

二〇〇三年三月	就職禁令解除後，雷傑・塔伊・艾爾多安成為總理。
二〇〇三年三月二十日	入侵伊拉克。
二〇〇四年三月二十八日	正義發展黨贏得土耳其的地方選舉。
二〇〇五年七月七日	蓋達組織在倫敦的地鐵站與公車上發動一連串攻擊，共有五十六人遇害。
二〇〇七年一月十九日	對亞美尼亞大屠殺直言不諱的亞美尼亞記者赫蘭特・丁克，遭槍殺身亡。
二〇〇七年七月二十二日	正義發展黨贏得大選。
二〇〇九年三月二十九日	正義發展黨再次贏得地方選舉（逐漸贏得桑山與灰山的民心）。
二〇〇九年四月	梅夫魯特賣掉父親的房子，買了一間公寓。
二〇一〇年十二月十七日	在突尼西亞有一名街頭小販自焚，引發一連串的抗議與革命事件，被稱為「阿拉伯之春」。
二〇一一年三月之後	數十萬敘利亞難民逃往土耳其。
二〇一一年六月十二日	正義發展黨贏得大選。
二〇一二年三月	卡拉塔希與阿克塔希兩家人搬入新公寓。

帕慕克年表

一九七九年　第一部作品《謝福得先生父子》（*Cevdet Bey ve Ogullari*）得到Milliyet小說首獎，隨即於一九八二年出版，一九八三年再度贏得Orhan Kemal小說獎。

一九八三年　出版第二本小說《寂靜的房子》（*Sessiz Ev*），並於一九八四年得到Madarali小說獎；一九九一年，這本小說再度得到歐洲發現獎（la Découverte Européenne），同年出版法文版。

一九八五年　出版第一本歷史小說《白色城堡》（*Beyaz Kale, The White Castle*），此書讓他享譽全球。紐約時報書評稱他：「一位新星正在東方誕生——土耳其作家奧罕．帕慕克。」這本書得到一九九〇年美國外國小說獨立獎。

一九九〇年　出版《黑色之書》（*Kara Kitap, The Black Book*）為其重要里程碑，此書使他在土耳其文學圈備受爭議，卻也同時廣受一般讀者喜愛。一九九二年，他以這本小說為藍本，完成Gizli Yuz的電影劇本，並受到土耳其導演Omer Kavur的青睞，改拍為電影。

一九九七年　《新人生》（*Yeni Hayat, The New Life*）的出版，在土耳其造成轟動，成為土耳其歷史上銷售速度最快的書籍。

一九九八年　《我的名字叫紅》（*Benim Adim Kirmizi, My Name Is Red*）出版，奠定他在國際文壇上的文學地位，並獲得二〇〇三年IMPAC都柏林文學獎（獎金高達十萬歐元，是全世界獎金最高的文學獎）。

二〇〇四年　出版《雪》（*Kar, Snow*），名列《紐約時報》十大好書。

二〇〇六年　獲諾貝爾文學獎。

二〇〇九年　出版《純真博物館》（*Masumiyet Müzesi, The Museum of Innocence*），為《紐約時報》「最值得關注作品」，西方媒體稱此書為「博斯普魯斯海峽之《蘿麗塔》」。於土耳其出版的兩天內，銷售破十萬冊。

二〇一〇年　獲「諾曼．米勒終身成就獎」。

二〇一四年　出版《我心中的陌生人》（*Kafamda Bir Tuhaflık, A Strangeness in My Mind*），榮獲二〇一六年俄羅斯Yasnaya Polyana文學獎外語文學獎、二〇一六年曼布克文學獎入圍、二〇一七年國際IMPAC都柏林文學獎決選。

二〇一六年　出版《紅髮女子》（*Kırmızı Saçlı Kadın, The Red-Haired Woman*），榮獲二〇一七年義大利蘭佩杜薩文學獎。

二〇二一年　出版《大疫之夜》（*Veba Geceleri*）。

帕慕克作品集 09
Orhan Pamuk

國家圖書館出版品預行編目資料

我心中的陌生人／奧罕・帕慕克（Orhan Pamuk）著；顏湘如譯. -- 二版. -- 臺北市：麥田，城邦文化出版；家庭傳媒城邦分公司發行, 2025.09
面；　公分. --（帕慕克作品集；9）
譯自：Kafamda Bir Tuhaflık
ISBN 978-626-310-940-7（平裝）
EISBN 978-626-310-941-4（EPUB）

864.157　　114009072

我心中的陌生人

原著書名・Kafamda Bir Tuhaflık
作者・奧罕・帕慕克 Orhan Pamuk
翻譯・顏湘如
封面設計・廖　韡
責任編輯・徐　凡（初版）、吳貞儀（二版）

國際版權・吳玲緯、楊靜
行銷・闕志勳、吳宇軒、余一霞
業務・李再星、李振東、陳美燕
總經理・巫維珍
編輯總監・劉麗真
事業群總經理・謝至平
發行人・何飛鵬
出版社・麥田出版
城邦文化事業股份有限公司
台北市南港區昆陽街16號4樓
電話：(02) 25000888　傳真：(02) 25001951
發行・英屬蓋曼群島商家庭傳媒股份有限公司城邦分公司
台北市南港區昆陽街16號8樓
書虫客戶服務專線：(02) 25007718；25007719
24小時傳真服務：(02) 25001990；25001991
讀者服務信箱：service@readingclub.com.tw
劃撥帳號：19863813　戶名：書虫股份有限公司
香港發行所・城邦（香港）出版集團有限公司
香港九龍土瓜灣土瓜灣道86號順聯工業大廈6樓A室
電話：(852) 25086231　傳真：(852) 25789337
E-mail：hkcite@biznetvigator.com
馬新發行所・城邦（馬新）出版集團【Cite (M) Sdn Bhd】
41, Jalan Radin Anum, Bandar Baru Seri Petaling, 57000 Kuala Lumpur, Malaysia.
電話：+6(03)-90563833　傳真：+6(03)-90576622
印刷・前進彩藝有限公司
初版・2017年8月
二版一刷・2025年9月
定價・650元